HEYNE

Das Buch

Die Frauen der Talliens führen ein bewegtes, ungewöhnliches Leben – schön sind sie allesamt und rebellisch im Herzen. Wie Barbara von Tallien, die ihrer verstorbenen Mutter so ähnlich sieht, daß sie, wo sie geht und steht, die Schatten der Vergangenheit heraufbeschwört. Als sie glaubt, bei einem jungen Mann, dem Tradition nichts bedeutet, die große Liebe und Erfüllung gefunden zu haben, will sie das Haus der Talliens verlassen. Doch sie muß erkennen, daß die Bindung an die Familie stärker ist als sie dachte.

Der Roman wurde von Brigitta Dresewski mit Ralf Bauer, Anja Knauer, Elmar Wepper und Mariella Ahrens in den Hauptrollen im Auftrag der ARD/DEGETO für Das Erste verfilmt.

Die Autorin

Utta Danella ist in Berlin aufgewachsen. Sie begann ihre schriftstellerische Laufbahn mit Arbeiten für Presse und Radio. 1956 veröffentlichte sie ihren ersten Roman *Alle Sterne vom Himmel,* dem viele weitere Bestseller folgten. Heute liegt ein umfangreiches Romanwerk der beliebten Autorin vor. Fast alle Titel sind im Wilhelm Heyne Verlag lieferbar. Utta Danella lebt in München und auf Sylt.

UTTA DANELLA

Plötzlich ist es Liebe

Die Frauen der Talliens

Der Roman zum großen Fernsehfilm

WILHELM HEYNE VERLAG
MÜNCHEN

Umwelthinweis:
Dieses Buch wurde auf
chlor- und säurefreiem Papier gedruckt.

Das Buch erschien bereits
unter dem Titel
»DIE FRAUEN DER TALLIENS« (ISBN: 3-453-00339-X).

Taschenbuchausgabe 11/2004

Printed in Germany 2004
Umschlag- und Innenillustrationen:
© DEGETO FILM GMBH
Umschlaggestaltung: Nele Schütz Design, München
Druck und Bindung: GGP Media GmbH, Pößneck

ISBN: 3-453-50002-4
http://www.heyne.de

I

1

Die Bahnhofsuhr zeigte vier Minuten vor sieben. Noch zehn Minuten bis zur Ankunft des Zuges. Julius von Tallien parkte seinen Wagen auf dem Bahnhofsplatz. Doch er stieg nicht gleich aus. Er blieb sitzen und blickte mißvergnügt durch die Scheibe. Es war schon fast dunkel, und es hatte angefangen zu nieseln. Kalt war es nicht, eher ein wenig dämpfig, wie so oft in dieser Stadt. Es war das Wetter, das sich auf sein Herz legte. Er spürte es dann als eine kompakte Masse in der Brust, sehr groß war es, nahe unter die Haut gerückt. Er hatte das Gefühl, er brauche nur hinzugreifen, um es ein wenig zurückzuschieben, dann würde es wieder kleiner sein, nicht mehr zu bemerken. Leichte Gefäßstörungen nannte es sein Hausarzt. Nicht weiter gefährlich, aber man müsse es beobachten und in vielen Dingen vorsichtiger sein. Ein bißchen langsamer gehen im täglichen Geschehen, die Arbeit nicht übertreiben und auch mit dem Rauchen zurückhaltender sein.

Der alte Doktor blickte dabei über seine Brille prüfend auf den Patienten und meinte warnend, es sei das Leiden fast aller Männer seines Alters in der heutigen Zeit. Es sei auch kein Wunder, man hätte schließlich genug erlebt, nicht wahr, genug Belastendes und Niederdrückendes, und das Tempo dieser Tage sei nicht dazu angetan, die Menschen friedvoller und ausgeglichener zu machen. Wenn sich auch die Zeiten geändert hätten, die Konstitution des Menschen sei im Grunde doch die gleiche geblieben. Das dürfe man nicht vergessen. Wir leben nicht bloß, um zu arbeiten, sagte der Arzt dann wohl noch. Denken Sie an Ihren Vater. Er hat ein erfülltes Lebenswerk hinter sich gebracht, hat stets seine Pflicht getan, aber was Hast war, unwürdige Eile, das hat er nicht gewußt. Er kannte noch die Muße, die Freude an den schönen Dingen des Daseins, und er ist dabei 79 Jahre alt geworden. Und ich bin der Überzeugung, daß er heute noch lebte, wenn der Krieg nicht gewesen wäre.

Julius nickte dazu, aber er schwieg. Sein Leben mit dem des Vaters zu vergleichen, hatte wenig Sinn. Als sein Vater so alt war wie er heute, lag dieses Lebenswerk, von dem der Arzt sprach, schon hinter ihm. Er, Julius aber, hatte wieder von vorn beginnen und sich dabei den Bedingungen der heutigen Welt fügen und anpassen müssen. Mit einem allerdings hatte der Doktor recht. Die Zeiten hatten sich gewandelt. Und wie sie sich gewandelt hatten. Schon zu Lebzeiten des alten Herrn. Nur, daß der keine Notiz davon genommen hatte. Er kannte nicht nur die Muße und die Freude an den schönen Dingen des Lebens, er kannte auch den Eigensinn und den Dünkel, und er leistete sich die Überheblichkeit des Grandseigneurs zu ignorieren, was ihm nicht behagte. Er blieb bis an sein Lebensende, was er gewesen war. Raoul, Baron von Tallien, der Mann vom Hofe, Minister des Großherzogs, ein Mann von Wissen und Würde, ein Herr in hohem Rang. Noch als die Bomben auf die Stadt fielen, saß er so zwischen ihnen, gerade aufgerichtet die schlanke Reiterfigur, unbewegt das scharfgeschnittene alte Gesicht, ein Zug von Verachtung um die schmalen Lippen. Seine Augen blickten fremd über sie hinweg.

Manchmal jedoch kam eine seltsame Weichheit in diese Augen, ein verlorener, fast sehnsüchtiger Ausdruck. Julius hatte ihn nicht zu deuten gewußt. Der Vater sprach erst, als er sterben mußte. An seine Tochter hatte er gedacht, an die verlorene und verschollene Tochter, das Kind, das er am meisten geliebt und das ihn am tiefsten enttäuscht und verwundet hatte.

„Kümmere dich um sie", das war der letzte Auftrag, den er seinem Sohn gab. „Du mußt sie finden. Sie soll nach Hause kommen. Es wird Zeit. Sie gehört hierher. Und von allem, was da ist, gehört ihr die Hälfte, Julius. Hörst du mich?"

„Ja, Vater", hatte er erwidert. Es gab nichts Schriftliches über diesen Letzten Willen. Aber für Julius anullierte es das Testament des Alten, in dem von der Tochter nicht die Rede war. Es machte Julius nichts aus. Er war nicht geldgierig. Und damals, im Jahre 1944, war es ohnedies gleichgültig. Der Betrieb war zerstört, das Haus schwer beschädigt, der Himmel wußte, ob man es behalten würde, vom übrigen Besitz war kaum noch etwas geblieben. In die Zukunft, an das, was später kommen würde, vermochte zu jener Zeit keiner zu denken.

Rückschauend konnte man jetzt mit Staunen feststellen, daß es doch eine Zukunft gegeben hatte, nicht einmal eine schlechte. Einige mühselige Jahre, doch dann war die Familie zu Wohlstand gekommen, das alte Ansehen war wiederhergestellt. Geld war auf einmal da. Das hatte die Familie nie übermäßig besessen, hatte übrigens auch keiner angestrebt. Julius hatte ein neues Vermögen geschaffen, vermehrte es täglich. Obwohl es auch ihn nie sonderlich interessiert hatte. Fleiß und Tüchtigkeit der alten Familie, das Bestreben, eine Pflicht zu erfüllen, die ihm oblag, waren selbstverständliche Bestandteile seines Wesens. So war es aufwärtsgegangen, gerade in dieser Zeit, an die man vor zehn Jahren nicht zu denken wagte.

Nur Barbara war nicht nach Hause gekommen. Niemals wieder. Und sie würde nicht mehr kommen. Barbara, seine schöne, seine unbesonnene, leidenschaftliche Schwester.

Heute kam ihre Tochter. Und er war hier, um sie abzuholen. Diese Mission erfüllte ihn mit Unbehagen.

Als er ausgestiegen war, atmete er einige Male tief. Vielleicht wurde davon das Herz wieder kleiner. Doch die feuchte, schwere Luft war unrein, Ruß war darin, Benzin, der giftige Atem der Stadt, die Nebeldecke hielt ihn fest.

Julius zündete eine Zigarette an und ging langsam auf das breite Portal des Bahnhofs zu. Der Platz war belebt um diese Zeit, die Züge aus der Umgebung und aus der Hauptstadt brachten die Berufstätigen nach Hause. Andere verließen die Stadt, um heimzufahren, in die Dörfer und Orte im Umkreis.

In der Bahnhofshalle blieb er stehen. Es würde gut sein, sich einen Gepäckträger zu sichern. Viele gab es nicht, zwei oder drei, meist waren sie unsichtbar. Solche Arbeit war nicht mehr geschätzt. Wenn der Fernzug einlief, war es zu spät.

Er hatte Angst vor der Begegnung, die vor ihm lag. Obwohl es töricht war, vor einem jungen Mädchen, vor diesem Kind Angst zu haben. Würde er sie überhaupt erkennen? Wie mochte sie aussehen? Warum hatte sie kein Bild von sich geschickt? Sie hatte nur kurz mitgeteilt, an welchem Tag und mit welchem Zug sie eintreffen würde. Eine knappe Mitteilung nur, sie hatte nicht geschrieben, ob sie gern käme, und sie hatte sich auch nicht bedankt dafür, daß man sie aufgefordert hatte, zu kommen.

Elisa von Tallien hatte geringschätzig den Mund verzogen. „Sie wird ein schöner Bauerntrampel sein. Der Himmel weiß, was wir uns da aufgeladen haben."

Julius hatte den Fall nicht aufs neue mit ihr diskutiert, es war genug darüber gesprochen worden. Daß Elisa es ihm nicht leicht machen würde, war zu erwarten gewesen. Hier nun, auf dem Bahnhof, war er ehrlich zornig auf sie. Es wäre ihre Aufgabe gewesen, das Mädchen abzuholen, ihn wenigstens zu begleiten. Sie war eine Frau, sie hätte es besser verstanden, die ersten Minuten zu erleichtern. Aber sie hatte nur gesagt: „Ich? Wie käme ich denn dazu? Schließlich ist es deine Nichte. Wenn sie jetzt schon herkommen muß, dann kümmere du dich gefälligst darum."

Es war ein ungutes Wort, dieses „wenn sie jetzt schon herkommen muß", und Julius wollte um alles in der Welt nicht, daß der künftige Aufenthalt des jungen Mädchens in seinem Haus unter diesem Wort stand. Sie hatte ein Recht, in diesem Hause zu sein. Sie war eine Tallien, und seine Schwester war ihre Mutter, mochte auch geschehen sein, was geschehen war. Der Alte hatte gewollt, daß Barbara nach Hause käme, und er selbst hatte es auch gewünscht. Immer und zu jeder Zeit hatte er es gewünscht. Und es war selbstverständlich, daß sie ihr Kind mitbrachte.

Nun kam das Kind allein, die junge Barbara, die keiner hier kannte und die ihrerseits ebenfalls keinen von der Familie je gesehen hatte. Wie sie wohl sein mochte? Das hatte sie alle in letzter Zeit beschäftigt, ihn selbst, seine Frau, die Kinder.

Eine merkwürdige Jugend hatte dieses Mädchen gehabt, unstet, ruhelos. Im fremden Land hatte sie gelebt, unter ganz anderen Verhältnissen. Man wußte so wenig von diesem Leben, eigentlich gar nichts. Denn wenn Barbara auch alles verlassen hatte, den Stolz der Talliens hatte sie mitgenommen. Dieser Stolz, der es ihr verbot, je wissen zu lassen, wie es ihr wirklich erging. Doch gerade dieses Schweigen hatte offenbart, daß es ihr nicht gut gegangen sein konnte, soviel war gewiß.

Er, Julius, ihr Bruder, hätte das ändern können, zumindest in den letzten Jahren. Er hatte es nicht getan. Auch darum hatte er Angst vor der Begegnung mit Barbaras Tochter, jene Angst, die aus einem Schuldgefühl erwächst.

Auf dem Querbahnsteig entdeckte er einen Gepäckträger und beauftragte ihn, in der Nähe zu bleiben. Blieb noch die Frage, ob es nötig sein würde, ob das Mädchen überhaupt Gepäck hatte.

Als der Zug einlief, war er so nervös, daß seine Hände zitterten, sein Herz noch größer geworden war. Es war töricht, es war unsinnig für einen Mann seines Alters und seiner Stellung, Angst zu haben vor der Begegnung mit einem zwanzigjährigen Mädchen. Er besaß selbst zwei Töchter, von denen die eine sogar ein Jahr älter war als der Besuch.

Die Beleuchtung auf dem Bahnhof ließ zu wünschen übrig, stellte er fest. Wie sollte er das Mädchen erkennen.

Dann stand der Zug. Nicht allzuviel Leute stiegen aus, die meisten fuhren in die Hauptstadt weiter.

Auf einmal sah er sie.

Alle seine Sorgen waren unnötig gewesen. Er wußte noch gut, wie seine Schwester ausgesehen hatte. Und die junge Barbara sah ihr ähnlich. So ähnlich, daß es ihn traf wie ein Stoß.

Er stand einige Sekunden wie gelähmt und blickte auf sie. Die gleichen raschen, bestimmten Bewegungen, das leuchtende Haar, glatt und unbedeckt, und trotz des trüben Lichtes glaubte er, das gleiche aufleuchtende Lächeln zu erkennen, mit dem seine Schwester alle Menschen bezaubert hatte. Mit diesem Lächeln blickte das Mädchen am Zug zu jemand auf, der ihr die Gepäckstücke herausreichte. Übrigens waren es mehrere, der Gepäckträger war doch vonnöten. Ein Koffer nur, alt und schäbig, aber Taschen und Beutel und sogar ein Karton waren dabei.

Julius winkte den Gepäckträger herbei, dann erst ging er auf seine Nichte zu.

„Ich bin Julius", sagte er.

Sie war dabei, die Stücke zu zählen. Blickte flüchtig auf, ein rasches Lächeln: „Oh, Onkel Julius", sich umwendend, rief sie über die Schulter: „Ich bin gleich wieder da", und rannte am Zug entlang zum Gepäckwagen.

Julius sah ihr verblüfft nach. Hatte sie noch mehr Gepäck? Ratlos blieb er stehen. Der Gepäckträger betrachtete mürrisch die bunte Sammlung auf dem Bahnsteig. „Wie soll man das denn wegkriegen?" murmelte er im weichen Dialekt der Gegend. Dann schaute er ebenfalls dem Mädchen nach. „Kommt noch mehr?"

Julius hob die Schultern. „Ich weiß es auch nicht."

Ein wildes Gejaule und Gebell erfüllte auf einmal den Bahnhof, so laut und stürmisch, daß es alles übertönte. Die Reisenden schauten, blieben stehen, manche lächelten. Ein Hund sprang an der schlanken Gestalt des Mädchens empor, sie umfing ihn mit beiden Armen und redete auf ihn ein.

„'n Hund hat sie auch", stellte der Gepäckträger fest.

In der Tat, sie hatte einen Hund mitgebracht. Davon hatte sie allerdings nichts geschrieben. Julius dachte an seine Frau. Das fing ja gut an. Was war das überhaupt für ein Köter?

Da kam sie schon zurück, wieder im Laufschritt, den Hund an der Leine, der wie ein übermütiges Böcklein neben ihr her sprang.

„Entschuldigen Sie", sagte sie atemlos, „ich mußte Dino erlösen. Sonst wäre er am Ende noch weiter mitgefahren."

Barbaras Stimme, ein wenig tief für ein Mädchen, melodisch, sehr musikalisch.

„Aha", entgegnete Julius ein wenig töricht, ohne näher auf den Hund einzugehen. Dann sagte er, wie er es sich vorgenommen: „Willkommen, mein Kind. Ich freue mich, daß du da bist."

Sie blickte ihn ernst an. Sie war fast so groß wie er, und nun sah er auch ihre Augen, schöne, klare Augen, dunkel und im Moment ein wenig scheu. „Danke", sagte sie. „Danke, Onkel Julius." Sie legte ihre Hand in seine, sie lächelte jetzt nicht. Er sah, daß auch sie Angst hatte. Dann streichelte sie den Hund, der wieder an ihr hochsprang. „Sie ... Sie sind mir doch nicht böse, daß ich Dino mitgebracht habe?"

Was sollte er darauf antworten? Er war nicht böse darüber, daß sie einen Hund mitgebracht hatte, er fürchtete nur die Komplikationen. Elisa würde diesen unerwarteten Hausgenossen kaum sehr begeistert begrüßen, soviel war gewiß.

„Aber nein", sagte er, „natürlich nicht."

„Dino ist ganz brav. Eigentlich wollte ich ihn nicht mitnehmen. Ein Freund von mir hätte ihn behalten. Aber Dino hat es gespürt. Wie er mich angesehen hat in den letzten Tagen. Ich glaube, er hätte es nicht überlebt." Ernsthaft sah sie Julius an, und zugleich kindlich, mit bittenden Augen. „Er wird bestimmt keine Arbeit machen."

Julius schaute zweifelnd auf den Hund herab. Was es für eine Rasse war, konnte er nicht erkennen. Vermutlich gar keine. Er war nicht groß und nicht klein, reichte ihm etwas über das Knie, sein Fell war dicht und lang und ganz schwarz. Der Kopf war schön, schmal und gutgeformt. Es mußte eine Art Wolfshund sein. Jetzt stand er ganz still und blickte verständig zu ihnen auf. Er schien zu begreifen, daß von ihm die Rede war.

Der Zug fuhr ab. „Gehen wir?“ fragte der Gepäckträger ungeduldig.

„Ja“, sagte Julius. „Mein Wagen ist draußen auf dem Bahnhofsplatz.“

Der Hund erleichterte die ersten Minuten des Zusammenseins, er bot Gesprächsstoff.

„Wie hast du ihn denn über die Grenze gebracht?“

„Geschmuggelt“, erwiderte sie fröhlich. „Ich hatte ihn unter dem Sitz versteckt, und er blieb mäuschenstill. Die Leute im Abteil waren sehr nett, sie hatten alle die Beine fest vor die Sitze gestellt und sprachen laut miteinander und mit den Zollbeamten. So merkte es keiner. Von mir wollte sowieso keiner etwas. Ich mußte nicht einmal meinen Koffer aufmachen. Doch dann hatte ich ganz vergessen, daß wir auch noch über die österreichische Grenze kommen. Aber einer aus meinem Abteil stand im Gang, er sah den Beamten rechtzeitig, und wir konnten Dino noch verstecken.“

„Aha“, meinte Julius. Sie schien noch ein richtiges Kind zu sein.

„Nur hier dann, in Deutschland, da hatte ich Schwierigkeiten. Sie sind sehr gründlich hier, nicht? Dino durfte nicht im Abteil bleiben. Er mußte in ein Hundeabteil. Oh, er war ganz verzweifelt. An den Stationen habe ich ihn immer besucht. Und ein Mann bei mir im Abteil hat immer schnell etwas zu essen besorgt für ihn. Na, jetzt sind wir da, und alles ist gut gegangen.“

Sie wandte den Kopf und lächelte Julius von der Seite an. Barbaras Lächeln, rasch und herzlich und so vertraut. War es möglich, daß es ihm noch so vertraut war, zwanzig Jahre später? Es schien ihm, als hätte er es gestern erst gesehen.

„Wir haben auch einen Hund“, sagte er, „einen Pudel.“

Der Pudel war Elisas Wunsch gewesen. Früher hatten sie Schäferhunde besessen, meistens sogar zwei. Plötzlich fiel ihm ein, daß auch seine Schwester stets die Hunde um sich gehabt hatte. Die Tiere hatten sie leidenschaftlich geliebt, schon als sie noch ein Kind war.

„Oh“, sagte das Mädchen und schaute ihn ängstlich an, eine

Falte auf der Stirn. „Hoffentlich vertragen sie sich. Dino ist sehr eifersüchtig."

„Sie werden sich schon aneinander gewöhnen." Nein, Joker machte ihm keine Sorgen, der war friedlich und gutmütig, der war froh, wenn ihm keiner was tat.

Der Gepäckträger wartete vor dem Bahnhofsportal. Julius wies hinüber zum Parkplatz. „Der schwarze Mercedes."

Barbara begann wieder die Gepäckstücke zu zählen und verstaute dann gemeinsam mit dem Träger alles hinten im Wagen. Zuletzt stieg sie ein, setzte Dino neben sich, den Arm um seinen Hals gelegt. Autofahren schienen sie beide gewohnt zu sein. Nun ja, schließlich kamen sie nicht aus der Wildnis.

Ehe Julius abfuhr, wandte er sich nochmals an seine Nichte. „Wirklich, mein Kind, ich freue mich, daß du da bist. Ich hoffe, du wirst dich wohl fühlen hier. Natürlich ist zunächst alles sehr fremd für dich."

„Ja", erwiderte sie einfach und blickte ihn ruhig an.

„Du mußt ein wenig Geduld haben. Einige Zeit. Wenn du erst vertraut hier bist, wird es dir bestimmt gefallen." Er wußte nicht, warum er das sagte. Vielleicht im Gedanken an Elisa und an seine Töchter. Er wurde die Angst nicht los, daß sie es dem Mädchen schwer machen würden. Wenn sie ihrer Mutter innerlich so ähnlich war wie äußerlich, dann mußte es Schwierigkeiten geben. Barbara war sehr rasch in ihrem Urteil gewesen, leicht reizbar, temperamentvoll und oftmals recht hochmütig, schnell fertig mit Menschen und Dingen, die ihr nicht lagen.

Er zögerte, fügte dann hinzu: „Ich hatte immer gehofft, du würdest eines Tages zusammen mit deiner Mutter hierherkommen." Hinterher bereute er, dies gesagt zu haben.

Barbara gab nicht gleich eine Antwort. Sie sah ihn auch nicht mehr an. Sie blickte geradeaus durch die Scheibe. Julius sah nur ihr Profil, ein klares, herbes Profil. Eine steile, hohe Stirn, die das glatte Haar nicht verbarg, die gerade, gutgeformte Nase der Talliens, ein energisches, festes Kinn. Die Lippen hatte sie zusammengepreßt.

„Ich glaube nicht, daß Barja das gewollt hätte", sagte sie dann plötzlich, es klang abwehrend und fast ein wenig feindlich. „Ich glaube, sie hätte nicht einmal gewollt, daß ich hierherkomme. Aber ich mochte nicht mehr dortbleiben. Es war für mich – es war für mich – so – so traurig. Und die Leute ...", sie stockte, dann vollendete sie mit einem gewissen Trotz: „Ich wollte einfach weg. Barja hat immer gesagt, ich soll einmal woanders hin, nach Deutschland, und etwas lernen. Aber sie wollte sicher nicht, daß ich gerade hierherkomme." Nun schaute sie ihn wieder an. „Sie sind mir nicht böse, daß ich das sage?"

„Nein, ich verstehe schon. Aber warum sagst du nicht du zu mir? Ich bin doch dein Onkel."

„Ja. Ja natürlich. Sie sind – du bist mir eben nur noch fremd. Aber", und nun lächelte sie wieder, „ich werde mich daran gewöhnen. Vielen Dank, Onkel Julius."

Julius war gerührt. Sie war ganz anders als die jungen Mädchen, die er kannte, anders auch als seine Töchter.

Er fuhr an. An der Ampel, vorn an der Ecke, mußte er halten.

„Wie nennst du deine Mutter? Barja?" Er wiederholte den ihm fremden Namen langsam.

„So nannten wir sie immer. Vater sagte früher Barinja. Das heißt Herrin. Er fand, es passe gut zu ihr. Und daraus wurde dann Barja."

Julius schwieg irritiert. Natürlich, einen Vater hatte dieses Mädchen auch. Von ihm wollte er nicht reden.

Endlich grün. Er trat aufs Gas und fuhr heftig an. Nach Hause jetzt. Daß man die Begegnung der Frauen hinter sich brachte.

Barbara sah nicht viel von der Stadt. Der Verkehr war noch immer lebhaft, zu beiden Seiten der Straßen war die glänzende Reihe der hellen Schaufenster, die Häuser waren fast alle neu und modern, nur hier und da ein altes, würdiges, aus vergangener Zeit, gelegentlich auch noch eine Lücke. Die Stadt war schwer zerstört gewesen. Der Wiederaufbau war jedoch weit vorangeschritten, so daß man kaum noch Spuren des Krieges bemerkte. Außerdem war die Stadt reich, die Bewohner hatten zudem mehr Bürgersinn bewahrt, mehr Liebe und Anhänglichkeit an ihre Stadt, als es in den ganz großen Städten üblich ist.

Sie überquerten einen breiten Platz, und eine helle geschlossene Mauerfront leuchtete hinter den Bäumen. „Das Schloß", sagte Julius.

Barbara wandte bereitwillig den Kopf. „Oh", meinte sie höflich. „Dort hat der Großvater gearbeitet, nicht wahr?"

Es hörte sich merkwürdig an. Der alte Tallien hätte es auch seltsam gefunden. Hatte er im Schloß gearbeitet? Nun ja, gewiß, man konnte es auch so nennen. Heute nannte man es eben so. Er hatte seinem Fürsten gedient, so nannte man es früher. Die Talliens hatten seit Generationen diesem Fürstenhaus gedient. Und bis zum Jahre 1918 war Raoul Tallien in diesem Schloß und in dieser Stadt nach dem Großherzog die wichtigste Persönlichkeit gewesen. Aber das konnte eigentlich nur noch begreifen, wer es selbst miterlebt hatte. Er konnte sich daran erinnern. Barbaras Mutter schon nicht mehr. Sie war 1916 geboren, und bis sie groß genug war, die Umwelt zu verstehen, war der Großherzog ein Anachronismus geworden, ein freundlicher Herr, der im Park spazierenging, und dem sie mit einem Knicks das Händchen reichen mußte. Ihr Vater war damals noch nicht alt, doch er ging gleichfalls spazieren. Und er hatte eben früher mal in diesem Schloß gearbeitet. So begriff das Kind die Situation, und so hatte sie es auch ihrer Tochter erzählt.

Barbara preßte den Hund ein wenig fester an sich, der aufmerksam auf die Straße hinausblickte, aufmerksamer als sie selbst. Für einen Moment legte sie ihr Gesicht in sein weiches Fell. Sie war müde. Sie war die ganze Nacht gefahren und den ganzen Tag, geschlafen hatte sie kaum. Alles war so fremd und neu. Sie hatte Angst vor der Ankunft in dem fremden Haus, bei den fremden Leuten. Im Moment verstand sie nicht, warum sie hierhergekommen war. Von daheim aus hatte es verlockend ausgesehen. Ein anderes Land, ein anderes Leben. Und vor allem eins: vergessen, was geschehen war. Die Leute nicht mehr sehen, die alles wußten und die immer wieder mit ihr darüber sprechen wollten. Sprechen in der sensationslüsternen, lebhaften und lauten Art ihres Volkes. Wenn sie dort auch lange gelebt hatte, sie war nicht von dieser Art. Sie hatte sich fortgesehnt.

Doch nun begriff sie es nicht mehr. Sie wünschte heftig, wieder daheim zu sein. Der Himmel würde klar sein an diesem Abend, voller Sterne. In den engen Gassen zwischen den Häusern war jetzt Leben, war Betrieb. Die Geschäfte noch geöffnet, alles war auf der Gasse, an den Türen, in den Läden, alles schwatzte und redete und lachte. Wenn man heraustrat aus den engen Gassen, dehnte sich das Meer unter dem nächtlichen Himmel, dunkel und geheimnisvoll schimmernd, schlafend und doch leicht bewegt. Die Brandung schlug an den Strand und an die Mauern der Mole im ewig gleichen Rhythmus. Die Boote waren auf den Strand gezogen, ihre Schatten lagen wie dunkle Flecken im Sand. Und vielleicht wäre sie gerade zu dieser Stunde die Promenade am

Meer entlanggegangen, die Lungomare, Dino vergnügt vor ihr her laufend, hier und da würde er eine Katze aufjagen, einem Schatten nachrennen, Bekannte begrüßen und wieder schwanzwedelnd zu ihr zurückkehren. Vielleicht wäre auch Piero bei ihr, die Hände in den Taschen würde er neben ihr her schlendern und erzählen, was er an diesem Tag erlebt hatte. Am Ende der Lungomare würde er stehenbleiben, unter der letzten Palme, wo es dunkel war, würde sie an sich ziehen und küssen, zärtlich, dann stürmisch und fordernd, dann würden sie zurückschlendern und bei Giacomo einkehren, gebackene Fische essen und Wein dazu trinken. Die Männer würden mit Piero reden, er würde erzählen, prahlen, lachen, trinken und rauchen und dabei sein Knie an das ihre pressen, und jeder wußte, daß sie zu ihm gehörte. Und dann ...

„Wir sind gleich da", sagte Julius in ihre Träume hinein. „Du wirst sicher Hunger haben."

„Ja, ein wenig", sagte Barbara höflich.

„Und müde bist du sicher auch. Es war eine lange und anstrengende Reise."

Am anstrengendsten war der Abschied von Piero gewesen. Bis zuletzt hatte er nicht glauben wollen, daß sie wirklich fahren würde. Es hatte so wilde Szenen zwischen ihnen gegeben, daß Barbara Angst vor ihm bekommen hatte. Er hatte ihr strikt verboten zu fahren. Doch er vergaß, daß sie sich nichts verbieten ließ, auch nicht von einem Mann, den sie liebte. Daß er damit nur ihren Trotz geweckt hatte. Am Tag, ehe sie fuhr, und am Reisetag selbst hatte sie ihn nicht gesehen. Erst als sie schon im Zug saß, entdeckte sie ihn. Er stand mit finsterer Miene an die Espresso-Maschine im Bahnhof gelehnt und starrte zu ihr herüber. Daraufhin war sie noch einmal aus dem Zug gesprungen, Dino natürlich ihr nach, war über die Gleise gelaufen, geradewegs in seine Arme.

Er drückte sie an sich, daß sie glaubte, ersticken zu müssen. „Rimani!" stieß er wild hervor. „Rimani qui!"

Sie küßte ihn, doch dann lief sie zum Zug zurück. Alles wartete auf sie. Peppo stand neben dem abfahrbereiten Zug. Die Reisenden, der Zugführer, alles lachte und rief ihr Scherzworte zu. Sie stieg ein, Dino hinterher, und gleich darauf fuhr der Zug ab. Piero stand da drüben, das Gesicht voller Wut und Schmerz. Und dann war er verschwunden.

Warum hatte sie ihn verlassen? Sie liebte ihn doch. Aber sie würde wiederkommen. Sie hatte es ihm versprochen.

„Wir sind da", verkündete Julius. Sie glitten durch ein weites, offenstehendes Tor. Das Haus lag weit zurück, es wirkte groß und dekorativ. Eine Lampe bestrahlte hell einen Teil der Vorderfront.

Julius hielt, räusperte sich, sagte aber nichts. Er stieg aus und dachte auf einmal verzagt: Wie soll das nur werden?

Er ging um den Wagen herum, öffnete die Wagentür, als erster sprang mit einem großen Satz Dino heraus, sah sich neugierig um und beschnupperte die Stufen, die ins Haus führten.

„Dies ist das Haus der Familie Tallien", sagte Julius von Tallien mit einer gewissen Feierlichkeit. „Hier ist deine Mutter geboren und aufgewachsen. Es sieht allerdings heute anders aus als damals. Das Haus war beschädigt, wir haben umgebaut."

Barbara kletterte aus dem Wagen, sie fröstelte. Kalt war es hier, und es regnete. Jetzt war sie also hier. Im Haus der Talliens. Es bedeutete ihr nichts.

Als erster kam Joker aus dem Haus, der Pudel. Er wollte auf seinen Herrn zulaufen, dann entdeckte er den fremden Hund und blieb zögernd stehen. Er war keine Angriffsnatur.

Der Gast war von anderem Wesen. Dino knurrte, und die Haare auf seinem Rücken richteten sich auf. Barbara erwischte ihn gerade noch am Halsband. „Cuccia!" befahl sie energisch. „Sta quieto!"

Als nächste erschien Anny, das Hausmädchen. Sie besah sich neugierig den Ankömmling. Aber Julius ließ ihr nicht viel Zeit dazu.

„Das Gepäck ist hinten im Wagen. Räumen Sie alles aus, Anny, und bringen Sie es in das Zimmer vom gnädigen Fräulein."

Dann nahm er Barbaras Arm und sagte: „Komm. Gehen wir hinein." Je schneller man es hinter sich brachte, um so besser.

Die Familie war im Wohnzimmer versammelt. Als sie hereinkamen, Julius, das Mädchen und der Hund, richteten sich alle Blicke auf sie.

Elisa legte die Zigarette aus der Hand und stand langsam auf.

„So, da seid ihr", sagte sie. Es klang so, als hätte sie gehofft, es sei in letzter Minute noch etwas dazwischengekommen, das Barbara an der Reise verhindert hätte.

Ihr Blick umfaßte die Gestalt des Mädchens, und auch Dino, der sich eng an Barbara drängte. Immerhin brachte Elisa ein Lächeln zustande. Was sie sagen sollte, wußte sie nicht recht. Sie reichte Barbara die Hand und meinte: „Da bist du also. Wir freuen uns alle sehr."

Barbara kam sich elend und verlassen vor. Sie zwang sich ein kleines Lächeln ab und drückte viel zu heftig die kleine weiche Hand, die ohne Druck in ihrer lag. Gegenüber der elegant gekleideten, gepflegten Dame kam es ihr erstmals in den Sinn, wie sie wohl selbst aussehen mochte. Die lange Fahrt, sie war müde, ihr Haar mußte verwirrt sein, und sie hätte sich wenigstens die Lippen nachziehen sollen, ehe sie den Zug verlassen hatte.

Elisas Blick war endgültig auf Dino haftengeblieben. „Was ist denn das?" fragte sie mit deutlicher Abneigung.

Julius versuchte ein fröhliches Lachen. „Das ist Barbaras Hund. Sie hat ihn mitgebracht. Es war ein schwieriger Transport, sie muß euch das nachher mal erzählen."

„So", sagte Elisa mit schmalen Lippen.

Ein Junge, er mochte etwa vierzehn Jahre alt sein, pflanzte sich vor Barbara auf und betrachtete sie ungeniert. „Noch 'ne Kusine", sagte er, „dabei haben wir schon so viel." Er grinste, dann beugte er sich zu dem Hund hinunter, um ihn anzufassen, aber Dino zeigte knurrend die Zähne und wich zurück.

„Das ist Ralph", erklärte Julius eilig, „und das Marianne und Doris, deine Kusinen."

Barbara sah von einem zum anderen, drückte ihre Hände, hörte kaum die Begrüßungsworte. Doris zum Beispiel rief laut und unbekümmert: „Hallo, Barbara. Sei gegrüßt in diesen würdigen Hallen. Nein, wie süß sie ist. Und wie schick."

Das letzte war zweifellos Spott. Julius kannte das kecke Mundwerk seiner jüngsten Tochter. Schick war Barbara gewiß nicht. Er sah jetzt erst mit Bewußtsein, wie sie gekleidet war, ein grauer Rock, ein gelber Pullover, und darüber eine Jacke, die in keiner Beziehung zu den anderen Kleidungsstücken stand. Sie redeten alle durcheinander, dann schwiegen sie wie auf Kommando und sahen Barbara erwartungsvoll an. Barbara errötete. Was sollte sie jetzt sagen?

Julius kam ihr zu Hilfe. „Zeigt Barbara jetzt ihr Zimmer, sie soll sich die Hände waschen, dann werden wir essen."

In der Diele stand Anny, umgeben von dem Gepäck. Sie schaute vorwurfsvoll drein.

„Was für ein Ramsch", schrie Doris begeistert. „Du mußt ein Abteil für dich allein gebraucht haben."

„Es ist gut", sagte Elisa nervös. „Helft es hinauftragen. Und beeilt euch."

Doris und der Junge kamen mit hinauf. Das kleine Zimmer lag im Dachgeschoß, ein Bett stand darin, ein Schrank, eine Kommode, ein kleiner Tisch, darauf ein Blumenstrauß. Es sah freundlich aus. Barbara gefiel es, sie war nicht verwöhnt.

„Wir hoffen, es macht dir nichts aus", plauderte Doris, „wenn du hier oben schläfst. Wir schlafen eine Etage tiefer. Aber da war nichts mehr frei, du hättest zu mir ziehen müssen. Und vielleicht ist es dir lieber, wenn du allein bist. Gefällt es dir?"

„O ja", sagte Barbara. „Es ist sehr hübsch."

„Auspacken kannst du nachher. Ich zeig' dir jetzt das Bad, und dann gehen wir wieder 'runter."

Im Moment war Barbara ganz wirr vor Müdigkeit. Sie hatte nur den einen Wunsch, allein zu sein, sich hinlegen zu können. Sehnsüchtig blickte sie auf das Bett.

„Und der?" fragte Ralph und wies auf Dino. „Soll der auch hier oben schlafen?"

Barbara blickte ihn unsicher an. „Wo sonst?"

„Momy mag es nicht, wenn die Hunde in den Schlafzimmern sind. Joker schläft in der Diele."

„Dino würde sich fürchten", sagte Barbara eilig, „solange er fremd ist." Sie hatte wohl bemerkt, wie die fremde Frau ihren Hund angesehen hatte. Wenn sie Dino nicht haben wollen, dachte sie heftig, bleibe ich auch nicht. Er ist mir wichtiger als sie alle zusammen.

Der Junge betrachtete sie eine kleine Weile kritisch, geradezu abschätzend. Doch plötzlich lächelte er, ein helles, zutrauliches Lächeln, in seinem Blick war deutlich Sympathie zu erkennen. Er sagte: „Das findet sich. Besser du fragst gar nicht. Wenn man erst fragt, bekommt man nur eine Antwort. Bis die alten Herrschaften was merken, ist schon ein Gewohnheitsrecht daraus geworden. Das ist die beste Art, mit Eltern umzugehen."

Seine Schwester Doris gab ihm einen Puff, lachte aber und sagte: „Du bist ein Lümmel, aber zufälligerweise hast du recht. Kommt, wir gehen jetzt."

Das Abendessen zog sich für Barbaras überreizte Nerven endlos lang hin. Sie aß nicht viel, sie war zu müde, um Hunger zu haben. Dino dagegen war dazu keineswegs zu müde. Er saß neben ihrem Platz und ließ den Blick nicht von ihr. Einmal reichte sie ihm einen Bissen hinunter, und errötete dann, als Elisa tadelnd die Brauen hochzog.

Julius sagte eilig: „Dein Hund wird hungrig sein, Barbara. Anny soll ihm dann draußen etwas zurechtmachen."

Erst hatte sie Dino oben in dem Zimmer lassen wollen, aber er hatte angefangen zu heulen, sie mußte ihn holen. Das erste, was er tat, als er herunterkam: er fuhr auf Joker los, der sich daraufhin beleidigt und zitternd in eine Ecke zurückzog. Kein Zweifel, die Gegenwart von Dino erschwerte Barbaras Einzug in das Haus der Familie Tallien.

Doris und Ralph belebten das Abendessen durch Erzählungen. Von der Schule, vom Sport, von ihren Freunden. Sie hatten beide das Bestreben, vor dem Besuch etwas anzugeben. Julius, dem sonst die Lebhaftigkeit der beiden Jüngsten oft auf die Nerven ging, war ihnen heute dankbar dafür.

Barbara aß, ohne viel zu sagen, sie blickte kaum auf. Sie spürte, daß Elisa sie beobachtete. Tante Elisa. Muß ich zu ihr auch du sagen, überlegte sie. Bis jetzt hatte sie jede Anrede vermieden. Sie wußte, daß ihre Mutter Elisa nicht recht leiden mochte. „Diese eingebildete Gans, die mein Bruder da geheiratet hat", pflegte sie zu sagen.

Einige Male blickte Barbara auch verstohlen zu dem anderen Mädchen hinüber, zu ihrer Kusine Marianne. Barbara fand sie sehr hübsch, das Haar ganz hellblond und wunderbar frisiert, ein weißes, ebenmäßiges Gesicht mit hellen blauen Augen. Nur der Mund war etwas zu voll und gewölbt, er stahl dem Gesicht die edle Linie. Sie sprach nicht viel, ihre Miene war ein wenig hochmütig. Bei Tisch erfuhr man, daß sie an diesem Abend noch ausgehen würde. Ein gewisser Heinz käme dann, sie abzuholen.

Doris sorgte für weitere Aufklärung. „Mit dem ist sie verlobt", sagte sie zu Barbara, „und die zwei sind fleißige Partybesucher."

„Aha", sagte Barbara und lächelte zu Marianne hinüber. Diese sagte keinen Ton dazu, erwiderte auch das Lächeln nicht.

Komisch, auf einmal Verwandte zu haben. Barbara hatte nie

Verwandte gehabt. Sie wußte aus den Erzählungen ihrer Mutter, wie groß die Familie war und welche Rolle sie spielte in dieser Stadt. Auch in Italien hatten die Leute alle viel Familie und maßen dem große Wichtigkeit bei. Früher hatte sich Barbara oft gewünscht, auch Familie zu haben. Geschwister vor allem, und Onkels und Tanten und Großeltern, so wie es die anderen Kinder hatten. Nicht immer ein einsamer, verlorener Fremdling zu sein. Vielleicht war es dieser Kindheitswunsch gewesen, der sie bewogen hatte, hierher zu kommen. Doch sie hatte sich nicht vorgestellt, wie schwierig es war, eine Familie zu bekommen, wenn man schon erwachsen war. Es war ihr nicht die Idee gekommen, daß man in dieser Familie dann auch wieder ein Fremdling sein würde. Jetzt wußte sie es.

Nach dem Essen gingen sie alle hinüber ins Wohnzimmer, Julius zündete sich eine Zigarette an und griff erleichtert nach der Zeitung. Es würde schon werden. Das Schlimmste war überstanden. Und jedes heikle Thema war vermieden worden, niemand hatte von Barbaras Eltern gesprochen, niemand von der Vergangenheit. Er hatte es den Kindern extra vorher eingeschärft. Natürlich würde man darüber sprechen müssen. Aber es mußte nicht gleich am ersten Tag sein. Das hatte Zeit.

Doris ging mit Barbara und Dino in die Küche und machte selbst für ihn das Essen zurecht. Es war genug übriggeblieben. Er bekam eine große Schüssel voll und verputzte alles mit gutem Appetit. Joker sah dem Unternehmen von der Schwelle aus zu. Hinein getraute er sich nicht. Dino hatte bloß einmal über die Schulter geblickt, das genügte.

Nachher ließ er sich sogar von Doris streicheln.

„Ein hübscher Kerl“, meinte Doris. „Er hat wunderschöne Augen. Hast du ihn schon lange?“

„Ja, von klein auf. Er ist jetzt zwei Jahre. Seine Mutter war in einer Gärtnerei auf dem Grundstück, wo wir gewohnt haben. Er sollte getötet werden. Aber ich durfte ihn behalten.“

Zusammen führten sie den Hund in den Garten, Joker kam auch mit. Im Freien beschnupperten sie sich und schienen eine Art Waffenstillstand zu schließen.

Kurz darauf kam der Verlobte von Marianne. Er begrüßte Elisa mit einem Handkuß, Marianne erhielt einen Kuß auf die Wange. Sein Benehmen, die Art, wie er sich bewegte, sich sehr korrekt und vollendet vor den Damen verbeugte, machte großen

Eindruck auf Barbara. Er sah gut aus, groß und breitschultrig, hatte ein gutgeformtes Gesicht und dichtes blondes Haar. Ein Mann, der zweifellos eine große Wirkung auf Frauen hatte. Barbara reichte ihm ein wenig scheu die Hand. Er lächelte knapp, sein Blick überflog sie diskret musternd, doch nicht ohne Interesse. Gleich darauf verschwand das junge Paar.

Was für ein eleganter Anzug, dachte Barbara bewundernd. Er muß viel Geld haben. Wenn die hier dagegen Piero sehen würden, mit seinem offenen Hemd und seinen ewig zerdrückten Hosen. Die Haare hingen ihm meist in die Stirn. Aber wenn er lachte, war er unwiderstehlich. Er lachte gern. Nur beim Abschied hatte er nicht gelacht. Zornig war er gewesen. Und traurig.

Barbara verspürte in diesem Moment heftige Sehnsucht nach ihm. Warum war sie weggegangen? Er wollte sie heiraten. Wenn er bei ihr wäre, würde er sie jetzt in die Arme nehmen, alles wäre vertraut, sie könnte sich geborgen fühlen. Hier würde sie sich nie heimisch fühlen. Nie.

Endlich konnte sie schlafen gehen. Sie sagte gute Nacht und danke schön, und dann war sie oben in dem kleinen Zimmer, die Tür schloß sich hinter ihr. Sie war allein. Nein, nicht allein. Dino war bei ihr.

Das war der einzige Trost. Niemand hatte etwas gesagt, als er hinter ihr die Treppe hinaufgesprungen war.

Sie kniete neben ihm nieder, umschlang ihn mit beiden Armen, preßte ihr Gesicht in sein Fell und hätte am liebsten geweint. Doch sie weinte nicht. Sie weinte selten. Sie hatte zuviel Schlimmes erlebt in ihrem jungen Leben, um leicht zu weinen.

Eine große, wilde Sehnsucht war in ihrem Herzen. Sie war nur noch ein einsames, verlassenes Kind, das sich nach seiner Mutter sehnte. Nach der Liebe ihrer Mutter. Aber Barja war weit fort und würde nie wiederkommen.

„Barja", flüsterte sie in das Fell des Hundes, „Mami, o Mami!"

Dino blickte sie mit seinen schönen treuen Augen tröstend an, als sie den Kopf hob. Zärtlich glitt seine rauhe Zunge über ihre Wange.

„Ich hab' nur noch dich, Dino. Nur noch dich", flüsterte sie. „Ich verlasse dich bestimmt nicht. Wenn sie dich hier nicht haben wollen, gehen wir alle beide wieder weg. Wir fahren wieder nach Hause. Zu Piero. Und zu Mama Teresa."

Sie schlief unruhig in der ersten Nacht im Hause der Familie Tallien, da oben in dem kleinen Dachkämmerlein, das man ihr zugewiesen hatte. Das Haus der Talliens war eine fremde, unbekannte Welt für sie, die sie fürchtete. Doch sie hatte alles Recht der Welt, hier zu sein. Sie war Barbaras Tochter. Und sie war eine echte Tallien, Julius hatte es gleich gesehen, auch der alte Tallien, wenn er noch lebte, hätte es mit Genugtuung festgestellt. Sie war eine echte Tallien, im Aussehen, im Wesen, mit ihrem ganzen leidenschaftlichen Herzen.

Das war es auch, worüber Julius und seine Frau zuerst sprachen, als sie allein geblieben waren.

„Es ist erstaunlich, wie sie Barbara ähnlich sieht", sagte er. „Es gab mir direkt einen Stich, als ich sie sah. Und nicht nur Barbara, sie ist eine richtige Tallien, die Nase, die Stirn, Vaters Augen. Und die Art, wie sie sich hält, gerade, dabei von einer gewissen Lässigkeit. Erstaunlich, wie so etwas erhalten bleibt."

Dieser Familienstolz, der aus seinen Worten sprach, reizte seine Frau. Das Getue der Talliens, wie sie es nannte, hatte sie immer gereizt. Oftmals konnte sie eine spitze oder gehässige Bemerkung dazu nicht unterdrücken. Nicht solange der Alte lebte. Sie hatte ihn nicht geliebt, aber sie hatte Respekt vor ihm, sie fürchtete ihn sogar ein wenig. Er schätzte sie auch nicht besonders, für ihn war sie zweitklassig. Er hatte nie gelernt, anders als in hergebrachten, ihm angeborenen und anerzogenen Bahnen zu denken. Daß sie aus reichem Hause war, hatte ihm nie imponiert. Geld imponierte ihm überhaupt nicht, gleich ob er welches hatte oder nicht.

Elisa hingegen war stets der Meinung gewesen, ihre Familie sei genauso viel wert wie die der Talliens. Nicht adlig, nun gut, das spielte zu der Zeit, als sie Julius geheiratet hatte, sowieso keine Rolle mehr. Man wußte überdies gut genug, was es mit dem Adel auf sich hatte. Wer weiß, auf welche Art die Talliens einst in grauer Vorzeit zu dem Prädikat vor ihren Namen gekommen waren. Sie aber, Elisa, stammte aus einer guten, wohlhabenden, um nicht zu sagen, reichen Familie dieser Stadt. Sie besaß dafür einen gesunden Bürgerstolz. Die Talliens brauchten sich durchaus nicht soviel einzubilden auf ihren Namen, ihre Herkunft, auf die Schönheit ihrer Frauen, von der die Familiengeschichte immer wieder berichtete. Diese Frauen hatten allzuoft Unruhe in die Familie gebracht.

Jetzt sagte sie auf die Worte ihres Mannes: „Hoffentlich hat sie nicht allzuviel vom Charakter ihrer Mutter geerbt. Von ihrem Leichtsinn." Und dann neugierig, ohne sein Stirnrunzeln zu beachten: „Hast du sie gefragt?"

„Nein, natürlich nicht", erwiderte Julius abweisend. „Ich kann nicht gleich in der ersten Stunde davon anfangen. Ich möchte dich bitten, das mir zu überlassen. Es wird sich schon die Gelegenheit ergeben, mit ihr darüber zu sprechen."

„Mein Gott, hab' dich nicht so. Was ist denn für ein Geheimnis dabei? Es ist doch verständlich, daß du als Barbaras Bruder Näheres über ihren Tod wissen willst. Das Normale wäre doch gewesen, daß sie uns darüber geschrieben hätte."

„Normal ist in diesem Falle überhaupt nichts", sagte er. „Unsere ganzen Beziehungen sind es in den vergangenen Jahren nicht gewesen. Das läßt sich nicht mit ein paar Worten und nicht innerhalb einer Stunde auslöschen. Man kann auch nicht wissen, wie sie dazu steht. Sie ist noch zu jung. Ich bitte dich, Elisa, ich bitte dich inständig, mache es ihr nicht schwer. Ich möchte, daß sie sich wohl fühlt bei uns. Sie darf nicht das Gefühl haben, eine Fremde zu sein. Du weißt, was Vater gesagt hat. Barbara hat ein Anrecht darauf, hier zu sein."

„Jaja, ich weiß es", gab Elisa zurück, „du hast mir das in letzter Zeit oft genug gesagt. Wir werden alles für sie tun, was möglich ist. An mir soll es nicht liegen."

„Ich kann mich von einer gewissen Schuld nicht freisprechen", fuhr Julius fort. „Ich habe es in den letzten Jahren versäumt, mich so um meine Schwester zu kümmern, wie es Vater erwartet hat. Ich hätte längst da hinunterfahren müssen und sehen, was sie treibt. Und sie heimholen. Daß es eines Tages zu spät war ..."

Es quälte ihn. Es quälte ihn fast jeden Tag. Heute begriff er es selbst nicht mehr, warum er so nachlässig gewesen war.

Als der Krieg zu Ende war, hatte man nicht gewußt, wo sie sich aufhielt. Lange Zeit nicht. Als er dann erfuhr, daß sie in Italien lebte, war er mehr als überrascht gewesen. Wie kam sie dorthin?

Doch er hatte selbst den Kopf so voll. Es waren schwere Jahre gewesen. Der Betrieb mußte neu aufgebaut werden, ganz von vorn mußte er beginnen. Wäre nicht sein Name gewesen, die alten Beziehungen, auch der gute Name der Firma, wer weiß, ob er es geschafft hätte. Er war manchmal müde, überdrüssig allem. Und er war keineswegs ein geborener Geschäftsmann, das waren die Talliens nie gewesen. Er verstand nur seine Arbeit und wußte mit dem Vertrauen etwas anzufangen, das man ihm entgegenbrachte. Die Banken waren bereit gewesen, ihm zu helfen, die Stadt selbst hatte sich ihm gegenüber stets hilfsbereit und großzügig gezeigt. Dann hatte die Konjunktur der letzten Jahre ganz selbstverständlich seinen leistungsfähigen, modernisierten Betrieb miterfaßt, und so war es aufwärtsgegangen.

Als er wußte, wo Barbara war, hatte er ihr geschrieben, hatte angefragt, ob sie nicht nach Hause kommen wolle. Sie hatte kurz und bündig darauf mit einem Nein geantwortet. Dann hatte er einige Male Geld auf eine italienische Bank überweisen lassen. Sie hatte sich nie dazu geäußert. Immerhin war das Geld abgehoben worden, stets bis zum letzten Pfennig. Also hatte sie es wohl gebraucht. Von Jahr zu Jahr hatte er die Absicht gehabt, sie zu besuchen, endlich eine Brücke zu schlagen über die vergangenen zwanzig Jahre. Warum er das Zusammentreffen immer wieder verschoben hatte, er wußte es selbst nicht.

Dieses Jahr nun war er fest entschlossen gewesen, zu ihr zu fahren. Er wußte nichts von ihr. Nicht einmal, ob sie noch mit diesem Mann zusammenlebte.

Er schrieb Anfang des Sommers an sie, er habe die Absicht, nach Italien zu kommen, er wolle sie sehen. Ob er zu ihr kommen könne oder ob sie es vorziehe, ihn in Mailand zu treffen.

Darauf hörte er lange nichts. Man konnte es nur als Ablehnung seines Vorschlages auffassen. Doch dann plötzlich, vor anderthalb Monaten, kam ein Brief ihrer Tochter, ein Brief der jungen Barbara. Er hatte mit einigem Erstaunen das Kuvert mit den steilen großen Buchstaben betrachtet, als es eines Morgens auf seinem Schreibtisch lag. Es war nicht die Schrift seiner Schwester. Der Stempel trug jedoch den Namen Roano, das stimmte. Ehe er den Brief geöffnet, hatte er das sichere Vorgefühl eines Unheils.

Die junge Barbara hatte mit dürren Worten mitgeteilt, daß sie seinen Brief erhalten habe und daß sein Besuch sich erübrige, ihre Mutter und ihr Vater seien in diesem Frühjahr durch einen Unfall ums Leben gekommen. Das war alles.

Julius hatte davor gesessen wie betäubt. Barbara war tot?

Konnte das möglich sein? Durfte das möglich sein? Und wie ein drohender Schatten war das Schuldgefühl in ihm erstanden, war immer größer geworden und wuchs täglich. Er hatte versagt, er hatte sich nicht um sie gekümmert.

Der ganze Fall war im näheren und weiteren Familienkreis ausführlich diskutiert worden. Die älteren Glieder der Familie Tallien erinnerten sich gut an Barbara, an den Skandal von damals. Man sprach darüber wie einst. Die Zeit, da es versunken und vergessen schien, die Kriegs- und Nachkriegszeit, in der man andere Sorgen gehabt hatte, war vorbei. Man sprach wieder über Barbara von Tallien, genau wie früher. Die alten Familien der Stadt, die sich behauptet hatten, vergaßen nicht so leicht. Die jüngere Generation erfuhr nun auch, was einmal geschehen war. Und die älteren Frauen sagten mit gewichtiger Miene: es mußte mit ihr ein böses Ende nehmen. Es konnte gar nicht anders sein. Man hatte es ihr damals schon prophezeit.

Julius haßte dieses Gerede. Sterben mußten sie alle. Und jeder konnte durch einen Unfall ums Leben kommen, auch der tugendhafteste dieser Bürger. Er haßte den selbstzufriedenen und hämischen Ausdruck in Elisas Gesicht, wenn sie von Barbara und ihrem rätselhaften Ende sprach. Er haßte die Neugier der Leute, die Neugier seiner eigenen Kinder, und wich jedem Gespräch darüber aus.

Für ihn galt nur eines. Er hatte versagt. Er hatte Barbara nicht heimgeholt, wie es der Vater gewünscht. Und wie er es im geheimsten Herzen ja auch gewünscht hatte. Denn hatte er jemals im Leben einen Menschen so geliebt wie seine schöne Schwester? Keinen. Nie. Nicht seine Frau. Nicht seine Kinder. Wenn er die Empörung aller anderen geteilt hatte, dann darum, weil sie auch ihn verlassen, weil sie auch ihm das alles angetan hatte.

Nun war es zu spät. Aber sofort entschloß er sich, Barbara, das Kind, heimzuholen. Sie war allein. Wie lebte sie? Wovon lebte sie? Sie war noch jung, unmündig, wer kümmerte sich um sie?

Er hatte seinen Entschluß umgehend seiner Frau mitgeteilt. Es gab Debatten, ein Hin und Her, sogar ernsthaften Streit. Doch Julius blieb fest.

„Wozu das?" hatte Elisa gefragt. „Sie lebt jetzt seit Jahren da unten. Sie ist dort aufgewachsen. Du kennst sie nicht. Keiner von uns kennt sie hier. Sie wird sicher nicht kommen wollen."

„Ich werde sie fragen." Er war nicht davon abzubringen. Er schrieb einen herzlichen, ja liebevollen Brief. Daß es ihn tief erschüttert habe, von dem Tod seiner Schwester zu hören. Wie war es denn passiert? Ein Autounfall? – Das vermutete er. Was sonst konnte es sein, wenn sie alle beide ums Leben gekommen waren. Sicher hatte Barbara selbst den Wagen gesteuert. Sie war eine wilde, ungestüme Reiterin gewesen, so war sie wohl auch Auto gefahren. – Dann hatte er seine Nichte aufgefordert, zu kommen. „Du bist allein", schrieb er, „und so jung, daß Du noch den Schutz einer Familie brauchst. Du sollst hier leben wie meine Tochter. Du weißt vielleicht von deiner Mutter, daß ich drei Kinder habe, Du sollst als viertes nun dazugehören. Du bist eine Tallien, und das Haus der Familie Tallien ist auch Dein Haus. Wenn Du willst, komme ich, um Dich zu holen. Falls irgendwelche Verbindlichkeiten zu regeln sind, oder falls Du Geld brauchst, schreibe es mir."

Unter dem Schreiben war ihm eingefallen, daß es Unsinn war, danach zu fragen. Er hatte gleichzeitig eine größere Summe angewiesen.

Auf diesen Brief hörte er mehrere Wochen lang nichts. Die Tochter schien der Mutter zu gleichen. Sie schrieb nur selten und nur, wenn es nötig war. Sie schrieb weder eine Bestätigung noch einen Dank für das Geld. Und sie teilte auch nichts über den Tod ihrer Mutter mit.

Julius war im Zweifel, was er tun sollte. Einfach hinunterfahren? Noch einmal schreiben?

„Paß nur auf", stichelte Elisa, „eines Tages steht sie vor der Tür. Sie ist wahrscheinlich unberechenbar und schlecht erzogen wie deine Schwester."

Julius war so ärgerlich geworden, wie Elisa ihn selten gesehen hatte. „Ich verbiete dir, etwas gegen meine Schwester zu sagen. Was immer sie getan hat, es gibt dir nicht das Recht, sie noch im Tode zu beleidigen und zu beschimpfen." Er liebte manchmal die großen Worte. Auch dies war eine Familieneigenschaft.

Plötzlich nun, vor genau sechs Tagen, war wieder ein Brief mit den kindlichen Buchstaben gekommen. Kurz und bündig teilte die junge Barbara darin mit, daß sie an dem und dem Tage mit dem und dem Zug eintreffen würde. Weiter nichts.

Nun war sie da. Schlief die erste Nacht im Hause der Talliens. Noch wußte Julius nichts von ihr, nichts von ihrem Leben. Er wußte nur eins: daß sein Herz erfüllt war wie lange nicht mehr, daß er Freude empfand, ja Glück darüber, daß das Mädchen da war. Und daß sie in allem seiner toten Schwester glich, ihr Aussehen, ihr Lächeln, ihre Art zu gehen und zu sprechen. Eine echte Tallien. Was wußte Elisa davon, wieviel den Männern der Talliens ihre Frauen bedeutet hatten, immer und zu jeder Zeit. Er war glücklich, daß sie da war, schon an diesem ersten Abend. Sie sollte bei ihm bleiben.

2

„Das ist Barbara."

„Das ist also Barbara. Nein, wie reizend. Wie sie ihrer Mutter gleicht." Dann dämpfte sich die Stimme. „O Gott, es ist so schrecklich. Sie war noch so jung. Und das arme Kind ist nun ganz allein." Und dann wieder mit betonter Herzlichkeit: „Gefällt es dir bei uns? Nun, du wirst dich schon eingewöhnen. Wir freuen uns alle, daß du da bist. Du mußt uns demnächst einmal besuchen."

Barbara kannte diese Gespräche schon. Obwohl es ihr nicht so schnell gelang, die weitverzweigte Verwandtschaft auseinanderzuhalten. Da waren Onkels und Tanten, eine Menge von Kusinen und Vettern, ältere und jüngere Familienmitglieder, eine große Sippschaft, und dazu eine Menge von Freunden und Bekannten des Hauses. Alle hatten sie neugierige Augen, aber alle waren freundlich zu ihr, jeder tat, als sei es ganz selbstverständlich, daß sie nun hier sei. Sie fühlte, wie alle diese Augen ihr folgten, wie man sie beobachtete, über sie sprach. Und alle taten ein wenig so, als käme sie aus dem Urwald.

Manchmal kam es ihr selbst so vor. Das Leben, das sie jetzt führte, war so verschieden von dem, das sie bisher gekannt hatte. In Rock und Bluse, in flachen Sandaletten und mit nackten Beinen war sie in den engen Gassen von Roano umhergelaufen. Sie hatte wenig anzuziehen, sie hatte nie viel gegessen, das Leben war unruhig und unsicher, aber es war voller Freiheit. Wenn sie am Wochenende mit Piero zum Tanzen ging, trug sie ein kurzes weites Kleidchen aus gelber Seide, immer das gleiche, und um den Hals eine Kette mit grünen Steinen, die er ihr geschenkt hatte. Sie war überschlank, mit langen Beinen, schmaler Taille, einer kleinen festen Brust, schönen breiten Schultern und einem schmalen beweglichen Hals. Das leuchtende Haar trug sie halblang und glatt, selten, daß sie einmal einen Friseur aufsuchte. Das kostete alles Geld. Immer war ihre Haut leicht gebräunt, auch im Winter, ein haltbarer sanfter Goldton auf Armen, Schultern und Beinen, der sich doch stets von der Hautfarbe der Italiener unterschied. Eine junge, ein wenig verwilderte Schönheit der Talliens, die wurzellos in fremdem Lande aufgewachsen war.

Jetzt hatte man sie neu eingekleidet. Elisa und vor allen Dingen ihre Kusine Marianne hatten sich dieser Aufgabe mit echt weiblicher Freude angenommen. Marianne hatte sie mit zu ihrem Friseur genommen. Der hatte nicht glauben wollen, daß die Farbe ihres Haares echt sei. Er hatte ihr eine leichte Dauerwelle gemacht, das Haar ein wenig gekürzt und dann auf moderne und daher sehr natürliche Weise frisiert. Wie eine einzige leuchtende weiche Welle umschloß es ihren schmalen Kopf, dunkelblond mit diesem goldrötlichen Schimmer darin. Wenn die Sonne darauf schien oder wenn sie im Licht einer Lampe saß, schien es Funken zu sprühen. Irgendein alter Onkel, Barbara wußte nicht mehr, wie er hieß, hatte genießerisch den alten französischen Kognak im Glas geschwenkt, daß das Licht darin blitzte, und ihr vergnügt zugerufen: „Sieh, Barbara, er hat die gleiche Farbe wie dein Haar. Nach Jahrhunderten sieht man noch, wo die Talliens herkommen. Das ist alles unter Frankreichs Sonne gewachsen."

Sie hatte unsicher gelächelt. Die Damen machten süßsaure Gesichter zu dem Kompliment.

Und dazu die dunklen, fast schwarzen Augen unter breiten, schöngezeichneten Brauen, die hohe Stirn und das schmale, edle Oval ihres Gesichts. Julius mußte sie immer wieder ansehen. Auch als sie schon einige Wochen in seinem Hause lebte, war sie immer noch wie ein Wunder für ihn. Die Jahre schienen ausgelöscht. Es war, als säße Barbara ihm gegenüber. Die andere Barbara.

Übrigens gab die Namensgleichheit von Mutter und Tochter oft Anlaß zu Verwirrung. Nicht immer war die gegenwärtige Barbara gemeint, wenn der Name fiel. Barbara merkte es an den unsicheren Blicken, die sie streiften, an den gedämpften Stimmen, wenn sie von ihrer Mutter sprachen. Sie hätte gern gesagt: Erzählt mir! Erzählt mir alles von ihr. Wie sie war, wie sie gelebt unter euch, und warum es so furchtbar war, was sie getan hat, daß ihr es bis heute nicht vergessen könnt.

Aber natürlich fragte sie nicht. Nicht einmal Julius, denn sie merkte, daß er am allerwenigsten darüber sprechen mochte. Sie verstand es, auch sie sprach nicht von dem, was geschehen war.

Für die jüngere Generation war das Thema nicht interessant. Sie mokierte sich über die Wichtigkeit, die die Alten den vergangenen Geschichten beimaßen. Das war so lange her. Für sie war die junge Barbara, die plötzlich hier hereingeschneit kam und die mit einem Mal im Mittelpunkt aller Aufmerksamkeit stand, weitaus interessanter. Die Mädchen waren zurückhaltend, oft sogar ablehnend, denn natürlich widmeten die jungen Männer dieses Verwandten- und Bekanntenkreises der reizvollen Fremden große Aufmerksamkeit. In diesem Fall nun bewegte sich Barbara auf sicherem Boden. Mochte sie auch nicht die gesellschaftliche Gewandtheit der anderen Mädchen besitzen, so hatte sie doch lang genug unter Südländern gelebt, hatte von Jugend an lebhafte Verehrung von Männern entgegengenommen und gelernt, darauf mit der lässigen Sicherheit der Frauen dort zu reagieren. In dieser Beziehung war sie reifer als die gleichaltrigen Mädchen hier. Und nicht zuletzt – sie hatte zwei Jahre lang einen Geliebten gehabt, einen leidenschaftlichen, zärtlichen Geliebten. Sie wußte mehr von der Liebe als manche der verheirateten Frauen, die ihr die Wangen streichelten und sie liebes Kind nannten.

Piero war immer stolz auf sie gewesen. Als es ihm damals gelungen war, sie zu verführen, sie war erst achtzehn, doch sie hatte ihm nicht viel Widerstand geleistet, hatte er nicht gezögert, sich offen zu ihr zu bekennen, zu zeigen, daß sie zu ihm gehöre, daß sie sein Mädchen sei. Der ganze Ort hatte es mit der Zeit akzeptiert. Nur ihre Eltern wußten es zunächst nicht, der Vater hatte es nie erfahren. Für ihn war Barbara noch ein Kind, der lustige Piero nichts als ein guter Freund der Tochter. Barja hatte es natürlich bald gemerkt. Sie hatte nicht viel dazu gesagt. Nur einmal. „Willst du diesen Piero etwa heiraten?“ – „Ich weiß nicht“, hatte Barbara erwidert. „Tu es nicht“, sagte Barja darauf, und um ihren Mund war der harte Zug erschienen, den Barbara nicht liebte. „Wir werden fortgehen von hier. Bald. Ich will mein Leben nicht in diesem Nest beschließen. Du vielleicht?

Mit Piero als Ehemann und einem Haufen Bambini?" Und auf Barbaras unsicheres Schweigen: „Er ist ein netter Kerl. Und sehr tüchtig, wie man sagt. Aber trotzdem, Barbara, tu es nicht. Ich bleibe nicht, das weißt du. Ich gehe auf jeden Fall. Später."

Ja, so war Barja gewesen, sachlich und ohne falsche Sentiments. Seit die Tochter annähernd erwachsen war, hatte sie vollends darauf verzichtet, die Mutterrolle zu spielen, die ihr ohnedies nie gelegen hatte. Als Barbara klein war, hatte sie nicht viel von der Mutter gehabt. Barja war selbst zu jung. Sie hatte das Kind widerstrebend und mit Abneigung bekommen und mochte es nicht sonderlich, als es da war. So führte es sein kleines, unruhiges Leben nur so am Rande. Aber es hatte die schöne, einmalige Mutter immer heiß geliebt und rückhaltlos bewundert.

Als Barbara älter wurde, hatte sich das Verhältnis zwischen ihnen verbessert. Sie waren Freundinnen geworden. Barja ließ die Tochter teilnehmen an ihren Träumen und Hoffnungen. O ja, das hatte sie vor allem, Träume und Wünsche und Hoffnungen. Sie erwartete noch so viel vom Leben. Und alles gipfelte immer in dem Wort: später.

Barbara wußte, was damit gemeint war. Später, das war, wenn der Vater tot sein würde. Später, das war, wenn sie frei sein würde. Oft war sie nahe daran gewesen, doch zu gehen. Aber sie hatte den Mann nicht verlassen, den sie aus seinem friedlichen Leben, aus seiner gesicherten Existenz gerissen hatte. Sie liebte ihn schon lange nicht mehr, doch sie hatte ihn nicht verlassen. Sie war eine Tallien, sie besaß Pflichtgefühl, sie war ritterlich und fair. Bis zuletzt. Da wollte sie doch gehen und ein neues Leben suchen.

Aber sie kam nicht mehr fort. Es gab kein neues Leben für sie. Jetzt mußte sie für immer dort bleiben, auf dem kleinen Friedhof mit der harten steinigen Erde, nahe den Weinbergen. Zusammen mit dem Mann, der ihr Schicksal geworden war.

Ihr ruheloses Später aber, ihr ständiger Wunsch, fortzugehen, hatte in Barbara seine Spur hinterlassen. Vielleicht war sie deswegen jetzt hierhergekommen. War fortgegangen in ein anderes Leben, trotz Piero. Obwohl sie ihn liebte. Seit sie hier war unter den Fremden hatte sie oft Sehnsucht nach ihm, nach seinem Lachen, seinen Zärtlichkeiten, nach seinen Küssen und nach seinen Armen, die sie festhielten.

Piero war stolz gewesen. Er hatte den fremden Vogel für sich eingefangen. Er war stolz auf ihre Haltung, ihre andere Art, den Kopf zu tragen, auf ihr leuchtendes Haar, ihre freie, selbstbewußte Art, und sogar auf den Widerstand, den sie ihm manchmal leistete. La Tedesca war sie dort gewesen. Die Fremde, die Sonderbare. Hier war sie nun die Italienerin. Die Fremde, die Sonderbare. War sie nirgends daheim?

Ihr Zusammenleben mit der Familie Tallien gestaltete sich verhältnismäßig reibungslos. Barbara selbst gab keinen Anlaß zu Schwierigkeiten. Sie war reif für ihr Alter, besonnen und mit einer gewissen sicheren Anmut ausgestattet, die überraschte. Sie bewegte sich in dem neuen Rahmen, ohne besonders aufzufallen oder Befremden zu erregen. Dabei hatte sie nur die gewöhnliche Volksschule in Roano besucht, ihre Bildung wies ganz schauerliche Lücken auf, wie die Verwandtschaft und besonders Elisa immer mit geheimem Entsetzen feststellten. Doch sie besaß sehr viel natürliche Intelligenz, und die war ihr in diesem Falle nützlicher als der glänzende Abschluß einer höheren Schule. Der Stolz und das Selbstbewußtsein, die sie von ihrer Mutter geerbt hatte, verhinderten von vornherein, daß sie jemals unter Komplexen litt. Sie war niemals, zu keiner Stunde, das arme junge Mädchen, das bei den reichen Verwandten aufgenommen worden war. Sie kam nie in die Verlegenheit, die Situation von dieser Seite zu sehen. Ihr Auftreten, ihre Haltung strafte den Lügen, der sie zum Aschenbrödel stempeln wollte. Dabei war sie niemals unbescheiden oder vorlaut, hatte tadellose Tischmanieren und geriet niemals wegen irgendwelcher Äußerlichkeiten in Verlegenheit. Jeder mußte zugeben, daß Barbara ihre Tochter gut erzogen hatte.

Julius war tief befriedigt und ein wenig amüsiert, als sie, kaum 14 Tage nach ihrer Ankunft, das erstemal abends mit ihnen ausging. Auswärtige Geschäftsfreunde waren zu Besuch. Manchmal bewirtete er sie zu Hause, doch an diesem Abend hatte er ein Essen im Restaurant veranlaßt. Es sollte im Park-Hotel stattfinden, dem ersten Haus am Platz, der gute Ruf seiner Küche war weit über die Stadt hinaus bekannt.

Für gewöhnlich begleitete ihn Elisa bei solchen Gelegenheiten, oft war auch Marianne dabei. An diesem Abend war Marianne jedoch verhindert. Aus einem plötzlichen Einfall heraus sagte er mittags zu Elisa: „Eigentlich könnte Barbara heute abend mitkommen.“

Elisa machte eine ablehnende Miene. „Wozu das?"

Er ließ sich nicht abschrecken. „Wir sind drei Herren. Du wärest die einzige Dame am Tisch. Es wäre doch nett, wenn Barbara mitkäme. Sie ist noch nirgends weiter hingekommen, hat nur Leute aus dem Verwandtenkreis kennengelernt."

„Ich glaube nicht, daß du ihr damit einen Gefallen tust. Du kennst den Rahmen im Park-Hotel. Sie würde sich vermutlich sehr unbehaglich fühlen."

„Das glaube ich eigentlich nicht. Wie ich sie bisher kennengelernt habe, wird nicht einmal Herr Wagenseil sie aus der Fassung bringen."

Herr Wagenseil war der Oberkellner im Park-Hotel. Ein jahrzehntelanger Bestandteil des Hotels, ja der Stadt, und eine Persönlichkeit von so ausgesuchten Manieren und von so vollendeter Lebensart, wie sie in der Stadt kaum wiederzufinden war. Wer vor den Augen des Herrn Wagenseil bestand und wer von ihm für voll genommen wurde, konnte getrost an jedem Königshof auftreten. Womit nicht gesagt sein soll, daß Herr Wagenseil es je hätte merken lassen, wenn ein Gast ihm nicht behagte. An seiner Höflichkeit, an seiner allumfassenden Fürsorge änderte sich nichts. Wer ihn jedoch kannte, vermochte aus seinem Verhalten vieles herauszulesen. Da waren so Nuancen, eine Neigung des Kopfes, ein Schritt vorwärts, sein sparsames, kostbares Lächeln, wer das bekam, der war von ihm anerkannt. Er dirigierte seine Kellner ohne eine Hand zu bewegen, sie arbeiteten mit einer Präzision, die ihresgleichen suchte, und sein Blick hatte stets den ganzen Speisesaal im Auge. Zu wem er aber an den Tisch trat, sei es um eine Speise oder einen Wein zu empfehlen, nach der Zufriedenheit des Gastes zu fragen oder ihm sonstwie beratend zur Seite zu stehen, der konnte gewiß sein, zur guten Gesellschaft zu gehören.

„Du weißt nicht, wie sie sich verhalten wird", fuhr Elisa fort, „ob sie im Gespräch mitkommt, meist ist sie doch sehr schweigsam."

„Das ist nicht immer ein Nachteil", meinte Julius unbeirrt, „besser ein junges Mädchen spricht zuwenig als zuviel. Und besser man sagt gar nichts als etwas Dummes."

Elisa schluckte. Aber sie machte Julius nicht die Freude, das auf sich zu beziehen. Es hatte Zeiten gegeben im Laufe ihrer Ehe, es kam auch heute noch vor, daß Elisa den Mund öffnete, um etwas zu sagen, was sie besser bei sich behalten hätte. Sie hatte Julius oft damit schokiert. Denn Elisa, mochte sie auch eine ansehnliche Frau sein, sehr gepflegt und elegant gekleidet, hatte gewiß keinen Grund, über die mangelnde Bildung ihrer Nichte zu reden. Elisa war nie sehr klug gewesen, nur arrogant. Und sie war ein vollkommen amusischer Mensch. Eine Tatsache, unter der Julius sein ganzes Leben lang gelitten hatte. Noch heute begriff er nicht, wieso ihm das entgangen war, als er um sie warb.

Die Talliens, obwohl in erster Linie Soldaten, Reiter und allenfalls noch Staatsmänner, hatten immer Herz und Sinn gehabt für die schönen Dinge dieser Welt, und genug Möglichkeiten, sie an diesem kunstsinnigen Hof zu pflegen. Natürlich hatte keiner je einen künstlerischen Beruf ausgeübt, aber es hatte oftmals sehr begabte Dilettanten unter ihnen gegeben. Julius gehörte dazu. Wenn man ihn als jungen Menschen gefragt hätte, was er am liebsten tun würde, so hätte die Antwort lauten müssen: Musik studieren. Es fragte niemand, und es stand auch nie zur Debatte.

„Was soll sie denn anziehen?“ fragte Elisa nervös.

Julius empfand Ärger. „Mein Gott, Elisa, stell dich nicht so an. Ihr habt jetzt eine Woche lang für sie eingekauft. Sie wird doch schließlich und endlich jetzt ein Kleid besitzen, in dem sie ein Restaurant besuchen kann.“

Als Julius später ging, traf er Barbara an der Tür. Sie kam mit ihrem Hund, den sie spazierengeführt hatte. Sie lachte ihm zu, auch Dino begrüßte den Hausherrn mit echter Freude.

„Du gehst heute abend mit uns aus, Barbara“, sagte Julius. „Ich habe Besuch, und wir essen im Park-Hotel.“

„Ich hab's schon gehört“, sagte sie. „Ich soll mitkommen?“

„Ja, es würde mich freuen. Magst du?“

Ohne zu zögern sagte sie bereitwillig: „Ja, gern.“

„Also dann bis heute abend. Und mach dich hübsch.“

Während er in die Stadt fuhr, verspürte er wieder das wärmende, zärtliche Gefühl im Herzen, das er immer mitnahm, wenn er sie angesehen und mit ihr gesprochen hatte. Nein, wenn sie ihn angesehen hatte, mit diesen dunklen, sprechenden Augen, wenn sie ihm zugelächelt hatte. Was war nur an ihrem Blick und an ihrem Lächeln, daß sie so haftenblieben, woher kam es, daß man die Umwelt vergaß, wenn man ihr gegenüberstand? Woher hatte dieses halbe Kind, dieses zwanzigjährige Mädchen eine solch seltsame Kraft?

Seine Schwester hatte auch stark auf die Menschen gewirkt. Und wie sooft dachte er: wie schade, wie bis ans Ende aller Tage schade, daß ich nicht miterleben konnte, was für eine Frau sie wurde. Wenn das nicht getrogen hatte, was als junges Mädchen im Ansatz vorhanden war, dann mußte eine herrliche Frau aus ihr geworden sein. Wo war sie das geworden? Und für wen? In welchem Rahmen?

Daß er so gar nichts von ihrem Leben wußte. Nichts. Zwanzig Jahre, eine lange Zeit. Und eine wilde Zeit dazu. War sie glücklich gewesen? Unglücklich? Wenn er es nur einmal erfahren dürfte, wenn es nur einen Menschen gäbe, mit dem er darüber sprechen könnte.

Natürlich, seine Nichte. Doch dieses Zeugnis scheute er. Er konnte sie schlecht über ihre Mutter ausfragen. Vieles würde sie auch nicht wissen. Sie war ein Kind gewesen während des Krieges, was konnte sie damals schon begriffen haben vom Leben ihrer Eltern. Und dann – das hatte er schon gemerkt – mochte sie nicht darüber sprechen. Sie war ihm bisher immer ausgewichen, wenn eine Frage sich in dieser Richtung bewegte. Was er bis jetzt über die letzten Jahre erfahren hatte, war sehr geringfügig, nur widerwillig und in kargen Worten hatte sie darüber gesprochen. Nichts Persönliches war in ihren Angaben enthalten, nichts über die Verhältnisse, in denen sie gelebt hatten, nichts von ihren Eltern, sie sprach höchstens über Nebensächliches und Äußerliches. Ihre Wortkargheit und ihre Abneigung, über die vergangene Zeit zu sprechen, verrieten indessen deutlich genug, daß nicht alles in Ordnung gewesen war, daß vielleicht Kummer und Not oder sonstige dunkle Schatten über ihrem Leben und dem ihrer Eltern gelegen haben mußten.

Wenn sie erst länger hier ist, tröstete sich Julius, wenn er mit seinen Überlegungen so weit gekommen war, wenn sie länger hier ist und Vertrauen zu mir gefaßt hat und ich ihr innerlich nicht mehr fremd bin, dann werde ich vielleicht mehr erfahren.

Seine Schwester war als junges Mädchen heiterer gewesen als diese Barbara von heute, unbeschwert und aufgeschlossen. Nun ja, das war verständlich, ihre Jugend war ganz unbelastet verlaufen. Obwohl sie seit dem fünften Lebensjahr keine Mutter mehr gehabt hatte. Das war aber wohl doch ein großes Unglück gewesen. Drei Männer hatten das Kind verwöhnt und verhätschelt, der Vater und die beiden Brüder. Der Vater liebte das kleine Mädchen, den nicht mehr erwarteten Nachkömmling so zärtlich, wie er niemanden sonst geliebt hatte. Die beiden Brüder, viel älter als die Kleine, waren ihr blindlings ergeben. Gleichzeitig aber hatte der Vater sie erzogen wie die beiden Jungen, streng, fast militärisch. In manchem war sie selbst wie ein Junge. Sie ritt wie der Teufel, kein Hindernis war ihr zu hoch. Mit vierzehn Jahren gewann sie ihr erstes Turnier und wurde zu einer gefürchteten Konkurrenz auf den Turnierplätzen. Sie konnte fechten, sie konnte schwimmen und tauchen wie ein Junge.

Doch sie war nicht nur eine Sportlerin, sie spielte Klavier, hatte eine hübsche Stimme. Es schien, viele der Talente und Vorzüge des alten Geschlechtes waren in ihr vereint.

Das konnte sich doch nicht geändert haben? Was für ein Leben hätte sie haben, was für eine Partie machen können. Doch alles war verloren und vertan durch diese törichte Liebe, die sie aus der Bahn gerissen und die sie so bedingungslos erfüllt hatte, wie es ihrem Wesen entsprach.

Warum hatten sie sie nicht zurückgeholt, gleich? Warum nicht wenigstens, als der Krieg ausbrach? Warum? Der Alte war schuld. So groß seine Liebe gewesen, so groß war seine Enttäuschung, seine Wut, sein Haß. Barbaras Name durfte vor ihm nicht mehr erwähnt werden. Ihre Briefe las er nicht, er verbot den Söhnen, ihr zu antworten. So groß war seine Autorität, daß sie sich gefügt hatten. Auch hier hatte wohl eine Mutter gefehlt, die vermittelte, die einen Weg zu dem verirrten Kind gefunden hätte. Und sicher wäre alles gar nicht soweit gekommen, wenn Barbara eine Mutter zur Seite gehabt hätte.

Würde er, Julius, nun nie erfahren, was in den Jahren, die zwischen damals und heute lagen, geschehen war? Aber er würde keine Ruhe finden, bis er es wußte. Soviel war gewiß.

Am Abend erschien Barbara zusammen mit Elisa im Park-Hotel. Sie trug ein einfaches blaues Kleid, schmal und glatt gearbeitet, das ihre gute Figur wirkungsvoll zur Geltung brachte. Julius erfaßte mit einem Blick, daß Elisas Bedenken völlig unnötig gewesen waren. Sicher, keine Hemmung zeigend, kam sie auf ihren hohen schlanken Beinen durch das Lokal, sie bewegte sich ohne Scheu und mit soviel natürlicher Anmut, als sei sie es gewohnt, einen Abend in einem Luxusrestaurant zu verbringen. Elisa hatte nie gelernt, sich so zu bewegen. Vermutlich würde es auch Marianne nie lernen. Barbara war es angeboren.

Als Julius sie mit den beiden Herren in seiner Begleitung bekannt machte, sah er in deren Gesichter ein leises, mit Bewunderung vermischtes Staunen. Sie verbeugten sich mit großer Aufmerksamkeit.

„Meine Nichte“, sagte Julius stolz, „Barbara von Tallien.“ Es klang fast ein wenig feierlich. Elisa hob die Brauen. War es nötig, den Namen zu betonen? Hätte es nicht genügt, zu sagen: meine Nichte Barbara?

Julius schob seiner Frau den Stuhl zurecht, und in diesem Augenblick geschah ein Wunder. Herr Wagenseil, der einige Schritte entfernt in aufmerksamer Beobachtung verharrt hatte, trat herzu und übernahm für Barbara eigenhändig den gleichen Kavaliersdienst. Sie blickte flüchtig auf und dankte mit einem Kopfnicken. Julius sah in Herrn Wagenseils Augen ein kleines Lächeln, sah die Befriedigung in der Miene des alten Obers. Herr Wagenseil wußte, wen er vor sich hatte. Zweifellos blieb ihm sowieso nichts unbekannt, was in den besseren Kreisen der Stadt vor sich ging. Er mochte von Barbaras Ankunft gehört haben. Jetzt hatte er sie gesehen und auf den ersten Blick akzeptiert. Das Mädchen, das aus einem italienischen Küstenort kam. Herr Wagenseil indessen war klug und erfahren genug, um Äußerlichkeiten nicht zu überschätzen. Er blickte tiefer. Hier vor ihm an dem Tisch saß eine Tallien. Das hatte er sofort erkannt. Eine echte, wirkliche Tallien. Überdies war sie das Ebenbild ihrer Mutter, die er gekannt und – was mehr bedeutete – anerkannt hatte, so jung sie auch damals war.

Julius lächelte vor sich hin.

Der Abend verlief angeregt und angenehm. Man speiste ausführlich, trank einen vorzüglichen Wein. Elisa redete wie stets ein wenig zu viel. Barbara gab sich ganz natürlich, sie war bescheiden und zurückhaltend, doch wenn sie lachte, schien der Raum heller zu werden. Wenn einer von den Männern sie ansah, veränderte sich sein Gesichtsausdruck. Julius bemerkte es wohl. Also ging es anderen Männern genau wie ihm. Erstmals bekam er ein wenig Angst. Was konnte er tun, um Barbara wirklich zu behüten und das Beste für sie zu wählen?

Das Beste, dachte er leidenschaftlich. Der beste Mann ist für sie gut genug. Und doch fühlte er sich so machtlos. Seine Schwester war auch nicht behütet worden, sie hatte getan, was sie wollte. Denn bei aller Schönheit, bei aller offensichtlichen Überlegenheit waren die Frauen der Talliens nicht klug genug, ihrem Herzen zu befehlen und ihren Verstand zu befragen, wenn sie liebten. Oder wenn sie zu lieben *glaubten.*

Noch etwas anderes entdeckte Julius an diesem Abend in sich selber. Eifersucht auf den Mann, den Barbara einmal lieben würde. Er erkannte es ganz klar, analysierte dieses verrückte Gefühl sich selbst gegenüber. Nicht die Eifersucht eines Mannes auf den Nebenbuhler, o nein, seine Gefühle waren frei von verbotenen Gedanken. Es war die gleiche Eifersucht, die er bei seiner Schwester schon empfunden hatte, er genauso wie sein Vater und sein Bruder. Nicht das zuletzt war es doch gewesen, was sie so hart und unversöhnlich gemacht hatte. Sie betrachteten sie als zu sich gehörig, als ihr Eigentum, das Eigentum der Talliens. Kein Fremder hatte ein Recht darauf. Und jetzt, kaum daß seine Nichte vierzehn Tage hier war, begann es also wieder. Sie gehörte zu ihm, in sein Haus, in seine Familie, kein anderer durfte sie wegnehmen. Er verlangte nichts für sich. Nur daß sie da war, ihr Lächeln in seinem Leben, ihr dunkler Blick, ihre tiefe Stimme, ihre Art, auf ihn zuzugehen, so wie sie vorhin durch das Lokal auf ihn zugekommen war. Mehr verlangte er nicht. Aber es war trotzdem ein furchtbares Gefühl, es stürzte ihn in Konflikte, fast in ein Entsetzen. Gab es das? Konnte man ein Gefühl so aufbewahren, über zwei Jahrzehnte hinweg?

Seine Hand, die die Zigarette hielt, zitterte ein wenig. Elisas Blick streifte ihn prüfend über den Tisch hinweg. Er merkte es gar nicht. Sie war seine Frau, die Mutter seiner Kinder, aber sie war ihm fern und fremd, war es immer gewesen und würde es immer bleiben.

Barbara aber gehörte zu ihm. Sie war aus gleichem Blut und gleichem Stoff wie er. Und dieses Gefühl, dieses Wissen würde sich nie mehr aus seinem Herzen vertreiben lassen.

Barbara genoß den Abend offensichtlich. Sie hatte bisher in ihrem Leben wenig Gelegenheit gehabt, in derartigem Rahmen auszugehen. Das Lokal gefiel ihr, das Essen hatte ihr geschmeckt, und im Weintrinken vollends stand sie den Männern am Tisch kaum nach. Der Wein schmeckte ihr, und sie lobte ihn mit verständigen Worten.

Einer der Herren wunderte sich über ihr Verständnis.

„Bei uns trinkt man viel Wein", sagte Barbara lächelnd, „ich bin schon immer daran gewöhnt."

Auf die verständliche Frage seines Gastes erklärte Julius ein wenig widerstrebend, daß seine Nichte in den letzten Jahren in Italien gelebt habe. Damit war ein neues Thema gegeben. Man wollte wissen, wo, auch interessierte es die Herren, Näheres über das Leben in Italien zu hören, wenn man nicht nur als Feriengast dort weilte.

Barbara erzählte bereitwillig, sie war gelöster, als Julius sie bisher gesehen hatte. Sie schilderte mit viel Humor und sehr plastisch das Leben in der kleinen Stadt am Meer, die Menschen dort, den so ganz anderen Daseinsrhythmus jener Gegend. Sie erwärmte sich bei ihrem Bericht, erzählte von der Weinernte, von den Fahrten der Fischer, dem Alltag in den Gassen zwischen den hohen alten Häusern.

Erst als einer der Herren sagte: „Haben Sie nicht Heimweh, gnädiges Fräulein? Heimweh nach dem schönen Süden?" da verschloß sich ihr Gesicht plötzlich, sie schüttelte entschieden den Kopf.

„Nein. Ich wollte gern einmal woanders hin." Und dann, mit ihrem raschen Lächeln: „Kalt ist mir hier manchmal schon. Vielleicht kommt das Heimweh noch. Aber ich finde es schön, andere Länder kennenzulernen."

Andere Länder. Das sagte sie von ihrer wirklichen Heimat. Julius empfand einen kleinen Schmerz bei diesen Worten. Das Haus der Talliens war für sie ein anderes Land, eine fremde Welt.

Elisa hörte Barbaras Erzählungen mit einem kleinen mokanten Lächeln zu. Auf sie schien Barbaras Zauber nicht zu wirken.

Plötzlich nahm das Gespräch eine unerwartete Wendung. Einer von Julius' Geschäftsfreunden – er besaß eine große Papierfabrik in Süddeutschland – sagte unvermittelt: „Es ist merkwürdig, ich werde den ganzen Abend eine Erinnerung nicht los." Dabei sah er Barbara an, ein wenig forschend und grübelnd, wie er es schon mehrmals getan hatte. „Es ist wirklich merkwürdig. Ich habe einmal eine Frau kennengelernt, die sah Ihnen so ähnlich, gnädiges Fräulein, sie *war* Ihnen so ähnlich, daß man an einen Spuk glauben könnte. Die Natur treibt doch manchmal seltsame Spielereien. Ich weiß, es ist unhöflich, einer Frau gegenüber von einer Doppelgängerin zu sprechen", jetzt lächelte er, er war schon älter, ein wenig korpulent, aber er hatte ein charmantes, gewinnendes Lächeln, das Lächeln eines Mannes, der viel von Frauen weiß. „Keine Frau hört es gern. Mit Recht. Schließlich ist jede eine einmalige, unverwechselbare Erscheinung. Aber in diesem Falle ..." Er blickte Julius an. „Ich habe viele Jahre nicht mehr an diese Begegnung gedacht. Es ist lange her, Anfang des Krieges. Ich hatte damals einige Male in der Tschechoslowakei zu tun, im Protektorat, wie man es damals nannte. Ich war öfter in Prag. Eine herrliche Stadt, eine unvergeßliche Stadt. Dort hatte ich einmal das Vergnügen, in einem Künstlerkreis zu verkehren. Es war ein sehr reizendes, ausgelassenes Fest. Leute vom Deutschen Theater in Prag. Und dort also ..."

Julius' Miene versteinerte während der Worte seines Gastes. Denn wenn er auch nicht viel wußte, so wußte er immerhin, daß seine Schwester während des Krieges einige Jahre in Prag gelebt hatte. Er machte eine ablenkende Bemerkung, doch der Geschäftsfreund schien fest entschlossen, seine Erinnerung nun endlich los zu werden.

„Dort also war eine bezaubernde junge Dame, die Frau eines Musikers, eines Sängers, wenn ich mich recht erinnere, und sie ..." er hob lebhaft die Hand. „Jetzt fällt mir sogar der Name wieder ein. Stolte hieß sie, Barja Stolte. Eine hinreißende Frau, ein Temperament, Augen wie ein Höllenfeuer und von einem Charme und ..." mit einem Blick auf Elisas eisige Miene stoppte er seine Begeisterung, lachte ein wenig verlegen, wandte sich dann wieder zu Barbara und fuhr fort: „Ja, gnädiges Fräulein, Augen wie die Ihren. Und das gleiche Haar. Und überhaupt ... Es ist wirklich erstaunlich."

Ehe Julius etwas entgegnen konnte, sagte Barbara lächelnd und ganz harmlos: „Aber das war meine Mutter. Da ist gar nichts Erstaunliches dabei. Man sagt immer, daß ich ihr sehr ähnlich sehe."

Darauf entstand ein überraschtes Schweigen um den Tisch.

„Ihre Mutter?" fragte der Fabrikant aus Süddeutschland maßlos verwundert. „Ihre Mutter? Das ist doch kaum möglich. Es war eine ganz junge Frau, kaum älter als Sie heute."

Und Barbara, ganz kindlich jetzt und eifrig: „Etwas schon. Barja muß damals so Mitte der Zwanzig gewesen sein."

„Jaja, gewiß, so ungefähr", sagte der Mann nachdenklich.

„Nein, ist es die Möglichkeit! Ihre Mutter." Er verstummte. In seinem Gesicht malte sich Verlegenheit. Gut, daß er nicht mehr von seinen Erinnerungen preisgegeben hatte. Eine lachende junge Frau, leuchtendes Haar, er hatte getanzt mit ihr, ihm war, als spüre er noch diesen schlanken biegsamen Körper in seinem Arm, und dicht vor sich sah er die dunklen strahlenden Augen, und dann ... Ja, er hatte sie geküßt. Und sie hatte ihn geküßt. Und wie sie ihn geküßt hatte. Die Nacht war lang gewesen. Nein, besser nicht daran denken. Nicht jetzt und hier. Barja. Die schöne Barja aus Prag. Lange nicht vergessen. Nun saß er mit ihrer Tochter an einem Tisch. Merkwürdige Situationen gab es manchmal im Leben.

Seine Gedanken hakten sich an dem Namen fest. Barbara von Tallien, so war der Name der jungen Dame vorhin genannt worden. Er aber hatte eben von einer Frau Stolte gesprochen. Wie reimte sich das zusammen? Es war nicht ganz übersichtlich. Diese Barja in Prag war noch so jung. Dennoch mußte es ihre zweite Ehe gewesen sein. Sie mußte vorher mit einem Tallien verheiratet gewesen sein. Nun ja, sie war eine recht temperamentvolle Frau gewesen. Es fiel ihm ein, daß er sich damals über den Mann gewundert hatte, mit dem sie verheiratet war. Ein Mann, der viel älter war und merkwürdig bedrückt schien, sich kaum an dem Gespräch beteiligt hatte, erst recht nicht an Tanz und Ausgelassenheit. Krank hatte dieser Mann ausgesehen. Er saß zumeist in einer Ecke und trank, ließ seine reizende Frau aber kaum aus den Augen. Jedenfalls so lange nicht, wie sie in der Nähe weilte. Im Laufe des Abends war er dann allein gewesen mit der schönen Barja.

Und noch ein anderer Mann hatte ihn und die Frau ständig beobachtet, mit eifersüchtigen, ja feindseligen Blicken. Es war nicht schwer zu erraten, daß er zu Barja in näheren Beziehungen stand, wie weit sie allerdings gingen, das ließ sich nicht sagen. Ein Schauspieler vom Deutschen Theater, wie er erfuhr, ein schlanker, gutaussehender Mann mit einem hageren, sehr ausgeprägten Gesicht, das ihm gleich aufgefallen war. Kein Zweifel, daß Barja den Schauspieler herausfordern wollte, der ihr Freund oder möglicherweise sogar ihr Liebhaber gewesen war, als sie an diesem Abend so offensichtlich ihn mit ihrer Gunst bedachte. Er hatte sich nicht viel daraus gemacht, genoß den Abend und die Gegenwart der schönen Frau. Er war ein Fremder, der morgen nicht mehr da sein würde. Plötzlich war der Schauspieler verschwunden, gegangen ohne Abschied.

Alles war auf einmal wieder gegenwärtig.

„Ja“, sagte Julius leichthin in die Überlegungen seines Gastes hinein. „Barbaras Mutter war damals für einige Zeit in Prag. Merkwürdig, so ein Zusammentreffen. Doch Sie haben recht, die Ähnlichkeit ist wirklich erstaunlich. Übrigens findet sich das in unserer Familie häufig, daß sich gewisse äußerliche Merkmale immer wiederholen. Man hat auch in der männlichen Linie schon erstaunliche Beobachtungen in dieser Hinsicht gemacht. Man kann ja oft nur nach alten Gemälden urteilen. Photographien gab es früher nicht, sonst würde man sicher noch auf manch erstaunliche Entdeckung stoßen.“ Er sprach und sprach, nur um auf Umwegen vom Thema wegzukommen. Es gelang ihm nach einer Weile, das Gespräch in andere Bahnen zu lenken.

Barbara bemerkte die Nervosität ihres Onkels gar nicht, sie sah auch nicht das spöttische Lächeln im Mundwinkel ihrer Tante Elisa. Sie war eben doch noch ein Kind. Und daß ihre Mutter und ihr Vater nie verheiratet gewesen waren, das war eine Tatsache, die ihr ganz selbstverständlich war und die ihr nie Kopfschmerzen bereitet hatte. Es war darüber auch nie gesprochen worden.

3

Zu tun hatte Barbara den ganzen Tag lang nichts. Daran hatte keiner gedacht, daß man einem jungen Menschen auch eine Aufgabe stellen mußte, irgendeine Tätigkeit, die seinen Tag ausfüllte. Sie selbst vermißte es allerdings kaum, zunächst jedenfalls nicht. Im Süden spielte die Arbeit keine allzu große Rolle. Dort verstand man es sehr gut, ohne sie zu leben oder sie auf ein Mindestmaß zu beschränken. Hier und da hatte sie zwar zu Hause auch arbeiten müssen, aber eine richtige Berufsausbildung hatte sie nicht gehabt. Eine Zeitlang war sie bei einem Anwalt in Roano beschäftigt gewesen, keine besonders anstrengende Tätigkeit, ein wenig Schreibmaschine schreiben, die Klienten empfangen und vertrösten, hauptsächlich vertrösten. Denn Signor Monti war keineswegs ein Streber. Er tat nur das allernotwendigste, und das nur sehr zögernd. Lieber saß er nachmittags an der Promenade beim Espresso und abends vor einer Taverne beim Wein und sah den Passanten nach, die vorübergingen, schwatzte mit seinen unzähligen Bekannten. Besonders in der Fremdensaison. Die Saison war lang in Roano, sie begann im März und dauerte bis Ende Oktober, oft sogar bis in den November hinein. Da fand sich übrigens immer Arbeit. In den letzten Jahren hatte sie meist bei Mama Teresa in der Pension mitgearbeitet.

Barja mochte es nicht. Sie fand es unpassend für ihre Tochter, fremde Leute zu bedienen, womöglich ihnen die Zimmer aufzuräumen. Andererseits war es verständlich, daß Barbara sich ein wenig Geld verdienen wollte, ein junges Mädchen hatte schließlich Wünsche, wollte sich manchmal etwas kaufen.

Piero, Mama Teresas Sohn, hatte nichts dagegen, daß sie bei seiner Mutter half, er sah es jedoch nicht gern, wenn sie woanders arbeitete. Er war überzeugt davon, daß jeder Mann, der ihren Weg kreuzte, nur im Sinn hätte, sie ihm wegzunehmen. Seine Besorgnis war übertrieben, Barbara war eigentlich stets sehr zurückhaltend. Natürlich waren beide Frauen, die schöne Mutter und die anmutige Tochter, für die Fremden, aber auch für die einheimischen Männer interessant und begehrenswert. Anfangs hatten die Leute von Roano die kleine Familie sehr kritisch betrachtet, oft sogar feindselig. Im Laufe der Jahre aber und je mehr die Sprachschwierigkeiten schwanden, hatte man sich an sie gewöhnt. Man betrachtete sie nicht ganz, aber doch zu einem gewisssen Teil als zugehörig, anders als die Sommergäste, die kamen und gingen und ständig wechselten.

So weit also hatte sich Barbara dem südlichen Lebensgefühl angepaßt, daß es ihr durchaus nicht schwerfiel, eine Zeitlang ihre Tage mit Nichtstun hinzubringen. Hier war man indessen mehr ans Haus gebunden, auch gab es im Haus für sie absolut nichts zu tun, so daß sie sich doch manchmal ein wenig überflüssig vorkam. Aber sie hatte Glück, nach anfänglichen Nebel- und Regentagen kam ein selten schöner, sonniger Spätherbst, und da die Gegend ohnedies von einem milden Klima begünstigt war, konnte sie sich viel im Freien aufhalten. Sie streifte durch die Stadt, die sie bald schon gut kannte, da sie ja nicht sehr groß war. Mit nie ermüdendem Eifer besah sie die Schaufenster, deren Auslagen ihr über alle Maßen prächtig und vielseitig erschienen. Dabei war sie immer von Dino begleitet. Sie benützten bei diesen Ausflügen nie die Straßenbahn, sondern zogen es vor, den Weg bis zur Innenstadt und zurück zu Fuß zu gehen, obwohl er ziemlich weit war. Aber sicher wäre Dino nicht zu bewegen gewesen, eine Straßenbahn zu besteigen. Auch Barbara hatte eine gewisse Scheu davor.

Zuweilen spazierten sie auch in den Villenstraßen der Vorstadt umher und gingen schließlich hinaus ins Gelände und in den Wald, der gleich hinter der Stadt begann. Vom Haus der Talliens war es nicht weit dahin. Der Wald gefiel Barbara über die Maßen. Sie kannte so etwas nicht. Es war ein hoher lichter Mischwald, ihre Füße raschelten im Laub, das in diesen Wochen niedersank, der Boden war braun und weich davon, durch die Stämme kam die blasse ferne Oktobersonne.

Als Julius von diesen Ausflügen erfuhr, sagte er: „Sei vorsichtig. Geh nicht zu weit von der Straße weg. Und verlauf dich nicht." Denn der Wald zog sich viele Kilometer weit über das leicht gehügelte Land bis zu den sanften Hängen des nahen Mittelgebirges.

Barbara schüttelte lebhaft den Kopf. „O nein", sagte sie bestimmt, „gewiß nicht. Ich finde mich immer zurecht. Und Dino auch." Das stimmte, sie hatte einen sicheren Begriff von Zeit und Ort, war sich klar über die Himmelsrichtung und den Stand der Sonne, wie alle Menschen, die lange am Meer gelebt hatten.

„Wenn das Wetter am Sonntag schön ist", sagte Julius, „müssen wir mal hinausfahren ins Jagdhaus. Dort wird es dir gefallen."

Das sogenannte Jagdhaus trug seinen Namen nur noch aus Tradition. Julius ging nicht zur Jagd. Und besonders einladend sah es in diesem Haus nicht mehr aus. Elisa hatte es nie gemocht und sich stets geweigert, dort zu wohnen, die Kinder hatten auch keine Beziehung dazu. Und Julius schließlich war das Haus vergällt, weil er dort sooft in jungen Jahren zusammen mit seiner Schwester und seinem Bruder geweilt hatte. Was sollte er allein jetzt dort?

In alten Zeiten war das Jagdhaus, das ungefähr eine halbe Autostunde von der Stadt entfernt gleich zu Beginn der Berglandschaft lag, ein viel besuchter und geschätzter Bestandteil der Talliensdien Besitztümer gewesen. Heute war es übrigens außer der Villa und dem Geschäftshaus das einzige Grundstück, das den Talliens noch gehörte. Alles andere war im Laufe dieses Jahrhunderts durch Krieg und Inflation verlorengegangen. Man hatte alles verkaufen müssen, die Familie besaß kein Vermögen mehr.

Aber das Jagdhaus war geblieben. Der alte Tallien war bis an sein Lebensende gern dort gewesen. Überhaupt in den letzten Jahren, als er immer schweigsamer und in sich zurückgezogener wurde, da ritt er manchmal hinaus und kam mehrere Tage lang nicht wieder. Ganz allein hauste er dort. Aber es ging ihm nichts ab. Die Bauern in der Umgebung, die ihn schätzten und liebten, brachten ihm zu essen, irgendein Mädchen kam und machte Feuer im Ofen und räumte sein Zimmer auf. Er nahm das als ganz selbstverständlich hin. Denn daß die Zeiten sich geändert hatten und daß er nicht mehr der Herr war und die anderen nicht mehr seine Untergebenen, das hatte er nie so ganz anerkannt. Und für ihn selbst schien es auch keine Geltung zu haben. Er *blieb* der Herr, bis an sein Lebensende.

Das Haus war nicht groß, ein Raum über die ganze Breite, in dem wohl früher das Jagdfrühstück stattfand, ein paar kleine Räume, spärlich möbliert, und im Laufe der Zeit war alles ein wenig verkommen. Julius hatte einmal vor zwei Jahren ein paar Renovierungen vornehmen lassen, mehr aus Pflichtgefühl denn aus wirklicher Begeisterung. Wenn es nach Elisa gegangen wäre, hätte er das Haus verkaufen und statt dessen lieber an einem der nah gelegenen Kurorte ein Wochenendhaus bauen lassen.

Es war weniger das Haus als das Stück Erde, das dazugehörte, von dem Julius nicht Abschied nehmen wollte. Ein weiter sanfter Hang, der sich vor dem Haus dehnte, ein Teppich von Gras und wilden Blumen im Sommer, der sich in das erste Tal des kleinen Gebirges verlor. Man hatte einen weiten Blick ins Land, in ein fruchtbares, sonniges, freundliches Land, dem jede Schroffheit, jeder jähe Übergang fremd war. Man sah die bewaldeten Hügel, ein paar Dörfer dazwischen, unten im Tal waren Felder, alles wohlbestellt und gutgeordnet. Ein friedliches Land.

Julius liebte es, auch wenn er jetzt so selten hinkam. Zu beiden Seiten des Hauses gehörte jeweils ein Stück Wald zu dem Grundstück, eine Stelle war da, an der verschwenderisch wilde Erdbeeren wuchsen. Dessen erinnerte er sich aus seiner Jugendzeit. Heute pflückte sie keiner mehr von der Familie. Die Kinder aus den umliegenden Höfen kamen wohl und holten sich die Ernte.

Früher waren sie zu dritt hinausgeritten, er, Barbara und Henry, sein älterer Bruder. Oft begleitet von Freunden. Draußen im Jagdhaus hatte man gefrühstückt, im Sommer auf der Wiese vor dem Haus liegend. Als Barbara fort war, mieden sie das Haus, er und sein Bruder. Aber verkauft hatte er es dennoch nicht.

In den letzten Jahren war er den alten Weg zwei- oder dreimal geritten. Öfter nicht. Es war zu weit. Und wenn er auch im Sommer jeden Morgen eine Stunde ritt, bevor er ins Büro kam, so reichte die Zeit nicht, um bis zum Jagdhaus zu kommen, dazu brauchte man mindestens den ganzen Vormittag. Er ritt im Schloßpark, wenn er wenig Zeit hatte, sonst im Wald hinter der Stadt.

Zeitweise vergaß er auch das Jagdhaus. Aber als jetzt Barbara mit Freude und mit wachsender Neigung von der sie umgebenden Landschaft sprach, erinnerte er sich daran. Natürlich, sie mußte es kennenlernen. War sie nicht außer ihm die einzige echte Tallien? Ihr würde es dort gefallen.

Bei diesem Gespräch kamen sie auch aufs Reiten zu sprechen, ein Thema, dem Julius sich immer gern zuwandte. Die Talliens hatten stets Pferde geliebt und waren gute Reiter gewesen, und in dieser Beziehung war auch er ein echter Tallien.

„Wenn du willst, kannst du reiten lernen", sagte er zu Barbara und übersah Elisas böse Augen.

„Oh, ich kann reiten", sagte Barbara mit größter Selbstverständlichkeit.

„Wie?" rief Julius erfreut. „Du kannst reiten? Wie kommt das? Reitet man in Italien, an der Küste?"

„Für gewöhnlich nicht. Aber Barja konnte nicht leben ohne ein Pferd. Wo wir auch waren, sie hat immer eines aufgetrieben und ist jeden Tag geritten. Und da habe ich es eben auch gelernt. Und für mich", ihre Augen leuchteten geradezu vor Begeisterung, „für mich ist es auch das schönste auf der Welt."

„Das ist ja wunderbar", rief Julius. „Dann werden wir in Zukunft zusammen reiten. Hast du einen Dreß?"

Barbara schüttelte lachend den Kopf. „Nein, ich hatte nie einen. Barja schon. Ich bin immer so geritten wie ich war. Im Sommer in Shorts oder im kurzen Rock."

„Na, das geht natürlich hier nicht. Morgen gehen wir zusammen zu meinem Schneider, er soll dir Hosen anmessen. Und die Stiefel werden wir auch gleich bestellen. Ich muß doch sehen, was du kannst."

„Ich kann es sicher nicht so gut wie du, Onkel Julius. Aber du wirst es mir schon beibringen."

An dieser Stelle erhob sich Elisa und verließ demonstrativ das Zimmer. Das Gespräch fand abends statt, nach dem Essen. Sie ging hinaus, um zu verhindern, daß sie ihre Entrüstung laut aussprach. Ihrer Meinung nach benahm Julius sich unmöglich. Dies Getue mit dem hergelaufenen Balg, diesem unehelichen Kind seiner Schwester, die zu ihrer Zeit die Familie in der ganzen Stadt unmöglich gemacht hatte, es war manchmal kaum zu ertragen. Und sie beherrschte sich gewiß in diesem Fall, wie sie sich noch nie in ihrem Leben beherrscht hatte. Sie gab sich Mühe, zu dem Mädchen freundlich zu sein, aber es fiel ihr nicht leicht. Julius merkte nicht, daß er es war, der es erschwerte, ja unmöglich machte, daß sie dem Mädchen wirklich näherkam. Er benahm sich, als hätte er keine eigenen Kinder, als sei es ein Glück für ihn, daß das junge Ding ins Haus gekommen war.

Reiten mußte sie. Auch das noch. Allüren wie zu Zeiten des Großherzogs. Und da unten in diesem Fischerdorf hatten sie wahrscheinlich nicht mal satt zu essen gehabt.

Julius störte der Zorn seiner Frau nicht im geringsten. Endlich würde er einen Begleiter bei seinen morgendlichen Ritten haben. Zwar kam jetzt erst der Winter, man mußte mit der Bahn vorliebnehmen, und der kleine Privattattersall in dieser Stadt war etwas dürftig, aber Gott sei Dank dauerte der Winter hier nicht lang, und wenn der Frühling kam, würde er zusammen mit Barbara über die Hügel und durch die Wälder reiten. An milden Tagen konnte man es auch im Winter schon. Es war ein Geschenk für ihn, dessen er sich jungenhaft freute.

Elisa hatte nie reiten gelernt. Sie hatte es strikt abgelehnt, nach einem ersten mißglückten Versuch. Die Kinder natürlich hatten es lernen müssen und sie waren ganz leidliche Reiter, am besten noch der Junge. Aber mit wahrer Leidenschaft taten sie es alle drei nicht.

Er besaß zur Zeit nur ein eigenes Pferd, das seine. Wenn er zusammen mit einem seiner Kinder ritt, oder wenn sie am Sonntag mal alle zusammen ausritten, nahm man Tattersallpferde, die erträglich waren, dafür sorgte er schon. Aber sofort nachdem er mit Barbara gesprochen hatte, faßte er den Plan, ein zweites Pferd zu kaufen. Ob die Stute noch zu haben war, die ihm Neumann, der alte Freund seines Bruders, vor einiger Zeit angeboten hatte? Er hatte sich das Pferd damals angesehen. Neumann besaß jetzt nur noch einen kleinen Hof. Er konnte sich eine richtige Zucht, wie vor dem Krieg, nicht mehr leisten. Aber er konnte es auch nicht ganz lassen. Und nachdem eines seiner Pferde im Sommer dieses Jahres bei einer Dressurprüfung den ersten Preis und ein anderes bei einem Springen den zweiten Preis nach Hause gebracht hatte, war er voll neuer Hoffnung und voll von Plänen. Der Pferdesport sei in Deutschland wieder im Kommen, sei schon da, so hatte er Julius bei dessen Besuch eifrig erklärt, und neben den großen Gestüten seien es jetzt besonders die kleinen Züchter, auf die es ankomme. Man mußte aufbauen, sorgsam und beständig.

Die Stute hatte er auf allerlei Umwegen erworben, sie war

von guter Abstammung, zur Zucht noch zu jung und schlecht zugeritten. Aber Neumann lobte sie voller Begeisterung. Julius sah es selbst. Sie war zierlich und feingliedrig, aber mit fester Hinterhand und sicheren Gelenken. „Man könnte ein gutes Springpferd aus ihr machen, sie ist intelligent“, sagte Neumann. „Ein bißchen eigenwillig, aber wenn man sie versteht, sanft wie ein Lamm.“

Julius hatte die Stute sachverständig betrachtet, war über ihren seidenglatten festen Hals gefahren. Sie hatte einen kleinen Kopf, rosige Nüstern und sehr wache, lebhafte Augen. Er hätte sie gern genommen. Aber wozu und für wen? Alzeus, sein kräftiger brauner Wallach, war sein Freund, sein vertrauter, guter Freund, auf den er sich verlassen konnte. Kein Grund, sich von ihm zu trennen. Und für wen sollte er die Stute kaufen? Für seine Kinder, die allesamt das Reiten ohne rechte Hingabe betrieben, nur so als ein Sport, dem man oblag neben anderen? Marianne hatte eine zu harte Hand für die weichmäulige Stute, das konnte er auf den ersten Blick entscheiden. Alzeus war jedesmal erbost, wenn sie ihn ritt, und schielte ärgerlich über den gebogenen Hals. Die Tattersallpferde, die Kummer gewohnt waren, fanden sich leichter damit ab. Und Doris und Ralph waren noch zu jung, sie brauchten kein eigenes Pferd. Ja, wenn sie wirklich Begeisterung gezeigt hätten, dann natürlich. Aber nur damit sie vor ihren Mitschülern damit angeben konnten und in Wirklichkeit doch nie die rechte Beziehung zu ihrem Tier gewannen? Nein, entschied Julius und brach die Verhandlungen ab.

Nach dem Gespräch mit Barbara aber war die Stute sofort wieder in seinem Sinn. Wenn Neumann sie noch hatte – und das würde er sofort erkunden – und wenn sich Barbara als begabte Reiterin erwies, dann sollten die beiden zusammenkommen. Und wenn Elisa darüber platzte. Denn über die Gefühle seiner Frau war er sich durchaus im klaren.

Wirklich begleitete Barbara ihren Onkel noch vor Weihnachten auf seinen Morgenritten. Er hatte selbst sorgfältig unter den Tattersallpferden eines für sie ausgesucht, einen hochbeinigen, etwas nervösen Rappen, der aber weiche zuverlässige Gänge hatte und gut geschult war. Sie ritten einige Mal in der zu kleinen Bahn, und Barbara mußte vor den sachverständigen Augen ihres Onkels und des alten Herrn Krüger zeigen, was sie konnte.

Karl Ludwig Krüger, der Besitzer des Tattersalls, jetzt schon fast ein Siebziger, gehörte zur Stadt und zu den Pferden nicht weniger als die Talliens. Er hatte noch am großherzoglichen Hof als Stalljunge angefangen. Und weil er einen gottgesegneten Pferdeverstand hatte und ein intelligenter Bursche war, hatte er es schon in jungen Jahren bis zum Stallmeister gebracht. Den ersten Weltkrieg hatte er von Anfang bis Ende mitgemacht, nach dem Krieg war er einige Jahre trübe und verbiestert um das Schloß herumgeschlichen, und dann hatte er mit Hilfe der alten Familien, die auf die Pferde nicht verzichten wollten, den kleinen Tattersall aufgemacht, der alle Zeiten seitdem gut überstanden hatte. Heute ging das Geschäft sogar glänzend. Das Reiten kam wieder in Mode, auch unter den neu aufgestiegenen Familien. Aber auch unter den jungen Leuten, die keinerlei Vermögen besaßen, gab es viele Anhänger des schönsten Sportes. Eine neue, größere Bahn, das war Krügers Traum seit langem, und das wollte er noch erleben, dazu war er fest entschlossen. Sein Pferdebestand hatte sich zu jeder Zeit sehen lassen können. Und die Privatpferde seiner Kunden, die bei ihm Stall und Pflege hatten, waren vorzüglich untergebracht und wurden von ihm und seinen beiden Söhnen, die des Vaters Neigung zu den Pferden geerbt hatten, verständig bewegt, wenn die Besitzer keine Zeit hatten.

Natürlich nahm Julius von Tallien hier eine Sonderstellung ein. Auf ihn hatte Krüger alle Liebe, die er seinem Fürstenhaus und den Angehörigen entgegengebracht hatte, übertragen.

Vollends entzückt war er nun, als Barbara auftauchte. Natürlich hatte er ihre Mutter gekannt, sie war sein angebeteter Liebling gewesen, und als sie ihm ihre erste Siegestrophäe brachte, hatte er vor Freude Tränen in den Augen gehabt.

Barbara, die Tochter, schloß er sogleich in sein Herz.

„Es wird“, sagte er zu Julius, „sie sitzt tadellos. Ein bißchen salopp, aber das kriegen wir hin. Und sie hat das richtige Herz zum Reiten, das sieht man auf den ersten Blick.“

Vom schulmäßigen Reiten in einer Bahn hatte Barbara natürlich keine Ahnung. Dafür wußte Reinhard, der Rappe, um so besser Bescheid. Hinter Alzeus changierte er elegant durch die Bahn und wechselte auf Kommando die Hand an der Bande. So lernte Barbara zunächst von ihrem Pferd, dann von Herrn Krüger die notwendigen Hilfen, und schon nach wenigen

Tagen, an einem kühlen, aber sonnigen Dezembertag, ritt Julius von Tallien mit seiner schönen Nichte im Schloßpark spazieren.

Dabei begegneten sie dem Sohn des Großherzogs, ebenfalls zu Pferd. Er war jünger als Julius, ein schmaler, dunkelhaariger Mann, mit freundlichen Augen.

Julius präsentierte seine Nichte mit offensichtlichem Stolz. Der Prinz reichte ihr die Hand, sie legte die ihre hinein und lächelte,

„Erstaunlich", sagte der Prinz, „mein lieber Tallien, das ist wirklich erstaunlich. Man könnte sich zwanzig Jahre zurückversetzt fühlen." Und zu Barbara: „Mein gnädiges Fräulein, ich kann Ihnen nicht sagen, wie ich mich freue, daß Sie jetzt hier bei uns sind." Das war aufrichtig gemeint.

Gewiß, auch der Prinz hatte miterlebt, was Barbara, die Mutter, vor zwanzig Jahren angerichtet hatte. Er war mehr betrübt als zornig gewesen. Von seiner Seite jedoch war niemals ein gehässiger oder böser Kommentar erfolgt. Er hatte geschwiegen. Mit Raoul von Tallien beispielsweise hatte er nie mehr ein Wort über seine Tochter gesprochen. Der weibliche Teil der großherzoglichen Familie natürlich – nun ja, die Frauen urteilen gern hart über ihre Geschlechtsgenossinnen, besonders wenn sie schön sind.

Als sie zum Tattersall zurückritten, fragte Julius: „Du hast am 9. Februar Geburtstag, nicht wahr, Barbara?"

„Ja", nickte Barbara. „Du hast es dir gemerkt?"

„Hm." Er schmunzelte zufrieden vor sich hin. Da sollte sie die kleine Fuchsstute bekommen, Neumann hatte inzwischen geantwortet: sie war noch da. Und mittlerweile erstklassig zugeritten.

Im übrigen sorgte Doris dafür, daß Barbara Beschäftigung hatte. Sie war es, mit der sich Barbara außer ihrem Onkel am besten verstand. Zwar war Doris ein echter kecker Teenager mit einem losen und spottlustigen Mundwerk, aber sie war auch das herzlichste und entgegenkommendste der drei Kinder. Ralph war noch im Lausbubenalter, überhaupt an Mädchen nicht interessiert, auch für seine eigene Familie oft schwer zu behandeln. Zu Marianne konnte Barbara gar keinen Kontakt gewinnen. Es blieb bei einer oberflächlich höflichen Unterhaltung, zweifellos brachte Marianne, die etwas hinterhältiger Natur war, der neuen Kusine keinerlei Sympathie entgegen.

Doris, die Sechzehnjährige, aber stand neuen Menschen und Begegnungen immer aufgeschlossen gegenüber. Außerdem fand sie alles, was mit Barbara und deren Mutter zusammenhing, höchst interessant. Sie war es auch, die mühelos die ersten konkreten Angaben über die vergangene Zeit aus Barbara herausholte. Einfach weil sie ungeniert danach fragte und sich durch Barbaras Zurückhaltung niemals stören ließ. So fragte sie ohne Scheu, was es denn für ein Unfall gewesen sei, bei dem Barbaras Eltern ums Leben gekommen seien.

Barbara preßte die Lippen zusammen und blickte an Doris vorbei. „Ich spreche nicht gern darüber", sagte sie knapp.

„Na, Mensch, nun hab' dich bloß nicht so. Schließlich interessiert es uns doch. Vater vor allen Dingen. Schließlich ist sie seine Schwester, nicht?"

„Ihr habt euch viele Jahre lang nicht für Barja interessiert", erwiderte Barbara abweisend.

„Na und? Sie hat sich ja auch ein tolles Ding geleistet. Aber heute ist das doch längst vorbei. Mir ist es überhaupt egal. Jeder lebt sein Leben, wie's ihm paßt. Denkst du, ich würde mich um die Familie kümmern, wenn ich mich verliebe? Und die Talliens haben immer einen Vogel gehabt. Sie haben sich eingebildet, sie müssen die gute alte Zeit für sich allein weiterführen. Das heißt, hier sind ja viele so, noch heute. Ehemalige Residenz, weißt du. Da bleibt was kleben. Das ist so ein ganz bestimmter Knall, den die haben. Deswegen ist es auch so stinklangweilig in dem Nest hier. Warte nur, wenn ich mit der Schule fertig bin, dann hast du mich gesehen. Dann hau' ich ab. In eine richtige Großstadt. Und dann kann mich die ganze liebe Verwandtschaft ... – jawohl, aber wie."

Barbara lachte. Die Unterhaltungen mit Doris waren immer sehr amüsant. Barbara wurde dabei selber wieder zum Backfisch. Sie hatte ja nie eine richtige vertraute gleichaltrige Freundin gehabt.

Doris entwickelte weiter ihre Pläne. Sie wußte genau, was sie wollte. Nach dem Abitur kam eine schöne große Reise, die sie ganz allein machen würde. Jawohl, das war Bedingung. Und dann würde sie nach München gehen und studieren, Kunstgeschichte und was alles so dazugehörte, daneben die Akademie besuchen, zeichnen, malen, Graphik, später noch ein einschlägiges Fachinstitut, und dann würde sie in den väterlichen Betrieb eintreten, in den Graphischen Großbetrieb Eberhard und Co. Das Co. bedeutete in diesem Falle Tallien.

„Ich werde alles lernen, was dazugehört", erklärte Doris. „Mir wird keiner mal was vormachen können. Dann wirst du mal erleben, was ich aus dem Laden mache. Sicher, wir haben einen guten Namen und ausreichend Aufträge. Aber wir können noch größer werden." Und dann setzte sie ausführlich auseinander, was sie noch alles einführen und ausbauen würde. Das dauerte einige Zeit. Barbara hörte mit Respekt zu. Die kleine zierliche Doris, die gut einen halben Kopf kleiner war als sie und vier Jahre jünger, imponierte ihr ganz ausgesprochen. Sie war der modernste Zweig der alten Familie, und nicht sein schlechtester. Mit ihrer Großmutter Dorothea, von der sie den Namen hatte, der Frau von Raoul von Tallien, die eine zarte, übersensible, hochgezüchtete Frau gewesen war, scheu vor dem Leben, nur heimisch in ihrem Boudoir, empfindlich gegen jeden Luftzug, mit ihr hatte sie nichts gemeinsam. Aber das wußte Doris nicht. Sie hatte ihre Großmutter nie gekannt. Sie lebte in der heutigen Zeit, mit beiden Füßen stand sie darin, und man konnte darauf vertrauen, daß sie immer und zu allen Zeiten ihres Lebens wissen würde, was sie wollte.

Sie vergaß auch heute, trotz der langen Unterbrechung, nicht den Anfang des Gespräches und kam unbeirrt darauf zurück.

„Also nun sag schon, wie ist das mit deinen Eltern passiert? Ist es ein Geheimnis?"

Barbara schoß eine Blutwelle in die Stirn. „Nein, natürlich nicht", sagte sie ruhig. „Ich spreche nur nicht gern darüber. Es – es ist sehr traurig für mich gewesen." Und dann rasch: „Es war ein Autobusunfall. Sie sind bei einem Autobusunfall ums Leben gekommen."

„Alle beide?"

„Ja, alle beide. Ein Zusammenstoß, verstehst du."

„Aha." Doris überlegte es eine Weile schweigend. Ihre Neugier kämpfte mit dem immerhin vorhandenen Taktgefühl.

„Ja, das muß schlimm für dich gewesen sein. Alle beide auf einmal. Waren sie gleich tot? Beide zugleich?" Doch als sie Barbaras gequälten Blick sah: „Laß, du brauchst es nicht genauer zu erzählen. Vielleicht später mal. Ich weiß schon, sie fahren da unten immer so verrückt, ich hab's auch schon gesehen. Arme Barbara." Sie schlang impulsiv beide Arme um Barbaras Hals, drückte sie an sich und fürchtete, daß Barbara nun weinen würde.

Aber Barbara weinte nicht. Über Doris' Schulter blickte sie starr ins Leere. Und das Bild, das ihre Augen sahen, war viel schlimmer noch als das, was Doris sich nun vorstellen mochte.

Am Abend erzählte Doris ihrem Vater unter vier Augen, was sie erfahren hatte. Julius blickte gramvoll vor sich hin. So also war es geschehen. Seine schöne Schwester war in einem italienischen Autobus gestorben, auf einer staubigen Landstraße, zusammen mit dem Mann, um dessentwillen sie alles aufgegeben und verlassen hatte.

Aber noch immer wußte er nicht, wie sie mit diesem Mann gelebt hatte. Wieder einmal, wie schon so oft, rechnete er nach, wie alt dieser Mann gewesen war, am Tage seines Todes. 74 Jahre alt war er gewesen. Und Barbara war 39. Zwanzig Jahre hatte sie mit diesem Mann zusammengelebt, der ihr Vater hätte sein können. War sie glücklich gewesen? Und wieder entschied er bei sich: Nein, sie konnte nicht glücklich gewesen sein.

Doris war es auch, die dafür sorgte, daß Barbara ausreichend Beschäftigung bekam. Sie hatte schnell heraus, daß Barbaras Wissen und Kenntnis, nun mal wichtige Dinge, erhebliche Lücken aufwies. Sie scheute sich auch nicht, das auszusprechen. Sie war ein gescheites Mädchen, in ihrer Klasse mit Leichtigkeit die Beste.

„Nee, alles was recht ist, meine Süße", sagte sie beispielsweise, „ein bißchen dämlich ist ja ganz gut. Meine teure Schwester ist auch nicht gerade eine Geistesgröße. Aber was sie euch eigentlich in eurer Schule da unten beigebracht haben, das möchte ich gern wissen."

Babara errötete. Sie wußte selbst, wieviel ihr fehlte. Aber so einfach war es mit der Schule nicht gewesen. Als sie damals nach Italien kamen, war sie zwölf Jahre alt, und sie verstand kein Wort Italienisch. Es dauerte einige Zeit, bis sie dem Unterricht in der Schule folgen konnte. Auch hatte sie es nicht leicht. Die Kinder waren noch abweisender als die Erwachsenen. Dazu kam, daß sie evangelisch war. Es hatte allerhand Schwierigkeiten gegeben, bis es möglich war, daß sie die Klosterschule besuchte. Und wie schwer war es, immer abseits zu stehen, anders zu sein als die anderen. Ihre Sprache nicht zu verstehen, ihre Spiele nicht zu kennen, an ihrer ganzen Welt nicht teilhaben zu können. Allein die Tatsache der anderen Religion erschwerte alles außerordentlich. Sie hatte verständnislos und doch sehnsüchtig den Kindern nachgesehen, wenn sie zur Kirche gingen, der Prozession folgten oder über die Straße liefen, um dem Pfarrer die Hand zu küssen. Sie war sich vorgekommen in dieser Zeit wie ein kleines ausgestoßenes Heidenkind. Übrigens war es der Pfarrer von Roano selbst gewesen, Pater Lorenzo, der es ihr leicht gemacht und alle Wege geebnet hatte. Er war ein älterer Mann, gütig und aufgeschlossen, fern von jedem Eiferertum, jeder Einseitigkeit. Er hatte seine kleinen Schäflein ermahnt, freundlich zu dem fremden Vogel zu sein, und er hatte es Barbara niemals spüren lassen, daß sie nicht dazugehörte. Er strich ihr über das Haar, wie den anderen Kindern auch, sprach mit ihr und gewann so ihr Vertrauen. Wenn sie in die Kirche kam, schüchtern und ganz im Hintergrund bleibend, sah er es, billigte es, auch wenn sie die Bräuche der Kirche nicht kannte. Allerdings hatte sie sie bald den anderen Kindern und den Erwachsenen abgeguckt. Aber eine kleine Hemmnis, das gleiche zu tun wie die anderen, blieb. Zumal Barja gesagt hatte: „Warum gehst du dahin? Die Talliens sind Protestanten, und zwar überzeugte. Du kannst nicht plötzlich aus der Reihe tanzen."

Im Grunde war es Barja allerdings egal. Sie vermißte die Kirche nicht, weder die eine noch die andere.

Bei Barbara war es auch weniger Frömmigkeit, als der Wunsch, nicht immer und überall ein Außenseiter zu sein. So verstand es wohl auch Pater Lorenzo. Er unternahm nie einen Versuch, Barbara zu bekehren oder in dieser Richtung auf sie einzuwirken. Wenn sie erwachsen sein würde und alt genug, um selbst zu urteilen, dann war es etwas anderes. Wenn sie dann zu ihm kam, würde er für sie dasein.

Natürlich waren dem Pfarrer auch die unklaren Familienverhältnisse der Fremden kein Geheimnis. Aber nicht einmal daran nahm er Anstoß und verwies es den Einheimischen, darüber zu reden oder sich zu entrüsten. Das Leben auf dieser Erde war voller Seltsamkeiten, voller Verstrickungen und Schuld. Gottes Güte aber konnte alle Schuld löschen und jede Verstrickung lösen. So sah Pater Lorenzos Religion aus. Es war eine gute Religion. Sie bewirkte, daß Barbara noch heute, auch in der neuen Umwelt, mit Zuneigung und Liebe an den Pater dachte.

Sie hatte ihm sogar geschrieben, einen kindlichen, vertrauenden Brief, hatte ein wenig von dem neuen Leben erzählt, und in der Woche vor Weihnachten bekam sie Antwort. Kein langes Schreiben, aber herzlich gehalten, mit einigen klugen Worten versehen und schließend mit einem Segenswunsch.

Natürlich zeigte sie den Brief niemand. Es konnte ihn ja hier sowieso niemand lesen. Aber sie steckte ihn sorgfältig mit in ein Kästchen, in dem sie ihre wenigen Kostbarkeiten aufbewahrte, Bilder ihrer Eltern, ein paar Erinnerungsstücke, und natürlich die Briefe von Piero. Auch von ihm waren schon zwei gekommen, von Doris, die meist den Briefträger abfing, neugierig beäugt.

„Wer ist das?“ wollte sie wissen.

„Ein Freund von mir.“

„Ein richtiger Freund? Ein Mann?“

Barbara lachte ein wenig verlegen. „Ein junger Mann, ja. Ich kenne ihn schon viele Jahre.“

„Liebst du ihn?“

Barbara zögerte mit der Antwort. Liebte sie Piero eigentlich noch? Sie wußte es selbst nicht genau. Zu viel Neues erfüllte jetzt ihr Leben, ließ es geschehen, daß sie manche Tage gar nicht an ihn dachte.

„O ja“, erwiderte sie, „ein bißchen schon.“

„Ein bißchen ist Quatsch“, sagte Doris entschieden. „Entweder man liebt oder man liebt nicht. Hast du ihn geküßt?“

Barbara lachte, jetzt ehrlich erheitert. „Doch, ja.“

„Du, das finde ich toll.“ Doris war lebhaft interessiert.

Geküßt! Wenn Doris wüßte, wie sie sich geküßt hatten. Und nicht nur das. Damals, zeitweise jedenfalls, hatte Piero ihr ganzes Leben ausgefüllt. Seine Küsse, seine Umarmungen, die ganze große Sensation, einen Freund zu haben, einen Geliebten, und mehr als das, einen Mann, der sie ernsthaft heiraten wollte, was hatte das für eine Rolle gespielt. Heute?

Sie wußte selbst nicht genau, wie sie heute dazu stand. Oft hatte sie Sehnsucht, ganz richtige, echte Sehnsucht nach ihm. Schließlich war sie kein unberührtes Mädchen mehr, Piero hatte sie gelehrt, wie schön die Liebe war. So etwas vermißte man natürlich. Aber nicht nur deswegen, es war auch sonst gut gewesen, einen Freund und Beschützer zu haben, jemand, mit dem man vertraut sprechen, mit dem man zusammen lachen konnte, der einen teilhaben ließ an seinem Leben und gemeinsame Zukunftspläne machte. Die Gemeinschaft mit Piero hatte ihr, trotz seines uneingeschränkten Besitzanspruches, erstmals eine gewisse Selbständigkeit und Freiheit geschenkt. Was hatte sie denn zuvor anderes gekannt als das Hinundhergerissensein in der problembeladenen Verbindung ihrer Eltern? Mit Piero war sie jung gewesen, jung, unbelastet, ein Mensch für sich.

Aber manchmal eben vergaß sie ihn jetzt.

Sie hatte zweimal schreiben müssen, ehe er antwortete. Er zürnte immer noch, daß sie fortgefahren war. Auf ihren zweiten Brief allerdings war eine Antwort gekommen. Es war ein recht unglücklicher Brief gewesen, geschrieben an einem Tag, an dem sie sich einsam und verloren vorkam. Elisa war unfreundlich zu ihr gewesen, hatte sie deutlich spüren lassen, daß sie als lästiger Eindringling betrachtet wurde. Aus dieser Depression heraus hatte sie an Piero geschrieben. Daß es ihr nicht gefalle und daß sie am liebsten zurückkehren würde.

Diesmal hatte er geantwortet. „Vieni, amore mio“, hatte er geschrieben. „Vieni subito! Non posso vivere senza di te.“

Das hatte ihr gut getan. Aber sie war dem Ruf nicht gefolgt, denn als die Antwort kam, war sie nicht mehr unglücklich. Ein kleiner Trost blieb es immerhin, daß sie nicht gezwungen war, hierzubleiben. Sie konnte zurück, jederzeit zurück.

Doris' Neugier war nicht so schnell befriedigt, sie wollte Näheres über den italienischen Freund ihrer Kusine wissen. Barbara erzählte ein bißchen, nicht einmal ungern. Und schließlich zeigte sie sogar sein Bild.

Doris war begeistert. „Du, das ist ein schicker Bursche. Sieht prima aus. Der würde mir auch gefallen.“

Ja, Piero sah gut aus, er lachte mit weißen Zähnen auf dem Bild, seine dunklen Augen waren voller Leben, das schwarze Haar hing ihm in die Stirn. Er sah genauso aus, wie sich ein Mädchen aus dem Norden einen Italiener vorstellen mochte. Nicht alle sahen so aus, er war in Roano einer der hübschesten Burschen gewesen, und die Mädchen hatten Barbara sehr um ihn beneidet.

„Er ist aber noch ziemlich jung, nicht?“ fragte Doris.

„Fünfundzwanzig“, erwiderte Barbara. Da unten waren sie in dem Alter schon richtige Männer.

„Jedenfalls hast du in dieser Beziehung einen anderen Geschmack als deine Mutter“, stellte Doris sachlich fest.

„Was ist er denn?“ wollte sie dann wissen.

„Oh“, Barbara überlegte. Ja, was war er eigentlich? Er hatte schon so vieles betrieben, gewandt und begabt zum Geldverdienen wie er war. „Kaufmann“, sagte sie dann. „Er hat längere Zeit in Genova gearbeitet, in einem Geschäft. Und dann hat er mal selbst ein Autounternehmen gehabt, so Fahrten für die Fremden veranstaltet, weißt du. Und das will er später ausbauen. Seine Mutter hat eine kleine Pension in Roano, die soll vergrößert und modernisiert werden, mit dem Fremdenverkehr wird da unten nun mal das meiste Geld verdient. Und es kommen jedes Jahr mehr Fremde. Und dann will er das Autounternehmen ganz groß aufziehen, Ausflugsfahrten an der Küste entlang und bis in die großen Städte hinein. Und ein eigenes Stück Strand will er pachten. Und voriges Jahr hat er in der Nähe von Roano einen Zeltplatz eingerichtet, so einen Campingplatz, weißt du. Der war gut besucht.“ Piero war immer voller Pläne und Tatendrang. Und vermutlich würde er alles fertigbringen, was er sich vorgenommen hatte. Wenn seine kleine Pension erst eine große Pension war, vielleicht sogar ein kleines Hotel, „uno piccolo albergo, carissima“, dann würde Piero ein albergatore sein, und er hatte sich vorgestellt, daß Barbara neben ihm die Frau Hotelbesitzerin sein würde. Das hatte keiner am Strand sonst aufzuweisen, eine schöne junge Frau mit leuchtendem Haar, die perfekt deutsch sprach. Die Fremden würden sich nur so danach drängen, bei ihm zu wohnen. Man konnte unbesehen ein paar Lire mehr verlangen als die anderen mit ihren alten Hütten und ihren schlampigen dicken Weibern, die kein Wort von dem verstanden, was die Fremden sagten.

Wenn Piero auf dies alles zu sprechen kam, fand er nicht so schnell ein Ende. Diese Pläne waren das Herrlichste, was es auf Erden gab. Und immer war Barbara ein fester Platz darin zugewiesen. Kein Wunder, daß er so böse war, als sie ihn verließ.

„Ein tüchtiger Junge“, sagte Doris anerkennend. „Den solltest du nicht ganz aus den Augen verlieren. Und gut schaut er aus, wirklich.“ Sie betrachtete noch einmal ausführlich das Bild. Dann hatte sie eine Idee. „Wir könnten ihn mal einladen, was meinst du? Sicher würde es ihn freuen, dich wiederzusehen.“

„O Doris“, lachte Barbara, „du hast Ideen. Was würde Tante Elisa dazu sagen.“

„Mutters Gesicht wäre kostbar. Schon deswegen sollten wir es tun."

Ja, Doris wußte am meisten von Barbaras vergangenem Leben. Sie konnte sich eine ungefähre Vorstellung von Roano machen, sie kannte Pater Lorenzo aus den Erzählungen Barbaras, die Mitschülerinnen, Piero, Mama Teresa, Pieros tüchtige Mutter. Sie hatte schließlich, was sie ja besonders interessierte, auch eine ungefähre Vorstellung von der Ausbildung, die Barbara in der dortigen Schule gehabt hatte. Es lag nicht an der Schule, es lag an den Umständen, daß Barbara in vielen Dingen so viel dümmer war als ihre Kusine Doris.

„Wo bist du denn eigentlich noch alles in die Schule gegangen?" Doris war gründlich. Sie wollte es genau wissen.

„Zuerst in Prag", erzählte Barbara bereitwillig. „Dann eine Weile gar nicht. Dann in Salzburg. Und schließlich in Roano."

„In Salzburg? Wart ihr denn da auch?"

„Ja. Gleich nach dem Krieg. Wir waren kurze Zeit in Wien, aber Vater mochte dort nicht bleiben, als die Russen kamen. Er war sehr krank damals. Wir kamen nach Salzburg, dort ging es uns sehr schlecht. Es war die Zeit damals, du weißt ja. Und soviel Menschen waren da, Flüchtlinge, wie wir. Wir hausten zwei Jahre lang in einem kleinen dunklen Zimmer, in dem es immer kalt war. Und naß. Es regnet dort sehr viel, weißt du."

Es war eine schlimme Zeit gewesen. Wenig zu essen hatten sie, und Fernand war so krank, er lag die ganze Zeit, halb gelähmt, geplagt von furchtbaren Schmerzen. Aber Barja war jung, und so schön, und so lebenslustig, trotz allem. Sie wollte hinaus, sie wollte fort, sie war wie ein eingesperrter Vogel. Aber da war das Kind, der kranke Mann, das ganze Elend. Ach! Besser nicht mehr daran denken.

Barbara brach ihre Erzählung ab.

„Einfach toll, was du alles schon erlebt hast", meinte Doris bewundernd. „Beneidenswert. Da haben wir ein doofes Leben dagegen gehabt. Du mußt mir alles noch mal genau erzählen." Und da sie Barbaras Scheu, über all das zu sprechen, nun schon kannte, fügte sie hinzu: „Später. So nach und nach."

Barbara fand ihr Leben nicht so interessant. Und sie konnte auch nicht einsehen, was daran so beneidenswert war. Nie ein richtiges Heim zu haben, keine richtigen Eltern, herumgestoßen und ruhelos, der Vater zu alt, die Mutter zu jung, sie zwischen den beiden, die sich liebten oder haßten. Sie sah das Gesicht ihres Vaters vor sich, faltig, alt, gramvoll, nicht mehr der glänzende gutaussehende Kavalier von einst, krank war er und elend, und Tränen liefen über sein Gesicht, nachdem Barja gegangen war, die Tür heftig hinter sich zuwerfend. Dann kam sie nicht wieder, die ganze Nacht nicht. Der Vater weinte, dann stöhnte er vor Schmerzen, dann sprach er von Menschen, die das Kind nicht kannte, nannte Namen, die ihr nichts bedeuteten, auch den Namen dieser Stadt, in der sie nun lebte.

Wie er ihr leid tat! Wie sie litt mit ihm! Sie weinte auch, ihr kleines Herz war von Schmerz und Kummer ganz zerrissen, zerrissen auch in der Liebe zu beiden, zu dem verlassenen Mann und der schönen bewunderten Mutter.

Doch dann war Barja wieder da. Am nächsten Morgen oder am nächsten Abend, irgendwann erschien sie, dann kniete sie am Lager des Mannes, schlang die Arme um seinen Hals, preßte sich an ihn, obwohl das seine Schmerzen unerträglich machen mußte, aber er spürte es in diesem Moment nicht, dann weinte sie auch, wild, schluchzend, beschuldigte sich, klagte sich an: „Verzeih mir, Fernand. Verzeih mir."

So war es an dem einen Tag. So an dem anderen. Und an einem dritten war es wieder anders, da war sie kalt und gleichgültig, blickte hochmütig über beide hinweg, über den Mann und das Kind. Ihre Augen aber waren voll Verzweiflung und Sehnsucht. Ein gefangener Vogel, der fortfliegen möchte.

O ja, Barbara hätte ihrem Onkel Julius erzählen können, ob seine Schwester glücklich gewesen war oder nicht. Sie wußte es nur allzugut.

„Jedenfalls ist es kein Wunder, daß du bei dem ganzen Herumzigeunern nichts Gescheites gelernt hast", stellte Doris abschließend fest. „Aber das läßt sich ja nachholen. Zeit hast du doch."

Und Doris begann ohne Verzug, Barbaras Wissen zu ergänzen. Ein wenig Geschichte, ein wenig Biologie, die notwendigsten Kenntnisse der Literatur und schönen Künste, und einen ganz systematischen Englischunterricht.

„Später nehmen wir Französisch noch dazu", meinte sie voll Tatendrang. „Am Ende heiratest du deinen Piero und ihr habt wirklich ein Hotel, dann kannst du es gebrauchen. Und du bringst mir dafür Italienisch bei."

Sie gab Barbara ihre Bücher, hauptsächlich die Schulbücher, auch die aus den vergangenen Klassen, strich an, was die Kusine lesen und lernen sollte, hörte sie ab und stellte ihr Aufgaben. Daneben ermunterte sie Barbara, viel zu lesen, Romane, Biographien, aber auch die Klassiker, kunstgeschichtliche Bücher, und sie tat es so geschickt und in brauchbarer Stufung, daß Barbara wirklich einen Nutzen davon hatte. Mit der Zeit jedenfalls wurde es so. Zunächst war es ein bescheidener Anfang. Aber es machte beiden Mädchen Freude.

Doris sagte: „Für mich ist das auch prima. Ich frische alles wieder auf, was ich je gelernt habe."

Barbara vollends war voller Eifer und Begeisterung. Ganz echt, ganz spontan. Sie hatte wenig Gelegenheit gehabt, sich mit ihrem eigenen Kopf, mit ihrem Geist zu beschäftigen. Daß beides gut funktionierte, erfüllte sie mit Befriedigung. Es kam dahin, daß ihr ganzer Tag mit Lesen, Arbeiten und Studieren ausgefüllt war.

Als Julius es merkte, empfand er eine tiefe Freude. Doris hörte von ihm ein großes Lob. Und sie bekam von ihrem Vater zu Weihnachten die Schmalfilmkamera samt der Leinwand, die sie sich seit langem brennend wünschte.

Begonnen hatte der Unterricht übrigens mit der Familiengeschichte der Talliens. Doris war zwar ein ganz modernes Mädchen, sie lebte keineswegs in der Tradition dieses alten Hauses. Aber in einem Winkel ihres Herzens war sie stolz darauf. Vielleicht war auch dies noch zu viel gesagt. Es interessierte sie, um einen ihrer Lieblingsausdrücke zu gebrauchen. Sie hatte Sinn für die Zusammenhänge. Marianne beispielsweise hatte ihn nicht. Sie hatte etwas anderes übernommen, einen gewissen Dünkel, sie bildete sich allerhand ein auf den alten Namen der Familie und was er in dieser Stadt bedeutete. Aber sie betrachtete es rein oberflächlich, nur vom Äußerlichen her. Die gesellschaftliche Stellung, das Ansehen, das er ihr auch heute noch einbrachte. Doris hingegen sah den geschichtlichen Zusammenhang, die fernen Wurzeln, und hatte sich von diesem Gesichtspunkt aus mit der Familiengeschichte beschäftigt. Sie war aber genauso interessiert an dem modernen, jungen Zweig, durch den das Unternehmen entstanden war. Die Familie Eberhard, die dem

Unternehmen den Namen gab und schließlich auch das Einkommen, von dem die Familie Tallien jetzt lebte.

„Wir stammen von den Hugenotten ab", erzählte sie Barbara. „Du weißt doch, was das ist?"

Barbara machte eine unsichere Miene. Sie hatte eine dunkle Ahnung, wußte aber nichts Genaues und wollte sich nicht blamieren.

„Das hätte dir deine Mutter nun wirklich beibringen können", tadelte Doris. „Also paß auf. Der erste Tallien kam Ende des sechzehnten Jahrhunderts nach Deutschland. Das heißt, ein Deutschland im heutigen Sinne gab es ja damals noch nicht. Es gab das römisch-deutsche Kaiserreich und viele kleine und größere Fürstentümer. Du kannst das alles in meinem Geschichtsbuch nachlesen. Unser Ahnherr, Vaters Namensvetter übrigens, Jules de Tallien war ein Gefolgsmann Heinrichs von Valois, der später Heinrich IV. wurde. Sie hingen dem neuen Glauben an, in Frankreich waren damals die sogenannten Hugenottenkriege, siehe Geschichtsbuch, ich zeige dir nachher, was du darüber lesen mußt. Und nach der Bartholomäusnacht im Jahre 1572, bei der übrigens an die 2000 Hugenotten umgebracht wurden, flohen viele der Überlebenden über die Grenzen Frankreichs. Damals wurde das Heilige Römische Reich Deutscher Nation, so hieß es, verstehst du, von Maximilian II. regiert, der den Protestanten gegenüber sehr tolerant war. Der erste Tallien kam mit seiner jungen Frau herüber, zunächst in die Gegend von Linz. Anne de Tallien kam sehr widerstrebend mit. Sie stammte aus einer gutkatholischen Familie und war mit ihrem Mann gar nicht einverstanden. Aber sie liebte ihn wohl. Trotzdem war sie sehr unglücklich. Es existieren von ihrer Hand noch alte Aufzeichnungen, sehr interessant. Sie war schwanger. Ihr erstes Kind wurde auf deutschem Boden geboren. Ein Jahr darauf bekam sie wieder ein Kind, es hieß Anne Barbara."

„Ach?" sagte Barbara angeregt.

„Ja, es war die erste Barbara von Tallien. Den Namen bekam sie auf Wunsch ihres Vaters. Sie hatten nämlich damals Aufnahme gefunden an einem kleinen Edelhof, dessen Herrin den Namen Barbara trug. Und sie muß sehr gut zu den Flüchtlingen gewesen sein. Wenige Jahre später wurde Rudolf II. Kaiser, er war den Protestanten keineswegs freundlich gesinnt, und die Familie Tallien wandte sich wieder ostwärts. Was in den nächsten Jahren passierte, weiß man nicht genau, auch nicht, wo sie überall waren. Schließlich aber kamen sie in diese Gegend. Jules allein mit den beiden Kindern. Anne war gestorben, vermutlich vor Kummer und Heimweh. Jules hatte dann wieder geheiratet, ein deutsches Mädchen, und mit ihr noch sechs Kinder gehabt."

„Allerhand", meinte Barbara respektvoll.

„Ja, wir waren schon immer tüchtig. Deswegen sind wir auch heute noch so ein großer Klan. Hundert Jahre später war die Herkunft so gut wie vergessen. Die Talliens waren Deutsche geworden, und nicht die schlechtesten. Viele ihrer Männer sind für dieses Land gestorben. Bis auf den heutigen Tag. Du weißt ja, daß Henry, Vaters Bruder und unser Onkel, im letzten Krieg gefallen ist. Allerdings nicht in Frankreich, sondern in Rußland. Ein Zweig sitzt sogar in Amerika. Das war ein Onkel von unserem Großvater, von Raoul, der ist im vorigen Jahrhundert hinübergegangen. Und die haben sich drüben auch gut gehalten."

Barbara wurde es ein wenig schwindlig vor diesen vielen Talliens. Noch vermochte sie nicht, sie alle auseinanderzuhalten. Aber sie fand es sehr spannend, was Doris erzählte. Wirklich las sie in den nächsten Tagen im Geschichtsbuch und dann sogar im Lexikon alles nach, was über die Hugenotten darin stand. Und erstmals regte sich auch in ihr ein leiser Stolz darüber, zu dieser Familie zu gehören. Doris gab ihr Aufzeichnungen, Briefe, sogar eine ziemlich vollständige Chronik aus dem letzten Jahrhundert, Unterlagen, die bis in die Neuzeit reichten. Jetzt verstand sie schon ein wenig besser, was die Talliens in dieser Stadt und an diesem Hof bedeutet hatten. Große Herren waren sie gewesen. Kavaliere am Hof, Soldaten, Staatsmänner.

Jetzt war das vorbei. Ihr Großvater Raoul war der letzte gewesen, der den Ritterdienst leistete.

„Aber", so erklärte Doris, „das tollste ist ja, daß wir sehr gekonnt den Anschluß an die Neuzeit gefunden haben. Genauso gut könnten wir heute als verarmte Adelige hier sitzen und an den Fingernägeln knabbern." Doris liebte zuweilen eine blumige Ausdrucksweise. „Der Schlaumeier war Robert von Tallien, der jüngste Bruder von Raoul. Der war zuerst Offizier gewesen, doch wie es scheint, ohne rechte Begeisterung. Geld hatte er sowieso nie. Das war keineswegs in großem Ausmaß da, niemals, und für die jüngsten Söhne schon gar nicht. Der kluge Robert heiratete im Jahr 1898 ein Fräulein Luise Eberhard. Es war eine ganz bürgerliche Heirat, in der feinen Familie rümpfte man die Nase. Und siehst du, wie die Zeiten sich ändern: heute leben wir davon."

„Und wieso?" fragte Barbara mit roten Wangen.

„Luise Eberhard war, wie nicht anders zu erwarten, die Tochter vom alten Eberhard. Übrigens die einzige Tochter. Sie soll ein recht nettes Mädchen gewesen sein. Und der alte Eberhard besaß eine gutgehende Druckerei, auf demselben Grundstück, auf dem heute noch unser Geschäftshaus steht. Genau wie heute wurde auch damals schon die größte Zeitung hier am Platz bei ihm gedruckt. Du siehst, auch die Firma hat Tradition. Der Erbe fehlte, und Robert begann, sich mit Hingabe und viel Geschick in den Betrieb einzuarbeiten. Die Zeiten waren ja damals keine schlechten, und das Geschäft ging großartig. Sie waren der wohlhabende Teil der Familie. Du mußt Vater mal darüber fragen. Er mochte seinen Onkel gern und kann dir viel darüber erzählen. Robert und Luise hatten entarteterweise nur ein Kind, einen Sohn. Der fiel im ersten Weltkrieg. Die Firma hatte wieder keinen Erben. Robert bestimmte, daß Julius später die Druckerei bekommen sollte, mein Vater, nicht wahr? Er schien ihm am geeignetsten dazu. Henry, unser Onkel, kam nicht in Frage, der war ein begeisterter Offizier. Vater arbeitete dann ziemlich bald nach dem ersten Krieg in der Druckerei mit, lernte alles, mit nicht allzu großer Begeisterung allerdings, wie ich glaube. Aber immerhin. Als Robert 1938 starb, wurde Großvater der Besitzer der Druckerei, die auch damals wieder, nach den schlechten Jahren, die dazwischen lagen, sehr gut florierte. Allerdings hat sich Großvater nie um den Laden gekümmert, das interessierte ihn nicht. Das machte alles Vater. Er hatte es ja gelernt. Es gibt noch einen Nebenzweig der Familie Eberhard, der beteiligt ist. Er tritt aber nicht tätig in Erscheinung. Heute ist der Betrieb ein reiner Tallien-Betrieb. Aber die Brötchen, die wir essen, verdanken wir genaugenommen dem alten Eberhard. Was ohne ihn und ohne die unstandesgemäße Heirat des jungen Tallien aus uns geworden wäre, das weiß ich nicht. Ich nehme an, uns ginge es ziemlich mager."

Das alles war für Barbara eine neue Welt. Sie dachte viel darüber nach. Sie begann auch die weitverzweigte Familie mit anderen Augen zu sehen. Hatte sie es anfangs als lästig empfunden, daß immer noch irgendein Onkel, irgendeine Tante, ein unbekannter Kusin auftauchte, so wollte sie jetzt immer genau wissen, wer er sei, woher die Verbindung kam, wie alles zusammenhing. Manchmal war es so kompliziert, durch Heiraten und damit wieder angeheiratete Nebenzweige, daß es wirklich nicht zu überschauen war. Aber nach und nach enthüllten sich Barbara die Zusammenhänge immer mehr. Vor allem aber begann sie, sich selbst zu dieser Familie zugehörig zu empfinden. Und da sie den Namen Tallien trug und im alten Stammhaus wohnte, wenn es auch heute ein modernes Haus geworden war, fühlte sie sich im Mittelpunkt der Familie, nahe ihrem Herzen. Unbewußt zunächst, aber es gab ihr einen Rückhalt und eine ganz neue Sicherheit. Und Sicherheit war etwas, was sie bisher in ihrem ganzen jungen Leben noch nie gekannt hatte.

4

In der Woche vor Weihnachten kam Julius am Samstagnachmittag erst spät nach Hause. In früheren Zeiten war ein Betrieb wie der seine nicht so direkt vom Weihnachtsgeschäft betroffen worden, jedenfalls nicht so kurz vor dem Fest. Ihre Hauptproduktionszeit lag in den Herbstmonaten. Aber jetzt war alles anders. Die Konjunktur erfaßte alles, wie ein gewaltiger Sog war es, der auch die Dinge an sich zog, die außerhalb des großen Stromes lagen.

Julius war müde, er hatte Kopfschmerzen. Seit Tagen war er jeden Abend bis spät im Betrieb gewesen. Die restlichen Abschlußarbeiten dieses Tages hatte er Heinz überlassen. Heinz Leitner, seinem tüchtigen jungen Mitarbeiter, seinem künftigen Schwiegersohn und, wenn nicht alles trog, späteren Mitinhaber des Betriebes. Heinz hatte sich in den anderthalb Jahren, die er bei ihm war, gut eingearbeitet. Er war wirklich unermüdlich und mit vielseitigen Fähigkeiten begabt. Seit er mit Marianne verlobt war und in seiner gegenwärtigen Arbeit seine Lebensaufgabe sah, hatte sich sein Eifer verdoppelt.

Julius ließ ihn gewähren. Er war ganz froh darüber. Und der Gedanke, eine wirkliche Entlastung an dem jungen Mann zu haben, war für ihn höchst angenehm. Gewiß, er hatte seine Pflicht getan, seit er selbst als junger Mann in den Betrieb seines Onkels eingetreten war. Richtig geliebt aber hatte er seine Arbeit nie. Wenn man ihn allerdings gefragt hätte, was er statt dessen lieber getan hätte, so wäre ihm die Antwort schwergefallen. Vielleicht wäre er, wenn die Zeiten sich nicht geändert hätten, in der Nachfolge seines Vaters im Hof- und Staatsdienst glücklicher geworden. Er besaß in vollem Maße die diplomatischen

Fähigkeiten seines Geschlechts, den politischen Weitblick, das Geschick, im öffentlichen Dienst zu arbeiten. Doch dieser Weg war ihm ja von vornherein verschlossen gewesen. Sich mit der augenblicklichen Politik zu befassen, das hatte ihn nie gereizt. Gleich nach dem Krieg war man einmal an ihn herangetreten, ob er nicht Bürgermeister der Stadt werden wollte. Er hatte es abgelehnt. Stadtrat allerdings war er seit mehreren Jahren. Man respektierte seine Meinung, seine Stimme hatte Gewicht. Dies war zum Teil auf seinen Namen zurückzuführen, mehr noch auf seine stetig verläßliche Weise, die Fragen des Tages zu behandeln, fern von jedem Parteigezänk. Er hatte diesen Posten mit Selbstverständlichkeit übernommen und tat die Arbeit, die er von ihm verlangte, souverän und zuverlässig, guten Willens, das war er diesem Land und dieser Stadt schuldig: seine Familie lebte und wirkte schließlich seit Jahrhunderten hier.

Wenn sich nun erwies, daß Heinz Leitner eine wirkliche Hilfe in der Druckerei wurde, dann bestand die Möglichkeit, daß er etwas mehr Zeit für sich gewann. Für seine Liebhabereien, sein wirkliches Leben: die Pferde, die Musik, Reisen; alles in allem die geruhsame Gangart früherer Zeiten.

Er war heute Mitte Fünfzig, viel Zeit zum Leben hatte er nicht gehabt. Das Ende des ersten Weltkrieges hatte er noch mitgemacht. Dann kam die große Veränderung, die für seine Familie ein echtes Ende bedeutete, ein Ende dessen, was sie seit Jahrhunderten gedacht, gelebt und gewirkt hatte. Nach einer unruhigen sorgenvollen Zeit, in der er nicht wußte, was aus ihm werden sollte, war er dann zu seinem Onkel Robert in den Betrieb gekommen, hatte anfangen müssen, alles zu lernen, und Robert war ein gründlicher Lehrmeister gewesen. Es kamen die schlechten Zeiten, die auch an ihrem Betrieb nicht spurlos vorübergingen. Dann die Nazizeit mit ihren gewaltsamen Umstellungen, eine verhaßte Zeit war es für ihn gewesen, für ihn, den feinsinnigen, empfindsamen Aristokraten, es hatte an Feinden und Angriffen und Schwierigkeiten nicht gefehlt, und dann der neue Krieg. Wieder ein Ende. Das Haus der Firma, die Firma selbst, wurden restlos zerstört. Und zu der Zeit war er schon so weit, daß der Betrieb wirklich sein Betrieb geworden war, daß er in diese zufällig auf ihn gekommene Lebensaufgabe hineingewachsen war. Dann nach dem Krieg der Wiederaufbau, mühselig zuerst, schwierig, unter vielen Entbehrungen. Doch seit drei, vier Jahren war es kein Aufbau mehr gewesen, sondern ein Aufstieg, in ungeahntem Ausmaß, alles früher Bestehende übertreffend.

Zeit für das eigene Leben, das eigene Ich hatten diese Jahre kaum gelassen. Heute schien es Julius oft, er habe viel versäumt. Was er glaubte, versäumt zu haben, hätte er kaum genau zu formulieren gewußt. Aber er war mit den wachsenden Jahren nicht zum Frieden, nicht zu einer inneren Ausgeglichenheit gekommen, er war oft rastlos und von einer unbestimmten Sehnsucht gequält, wenn er sich dessen selbst auch kaum bewußt war.

Nun brachen seine Gedanken manchmal aus, verließen den täglichen Kreis. Es standen keine bestimmten Wünsche und Pläne dahinter, nur eines schien erstrebenswert: ein wenig mehr Freiheit für sich selbst.

Er fuhr den Wagen in die Garage, die grelle weiße Wand blendete, die Dunkelheit, als er die Lampen ausgeschaltet hatte, war wohltuend. Er würde einen ruhigen einsamen Abend verleben. So hoffte er jedenfalls. Elisa war mit den Mädchen nach Frankfurt gefahren, letzte Weihnachtseinkäufe. Und abends würden sie wohl Gerda besuchen, Elisas Schwester, die in Frankfurt lebte, verheiratet mit einem Textilfabrikanten. Sie hatte ebenfalls drei Kinder, zwei Söhne und eine Tochter, ein anderer Zweig dieser großen Familie.

Elisa würde es sich nicht entgehen lassen, ihrer Schwester die junge Barbara vorzuführen. Julius bedauerte Barbara, diese Gerda war laut und lebhaft und von nie gestillter Neugier. Was würde man aus dem armen Kind alles herausfragen! Und er wußte ja, wie ungern Barbara von sich und von ihrem früheren Leben erzählte.

Als er ausgestiegen war, fuhr etwas winselnd und jaulend vor Freude an seine Beine. Der schwarze Dino.

„Nanu", sagte Julius, er bückte sich nach dem Hund, streichelte ihn, was Dino veranlaßte, mit nassen Pfoten an ihm emporzuspringen. „Was tust du hier draußen, du Zigeuner? Bist du wieder weggelaufen? Weil dein Frauchen nicht da ist? Und jetzt lassen sie dich nicht hinein. Da hast du wohl gefroren, du sonnenverwöhnter Italiener, was? Das kommt davon, siehst du."

Er schloß die Garagentür und ging, von Dino umtanzt, um das Haus herum. Kalt war es gar nicht. Zu Anfang der Woche hatte es mal geschneit, zwei, drei Tage schien es, als wolle der

Winter Ernst machen. Aber seit gestern war ein warmer, milder Wind gekommen, der letzte Schnee war verschwunden, die Erde war weich und feucht wie im Frühling. Ein trügerisches Wetter. Der Winter würde schon noch kommen.

„Du wirst schon sehen, dann wirst du noch frieren, du schwarzer Teufel", sprach er im Gehen zu dem Hund hinunter, „alle beide werdet ihr frieren, du und dein Frauchen." Zwar schien Barbara nicht verwöhnt zu sein. Was hatte sie neulich erzählt? Sie und Barja hätten meist das ganze Jahr hindurch im Meer gebadet, noch im Dezember, zum fassungslosen Entsetzen der Italiener, die sie für verrückt erklärten.

Lachend hatte Barbara erzählt: „Ich glaube, Barja tat es hauptsächlich deswegen, um die Italiener aus der Fassung zu bringen. Die baden nämlich selbst im Sommer kaum. Da muß es schon richtig heiß sein. Aber Barja ging wie eine Wilde ins Wasser, auch wenn es kalt war. Und manchmal war es schon verdammt kalt. Aber mit der Zeit waren wir so abgehärtet, daß wir es kaum mehr spürten."

Marianne, die zugegen war, hatte die Augenbrauen hochgezogen und kühl gefragt: „Hast du denn immer alles mitgemacht, was deine Mutter getan hat?"

Barbaras Antwort darauf war ein kurzes entschiedenes „Ja". Nichts weiter, nur ja. Aber es stand da wie aus Eisen, dieses Ja.

Julius verhielt den Schritt. Es mußte doch jemand im Hause sein. Durch die geschlossenen Fenster hörte er leises Klavierspiel. Das war ungewöhnlich. Er konnte sich nicht erinnern, wann das letztemal hier musiziert worden war. Zwar hatten die Kinder alle drei Klavierstunden gehabt, aber es war bei keinem etwas Gescheites daraus geworden. Keines von ihnen hatte sein Talent geerbt. Er war der einzige, der manchmal spielte. Selten genug, und nur, wenn er allein war.

In der Diele hörte er das Spiel deutlicher. Und dann sang, halb verhalten, eine dunkle Stimme dazu. Barbaras Stimme. Eine Stimme aus längst vergangener Zeit. So hatte seine Schwester einst auch gesungen, süß und dunkel, er hatte den Klang noch im Ohr. „Rosen brach ich nachts mir am dunklen Haag", das war eins ihrer Lieblingslieder gewesen. Und nun erklang das Lied wieder, hier in diesem Haus, von der gleichen Stimme gesungen, es war ein Teufelsspuk.

Er war mit zwei eiligen Schritten an der Tür, wollte sie aufreißen, aber dann blieb er stehen, die Hand auf der Klinke, blieb stehen, reglos, atemlos, es schien, als habe sein Herz aufgehört zun schlagen, und hörte das Lied zu Ende. „Auch der Küsse Duft mich nie beglückte, die ich nachts vom Strauch deiner Lippen pflückte. Doch auch dir, bewegt im Gemüt gleich jenen, tauten die Tränen." Die Stimme hob sich gegen Ende des Liedes, wurde voller, tragender, ohne Zweifel eine geschulte Stimme. Das gleiche Timbre, der samtene Alt, wie ihn Barbara gehabt hatte. Oh, warum nur hatte Barbara eine Tochter geboren, warum nicht lieber einen Sohn, wieviel leichter wäre es für ihn, Barbaras Sohn hier im Haus zu haben als ihre Tochter.

Aber noch während sich dieser Gedanke spielerisch in ihm formte, wußte er, daß es eine Lüge war. Nein, Barbara war hier, es war das ganze Wunder und der ganze Zauber, daß es Barbara war. Diese oder jene, das schien schon keinen Unterschied mehr zu machen.

Noch unter dem letzten Akkord öffnete er behutsam die Tür.

Das Mädchen hob überrascht den Kopf. Als sie ihn erkannte, lächelte sie. „Onkel Julius! Du kommst nach Hause? Tante Elisa sagte, du würdest heute in der Stadt essen." Weiter kam sie zunächst nicht, Dino hatte sich an Julius vorbei ins Zimmer gedrängt und begrüßte seine Herrin mit stürmischer Freude.

Barbara packte ihn in seinem dichten schwarzen Fell und schüttelte ihn. „So, und du bist auch da, du lazzarone. Wo warst du denn wieder? Schämst du dich nicht?"

„Er war draußen im Garten", berichtete Julius. „Ihr habt wohl vergessen, ihn hereinzulassen."

„Fortgelaufen ist er. Er springt neuerdings über die Mauer. Ich glaube, er hat in der Nähe eine Freundin. Und da verschwindet er einfach, wann es ihm paßt." Sie schüttelte den Hund wieder. „Das sind Manieren, mein Lieber. Du bist hier nicht zu Hause. Warte nur, wenn der Winter kommt. Dann sitzt du draußen und wirst erfrieren." Sie blickte zu Julius auf und lachte. „Er war sowieso neulich ganz außer sich, als es schneite. Er schnappte immerzu nach den Flocken, und dann versuchte er, den Schnee am Boden aufzufressen. Vermutlich dachte er, es sei Zucker. Du hättest es nur sehen müssen. Die Leute blieben stehen und lachten."

Julius trat neben sie und blickte auf ihre Hände, die sie

wieder locker auf die Tasten gelegt hatte. Schlanke langfingrige Hände mit schmalen langen Nägeln, noch gebräunt vom Süden her. Knabenhände. Barbaras Hände. „Du spielst Klavier, Barbara? Und singen kannst du auch?"

„Nur ein bißchen. Hast du es gehört?"

„Ja. Es war ein Brahms-Lied. Ich kenne es. Du hast eine hübsche Stimme. Die gleiche Stimme wie deine Mutter."

„O nein, Barja sang viel besser als ich. Ich erinnere mich noch gut. Früher hat sie viel gesungen. In den letzten Jahren weniger. Nein, eigentlich gar nicht mehr."

„Aber du mußt dieses Lied doch von ihr gelernt haben. Ich sehe, du kannst es auswendig."

„Das habe ich alles von Vater gelernt. Auch das Singen. Er hat mir Unterricht gegeben. Viel sei nicht los mit meiner Stimme, meinte er. Es reiche gerade so zu meinem eigenen Vergnügen."

„So. Von deinem Vater also." Das war eigentlich zu erwarten gewesen.

„Ich kann nicht viel auswendig. Nur ein paar Sachen. Ich bin lange nicht so musikalisch wie Barja. Sie konnte viel auswendig spielen. Und kannte so viel Lieder."

„Aber du sagst, sie hat zuletzt nicht mehr gesungen?" Er wollte es noch einmal hören.

„Nein. Und Vater wollte auch nicht mehr, daß sie sang."

„Er wollte es nicht?"

„Nein. Seit sie damals in Salzburg für die Amerikaner gesungen hatte, amerikanische Schlager und Jazz und all so was, seitdem konnte er es nicht mehr ertragen, wenn sie sang. Ihre Stimme war auch sehr rauh geworden, sie rauchte sehr viel und ..." Barbara verstummte. Wozu darüber reden? Es waren so quälende Erinnerungen. Manchmal hatte Barja doch gesungen in den letzten Jahren. Wenn sie ihn ärgern wollte, dann sang sie irgendeinen amerikanischen Song, mit absichtlich heruntergedrückter Stimme, mit den breiten, gequetschten Lauten. Fernand sagte dann finster: „Hör auf. Ich kann das nicht hören. Du denkst wohl noch an diesen Kerl. Er hat dich längst vergessen. Er hat nie mehr etwas hören lassen." Und wenn sie ihn nicht beachtete, schrie er zornig, mit seiner dünn gewordenen alten Stimme: „Hör auf. Hör auf. Ich kann's nicht hören."

Vorbei. Barbara warf den Kopf zurück und legte den Deckel

über die Tasten. „Ein schöner Flügel", sagte sie höflich. „Spielt niemand von euch?"

„Sie hat für die Amerikaner gesungen, sagst du?" Julius war maßlos erstaunt. „Wie soll ich das verstehen? In Salzburg?"

Barbara stand auf. Sie wandte sich ihrem Onkel voll zu, blickte ihm kühl in die Augen und sagte kurz und in abschließendem Ton: „Ja, in Salzburg. Die ersten Jahre nach dem Krieg. Sie arbeitete damals bei den Amerikanern. Erst in einer Kantine, als Bedienung. Wir mußten ja von irgend etwas leben. Dann war sie mit einem amerikanischen Offizier befreundet. Und dann sang sie im Club, sie hatten da so ein Tanzorchester, und Barja war ihre Sängerin. Die Amerikaner waren alle verrückt nach ihr. Sie hat ganz gut damit verdient. Und wir brauchten das Geld ja. Wir hatten sonst nichts. Vater war sehr krank. Er konnte nicht arbeiten, aber er brauchte einen Arzt und Medikamente. Ja, so war das. Ich weiß es auch nicht mehr so genau. Ich war noch klein damals." Sie senkte die Lider und sagte in kaum verändertem Ton: „Du hast noch nicht gegessen, Onkel Julius? Ich werde Anny sagen, daß sie dir etwas herrichtet." Und damit wandte sie sich zur Tür.

Julius hätte sie festhalten mögen. Das war alles ungeheuerlich, was er eben gehört hatte. Es war nicht zu glauben. Seine schöne stolze Schwester hatte im Club der Amerikaner gesungen. Und vorher in der Kantine gearbeitet. Und was war noch? Sie war mit einem amerikanischen Offizier befreundet. Himmel, konnte das alles wahr sein?

„Barbara", stieß er hervor.

Das Mädchen wandte sich an der Tür um. „Ja?" fragte sie, der Blick kalt wie Eis, abwehrend. Für sie war das Thema abgeschlossen. Sie wünschte nicht mehr, darüber zu sprechen.

„Das – das ist alles ganz neu für mich", sagte Julius heiser. „Und so seltsam. Ich kann es mir gar nicht vorstellen. Ich ...", er verstummte hilflos.

„Ich weiß, Onkel Julius", erwiderte Barbara in ruhigem, bestätigendem Ton. „Du kannst dir das nicht vorstellen. Ihr alle hier nicht. Seit ich hier bin, kann ich mir selber vieles nicht mehr vorstellen. Reden wir nicht mehr darüber." Sie ging hinaus. Auf dem Weg in die Küche fiel ihr eine Verszeile wieder ein, eine Verszeile aus dem Lied, das Barja damals oft gesungen hatte. „... smoke gets in your eyes ...", und die dunkle, schwermütige

Melodie war auf einmal auch wieder in ihrem Gedächtnis. Barja liebte dieses Lied. Aber dann hatte sie geweint. Und das Lied nie wieder gesungen.

Julius stand und blickte auf die geschlossene Tür. So vieles hätte er noch fragen mögen. Aber er konnte doch Barbara nicht danach fragen. Nicht danach, was ihre Mutter gefühlt und getan hatte. Ein Amerikaner. Es war lange her. Sie war noch ein Kind damals. Er rechnete rasch nach, neun Jahre mußte sie gewesen sein, zehn. Was konnte sie wissen? Er konnte sie nicht danach fragen.

Aber er wollte es wissen. Wollte er es wirklich wissen?

5

Das milde Wetter hielt an. Am nächsten Morgen, am Sonntag, schien die Sonne, man hätte meinen können, der Frühling stünde vor der Tür. Julius ging, begleitet von beiden Hunden, noch vor dem Frühstück in den Garten. Die Luft war weich, fast südlich mild. Es müßte schön sein, auszureiten, dachte er. Nicht im Park, ein Stück in den Wald. Warum eigentlich nicht? Er konnte Krüger anrufen, daß er ihm Alzeus herausbringen ließ. Vielleicht würde Barbara ihn begleiten. Als er sich dem Haus wieder zuwandte, sah er Barbara unter der Tür stehen, sie trug schwarze lange Hosen und einen blauen Pullover, jung und frisch sah sie aus.

„Guten Morgen“, rief sie, „kein Schnee mehr da, nicht? Es ist gar nicht so schlimm mit dem Winter.“

„Der kommt schon noch“, sagte Julius. „Wollen wir ausreiten? In den Wald?“

„O ja, furchtbar gern. Wenn du Zeit hast . . .“

„Eine Stunde langt es schon. Ich rufe Krüger an. Wir frühstücken schnell und dann ziehen wir uns um.“

Sie waren allein beim Frühstück. Die Damen waren erst spät zurückgekommen und schliefen noch. Doris frühstückte sowieso am Sonntag niemals mit ihnen. Sie frühstückte sonntags im Bett, das war für sie ein Hochgenuß. Julius sah es nicht gern, so etwas hatte es bei ihnen nie gegeben. Aber Doris hatte ihm eines Tages sachlich erklärt: „Irgendeinen Spaß muß der Mensch schließlich haben. Ich muß jeden Tag aufstehen und in die blöde Schule gehen. Und du wirst zugeben, Paps, daß ich eine Musterschülerin bin. Solche Zensuren hat hier noch keiner heimgebracht. Eine kleine Belohnung bist du mir schon schuldig. Ich wünsche mir ein Sonntagsfrühstück im Bett, mit allen Schikanen." Das war vor einem Jahr gewesen, und seitdem hielt sie an dieser Sitte fest. Höchstens im Sommer machte sie eine Ausnahme.

Eine halbe Stunde später standen die beiden Pferde vor der Tür. Dino umsprang sie wild kläffend vor Aufregung. Der braune Alzeus betrachtete ihn von oben herab mit würdevoller Ruhe. Aber Reinhard, der Rappe, tänzelte nervös. Barbara hatte Mühe, aufzusteigen. Trotzdem rief sie: „Darf er mit? O bitte, Onkel Julius."

„Er wird uns die Pferde verrückt machen", warnte Julius. „Sie sind ohnehin unruhig. Um diese Jahreszeit kommen sie selten ins Freie."

„Er beruhigt sich schon. Wenn er tüchtig laufen muß, hat er mit sich selber genug zu tun."

Also trabte Dino neben ihnen her, hochbefriedigt über den Ausflug und wirklich gleich ganz brav, als er sah, daß man ihn mitnahm.

Im Schritt ging es durch die sonntagsstillen Vorstadtstraßen, der gleichmäßige Takt des Hufschlages mußte weithin zu hören sein. Alzeus schüttelte seinen Kopf, daß die Mähne flog. Er genoß den Ritt ins Freie nicht weniger als die Reiter. Kleine zarte Wölkchen dampften vor den Nüstern der Pferde.

„Wird es dir auch nicht zu kalt sein?" fragte Julius besorgt.

„Aber nein, gar nicht. Es ist herrlich." Barbara lachte zu ihm hinüber. Das düstere Gespräch vom Abend zuvor schien vergessen. Sie waren auch nicht mehr darauf zurückgekommen; denn kurz darauf kam Elisa mit den beiden Mädchen nach Hause, früher als erwartet.

„Hier links herum", sagte Julius. „Wir schneiden ein Stück ab und brauchen nicht auf die Ausfallstraße. Da ist zuviel Verkehr. Dahinten geht ein Weg gleich in den Wald."

Sie kamen an einem Haus vorbei, das Barbara schon einige Male bei ihren Spaziergängen gesehen hatte. Ein Haus, das ihr ausnehmend gut gefiel. Es lag weit zurück von der Straße, in einem tiefen Garten, der rückwärts direkt an den Wald grenzte. Ein sehr modenes Haus, einstöckig, um einen Winkel herumgebaut, ein breiter Terrassensitz nach Süden, auf der einen Seite ein tief herabgezogenes Dach. In dieser Stadt der Tradition war es ein recht ungewöhnliches Haus. Sie beschloß, ihren Onkel zu fragen, wer hier wohnte. Aber sie kam nicht dazu.

Zunächst einmal stürzte Dino wie ein Wilder an den Zaun, der im Sommer dicht bewachsen sein mußte; jetzt war die Hecke ohne Laub. Ein bildschöner großer Schäferhund residierte hier. Barbara kannte ihn bereits, denn Dino hatte mit ihm stets wilde und wütende Bellduelle. Auch heute versäumte er diese Zeremonie nicht. Der Rappe spielte unruhig mit den Ohren. Barbara klopfte seinen Hals. „Nur mit der Ruhe, caro", redete sie ihm zu, „dir tut keiner was."

Gerade vor ihnen glitt fast lautlos ein großer breiter Wagen durch das geöffnete Tor. Der Rappe wich zurück, dann machte er einen seitlichen Ausbruchsversuch. Julius blickte besorgt hinüber. Doch Barbara hatte ihr Pferd fest am Zügel und redete beruhigend auf es ein.

Die Pferde standen. Auch der Wagen stand. Der Schlag ging auf, und ein Mann steckte den Kopf heraus. „Hallo, Julius", rief er. Dann erblickte er Barbara auf dem Pferd und brach mitten in der Begrüßung ab. Er blickte zu ihr auf, als traue er seinen Augen nicht.

„Der Herr Professor", rief Julius sichtlich erfreut. „Da muß man sich schon fast von dir überfahren lassen, wenn man dich mal sehen will."

Inzwischen hatte Dino entdeckt, daß sein Feind im Auto saß, er stürzte auf den Wagen zu und begann ein wütendes Gebell, der Schäferhund erwiderte es von innen, die Pferde tänzelten nervös, auch Alzeus war jetzt unruhig.

Der fremde Mann, den Julius mit Professor angeredet hatte, schob seinen Hund energisch zurück, stieg dann aus und klappte den Wagenschlag hinter sich zu. Zunächst konnte er sich nicht verständlich machen. Dinos Stimme beherrschte die Szene. Schließlich ergriff ihn der Fremde einfach am Fell, hob ihn hoch und stellte ihn hinter dem Wagen nieder.

Dino war vor Schreck verstummt. Im letzten Moment ermannte er sich und schnappte nach der Hand, aber er kam zu spät. Barbara lachte.

Der Mann blickte zu ihr auf, wie sie da auf dem Pferd saß und lachte, den Kopf zurückgebogen, die Kehle weiß und gespannt, leuchtend das unbedeckte Haar. Was er sah, erschien ihm wie ein unwirklicher Traum. Er trat an die Pferde heran und sagte: „Barbaras Tochter. Es ist nicht zu glauben. Julius, es ist nicht zu glauben. Ihr wie aus dem Gesicht geschnitten."

Barbara lächelte verlegen. Immer wieder dasselbe, wohin sie kam, wem sie begegnete. Hatte denn keiner hier vergessen, wie ihre Mutter ausgesehen hatte?

Sie blickte den Fremden an, der Julius jetzt die Hand hinaufgereicht hatte, aber dann sofort seinen Blick zu ihr zurückwandte. Das erste, was ihr auffiel an dem Mann, waren die Augen, große Augen von einem hellen starken Blau, das Gesicht war markant, sehr wach, sehr intelligent, eine kräftige Nase, die Stirn sehr hoch, das Haar schon leicht gelichtet über der Stirn.

„Barbara", sagte Julius, „das ist noch so eine Art Onkel. Du kennst ihn nur noch nicht. Im allgemeinen kümmert er sich wenig um uns. Er ist ein bedeutender Mann, Ernst Ludwig Thormann. Oder Professor Thormann, wie man jetzt sagen muß."

Seine Hand war groß und kräftig und umschloß die ihre mit festem Druck. Sie hatte keine Ahnung, wer er war. Sie konnte sich auch im Moment nicht daran erinnern, ob Doris schon einmal von diesem Onkel erzählt hatte. Aber sie hatte nie in ihrem Leben einen Mann gesehen, der ihr auf den ersten Blick so gut gefallen hatte.

„Ihr reitet aus", sagte Professor Thormann. „Das ist eine gute Idee. Wenn ich das sehe, käme ich am liebsten mit."

„Warum nicht?" meinte Julius. „Reitest du gar nicht mehr?"

„Seit Jahren nicht. Keine Zeit."

„Dein Nachteil. Diese Zeit kann man sich immer nehmen."

„Du hast recht. Ich werde es mir überlegen. Überhaupt wenn man jetzt so reizende Gesellschaft hat." Er lächelte zu Barbara hinauf, sie lächelte zurück.

Dieser Onkel, der ein Professor war, sagte: „Man könnte sich zwanzig Jahre zurückversetzt fühlen."

Barbaras Lächeln erlosch. Konnten sie denn alle in ihr nur ihre Mutter sehen?

Julius fragte: „Wann besuchst du uns, Ludwig? Elisa ist sowieso gekränkt, daß du dich nie blicken läßt."

„Meine Empfehlung an sie", sagte der Professor lässig, „ich schau vielleicht Weihnachten mal hinüber zu euch. Die ersten Monate hatte ich viel Arbeit. Und meine anderen Aufträge laufen ja weiter. Hast du den Klinikbau wieder mal besichtigt?"

„Natürlich."

„Bis zum Juni ist er fertig. Es wird eine Pracht. Also, wir sehen uns bald." Wieder umschlossen die langen starken Finger

Barbaras Hand, die blauen Augen sahen sie an. „Sie heißt also auch Barbara", sagte der Mann. Es war keine Frage, nur eine Feststellung, und nicht an sie gerichtet, an Julius.

Professor Ludwig Thormann blieb neben seinem Wagen stehen und sah den beiden Reitern nach. Zwanzig Jahre. Nein, mehr. Einundzwanzig, zweiundzwanzig, und bis zurück in die frühe Kindheit. Immer war Barbara dagewesen, ein wildes, unbändiges kleines Mädchen, und dann heranwachsend, schmal, hochgeschossen, mit ihrer seltsamen spröden Anmut, ihrem selbständig denkenden Kopf, ihrem Eigensinn, dann auf einmal ein übermütiger Backfisch, schon kokett und doch Kamerad, und dann das junge Mädchen, für ihn das schönste, zauberhafteste Geschöpf der Welt, anbetungswürdig, geliebt mit all der unverbrauchten Kraft seiner Jugend. Und dann plötzlich war sie verschwunden, fortgegangen aus seiner Welt, aus seinem Leben. Einmal noch hatte er sie wiedergesehen, ein paar Jahre später, in Berlin. Weil er nicht glauben konnte, daß sie wirklich nicht wiederkam, daß sie auch für ihn verloren war. Weil er nicht glauben konnte, daß sie in dem Leben, das begann, das vor ihm lag, nicht mehr an seiner Seite sein sollte. Der erste Kuß, die erste scheue Zärtlichkeit, der erste Traum von Liebe, das erstemal eine zarte weiche Frauenhaut an seinen Lippen – Barbara.

Nun hatte er ihre Tochter gesehen. Und der Schmerz um den verlorenen Traum war so heiß, so neu, als wäre sie gestern von ihm gegangen.

Die Reiter bogen hinter seinem Haus um die Ecke und verschwanden aus seinem Blickfeld. Jetzt ritten sie auf dem schmalen Weg zwischen den Wiesen, und dann kamen sie in den Wald. Der schmale Weg lief weiter, gerade Platz genug, daß zwei Pferde nebeneinander hergehen konnten. Wenn sie zu viert geritten waren, Barbara, Henry, Julius und er, dann hatten Barbara und Henry die Tête, er folgte mit Julius. Sie trabten das erste Stück durch den Wald, dann kam die breite Schneise und sie galoppierten an. Zu viert nebeneinander jetzt, und jeder bestrebt, der schnellste zu sein. Weiter unten hatten sie zwei dünne Baumstämme hinaus auf den Weg gezogen und auf eine primitive Gabel gelegt. Erst den einen, ein paar Meter weiter den zweiten. Das waren die ersten Hindernisse. Meist war Barbara als erste da. Sie fegte mit ihrem Pferd darüber, ließ es ausgaloppieren und verhielt dann an der Lichtung. Wenn Wind gewesen oder wenn der Förster vorbeigekommen war, dann waren die Hindernisse verschwunden. Doch sie ließen sich mit ein paar Handgriffen wieder aufbauen. Es war ein altes Spiel zwischen ihnen, dem Wind und dem Förster.

Ludwig strich sich über die Stirn. Seltsam, wie das auf einmal wiederkam. Er hatte seit vielen Jahren nicht mehr daran gedacht.

Noch ein anderes Bild.

Er ritt mit Barbara allein. Er war oft mit ihr allein geritten. Henry und Julius waren ja viel älter. Henry war nicht mehr da, er war in Berlin, Offizier bei der Reichswehr, nur wenn er Urlaub hatte, kam er, und dann wich Barbara nicht von seiner Seite. Julius arbeitete in der Druckerei.

Aber er und Barbara waren noch Kinder, schließlich Halbwüchsige. Sie ritten morgens vor der Schule, oder auch nachmittags, in den Ferien waren sie manchmal stundenlang im Sattel unterwegs.

Was ihm jetzt einfiel, war eine Szene, die sich in den schlechten Jahren abgespielt hatte, damals zur Zeit der großen Arbeitslosigkeit. Barbara mußte so dreizehn oder vierzehn Jahre alt gewesen sein, ein dünnes langbeiniges Mädchen, die Haare kurz geschnitten. Wie ein Junge sah sie aus, wenn sie im Sattel saß. Er erinnerte sich genau an das Pferd, das sie ritt. Ein zierlicher drahtiger Schwarzbrauner war es, am linken Vorderbein hatte er einen weißen Fleck. Er hieß Morgenwind. Aber Barbara nannte ihn zärtlich Iltschi, denn natürlich lasen sie mit Begeisterung Karl May, und in ihren Spielen war sie Winnetou und er Old Shatterhand. Iltschi war ein großartiges Springpferd, Barbara gewann später mehrere Turniere mit ihm.

Damals also kam es vor, daß ihnen auf den Straßen oder im Wald Arbeitslose begegneten, junge Burschen und Männer, die dort herumlungerten, unzufrieden, hungrig, mit Gott und der Welt zerfallen. Die Leute, die spazierenritten, waren ihnen ein Dorn im Auge. Reiche Nichtstuer, für die das Leben ein Vergnügen war, während sie nicht satt zu essen hatten und von den kümmerlichen Stempelgeldern lebten. So sahen sie es an. Schon manchmal waren ihnen Schimpfworte nachgeflogen, hatten sie eine geballte Faust gesehen.

An diesem Tag kam ein Stein geflogen, ein großer kantiger Stein. Er traf Barbaras Pferd an der rechten Hinterhand. Iltschi wieherte erschrocken auf, machte einen jähen Satz und stürmte dann in wilder Flucht davon. Sein Pferd hinterher. Doch ehe er die beiden eingeholt hatte, gelang es Barbara, ihr Pferd in die Hand zu bekommen, sie wendete auf der Stelle und kam in gestrecktem Galopp zurück, flog an ihm vorbei, zurück zu der Gruppe von Männern, die noch am Waldrand standen.

Er zügelte sein Pferd ebenfalls, blickte ihr nach, rief: „Barbara! Was willst du? Bleib hier! Du kannst mit denen nicht reden."

Aber sie hörte nicht. Sie ritt stracks auf die Männer zu, hielt direkt vor ihnen und sprang vom Pferd, noch ehe es ganz stand. Wirklich, sie, das schwache hilflose Kind, stellte sich den Angreifern. Sie wußte auch genau, wer den Stein geworfen hatte. „Du Dreckskerl", fuhr sie ihn an, die Augen blitzend vor Wut, „warum schmeißt du den Stein auf mein Pferd? Schmeiß ihn doch nach mir. Ich reite hier. Das Pferd kann doch nichts dafür. Wenn du nicht zielen kannst, dann laß es lieber ganz, du lächerliches Greenhorn."

Der Mann starrte sie sprachlos an, das breite, derbe Gesicht dumm vor Staunen. Auch die anderen sagten nichts.

Sie war noch nicht fertig. „Wir können nichts dafür, ich und mein Pferd, wenn ihr keine Arbeit habt. Das habt ihr bloß von eurer Republik. Hättet ihr den Großherzog behalten und meinen Vater, dann ginge es euch besser. Sie haben immer für euch gesorgt." Und auf das törichte Schweigen, das ihr antwortete, fuhr sie die Männer zornig an: „Oder nicht? Ist es euch früher vielleicht nicht gut gegangen?" Und dann sich gerade aufrichtend, den Kopf zurückgelegt, den Blick gerade und unbeirrt: „Ich bin Barbara von Tallien. Und wenn ihr mich nicht kennt, so kennt ihr meinen Vater." Wie sie da stand, glich sie von Kopf bis Fuß dem alten Tallien, sie, der halbwüchsige Fratz.

Ludwig hielt drei Schritte entfernt auf seinem Pferd, im Zweifel, was er tun sollte. Auch abspringen und sich neben sie stellen? Das würde die Männer nur unnötig reizen.

Barbara hatte jedenfalls keine Angst. Sie bückte sich, besah sich die kleine Wunde am Schenkel ihres Pferdes, ein paar rote Tropfen sickerten über das dunkle Fell. Iltschi wandte den Kopf und sah ihr zu. Sein Schreck und seine Angst waren vorüber. Wenn seine Reiterin es gewollt hätte, so hätte er die Männer glatt über den Haufen geritten.

Barbara zog ihr Taschentuch heraus, tupfte die Bluttropfen

ab, und dann hielt sie das befleckte Tuch den Männern hin, die immer noch stumm danebenstanden. „Da! Da seht ihr! Was hat euch mein Pferd getan? Ich reite, weil ich reiten will. Und lieber will ich nichts zu fressen haben, ehe ich nicht mehr reiten kann. Das ist meine Sache und nicht eure. Geht in die Stadt und schmeißt die Steine dahin, wo sie hingehören. Hier helfen sie euch nichts." Und dann, mit einem letzten verächtlichen Blick: „Feiges Gesindel!" Wie ein Blitz saß sie wieder im Sattel, ein Zungenschnalzen, und Iltschi stob den Weg entlang. Ludwig, verblüfft und hingerissen, hinterher.

Als er sie eingeholt hatte, sagte er atemlos: „Barbara! Du bist verrückt. Das hätte schiefgehen können. Wenn sie über dich hergefallen wären!"

„Die? Dazu sind sie viel zu feig. Und außerdem wissen sie, wer ich bin. Die würden sich alle zehn Finger belecken, alle zehn Finger, sage ich dir, wenn sie den Großherzog und meinen Vater wiederhaben könnten."

Das hörte sie natürlich zu Hause von ihrem Vater und hatte sich diese Ansicht unbesehen zu eigen gemacht. Aus eigener Erfahrung kannte sie die alten Zeiten ja nicht mehr. Aber der alte Tallien lebte noch in den alten Zeiten. Für ihn war es der einzig mögliche Zustand gewesen.

Die Reiter waren längst nicht mehr zu sehen. Ludwig erwachte wie aus einem Traum. Komisch, wie das Gedächtnis manchmal so kleine Geschehnisse aufbewahrte.

Er schloß sorgfältig das Tor, dann setzte er sich wieder hinter das Steuer. Was hatte er eigentlich vorgehabt? Wo wollte er hin? Ach ja, richtig, der Rektor hatte ihn zu einer Unterredung gebeten.

Fünfundzwanzig Jahre später war es. Im Wald traf man heute keine Arbeitslosen mehr, höchstens ein paar Sonntagsspaziergänger waren dort zu finden. Aber eine Barbara von Tallien ritt wieder da spazieren.

Er legte seinem Hund die Hand in den Nacken, übersah seinen vorwurfsvollen Blick und sagte: „Wir werden auch wieder reiten, mein Alter. Das ist gesund. Und ich werde sowieso zu dick."

Diese neue Barbara wollte er kennenlernen.

Sie waren kaum außer Hörweite, da fragte Barbara angeregt: „Wer war das denn nun? Dieser Onkel." Sie betonte es spöttisch.

„Die ganze Onkelei geht dir auf die Nerven, was? Übrigens, Barbara, wenn du willst, kannst du den Onkel weglassen und Julius zu mir sagen." Wie war ihm das denn nun wieder eingefallen? Julius räusperte sich verlegen und fuhr eilig fort: „Ja, das. Das war Ludwig. Ludwig Thormann. Er ist natürlich kein Onkel, kein richtiger Onkel von dir. Irgendwie sind wir auch verwandt. Warte mal, wie ist das gleich? Also, die geborene Eberhard, die Frau von meinem Onkel Robert, hatte auch ein paar Schwestern, und eine davon hat einen Thormann geheiratet, die hatten damals hier in der Umgebung eine Mühle, ja, ich glaube, so war es. Nein, stimmt ja gar nicht. Eine Schwester von Luises Mutter war es, also schon eine Generation vorher, du mußt Doris fragen, sie weiß es immer ganz genau. Luise hatte keine Geschwister. Ihre Tante hat den Thormann geheiratet. Und aus der Linie stammt Ludwig."

„Aha", sagte Barbara höflich, wenn auch nicht sonderlich interessiert an der Vergangenheit. „Und dieser . . . dieser Ludwig hat Barja auch gekannt?"

„Was heißt gekannt? Sie sind praktisch zusammen aufgewachsen. Die Thormanns wohnten damals nur zwei Häuser von uns entfernt. Das Haus ist zerstört worden im Krieg, und dieses Grundstück hat er erst vor einigen Jahren erworben, das Haus ist ziemlich neu."

„Es ist ein schönes Haus, ich habe es schon ein paarmal gesehen."

„Na schön! Ob es schön ist, weiß ich nicht. Sehr modern halt, bißchen verrückt. Aber schließlich ist er Architekt."

„Architekt?"

„Ja. Kein schlechter übrigens. Er hat eine rasche Karriere gemacht. Hier in der Stadt hat er nach dem Krieg sehr energisch am Wiederaufbau mitgearbeitet. Vieles, was du hier siehst an neuen großen öffentlichen Bauten, hat er gemacht. Zur Zeit baut er eine neue Klinik. Haben wir dringend nötig. Er hat aber auch viel auswärts gearbeitet. In den letzten Jahren hatte er ein Büro in Frankfurt. Ein sehr gesuchter, angesehener Architekt."

„Wenn er sogar Professor ist", meinte Barbara respektvoll.

„Das ist er erst seit kurzem. Seit dem Herbst ist er wieder

ständig hier. Er bekam eine Berufung an unsere Technische Hochschule. Er ist zunächst a. o. Professor und liest sein erstes Semester hier: Städtebau, Industriebauten, Bauhygiene. Ein ganz moderner, aufgeschlossener Dozent, die Studenten sind begeistert von ihm, sagt man."

„Aha", sagte Barbara wieder. Sie hatte keine Ahnung, was ein a. o. Professor war. Sie würde Doris fragen.

Sie hatten den Wald erreicht. „Wir traben an", sagte Julius. Die Pferde schnaubten. Die Luft war kühl und frisch im Wald, hier und da lag noch ein schimmernder Rest von Schnee.

„Als Junge ist er immer mit Barbara geritten", erzählte Julius weiter, „sie waren überhaupt unzertrennlich. Ich kann mich nicht erinnern, daß meine Schwester jemals eine weibliche Begleiterin hatte. Eine Freundin. Sie war immer mit Jungens zusammen, mit uns oder mit Ludwig oder anderen Vettern. Für Mädchen hatte sie gar nichts übrig. Sie war ja selber ein halber Junge. Es kam wohl daher, daß ihr die Mutter fehlte."

„Und sie mochte diesen Ludwig?"

„Ganz bestimmt. Und er sie noch mehr. Sie war wohl so eine Art Jugendliebe für ihn. Ich glaube, er hat nicht weniger gelitten als wir, als sie fortging."

„Weißt du, Julius", sagte Barbara nachdenklich, und sie machte bereitwillig von seinem Angebot Gebrauch, den Onkel wegzulassen, „ich denke manchmal darüber nach, wie Barja wohl früher hier gelebt hat. Manches weiß ich ja. Sie hat mir davon erzählt. Aber viel eigentlich nicht. Und wenn sie erzählt hat, dann nur von ihrer Kindheit, nicht von später, als sie älter war. Und überhaupt alles ..." sie zögerte und setzte dann ungeschickt hinzu: „alles was zum Schluß passiert ist, davon weiß ich so gut wie gar nichts."

„Hm." Julius bückte sich, um einem herabhängenden Zweig auszuweichen. „Ja, das konnte sie dir auch kaum so genau erzählen."

„Aber warum wart ihr alle so böse auf sie? Wenn sie Vater doch geliebt hat. Liebe ist doch nichts Böses."

„Nein, Barbara, Liebe ist nichts Böses. Aber wenn man so trotzig und dickköpfig ist, wie sie damals war, und soviel Verwirrung stiftet mit einer Liebe, und wenn man keinem Rat und keiner Vernunft zugängig ist, sich über alles hinwegsetzt, Familie, Vater, Brüder, den guten Namen des Hauses, alles in den Wind schlägt für die törichte Liebe zu einem Mann, der fast vierzig Jahre älter und überdies verheiratet ist und selbst Familie hat ..." seine Stimme war lauter geworden, erregt, er brach ab. Ruhiger fügte er hinzu: „Wenn man so rücksichtslos und unbesonnen handelt, nur an sich selber denkt, dann ist es schwer für die anderen, besonnen und vernünftig zu sein."

Eine kleine Pause trat ein. Unwillkürlich hatten sie ihre Pferde wieder verhalten, sie gingen im Schritt, mit nickenden Köpfen.

„Aber warum habt ihr Barja nicht geholfen?" fragte Barbara nach einer Weile leise.

„Sie wollte sich nicht helfen lassen. Sie hat auf keinen von uns gehört. Und dann ... ja, dann warst du ja unterwegs. Sie war eben achtzehn Jahre alt. Du bist selbst heute schon zwanzig, Barbara, du kannst beurteilen, wie unreif und unfertig ein Mädchen mit achtzehn ist. Unfähig zu entscheiden, was Liebe ist. Und ganz gewiß im Unrecht, wenn sie glaubt, für eine junge, dumme Schwärmerei, die sie für Liebe hält, alles wegzuwerfen und sich über alles hinwegzusetzen. Oder willst du mir vielleicht sagen, daß sie deinen Vater geliebt hat, daß sie glücklich mit ihm war, daß er der richtige Mann für sie war?" Er richtete sich im Sattel auf und sah sie an.

Barbara erwiderte seinen Blick nicht. Sie blickte hinunter auf den Hals ihres Pferdes und gab keine Antwort.

Julius kam das Unpassende seines Benehmens zu Bewußtsein. Er konnte doch nicht dieses Mädchen, dieses junge, unerfahrene Mädchen fragen, ob seine Mutter seinen Vater geliebt hatte, ob sie glücklich waren. In den Augen der Tochter sah das wohl alles ganz anders aus.

Aber Barbara schien seine Frage gar nicht so unpassend zu finden. Sie antwortete doch.

„Ich weiß nicht", sagte sie langsam. „Geliebt haben sie sich schon. Früher bestimmt. Später nicht mehr. Er hat sie gewiß immer geliebt. Und Barja ... Nein. Glücklich war sie nicht. Nicht in den letzten Jahren. Sie wollte fort. Aber sie konnte ihn nicht verlassen. Er war alt. Und sehr krank. Aber sie hätte ruhig gehen können. Ich war ja da."

Nun wandte sie auch den Kopf und blickte Julius in die Augen. „Ich hätte ihn nie verlassen. Und wenn ihr ihn auch nicht leiden mögt. Er war mein Vater. Ich habe ihn sehr geliebt. Er war gut." Es sah aus, als wolle sie noch mehr sagen, irgend etwas, was ihr auf dem Herzen lag. Aber sie verstummte, wandte den Blick und sah wieder gerade vor sich hin.

Julius sagte nichts hierauf. Was sollte er dazu auch sagen? Natürlich, in ihren Augen sah alles anders aus als in seinen.

Aber ehe sie in die Schneise einbogen, sagte er doch: „Was würdest du sagen, wenn du eine Tochter hättest, die so törichte Dinge tut, die sich nicht mehr um dich kümmert, um alles, was bisher ihr Leben ausgemacht hat, die einfach tut, was ihr gefällt, ohne zu fragen, was sie damit anrichtet."

„Ich würde versuchen, mit ihr zu reden, sie zur Vernunft zu bringen."

„Das haben wir versucht. Aber vielleicht nicht auf die richtige Weise. Sie hatte eben keine Mutter. Und unser Vater . . . er war damals schon siebzig, auch nicht das richtige Alter, um der Vater für ein achtzehnjähriges Mädchen zu sein. Er war sein ganzes Leben gewöhnt, daß seinen Befehlen gehorcht und seinen Wünschen nachgekommen wurde. Und er war von unbändigem Stolz. Daß sie seinem Namen Schande antat, das konnte er ihr nie verzeihen."

Barbara, die Tochter, ein Kind der heutigen Zeit, meinte darauf ganz gelassen: „Ich glaube, ihr habt diese Dinge überschätzt. Weißt du, was Barja einmal gesagt hat? Sie sagte: ‚Die Talliens bilden sich ein, sie seien der Nabel der Welt, ihr Mittelpunkt. Aber es gibt für jeden Menschen nur einen Mittelpunkt, das ist sein eigenes Herz. Und von diesem Mittelpunkt aus lebt er.' "

„So", meinte Julius, „hat sie das gesagt? Vielleicht hat sie recht. Sie jedenfalls ist ihrem Herzen gefolgt, hat ihr Herz und ihr eigenes Ich in den Mittelpunkt gestellt, ganz gleich, was daraus wurde und was mit den anderen geschah. Ich kann sie nicht mehr fragen, ob sie jetzt noch der Meinung war, es richtig gemacht zu haben. Aber vielleicht ist das auch alles nicht so wichtig. Was heißt schon Glück? Wer von uns ist glücklich? Und wer kann ein ganzes Leben lang glücklich sein? Es genügt, wenn man es einmal gewesen ist. Bezahlen muß man wohl immer dafür."

„Ja", sagte Barbara. Sie legte den Kopf zurück und blickte hinauf zum Himmel, der sich wie ein breites blaues Band über der Schneise spannte, sich allmählich verjüngend, um sich in der Ferne spitz in den Wipfeln der Bäume zu verlieren. „Sie hat dafür bezahlt."

6

Noch eine Begegnung hatte Barbara in der Woche vor Weihnachten. Sie war mit Marianne in die Stadt gegangen. Das kam selten vor, aber es handelte sich darum, für Doris ein Geschenk zu besorgen, und Marianne kannte ein Geschäft, wo sie das Gewünschte bekommen würden.

Ihrer Kusine Marianne war Barbara in den vergangenen Wochen nicht nähergekommen. Sie war, genau wie ihre Mutter, dem Mädchen gegenüber sehr zurückhaltend. Es war nicht einmal böser Wille. Marianne war ein Mensch, der schlecht Kontakt zu anderen Menschen gewann. Sie empfand auch nicht den Wunsch dazu. Doris mit ihrem raschen Mundwerk bezeichnete ihre Schwester kurz entschlossen als beschränkt.

„Sie hat keine anderen Interessen als ihre Kleider und ihr Aussehen. Und jetzt noch ihren Heinz. Aber glaubst du vielleicht, daß sie ihn wirklich liebt?"

„Wenn sie ihn doch heiraten will", meinte Barbara naiv.

„Das ist eine stinklangweilige Angelegenheit, deren ganze Verlobung, sag ich dir", entschied Doris. „Ihr imponiert vor allem, daß er gut aussieht. Das tut er ja, findest du nicht auch?"

„Doch", gab Barbara zu. „Er wirkt sehr . . . sehr männlich."

„Ja, das ist es. Die Mädels waren alle ganz verrückt nach ihm. Na, und die Kelling weiß schon Bescheid. *Die* versteht was von Männern."

Über „die Sache mit der Kelling" war Barbara durch Doris unterrichtet. Charlotte Kelling galt als die eleganteste und interessanteste Frau der Stadt. Sie spielte ein wenig femme fatale in diesem gutbürgerlichen Rahmen. Sie konnte sich das leisten, ihr Mann besaß eine große Fabrik und war einer der reichsten Bewohner dieser Stadt. Charlotte Kelling lebte in großem Stil, man erzählte sich, sie fahre sogar nach Paris, um sich ihre Kleider zu kaufen.

Dies war ein Gerücht. Und ein anderes behauptete, sie nehme es mit der Treue nicht immer sehr genau. Tatsache war, daß sie mit Heinz Leitner eine Zeitlang recht eng befreundet gewesen war. Wie weit diese Freundschaft gegangen war, das wußte freilich niemand genau. Charlotte war eine kluge Frau.

„Wie es auch immer gewesen sein mag", erklärte Doris sachlich, „diese Bekanntschaft hat ihm viel geholfen. Seine Herkunft ist nicht besonders ansehnlich." Im Grunde war Doris eben doch eine Tallien. Auch sie konnte sich nicht ganz von überkommenen Vorurteilen frei machen. „Durch sie kam er in die Gesellschaft, weißt du. Und als ihn Schwarzbauer damals in dem komischen Laden aufgegabelt hatte, da war es die Kelling, die sich einschaltete und ihn Vater warm empfahl."

„Und dann hat er Frau Kelling verlassen?" fragte Barbara staunend. „Und sich mit Marianne verlobt?"

„Was heißt verlassen? Die würde sich doch seinetwegen nicht scheiden lassen. Manchmal bist du wirklich harmlos, Barbara. Außerdem ist sie gut und gerne zehn Jahre älter als er. Nee, er liegt schon richtig. Er konnte gar nichts Besseres machen, als sich Marianne zu sichern. Er ist nämlich ehrgeizig, der gute Junge. Und er hat es hinter den Ohren."

„Du magst ihn nicht besonders?"

„Och, das will ich nicht sagen. Ich finde ihn ganz flott. Aber heiraten möchte ich ihn, glaub ich, nicht."

„Das kannst du gar nicht beurteilen, Doris", sagte Barbara mit überraschender Überlegenheit, „dazu bist du zu jung. Wirklich, nimm es mir nicht übel. Du würdest vielleicht anders sprechen, wenn du ein paar Jahre älter wärst. Es ist nicht nur, daß Heinz gut aussieht. Es geht irgend etwas von ihm aus, daß eine Frau beeindrucken kann. Er ist – ich weiß nicht, wie ich es erklären soll –, er ist so ... so männlich."

„Na, nun spiel dich bloß nicht auf", antwortete Doris nicht sehr beeindruckt. „So viel älter als ich bist du auch nicht. Und ich weiß gar nicht, ob man nicht klarer sieht, wenn man in meinem Alter ist. Später, wenn die Zeit kommt, wo einen das anzieht, was du ‚das Männliche' nennst", sie betonte das Wort spöttisch, „hat man wahrscheinlich einen getrübten Blick."

Barbara lachte. „Da kannst du recht haben."

Doch Barbara konnte sich nicht verhehlen, daß sie Heinz Leitner sympathisch fand. Von all den jüngeren Männern dieses Kreises, die sie in letzter Zeit kennengelernt hatte, war er mit Abstand der interessanteste. Dazu kam, daß die wohl nicht allzu offen gezeigte, jedoch nicht zu übersehende Beachtung, die er ihr schenkte, ihrer Eitelkeit schmeichelte und ein wenig Koketterie in ihr erweckte. Sie war schließlich Barjas Tochter.

Im Geist verglich sie ihn einige Male schon mit Piero. Welch ein Gegensatz! Wenn man sich Piero als das Idealbild eines Italieners vorstellen mochte, so war Heinz in seiner ganzen Erscheinung ein typisch deutscher Mann. Sehr groß, breitschultrig, muskulös, ein Gesicht wie aus Holz geschnitzt, ein wenig zu derb vielleicht, aber gerade das verlieh ihm die Wirkung kraftvoller Männlichkeit. Das wurde vervollständigt durch außerordentlich gute Manieren, durch eine Haltung, ein Auftreten, das durchaus wirkungsvoll erschien. Vielleicht aber war gerade dies alles ein wenig zu betont. Doris' Kommentar dazu, mit einer Grimasse: „So war der nicht immer. Du mußt mal aufpassen, wie er Momy die Hand küßt. Wie in der Tanzstunde. Nicht wie einer, der es schon immer gewohnt war."

Barbara lachte. „Du bist wirklich schwer zufriedenzustellen. Auf den Mann, den du einmal heiratest, bin ich auch neugierig."

„Das hat noch lange Zeit. Aber wenn, dann wird er in Ordnung sein. Du wirst schon sehen. Köpfchen muß er vor allem haben."

Wie dem auch sei, Marianne war stolz auf ihren dekorativen Verlobten. Und wie es schien, war *ihr* Ehrgeiz damit nun befriedigt, einen Mann gewonnen zu haben, mit dem sie sich sehen lassen konnte. Soweit es ihrer kühlen Natur lag, liebte sie ihn wohl auch.

Marianne arbeitete übrigens im väterlichen Betrieb als eine Art Sekretärin, ohne freilich allzu großen Eifer zu entwickeln und ohne sich eine Stellung geschaffen zu haben, in der sie unentbehrlich wäre. Seit sie verlobt war, hatte sie ihre Tätigkeit weitgehend eingeschränkt. Julius ließ sie gewähren. Er hatte erkannt, daß Marianne nicht der Typ der berufstätigen Frau war, noch je werden würde. Sie würde sich als verheiratete Frau sehr wohl fühlen, eine tüchtige Frau, repräsentativ, eine gute Mutter der eventuellen Kinder.

Als Marianne vor fünf Jahren die Schule verlassen hatte – sie wollte das Abitur nicht machen, besaß auch nicht die Begabung hierfür –, hatte Julius ihr nahegelegt, einen Beruf zu erlernen. Er hatte von vornherein vorgeschlagen, sie sollte bei ihm im Büro arbeiten. Damals war die Zeit des Aufbaus. Es gab viel Arbeit. Er war allein mit aller Verantwortung. Aber Marianne hatte zunächst keine Neigung dazu gezeigt. Sie äußerte den überraschenden Wunsch, Kindergärtnerin zu werden. Es war wohl eine Modewelle in der Schule zu jener Zeit, allein vier Mädchen aus ihrer Klasse, darunter Mariannes beste Freundin, hatten diese Berufswahl getroffen. Julius war nicht dafür. „Ich stelle es mir nicht sehr angenehm vor, anderer Leute Kinder zu gärtnern", meinte er. Aber wenn sie partout wollte, mochte sie es versuchen.

Marianne bekam es bald über. Nach einem Jahr war sie dann doch bereit, bei Julius mitzuarbeiten. Ihr hätte es nichts ausgemacht, gar nichts zu tun und zu Hause bei Elisa zu bleiben. Aber Julius duldete es nicht. „Diese Zeiten sind vorbei. Und so glänzend geht es uns durchaus nicht, daß meine erwachsene Tochter sich nur mit Tennisspielen und Tanzabenden beschäftigt." Denn alles, was zum gesellschaftlichen Leben gehörte, das sich zu jener Zeit wieder lebhaft in der Stadt zu regen begann, nahm sie sehr ernst. Sie war im Tennisklub und hatte einen weiten Kreis von Bekannten, mit denen sie einen großen Teil ihrer Zeit verbrachte.

So kam sie denn zu Julius in den Betrieb. Julius hatte die stille Hoffnung, sie würde sich so weit einarbeiten und eine so tüchtige Kraft werden, daß sie eines Tages Fräulein Köberlein ersetzen könnte, wenn diese auf den Einfall käme, zu heiraten. Denn Fräulein Köberlein, seine außerordentlich fähige und vielseitige Sekretärin, war nicht nur tüchtig, sondern auch sehr hübsch und sehr umschwärmt. Julius fürchtete immer den Tag, wenn sie ihn verlassen würde. Nun, Fräulein Köberlein nannte sich mittlerweile Frau Hartmann, sie hatte geheiratet, war aber trotzdem bei ihm geblieben, eine ideale Mitarbeiterin, der die Arbeit fast so wichtig schien wie der neue Ehemann, wenn nicht noch wichtiger.

Marianne wäre auch kein Ersatz geworden. Sie tat, was man sie hieß, doch ohne große Begeisterung und ohne jede eigene Initiative. Dafür versäumte sie es nicht, gelegentlich die Tochter des Chefs herauszukehren, was sie beim Personal nicht übermäßig beliebt machte.

Heinz nun verdankte seine Anstellung bei Eberhard & Co. erst in zweiter Linie Frau Kelling. Zunächst war er eine Entdeckung des Herrn Schwarzbauer gewesen.

Was Herr Schwarzbauer, Buchhalter und seit langer Zeit Prokurist bei Eberhard & Co. für die Firma und damit auch für Julius bedeutete, ließ sich gar nicht hoch genug einschätzen. Er hatte schon bei Robert von Tallien, Julius' Onkel, gearbeitet. Er war mit dem Betrieb verwachsen und imstande, einen großen Teil der Verantwortung zu tragen. Julius war sich im klaren darüber, daß er ohne diesen treuen und fleißigen Mitarbeiter weder die Führung des Betriebes nach dem Tode seines Onkels so reibungslos hätte übernehmen noch nach der Zerstörung und Vernichtung des Krieges den Aufbau so erfolgreich hätte gestalten können.

Heute allerdings war Herr Schwarzbauer alt geworden, er hatte das Pensionsalter überschritten, war zudem nicht gesund und hätte allen Grund gehabt, sich nun einen ruhigen und friedlichen Lebensabend zu gönnen. Daß Herr Schwarzbauer noch immer nicht seinen Platz am Schreibtisch der Firma Eberhard & Co. verlassen hatte, war wohl begründet. Er war nicht nur ein kranker, er war auch ein einsamer und unglücklicher alter Mann. Seine Frau war bereits vor mehreren Jahren gestorben, und sein einziger, geliebter Sohn war im Krieg gefallen. Diesen Schmerz konnte er nie verwinden. Was blieb ihm noch außer seiner Arbeit? Es würde furchtbar sein, zu Hause zu sitzen, die leeren Wände anzustarren, allein zu sein, immer allein.

Der tote Sohn von Herrn Schwarzbauer knüpfte die erste Verbindung zu Heinz Leitner. Die kleine Druckerei in der Altstadt, in der Heinz damals arbeitete – sie gehörte dem Vater eines Kriegskameraden von ihm, den er zufällig wiedergetroffen hatte –, bekam manchmal, wenn viel zu tun war, von der Firma Eberhard & Co. kleinere Aufträge überwiesen. Bei einer solchen Gelegenheit hatte Herr Schwarzbauer Heinz kennengelernt, und es ergab sich aus dem Gespräch, daß Heinz eine Zeitlang der Leutnant des jungen Schwarzbauer gewesen war, der sogar von jenem in seinen Briefen einige Male erwähnt worden war, bewundernd, anerkennend, ja voll Begeisterung für den tapferen und gerechten Offizier. Einmal hatte der junge Schwarzbauer geschrieben: Der Leutnant hat mir heute das Leben gerettet. Er hat mich mit weggerissen, und gerade da, wo wir gestanden haben, ist eine Granate eingeschlagen.

Da Herr Schwarzbauer die Briefe seines Sohnes auswendig kannte, war ihm natürlich auch dieser Satz ganz gegenwärtig. Kein Wunder, daß er, aus seinem vereinsamten Herzen heraus, vom ersten Augenblick an Sympathie für Heinz empfand. Man traf sich noch einige Male. Als Julius eines Tages wieder einmal, wie schon sooft, sorgenvoll bemerkte: „Wir müssen jetzt wirklich schauen, daß wir einen tüchtigen Mann in den Betrieb kriegen, der Sie entlastet, Schwarzbauer. Es wird einfach zu viel für Sie, eines Tages klappen Sie mir zusammen. Wenn wir unsere Kapazität vergrößern, müssen wir auch die Büroposten verstärken, nicht nur die übrige Belegschaft", da sagte Herr Schwarzbauer, der bisher von einem neuen Mann nichts hören wollte, überraschenderweise: „Ich wüßte einen. Einen, für den ich mich verbürgen könnt'."

„So?" fragte Julius erstaunt.

„Er hätte noch viel zu lernen. Eigentlich alles. Aber ich glaube, daß er es schaffen könnte. Und menschlich ist er sehr zu empfehlen, das ist schließlich sehr wichtig."

„Sehr wichtig", bestätigte Julius. „Erzählen Sie mir mehr darüber."

Julius hatte Heinz kennengelernt, und in ihm den Mann entdeckt, den man gelegentlich in Begleitung von Frau Kelling gesehen hatte. Julius empfand, wie alle Männer, eine kleine Schwäche für die attraktive Charlotte Kelling. Es ergab sich, daß er bei einem gesellschaftlichen Zusammentreffen mit ihr über Heinz sprach, natürlich kam das erste Wort nicht von ihm, sie hatte ganz unbefangen die Sprache darauf gebracht und ihm ihrerseits den jungen Mann warm empfohlen.

So kam Heinz in die Firma. Es war eine große Chance für ihn, die er jedoch gut zu nutzen verstand. Besser als jeder Mensch es hätte erwarten können. Denn niemand konnte ahnen, daß die kühle Marianne, deren Flirts sich bisher in sehr gemessenem Rahmen bewegt hatten, so rasch Gefallen an ihm finden würde.

Er behandelte sie vom ersten Tag an mit größter Zuvorkommenheit, ganz Kavalier, mit einem gewissen männlichen Charme, der ihm eigen war und den wohl Charlotte Kelling zur rechten Entfaltung gebracht hatte.

Die Tochter des Chefs belebte sich sichtlich. Sie verwandte noch mehr Sorgfalt als bisher auf ihr Äußeres und ging nicht mehr so sparsam mit ihrem Lächeln um. Heinz verstand es, im rechten Moment zuzugreifen. Als er Marianne zum erstenmal küßte, verlor sie ihre steife Reserviertheit. Sie verliebte sich für ihre Verhältnisse recht heftig.

Es ging alles sehr formvollendet vonstatten. Heinz bat bei Julius ganz offiziell um ihre Hand, und er konnte es in aller Korrektheit tun. Zwischen ihm und Marianne war nichts vorgefallen als einige Küsse und höchst sittsame Zärtlichkeiten.

Julius war keineswegs begeistert von dieser Entwicklung. Selbstverständlich wünschte er sich für seine Tochter einen anderen Mann, möglichst von Familie und guter Herkunft, zumindest aber mit einem ordentlichen Beruf und in guter Position. Marianne sagte dazu kühl, den Beruf erlerne Heinz ja nun hier, und die gute Position in der Firma werde er als ihr Mann dann schon einnehmen.

Der stille Verdacht, daß es nicht nur Marianne war, sondern der Betrieb, der den jungen Mann lockte, bot sich an. Heinz gab diesem Mißtrauen von Julius keine Nahrung. Er erwartete ruhig die Entscheidung und änderte sein Verhalten nicht. Nichts Unterwürfiges, nichts Bittendes war in seinem Wesen, er schien stolz und sich seines Wertes bewußt. Immerhin konnte sich Julius nicht verhehlen, daß dieser Heinz Leitner ein Mann war, der auf eine Frau Eindruck machen mußte. Er hatte Gelegenheit, das zu beobachten.

Zunächst einmal zog Julius genaue Erkundigungen ein. Nichts besonders Rühmenswertes, doch auch nichts Nachteiliges kam zum Vorschein. Die Herkunft des jungen Mannes schien allerdings wirklich nicht sehr ansehnlich zu sein, er stammte aus Schlesien, war auf einem Gut aufgewachsen, sein Vater schien dort gearbeitet zu haben. Er selbst, Heinz, vermied es übrigens stets, von seiner Jugend zu sprechen. Im Krieg war er Offizier gewesen, nicht aktiv, Kriegsoffizier, aus dem Mannschaftsstand hervorgegangen. Julius sagte sich vernünftig, daß die Zeiten sich gewandelt hatten, es galten heute andere Maßstäbe.

Heinz' Mutter war nach dem Krieg als Flüchtling in diese Stadt gekommen, und so war auch er, nach kurzer Gefangenschaft bei den Amerikanern, hier gelandet. Was er in den ersten

Jahren nach dem Krieg getan hatte, war nicht durchschaubar. Eine richtige Berufsausbildung hatte er nicht gehabt. Die Erfahrungen im Druckereigewerbe hatte er in eben jener kleinen bescheidenen Druckerei erworben, die dem Vater seines Kameraden gehörte, und die Julius als solide und seriös bekannt war.

Alles in allem war es nicht die Laufbahn, die Julius sich für den Mann seiner Tochter gewünscht hätte. Gleichviel konnte man einem Mann keinen Vorwurf machen, daß seine Jugend und seine Entwicklung durch den Krieg beeinträchtigt worden waren. Auf jeden Fall hatte Julius bald den Eindruck gewonnen, daß er eine tüchtige Kraft an seiner Seite hatte. Heinz war aufnahmefähig, gewandt und lernbegierig, geschäftlich nicht unbegabt. Dazu kam, daß Herr Schwarzbauer sich seiner mit großem Eifer annahm und ihm alles beibrachte, was er wissen mußte.

Julius mußte zugeben: Dies war ein Mann, dem es darauf ankam, sich eine Position zu schaffen, ein Mann, der vorankommen wollte.

War es wirkliche Zuneigung, die ihn veranlaßte, um Mariannes Hand zu bitten, so fragte sich Julius, oder gehörte es für den jungen Mann zu dem Plan, in dieser Stadt festen Fuß zu fassen und jemand zu werden? Julius zögerte einige Zeit mit seiner Zustimmung.

Marianne beunruhigte das nicht weiter. Sie war ihrer Sache sicher. Und auch, daß ihr Vater schließlich nachgeben würde. Seltsamerweise war Elisa auch dafür. Nur anfangs hatte sie ablehnend und indigniert die Brauen hochgezogen. Zumal ihr das Gerücht, die Liaison mit Frau Kelling betreffend, natürlich nicht unbekannt geblieben war. Doch Heinz Leitner gewann sie mit seinen tadellosen Manieren, mit seinem ansprechenden Wesen, mit einem erstaunlichen Geschick, ihr gefällig zu sein und immer das zu tun und zu sagen, was ihr gefiel. Zweifellos wirkte auch auf Elisa seine attraktive männliche Erscheinung.

Doris aber sagte zu ihrem Vater: „Na, soll er sie doch heiraten. Hab' ich später wenigstens einen brauchbaren Teilhaber. Alles kann ich sowieso nicht allein machen. Er die Hände, ich den Kopf, das ist doch eine ganz brauchbare Konstellation, Paps." Denn Ralph hatte bereits jetzt bindend erklärt, daß er nicht in die Druckerei eintreten würde. Bei ihm stand bombensicher fest, daß er Ingenieur werden würde, Hochfrequenz und Radiotechnik, davon ließ er sich kein Jota abhandeln.

„Noch bin ich ja auch noch da", hatte Julius etwas gekränkt seiner jüngsten Tochter erwidert.

„Na, klar doch, Paps, und noch lange. Ich bin ja auch noch nicht soweit. Zehn Jahre mindestens dauert es bei mir, bis ich alles gelernt habe, was ich lernen will. Und er", damit war Leitner gemeint, „muß ja schließlich auch noch allerhand lernen. Und du sagst doch immer, du möchtest mal ein paar Jahre tun, was dir gefällt, nicht den ganzen Tag angebunden sein."

Kein ernsthafter Grund, sich den Wünschen der Kinder zu widersetzen. Bezeichnend für Julius war es, daß ein bestimmter Umstand seine Sympathien für Heinz wesentlich verstärkte. Der Umstand nämlich, daß Heinz ebenfalls ein Reiter war. Er verstand sogar sehr viel von Pferden und konnte mit echter Begeisterung darüber sprechen. Der Grund war leicht zu finden, das Gut, auf dem er aufgewachsen war, hatte eine kleine, aber qualitativ hochstehende Pferdezucht betrieben. Er war gewissermaßen auf dem Pferderücken groß geworden. Als seine Verhältnisse sich so weit gesichert hatten, nachdem er bei Julius ein ganz annehmbares Gehalt bezog, fand er sich ebenfalls bei Herrn Krüger im Tattersall ein und begann wieder zu reiten. Und sehr gut, wie Julius zugeben mußte.

Und da Julius dem alten Reitergrundsatz huldigte: ein Mensch, der Pferde liebt und zu behandeln versteht, muß unbedingt ein anständiger und wertvoller Mensch sein, Ausnahmen zugegeben, so gab er schließlich seine Zustimmung zur Verlobung. Das war im September dieses Jahres gewesen. Die Hochzeit war für den September des folgenden Jahres geplant. Alles hatte seine Ordnung. Und Marianne, nachdem sie erreicht hatte, was sie wollte, begann sich in ihrer Verlobung häuslich und ohne große Erregung einzurichten. Genauso würde sie es vermutlich in ihrer Ehe später auch tun. Ihre Arbeit im Betrieb hatte sie auf ein Mindestmaß beschränkt; wenn sie da war, tat sie auch nicht viel. Man konnte nicht sagen, daß eine Lücke entstanden war. Sobald sie verheiratet sein würde, war jedes Berufsleben für sie beendet, soviel stand fest. Von dem Rahmen, in dem sich ihre Ehe abspielen sollte, hatte sie eine ganz feste Vorstellung. Wohl würde sie am Anfang mit einer Wohnung vorliebnehmen, aber sie hatte keinen Zweifel daran gelassen, daß sie in absehbarer Zeit ein eigenes Haus wünschte. Julius hatte sich gutmütig schon nach einem Grundstück umgesehen. Es sollte sein Hochzeitsgeschenk werden. Seine guten Verbindungen, auch seine Position in der Stadt würden es ihm zweifellos ermöglichen, ein günstig gelegenes Grundstück zu finden, ohne Phantasiepreise zahlen zu müssen, wie es in letzter Zeit üblich wurde. Und natürlich würde Professor Thormann das Haus bauen, auch das stand bei Marianne schon fest. Sie würde ein großes Haus führen, wie sie es von ihrer Mutter kannte, und Kinder bekommen. Keine Kurven, keine Unebenheiten befanden sich auf ihrem künftigen Lebensweg.

Julius staunte im stillen darüber. Er hatte genug unruhige Zeiten erlebt, um zu wissen, wie müßig solche Vorstellungen sein konnten. Auch Barbara bewunderte Mariannes Sicherheit der Zukunft gegenüber. Sie hatte nur ein ruheloses Leben gekannt. Danach befragt, wie sie sich ihr zukünftiges Leben vorstelle, hätte sie keine Antwort geben können. Sie stellte sich gar nichts vor. Höchstens Piero und sein Hotel. Aber das war auch nicht mehr als eine kleine Gedankenspielerei, ein ernsthafter Plan stand nicht dahinter.

Übrigens hatte Julius einmal zu ihr während einer ihrer Morgenritte gesagt – die ernsthaften Gespräche zwischen ihnen fanden meist bei dieser Gelegenheit statt –: „Wenn du die Absicht hast, einen Beruf zu erlernen, Barbara, so würde ich das begrüßen. Es ist immer gut, auch für eine Frau, wenn sie sich einen festen Rückhalt schafft und notfalls auf eigenen Füßen steht. Man weiß nie, was einmal kommt."

Barbara hatte ihn etwas hilflos angesehen.

„Versteh mich recht, Kind. Es besteht für dich keine Notwendigkeit. Du bist die Erbin deiner Mutter, und damit auch meine Erbin. Dir gehört ein beträchtlicher Anteil von allem, was da ist. Aber wir haben es erlebt, wie sich die Zeiten ändern können und wie schnell Besitz verlorengehen kann. Vorerst bist du ja sehr intensiv damit beschäftigt, zu lernen. Ich billige das, du weißt es. Ich freue mich, wenn du alles nachholst, was dir fehlt. Vielleicht entdeckst du eines Tages eine Neigung für eine bestimmte Arbeit. Dann sage es mir. Wir werden darüber sprechen."

Er versäumte keine Gelegenheit, ihr zu verstehen zu geben, daß sie zu Recht in diesem Hause lebte und daß sie nichts geschenkt bekam. Daß sie nur erhielt, was ihr gehörte. Er gab ihr, genau wie Doris und Ralph, ein reichliches Taschengeld. Marianne bezog ein Gehalt aus dem Betrieb.

Dieses Taschengeld, von dem Barbara wenig ausgab, ermöglichte es ihr nun auch, für alle Familienmitglieder Weihnachtsgeschenke zu kaufen. Es machte ihr Spaß. Sie erlebte solche Vorbereitungen zum erstenmal. Zu Hause hatten sie von Weihnachten nicht viel Aufhebens gemacht. Überhaupt in den letzten Jahren. Früher, als sie Kind war, hatte man Weihnachten meist sehr ausführlich gefeiert. Später merkte sie nicht viel davon.

Doris hatte sie bei allen Geschenken beraten und mit ihr gemeinsam eingekauft. Was nun das Geschenk für Doris betraf, wurde Marianne zu Rate gezogen.

Sie waren in einer Buchhandlung gewesen und hatten ein zweibändiges Geschichtswerk gekauft, von dem Barbara wußte, daß Doris es sich wünschte. Nun hatte Barbara noch einen anderen Plan.

„Da war so ein elfenbeinfarbiger Pullover", erklärte sie Marianne eifrig, „mit Perlmuttknöpfen. In diesem Geschäft da vorn mit der Passage, wir kamen neulich vorbei, und Doris war ganz begeistert. Den würde ich ihr gern noch kaufen."

Marianne war sparsam. „Die Bücher waren teuer genug. Und Doris hat genug Pullover."

„Sie trägt doch aber meist Pullover. Und er hat ihr so gut gefallen. Weißt du, dieser Laden gleich hinter dem Schloßplatz."

„Ich weiß schon, bei Übelacker. Doris sucht sich für ihre Wünsche immer die teuersten Läden aus. Vielleicht ist er gar nicht mehr da."

Aber er war da, lag noch im Fenster. Barbara deutete erfreut darauf. „Der dort. Ist er nicht süß? Er würde Doris bestimmt gut stehen, zu ihrem dunklen Haar."

„Wenn du partout willst." Marianne kniff die Augen zusammen, um den Preis zu entziffern. Sie war ein wenig kurzsichtig. „Ziemlich teuer. Willst du wirklich?"

„Ja."

„Na schön, gehn wir 'rein."

Der Laden war in diesen Vorweihnachtstagen gut besucht, sie mußten eine Weile warten, bis eine Verkäuferin frei war, dann mußte der Pullover aus dem Fenster geholt werden. Marianne betrachtete inzwischen die Röcke, die auf einem Ständer hingen, Barbara sah ihr zu, dann wandte sie sich um, ob die Verkäuferin noch nicht zurückkäme.

Plötzlich geschah etwas Merkwürdiges. Eine ältere Dame, weißhaarig, dunkel gekleidet, die zwei Schritte entfernt vor dem Ladentisch stand und augenscheinlich einige Blusen angesehen hatte, blickte auf, gerade auf Barbara. Ihre Augen weiteten sich in fast entsetztem Erstaunen, das Gesicht entfärbte sich, wurde blutleer, gespenstisch weiß. Mit einem leisen Schreckenslaut griff sie nach dem Arm einer jüngeren Frau, die neben ihr stand. Einen Moment lang sah es aus, als würde sie umfallen.

Barbara begriff nicht gleich, daß sie es war, die diesen Zwischenfall verursachte. Aber der starre Blick der Frau, der sich sekundenlang in den ihren bohrte, ließ keinen Zweifel daran. Die Jüngere legte jetzt ihren Arm wie schützend um die Schulter der älteren Frau, gab Barbara einen offen feindseligen Blick, dann wandten sich die beiden Frauen und verließen das Geschäft.

Marianne, die sich umgedreht hatte, wurde Zeuge davon.

Barbara sah sie fragend an. „Kennst du die?"

Marianne gab ihr einen knappen Blick von der Seite und sagte dann: „Nur vom Sehen."

„Aber sie schienen mich zu kennen?"

„Nicht dich. Aber deine Mutter." Und mit einer gewissen, ein wenig boshaften Genugtuung in der Stimme, sagte Marianne: „Das war Frau Stolte. Die Frau deines Vaters. Und die andere war Leonora Stolte. Gewissermaßen deine Schwester."

Fassungslos starrte Barbara sie an. „Meine – meine Schwester?"

„Na ja, als Tochter deines Vaters ist sie schließlich deine Schwester. Oder zumindest deine Halbschwester. Ah, jetzt kommt unser Pullover, wollen ihn mal aus der Nähe besehen." Gleichgültig wandte sich Marianne ab, um mit der Verkäuferin zu sprechen.

Barbara beteiligte sich nicht weiter an dem Kauf. Was sie eben erfahren hatte, war ungeheuerlich. Sie hatte wohl gewußt, daß ihr Vater verheiratet gewesen war. Aber es war so gut wie nie darüber gesprochen worden, Näheres hatte man ihr nicht erzählt. Und niemals hatte man ihr gesagt, daß sie eine Schwester habe.

Das war also die Frau, der Barja den Mann weggenommen hatte. Und das Mädchen, dem sie den Vater genommen hatte. Ihre Schwester. Kein Wunder, daß die Frau erschrocken war bei ihrem Anblick. Jeder sagte ja, daß sie Barja so ähnlich sah. Es mußte eine gespenstische Begegnung für diese Frau gewesen sein.

Geistesabwesend bezahlte sie an der Kasse den Pullover, verließ mit Marianne den Laden, ohne ein Wort zu sagen. Erst als sie in der Taxe saßen, die sie nach Hause fuhr, stellte sie eine Frage. „Hatte Fernand – ich meine, waren da noch mehr Kinder?"

Kühl und unbeteiligt erwiderte Marianne: „Ja. Einen Bruder hast du auch noch."

Barbara schwieg hierauf, versuchte mit all den Neuigkeiten fertig zu werden. Und erstmals regte sich in ihrem Herzen Rebellion, eine verzweifelte Abwehr gegen diese Verstrickung, in die sie hineingeboren war. Fast war es Zorn, was sie empfand, gegen Barja, gegen Fernand, die sie nicht darauf vorbereitet hatten, was ihr begegnen würde. Barja hatte in Prag getanzt und gelacht, in Salzburg gesungen und den Amerikaner geliebt. Sie war am Strand von Roano mit ausgebreiteten Armen in die Wellen hineingelaufen, lachend, unbekümmert. Hatte sie denn nie an diese Frau gedacht? Nie an die Kinder? Und Fernand? Hatte auch er das alles vergessen?

Ehe sie das Haus betraten, blieb Barbara stehen, hielt Marianne fest und sah sie mit unglücklichem Gesicht an. „Aber ich – ich habe doch keine Schuld daran. Ich kann doch nichts dafür."

Marianne wußte im ersten Moment nicht, was sie meinte. Verständnislos blickte sie der Kusine in das verstörte Gesicht. Dann sagte sie: „Ach so, du meinst wegen dieser Leute? Wer sagt denn, daß du Schuld daran hast. Nun hör schon auf damit. Fang bloß nicht zu Hause davon an, Vater mag es sicher nicht hören."

Tausend Fragen lagen auf Barbaras Lippen. Aber Marianne konnte sie nicht fragen. Und wen sollte sie fragen? Wen?

Die einzigen, die sie hätte fragen können, waren tot. Um alles zu erfahren, wie es wirklich gewesen war, hätte sie Barja fragen müssen. Oder Fernand. Dazu war es zu spät.

Sie stand noch tagelang unter dem Eindruck dieser Begegnung. Es quälte sie, machte sie unglücklich. Fast unerträglich war dieses halbe Wissen. Die Anspielungen, die sie manchmal hörte, die versteckten Worte, die Blicke, mit denen man sie ansah, an denen sie erkennen konnte, daß die Menschen ihrer Umgebung vieles wußten, was sie nicht wußte. So heftig wie noch nie bereute sie es, hierhergekommen zu sein. Es brachte sie in Situationen, die undurchschaubar waren, belud sie mit der Hypothek einer vergangenen Schuld, für die sie nicht verantwortlich war.

Nicht viel hätte gefehlt, und sie wäre kurzentschlossen dahin zurückgekehrt, woher sie gekommen war. Einige Tage lang spielte sie ernsthaft mit dem Gedanken, nach Roano zurückzufahren. Zu Piero, zu Mama Teresa, in das vertraute Leben. Auch dort waren Schatten, war eine belastete Vergangenheit. Aber die Menschen lebten dort leichter, sie vergaßen schneller, sie lebten dem Tag, nicht einer Vergangenheit, die Jahrzehnte zurücklag.

Sie malte sich aus, wie es wäre, wenn sie heimkehrte. Piero würde glücklich sein, soviel war gewiß. Sie zweifelte nicht daran, daß seine Liebe zu ihr unverändert war. Sie würden heiraten, später das Hotel aufbauen, vergnügt und unbeschwert zusammen leben unter der warmen stetigen Sonne, in dem gleichmäßigen Rhythmus der Tage, einer wie der andere, wie die Wellen des Mittelmeeres, die an den Strand schlugen. Und die Tatsache, daß sie ihrer Mutter ähnlich sah, würde nicht wie hier ständig Staunen und Befremden erregen und unheimliche Erinnerungen heraufbeschwören. Dort wußten sie sicher schon gar nicht mehr, wie Barja ausgesehen hatte. Dort gab es nur sie, Barbara, ein Mädchen, dem keine fremde, beladene Vergangenheit angehängt wurde. Dort würde sie die eine, einzige Barbara sein, ohne diesen Schatten der anderen Barbara, der sie hier begleitete.

Nur weil sie nicht wußte, wie sie es Julius erklären sollte, wenn sie plötzlich wieder davonging, Julius, der so gut zu ihr war und den sie wirklich gern hatte, dem sie sich schon verbunden fühlte, nur dies verhinderte ihr Gehen. Aber sie behielt den Ausweg im Gedächtnis und im Herzen. Sie war hier nicht zu Hause, nur ein Besuch, und sie konnte jederzeit wieder gehen.

Das half ihr nicht, sich heimisch zu fühlen. Keiner half ihr auch dazu, sich das neue Leben wirklich zu eigen zu machen. Julius war sich wohl nicht bewußt, wie sie alles hier empfinden mußte, daß es nicht damit getan war, ihr ein Zimmer, ein paar neue Kleider und ein Taschengeld zu geben. Er erkannte nicht, daß sie zu jung war, um mit allem, was ihr hier begegnete, allein und ohne Schwierigkeiten fertig zu werden. Elisa, die es ihr hätte leichter machen können, war erst recht nicht dazu geeignet, ihr zu helfen. Sie war nach wie vor kühl und formell dem jungen Mädchen gegenüber, kein herzliches offenes Wort hatte Barbara bisher von ihr gehört. Elisa war nie auf die Idee gekommen, daß eine Aussprache, Beratung, ein mütterliches Entgegenkommen nötig gewesen wäre, um dem Mädchen den Aufenthalt und die Eingewöhnung in der fremden Umgebung zu erleichtern. Sie sahen sich bei den Mahlzeiten, wechselten tagsüber bei einer zufälligen Begegnung wohl ein flüchtiges Wort, das sich stets nur auf Äußerlichkeiten bezog, das war alles. Weniger noch, manchmal hatte Barbara das Gefühl einer gewissen Feindschaft, die ihr Elisa entgegenbrachte, obwohl es keinen greifbaren Anlaß dazu gab. Immerhin wußte sie, daß sich ihre Mutter und Elisa, die ja damals, ehe Barbara fortging, schon mit Julius verheiratet war, keineswegs vertragen hatten. Sie waren zu verschieden gewesen. Elisa aus bürgerlichen, um nicht zu sagen spießbürgerlichen Verhältnissen, ungelenk und etwas schwerfällig, in keiner Weise der jüngeren und doch soviel apparteren Schwester ihres Mannes gewachsen. Und immer wieder verärgert darüber, wie sehr ihr Mann unter dem Einfluß seiner Schwester stand, wieviel sie für ihn bedeutete, mehr als seine eigene junge Frau. Elisa war eifersüchtig. Dazu kam, daß sie zu jener Zeit aus sehr guten, wohlhabenden Verhältnissen kam, weitaus ansehnlicher, was die finanzielle Seite betraf, als die der Talliens. Sie war immer wieder versucht, das merken zu lassen, und quittierte dafür nur immer wieder die hochmütige Nichachtung der Talliens diesem neuen Reichtum gegenüber. Denn Elisas Vater hatte sein Geld im Krieg und in der Nachkriegszeit verdient, auf eine Weise, die in solchen Zeiten üblich ist. Für die Talliens waren das Parvenüs. Und Barbara konnte das merken lassen, wenn sie wollte. Sie war noch zu jung und zu sehr von der Gedankenwelt ihres Vaters beeinflußt, um großmütiger und nachsichtiger zu urteilen.

Nein, sie hatten sich nicht vertragen. Und Elisa hatte mit Genugtuung und Schadenfreude die ganze Skandalaffäre betrachtet und kommentiert, die Barbara heraufbeschworen hatte.

Nun war Elisa zwar zwanzig Jahre älter geworden, aber ihre menschliche Entwicklung hatte keine besonderen Fortschritte gemacht. Wo keine Saat war, konnte keine Ernte wachsen. Elisa war eine gepflegte, noch gut aussehende Frau, eine umsichtige Hausfrau, dazu gesellschaftlich gewandt geworden im Laufe der Zeit. Viel mehr aber war sie nicht.

So war sie auch Julius nie eine wirkliche Gefährtin geworden. Ihre Ehe war nie zu einer richtigen Erfüllung geworden. Julius war sich darüber klar. Es hatte eine Zeit gegeben, da erwog er ernsthaft eine Scheidung. In den äußerlich so belasteten Jahren nach dem Krieg war es, in denen sich jeder dennoch wie nie zuvor und auch später nicht mehr auf sich selbst besonnen hatte, da man so intensiv lebte, gerade weil die Ablenkung des Wohlstandes, der Sorglosigkeit fehlte. Damals war Julius der Frau begegnet, die er lieben konnte, die er gern für immer an sich gebunden hätte. Er war ein Mann in der Mitte der Vierzig, auf der Höhe des Lebens und in dem Alter, das einen Mann reif und erfahren genug machte, um einer echten Neigung fähig zu sein. Die Frau, die er liebte, war nicht einmal jünger als Elisa, sie war durch das Ende des Krieges von Norden her in ihre Stadt verschlagen worden, mühte sich tapfer um eine neue Existenz und war bei alledem ein Mensch, der das Leben eines anderen Menschen erfüllen konnte. Bei ihr war das Volumen für eine große Liebe, für ein großes Gefühl vorhanden.

Das Verhältnis dauerte zwei Jahre lang. Julius war sehr glücklich in dieser Zeit. Und auch wieder so zerrissen und belastet, wie es solche Beziehungen nun einmal mit sich bringen. Die schwierige äußere Lage kam dazu. Der Betrieb war zerstört. Der Tag verlangte von ihm alle Aufmerksamkeit, und die verzweifelte Situation seiner Vaterstadt belud ihn damals bereits mit vielen Aufgaben und mit Verantwortung. Doch wenn er heute daran zurückdachte, so war es eine erfüllte, große Zeit in seinem Leben gewesen, die alle seine Kräfte beanspruchte und seiner besten Fähigkeiten bedurft hatte.

Elisa wußte um diese Beziehung. Es gab Streit und Ärger, wie immer in solchen Fällen, sie waren sich vollends fremd geworden, und diese Kluft war nie mehr ganz überbrückt worden. Zur Scheidung hatte er sich dennoch nicht entschlossen. Da waren die Kinder, waren die ungeklärten Verhältnisse und schließlich sein Name und sein Ansehen in der Stadt. Die Frau, die er liebte und die ihn liebte, hatte ihn nie gedrängt, nie ein Ultimatum gestellt. Aber sie war eines Tages von ihm gegangen. Hatte die Stadt und das bescheidene neue Leben, das sie sich geschaffen hatte, verlassen. Ohne Klage, ohne Vorwurf.

Seitdem war er im Grunde einsam gewesen, seine Ehe nur noch ein äußerer Rahmen, der nichts Wesentliches barg. Nein, es gab keinen Grund für ihn, danach zu fragen, ob seine Schwester erfüllt und glücklich gelebt hatte. Seinem Leben waren auch Erfüllung und Glück versagt geblieben. Vielleicht war es immer so. Barbara war egoistisch und rücksichtslos gewesen, hatte sich genommen, was sie wünschte, es hatte ihr dennoch kein Glück gebracht. Er war bedachtsam und rücksichtsvoll, doch auch ihm blieb nur die große Leere.

Was ihm sonst noch blieb, war seine Arbeit, sein Erfolg, seine Geltung in der Stadt. Es war nicht wenig, und er war geneigt, sich damit abzufinden.

Er neigte nicht zur Selbstanalyse, nicht zu philosophischen Überlegungen, er war aber auch kein Mann der Tat. Er hatte immer ein wenig neben sich selbst hergelebt, im Beruf, in seiner Ehe. Er hatte eine Frau im Leben wirklich geliebt, und die hatte ihn wieder verlassen. Und er hatte seine Schwester über alles geliebt und viele Jahre lang um sie gelitten. Kein Wunder nun, daß all die ungenutzte Liebesfähigkeit seines Herzens sich der jungen Barbara zuwandte. Keine begehrende, keine fordernde Liebe, soweit Liebe überhaupt von diesen Eigenschaften frei sein kann. Aber auch kein väterliches, kein distanziertes Gefühl. Er betrachtete sie nicht wie seine Töchter, sie war etwas anderes, etwas Besonderes für ihn. Immer war er begierig, sie zu erforschen, ihre Reaktionen zu beobachten, ihre Gedanken zu erraten. Dazu kam das quälende Denken an das dunkle Schicksal seiner Schwester, die halben Gespräche, die unausgesprochenen Fragen.

All das trug nicht dazu bei, daß Barbara zu einer wirklichen Entspannung, zu einem wirklichen Frieden in seinem Hause kam. Aber das erkannte Julius nicht. Und auf *ihre* unausgesprochenen Fragen konnte er ihr auch keine Antwort geben. Es kam ihm auch nicht in den Sinn, daß Barbara im Grunde hier genauso gefährdet lebte wie einst ihre Mutter. Seine Schwester hatte auch niemanden gehabt, der sie voll verstanden und dem sie ganz vertraut hätte. Ein junges Mädchen zwischen erwachsenen Männern, in einer starr gewordenen Familientradition. Doch keiner, der ihr wirklich einen Halt, einen Lebensinhalt gegeben hätte. Keiner, der es verstand, das Gefühl eines jungen leidenschaftlichen Herzens an sich zu binden. So wohl und nicht anders war es zu erklären, daß eine verständliche und entschuldbare Mädchenschwärmerei, die unter anderen Verhältnissen gefahrlos und ohne Folgen eines Tages verklungen wäre, zu einem Verhängnis anwuchs, das ihr ganzes Leben aus der Bahn riß.

Barbara, ihre Tochter, war genauso allein. Sie lebte zwar in einer Familie nun, aber im Grunde waren es alles Fremde. Der einzige, zu dem sie sich hingezogen fühlte, Julius, schuf eher Unruhe, als daß er einen Halt bedeutete. Blieb Doris, doch sie war selbst noch zu jung, zu sehr mit sich selbst beschäftigt, obwohl gerade sie sich am meisten um Barbara verdient gemacht hatte, darum, weil sie es verstand, ihr Beschäftigung und Anregung zu geben.

Was Julius nicht wissen konnte, war, daß Barbara nicht mehr das Kind war, das er in ihr sah. Sie hatte zu früh erfahren, was Liebe war. Sie konnte wohl zusammen mit Doris aus ihren Schulbüchern lernen, aber in Doris' Welt leben konnte sie nicht mehr. Und hätte Julius nicht wissen oder doch wenigstens vermuten müssen, daß Barbara, wenn sie ihrer Mutter schon so ähnlich war, auch deren heißes, leidenschaftliches Herz geerbt haben würde? Der Tag sollte kommen, an dem er es plötzlich begriff.

7

Am zweiten Weihnachtsfeiertag war die Familie vollzählig im Wohnzimmer versammelt, in Erwartung des Mittagessens. Elisas Eltern waren zu Gast, dazu eine alte Tante von Elisa, die keine Familie hatte und allein lebte und stets bei solchen Gelegenheiten eingeladen wurde, außerdem Mariannes Verlobter, der das erste Mal zu einem der traditionellen Familienessen eingeladen worden war. Es dauerte immer ziemlich lange, ehe ein Fremder auf diese Weise in den Familienkreis aufgenommen wurde. Man verhielt sich ein wenig reserviert ihm gegenüber. Schuld daran war Mariannes Wunsch, Heinz zu begleiten, wenn er im kommenden Monat zu einer kleinen Winterurlaubsreise in die Alpen fahren wollte. Er hatte Marianne vor einigen Tagen ganz nonchalant und selbstverständlich dazu aufgefordert.

Marianne hatte nach einem kleinen Zögern erwidert: „Ich glaube nicht, daß meine Eltern es erlauben werden."

Heinz hatte spöttisch gelächelt, auf eine gewisse überlegene Art, die Marianne immer in Verwirrung setzte. „Schön", sagte er, „wenn du meinst, daß du ihre Erlaubnis dazu brauchst, dann frage sie. Obwohl ich es nicht ganz einsehen kann. Du bist erwachsen, und wir sind verlobt. Warum sollte ich allein reisen?"

Marianne brauchte zwei Tage, bis sie Julius von diesen Plänen verständigte. Sie tat es nicht in Form einer Frage. Eines Abends, als sie mit Julius vom Büro nach Hause fuhr, sagte sie unterwegs in nebensächlichem Ton: „Heinz will nächsten Monat zum Skifahren, das weißt du ja. Er meint, es sei höchste Zeit, daß ich es auch lerne. Ich hab' mir überlegt, daß ich eigentlich mitfahren könnte."

„So", meinte Julius. Nichts weiter.

Marianne wartete eine Weile. Als nichts mehr kam, fügte sie nun doch hinzu: „Ich hoffe, du hast nichts dagegen, Vater."

„Du weißt genau, daß ich etwas dagegen habe", antwortete Julius. „Derartige – eh, Ausflüge sind in unserer Familie nicht üblich. Ich meine, du kannst auch noch Skifahren lernen, wenn ihr verheiratet seid."

„In unserer Familie!" wiederholte Marianne in leicht gereiztem Ton. „Was hat denn das mit der Familie zu tun. Solche Einwände passen nicht mehr in unsere Zeit. Wirklich, Vater. Alle Mädchen verreisen heute mit ihrem Freund. Und Heinz ist ja nicht mein Freund, wir sind verlobt."

„Mein liebes Kind", erwiderte Julius ruhig, „du lebst nun mal in dieser Familie. Kann sein, daß sich unsere Ansichten nicht ganz mit den modernen Ansichten in diesem Punkt decken. In meinen Augen ist das kein Nachteil. Schließlich nimmt unsere Familie hier eine Sonderstellung ein, und ich bin der Meinung, daß dies doch auch für dich eine ganze Menge Vorteile mit sich bringt. Ich hatte bisher nie den Eindruck, daß du das nicht zu schätzen wüßtest. Täusche ich mich da?"

„Nein, natürlich nicht", antwortete Marianne nervös, „aber was hat das alles damit zu tun. Heinz und ich werden nächstes Jahr heiraten. Es ist schließlich sein gutes Recht, daß er den Wunsch hat, in den Ferien mit mir zusammen zu sein."

„So. Sein Wunsch ist es also. Das dachte ich mir, daß du nicht von dir aus auf diese Idee gekommen bist."

„So ist es auch nicht. Er hat nur gesagt, es wäre nett, wenn ich mitkäme. Das ist doch verständlich, nicht?"

„Gewiß. Verständlich ist es. Aber ein Recht, Marianne, dir gegenüber hat er keineswegs. Vergiß nicht, du bist für Heinz Leitner eine ausgesprochen gute Partie. Er heiratet hinauf, in jeder Beziehung. Man könnte daher erwarten, daß er sich in gewissen Punkten unseren Ansichten und unserem Lebensstil anpaßt."

„Das tut er ja. So wie du es hinstellst, ist es nun wieder auch nicht. So wie Heinz aussieht und wie er auftritt, kann er ohne weiteres in allerbeste Kreise heiraten. Meine Freundinnen sind alle ganz verrückt nach ihm. Als wir neulich bei dem Ball im Kaufmannskasino waren, hat Lore Schlenck den ganzen Abend kein Auge von ihm gelassen. Er hat mehr mit ihr getanzt als mit mir. Aber es war nicht seine Schuld, sie ist ihm geradezu nachgelaufen. Und weißt du, was sie zu mir gesagt hat? Dein Heinz gefällt mir, den würde ich dir mit Wonne abnehmen. Er ist der schickste Mann in der ganzen Stadt."

Julius mußte lächeln. Da sie gerade an einer Kreuzung halten mußten, wandte er sich amüsiert seiner Tochter zu. Sie war doch noch sehr jung. Man vergaß es manchmal, weil sie sich mit einer gewissen Würde umgab. „Ich sehe ein, daß das für dich etwas beunruhigend ist. Aber ich meine, daß du es mit Lore Schlenck leicht aufnehmen kannst. Soweit ich mich erinnere, hat sie etwas dicke Beine, und auch um die Hüften herum ... – ich könnte mir vorstellen, daß sie in einigen Jahren ganz schön pummlig wird."

Marianne blickte ihn überrascht an. „Daß du so etwas überhaupt bemerkst." Aus ihrer Stimme klang tiefe Befriedigung.

„Mein liebes Kind", sagte Julius, „ich bin zwar in deinen Augen schon ein älterer Herr, aber so etwas habe ich immer gesehen und sehe es auch heute noch."

Er fuhr wieder an. Eine Weile blieb es still neben ihm. Dann sagte Marianne aus tiefen Gedanken heraus: „Doch, ich glaube schon, daß du von Frauen etwas verstehst. Heinz hat es auch gesagt."

„So? Hat er das gesagt?"

„Ja. Er hat gesagt, du hättest zweifellos einen sicheren Blick für gute Rasse. Nicht nur bei Pferden, auch bei Frauen. Und ...", sie verschluckte, was sie noch hatte sagen wollen. Heinz hatte nämlich noch gesagt: Ich wundere mich, wie dein Vater und deine Mutter zusammengekommen sind. Eigentlich passen sie gar nicht gut zueinander.

Er hatte es nicht direkt anschließend an den Satz von der guten Rasse bei Pferden und Frauen gesagt, es kam eine Weile später. Aber Marianne hatte es dennoch miteinander in Verbindung gebracht, und so war es ja wohl auch gemeint gewesen. Zweifellos war es nicht ganz geschickt und nicht eben sehr taktvoll von Heinz gewesen, so etwas zu sagen. Aber das waren so Nuancen, die Heinz abgingen.

Julius lachte. „Nun, dein Heinz ist ja auch ein Pferdekenner. Ich nehme an, daß er ebenfalls fähig ist, diese Kennerschaft auf Frauen auszudehnen." Und galant fügte er hinzu: „Ich nehme es sogar als ganz sicher an, nachdem er sich meine Tochter ausgesucht hat."

Marianne errötete in der Dunkelheit vor Freude. Das Verhältnis zwischen ihr und ihrem Vater war eigentlich nicht besonders herzlich. Eine gewisse Kühle bestimmte ihren Ton, eine kleine Distanz war vorhanden. Julius war kein ausgesprochener Familienvater, er war ein Einzelgänger. Das kleine Kompliment aus seinem Munde tat ihr unendlich gut. Und sie war bereit, ihm zuliebe auf die Reise ins Gebirge zu verzichten.

„Das könnte niemand so hübsch sagen wie du, Vater", meinte sie belebt. „Ich hoffe, Heinz lernt das auch noch."

„Kann er das nicht? Ja, siehst du, Kind, das ist der Vorteil meiner Generation."

„Och, er ist schon nett", verteidigte Marianne ihren Verlobten. „Wenn ich mir so die anderen jungen Männer ansehe, da ist er immer noch der beste davon. Bei ihm sind es halt immer noch so etwas Offiziersmanieren, weißt du. Das muß seine schönste Zeit gewesen sein. Davon schwärmt er heute noch."

„Ja", sagte Julius, „er ist ganz der Typ dazu. Ich kann mir vorstellen, daß er als Leutnant in der Uniform ganz prächtig ausgesehen hat, so ein richtiger deutscher Recke, wie er im Buche steht", es klang ein wenig spöttisch, denn trotz aller Familientradition war Julius durch und durch Zivilist. „Das Kapitel scheint ja nicht abgeschlossen. Wir steuern wieder auf eine Militarisierung zu, da kann er noch General werden, dein Held."

„Möchtest du denn nicht, daß er im Betrieb weiterarbeitet?" fragte Marianne befremdet.

„Doch, gewiß. Mir ist an einer ernsthaften Mitarbeit und vor allem an einer verantwortungsbewußten Entlastung viel gelegen Und so wie die Dinge liegen, als dein Mann ist er ja da auch ganz am richtigen Platz."

„Ja, eben." Eine kleine Pause. Sie bogen in ihre Straße ein. Mariannes Gedanken hatten sich irgendwo festgehakt, denn jetzt sagte sie: „Deswegen gefällt dir auch Barbara so gut, nicht wahr?"

Julius verstand nicht gleich, was sie meinte. „Wieso? Was meinst du?"

„Nun, weil du etwas von Frauen verstehst. Von rassigen Frauen."

„Was für ein Unsinn", sagte Julius, „ihr seid alle noch keine Frauen, du nicht und Barbara nicht. Junge Mädchen, mit mehr oder weniger guten Anlagen. Was aus euch wird, muß man erst abwarten. Heinz hat demnach auch ein Kommentar zu Barbara gegeben?" fragte er ein wenig neugierig.

„Ach nein, das nicht gerade. Er mag sie eigentlich nicht so sehr. Er meint, sie sei eingebildet."

„So? Das ist mir noch nicht aufgefallen."

„Zu dir nicht. Aber allen anderen gegenüber ist sie sehr zurückhaltend."

„Das ist kein Fehler, scheint mir. Und vergiß auch nicht, wie schwierig das Terrain und die ganzen Verhältnisse hier für sie sind."

„Ja, natürlich."

„Und was hat Heinz noch von ihr gesagt?"

„Ja, eben das von der Rasse. Er sagte, sie sei ein hochgezüchtetes Edelprodukt alter Rasse."

Julius lachte und steuerte den Wagen in die Einfahrt zu seinem Haus. „Heinz steckt anscheinend noch voll von Begriffen aus der Zeit seines obersten Kriegsherren. Es klingt alles ganz verdächtig nach nazistischen Rassetheorien. Bloß da paßt Barbara bestimmt nicht hinein."

„Nein, so sieht er es auch gar nicht. Er kennt ja unsere Familiengeschichte. Und er meint, in Barbara sei wohl die ursprüngliche Linie am reinsten erhalten."

„Sieh mal an, er ist gar nicht so dumm, dein Heinz."

„Er sagt allerdings, es sei verwunderlich, daß es sich in Barbara so erhalten habe. Nach dieser fragwürdigen Verbindung."

Julius bremste vor dem Haus und drehte dann energisch die Zündung ab. „Dein Heinz soll sich gefälligst um sich selbst bekümmern", sagte er ein wenig ärgerlich. „Es steht ihm nicht zu, über Barbaras Vater zu urteilen. Immerhin stammte Ferdinand Stolte aus einer guten baltischen Familie. Wenn man es von dieser Seite aus betrachtet, so war die Verbindung keineswegs die schlechteste, und das beweist ja auch Barbara. Ich muß mich über dich wundern, Marianne, daß du mit Heinz solche Gespräche führst."

„Himmel", meinte Marianne, einen kleinen Trotz in der Stimme, „warum denn nicht? Schließlich will ich ihn ja heiraten. Ich kann ihm nicht verbieten, mit mir über meine Familie zu sprechen. Und diese ganze Geschichte mit Barbara, mit allen beiden, der Mutter und der Tochter, ist eben für alle Außenstehenden interessant. Es wird noch immer davon geredet. Dich beschäftigt es ja auch. Und du weißt heute noch nicht, was eigentlich mit deiner Schwester alles los war in den ganzen Jahren. Deine liebe Barbara ist sehr sparsam mit ihren Mitteilungen."

„Ich respektiere das", entgegnete Julius abweisend. „Sie hat es nicht leicht gehabt in ihrer Jugend. Und was sie während dieses Jahres erlebt hat, mag sie schwer genug getroffen haben. Sie hat Vater und Mutter verloren, vergeßt das nicht. Und sie ist noch so jung."

„Natürlich", murmelte Marianne, „es tut ihr ja auch kein Mensch was." Sie war ein wenig eifersüchtig auf Barbara. Einen Moment lang war sie versucht, ihrem Vater die Begegnung mit Frau Stolte zu erzählen. Aber sie ließ es sein. Statt dessen fragte sie neugierig: „Wie war sie eigentlich, Barbaras Mutter?"

Julius antwortete nicht gleich. Er scheute die Frage, er scheute die Antwort. Alles, was seine Schwester anging, traf noch immer in den innersten Bezirk seines Herzens. Schließlich sagte er, nebenhin, ohne besonderen Nachdruck: „Du siehst ja deine Kusine täglich. Rein äußerlich war sie ihr sehr ähnlich. Noch etwas fragiler vielleicht, die Haut weißer, das Haar rötlicher im Ton. Im Wesen anders. Sprühender, lebhaft, ohne den Ernst und die Schwermut, die manchmal um Barbara ist. Das ist ja auch kein Wunder, wir sprachen ja eben davon, daß Barbara viel Schweres erlebt hat. Meine Schwester war jünger, als sie uns verließ, sie war eigentlich damals nichts als ein nervöses, frühreifes Kind, das immer jeden Willen bekommen hatte und das alle verwöhnten. Sie hatte nichts im Kopf als Pferde und Sport und ein bißchen Musik und wollte, daß sich alles um sie drehte. Leider war es auch so. Wie sie später geworden ist", er hob die Schultern, „ich weiß es nicht."

„Du hast sie nie wiedergesehen?"

„Nein, nie", sagte er abschließend. Es klang bitter.

Er öffnete die Wagentür und stieg aus. Marianne folgte ihm. Ehe sie das Haus betraten, kam er auf den Anfang ihres Gespräches zurück. „Was ist also nun mit der Reise?"

„Ja, wenn du partout nicht willst, daß ich fahre . . ."

„Das habe ich nicht gesagt. Du fragtest mich, ob ich dagegen bin, und ich sagte dir, ich bin dagegen. Es ist in unserer Familie nicht üblich. Worauf du mich belehrtest, daß derartige Bedenken heutzutage nicht mehr modern seien. Du bist erwachsen, mein

Kind. Du mußt wissen, was du tust. Hast du schon mit deiner Mutter gesprochen?"

„Nein, ich wollte dich erst fragen. Ich glaube nicht, daß Momy etwas dagegen hat."

Während sie hineingingen, dachte Julius: wenn sie ihren Heinz richtig lieben würde und um jeden Preis mit ihm zusammen sein wollte, dann hätte sie nicht gefragt.

Doch gleich darauf kam ihm zu Bewußtsein, daß er ungerecht war. Marianne war schließlich behütet und ohne Zwischenfälle aufgewachsen. Es war ein schöner Zug von ihr, daß sie sich nicht einfach über die Wünsche ihrer Eltern hinwegsetzte. Und so ein Mensch war sie eben nicht, der einfach über alle Hürden ging, wie es Barbara einst getan hatte. So ein Mensch würde Marianne niemals sein.

Obwohl, was wußte man wirklich von seinen Kindern? Hatte er beispielsweise eine Ahnung davon, wie eng die Beziehungen zwischen Heinz und Marianne waren? Diese modernen Mädchen heute, machten sie viel Aufhebens von der Liebe, von einer intimen Bindung? Schön, wenn sie mit ihm verreisen wollte, sollte sie. Im März hatte sie ihren zweiundzwanzigsten Geburtstag. Im Grunde seines Herzens war es Julius fast gleichgültig. All diese Wichtigkeit, das sie mit ihrem bißchen Liebe hatten. Es war doch im Grunde immer dasselbe. Nein, das war es nicht. Er hatte es erlebt, daß es anders sein konnte, ganz anders. Aber das war für ihn verloren und verspielt. Vorbei. Sollten die anderen sehen, wie sie mit ihrer Liebe fertig wurden. Man konnte keinem helfen und keinem raten. Es war die Schlacht, die jeder für sich allein schlagen mußte.

Trotz all seiner vernünftigen Überlegungen betrachtete Julius seinen zukünftigen Schwiegersohn noch immer mit einiger Reserve. Es war nun mal sein Wesen: Jovialität, offenherziges Entgegenkommen lagen ihm nicht. Vollendete Formen, ein sachliches Gespräch, und immer eine gewisse prüfende Distanz. Ein junger Mann, der weniger Selbstsicherheit besessen hätte als Heinz Leitner, hätte sich höchst unbehaglich fühlen müssen. Aber Heinz Leitner war seiner Wirkung, zumindest auf Frauen, sicher. Daß Elisa ihn mochte, daran bestand kein Zweifel. Allerdings war er auch mit ihr, genau wie mit Julius, noch per Sie. Das würde sich wohl erst am Hochzeitstag ändern. Julius hielt nichts von voreiligen Verbrüderungen. Noch dazu, wo der junge Mann bei ihm im Geschäft arbeitete. Heinz ließ niemals merken, ob es ihn ärgerte oder betrübte. Er war stets von vollendeter Höflichkeit, genau wie Marianne gesagt hatte, mit einem gewissen militärischen Schliff; er schlug zwar die Hacken nicht zusammen, aber man war geneigt, es zu erwarten. Die nähere und weitere Familie fand ihn äußerst anziehend, Elisas Eltern beispielsweise waren begeistert von ihm. Wo fände man denn heutzutage noch so einen guterzogenen, strebsamen jungen Mann, hatte Herr Seidel, Elisas Vater, schon mehrmals gefragt, erstmals nach der Verlobung. Daß er nicht „von Familie“ war, das war in den Augen der Seidels ausgesprochen ein Vorzug. Das Getue der Talliens war ihnen sowieso ein Dorn im Auge. Und da nachgerade die Seidel-Sippe in der Familie überwog – Elisa hatte zwei Schwestern und zwei Brüder, die alle verheiratet waren und eine entsprechende Menge Anhang hatten –, so war Heinz Leitner weitgehend akzeptiert und im Schoß der Familie aufgenommen.

Mit den Kindern verstand er sich auch ganz gut. Doris nahm ihn nicht ganz ernst, neckte ihn – aber wen nahm Doris schon ernst? Mit ihr duzte er sich natürlich.

Zwischen ihm und Barbara hatte sich bisher kaum eine Beziehung entwickelt. Sie begrüßten sich formell, wenn sie sich begegneten, ein Gespräch persönlicher Art hatte noch nie stattgefunden. Barbara hatte manchmal den Eindruck, der junge Mann betrachte sie sogar ein wenig feindselig. Zumindest aber kritisch. Nun ja, sie war so plötzlich in die Familie hineingeschneit und schmälerte überdies Mariannes Anteil am Besitz. Vielleicht aber tat sie ihm unrecht mit diesen Gedanken, er war immer sehr korrekt, sehr höflich, einige Male hatte sie schon bemerkt, daß sein Blick auf ihr ruhte oder daß er ihr mit einem seltsamen Ausdruck entgegensah, wenn sie ins Zimmer kam. Es verwunderte sie weiter nicht. Sie kannte ihre Wirkung auf Männer. Barja hatte elektrisierend auf jeden Mann gewirkt, der sie sah, die Tochter hatte es von Kindheit an miterlebt. Und sie selbst war gewohnt, daß die Männer sie ansahen, mit jenem gewissen intensiven Blick, den sie nur für bestimmte Frauen haben. Schließlich war sie keine unerfahrene Unschuld vom Lande. Sie vermochte durchaus das Begehren in den Augen eines Mannes zu lesen. Und sie hatte gelernt, es zu übersehen oder, wenn sie mochte, mit einem halben Blick darauf zu antworten.

Was sie allerdings manchmal in Heinz' Blick gesehen hatte, war nicht so leicht zu klassifizieren. Freilich waren die Männer hier auch nicht so geradezu mit Worten und Blicken und den Wünschen, die dahinter standen, wie sie es vom Süden her gewohnt war. Ein oder zweimal war auch schon ihr Blick in seinem hängengeblieben, kurz nur, ohne daß Bestimmtes damit ausgedrückt worden war. Es war ein kleines, winziges Spannungsfeld zwischen ihnen, nicht wert, daß man es näher beachtete. Letzten Endes das Spannungsfeld, das zwischen *jeder* reizvollen Frau und jedem Mann, der wache Sinne hatte, anzutreffen war.

An diesem Feiertag also saßen sie bei einem Glas Sherry, Elisa war in der Küche, um letzte Hand an die Mittagsmahlzeit zu legen, und Marianne kümmerte sich nebenan um die Tafel, da klingelte in Julius' Zimmer, das altmodisch das Herrenzimmer genannt wurde, das Telefon. Doris sprang auf, lief an den Apparat, kam gleich darauf zurück und sagte erstaunt: „Für dich, Barbara."

Barbara hob überrascht den Kopf. Es war noch nie vorgekommen, daß sie angerufen wurde, seit sie hier war.

„Für mich?"

„Ja. Ein Mann." Und neugierig fügte Doris hinzu: „Hast du dir einen angelacht?"

Wer konnte das sein? Ihr erster Gedanke war: Piero. Aber sie hatte ihm nie die Nummer mitgeteilt.

Während sie aufstand, um hinüberzugehen, sagte Julius streng: „Hat er seinen Namen nicht genannt?"

„Nein", erwiderte Doris. „Er sagte nur: Ich möchte Fräulein Barbara sprechen." Und kameradschaftlich schloß sie die Tür hinter Barbara. Sie liebte es auch nicht, wenn die gesamte Familie zuhörte bei ihren Telefongesprächen.

Neugierig nahm Barbara den Hörer auf. „Ja?" fragte sie.

„Ist dort Barbara?" hörte sie eine klangvolle dunkle Männerstimme, die sie nicht kannte.

„Ja."

„Hier ist Thormann. Ich hatte unlängst das Vergnügen, dich kennenzulernen, bei einem Morgenritt mit deinem Onkel. Erinnerst du dich?"

„O ja."

„Ich würde dich gern näher kennenlernen. Ich habe mir gedacht, du könntest heute nachmittag zu mir zum Kaffee kommen. Wäre es dir recht?"

„Oh!" Was sollte sie sagen? Der Morgen, an dem Professor Thormann neben den Pferden gestanden hatte, war ihr gut in Erinnerung. Jetzt rief er an, er duzte sie sogar. „Ja. Wenn ...", sie stockte. Sollte sie denn auch du zu ihm sagen? Sie kannte ihn ja gar nicht. „Ich allein?" fragte sie kindlich.

„Du allein", bestätigte er ruhig. „Für größere Familienzusammenkünfte bin ich nicht zu haben." Und ohne ihr Gelegenheit zu einem weiteren Einwand zu geben: „Ich erwarte dich um vier Uhr. Den Weg kennst du ja."

„Ja. Also gut. Bis später dann."

Sie blieb eine Weile nachdenklich neben dem Telefon stehen. Sie erinnerte sich gut an ihn, seine großen blauen Augen, das markante Gesicht. Auch alles, was Julius über ihn erzählt hatte, war ihr noch gegenwärtig. Ein Jugendfreund von Barja. Eine leise prickelnde Neugier stieg in ihr auf. Er würde ihr von Barja erzählen können. Aber er würde auch etwas über sie wissen wollen. Die Einladung galt nicht ihr, sie galt ihrer Mutter.

Als sie zurückkehrte, blickte ihr alles neugierig entgegen. Auch Elisa war jetzt zugegen, um die Familie zu Tisch zu bitten.

„Na?" rief Doris ihr vorlaut entgegen. „Wer war es? Gestehe, Barbara. Wem bist du dabei, das Herz zu brechen?"

„Ein Onkel", sagte Barbara leichthin. Sie blickte Julius an. „So was Ähnliches ist er doch, sagtest du. Professor Thormann. Er hat mich für heute nachmittag zum Kaffee eingeladen."

Ihre Mitteilung wirkte sensationell. Ausrufe des Erstaunens, Fragen. Doris setzte sich durch. „Nein", rief sie, „wie süß! Der schicke Professor. Nimm dich in acht, Barbara, er ist als Herzensbrecher bekannt. Seine Studentinnen lieben ihn alle. Du hast ein Glück. Mich hat er noch nie eingeladen."

Julius warf seiner Tochter einen strafenden Blick zu. „Laß den Unsinn", sagte er. Und dann zu Barbara in erstauntem Ton: „Er hat dich eingeladen. Dich allein?"

„Ja. Mich allein." Ein wenig boshaft wiederholte sie, was sie eben gehört hatte: „Für größere Familienzusammenkünfte ist er nicht zu haben, hat er gesagt."

Doris quietschte vergnügt: „Ein kluges Kind, der Onkel Professor. Wie die Legende erzählt, war er in deine Mutter verliebt,

Barbara. Wenn du es geschickt anfängst, wird er sich in dich auch verlieben. Das wäre ein Ding."

„Doris, halt deinen dummen Mund", sagte Elisa scharf. „Kommt jetzt essen, die Suppe ist serviert. Übrigens ist Lily da, ich traf sie vorgestern in der Stadt."

„Lily?" fragte ihre Mutter interessiert. „Haben sie sich wieder versöhnt? Wie sieht sie aus?"

„Wie sie immer ausgesehen hat", sagte Elisa nicht sehr aufschlußreich. Es klang ablehnend.

Während sie ins Eßzimmer gingen, fragte Barbara leise Doris: „Wer ist Lily?"

„Seine Frau. Dolle Person. Sie ist Schauspielerin, in Frankfurt, weißt du. Sieht phantastisch aus. Solche Augen", Doris riß die ihren weit auf. „Und so ein Mund", sie stülpte ihre Lippen verwegen vor, „ganz der Typ, auf den die Männer fliegen. Ich hab' sie mal auf der Bühne gesehen!"

Etwas nachdenklich setzte Barbara sich auf ihren Platz. Eine Tante gab es also auch zu diesem Onkel.

Längere Zeit beschäftigte sich das Tischgespräch mit Professor Thormann. Seine Tätigkeit an der Hochschule, seine Bauten, die neue Klinik und – seine Ehe. Selbstverständlich mißbilligte die Familie diese Art von Ehe. Die Frau in Frankfurt und nach wie vor am Theater, er hier. Sie sahen sich verhältnismäßig selten. „Gerda sagt", das war Elisas Frankfurter Schwester, „sie lebt wie es ihr Spaß macht. Sie soll ein Verhältnis haben mit einem Regisseur, und ...", auf einen warnenden Blick von Julius verstummte Elisa. Julius liebte keine Klatschgeschichten. Und schon gar nicht in Gegenwart der Kinder. In der Beziehung war er altmodisch.

Doris wußte sogar noch mehr. „Sie filmt jetzt sogar. Ich hab's in der Film-Illustrierten gelesen. Da war ein großes Bild von ihr. Sie kriegt schließlich keine Filmrolle, wenn sie die tugendhafte Hausfrau spielt."

„Doris, bitte", sagte Julius nachdrücklich. Dann begann er ein anderes Thema. Er war ärgerlich. Er fand es ungehörig, daß Ludwig einfach hier anrief und Barbara aufforderte, ihn zu besuchen. Was waren das für Manieren! Am liebsten hätte er Barbara verboten zu gehen. Aber er wußte nicht, wie er es begründen sollte.

Die Mittagstafel zog sich lange hin, es wurde viel und gut

gegessen, schwerer Wein getrunken. Barbara fand es etwas mühselig. Sie war das leichte Essen des Südens gewohnt. Sie hatten überhaupt immer wenig gegessen. Barja hatte oft gar nicht gekocht. Sie aßen Früchte, ein wenig frisches Gemüse. Der Vater mußte sowieso Diät leben, er aß kaum Fleisch.

Nach dem Essen kehrte man in das Wohnzimmer zurück, es gab Mokka, die Herren steckten sich Zigarren an, sogar Heinz, der sonst nur Zigaretten rauchte. Es war drei Uhr, bis Elisas Mutter schließlich gähnte.

„Ihr solltet euch ein bißchen hinlegen“, meinte Elisa. Und darauf verteilte sich die Gesellschaft in verschiedene Räume.

Barbara ging hinauf in ihr Zimmer, freudig begrüßt von Dino, der hier oben eingesperrt gewesen war. Er hatte sich mittlerweile daran gewöhnt, daß er manchmal allein bleiben mußte. Zwar mochte er es nicht, doch jedenfalls erfüllte er das Haus nicht mehr mit seinem verzweifelten Geheul.

Neugierig war Doris hinterhergekommen. „Wann gehst du denn?“

„Na, um vier“, sagte Barbara kurz. Sie wäre gern eine Weile allein geblieben.

„Vater war nicht sehr begeistert von der Einladung, hast du's gemerkt?“ meinte Doris.

„Ja? Warum denn?“

„Na ja, ich weiß nicht. Ich glaube, er würde dich am liebsten in einen Glaskasten sperren.“ Doris bewies wieder einmal ihr unheimliches Talent, Menschen und Dinge zu durchschauen. „Es hängt irgendwie mit deiner Mutter zusammen. Ich glaube, er hat immer das Gefühl, daß sie nicht genügend auf sie aufgepaßt haben. Und wahrscheinlich hat er Angst, mit dir passiert auch mal so was.“

„Was soll denn mit mir passieren?“ fragte Barbara leicht amüsiert.

„Na, daß du mit irgendeinem obskuren Mannsbild auf und davon gehst.“

Barbara bekam eine abweisende Miene. „Bitte, Doris“, sagte sie mit einem zornigen Unterton.

„Oh, Verzeihung. Ich wollte deinem Vater nicht auf den Schlips treten. Ich meine nur. Für die Familie hat es eben damals so ausgesehen.“

„Na gut“, sagte Barbara, es klang sehr entschieden, „kann

sein, daß ich so etwas mal tue. Ich bin schließlich nicht meine Mutter, nicht ein verwöhnter Familienmittelpunkt. Wegen mir wird es keinen Skandal geben."

„Och, sag das nicht. Für Vater bedeutest du eine ganze Menge. Ich glaube, es würde ihn sehr treffen, wenn du dich verliebst."

„Mein Gott, davon ist ja gar keine Rede. Ich kenne ja diesen Professor gar nicht. Und verheiratet ist er auch noch."

„Das hat deine Mutter nicht gestört. Würde es dich vielleicht stören?"

„Allerdings", erwiderte Barbara entschieden. „Ich habe ja miterlebt, was dabei 'rauskommt."

„Na ja, du hast ja auch einen Freund. Hat er dir eigentlich zu Weihnachten geschrieben?"

„Nein."

„Auch kein Geschenk geschickt?"

„Nein."

„Er ist böse. Wir müssen ihn doch mal einladen."

Barbara lächelte plötzlich. „Ich habe ihm ein Päckchen geschickt."

„Nein, wirklich? Was denn?"

„Eine Krawatte."

„Sehr phantasievoll. Wo sie doch in Italien so hübsche Krawatten haben. Hast du Vater eigentlich schon mal von deinem Piero erzählt?"

„Nein. Natürlich nicht."

„Siehst du, weil du ganz genau weißt, daß ich recht habe. Er wäre bestimmt dagegen, daß du einen Freund hast. Er ist eben überhaupt ein bißchen etepetete. Das liegt in der Familie. Er will auch nicht, daß Marianne mit Heinz ins Gebirge fährt."

„Nein?"

„Nein. Momy übrigens auch nicht. Sie meint, das wäre überflüssig. Er soll man ruhig allein fahren. Was soll der Arme denn tun? Sie werden so lange machen, bis er sich eine andere anlacht. Hat er eigentlich schon mit dir geflirtet?"

„Wer? Heinz?"

„Ja. Er weiß nicht recht, wie er mit dir dran ist. Aber er guckt dich immer so komisch an."

Barbara lachte. Diese Doris! Ihr entging auch gar nichts. „Verschwinde jetzt", sagte sie heiter. „Ich muß mich umziehen."

„Was ziehst du denn an?"

Darüber hatte Barbara auch schon nachgedacht. Sie hätte sich gern hübsch gemacht zu dieser Kaffeeeinladung. Wenn schon diese unbekannte Lily so reizvoll war ...

„Ich weiß nicht", meinte sie nachdenklich.

„Das graue Flanellkleid, das wir neulich für dich gekauft haben, und das türkisfarbene Tuch in den Ausschnitt, das paßt so gut zu deinem Haar."

„Meinst du?"

„Hm. Der Professor ist schließlich so ein halber Künstler, der hat einen Blick für so was. Und nachher erzählst du mir genau, wie es war, ja?"

„Ja. Und nun schieb ab. Aber nimm Dino mit, wenn er hier allein bleibt, verzweifelt er."

„Schön. Ich werde nachher mit den Hunden ein Stück spazierengehen. Abends treffe ich Fred."

Oh, viel Spaß." Fred war Doris' neuester Flirt, sie hatte ihn beim Eislaufen kennengelernt.

Barbara zog wirklich das graue Flanellkleid an und band sich das grüne Tüchlein um. Sie bürstete lange ihr Haar und zog sorgfältig ihre Lippen nach, ein wenig Schatten auf die Augenlider und ein paar Tropfen Parfüm hinters Ohr. Das hatte sie von Barja gelernt. An der Hand trug sie den Ring mit dem Türkisstein. Barjas Glücksstein. Sie hatte ihn immer getragen.

Der Ring fiel Professor Thormann sofort auf. Er behielt Barbaras Hand in der seinen und blickte darauf nieder.

„Der Ring deiner Mutter", sagte er.

„Oh!" fragte Barbara überrascht. „Kennen Sie ihn?"

„Ich habe ihn ihr zu ihrem achtzehnten Geburtstag geschenkt."

Das hatte Barbara nicht gewußt. Scheu blickte sie zu dem Mann auf.

„Seltsam", sagte er versonnen. „Nun sehe ich ihn wieder. An der Hand ihrer Tochter."

Das Haus war innen genauso überwältigend wie von außen. Er führte sie in ein Zimmer, das eine breite Fensterfront hinaus auf den Garten hatte. Die Möblierung war sparsam, alles großflächig und kühn. Besonders die Farben. Eine schwarze Couch auf einem hellen Teppich. Die Sessel waren goldgelb, aber nicht sachlich karg, sondern tief und weich. Eine große Musiktruhe empfing sie mit rauschenden Tönen.

„Kennst du das?“ fragte Ludwig Thormann.

Barbara nickte. „Tschaikowskij, sechste Sinfonie.“

Er lächelte ihr zu. „Kein Wunder. Die Liebe zur Musik hast du vermutlich geerbt. Bei mir ist Tschaikowskij gewissermaßen Feiertagskonfekt. Ich bin an sich ein Bach-Liebhaber.“

Er merkte, daß sie befangen war, plauderte deswegen weiter über Musik, machte sie dann mit Damon bekannt, dem Schäferhund, der sie würdevoll-gemessen begrüßte.

„Der kleine schwarze Teufel, den ihr neulich dabei hattet, ist das dein Hund?“

„Ja, das ist Dino.“

„Warum hast du ihn nicht mitgebracht?“

„Ich habe mich nicht getraut. Die zwei wären sicher übereinander hergefallen.“

„Das glaube ich nicht. Damon ist sehr folgsam. Gegen Gäste mal bestimmt. Nicht wahr, mein Alter?“ Er legte dem Hund die Hand auf den schmalen Kopf. „Wir hätten Barbaras Dino gern kennengelernt. Hast du ihn schon lange?“

Das bot für eine Weile Gesprächsstoff. Sie konnte erzählen, wo sie Dino herhatte, was sie mit ihm erlebt und vor allem, wie sie ihn hierher expediert hatte.

„Ich finde es schön, daß du ihn nicht im Stich gelassen hast. Einen Hund zu verlassen, der einen liebt und vertraut, das ist die größte Untreue. Man kann einem Tier nicht klarmachen, warum man fortgeht. Es ist oft schon unmöglich, es einem Menschen zu erklären.“

Barbara lächelte zu ihm hinüber. Sie saßen sich in den tiefen Sesseln gegenüber. Er sah gut aus, groß und stattlich, ein wenig massig, die jugendliche Schlankheit schien ihn verlassen zu haben. Aber es stand ihm gut. Auch der schwarze Pullover, den er trug, ein etwas formloser Anzug, wenn eine Dame zu Gast war. Doch er war schließlich ein halber Künstler, wie Doris gesagt hatte. Der Kragen war offen, das wiederum machte ihn jung, ein wenig jungenhaft sogar. Barbara überlegte, wie alt er wohl sein mochte. Um die vierzig herum etwa. Ja, es konnte nicht anders sein. Julius hatte gesagt, er sei mit Barbara zusammen aufgewachsen. Beherrschend in dem Gesicht waren die hohe Stirn und die Augen, mit ihrem geraden, zufassenden Blick. Die Nase war kräftig, der Mund klar und fest, die Unterlippe voller als die Oberlippe. Er war nicht jung und er war nicht alt, er war ein wirklicher Mann. Und der Blick, der auf ihr lag, verriet, daß er es verstand, eine Frau anzusehen und richtig einzuschätzen. Ein Blick, der die übrige Welt auslöschen konnte. Übrigens tat er nichts, um sie zu verwirren, er war ruhig, sicher, von einer wirklich fast onkelhaften Freundlichkeit. Barbara hatte schon nach wenigen Minuten das Gefühl, als kenne sie ihn seit langer Zeit. Soviel Ruhe ging von ihm aus, soviel Sicherheit. Ein Mann, dessen Lebensbild fest gefügt war, ohne starr zu sein. Eine überlegene, beherrschende Persönlichkeit. Wo er stand, da mußte stets ein Mittelpunkt sein, nach dem sich andere richten konnten. Es paßte zu ihm, daß er Häuser baute. Aber es paßte auch, daß er junge Menschen unterrichtete.

Unwillkürlich mußte sie daran denken, was aus Barja geworden wäre, wenn sie ihn geheiratet hätte. Und schon in der ersten Viertelstunde entschied Barjas Tochter, daß es ihr Glück gewesen wäre. Daß Barja, die ruhelose, verwirrende, hier den festen Pol gefunden hätte, der ihrem Leben immer gefehlt hatte.

Die vielbesprochene Lily war noch nicht erschienen. Vor ihnen auf dem Tischchen standen auch nur zwei Tassen. Nach einer Weile ging die Tür auf, eine ältere Frau trat ein, die eine Kanne mit Kaffee brachte und einen Teller mit Kuchen. Barbara hatte sie zuvor nicht gesehen, denn der Professor hatte ihr selbst die Tür geöffnet.

Jetzt, als die Frau hereinkam, blickte ihr der Professor geradezu mit Spannung entgegen, beobachtete, was sie für ein Gesicht machte.

Die Frau, sie hatte ein gemütliches, rundes Gesicht mit freundlichen Augen, sah Barbara an, blieb dann überrascht stehen, sagte: „Ach herrje!" stellte dann vorsichtig die Kanne und den Teller auf den Tisch, betrachtete Barbara wieder und meinte voll tiefstem Erstaunen: „Ist es die Möglichkeit!"

Der Professor schien befriedigt. „Siehst du, Nele, ich hab' es dir gesagt." Und zu Barbara: „Das ist Nele, der gute Geist dieses Hauses."

Nele streckte Barbara die Hand hin, und während Barbara sie ergriff, sagte sie: „Und sie hat natürlich meine Mutter auch gekannt."

„Das kann man wohl sagen", meinte Nele. „Ich hab' ihr oft genug die Nase geputzt und das Knie verbunden. Weißt du noch, Ludwig, wie ihr sie einmal angebracht habt, getragen, wie sie so bös vom Pferd gestürzt war und die Gehirnerschütterung hatte. Sie war ein wildes Ding. Und auch später ..." Nele brach ab. Es war wohl nicht angebracht, vor der Tochter weitere Erinnerungen auszugraben. Woran sie gerade denken mußte, war die Tatsache, daß sie, Nele, als erste von dieser Tochter erfahren hatte.

Barbara war gekommen, an einem Herbstnachmittag war es, sie wußte es noch gut. Sie war allein im Haus. Ludwig war in der Vorlesung, er besuchte damals gerade im ersten Semester die Technische Hochschule. Zwischen ihm und Barbara war vieles verändert. Man wußte ja schon über ihre seltsame Liebesgeschichte, er wußte es auch und litt darunter, ging ihr aus dem Weg. Auch Barbara ließ sich nicht sehen. Nele sah sie manchmal vorbeireiten, sie ritt soviel wie sonst nie, stundenlang manchmal, wild und tollkühn. Und an dem Nachmittag kam sie plötzlich, natürlich auch zu Pferd. Sie sprang ab vorm Haus, ließ das Pferd im Garten frei laufen und kam über die Terrasse ins Haus. Es war das alte Haus der Thormanns, ein Stück weiter in die Stadt hinein. Nele bügelte gerade. Sie erschrak, als Barbara plötzlich vor ihr stand, bleich, mit wilden Augen, das goldbraune Haar verwirrt, eine Schramme auf der Stirn, gerade über dem rechten Auge.

„Mein Gott, Kind, wie siehst du aus!" hatte Nele entsetzt gerufen. „Bist du wieder gestürzt? Du sollst doch nicht so wild darauflos reiten. Du wirst dir eines Tages das Genick brechen."

Sie nahm ein Taschentuch, tauchte es in die Wasserschüssel, die sie da stehen hatte, und wischte dem Mädchen das Blut von der Stirn.

„Ja, ich bin gestürzt, Nele", sagte Barbara. Sie saß, die Beine in den langen Hosen weggestreckt auf einem Küchenstuhl, ganz zusammengesunken. „Ich hab' die große Hecke genommen, hinter dem alten Posthaus, du weißt schon. Iltschi hat verweigert, er war schon müde. Aber er mußte hinüber. Ich hätte nicht stürzen müssen, aber ich bin absichtlich gestürzt."

„Absichtlich gestürzt? Bist du verrückt? Was soll das heißen? Willst du dich mit Gewalt umbringen?"

„Vielleicht. Aber es nützt nichts. Es wird auch diesmal nichts nützen." Dann hatte sie den Kopf gehoben und Nele verzweifelt angestarrt, ganz schwarz waren ihre Augen in dem totenblassen Gesicht. „Ich kriege ein Kind, Nele."

Nele hatte sie sprachlos angestarrt. Achtzehn Jahre war das Mädchen alt. Sie kannte sie von klein auf. Liebte sie nicht weniger als Ludwig, der so gut wie ihr eigener Sohn war.

„Ein Kind?" fragte sie fassungslos. „Barbara! Was sagst du da? Das kann doch nicht sein."

„Doch. Es ist so. Ich bin schon im vierten Monat. Ich habe alles versucht. Ich reite, bis ich vom Pferd falle. Aber mein Körper ist daran gewöhnt. Es hilft gar nichts."

Ein Blutstropfen sickerte wieder aus der Wunde über ihre Schläfe. Sie wischte ihn achtlos fort. „Was soll ich tun, Nele? Soll ich mir das Leben nehmen?"

„Ein Kind? Von diesem Kerl? Diesem Theatermenschen?"

Barbara fuhr wütend auf. „Rede nicht so von ihm. Ich liebe ihn, hörst du? Ich liebe ihn. Ich werde ihn immer lieben. Aber ich will kein Kind haben." Und dann mit einem verzweifelten Kinderschluchzen. „Nele, hilf mir doch. Was soll ich denn tun? Was soll ich denn bloß tun?"

So war das gewesen damals. Und heute saß dieses Kind vor ihr. Und glich der Barbara von einst bis aufs Haar. Das gleiche schmale Gesicht, der weiche Schatten auf der Wange, die dunklen Augen, der schöngezeichnete, nicht zu kleine Mund.

Nur ernster wirkte sie, gesetzter. Reserve im Blick, fast ein wenig Mißtrauen. Und um den Mund, so jung sie war, ein kleiner Zug von Schmerz und Resignation.

Als Nele gegangen war, sagte Ludwig: „Du hast das eben so merkwürdig gesagt: ‚Und sie hat natürlich meine Mutter auch gekannt.' Es klang fast ein wenig ärgerlich."

Ein wenig ärgerlich war auch das kleine Lachen, das Barbara hören ließ. „Na ja, es ist hier überall so, wo ich hinkomme. Alle starren mich an, als wenn ich ein Gespenst wäre. Und alle sagen sie dasselbe: ‚genau wie ihre Mutter'. Irgendwie tun sie alle, als wenn ich ein Ungeheuer wäre. Ich – ich weiß ja nicht, was früher war. Ich kann doch auch nichts dafür. Und ich finde gar nicht, daß ich Barja so ähnlich sehe. Ich bin ganz anders. Manchmal habe ich es schon verwünscht, daß ich hierhergekommen bin."

Es war ein unvermutet leidenschaftlicher Ausbruch geworden. Ludwig sah ihr an, hörte es am Klang ihrer Stimme, daß sie darunter litt, hier überall dem Schatten ihrer Mutter zu begegnen. Sofort erkannte er, schon in der ersten Stunde, daß sie ein unglückliches, einsames Kind war, daß sie sich an der Mauer der Erinnerungen, an der Mauer der Vergangenheit, die alle hier um sie herum errichteten, den Kopf wundstieß. Den Kopf und das Herz, hilflos und allein.

Sein Gefühl ihr gegenüber wandelte sich unwillkürlich. Neugier war es gewesen, was ihn veranlaßt hatte, sie herzubitten. Auch er wollte in ihr nichts anderes finden als die frühere Barbara, das Mädchen, das er geliebt hatte. Das taten alle, und keiner sah, wie das Mädchen von diesem Schatten erdrückt wurde. Man tat Unrecht an ihr.

Ludwig erkannte es und stellte sich von einer Minute auf die andere um. Diese Barbara hier, die vor ihm saß, sie brauchte Hilfe, brauchte einen Freund, brauchte einen Halt. Vielleicht hätte es die Barbara damals auch gebraucht. Doch damals war er selber zu jung gewesen, zu unerfahren und zu gefangen in seinen eigenen Gefühlen. Jetzt war das anders.

Er rückte seinen Sessel ein Stück hinüber, legte seine Hand auf die ihre, die verkrampft um die Sessellehne lag.

„Ja, ich kann es mir vorstellen“, sagte er in ruhigem, verständnisvollem Ton, „ich kann es mir sogar sehr gut vorstellen. Es ist bestimmt für dich nicht leicht. Es geht mir ja selber so. Deine Mutter war ein Mensch, den man nicht vergessen konnte, nicht im guten und nicht im bösen. Das ist wohl bei allen so. Ich kann mir denken, daß es für dich schrecklich ist, immer daraufhin angesprochen zu werden. Du siehst das von einer anderen Seite an. Für dich hat alles ein anderes Gesicht. Nicht dieses Gesicht der alten, vergangenen Zeit. Für dich ist es eine neue Vergangenheit, die noch weh tut. Und die lästige Neugier dieser Menschen hier macht es dir nur schwerer, damit fertig zu werden, zu vergessen. Nicht wahr?“

Barbara nickte. Sie hatte den Kopf gesenkt und kämpfte mit den Tränen. Ja, auf einmal waren ihr Tränen in die Augen gestiegen, würgten sie im Hals, drohten all die Fassung, die mühsam erkämpfte Haltung der letzten Monate zu zerbrechen. Sie hatte nicht geweint seit damals, seit sie den kleinen Friedhof in Roano verlassen hatte. Nicht bei den Verhören und Untersuchungen, nicht bei dem Gerede und Geschwätz, das lange nicht verstummen wollte. Ein Panzer war um ihr Herz entstanden, hart wie Stein, wie der Stein auf den Felsen am Meer. Und warum war sie denn schließlich weggegangen von Roano? Doch gerade darum, um zu vergessen, um nicht mehr darüber reden zu müssen, um nichts mehr zu hören und zu sehen. Aber hier war alles noch viel schlimmer geworden.

Durch einen Tränenschleier blickte sie herab auf die Hand des Professors, die auf der ihren lag. Eine große kräftige Hand war es, mit langen festen Fingern. Die Hand eines Künstlers und auch die Hand eines Handwerkers, eines Mannes, der Häuser bauen konnte. Eine Hand, die fassen konnte und halten.

Den Blick immer noch auf diese Hand gerichtet, redete sie jetzt schnell und hastig weiter, ein wenig erstickt die Stimme, immer noch die Tränen in der Kehle: „Ich weiß ja nichts von dem, was war. Ich weiß nur, daß Barja hier Vater kennenlernte und daß sie dann mit ihm fortging. Aber was sie so Furchtbares getan hat und warum keiner es vergessen konnte, das weiß ich ja nicht. Es sind immer bloß so Andeutungen. So halbe Worte. Und alle tun, als hätte ich es getan." Sie hob den Kopf und sah ihn an. „Ich habe es aber nicht getan. Und ich will nicht hierbleiben. Hier, wo eine alte Frau fast in Ohnmacht fällt, bloß weil sie mich sieht."

„Was meinst du? Meinst du Nele?" fragte Ludwig. „Keine Angst, so schnell fällt die nicht in Ohnmacht."

„Nein, ich meine nicht Nele. Ich meine die Frau – die Frau von meinem Vater."

„Ach!" sagte Ludwig erstaunt. „Bist du Maria Stolte begegnet?"

„Ja. Und ich – ich wußte das ja alles nicht. Nicht einmal, daß da Kinder waren, daß ich – daß ich Geschwister habe. Sie haben es mir nicht gesagt. Das war doch unrecht." Sie saß gerade aufgerichtet, dicht vor ihm, und der verzweifelte Blick ihrer Augen erforderte eine Antwort.

„Du hast das nicht gewußt?" fragte Ludwig zurück. Denn er wußte ihr keine Antwort zu geben. „Haben deine Eltern nie mit dir darüber gesprochen?"

„Nein. Ich wußte schon, daß Vater früher verheiratet war. Ich hätte mir ja auch denken können, daß er nicht geschieden war, sonst hätten sie ja geheiratet, nicht? Aber als ich klein war, habe ich darüber nie weiter nachgedacht. Bei uns war sowieso immer alles anomal und unruhig. Nicht so wie bei den anderen. Es war ja auch die Zeit, der Krieg und das alles. Ich hatte mich wohl daran gewöhnt, daß ich nicht so leben konnte wie andere Kinder. Warum hat sich denn mein Vater nicht scheiden lassen und hat Barja geheiratet?"

„Ja." Ludwig zog seine Hand zurück und setzte sich gerade. „Das war eine etwas schwierige Geschichte. Maria Stolte war streng katholisch. Sie ist es wohl auch heute noch. Sie hat niemals in eine Scheidung gewilligt. Nun hätte dein Vater sicher nach einer mehrjährigen Trennung eine Scheidung erzwingen können. Doch dann kam der Krieg, und er war so weit weg. Vielleicht wollte er der Frau nicht auch das noch antun. Du mußt bedenken, er hat sie mit den Kindern allein gelassen. Sie hat so gut wie keinen Unterhalt von ihm bekommen. Am Anfang wohl etwas. Aber dann ging es ihm ja selber nicht mehr so besonders. Sie hat schwere Zeiten erlebt, bis die Kinder groß genug waren, um zu verdienen. Für sie war auch Krieg. Sie wurde ausgebombt, hat alles verloren. Und sie war nicht mehr jung. Wenn du es wissen willst, werde ich dir einmal erzählen, wie sie das Leben gemeistert hat. Das ist die andere Seite, Barbara. Auch die muß man kennen."

Barbara hatte den Kopf wieder gesenkt. „Ja", sagte sie leise, „natürlich. Ich kann es mir denken. Aber ich kann doch nichts dafür."

„Das sagt doch sicher auch kein Mensch. Komm, jetzt wollen wir erst mal Kaffee trinken. Er wird ja ganz kalt. Und zur Beruhigung einen Kognak. Und dann mußt du den Kuchen versuchen. Nele hat ihn selbst gebacken."

Er schenkte den Kaffee ein, fragte: „Zucker? Wieviel?", dann: „Milch?" und reichte ihr die Kuchenplatte. Barbara beruhigte sich zusehends unter seiner liebevollen Fürsorge.

„Ich kann keinen Kuchen essen", sagte sie.

„Doch", erwiderte er, „du mußt. Nele wäre untröstlich. Sie ist eine Meisterin im Kuchenbacken. Ich will auch immer nicht, aber ich muß. Du siehst es mir ja auch an. Ich war mal ganz schlank, jetzt, leider, du siehst ja."

Nun lächelte sie sogar wieder. Trotz allem Kummer verließ sie ihr Geschick, mit Männern umzugehen, keineswegs. „Sie haben doch eine sehr gute Figur. Ich finde es gar nicht schön, wenn ein Mann zu dünn ist."

Ludwig lachte. „Danke. Das tut mir gut. Aber willst du nicht auch du zu mir sagen? Zugegeben, ich bin dir fremd, du mir nicht. Trotzdem könntest du's versuchen."

Und Barbara erwiderte darauf: „Du bist mir nicht fremd. Ich weiß auch nicht warum. Ich bin kaum eine halbe Stunde hier und habe dir schon mein Herz ausgeschüttet. Ich habe noch mit niemandem so reden können, seit ich hier bin."

Eine leichte Röte stieg Ludwig in die Stirn. Nur ihm bemerkbar. Sein Herz klopfte ein wenig rascher. Von diesem Moment an waren für ihn Barbara, die Mutter, und Barbara, die Tochter, zwei getrennte, zwei ganz verschiedene Personen. Ja, die Tochter, die hier bei ihm saß, war anders. Diese weichen, zutraulichen Töne hatte die andere Barbara nicht gehabt. Jedenfalls damals noch nicht.

Er präsentierte ihr nochmals die Kuchenschüssel. „Ein Stück wenigstens."

Barbara nahm sich eins herunter. „Ich habe so schrecklich viel essen müssen in diesen letzten Tagen. Weihnachten ist hier anscheinend hauptsächlich ein Eßfest."

„Da kannst du recht haben. Und viel Familienrummel vermutlich."

„Ja. Es langt."

„Wie schrecklich. Armes Kind. Jetzt paß auf, was ich dir sage. Als Antwort darauf, was du eben zu mir gesagt hast. Du kannst mir immer dein Herz ausschütten. Du sollst mir alles sagen, was dich bedrückt. Und wenn ich dir helfen kann, so will ich es tun. Ich kann mir vorstellen, daß du drüben keinen Menschen hast, mit dem du vernünftig reden kannst. Diese Elisa ist eine ziemliche Schneegans, glaube ich. Ich kenne sie nicht sehr gut. Hatte nie das Bedürfnis, die Bekanntschaft zu vertiefen. Na, und Julius. Julius ist ein netter Kerl, ich mag ihn sehr gern. Aber er ist ein Tallien, in gewisser Weise sind sie egoistisch und engstirnig, ein bißchen dekadent vielleicht. Ich habe immer das Gefühl, er wird mit sich selber nicht richtig fertig. Ein Mensch, der sich zuviel von innen besieht. Man hat ihn von Jugend auf gezwungen, in dem Betrieb zu arbeiten, er hat's ja auch gut gemacht, nichts gegen zu sagen, aber ..., na ja, es war wohl nicht das, was er vom Leben erwartet hat. Kurz und gut, Barbara, ich würde mich ehrlich freuen, wenn du Vertrauen zu mir hast. Du kannst mir alles sagen. Und ich werde versuchen, auf alles eine Antwort zu finden. Wenn du willst, sprechen wir überhaupt nicht mehr von früher, nicht von deiner Mutter."

„Doch. Gerade mit dir kann ich darüber sprechen. Und ich

muß doch endlich einmal alles wissen. Ich will wissen, was damals geschehen ist. Alles."

„Schön. Dann werden wir zu gegebener Zeit davon sprechen."

Darauf widmeten sie sich dem Kaffee und dem Kuchen. Ludwig stand auf, brachte die Kognakflasche und Gläser.

„Ist der Kuchen nicht gut?" fragte er.

„Wirklich, sehr gut. Schade, daß ich soviel zu Mittag gegessen habe."

„Was gab es denn?" Es klang aufrichtig neugierig.

Barbara lachte sogar schon wieder. „Eine Pute."

„Keine Gans?"

„Die hatten wir gestern. Bei Tante Elisas Eltern."

„Ach, du lieber Himmel. Auch das noch? Da mußt du auch mit hin. Du tust mir wirklich leid." Er lachte jungenhaft dazu, Barbaras Herz flog ihm zu, er verstand sie, er konnte mit ihr fühlen.

Kindlich erzählte sie weiter: „Heute waren sie bei uns zum Essen. Und eine Tante auch noch. Und Mariannes Verlobter."

„Wer ist Marianne?"

„Na, die Tochter von Elisa und Julius. Meine Kusine."

„Ach ja, richtig, so eine kühle Blonde, mit dicken Lippen, nicht? Die Kleine ist netter, glaub' ich."

„Ja, Doris ist sehr nett. Mit ihr verstehe ich mich am besten."

„Und diese Marianne hat also schon einen Bräutigam. Was ist denn das für einer?"

„Och, eigentlich sehr nett." Sie erzählte kurz, was sie von Heinz wußte.

„Sieh an, gar nicht dumm der Junge. Erst die Stellung, dann die Tochter. Hm. Wie alt ist er denn? Noch sehr jung?"

„So Anfang Dreißig vielleicht. Aber er wirkt älter. Er ist immer sehr ernst und würdevoll."

„Gefällt er dir?"

„Es geht. Ich glaube, er mag mich nicht besonders leiden."

„Na ja, wenn ihm diese Marianne gefällt – beides verträgt sich nicht."

Bei der Erzählung über die Familie war Barbara das Tischgespräch wieder eingefallen und Lily. Die Neugier plagte sie nun doch ein wenig. „Sind wir denn – allein? Ich meine, hast du – ist denn ..."

Ludwig begriff sofort, was sie meinte. „Aha. Sie haben dir

von Lily erzählt. Nein, meine Frau Gemahlin ist schon wieder abgefahren. Sie schenkte mir nur am Heiligabend und gestern das Vergnügen. Heute abend muß sie spielen."

„Ach so." Sie musterte ihn verstohlen. Er sah aber keineswegs so aus, als betrübe es ihn sehr, daß seine Frau schon wieder abgereist war.

„Ich werde in den Spielplan eingebaut, weißt du. Viel bleibt da für mich nicht übrig. Als ich noch in Frankfurt war, ging es besser. Da hatten wir noch so was Ähnliches wie einen gemeinsamen Haushalt. Jetzt dagegen ...", er hob die Schultern. „Karriere ist wichtiger. Lily ist sehr ehrgeizig."

„Ja, sie filmt sogar", platzte Barbara heraus.

„Woher weißt du das denn?"

Sie errötete. „Doris hat es erzählt. Sie hat es irgendwo gelesen."

„Soweit ist es noch nicht. Sie ist hinterher, sagen wir mal. Und investiert eine ganze Menge, wie mir scheint." Jetzt klang doch eine unverkennbare Bitterkeit in seiner Stimme mit. Er nahm eine Zigarette aus der Dose, die vor ihm stand, bot Barbara auch an und füllte noch einmal die Kognakschalen. „Na, lassen wir das, ein etwas kompliziertes Thema. Madame hat es mir sehr übelgenommen, daß ich hierher zurückgekehrt bin und den Lehrstuhl übernommen habe. Ein bekannter und gutverdienender Modearchitekt in der Großstadt war ihr lieber. Eine Professur ist nicht so lukrativ, und auch gesellschaftlich nicht sehr ergiebig. Und hier in diesem Nest würde sie sich ohnehin nicht begraben lassen, hat sie mir erklärt. Auf diese Art kommt es, daß ich zwar verheiratet bin, aber keine Frau habe. Nur mal so gelegentlich, ein halbes Weihnachtsfest."

Barbara wußte nicht recht, was sie darauf erwidern sollte. Er erwartete wohl auch keine Antwort. So sagte sie nur: „Ein Glück, daß du Nele hast."

Ludwig lachte. „Da hast du recht. Das wiegt drei Ehefrauen auf. Übrigens, willst du nicht doch noch ein Stück Kuchen essen?"

„Nein, danke. Ich kann wirklich nicht."

„Dann wollen wir Damon fragen, ob er eines mag."

Damon mochte. Er hatte sich bis jetzt manierlich, einige Schritte entfernt, niedergesetzt, sie aber genau beobachtet. Jetzt verspeiste er mit großem Appetit zwei Stück von Neles vorzüglichem Kuchen.

„So", sagte Ludwig befriedigt. „Jetzt sieht die Platte schon besser aus. Man darf Nele keinen Kummer machen. Das hat sie nicht verdient. Und wenn du wieder einmal kommst, ißt du keine Pute vorher, ja?"

Barbara nickte. Sie erwiderte sein Lächeln. Sie war so frei und gelöst wie lange nicht mehr. Hatte sie schon jemals mit einem Menschen so schnell Freundschaft geschlossen? War ihr schon jemals ein Fremder in so kurzer Zeit vertraut geworden? Aber er war ja gar kein Fremder gewesen, das war das Merkwürdige.

„Und nun erzähle mir, wie es war zu Weihnachten. Hast du viel bekommen?"

„O ja." Mit kindlicher Freude zählte sie alles auf. Von Julius: den Gutschein für einen Wintermantel, „ich habe nämlich keinen. Bis jetzt war es ja nicht kalt, da ging mein alter Regenmantel auch. Und manchmal hat Marianne mir einen von sich geliehen." Den Kleiderstoff von Elisa, von Doris Bücher, eine ganze Menge, von Marianne eine Handtasche, „sie fand das alte Ding unmöglich, das ich habe. Und die neue ist sehr schick, richtiges Leder." Ralph hatte eigenhändig ein Kästchen gebastelt und bemalt, von Heinz hatte sie eine Schachtel Pralinen bekommen. „Sie sind eigentlich alle sehr nett zu mir", fügte sie hinzu, selbst etwas überrascht von dieser Tatsache.

„Dann war es also ein gelungenes Fest?" fragte Ludwig.

„O ja", sie schilderte es genau, die große Tanne, den Gabentisch und das an diesem Abend ebenfalls reichliche Essen. Der Onkel Professor bekam einen genauen Eindruck vom Weihnachtsfest der Talliens.

„Trotzdem war ich traurig", sagte Barbara am Ende.

„Verständlich", meinte er. „Es war ja das erste Weihnachtsfest, nachdem ...", er vollendete den Satz nicht. Daß Barbara tot war, konnte er immer noch nicht unterbringen in seinen Gedanken und in seinem Herzen. Wenn er sie auch so lange nicht gesehen hatte, für ihn war sie lebendig und nah gewesen, all die Jahre lang.

„Da müßte ich dir ja eigentlich auch etwas zu Weihnachten schenken", meinte er. Er sann eine Weile nach. „Ich wüßte schon etwas. Aber vielleicht bist du dann wieder traurig."

Sie blickte fragend zu ihm hinüber. „Warum? Hat es – hat es mit Barja zu tun?"

„Hm. Ich zeig' es dir mal. Wenn du mir versprichst, nicht traurig zu sein. Dann kannst du sagen, ob du es willst."

Er verschwand aus dem Zimmer, Barbara blieb eine Weile allein. Sie unterhielt sich unterdes mit Damon, der sehr angetan ihrer leisen, dunklen Stimme lauschte. Schließlich legte er seinen Kopf auf ihr Knie und blickte aus dieser Haltung zu ihr auf.

Ludwig sah es noch, als er hereinkam. „Ihr habt Freundschaft geschlossen? Sieh mal an. Damon ist im allgemeinen sehr wählerisch und zurückhaltend."

„Sie mögen es, wenn man mit ihnen spricht", sagte Barbara ernsthaft. „Barja verstand es am besten, mit den Tieren zu reden. Sie hörten ihr alle zu, Hunde und Pferde, Katzen, sogar die Bergziegen in Italien. Alle Tiere liebten sie. Vater meinte, sie sei eine Hexe, wenn der wildeste Hund sich manierlich neben sie setze und sie anhimmele."

„Da kann was dran sein. Ich erinnere mich, so war es früher schon. Übrigens nicht nur die Tiere. Auch den Menschen ging es ja so mit ihr."

Nun sprachen sie also doch wieder von ihr. Aber Barbara hatte auf einmal das Bedürfnis, von ihrer Mutter zu sprechen. Gerade mit ihm. Bei ihm war es etwas anderes. Keine Neugier, keine Sensationslust, kein schmerzliches Schuldgefühl, wie bei Julius.

Ludwig hatte eine schmale Mappe mitgebracht. Er setzte sich wieder hin, legte sie auf die Knie und begann darin etwas zu suchen. Dann zog er ein Blatt heraus, das in Seidenpapier eingehüllt war. Er wickelte es vorsichtig aus und hielt es Barbara hin.

„Hier", sagte er. „Und nun urteile selbst, ob man unrecht hat, wenn man an deine Mutter denkt, sobald man dich sieht."

Es war eine Pastellzeichnung in sanften und doch leuchtenden Farben. Barbara auf ihrem Pferd. Sie ritt schräg an dem Beschauer vorbei, den Kopf leicht zu ihm hingewendet, so daß man sie im Halbprofil sah. Und Barbara mußte zugeben, es war wirklich so, als säße sie selbst da auf dem Pferd. Das weiche und doch bereits fertig geformte Gesicht mit dem Schatten auf der Wange, die gleiche Stirn, die Nase, der schöne klare Mund, der ein wenig lächelte. Das goldbraune Haar sah auch aus wie ihres, glatt und kurz geschnitten, es war wohl damals so die Mode. Oder Barja hatte es getragen, weil es für sie am praktischsten war. Sie ritt durch einen Herbstwald, Buchenstämme im Hintergrund, die wie silberner Samt schimmerten, und leuchtendes Laub, das die Farbe ihres Haares hatte. Ein kaum angedeuteter blaßblauer Himmel. Seine Farbe wiederholte sich in der Farbe der Bluse, die die Reiterin trug.

„Oh", sagte Barbara leise. „Wie wunderbar. Es ist – es ist ein herrliches Bild. So hat sie also ausgesehen damals?"

„Ja. So hat sie ausgesehen. Sie war wohl siebzehn oder achtzehn. Ich glaube, ich habe sie gut getroffen."

„Du hast es selbst gemacht?"

„Ja. Ich habe in dem Alter viel gezeichnet und gemalt. Und vor allem viele Bilder von ihr. Es müssen noch eine Menge da sein. Aber das ist eines der besten. Und das ist Iltschi, das Pferd, das sie damals ritt."

„Das kenne ich. Von dem hat sie mir viel erzählt. Es war ein gutes Springpferd, nicht?"

„Ja. Willst du es haben, das Bild?"

„Ja. O ja, gern." Sie schaute mit dunklen, verwirrten Augen zu ihm hinüber. „Wenn du es hergeben willst."

„Ich hätte es nie hergegeben. Nur dir. Das ist etwas anderes."

Er stand auf, trat hinter ihren Sessel und blickte über ihre Schulter auf das Bild. „Ich mochte es besonders, damals, dieses Bild. Weil sie so sanft darauf aussah, so – so mädchenhaft, so ...", er verstummte. Er hätte sagen mögen: So als ob sie endlich einmal bereit sei, sich still in seinen Arm zu schmiegen, sich küssen zu lassen und dabei die Augen zu schließen. Wenn er sie damals küssen wollte, lachte sie ihn aus, sagte wohl gar: Laß den Unsinn. Ich mag das nicht.

Aber dann hatte sie es doch gemocht. Nur war es ein anderer gewesen, der sie küßte.

„Also dann gehört es dir", sagte er kurz. „Nun sag mir noch eines. Wie hat sie jetzt ausgesehen? Ähnelte sie noch diesem Bild?"

Barbara überlegte eine kleine Weile. „Ja, doch, sie ähnelte ihm. Und auch wieder nicht. Sie war noch viel schöner geworden. Deswegen glaube ich es immer nicht, wenn die Leute sagen, daß ich ihr ähnlich bin. Ich fand mich nie besonders hübsch. Nicht anders als andere junge Mädchen auch. Aber Barja war schön. Schön und strahlend und – und – ich weiß auch nicht, keine Frau glich ihr. Auch dort nicht, in Italien. Da gibt es viele schöne Frauen. Aber wenn Barja irgendwohin kam, sah man die anderen nicht mehr. Sie hat mich einmal mitgenommen nach Nizza. Sie hatte sich ein Auto geliehen, und wir fuhren die Küste entlang. Sie konnte es nicht ertragen, lange ruhig an einem Ort zu leben. Sie wollte immer wieder dahin, wo etwas los war, wo reiche Leute waren", es klang naiv, wie Barbara es erzählte.

„Und was war in Nizza?"

„Ja, wir kamen dort in ein Hotel, auf eine Terrasse. Ich weiß nicht mehr, wie es hieß. Wir wollten Kaffee trinken. Es war in der Saison, furchtbar viel Leute waren da, reiche Leute und lauter schöne Frauen in ganz wunderbaren Kleidern. Und Barja kam herein, sie hatte nur ein einfaches weißes Kleid an, aus Leinen, glaub' ich, wie man es halt dort so trägt, und keine Strümpfe an, nur weiße Sandaletten; sie war nicht einmal sehr zurechtgemacht. Aber sie kam herein, und alle sahen sie an. Alle Männer. Und auch alle Frauen. Und der Geschäftsführer kam selber und brachte uns an einen Platz und fragte, was wir wollten. Die Ober brachten sich um, obwohl wir gar nicht viel verzehrten, wir hatten ja kein Geld. Und Barja sah das alles und sah es auch nicht. Sie wußte es, wie man sie beachtete, und sah doch darüber hinweg. So war es immer, wo sie auch hinkam."

„Nun ja", sagte Ludwig. „Ober und Hotelpersonal haben einen sicheren Blick für eine wirkliche Dame von Welt, für echte Rasse, auch wenn sie nur ein einfaches Leinenkleid trägt und keine Strümpfe anhat und nur eine Tasse Kaffee auf dem Tisch stehen hat. Übrigens erinnere ich mich, dieses Auftreten hatte sie schon als junges Mädchen. Es war ihr wohl angeboren. Und natürlich waren immer die Männer hinter ihr her, wie?"

„Ja. An dem Tag kam uns auch einer nach, als wir dann gingen, und sprach uns an. Aber Barja konnte sehr hochmütig sein, wenn sie wollte. Sie flirtete nur mit einem Mann, der ihr gefiel." Das kam mit der größten Selbstverständlichkeit heraus. Ludwig konnte daraus unschwer entnehmen, daß Barjas Tochter daran gewöhnt war, daß ihre schöne Mutter flirtete.

„So", fragte er dennoch. „Sie hat demnach auch manchmal mit anderen Männern geflirtet?"

„Doch. Das hat sie. In den letzten Jahren war ja auch in Roano genug los. Erst kam niemand hin, es ist ja nur ein unbekannter Ort. Aber dann, seit zwei, drei Jahren haben wir auch viel Fremdenverkehr. Es ist natürlich nicht so elegant wie in den großen Orten an der Riviera. Aber sehr hübsch und malerisch, und so nach und nach war auch alles da, was die Fremden brauchten. Besondere Leute waren es allerdings nicht. Barja meinte, es sei ziemlich spießiges Publikum. Aber manchmal waren auch ganz nette Leute darunter."

„Nette Männer, meinst du?"

„Ja. Nette Männer."

„Und mit denen hat Barja dann also geflirtet. Und das war alles?"

Er hatte den Platz hinter ihrem Stuhl verlassen, war einmal durch das Zimmer gegangen und stand jetzt ihr schräg gegenüber, hinter dem Tisch. Barbara blickte zu ihm auf. Das Lächeln war aus seinem Gesicht verschwunden, eine gewisse Spannung lag darin.

Barbara legte den Kopf in den Nacken. Auch sie lächelte nicht mehr. „Nein", sagte sie knapp und entschieden. „Das war nicht alles. Schon vor vier Jahren hat sie einen Mann kennengelernt, den sie liebte. Das willst du doch wissen, nicht wahr? Einen Mann, den sie sehr liebte. Und sie war nie so schön wie zu dieser Zeit. Sie war strahlender als der hellste Sommertag, den wir je hatten. Sie war glücklich."

„Und – dein Vater? Was hat er dazu gesagt?"

Barbara senkte den Blick. „Vater? Ja ... Erst wußte er es ja nicht. Nicht, wie ernst es diesmal war. Daß sie gern flirtete und Männer um sich hatte und – und auch mehr, das wußte er lange. Und er hat früher sehr darunter gelitten. Aber dann wohl nicht mehr so. Das dachte ich jedenfalls. Er war doch schon so alt, und meist krank. Aber daß sie fortgehen wollte, das wußte er erst zuletzt."

„Du sagst, er war krank. Was hat ihm denn gefehlt?"

„Vor allem war es Rheuma. Damit fing es an. Er hat es eigentlich gehabt, seit ich denken kann. Schon als ich noch ganz klein war. In Prag. Da konnte er sich oft kaum bewegen. Und als wir dann zu Kriegsende flüchteten, es war im Winter, und es war kalt und naß, und wir hatten kein Zimmer und saßen in Wartesälen 'rum oder auf den Bahnsteigen, da wurde es ganz schlimm. Es war ein Wunder, daß wir ihn überhaupt nach Salzburg gebracht haben. Und dort war er dann so krank. Er war fast gelähmt, konnte sich nicht rühren, monatelang. Und dann ist er eigentlich nie mehr ganz gesund geworden. In Italien besserte es sich, aber er war inzwischen alt geworden, viel älter als seine Jahre, und sein Herz war angegriffen und ... ja." Barbara verstummte. Sie blickte kummervoll vor sich hin.

Ludwig sagte auch nichts. Jetzt hatte er schon eine Vorstellung, wie sie gelebt hatte, seine schöne, lebenslustige Barbara. Mit einem Mann, der fast gelähmt war, schwer krank, und alt geworden. Und daneben sie, sprühend vor Leben, neugierig auf das Leben, auf die Liebe, unbefriedigt, vielleicht sich verzettelnd in sinnlosen Abenteuern. Und dann war also ein Mann gekommen, den sie liebte. Ein Mann, mit dem sie fortgehen wollte in ein neues Leben.

Es war zu verstehen. Oh, es war so gut zu verstehen. Was mußte es für ein Opfer für sie gewesen sein all die Jahre lang. Was für ein Verlangen nach dem Leben mußte sie gehabt haben, neben einem alten, kranken Mann, der vielleicht mißtrauisch war und sie mit Eifersucht quälte.

Seine Gedanken hafteten jetzt bei ihm. Auch für ihn war es schlimm gewesen. Er konnte sich noch gut an Ferdinand Stolte erinnern. Der gefeierte, der geliebte und umschwärmte Bariton der Oper. Alle Frauenherzen flogen ihm zu. An der Bühnentür drängten sich die Mädchen, um ihn zu sehen. Er konnte sich vor Einladungen nicht retten. Jeden Tag Blumen in der Garderobe, Briefe von Frauen. Graf Luna, Rigoletto, René, Mandryka, Don Giovanni. Ja, er erinnerte sich gut. Don Giovanni war seine Glanzrolle gewesen. Die herrliche, samten-metallische Stimme, und dazu sein Aussehen, schlank, mit dem schönen, wohlgeformten männlichen Gesicht, das kühne Profil, das dunkle Haar. Und sein Lächeln, dieses hinreißende, wissende Lächeln. Kein Wunder, daß die Frauen ihn liebten. Kein Wunder, daß ein junges, unerfahrenes Mädchen, das soviel Phantasie und Liebesfähigkeit besaß, ihm verfiel. Er war damals schon nicht mehr jung, weit über fünfzig. Aber was tat es? Wenn er auf der Bühne stand, sah man keinen anderen. Der strahlendste Heldentenor verblaßte neben ihm.

Und nun das andere Bild. Ein vorzeitig alt gewordener, kranker, gramvoller Mann, der eine junge Frau, eine viel zu junge Frau besaß, die sich von ihm fortsehnte.

Ludwig hob den Kopf und blickte seinen jungen Besuch an.

Barbara saß ganz still, und der tiefe Kummer in ihrem Gesicht griff ihm ans Herz.

„Dann – dann konnte er ja auch nicht mehr singen?“ sagte er.

„Nein, schon lange nicht mehr. Seit Prag nicht mehr. Und schon dort war es mühsam für ihn.“

Er hätte fragen mögen: und wovon habt ihr gelebt? Wer hat das Geld verdient?

Aber er fragte nicht. Er wollte ihr das Herz nicht noch schwerer machen. Es war nicht recht, daß er mit ihr nur davon sprach. Was hatte das Kind gesehen und erlebt, was mußte sie in ihrer jungen Seele alles bergen, was kaum zu verstehen und zu begreifen war. Auch an ihr war Unrecht geschehen. Wohl das größte von allem Unrecht, das Barbara durch ihre unbedachte Liebe heraufbeschworen hatte.

Barbara blickte ihn an. „Vater war ein großer Künstler, nicht wahr? Ein guter Sänger?“

„Ich denke wohl“, sagte Ludwig zögernd, „ich verstehe nicht sehr viel davon. Offen gestanden habe ich für die Oper nie allzuviel übrig gehabt. Aber er war jedenfalls hier sehr gefeiert.“ Daß er wohl doch nicht ganz große Klasse gewesen war, behielt er für sich. Sonst hätte Ferdinand Stolte in Berlin gesungen oder in Wien oder in Dresden, nicht gerade hier in einer mittleren Provinzstadt. Zu Weltruhm hatte es nicht gereicht. Zu jener Zeit damals war er auch schon zu alt, als daß seine Karriere noch hätte vorwärtsgehen können.

„Ich kenne Bilder von ihm, Rollenbilder von früher“, sagte Barbara eifrig. „Er hat sehr gut ausgesehen, nicht?“

„Ja, das wohl auch. Am besten erinnere ich mich an seine Liederabende. Er war ein begnadeter Liedersänger. Wenn er Strauß-Lieder sang, dann blieb wirklich kein Wunsch offen. Die Konzerte waren stets im Nu ausverkauft.“

Barbara nickte. „Ja, Strauß-Lieder. Die liebte er am meisten.“ Mit seiner dünn gewordenen, zitternden Stimme hatte er manchmal eines versucht. „Und ich geh' mit einer, die mich liebhat...“ O ja, Barbara hörte es noch. Dann hatte er abgebrochen, das Gesicht in die Hände gelegt und gestöhnt: „Nichts. Nichts ist mehr da. Ach, warum mußte ich so lange leben.“

Ludwig riß sich gewaltsam aus dem Bann, dem Bann der Vergangenheit, der sie beide gefangenhielt. „Lassen wir das Thema jetzt, du wirst mir ganz schwermütig davon. Dazu bist du doch nicht hergekommen. Ich denke, wir trinken ein Glas Wein zusammen. Was meinst du?"

„Muß ich nicht nach Hause gehen?"

„Jetzt noch nicht. Bleib noch ein bißchen da und vertreibe einem einsamen Mann die Zeit."

Unwillkürlich mußte Barbara lächeln. „So stelle ich mir einen einsamen Mann vor. Ich wette, du könntest Gesellschaft haben, soviel du willst. Doris sagt ...", sie brach ab.

„Was sagt Doris?"

Barbara lachte verlegen. „Na ja, sie sagte, du seist ein Herzensbrecher. Und deine Studentinnen seien alle in dich verliebt."

„Die Fratzen sollen lieber etwas lernen. Übrigens, das bringt mich auf eine Frage – aber warte, ich hole erst den Wein."

Als sie angestoßen und den ersten Schluck probiert hatten, fuhr er fort: „Ja, was ich sagen wollte. Was machst du eigentlich? Hast du einen Beruf? Lernst du etwas?"

„Nein. Ich habe keinen Beruf. Aber lernen tue ich eine Menge. Ich bin nämlich sehr dumm." Sie erzählte von ihren Studien mit Doris, was sie alles lernte und was Doris ihr beibrachte.

„Deine Doris ist zwar ein vorlauter Grünschnabel", sagte Ludwig, „aber ich glaube, ich mag sie ganz gern. Ich finde es sehr vernünftig, daß du etwas lernst. Später kannst du dich dann für einen richtigen Beruf entscheiden. Das ist auch für eine Frau sehr wichtig."

„Ja, das sagt Onkel Julius auch."

„Falls du nicht vorher heiratest, heißt das."

„O nein", Barbara schüttelte entschieden den Kopf. „Ich möchte nicht sehr gern bald heiraten. Ich weiß nicht, ob ich es überhaupt möchte."

„Hast du einen Freund?" fragte Ludwig geradezu.

Und Barbara verleugnete ohne Bedenken Piero im fernen Italien. „Nein", sagte sie entschieden.

Später, kurz ehe sie ging, kam Barbara noch einmal auf ein Thema zurück, das ihr am Herzen lag. „Du kennst diese – diese Frau Stolte?"

„Ja", erwiderte Ludwig ruhig und sehr bestimmt. „Ich kenne sie, und ich schätze sie außerordentlich."

„Und die – die Kinder von ihr, die kennst du auch?"

„Ja, und sogar sehr gut."

„Es ist seltsam, daß ich auf einmal einen Bruder und eine Schwester habe. Und daß sie mich hassen.“

„Warum sollen sie dich hassen? Du kannst doch nichts dafür.“

„Ja?“ rief Barbara geradezu stürmisch. „Nicht wahr, ich kann doch nichts dafür.“

„Du am allerwenigsten. Ich werde Richard von dir erzählen, das hab' ich mir schon vorgenommen.“

„Richard?“

„Ja, Richard Stolte. Dein Halbbruder. Er ist mein Assistent an der TH.“

„Wirklich?“

„Wirklich.“

„Und du wirst ihnen sagen, daß sie nicht im bösen an mich denken sollen?“

„Das werde ich ihm sagen. Ich glaube auch nicht, daß er es tut. Er ist ein sehr vernünftiger junger Mann, sehr tüchtig, sehr gescheit. Beide Kinder übrigens. Es ist das, was Maria entschädigt für soviel Leid. Ihre Kinder sind eine einzige Freude für sie. Und seit sie beide gut verdienen, hat sie ja auch keine Sorgen mehr.“

„Und sie, die Tochter, was macht sie denn?“

„Lena Stolte ist Lehrerin, eine Frau Doktor sogar. Sie unterrichtet hier an einer höheren Mädchenschule.“

„Oh“, meinte Barbara respektvoll, „dann muß sie aber sehr gescheit sein.“

„Das ist sie zweifellos. Übrigens heißt sie gar nicht mehr Stolte, wie war doch gleich der Name, ich sage bloß immer noch so. Sie hat im Krieg geheiratet.“

„Und ihr Mann?“

„Der ist gefallen. Jetzt leben die drei Stoltes wieder zusammen. Sie sind eine glückliche Gemeinschaft und einer den anderen wert.“

„Richard – ist also nicht verheiratet?“

„Nein. Er hat auch nicht die Absicht, wie er mir neulich erklärt hat. Irgendwie hat die Tragödie seiner Eltern abschreckend auf ihn gewirkt. Er sieht seinem Vater übrigens ziemlich ähnlich.“

„Oh!“

„Ja.“ Ludwig betrachtete Barbara ein wenig sorgenvoll. „Armes Kind“, sagte er. „Dir haben sie viel aufgebürdet. Eine schuldbeladene Vergangenheit, das spannungsreiche Zusammenleben deiner Eltern und jetzt diese fremde, schwierige Umwelt. Ist es schwer für dich, Barbara?"

„Ja", sagte Barbara offen. „Es ist schwer für mich. Aber du bist der erste, der mich das gefragt hat."

„Und du versprichst mir, daß du immer zu mir kommen wirst, wenn du Sorgen hast? Natürlich auch, wenn du keine hast. Du darfst nicht auf meinen Anruf warten, hörst du? Ich bin ein vielbeschäftigter Mann. Ich werde auch sicher manchmal keine Zeit für dich haben. Das darfst du mir nicht übelnehmen. Aber du sollst trotzdem das Gefühl haben, daß ich immer für dich da bin, ganz ernsthaft und mit allen Konsequenzen. Wirst du daran denken? Versprichst du mir das?"

Er hielt ihr die Hand hin, und Barbara legte vertrauensvoll die ihre hinein. „Ja", sagte sie, und es kam aus tiefstem Herzen. „Ich verspreche es."

Der Blick ihrer dunklen Augen drang Ludwig bis ins Herz. Ein seltsames Gefühl ergriff ihn. Einen Moment lang war er versucht, sie in die Arme zu nehmen und an sich zu drücken. Sie festzuhalten, sie zu schützen und glücklich zu machen. Ja, das vor allem. Glücklich machen und alle dunklen Gedanken vergessen lassen. Und er dachte dabei nicht an die Barbara seiner Jugend, nicht an die Liebe vergangener Zeiten, an die Wünsche und Sehnsüchte von damals. Es war kein Wunsch und kein Anspruch in diesem Gefühl. Nur das eine Verlangen: glücklich machen, schützen, Güte und Ruhe in ihr Leben bringen. Vage zogen diese Gefühle durch sein Herz. Sie galten dieser Barbara hier vor ihm.

Aber er tat es nicht, er hielt nur ihre Hand eine kleine Weile fest und erwiderte ihren Blick. Er ließ sich nicht anmerken, was er dachte und fühlte. Denn das war Torheit. Ihr Leben war belastet genug, man durfte keine neuen Schwierigkeiten hineinbringen. Sie war soviel jünger. Und er war verheiratet. Kompliziert verheiratet noch dazu. Er durfte nicht bedenkenlos handeln, nicht einfach tun, wozu es ihn drängte.

Doch der Tag sollte kommen, an dem er erkannte, daß er dennoch falsch gehandelt hatte. Daß es *gerade* Torheit gewesen war, seinem wirklichen Gefühl, diesem jähen Impuls, sie festzuhalten, nicht nachgegeben zu haben.

II

1

Wann es begann zwischen Barbara und Heinz Leitner, war schwer zu sagen. Daß er ihr gefiel, daß sie ihm immer mit einer gewissen Neugier entgegenblickte, das war von Anfang an so gewesen. Er bewunderte sie vom ersten Tag an, alles was sie verkörperte, das Rassige, Hochgezüchtete, die sichere Anmut, ihr Aussehen, ihren Gang, ihr Lächeln. Sie war für ihn das Wunschbild einer Frau.

Natürlich hätte er das nie zugegeben. Und auch nie merken lassen. Die Distanz zwischen ihnen schien sich nicht zu verringern. Es waren immer nur ein paar höfliche Worte, die sie austauschten, höchst oberflächliche Bemerkungen, korrekt und ohne Hintersinn. Aber die Korrektheit, die Heinz Leitner zur Schau trug, war nicht sein wirkliches Wesen. Sie war eine Maske, die er sich selbst aufgesetzt hatte, ganz bewußt und mit voller Absicht. Denn all die vergangenen Jahre hatte ihn nur eins beschäftigt: voranzukommen, jemand zu werden, in der Gesellschaft anerkannt zu sein, den Makel seiner Geburt vergessen zu lassen. Auch die Tatsache, daß er einmal der Geliebte einer verheirateten Frau gewesen war, bedrückte ihn über alle Maßen. Er schämte sich dieser Zeit. Gleichzeitig war ihm bekannt, daß mancher es wußte oder zumindest vermutete. Ehrgeiz und Geltungsdrang waren bestimmende Grundzüge seines Wesens. Nicht daß er sich mit Marianne aus reiner Berechnung verlobt hatte, keineswegs, er hatte sie gern, wähnte sich auch ernsthaft verliebt, und das, was sie für ihn bedeutete, die Tochter einer der ersten Familien der Stadt, gesellschaftliches Ansehen, Wohlstand, das bewirkte, daß er sie wirklich zu lieben glaubte. Das änderte sich, als Barbara kam. Ihm lange Zeit selbst nicht bewußt. Er beobachtete sie, beurteilte sie, versteifte sich sogar in einen gewissen Widerstand ihr gegenüber. Aber darunter ergriff sie immer mehr Besitz von ihm.

Das erstemal kam es ihm richtig zu Bewußtsein, als er mit Marianne im Gebirge war. Denn Marianne war am Ende doch mitgefahren. Nicht daß er darauf bestanden hätte. Als ihre Bedenken, ihr Zögern kein Ende nahmen, hatte er die Schultern gezuckt und lässig gesagt: „Dann nicht. Ich will dich nicht drängen. Ich werde mich auch allein amüsieren." Es klang ein rücksichtsloser Unterton darin, den Marianne wohl erfühlte, ohne ihn recht zu hören.

Ganz plötzlich hatte sie sich dann doch entschlossen, mitzufahren. Julius hatte nichts mehr dazu gesagt. Auch keine Ermahnung, keine Warnung hören lassen. Das wäre ihm töricht vorgekommen.

Der Urlaub war an sich sehr harmonisch verlaufen. Heinz war ein guter Skiläufer, Marianne versuchte sich zum erstenmal in diesem Sport, sie tat es mit mäßigem Erfolg. Sie wohnten in einem hübschen Hotel, das Publikum war vielseitig und interessant, Abwechslung gab es genug.

In der zweiten Nacht war Marianne seine Geliebte geworden. Am ersten Abend hatte sie ihre Tugend noch erfolgreich verteidigt. Es war nicht schwer gewesen. Heinz hatte sich auch hierbei sehr korrekt benommen, nicht wie ein allzu stürmischer Liebhaber, der seine Hochzeitsnacht nicht erwarten kann. Ein wenig Geplänkel nur, dann hatte er plötzlich gesagt: „Ich will dich nicht drängen. Wenn du nicht willst ..."

Eine gewisse Gleichgültigkeit hatte daraus geklungen, die Marianne auch diesmal nicht ganz begriff und die sie doch erschreckte und noch den ganzen nächsten Tag lang beschäftigte.

Als er am zweiten Abend in ihr Zimmer kam, nachdem sie sich schon gute Nacht gesagt hatten, kam von ihrer Seite kein Widerspruch mehr. Ein wenig Neugier mochte dabei sein. Sie wurde ja schließlich demnächst zweiundzwanzig. Sie wußte gut genug, daß die meisten Mädchen dieses Alters schon die Liebe kannten. Und waren sie nicht verlobt?

Heinz war ein guter Liebhaber. Er hatte bei Frau Kelling genug gelernt. Überdies war er von außerordentlich vitaler Männlichkeit, von einer untergründigen Leidenschaft, die in urplötzlicher Wildheit aus ihm ausbrechen konnte. Diese Leidenschaft entzündete sich jedoch bei Marianne nicht. Sie war eben keine Partnerin wie Charlotte Kelling, sie war unerfahren, ängstlich und außerdem von kühler Natur. Wenn man sie gefragt hätte nach den ersten Nächten, die sie mit ihrem zukünftigen Mann verbracht hatte, so hätte die ehrliche Antwort lauten müssen: Ich finde es entsetzlich. Sie wußte noch nichts von Hingabe, sie ließ mit geschlossenen Augen etwas über sich ergehen, was ihr beinahe Grauen einflößte. All ihr Bemühen, der Sache Geschmack abzugewinnen, und sie bemühte sich wirklich ehrlich, schon ihm zuliebe, blieb vergebens.

Da Heinz also keine Partnerin fand, die ihm auf halbem Wege entgegenkam, und da er noch zu jung war, um ein geängstigtes Mädchen behutsam und verständnisvoll in die Liebe einzuführen, so blieb auch er ziemlich unbeteiligt. Sie kamen beide unverändert von diesem Urlaub zurück. Wer sie sah, konnte ohne weiteres der Meinung sein, es sei alles wie zuvor.

Julius betrachtete seine Tochter einige Male forschend und kam schließlich zu dem Ergebnis, daß wirklich nichts geschehen sei. Das hatte Marianne jedenfalls ihrer Mutter gesagt, denn Elisa hatte sich natürlich nicht helfen können, sie hatte taktloserweise danach gefragt. Und Marianne hatte kühl und ungerührt die Veränderung ihrer Beziehung zu Heinz geleugnet. Nein, sie mochte nicht darüber sprechen. Zu niemandem. Und sie war recht froh, wieder zu Hause zu sein.

Da sie aber beide ein Versagen nicht zugeben wollten, behielten sie die intime Bindung bei. Sie trafen sich in größeren Abständen bei Heinz, sie taten es beide aus einem Gefühl heraus, daß es sich nunmehr so gehöre. Bei ihm kam natürlich dazu, daß er, ein gesunder, kräftiger junger Mann, häufig genug Verlangen nach einer Frau hatte. Es kam nicht oft vor, daß Marianne ihn besuchte. Es war immer etwas schwierig, sie mußte zu Hause einen Kinobesuch oder irgend etwas anderes vorgeben, bei ihm mußte es sich treffen, daß seine Wirtin außer Haus war. Es waren also sehr verstohlene und hindernisvolle Schäferstündchen, die sie sich so verschafften. Aber wenn wirklich Verliebte gerade darin einen besonderen Reiz sehen und sich mit doppelter Leidenschaft in die Arme stürzen, wenn sie endlich einmal allein sein können, so wirkte es hier auf beide, ganz bestimmt aber auf Marianne, eher abkühlend. Sie war nun mal die typische Tochter aus gutem Hause. Mit Lügen von daheim wegzugehen, verstohlen eine Treppe hinaufzuschleichen, vor einer fremden Tür zu klingeln und in ein fremdes Zimmer zu schlüpfen, sie konnte daran keinen Gefallen finden. Sie tat es widerwillig und unlustig und schob es von sich weg, so oft es ging. So konnte auch er keine Freude daran gewinnen.

„Ich wünschte, wir wären schon verheiratet", sagte Marianne dann wohl, „dann wird alles anders sein."

„Ja", gab er zu. „Dann wird alles anders sein." Aber es klang nicht sehr überzeugt."

„Ich komme mir so deklassiert vor", fügte Marianne hinzu.

Und er sagte: „Aber Liebling, davon kann doch keine Rede sein. Bei uns ist das doch etwas anderes. Wir sind doch verlobt."

„Ja eben, wir sind verlobt."

Beiden kam nicht in den Sinn, daß Verlobung hiermit gar nichts zu tun hatte. Daß sie eher hinderlich war. Was notwendig war, das war Liebe. Oder mindestens Verliebtheit. Dazu brauchte man keine Verlobung. Dann war man glücklich, wenn man beieinander war, gleich wo und wie und unter welchen Umständen.

Immerhin kam es dahin, daß Heinz über seine künftige Ehe nachzudenken begann, nachdem Marianne oft genug von der Heirat als dem erstrebenswerten Ziel sprach. Für ihn war es bisher nicht anders gewesen. Die Heirat mit einer Tallien, das bedeutete allerhand in dieser Stadt. Und es bedeutete auch, daß er früher oder später Teilhaber der Firma sein würde. Die Angestellten betrachteten ihn heute schon so, und das tat ihm gut.

Das alles war gesichert, wenn er Marianne heiratete. Wie die Ehe sein würde, die er dann mit ihr führen würde, darüber war sich Heinz jetzt schon klar. Aber er war geneigt, das anzunehmen, sich damit abzufinden. Nun gut, das war nicht so wichtig. Man würde Kinder haben, ein großes Haus führen, Reisen machen, Geld verdienen. Man würde jemand sein. Das war es, wonach er strebte und gestrebt hatte, seit er denken konnte.

Schuld daran war seine Jugend, seine Herkunft. Und wenn Doris sie instinktmäßig als nicht sehr ansehnlich bezeichnet hatte, vom Tallienschen Standpunkt aus, so hatte sie unbewußt das Richtige getroffen. Zwar stimmte es, daß er auf einem Gut aufgewachsen war. Sein attraktives Äußere hatte er von seinem Vater, dem Gutsherrn. Das war ein Prachtkerl gewesen, groß, breitschultrig, ein Hüne voller Vitalität und Lebensfreude. Er bekam jedes Mädchen, das er mochte. Uneheliche Kinder von ihm gab es eine ganze Menge in der Gegend. Heinz war eines davon. Nur mit dem Unterschied, daß er auf dem Gut aufwachsen durfte, weil seine Mutter dort angestellt war. Sie arbeitete erst in der Küche, dann im Haus als Stubenmädchen, denn man hielt ein großes Haus auf Gut Siebenberg und hatte eine Menge Personal. Lina war ein hübsches, gutmütiges Mädchen, mit Temperament, und in ihrer Jugend auch mit einem gewissen ursprünglichen Reiz versehen, dabei aber ganz ungebildet und von einfacher Gemütsart. Der Herr des Hauses war damals Witwer. Einige Zeit lang erfreute sich Lina seiner Gunst. Er hatte auch nichts gegen das Kind, freute sich ehrlich, als es kam, und hatte immer für den Jungen gesorgt. Das Gut war groß genug, der Junge wuchs dort auf gleich anderen Kindern, die den Gutsangestellten gehörten.

Der Gutsherr heiratete zwei Jahre darauf wieder, eine junge, aparte Frau, die natürlich wußte, von wem das Kind des Mädchens war. Lina ertrug das alles ohne größeren Kummer. Sie hatte sowieso nie etwas anderes erwartet. Später, als Heinz acht Jahre war, heiratete sie den Stallmeister. Es wurde eine gute Ehe, die mit zwei weiteren Kindern gesegnet war. Heinz gehörte dazu, niemand ließ ihn spüren, daß er außerehelich geboren war, weder die Mutter noch der neue Vater, die neuen Geschwister waren noch zu klein.

Nur er selbst, er wurde damit nicht fertig. Schon ziemlich früh, als er noch ein kleiner Junge war und die Zusammenhänge ungefähr begriff, litt er darunter. Die Kinder des Gutsherrn hatten alle Rechte. Er hatte keine. Dabei hatte aber gerade er, so stark wie keines der rechtmäßigen Kinder, das Wesen des Vaters geerbt, seinen Stolz, seine Kühnheit, die Herrennatur. Unglücklicherweise aber auch das Äußere seines Vaters. Er glich ihm auf geradezu lächerliche Weise. Ein Grund, warum es die neue Frau seines Vaters nicht mochte, daß er sich im Gutshaus oder in dessen Nähe zuviel zeigte. Sie tat ihm nichts Böses, aber sie ließ ihn deutlich merken, daß er hier nichts verloren hatte.

Das machte die Freundlichkeit des Gutsherrn auch nicht wett. Heinz war zehn Jahre alt, da stieß er die Hand seines Vaters wütend weg, als der ihm gutmütig übers Haar strich, und warf ihm das Geld vor die Füße, das er wie stets bei solchen Gelegenheiten in die Hand gesteckt bekam. Ein paar Groschen nur für Süßigkeiten oder ähnliches. Der Gutsherr dachte sich nichts Böses dabei, er wollte dem Kind eine Freude machen. Denn für seinen Unterhalt zahlte er sowieso, und nicht kleinlich.

Seine Mutter aber haßte er geradezu. Er verzieh ihr nie, daß sie ihn geboren hatte. Daß sie ihn so geboren hatte.

Wäre er von anderer Art gewesen, so hätte er zweifellos einen ausgewachsenen Minderwertigkeitskomplex entwickelt. Das allerdings lag ihm nicht. Er entwickelte dagegen einen brennenden Ehrgeiz und hatte nur einen Wunsch, einen glühenden Wunsch: einmal ein großer Mann zu werden und allen zu beweisen, was er wert war. In der Schule war er mit Abstand der Beste. Aber es blieb eben doch nur eine Volksschule. Auf die Idee, ihn in eine höhere Schule zu schicken, kam keiner. Er selbst übrigens auch nicht. Denn trotz seinen guten Leistungen in der Schule stand sein Sinn nicht nach geistigen Zielen. Dafür war er der beste Reiter weit und breit, der kühnste Sportler und der kräftigste und hübscheste Bursche, nach dem die Mädchen schon die Köpfe drehten, als er noch nicht siebzehn war.

Erst im Kriege aber sah er sich vor sich selbst bestätigt. Es war für ihn, so paradox es klingen mag, die glücklichste Zeit seines bisherigen Lebens.

Er meldete sich sofort freiwillig, zunächst war er aber noch zu jung und mußte ein Jahr warten. Am Frankreichfeldzug nahm er indes schon teil und zeichnete sich aus. Ein tapferer Teutone, ein deutscher Recke, wie er im Bilderbuch steht. Auch in Norwegen fiel er seinen Vorgesetzten auf. Er meldete sich immer freiwillig, war immer vorndran, aber niemals töricht und unbesonnen, sondern überlegt, mutig und stets von Erfolg begleitet. Er machte einen Offizierslehrgang, und dann war er endlich, was er wollte: ein Herr. Einer, der befehlen konnte. Einer, der vorn stand.

Er machte den ganzen Krieg mit, da, wo er am heißesten war. Zweimal wurde er verwundet, einmal leicht, einmal recht schwer, aber sobald er wieder auf den Beinen war, trat er wieder voll in Aktion. Die politische Seite der Angelegenheit interessierte ihn nicht sonderlich. Er war keineswegs ein begeisterter Nazi. Er war Offizier, Soldat, und das aus vollem Herzen. Er war es vor allem deswegen, weil nun endlich seine Herkunft vergessen schien, weil hier nur er selbst galt, das, was er darstellte, das, was er leistete.

Sein Vater war sehr stolz auf ihn. Als er zu einem Urlaub nach Hause kam, das Ritterkreuz am Hals, groß, stattlich, braungebrannt, eine lebendige Reklame für das Soldatenleben, da saß er im Herrenhaus, im Mittelpunkt, und alles drehte sich um ihn. Er nahm es gleichmütig entgegen, mit einer gewissen Reserve wohl, aber ganz und gar in einer neugewonnenen Sicherheit ruhend, die weit über seine Jahre hinausging.

Doch dann war das eines Tages alles zu Ende. Diese Welt, die er sich erobert hatte und in der er sich so wohl fühlte, zerbrach. Wieder war er ein Nichts, ein Niemand. Ein heimatloser Flüchtling. Ein unehelicher Sohn.

Seine Mutter hatte das Schicksal in diese Stadt verschlagen. Ihr Mann war gefallen, die beiden kleineren Kinder auf der Flucht ums Leben gekommen, bei einem Fliegerangriff. Die einsame Frau lief von Suchstelle zu Suchstelle, um ihren einzigen noch lebenden Sohn zu finden. Und sie fand ihn. Heinz, der ja nicht wußte, wohin, kam zu ihr.

Damit begann eine höllische Zeit. Denn er haßte sie immer noch. Sie war alt geworden, weit über ihre Jahre, geschwätzig und töricht. Sie erdrückte ihn mit ihrer Liebe und Fürsorge und zog ihn wieder in das Milieu hinab, aus dem er gehofft hatte, endgültig entflohen zu sein.

Sie lebten die erste Zeit in einer Baracke, dann waren es zwei kleine brettervernagelte Dachkammern. Er quälte die Frau, die seine Mutter war, bereute es dann, und sie vertrugen sich wieder, um sich am nächsten Tag von neuem zu streiten. Damals war er mit Gott und der Welt zerfallen, sah keinen Ausweg aus der trostlosen Situation. Ab und zu nahm er eine Arbeit an, die nicht viel einbrachte, das Geld war nichts wert.

Bis er den ehemaligen Kameraden traf, der ihm zuredete, bei ihnen in der Druckerei mitzuarbeiten. Arbeitskräfte fehlten immer. Als die Währungsreform kam, gab es dann auf einmal auch Papier, der kleine Betrieb konnte sich behaupten. Heinz bezog ein richtiges, wenn auch geringes Gehalt und war zu der Zeit schon eine vollwertige Arbeitskraft geworden. Er sparte, um sich einen Anzug kaufen zu können, um wieder eine menschenwürdige Behausung zu haben.

Seine Mutter starb im Jahr darauf. Das gab ihm endlich die

Freiheit. Er mietete sich ein Zimmer, lebte sparsam, sehr ordentlich und solide, doch stets war er nur von einem Gedanken beherrscht: Ich will weiterkommen.

Zu jener Zeit lernte er Charlotte Kelling kennen. Das war eine neue Welt für ihn. Er liebte sie und beneidete sie gleichzeitig um die Sicherheit, in der sie lebte.

Heute sah sein Leben anders aus. Er war weiter vorangekommen, als er je zu hoffen gewagt hatte. Nichts auf der Welt konnte es geben, das ihn von dem mühsam erkämpften Weg, der jetzt vor ihm lag, vertreiben würde.

Nichts.

Nur eines hatte er nicht bedacht, weil es ihm bisher noch nie in den Weg getreten war: sein Herz.

Er hatte Barbaras Kommen mit einer gewissen Spannung entgegengesehen. Es gab also in der vornehmen Familie Tallien auch dunkle Punkte. Es gab ein Mädchen, das den Namen Tallien trug, weil sie unehelich geboren war. Er war neugierig auf dieses Mädchen.

Das erste, was ihm an diesem Mädchen auffiel, war die Tatsache, daß sie sich nicht das geringste aus dem Makel ihrer Geburt machte. Sie war schön und stolz, eine echte Tallien, als trüge sie den Namen zu Recht. *Ihm* konnte ihr Aussehen keinen Schock versetzen, er hatte ihre Mutter nicht gekannt. Er sah nur sie. Und sie erschien ihm als das vollkommenste Geschöpf, das er je gesehen hatte. Er wollte es sich selbst gegenüber nicht zugeben, welchen Eindruck sie auf ihn machte, er wehrte sich dagegen, leistete Widerstand. Doch allein dies schon bewirkte, daß er sich in seinen Gedanken viel zuviel mit ihr beschäftigte. Wider Willen sah er sie an, wider Willen bewunderte er sie, alles an ihr, ihren Gang, ihre Haltung, ihr Aussehen, aber auch die Kraft, die ihr innewohnte und die trotz ihrer zarten Erscheinung wohl zu spüren war.

Diese Bewunderung verwandelte sich in Begehren. Er wußte selbst nicht, wie das vor sich gegangen war. Ganz verborgen, jedoch stetig hatte sich dies Gefühl in ihm entwickelt. Das erste Mal wurde es ihm deutlich bewußt auf jener Urlaubsreise mit Marianne Da kam der Augenblick, da er ganz stark, ganz heftig den Wunsch empfand, es möge Barbara sein, nicht Mariannne, die er im Arm hielt. Sie war ständig in seinen Gedanken gegenwärtig.

Es war das gleiche Verlangen, das ihn immer gequält hatte: der Beste zu sein, das Beste zu haben.

Das erstemal legte er seinen Arm um sie, als sie alle gemeinsam Ende Januar einen Ball besuchten. In der Stadt fanden um diese Zeit mehrere große gesellschaftliche Veranstaltungen statt. Es gab Bälle, Kostümfeste, man versuchte sich ein wenig im Karneval, der hier jedoch nie heimisch geworden war.

Das größte dieser Feste war ein Wohltätigkeitsball, sehr offiziell und repräsentativ aufgezogen, die erste Gesellschaft, die führenden Männer der Stadt mit ihren Frauen waren zugegen. Julius, der sich aus derartigen Festen nicht viel machte, konnte sich an diesem Abend nicht ausschließen. Elisa begleitete ihn, natürlich Marianne und Barbara. Doris durfte noch nicht mit, erst wenn sie achtzehn war. Julius hatte da feste Grundsätze. Doris machte sich nicht viel daraus.

„Jedes Lebensalter hat seine Reize", erklärte sie Barbara weise. „Ich werde noch auf genügend vielen Bällen tanzen. Jetzt gefällt es mir in unserem Club besser." Die jungen Leute hatten einen Club, wo sie wöchentlich einmal nach heißer Musik heftig tanzten und sich großartig amüsierten. „Da könnt ihr nun wieder nicht mehr hin. Seid ihr schon zu alt. Siehst du. Man kann alles von zwei Seiten sehen."

Barbara lachte. „Du hast eine glückliche Natur. Darum bist du auf jeden Fall zu beneiden, in jedem Lebensalter."

„Hab' ich auch. Aber du siehst einfach süß aus. Du wirst alle ausstechen heute abend."

„Meinst du wirklich?" fragte Barbara mit naiver Freude und drehte sich eitel vor dem Spiegel.

Sie war ganz in Weiß. Der knöchellange weite Tüllrock wehte wie eine Wolke um sie. Ihre Schultern schimmerten in einem seidenen Goldton. Doris strich mit der Fingerspitze zärtlich darüber.

„Deine Hautfarbe ist einfach toll. Das ist noch italienische Bräune, was? Geht einfach nicht weg."

„Nicht so schnell", sagte Barbara, „das ist die Bräune von vielen Jahren Meerwind. Die haftet fest."

„Sieht phantastisch aus zu dem Weiß. Du wirst alle Männer verrückt machen."

„Das soll mir recht sein!" rief Barbara übermütig. Ein Gedanke huschte spielerisch durch ihren Kopf: ob der Professor dasein würde? Ihm würde sie gern gefallen.

Sie hatte ihn nicht mehr wiedergesehen seit dem Weihnachtsfeiertag. Und ihn einfach mal von selbst zu besuchen, das wagte sie nicht. Aber sie dachte oft an ihn.

Wie Doris ganz richtig vermutet hatte, erregte sie Aufsehen, obwohl alle Frauen und alle Mädchen heute abend viel schöner schienen als an anderen Tagen. Jede Frau übertrifft sich selbst im festlichen Glanz eines Ballsaales, jede geht anders, hält sich anders, trägt den Kopf höher und lächelt lockender, wenn sie ein Abendkleid trägt und nackte Schultern hat. Und jeder Mann tut unrecht, wenn er einer Frau diese Höhepunkte versagt. Jede Zeit bestiehlt eine Frau, die ihr keine Feste und keine Bälle beschert.

Auch Marianne sah sehr reizend aus an diesem Abend. Das Abendkleid aus zartblauem glänzendem Duchesse streckte ihre Figur, ihr Dekolleté war makellos, auch sie war ein wenig gebräunt vom Urlaub her, ihre Augen leuchteten. Ein wenig war sie wohl doch erblüht in der Veränderung, die in ihrem Leben vorgegangen war, die Steifheit, die Kühle, die bisher immer um sie war, hatten sich gemildert.

Heinz machte ihr einige Komplimente. Er sagte: „Die Liebe bekommt dir gut", oder „du bist viel hübscher geworden, weißt du das?" Es war keine Falschheit dabei. Er versuchte, sich selbst einzureden, daß alles in Ordnung sei zwischen ihnen, daß er sie liebe, daß er glücklich sei und keine andere Frau begehre. Er zwang sich auch, nicht zu oft zu Barbara hinzusehen, die in seinen Augen die Schönste von allen war. Er tanzte nicht einmal mit ihr. Marianne selbst war es, die schließlich sagte: „Hast du eigentlich schon mal mit Barbara getanzt?"

„Eh, nein", sagte er zurückhaltend. „Meinst du, ich soll?"

„Natürlich. Es würde sie vielleicht kränken."

Er hatte nicht mit ihr getanzt. Aber er sah, wenn sie vorüber tanzte, ihren schmalen bräunlichen Nacken, ihre glatten Schultern. Und jedesmal hatte er den wilden Wunsch, sie an sich zu reißen und sein Gesicht, seinen Mund in die Beuge ihres Halses zu vergraben.

Als er mit Marianne an den Tisch zurückkam, war sie da. Sie trank ein ganzes Sektglas leer, unbekümmert und mit ehrlichem Durst, dann blickte sie ihnen lachend entgegen.

Julius beobachtete sie, wie er sie den ganzen Abend schon beobachtet hatte. Sie glich heute ihrer Mutter mehr denn je. Dieses Strahlen, dieses leuchtende Lächeln, das hatte seine Schwester auch gehabt. Auch sie konnte sich aus vollem Herzen einem Vergnügen hingeben. Er sah es bei Barbara zum erstenmal. Und wie schon oft zog eine heimliche Angst durch sein Herz: ob sie ihrer Mutter nicht doch ähnlicher war, auch im Wesen, als es schien?

Heinz verbeugte sich sehr korrekt vor Barbara, als der nächste Tanz begann. „Wir haben noch nicht einmal zusammen getanzt heute abend", sagte er fast unbeholfen, ehe er den Arm um sie legte.

„O nein", lachte sie, „aber du hattest ja keine Zeit. Du bist sehr begehrt bei den jungen Damen, nicht?"

Sie duzten sich seit einiger Zeit. Es war Doris' Werk. Sie hatte gesagt: „Ich finde es blöd, daß ihr immer noch Sie sagt. Wenn wir uns den Knaben jetzt schon mal anheiraten, brauchen wir ja nicht so feierlich mit ihm umzugehen." Von da an sagten sie du, ohne weitere Zeremonien.

Sie tanzten gut zusammen. Heinz war ein guter Tänzer, er führte sicher, besaß rhythmisches Gefühl. Und Barbara war leicht zu führen, schwerelos, wie schwebend hatte er sie im Arm. Und er spürte sie doch in jedem Nerv. Sie war größer als Marianne, aber schlanker und zarter, dabei doch fest und weiblich. Ein schlanker, durchtrainierter Körper, beherrscht und nachgiebig zugleich.

Sie tanzten schweigend, was Barbara ein wenig verwirrte. Bis jetzt hatte sie stets mit ihren Tänzern geredet und gescherzt, nichtiges, törichtes Zeug, was junge Leute eben so sagen. Die jungen Männer hatten stets das Gefühl, sie müßten sprechen beim Tanzen, um nicht ungelenk und schüchtern zu wirken. Heinz sagte kein Wort. Aber alles, was von ihm ausging, spürte Barbara sehr wohl. Als die Kapelle eine Pause machte, blickte sie ihn an. Sie traf seinen Blick. Ein Blick, der nichts verbarg. Sie hatte gelernt, in Männeraugen zu lesen. Die Bemerkung, die sie machen wollte, blieb ungesagt. Ihre Augen weiteten sich in einem jähen Erstaunen.

Die Musik setzte wieder ein. Er legte wieder den Arm um sie, zärtlich und behutsam, und zog sie fester an sich, sie spürte seinen Körper und versteifte sich ein wenig. Aber er gab nicht nach, seine Hand glitt ein wenig höher, bis seine Fingerspitzen ihren nackten Rücken berührten. Da gab sie überraschend nach, ihr Körper lockerte sich in seinem Arm und schmiegte sich willig an. Seit Monaten hatte kein Mann sie berührt. Wenn sie es vermißte, war es ihr nicht zum Bewußtsein gekommen. Jetzt auf einmal wußte sie, daß sie es vermißt hatte. Diesen großen kräftigen Männerkörper an ihrem zu fühlen, war Lust, erweckte Verlangen.

Schweigend tanzten sie zu Ende. Als die Musik ausklang, hob Barbara ein wenig scheu die Lider und sah ihn wieder an. Aber so wie sie es tat, war es schon ein wenig Koketterie, eine kleine Lockung. Er küßte ihre Hand, sagte leise: „Barbara!", nichts sonst.

Barbara wandte sich verwirrt zum Gehen.

Auf dem Weg zum Tisch wurde sie festgehalten.

„Es scheint, du siehst mich heute abend gar nicht", sagte eine Stimme, die sie kannte. Sie blickte überrascht hoch. Es war der Professor. Erleichterung erfüllte sie, Freude, ihn zu sehen.

Er ließ sie nicht los, sagte lässig zu Heinz: „Ich entführe Ihnen die junge Dame", schob dann seinen Arm unter ihren und steuerte mit ihr den Weg zurück, über die nun leere Tanzfläche.

Barbara war froh, aus der Beklommenheit der letzten Minuten erlöst zu sein. „Das ist fein, daß du da bist", sagte sie ehrlich, „ich habe mir den ganzen Abend gewünscht, daß du hier wärst."

„Wirklich? Nun, das ist das Hübscheste, was mir jemand heute abend sagen konnte. Dann bereue ich es nicht, gekommen zu sein."

„Oh, es ist doch ein schönes Fest."

„Sicher. Bloß ich mache mir nicht viel aus solchem Zauber. Und wenn du denkst, in mir einen Tänzer zu haben, dann täuschst du dich. Ich tanze überhaupt nicht."

„Das macht nichts. Ich habe schon genug getanzt. Ich möchte lieber etwas trinken."

„Du bist ein gescheites Kind. Komm, gehen wir in die Bar."

Auf dem Weg dahin fragte er: „Wer war denn dieser junge Siegfried, mit dem du eben getanzt hast?"

„Das war Heinz, ich habe dir doch von ihm erzählt, der Verlobte von Marianne."

„Sieh mal an. Der Bursche sieht gut aus. Der Verlobte von

Marianne also. Ich hätte eher gedacht, er wäre mit dir verlobt oder zumindest in dich verliebt, so wie ihr beide zusammen getanzt habt."

„Wieso?" fragte Barbara. „Was war denn verkehrt daran? Er tanzt sehr gut."

„Tu nicht so und spiel mir nicht die Unschuld vor. Ich habe euch eine ganze Weile beobachtet. Barbara, du naschst doch nicht etwa an fremden Apfelbäumen?"

Ein wenig unsicher blickte Barbara ihn an. „Aber nein, ich denke nicht daran." Ehrlich fügte sie hinzu: „Aber du hast recht. Heinz benahm sich ein bißchen komisch. Ich weiß auch nicht, wieso. Das hat er noch nie getan."

Der Professor gab keine Antwort. Er wußte, wieso. Er brauchte Barbara nur anzusehen.

Übrigens wurde auch Heinz kurz darauf wegen dieses Tanzes angesprochen. Charlotte Kelling, raffiniert in einem hautengen Goldbrokatkleid, kreuzte seinen Weg.

„Tanz einmal mit mir", sagte sie leichthin. „Immerhin wissen die Leute, daß wir uns kennen. Auch mein Mann. Es macht keinen guten Eindruck, wenn du mir aus dem Weg gehst."

Heinz verbeugte sich steif. „Aber natürlich, gern. Ich hätte es schon längst getan. Ich wußte nur nicht, ob es erwünscht ist."

„Spiel nicht den Lakaien", sagte sie ärgerlich. Gleich darauf neigte sie lächelnd den Kopf zu einem Vorübergehenden, dann ging sie ihm voraus zur Tanzfläche, denn eben setzte die Musik wieder ein.

„Das war also die sagenumwobene Nichte vom Tallien. Ein bezauberndes Mädchen, nicht?" begann sie das Gespräch beim Tanz.

„Ja, doch, ein nettes Mädchen", erwiderte er reserviert.

Charlotte lachte ihm offen ins Gesicht. „Verstell dich nicht so. Ich bin an euch vorübergetanzt. Du hast mich gar nicht gesehen. Aber ich dich um so besser. Ich kenne dieses Glimmern in deinem Blick."

„Charlotte, ich bitte dich." Kein Gefühl mehr für diese Frau, nicht einmal ein Rest Dankbarkeit. Nichts.

„Ich warne dich, mein Teurer. Ich kenne dich nun mal besser, als dir lieb sein kann. Auch wenn du es heute nicht mehr hören willst. Viel Leidenschaft hinter dieser stolzen Maske, nicht? Aber etwas Besseres als du jetzt hast, kannst du nicht mehr kriegen.

Noch einmal kann ich dich nicht in eine Familie manövrieren, die eine heiratsfähige Erbin hat."

Zornig blickte er auf sie herab. Sie war viel kleiner als er. „Ich liebe Marianne."

„Gewiß. Wer zweifelt daran? Du selbst etwa?"

Heinz gab keine Antwort. Er liebte Marianne nicht. Das wußte er jetzt. Hatte er es nicht immer gewußt? Warum hatte er nur gewollt, daß sie ihn auf der Reise begleitete? Um sich selbst zu überzeugen? Um eine vollendete Tatsache zu schaffen? Er bereute es jetzt.

„Ich habe mich mit Marianne verlobt, weil ich sie liebe", sagte er. „Aus keinem anderen Grund. Das habe ich nicht nötig. Ich kann mir mein Leben auch aus eigenen Kräften aufbauen."

„Noch einmal: wer zweifelt daran? Du bist tüchtig, nicht wahr? Und du liebst Marianne, weil sie die Tochter von Tallien ist. Oder glaubst, sie zu lieben. Ein bißchen was verstehe ich schon, auch von Frauen, mein Lieber. Marianne ist kein Mädchen, für das man in Leidenschaft entbrennt. Ich glaube nicht, daß sie sehr glücklich mit dir werden wird." Und als keine Antwort kam, fügte sie hinzu: „Und du nicht mit ihr."

„Das wird sich finden", sagte er grimmig.

Charlotte lachte. „Ganz die Worte und die Miene eines glücklichen Bräutigams."

„Wenn es sich herausstellen würde, daß ich mich geirrt habe", sagte er plötzlich mit kaum unterdrückter Heftigkeit, „dann werde ich Manns genug sein, das offen zu bekennen."

Fast erschrocken verstummte er, als es heraus war. Verdammt, diese Frau verstand es noch immer, aus ihm herauszulocken, was sie wissen wollte. Das hatte sie immer verstanden.

„Und dann?" fragte sie schmeichelnd. „Mit der Nichte verloben, die zweifellos viel aparter ist? Mein Lieber, das glaubst du doch selber nicht, daß dies möglich ist."

„Wer redet denn davon?" fragte er zornig. Er hätte sie schütteln mögen.

„Ich rede davon", sagte Charlotte ruhig. „Weil du daran denkst. Hab' ich nicht immer deine Gedanken lesen können? Chéri?" Weich und lockend kam dieses Chéri. So hatte sie ihn immer genannt, er mochte es nie leiden. Es paßte auch wirklich nicht zu ihm.

Barbara und der Professor blieben nicht lange ungestört. Sie hatten kaum das erste Glas getrunken, da kam eine Frau auf sie zu, schmal, zierlich, in einem flammendroten engen Kleid von matter Seide, das nichts von ihrer tadellosen Figur verbarg.

Sie blieb vor ihnen stehen und sagte: „Ich sehe, du hast dir das hübscheste Mädchen gekapert. Und ich weiß sogar, wer sie ist. Es kann nur Barbara sein."

Ludwig war von seinem Hocker geglitten. „Das ist wohl nicht schwer zu erraten. Barbara, das ist Lily, meine Frau."

Barbara lächelte der Fremden schüchtern zu. Ein kleiner Stich in ihrem Herz, warum wohl? Sie hatte ja gewußt, daß Ludwig eine Frau hatte, und eine sehr reizvolle dazu. Und reizvoll war diese Lily wirklich. Das Gesicht sehr plastisch, die Backenknochen leicht betont, eine kecke kleine Nase, ein voller, verführerischer Mund und dunkles lockiges Haar. Und wie sie lächelte! Es schien Funken zu sprühen, dieses Lächeln.

Sie schob sich neben Barbara auf einen Hocker und betrachtete sie ungeniert. „Wirklich, ich kann dich verstehen. Wenn sie ihrer Mama wirklich so ähnlich sieht, dann ist es begreiflich, daß du ihr im Herzen immer die Treue gehalten hast."

Ludwigs Miene veränderte sich nicht. Das kleine überlegene Lächeln blieb in seinen Augen. Die Sticheleien seiner Frau war er gewohnt. Sie schuf immer gern ein wenig Unruhe, wo sie hinkam. Und es gelang ihr meist, nicht nur die Männer, sondern auch die Frauen zu verwirren.

„Madame gibt uns heute die Ehre", sagte er zu Barbara, „meine bescheidene Vaterstadt genießt nur selten das Vergnügen ihrer Anwesenheit. Aber wenn man ihr soviel Glanz zu Füßen legen kann wie heute abend, dann kommt sie gern." Sein Künstlerauge genoß das reizvolle Bild. Die zwei verschiedenen Frauen, im Typ so anders, jede auf ihre Art ein vollkommenes Wesen, und die entgegengesetzte Farbe ihrer Kleider, rot und weiß, verstärkte den Eindruck noch.

Lily wandte den Kopf lächelnd zu Barbara. „Ich hatte heute abend spielfrei. Und wann immer es möglich ist, treibt es mich, in die Arme meines Mannes zu eilen." Es klang ironisch, aber nicht bösartig. Lily war gern ein wenig ironisch.

Barbara sagte darauf: „O ja, das ist verständlich." Es sollte nichts sein als eine kleine höfliche Antwort, sie wollte nur etwas sagen, nicht stumm und unbeholfen dabeisitzen.

Als die beiden darauf hell auflachten, merkte sie erst, was sie gesagt hatte. Sie errötete und versuchte, sich zu verbessern: „Ich meine natürlich . . ."

Lily legte ihr mit einer spontan herzlichen Bewegung die Hand auf den Arm. „Lassen Sie nur, Kleine, wir wissen schon, wie Sie es gemeint haben. Wir wollen diesen Herrn doch nicht zu eitel machen. Das ist er sowieso schon."

„Ich kann nur verblassen vor soviel Schönheit", sagte Ludwig galant, „wenn ich euch beide hier so vor mir sehe . . ."

„Lou", rief Lily entzückt, „du gibst ein richtiges, süßes, törichtes Ballgeschwätz von dir. Wie reizend! Das habe ich noch nie von dir gehört. Das haben Sie fertiggebracht, Barbara. Ich hätte ihm das nie entlockt. Da sieht man wieder mal, nur junge Mädchen sollten Bälle besuchen. Junge Mädchen und ältere Herren, das ist die richtige Zusammensetzung."

„Ich muß doch sehr bitten", sagte Ludwig, und es klang echt entrüstet, „du bezeichnest mich doch nicht etwa als älteren Herrn?"

„Na, ich weiß nicht. Was meinen Sie, Barbara? Ein Professor. Und einen Bauch kriegt er auch schon. Ein Professor mit Bauch kann doch eigentlich nur ein älterer Herr sein. Bei uns wird so etwas jedenfalls nicht vom jugendlichen Liebhaber gespielt."

„Die Haare gehen mir auch aus", sagte Ludwig gutgelaunt, „das hast du vergessen. Eins steht jedenfalls fest, mit seiner eigenen Frau sollte man einen Ball nicht besuchen. Sie vergrämt die jungen Mädchen und öffnet ihnen die Augen."

„Dafür sollten die jungen Mädchen dankbar sein. Erst wenn sie die Augen offen haben, beginnt für sie das Leben. Dann erkennen sie die wirklichen und wichtigen Vorzüge eines Mannes auch hinter seinem Bäuchlein und einer allzu hohen Stirn. Das, worauf es ankommt, nicht?" Sie lächelte Barbara wieder zu, die Oberlippe zog sie dabei ein wenig hoch und krauste die Nase. Wie ein Kätzchen sah sie aus. „Nun? Wie hab' ich das gesagt? Damit hab' ich alles gutgemacht, nicht? Und wenn ich nun auch was zu trinken kriege, dann nehme ich sogar den älteren Herrn zurück."

Barbara entschied schon in dieser ersten Viertelstunde, daß ihr Lily gut gefiel. Sie war sehr reizend, sehr amüsant, bestimmt eine Frau, bei der sich kein Mann langweilte. Zwar war es irgendwie ein bißchen ärgerlich, daß sie Ludwigs Frau war. Gerade weil sie so charmant und hübsch war.

„Im Ernst", sagte Ludwig, „wißt ihr, was ich am liebsten

möchte? Wenn ich euch hier so sitzen sehe? Euch malen, alle beide auf einem Bild. Ein reizvollerer Gegensatz läßt sich nicht denken."

„Wie sich die Bilder gleichen", sang Lily leise, „das ist es, nicht wahr? Cavaradossis Gefühle in deinem Busen, mein Schatz? Solange ich die Tosca dabei spiele, hab' ich nichts dagegen."

Ludwig erwiderte nichts darauf, lächelte nur ein wenig spöttisch, er hob sein Glas, trank ihnen beiden zu. „Auf die Schönheit der Frauen. Und daß es mir immer gelingen möge, wie heute abend, die beiden schönsten in meiner Gesellschaft zu haben."

Sie tranken, dann meinte Lily: „Wir bedanken uns, Monsieur. Nichts steht einem Mann so gut wie hübsche Komplimente. Und besonders einem Professor, nicht wahr, Barbara? Ehrlicherweise wollen wir aber zugeben, daß ja hier in diesem trauten Städtchen die Konkurrenz nicht allzu groß ist. Apropos Städtchen – jetzt müssen Sie mir erzählen, Barbara, wie es Ihnen hier gefällt? Wie lange werden Sie es ertragen, hier zu bleiben? Sind die Leute nicht schrecklich spießig?"

„Och", meinte Barbara, es fiel ihr ein wenig schwer, auf Lilys leichten Ton einzugehen. Sie war solche Gespräche nicht gewohnt, kam sich neben der schillernden Frau schwerfällig und unbeholfen vor. „Mir gefällt es ganz gut hier."

„Und Sie leben unter der Fuchtel dieser schrecklichen Elisa?"

„Aber Lily", sagte Ludwig, doch er lachte dabei, „du bist wieder einmal unmöglich. Vermiese dem Kind doch nicht seine Familie."

„Familie kann man nie genug vermiesen. Sie tötet einem den letzten Nerv, ist es nicht so? Ich hab' sie mir immer vom Hals gehalten. Stellen Sie sich vor, Barbara, ich stamme aus einer Kleinstadt in Brandenburg. Viel kleiner noch als die hiesige, und hatte eine Unmenge Familie. Die haben mich Nerven gekostet. Was waren sie alle tugendhaft! Und was war ich froh, als sie mich endlich verstoßen hatten."

Barbara lachte. Man konnte nicht ernst bleiben neben dieser Frau. Alles war ein schillerndes Spiel, ein Spiel mit Worten, mit Blicken, mit diesem Lächeln, diesen Augen. Wie sie den Kopf wandte, ihn drehte auf einem beweglichen, schmalen Hals; schlanke kleine Hände unterstrichen alles, was sie sagte, in anmutigen Gesten.

Spontan sagte Barbara: „Ich möchte Sie mal auf der Bühne sehen, Frau Thormann. Sie müssen eine wunderbare Schauspielerin sein."

Lily lachte amüsiert. „Na, ob nun gerade wunderbar, das weiß ich nicht. Aber es geht wohl. Was mir eben liegt, nicht? Aber sagen Sie um Himmels willen nicht Frau Thormann zu mir, Kind, dann krieg ich Zustände. Nennen Sie mich Lily. Frau Thormann, dann komme ich mir vor, als wenn ich fünfzig wäre. Ach, was heißt fünfzig. Ich hoffe, noch mit fünfzig wird es niemand wagen, mich so anzureden."

„Nein, dann sagen sie Frau Professor zu dir", meinte Ludwig, „ich habe dann einen richtigen Bauch und bin sehr angesehen und alteingesessen, und du trägst streng geschnittene Kostüme und gehst nie ohne Regenschirm aus dem Haus."

Lily seufzte und verdrehte die Augen. „Barbara, was meinst du? Lieber einen Stein um den Hals und im nächstbesten Strom versenkt. Oder wenigstens die komische Alte bei einem Wandertheater machen."

„So was gibt's ja heute nicht mehr", sagte Ludwig.

„Macht auch nichts. Außerdem braucht heute eine Frau mit fünfzig bestimmt noch nicht die komische Alte zu spielen. So eine wie ich gewiß nicht. Das ist der Fortschritt unseres Jahrhunderts. Trinken wir auf unser Jahrhundert, ja, Barbara? Das Jahrhundert, das endlich die Frauen entdeckt hat; beziehungsweise entdeckt hat, daß sie älter werden als dreißig Jahre." Und sie lachte wieder und krauste auf ihre drollige Weise die Nase.

Älter als dreißig konnte sie auf keinen Fall sein. Barbara schätzte sie auf Ende Zwanzig, höchstens. Sie fühlte sich wohl in der heiteren Gesellschaft. Die Zeit verging wie im Flug. Das seltsame Zwischenspiel mit Heinz hatte sie ganz vergessen.

Eine Weile später kam Julius in die Bar. Er hatte Barbara vermißt und wollte sich umschauen, wo sie sein könnte.

Lily belegte ihn sofort mit Beschlag. Zwei Männer waren besser als einer. Und so wenig sie Elisa mochte, um so besser gefiel ihr Julius. Sie zwitscherte und lachte und sprühte ein Feuerwerk an Witz und Charme über die kleine Gesellschaft. Sie unterhielten sich so gut, daß sie alle vier darüber den Ball vergaßen.

„Übrigens, Julius", sagte Lily, „Ihre Nichte ist bezaubernd. Wie fühlen Sie sich in der Onkelrolle?"

„Ich bin daran gewöhnt. Ich habe eine ganze Menge Nichten und Neffen."

„Ich wette, so eine wie diese ist nicht darunter. Passen Sie gut auf sie auf!"

„Das hab' ich vor", sagte Julius, auch er schien gelockert, vergnügt wie sonst nie. Lily verstand es, jeden Mann zu verhexen.

„Und demnächst wird Barbara mich in Frankfurt besuchen, nicht wahr?" sie wandte das Gesicht zu Barbara und kniff ein Auge ganz leicht ein. „Hier versauert sie ja. Außerdem hat sie gesagt, sie will mich auf der Bühne sehen. Und der gute Onkel Julius wird ihr reichlich Taschengeld mitgeben, und wir werden für das Kind schick einkaufen gehen, ja?"

„Du hast mir noch gefehlt", sagte Julius lachend.

„Das ist eine Idee!" rief Lily. „Wir trinken Brüderschaft. Du bist ja doch das netteste Stück von der angeheirateten Verwandtschaft. Haben wir noch was drin in der Flasche? Lou, Liebling, bestell noch eine."

Barbara hatte einen kleinen Schwips, als sie nach Hause fuhren. Sie war sehr befriedigt von ihrem ersten Ball.

Mit Heinz hatte sie nicht mehr getanzt. Sie hatte ihn gar nicht mehr gesehen an diesem Abend.

2

Dafür sah sie ihn in Zukunft um so häufiger. Täglich sogar. Denn bald darauf begann sie ein Leben als berufstätige Frau. Sie arbeitete bei Julius im Büro.

Das war die Folge eines Tischgespräches, das im Laufe des Januar stattgefunden hatte. Sie sprachen nicht sehr oft bei Tisch über die Belange des Geschäftes. Elisa interessierte sich ohnedies nicht dafür. Sie hatte nie an der Arbeit ihres Mannes Anteil genommen. Für sie war nur wichtig, daß der Betrieb florierte, daß Geld ins Haus kam. Wie das gemacht wurde, kümmerte sie nicht im geringsten.

Doris dagegen, die den Betrieb als ihre zukünftige Lebensaufgabe ansah, hielt sich immer auf dem laufenden, und Julius konnte sicher sein, in ihr stets eine aufmerksame Zuhörerin für seine Sorgen zu finden. Sie tauchte auch regelmäßig bei ihm im Büro auf, und nicht nur im Büro. Im Maschinensaal, in der Setzerei, in der graphischen Abteilung, überall war sie gut bekannt und wohlgelitten. Anders als Marianne verstand sie es, trotz ihrer Jugend, zu allen Mitarbeitern ihres Vaters guten Kontakt zu finden. Überdies war sie Herrn Schwarzbauers erklärter Liebling, dessen meist melancholische Miene sich sofort aufhellte, wenn Doris den Kopf zur Tür hereinsteckte und vergnügt fragte: „Stör' ich etwa?"

So hatte sich Julius angewöhnt, seit Doris dies Interesse offen zeigte, seine jüngste Tochter über die meisten Vorgänge im Betrieb zu informieren. Und schließlich auch unterhielt er sich bei Tisch manchmal mit Marianne, die ja den meisten Einblick hatte, über die Ereignisse ihres Arbeitstages.

Diesmal ging es um Fräulein Lotti, die junge Stenotypistin,

die außer Marianne und Fräulein Köberlein, beziehungsweise Frau Hartmann, wie Julius' rechte Hand seit ihrer Verheiratung hieß, im Büro arbeitete. Fräulein Lotti war vom Skilaufen mit einem kompliziert gebrochenen Arm zurückgekehrt, man würde längere Zeit auf ihre Arbeitskraft verzichten müssen.

„Viel ist ja sowieso nicht los mit ihr", meinte Julius. „Sie ist noch ein rechtes Dummchen. Ich weiß nicht, aber ich glaube, ich muß mich doch mal nach einer tüchtigen zweiten Sekretärin umsehen. Wenn du im Sommer aufhörst, Marianne, dann ist Frau Hartmann ganz allein. Man sollte sich rechtzeitig nach Ersatz umsehen. Schließlich geht sie auch in Urlaub oder kann mal krank werden. Und es ist überhaupt ein bißchen viel für sie."

„Ja", sagte Marianne, „ich glaube auch, daß wir noch jemand brauchen. Es ist sowieso die Frage, wie lange Frau Hartmann noch bei uns bleibt. Das Angebot, das ihr Mann nach Hamburg hatte, war wirklich recht ansehnlich. Er hätte bedeutend mehr verdient als hier. Wie sie erzählte, wäre er auch sehr gern gegangen. Aber sie wollte nicht. Sie könne dich nicht im Stich lassen, hat sie gesagt."

„Ich wüßte auch nicht, was ich ohne sie anfangen sollte", sagte Julius. „Es wäre eine böse Sache, wenn sie mich verließe."

Das war die Wahrheit. Nicht nur, daß Frau Hartmann eine tüchtige Kraft im Büro war, sie hatte den ganzen Wiederaufbau der Firma miterlebt, kannte alle Kunden und Lieferanten und war von einer Umsicht und Überlegenheit, die ihm das Leben sehr erleichterte. Beim übrigen Personal genoß sie Anerkennung und Autorität.

Elisa meinte lässig: „Lieber Himmel, eine Sekretärin wird sich wohl ersetzen lassen. Aber du hast ja immer so ein Getue mit ihr gehabt. Man kann ja kaum mehr mit ihr auskommen."

Das stimmte nun keineswegs. Frau Hartmann hatte es nie an dem schuldigen Respekt und aller notwendigen Höflichkeit gegenüber der Frau ihres Chefs fehlen lassen. Allerdings mochte sie Elisa nicht besonders. Elisa war nun mal kein Mensch, der sich leicht Sympathien gewann.

Es hatte Zeiten gegeben, da war Elisa auf die Sekretärin ihres Mannes sogar eifersüchtig gewesen, zumal diese ihren Chef gelegentlich auf seinen Reisen begleitete. Auch nehme sie sich im Betrieb zuviel heraus, fand Elisa, was weit über ihre Kompetenzen ginge. Doch das konnte Elisa nun wirklich nicht beurteilen.

Natürlich war diese Eifersucht reine Torheit von Elisa. Julius war viel zu korrekt. Ein Verhältnis mit seiner Sekretärin – das lag für ihn außerhalb seiner Vorstellungswelt.

Auf Elisas Einwurf erwiderte er jetzt: „Ich komme ausgezeichnet mit ihr aus, und meine Mitarbeiter auch. Marianne wird dir das bestätigen. Und was den Ersatz betrifft, so laß dir sagen, daß eine wirklich leistungsfähige, eingearbeitete Sekretärin unter Umständen schwerer zu ersetzen ist als ein Direktor, ja als der Chef selbst. Das ist so ähnlich wie mit Schwarzbauer. Was einmal werden soll, wenn er aufhört zu arbeiten, weiß ich beim besten Willen nicht. Und lange macht er es nicht mehr. Er ist immerhin achtundsechzig und nicht gesund. Normalerweise könnte er schon seit drei Jahren zu Hause bleiben. Er will bloß nicht. Ihm graut vor dem Tag, an dem er nicht mehr arbeiten kann."

„Er sieht gar nicht gut aus", warf Doris ein. „Ich bin erschrokken, als ich ihn vorgestern sah. Nach seinem Herzen hab' ich mich lieber gar nicht erst erkundigt."

„Nun, dafür hast du ja dann Heinz", sagte Marianne. „Glaubst du nicht, daß er jetzt schon imstande ist, Herrn Schwarzbauer zu ersetzen?"

Julius hob ein wenig zweifelnd die Schultern. „Ich weiß nicht. Mit der Zeit wird es wohl werden. Er hat sich jedenfalls gut eingearbeitet."

„Wirst du ihm Prokura geben, wenn wir verheiratet sind?" fragte Marianne.

Julius zog mißbilligend die Augenbrauen in die Höhe. Es paßte ihm nicht, zwischen Braten und Nachtisch nach derart wichtigen Dingen gefragt zu werden, so ganz nebenbei, als handle es sich nicht um eine entscheidende Frage. „Möglich", erwiderte er zurückhaltend. Und nach einer kleinen Pause: „Hat er dich beauftragt, danach zu fragen?"

Marianne errötete unwillig. „Wo denkst du hin? Wir haben nie darüber gesprochen. Es interessiert mich nur, das ist doch verständlich. Oder nicht?"

„Hm", murmelte Julius und ließ das Thema fallen. Noch immer bewahrte er einen Rest Mißtrauen gegen den künftigen Schwiegersohn. Er wußte selbst nicht, wieso und warum. Heinz bot ihm keinen Anlaß.

Barbara hatte aufmerksam zugehört, aber nichts gesagt. Später am Abend, nachdem sie die Hunde spazierengeführt hatte, gelang es ihr, Julius allein zu erwischen.

„Könnte ich denn nicht bei dir mitarbeiten?" fragte sie mit roten Wangen. „Ich möchte so gern etwas tun. Und ich würde mir große Mühe geben."

„Du, Kind?" fragte Julius erstaunt.

„Wirklich, ich möchte schrecklich gern."

Julius überlegte. Seinem Gesicht war nicht anzusehen, welche tiefe, ehrliche Freude Barbaras Angebot ihm bereitete. „Du mußt dir das nicht so leicht vorstellen. Ich brauche eine vollwertige Arbeitskraft. Wenn Marianne aufhört, müßtest du sie ersetzen können. Und mehr als das. Marianne hat die Arbeit nicht sehr ernst aufgefaßt."

„Du hast doch selbst gesagt, es ist wichtig für eine Frau, daß sie etwas lernt und einen Beruf hat, nicht?" sagte Barbara eifrig. „Ich wüßte gar nicht, was ich sonst für einen Beruf erlernen sollte. Aber bei dir mitzuarbeiten, das würde mir wirklich Spaß machen. Wirklich."

„Was kannst du denn?" fragte Julius. „Maschineschreiben? Stenographie?"

„Na ja", meinte Barbara etwas beklommen. „Maschineschreiben kann ich schon. Natürlich nicht so gut wie Frau Hartmann, aber das – das würde ich schon bald besser können. Und Stenographie?" Nein, Stenographie konnte sie überhaupt nicht.

„Wir arbeiten zwar viel mit Diktiergeräten, aber du müßtest es trotzdem können. In manchen eiligen Fällen wird es gebraucht."

„Ich würde es bestimmt schnell lernen. Man kann doch Kurse besuchen, nicht?"

Julius lächelte über ihren Eifer. Aber er freute sich darüber. Es bewies ihm, daß sie doch begonnen hatte, sich hier einzuleben und den Wunsch hatte, wirklich in dem neuen Dasein Fuß zu fassen.

„Schön, Barbara", sagte er. „Ich habe es zur Kenntnis genommen. Du überlegst dir das noch einmal in Ruhe. Und wenn du dabei bleibst, dann werden wir die Sache in Angriff nehmen. Es wäre ein Versuch, aber wenn du dich bewährst, wäre es für mich eine große Freude."

Schon am nächsten Tag teilte Barbara ihm mit, daß sie es sich ganz gründlich überlegt habe und dabei bleibe. Darauf zögerte

Julius nicht länger, er meldete sie in einer privaten Handelsschule an, und in der Woche darauf begann Barbara Unterricht in Stenographie und Schreibmaschine zu nehmen, und da sie unbedingt beweisen wollte, wie ernst es ihr war, lernte sie schnell und gründlich und machte überraschende Fortschritte.

Im Februar begann sie ihre Tätigkeit, allerdings besuchte sie weiterhin nebenbei die Kurse, war aber die größere Hälfte des Tages im Betrieb anwesend. Frau Hartmann selbst unterwies sie in allen wichtigen Arbeiten, machte sie mit der Korrespondenz und den wichtigsten Vorgängen bekannt und ließ sie schon bald einfachere Arbeiten selbständig verrichten. Barbara saß bei ihr im Vorzimmer, bekam eine eigene Schreibmaschine und ihren angemessenen Anteil an aller Arbeit.

Sie war mit großem Eifer bei der Sache. Julius freute sich jedesmal, wenn er aus seinem Zimmer kam und sie sah. Fast schien es, als würde sie eines Tages wirklich ein vollwertiger Ersatz für Frau Hartmann sein, eine tüchtige, umsichtige und intelligente Sekretärin. Er dachte: wie gut, daß sie zu mir gekommen ist. Wie gut, daß ich sie hierhabe. Und wie gut, daß sie bleiben wird.

Im Geiste sah er schon in die Zukunft voraus. Warum sollte sich Barbara nicht später einmal mit Doris und Heinz in die Leitung des Betriebes teilen, wenn seine Zeit vorüber war? Ganz im geheimen dachte Julius: dann hätten wir Heinz gar nicht gebraucht.

Freilich, Barbara würde ja vermutlich früher oder später heiraten. Und so ans Herz gewachsen war sie Julius schon, daß er diesen Gedanken rasch beiseite schob. Das hatte noch Zeit.

Zu Anfang arbeitete Barbara übrigens hauptsächlich für Heinz. Er leitete mittlerweile ziemlich selbständig die technische Abteilung, war auch für den Einkauf zuständig und hatte bisher eben jene Lotti zur Verfügung gehabt, die zur Zeit krank war. So kam es, daß Barbara ihr erstes Diktat von Heinz entgegennahm.

Das schuf eine veränderte Situation. Bisher waren sie einander sehr formell begegnet, hatten nur selten einmal ein Gespräch miteinander geführt und waren sich nicht nähergekommen, abgesehen von dem merkwürdigen Tanz an jenem Abend, von dem niemand etwas wußte und über den auch nichts zu sagen war.

Es hatte sich dabei nichts Erwähnenswertes ereignet. Dennoch war das Verhältnis zwischen ihnen seitdem verändert.

Als Barbara das erstemal bei ihm am Schreibtisch saß, mit ihrem Block und einem sorgfältig gespitzten Bleistift, war sie unsicherer als es ihre noch mangelhaften Stenokenntnisse nötig machten. Heinz aber gab die neue Lage eine gewisse Überlegenheit.

Er lächelte auf seine gewinnende Art und sagte: „Nun wollen wir es mal miteinander versuchen. Du brauchst keine Angst zu haben, ich diktiere langsam, und wenn du was nicht verstehst oder nicht mitkommst, dann sage es mir."

Barbara lächelte nur ganz kurz und sehr oberflächlich zurück. Eine ganz kleine Aufsässigkeit steckte in einem Winkel ihres Herzens. Mußte sie sich ausgerechnet von Heinz diktieren lassen? Marianne hätte das bestimmt nicht getan. Aber sie rief sich selbst zur Ordnung. Julius hatte ihr ja gesagt, daß sie keine Sonderstellung einnehmen würde. Die konnte sie auch nicht verlangen, dafür leistete sie noch zuwenig.

Heinz aber hatte endlich Gelegenheit, sie in Ruhe zu betrachten. Sie saß ihm gegenüber, und er hatte das schmale, gesenkte Gesicht vor sich, die Wangen waren gerötet, und manchmal hob sie fragend oder erschrocken den Blick, wenn sie den Faden verloren hatte. Dann wiederholte er das Gesagte, wartete, bis sie nachgekommen war, fragte am Ende: „alles klar?" war freundlich, zuvorkommend und verständnisvoll, nichts Ungehöriges war in seinem Blick, nichts Zudringliches. Und doch war die Art, wie er sie ansah, immer wieder geeignet, Barbara in Verwirrung zu bringen.

Mit der Zeit kam es auch vor, daß er aufstand und hinter sie trat, keineswegs zu nahe, er berührte sie nicht. Aber Barbara spürte seinen Blick in ihrem Nacken genauso stark wie eine Berührung. Ja, wenn er sie endlich einmal angefaßt hätte, so wäre das geradezu eine Erleichterung gewesen. Es hätte ihr Gelegenheit gegeben, ihn zurechtzuweisen, ihm klarzumachen, daß sie keinerlei Annäherungen wünsche.

Aber Heinz tat ihr den Gefallen nicht. Er benahm sich so korrekt wie immer. Auch der aufmerksamste Beobachter hätte nichts Auffälliges gefunden. Kam Frau Hartmann überraschend ins Zimmer oder Julius oder auch einmal Marianne, dann sah man zwei Leute eifrig bei der Arbeit. Es handelte sich ja auch immer nur um verhältnismäßig kurze Zeit, die Barbara bei Heinz im Zimmer verbrachte. Irgendwie erleichtert verschwand sie wieder mit ihrem Stenogramm.

Es gab nichts Greifbares. Er berührte nicht ihre Fingerspitzen, aber wenn Barbara aufsah, lag sein Blick auf ihr. Der Blick eines Mannes, der sie begehrte. Sie wußte es. Doch sie konnte nichts dagegen unternehmen. Es gab nichts, das sie gegen ihn vorbringen konnte.

Vielleicht wäre nie geschehen, was später geschah, wenn Barbara nicht auf die Idee gekommen wäre, im Betrieb ihres Onkels mitzuarbeiten. Aber das tägliche Zusammentreffen zwischen einem Mann und einer Frau, und sei es in der sachlichsten Atmosphäre, bahnt allzuleicht einen Weg, der zueinander führt. Es beseitigt notgedrungen zunächst die Gleichgültigkeit, weckt Interesse, schafft Gemeinsamkeit, um schließlich in vielen Fällen anderen Gefühlen Platz zu machen. Und hier war nicht einmal Gleichgültigkeit vorhanden gewesen. Barbara aber war zu jung und zu unerfahren, um sich erfolgreich gegen die starke und bewußte Männlichkeit ihres Gegenspielers zu wappnen.

Sie war froh, als Lotti im März ihre Tätigkeit wiederaufnahm, und sie nicht mehr soviel mit Heinz zu tun hatte. Aber es änderte ja nichts daran, daß sie Heinz trotzdem täglich sah, daß er bei ihr, sie bei ihm im Zimmer zu tun hatte, daß sie miteinander sprachen und daß der Kreis, der sich um sie geschlossen hatte, immer enger wurde.

Auch Barbara war bereits darin gefangen. Sie lauschte auf sein Kommen und Gehen, sie war von nervöser Unruhe erfüllt, wenn er in der Nähe war, und sie hatte manchmal das törichte Verlangen, daß er endlich einmal die Arme um sie legen möge, damit diese Spannung, die sich täglich steigerte, gelöst werde. Sie hatte niemanden, mit dem sie hätte darüber sprechen können. Sie hätte ja auch gar nicht gewußt, was sie sagen sollte. Es gab keinen Grund, ihn zu beschuldigen oder anzuklagen. Er tat nichts, woraus man ihm hätte einen Vorwurf machen können. Er begann nur, von ihrem Leben, von ihrem Denken und Fühlen Besitz zu ergreifen.

Ist es denn Liebe? fragte sie sich selbst, bin ich verliebt in ihn? Und sie entschied mit Bestimmtheit, daß davon nicht die Rede sein könne. Am liebsten wäre es ihr gewesen, er wäre auf Nimmerwiedersehen verschwunden. Dann würde sie ihn vergessen, ausgelöscht würde er sein, als wenn es ihn nie gegeben hätte. Aber solange er da war, schuf er ihr Unruhe.

Einmal hatte sie das Gefühl, sie müsse unbedingt mit irgend jemand darüber sprechen, müsse einem Unparteiischen berichten, was sich zutrage oder auch nicht zutrage, aber sie doch quäle. Wieder dachte sie an den Professor. So oft schon hatte sie gewünscht, ihn wiederzusehen, mit ihm zu sprechen. Seit dem Ballabend, und das war nun schon über einen Monat her, hatte sie ihn nicht wieder getroffen. Sie hörte nur manchmal von ihm, wenn Julius etwas erzählte, über den Neubau der Klinik, der kurz vor der Vollendung stand, über andere Bauten in der Stadt, an denen Ludwig mitarbeitete und mit denen Julius durch seine Arbeit im Stadtrat auch befaßt war.

Wenn sie mit ihm einmal sprechen könnte, auch wenn sie ihm nichts von diesem seltsamen Bann erzählte, unter dem sie lebte – denn was war denn schon darüber groß zu erzählen –, würde vielleicht das Ganze wie ein törichtes Hirngespinst verschwinden. Phantastische Einbildungen eines jungen Mädchens, so mußte es doch auf einen anderen wirken.

Ob sie einfach zu ihm ging? Hatte er nicht gesagt, sie könne ihn jederzeit besuchen? Ein wenig betrübte es sie auch, daß er nicht von sich aus den Versuch unternahm, sie wiederzusehen. Aber sie wußte ja, wie beschäftigt er war, hörte es aus Julius' Berichten.

Es war lange Zeit sehr kalt gewesen, noch bis in den März hinein hatte der Winter gedauert, eine Seltenheit in dieser Gegend, wie jeder ihr versicherte. Aber nun schien die Kälte gebrochen, eine Vorfrühlingsahnung lag in der Luft.

Sie kam kurz nach fünf aus dem Büro nach Hause. Allein an diesem Abend, Julius hatte noch eine Besprechung.

Dino war wie meist im Garten und begrüßte sie mit stürmischer Freude. Er fand sich nur schwer mit ihrer langen Abwesenheit vom Hause ab. Immerhin hatte er sich gut eingewöhnt, auch mit Joker vertrug er sich jetzt leidlich, obwohl *er* die Hauptrolle spielte und Joker zu seinem Trabanten geworden war. Elisa beklagte sich oft, daß der brave Joker total verwildert sei. Früher hätte er sich nie allein vom Hause entfernt, jetzt begleitete er Dino manchmal auf seinen Streifzügen und kam zerzaust aber angeregt und munter zurück.

Elisa übrigens nahm Barbaras neue Rolle mit gemischten Gefühlen auf. Einerseits fand sie es ganz richtig, daß das junge Mädchen etwas tat und nicht den ganzen Tag zu Hause saß. Andererseits war sie ein wenig eifersüchtig auf Barbaras Wirken, vor allem, weil ihm Julius solche Wichtigkeit beimaß. Ihr gegenseitiges Verhältnis blieb auf eine höfliche Kühle beschränkt, sie hatten sich nicht viel zu sagen.

Auch an diesem Abend wechselten sie nur ein paar Worte, dann sagte Barbara: „Ich gehe mit Dino noch ein Stück spazieren, es ist so schön heute, wie Frühling."

Sie ging hinauf, wusch sich, zog ein anderes Kleid an, puderte ihre Nase und verließ dann das Haus. Joker, der nicht mehr so zurückhaltend war wie früher, wollte mit.

Barbara stand am Gartentor und blickte die beiden zweifelnd an. „Ich will zum Professor", erklärte sie ihnen. „Ihr müßt euch ganz anständig benehmen. Damon ist doppelt so groß wie ihr. Und er ist ein sehr vornehmer Hund, Frechheiten duldet er nicht."

Die beiden blickten mit schiefgelegten Köpfen zu ihr auf. Ob sie verstanden hatten? Jedenfalls tobten sie nebeneinander die Straße entlang und hatten offensichtlich Vergnügen an dem abendlichen Spaziergang.

Barbara ging noch langsamer, als sie um die letzte Ecke bog und sich dem Haus näherte. Sie war ein wenig zaghaft. Nun, man würde sehen. Möglicherweise war er gar nicht zu Hause. Die Einfahrt zur Garage stand offen, im Garten arbeitete ein Mann, der sie jedoch nicht weiter beachtete.

Barbara trat langsam durch das offene Tor und blieb dann stehen. Sollte sie einfach weitergehen? Die beiden Hunde blieben dicht bei ihr, Dino hatte lauschend die Ohren vorgestellt. Er war sehr gespannt, denn er wußte, wer hier wohnte.

Da kam Damon schon um die Hausecke getrabt. Barbara ergriff Dino vorsichtshalber am Halsband, Damon blieb stehen und beäugte die Gruppe.

Barbara wurde es etwas ängstlich zumute. Es würde doch hier keine Schlacht geben?

„Hallo, Damon!" rief sie leise. „Kennst du mich noch?"

Damon kam würdig näher, wedelte ein wenig mit dem Schwanz, woraus ersichtlich war, daß er sie wirklich wiedererkannte.

„Wir wollen dein Herrchen besuchen", erklärte ihm Barbara.

„Das ist Dino, den kennst du ja. Und das ist Joker. Ich würde mich freuen, wenn ihr euch vertragt."

Darauf kam Damon ganz heran, ließ sich von ihr streicheln, die Hunde beschnupperten sich und benahmen sich ganz friedlich.

„Ihr seid alles ausgesprochen feine Leute", lobte Barbara sie. „Siehst du, Damon, sogar Dino ist ein feiner Hund geworden. Er lebt ja jetzt auch in einer feinen Familie, so was steckt an."

Der Mann, der in der Nähe die Sträucher beschnitt, äugte mißtrauisch herüber. Er fand den Dialog wohl etwas seltsam.

„Wo wollen Sie denn hin?" erkundigte er sich.

„Ich wollte zu Professor Thormann!" rief ihm Barbara zu. „Ist er da?"

„Der ist da. Gehen Sie einfach ums Haus 'rum, hinten über die Terrasse, da können Sie 'rein."

„Oh, vielen Dank." Gefolgt von den drei Hunden, machte sich Barbara auf den Weg. Unterwegs kamen ihr Bedenken. Hätte sie doch nicht lieber vorn an der Haustür klingeln sollen? Nun, man würde sehen, sie konnte immer noch umkehren.

Von der Terrasse führte eine breite Fenstertür ins Haus, die wirklich ein Stück offenstand. Sie blieb stehen und schaute hinein, es schien niemand im Zimmer zu sein. Doch ja, seitwärts, mit dem Rücken zu ihr, stand ein Mann, halb über einen kleinen Tisch gebeugt, mit etwas beschäftigt, das da lag. Der Professor war es nicht, das erkannte sie an der Figur. Der Mann war nicht so groß, wirkte schmaler.

Barbara zögerte. Es würde doch besser sein, wieder zu gehen. Offensichtlich war Besuch da.

Aber Damon ergriff die Initiative. Er schob seine Schnauze in den Türspalt, drückte die Tür auf und trat ein.

Der Mann drehte sich um und erblickte die Gruppe an der Tür.

„Verzeihen Sie", sagte Barbara, „ich wollte ..." Sie verstummte. Sie wußte, wen sie vor sich hatte. Ein schmales, edelgeschnittenes Gesicht, ein wenig weich fast für einen Mann, dunkle Augen, dunkles Haar. Sie hatte dieses Gesicht gekannt, als es älter war und das Haar darüber schon weiß. Aber es war dennoch das gleiche Gesicht.

Auch Richard Stolte wußte, wer unter der Tür stand. So hatte das Mädchen ausgesehen, dem er vor vielen Jahren oft selbst die Tür geöffnet hatte, wenn es kam, um bei seinem Vater Gesangstunden zu nehmen. Ein Junge war er damals gewesen von dreizehn oder vierzehn Jahren. Aber er hatte es nicht vergessen.

Einige Sekunden lang schauten sie sich schweigend an. Barbara war bereit zum Rückzug, aber irgend etwas hielt sie auf der Schwelle fest. Mein Bruder, dachte sie. Ein Fremder, einer der mich haßt, aber er ist mein Bruder.

Richard trat einen Schritt vor. „Sie – wollten zu Professor Thormann", sagte er steif.

„Nein – ja – ich wollte sehen, ob er da ist. Ich – es ist nicht so wichtig. Ich störe sicher. Es ist besser, ich gehe wieder." Sie trat zurück von der Schwelle, stand wieder draußen auf der Terrasse.

Richard war mit wenigen Schritten an der Tür und öffnete sie jetzt ganz. „Nein, bitte, kommen Sie herein." Entschlossenheit lag in seiner Stimme. „Es wäre ihm sicher nicht recht, wenn Sie wieder gehen."

Barbara war im Zweifel, was sie tun sollte. Aber zunächst einmal löste Dino das Problem für sie. Er schlüpfte neugierig an dem Mann vorbei ins Zimmer, näherte sich Damon, wagte sich aber doch nicht ganz heran. Damon betrachtete ihn hoheitsvoll, ohne auf die Annäherung einzugehen.

„Dino, komm!" rief Barbara. „Ihr könnt wirklich draußen bleiben." Aber Dino dachte nicht daran. Hier drin fand er es interessanter.

Auch Joker lief jetzt hinein, und als letzte folgte Barbara.

Sie blickte Richard scheu an, als sie neben ihm stand, versuchte ein kleines Lächeln und sagte: „Entschuldigen Sie, daß die Hunde ... – aber ich wollte nicht ... – ist der Herr Professor denn da?" Der Herr Professor, sagte sie, wie ein kleines Schulmädchen.

Richard war unwillkürlich gerührt, er erkannte die Angst in ihrem Blick, die Unsicherheit, und konnte sie sich nicht erklären.

Er wandte sich ab, ging tiefer ins Zimmer hinein, zurück zu dem Platz, an dem er vorher stand. Dabei sagte er: „Er wird gleich kommen, er hat nur ein Ferngespräch. Bitte, nehmen Sie doch Platz." Er wies auf einen der Sessel.

„Danke", sagte Barbara. Sie setzte sich und hielt den Blick gesenkt. Eine Weile war es still.

Dann sagte Richard mit einem kleinen verlegenen Lachen: „Ich müßte mich wohl eigentlich vorstellen."

Barbara hob den Kopf und sah ihn an. „Das ist nicht nötig", sagte sie, „ich weiß, wer Sie sind."

„Sie wissen es?" fragte er erstaunt.

„Ja. Die Ähnlichkeit ...", sie schluckte, dann fügte sie sicherer hinzu: „Sie sind Vater sehr ähnlich."

Vater, hatte sie gesagt. Richard verschlug es im Augenblick die Rede. Und plötzlich kam auch ihm zum Bewußtsein, wer da vor ihm saß. Seine Schwester.

Er hob mit einer resignierenden Gebärde beide Hände, ließ sie wieder sinken. „Na ja", sagte er. „Dann wissen wir ja Bescheid. Alle beide. Denn daß Sie Ihrer Mutter sehr ähnlich sehen, wissen Sie vermutlich."

„Ja", sagte Barbara und versuchte, einen etwas leichteren Ton zu finden, „ich werde ständig daran erinnert, seit ich hier bin."

„Aha", sagte er und lächelte, er hatte sich jetzt mit der überraschenden Situation abgefunden. Ein wenig war er wohl auch neugierig auf dieses Mädchen. Der Professor hatte ihm schon von ihr erzählt. „Das ist nicht immer ganz leicht, nicht? Kann ich mir jedenfalls denken."

„Nein, wirklich nicht", erwiderte Barbara und lächelte schüchtern zurück. „Es verfolgt mich geradezu und bringt mich in die merkwürdigsten Situationen. Ich habe hier viel mehr Vergangenheit, als ich vertragen kann."

„Nun", sagte er und bemühte sich um einen gleichmütigen, ein wenig forschen Ton, „kein Grund für uns, einen dramatischen Auftritt zu inszenieren. Wir sind ja wirklich schuldlos an allem, was war. Zigarette?" Er zog ein Päckchen Zigaretten aus der Tasche und bot ihr eine an.

Barbara griff erleichtert danach. „Danke", sagte sie.

Dino kam und setzte sich artig neben sie. Joker, dem es wohl allein in Damons Nähe etwas unheimlich war, folgte und setzte sich auf ihre andere Seite.

„Da haben Sie ja zwei tüchtige Beschützer", meinte Richard. „Sind das Ihre Hunde?"

„Nur Dino. Der hier, der freche. Der Pudel gehört meinem Onkel. Aber meist gehen wir zu dritt spazieren. Hier waren sie aber noch nie dabei. Ich hatte etwas Angst, wie Damon sich verhalten würde, aber er ist ja so brav."

„Ja, das ist er wirklich. Wir mögen ihn alle sehr gern."

Eine Weile rauchten sie schweigend. Dann sagte Barbara: „Sie – Sie sind auch Architekt?"

„Ja. Ich bin an der TH, Hochschulassistent. Ich arbeite auch meist bei den Privataufträgen des Professors mit."

„Ach ja." Was konnte sie denn noch sagen? „Da haben Sie sicher auch die neue Klinik mitgebaut."

„Ja, ich habe an den Plänen mitgearbeitet. Haben Sie sie schon gesehen?"

„Nur von außen. Sie ist wirklich großartig."

„Ja, ein schöner Bau. Der Innenausbau wird in drei Monaten etwa fertig sein."

Wieder Schweigen. Dann sagte Barbara plötzlich leise und hastig: „Ich bin Ihnen sehr dankbar, daß Sie das gesagt haben."

„Was?"

„Nun, daß – daß wir, ich meine, daß ich an allem schuldlos bin, was war." Sie hob rasch den Kopf und blickte ihn an, mit einer geradezu verzweifelten Bitte in den Augen. „Nicht wahr, ich kann doch nichts dafür. Ich hab' das alles nicht gewußt. Und als ich herkam, hab' ich an das alles nicht gedacht. Ich wußte ja nicht einmal von Ihnen und – und von Ihrer Schwester." Sie schwieg, erschrocken, daß sie das überhaupt gesagt hatte.

Richard war verlegen. Er räusperte sich, strich sorgfältig seine Zigarette am Aschenbecher ab und wäre dem Thema am liebsten ausgewichen. Aber seine Neugier überwog.

„Sie haben das nicht gewußt?"

„Nein. Gar nichts habe ich gewußt. Daß da Kinder waren und das alles. Sie haben mir nie etwas gesagt. Ich weiß ja heute noch nicht, wie das alles vor sich gegangen ist damals. Mit wem soll ich denn darüber reden? Wen soll ich fragen? Alle gucken mich bloß immer so komisch an." Sie unterbrach sich erschrocken. „Ach, entschuldigen Sie, es ist zu dumm von mir. Ich weiß nicht, warum ich das alles sage."

„Na ja", sagte Richard. „Ist wohl auch alles ein bißchen kompliziert." Er nahm einen tiefen Zug aus seiner Zigarette, blickte dann dem Rauch nach und sagte, ohne sie anzusehen: „Ist ja komisch, wenn man darüber nachdenkt. Aber genaugenommen sind wir ja so was Ähnliches wie Geschwister."

Darauf sagten sie beide nichts mehr, bis Ludwig ins Zimmer kam, was nicht lange danach geschah.

Ludwig blieb an der Tür stehen, schaute überrascht, dann

knipste er das Licht an und musterte die beiden, das Mädchen im Sessel, den jungen Mann, an den Tisch gelehnt.

„Sieh an", sagte er, „überraschender Besuch. Guten Abend, Barbara. Das ist nett, daß du mal vorbeischaust. Ich hatte schon immer vor, mich mal wieder bei dir zu melden. Du bist mir hoffentlich nicht böse. Viel Arbeit, weißt du. Aber jetzt sind Semesterferien, da klappt es schon eher mal." Er drückte ihre Hand, blieb dann neben ihrem Sessel stehen und legte mit einem festen Griff die Hand auf ihre Schulter. Es war tröstend gemeint und gab ihr Mut.

Er schaute zu Richard hinüber und fragte: „Ihr habt euch schon bekannt gemacht?"

„Das war gar nicht nötig", sagte Richard. „Wir haben uns gegenseitig auf den ersten Blick erkannt. Offensichtlich sind wir beide ein dankbares Objekt für Familienähnlichkeit."

„So", meinte Ludwig, er sprach ganz ruhig, aber auch ganz offen, er schien nicht die Absicht zu haben, um das heikle Thema herumzuschleichen. „Demnach können Sie sich noch daran erinnern, Richard, wie Barbaras Mutter ausgesehen hat."

„Ja, das kann ich", erwiderte Richard.

„Aber bei dir wundert es mich, Barbara. Immerhin war dein Vater ja wesentlich älter, als Richard heute ist. Da kann doch die Ähnlichkeit nicht mehr so groß gewesen sein."

Barbara errötete ein wenig, weil Ludwig so ungeniert gesagt hatte: dein Vater. Sie warf einen unsicheren Blick zu Richard hinüber. Sicher fand er es merkwürdig. Mein Vater. Sein Vater. Unser Vater.

„Natürlich nicht", sagte sie leise, „aber es ist trotzdem deutlich zu erkennen. Und dann habe ich ja auch genügend Bilder von früher gesehen."

„Ach so. Rollenbilder, vermutlich."

„Ja."

Ludwig blickte von einem zum anderen, dann lächelte er auf seine helle, jungenhafte Art und sagte: „Na, Kinder, wenn ihr mich fragt, so finde ich es eigentlich ganz angebracht, daß ihr euch mal getroffen habt. Schließlich leben wir in der Gegenwart. Und ihr habt ja nun wirklich nichts mit den alten Geschichten zu tun."

„Ja", sagte Richard und lächelte auch. „Das habe ich Barbara bereits gesagt."

Barbara sagte er ganz einfach.

Sie blickte auf, sah ihn an, überrascht, ein frohes, glückliches Gefühl im Herzen. Er war ihr Bruder, und er hatte einfach Barbara gesagt.

„Na also“, meinte Ludwig befriedigt. „Kein Grund, daß ihr euch nicht vertragen solltet. Trinkt ihr einen Kognak mit mir? Aber erst mußt du mir deine Hunde vorstellen, Barbara. Das heißt, den schwarzen Teufel hier kenne ich ja schon.“ Er griff mit fester Hand in Dinos Fell und kraulte ihn. „Er ist ja heute so brav, kaum wiederzuerkennen. Und wer ist das?“

„Das ist Joker. Der Hund von Julius. Sag mal guten Abend, Joker. Er kann sehr schön die Pfote geben.“

Joker hob bereitwillig seine wohlgestutzte Pfote und legte sie in Ludwigs Hand.

„Brav“, lobte Ludwig, „du bist ja ein guter Hund. Und du natürlich auch“, wandte er sich zu Damon, der eifersüchtig herangekommen war. „Wie seid ihr denn eigentlich hereingekommen, ihr drei. Ich habe ja gar nichts gehört.“

„Hier, durch den Garten“, sagte Barbara. „Es ist schlimm, nicht, einfach so einzudringen? Aber das Tor war offen, und ich wollte bloß mal sehen, ob jemand da ist. Und dann war ein Mann im Garten, der sagte, ich sollte hier herumgehen.“

„Sehr schlimm“, meinte Ludwig. „Zur Strafe mußt du jetzt dableiben und mit mir zu Abend essen. Aber zuerst der Kognak. Oder soll ich uns einen Martini mixen? Das kann ich gut, habe ich von Lily gelernt, die lebt halb von dem Zeug. Essen Sie auch mit uns, Richard?“

„Nein, danke, ich kann leider nicht“, sagte Richard, „ich habe noch eine Verabredung. Wenn wir vielleicht bloß noch schnell die Frage mit dem Anschluß klären könnten? Ich habe den Plan hier.“

Ludwig warf einen flüchtigen Blick zu dem Tisch hinüber, auf dem ein Plan ausgebreitet lag. Dann sagte er: „Gleich, erst was zu trinken. Ich muß mal hören, ob Nele ein bißchen Eis da hat.“

Er ging zur Tür, riß sie auf und rief mit gewaltiger Stimme: „Nele! Hast du Eis da? Für Cocktails?“

Nele hatte kein Eis. Auch ihre Stimme war noch kräftig, ihr Nein, kurz und bündig, schallte durch das ganze Haus.

„Also dann ohne Eis“, entschied Ludwig. „Aber die Flaschen sind ja gekühlt.“

Während er die Cocktails mixte, schwiegen die beiden anderen. Richard hatte sich wieder über den Plan gebeugt, Barbara zog einen Spiegel aus ihrem Täschchen und betrachtete sich. Ein bißchen verstört sah sie aus, schien es ihr. Aber ihr war trotzdem sehr leicht ums Herz.

Ludwig reichte ihnen die Gläser. „Also zum Wohl! Hoffentlich sind sie richtig. Lily ist immer nicht ganz zufrieden mit meiner Mixtur."

Ehe Barbara trank, sah sie Richard an. Auch er sah sie an, neigte ein wenig den Kopf und hob sein Glas. Vor Freude nahm Barbara einen großen Schluck, sie leerte fast das ganze Glas.

„Halt, junge Dame", meinte Ludwig, „nicht so eilig, du wirst mir einen Schwips bekommen. Ist er richtig?"

„Hm, ja. Sehr trocken, ein bißchen zu stark vielleicht. Man könnte wirklich nicht zuviel davon trinken."

„Na, das macht Appetit. Soviel ich weiß, gibt es Kalbsgulasch und Spätzle. Die macht Nele selbst, und du wirst sehen, wie gut. Ich esse sie jedenfalls sehr gern. Obwohl es meiner Linie gar nicht zuträglich ist. Aber ich sollte ihr vielleicht sagen, daß du zum Essen hier bist, damit sie nicht zuwenig macht. Noch einen?" Er hob fragend den Mixbecher.

„Ja, gern. Aber nicht zuviel." Sie hob ihm ihr Glas entgegen. „Aber ich bin doch gar nicht zum Essen da. Ich muß nach Hause."

„Warum denn? Wir rufen an und sagen, daß du bei mir ißt. Mach' ich dann gleich." Er ging wieder zur Tür, öffnete sie und verständigte sich abermals fernmündlich mit Nele.

„Nele! Wir haben einen Gast zum Essen."

Barbara mußte lächeln. Er war wie ein großer vergnügter Junge. Stellte man sich so einen Professor vor? Daß er die Türe aufriß und etwas hinausbrüllte? Gewiß nicht.

Auch Richard lächelte. Ihre Augen trafen sich verständnisvoll. Keine Feindseligkeit war zwischen ihnen, keine Abneigung.

„Trinken Sie aus, Richard", meinte Ludwig. „Sie kriegen auch noch einen. Damit Sie die richtige Stimmung haben für Ihre Verabredung. Und dann schauen wir uns mal den Plan an."

Richard ging eine Viertelstunde später. In der Zwischenzeit kümmerten sich beide Männer nicht um Barbara, sondern waren mit ihrem Plan beschäftigt und sprachen über Dinge, die sie nicht verstand. Eine Weile hörte sie zu, dann schweiften ihre Gedanken ab.

Was heute geschehen war, beschäftigte sie sehr. Sie hatte Richard kennengelernt, Richard Stolte, ihren Bruder. Und es war eigentlich ganz einfach gewesen, ganz natürlich. Ob er wohl seiner Mutter davon erzählen würde? Und was würde sie sagen? Ob er zu ihr auch sagen würde: Barbara hat keine Schuld.

Wenn ich Barja nicht so ähnlich sehen würde, wäre alles viel leichter, dachte sie. Aber gleich darauf schämte sie sich des Gedankens. Es kam ihr wie ein Verrat an Barja vor.

Ach, Barja, warum hast du getan, was du getan hast? Wie anders wäre dein Leben verlaufen. Und du lebtest heute noch. Aber ich wäre nicht da, dachte Barbara. Es ist alles so merkwürdig. Ich weiß nicht, ob ich nicht doch lieber fortgehen sollte, irgendwohin, wo mich keiner kennt.

Julius fiel ihr ein. Was würde er sagen, wenn sie ginge? Ob er es verstehen würde? Sie brauchte ja nicht weit zu gehen, nach Frankfurt vielleicht. Und dort eine Stellung suchen, sie hatte ja jetzt etwas gelernt und würde bald noch mehr können. Und was dann? Was hatte das Leben für sie bereit? Keine Heimat? Nirgends?

Frankfurt war eine große Stadt, dort kannte sie keiner. Dort würde sie ein Mädchen sein unter vielen anderen.

Aber warum sollte sie gehen? Es tat ihr hier ja keiner was. Richard war freundlich zu ihr. Möglicherweise hatte auch seine Mutter nichts gegen sie, sie war nur erschrocken damals, als sie sie überraschend traf.

Sie dachte an Heinz. Wenn sie nicht mehr hier wäre, brauchte sie auch ihn nicht mehr zu sehen. Das würde eine Erleichterung sein. Im Moment begriff sie nicht mehr, warum er sie soviel beschäftigte. Wahrscheinlich bildete sie sich das alles nur ein. Er machte sich gar nichts aus ihr. Es war eben seine Art, ein Mädchen anzusehen, zu schauen, was für eine Wirkung er damit erzielte. Hatte sich Marianne nicht schon einmal darüber beklagt, daß er auch ihren Freundinnen zuviel Beachtung schenkte? Daß sie sich alle für ihn interessierten?

Doris hatte nachher zu Barbara gesagt: „Das hebt sein Selbstbewußtsein, wenn die Mädchen alle mit den Augendeckeln klappern, sobald er in der Nähe ist. Der hat's hinter den Ohren, trotz seiner vornehmen Allüren, glaub mir das. Marianne wird allerhand mit ihm erleben. Da kommt sie nämlich nicht mit." Vielleicht durchschaute ihn Doris trotz ihrer Jugend besser als Marianne. Doris war auch viel intelligenter.

Richard verabschiedete sich ohne Verlegenheit von Barbara. Sie gaben sich die Hand, wieder war er ein wenig gerührt, als er ihren großen fragenden Blick sah, ihr scheues Lächeln. Ohne weiter zu überlegen, sagte er: „Wir werden uns ja hier wieder mal sehen."

„Ja", erwiderte Barbara, „es wäre ... – ich würde mich freuen."

Als sie mit Ludwig allein war, kam er zu ihr, stellte sich vor sie hin und sagte: „Na?"

Barbara seufzte aus tiefstem Herzen. „Ach!"

Er legte beide Hände um ihr Gesicht, blickte ihr nah in die Augen und sagte herzlich: „Siehst du, mein kleines Mädchen, es ist alles nicht so schlimm. Wenn du erst einmal ein Jahr hier bist, wird kein Mensch mehr groß staunen, wenn er dich sieht. Höchstens darüber, wie hübsch du bist."

Richard kletterte in seine Isetta, die einige Schritte vom Haus entfernt stand, schaltete das Licht ein, denn es war inzwischen dunkel geworden, und startete. Er fuhr langsam durch die ruhige Vorortstraße, bog dann in die Hauptstraße ein, die stadteinwärts führte.

Er befand sich in einer merkwürdigen Stimmung, nachdenklich, aber nicht niedergedrückt, fast ein wenig angeregt. Dieses Mädchen! Die Tochter seines Vaters und dieser Frau.

Hatte er nicht manchmal schon gedacht, daß er sie ganz gern kennenlernen würde? Er empfand keine Feindschaft gegen sie. Warum auch? Sie konnte wirklich nichts dafür.

Damals, als sein Vater seine Mutter verlassen hatte, war er noch ein Junge gewesen. Ihn hatte die Geschichte am allerwenigsten betroffen. Anders Lena, die ein paar Jahre älter war, alles besser verstand und leidenschaftlich Partei für ihre Mutter ergriffen hatte. Seine Mutter selbst – nun, sie war immer eine stille und zurückhaltende Frau gewesen. Sie hatte mit bewundernswerter Haltung alles ertragen. Das, was damals geschah, und auch später, als schwere Zeiten für sie kamen. Sie hatte nie geklagt, und niemals hatte er böse Worte über seinen Vater von ihr gehört, nie hatte sie ihn den Kindern gegenüber herabgesetzt, auf ihn geschimpft oder Haß gezeigt. Sie hatte stets ein Schattendasein neben dem geliebten und berühmten Mann geführt. Schon ehe Barbara von Tallien in sein Leben trat, hatte es Störungen in dieser Ehe gegeben. Immer waren Frauen da, die Ferdinand Stolte umschwärmten, die ihn verwöhnten und ihn von seiner Familie entfernten. Es war allerdings nie sehr ernst geworden. Ein Flirt, wohl mal eine kleine Liebschaft, in Theaterkreisen nahm man das nicht so schwer. Später erst hatte er erfahren, daß es schon einmal eine kritische Situation in dieser Ehe gegeben hatte, das war, ehe sie in diese Stadt kamen. Der Vater war damals in Wien engagiert und hatte dort eine Verbindung zu einer Kollegin. Damals war erstmals von Scheidung die Rede. Aber es kam nicht dazu. Im Grunde war Ferdinand Stolte ein bürgerlicher Mensch. Das kam zum Teil von seiner Herkunft, er war in Riga aufgewachsen, in einer guten, alten Familie; zum Teil aber auch war es sein Wesen, dem im Grunde jeder Leichtsinn, jede Abenteuerlust fehlte. Seinen Beruf nahm er ernst, er war ihm das wichtigste.

Richard erinnerte sich noch gut an all die Rollen, in denen er seinen Vater gesehen hatte. Seine Erscheinung auf der Bühne war faszinierend gewesen, seine Stimme hatte ein Timbre, das den Atem stocken ließ. Keine sehr große Stimme war es gewesen, aber von einem Glanz, von einer Geschmeidigkeit und einem sinnlichen Zauber, die zusammen mit seinem Äußeren einen vollkommenen Eindruck schufen. Einige Dinge gab es, die der junge Richard am meisten liebte. Das war das Duett aus der „Macht des Schicksals", „In dieser feierlichen Stunde", die Besiegelung der Freundschaft der beiden Männer, die auf den Knaben tiefen Eindruck machte. Dann der Prolog aus dem „Bajazzo", wenn der Vater vor den Vorhang trat, mit dem weißgeschminkten Gesicht, und sieghaft begann „Schaut her, ich bin's . . ."

Aber was Richard am meisten geliebt hatte, das war eine ganz andere Rolle, das war der Wolfram im „Tannhäuser". Hier verfloß alles zu einem einheitlichen bewunderswerten Ganzen, die Gestalt des Vaters, die Rolle und die Stimme. Wenn er auf dunkler werdender Bühne das Lied an den Abendstern sang, innig, von tiefer Gläubigkeit erfüllt, Schmerz und Glück in einem, dann versank die Welt ringsum. Übrigens war dies auch die Rolle, in der Maria Stolte ihren Mann am liebsten hörte. Sie versäumte niemals eine Tannhäuser-Aufführung.

Aber dann war Wolfram selbst dem Ruf aus dem Venusberg gefolgt. Und er kehrte niemals zurück, den grünenden Stab in der Hand.

Natürlich kannte Richard auch die andere Seite des Künstlerdaseins. Die Gestalt da oben auf der Bühne, schön und erdenfern, im strahlenden Licht, gefeiert und bewundert, das war nur die eine Seite. Die Vollendung fiel nicht vom Himmel, sie mußte erarbeitet werden. Proben, Übungen, den täglichen Kampf um den Glanz, um den Sitz der Stimme, Entbehrungen und Opfer, die sie forderte, Nerven und Ruhe, die sie verschlang, auch die Familie stand stets in ihrem Schatten: ihre Majestät, die Stimme. Die Tyrannin, die Herrscherin. Und zu der Zeit, in die Richards Erinnerung zurückreichte, war Ferdinands Stimme schon ein zerbrechliches, gefährdetes Geschöpf geworden. Die Kraft und der Glanz der Jugend waren dahin, er konnte nicht mehr unbekümmert aus dem Vollen singen, die Stimme mußte gehätschelt und gepflegt werden, gelockt und gestreichelt und niemals überfordert. Eine ausgeklügelte, wenn auch vollendete Technik war ihre stärkste Stütze.

Er hatte den Vater gereizt und nervös erlebt, gepeinigt von Angst und Unruhe vor einer Premiere, und niedergeschlagen und unansprechbar, wenn er der Meinung war, eine unvollkommene Leistung geboten zu haben. Nichts konnte den Sänger dann auf der Welt interessieren außer seiner Stimme, seiner Arbeit, nicht die Frau, nicht die Kinder, sie waren nebensächlich, eher störend als Trost und Hilfe.

Manchmal hatte sich Richard gewünscht, der Vater möchte doch einen anderen Beruf haben. Einen richtigen, vernünftigen Beruf, wie er es bei sich nannte. So wie ihn die Väter seiner Freunde und Kameraden in der Schule hatten. Eine normale Arbeit, die einen Mann tagsüber beschäftigt und die ihn abends Muße und Feierabend bei seiner Familie gönnt. Aber abends war Vorstellung, da begann für seinen Vater erst richtig das Leben.

Und dann war das Mädchen in sein Leben gekommen. Sie hatte sich nicht damit begnügt, an der Bühnentür auf ihn zu warten und um ein Autogramm zu bitten und ihm dann schwärmerisch nachzublicken. Das hatte sie nie getan. Sie saß in allen

Vorstellungen, in denen er sang. Und ihr Herz flog ihm zu, genau wie alle anderen jungen Mädchen träumte sie von ihm. Die anderen aber gaben sich mit dem Traum zufrieden, sie wollte mehr. Sie wollte das Idol aus der Nähe sehen, mit ihm sprechen, wollte, daß auch er sie sah, sie kannte.

Eines Tages erschien sie, jung, schmal, mit dieser frühreifen Sicherheit, die sie besaß, kein alberner Backfisch, eine kleine, bestimmt auftretende Herrin, die das Leben nach ihren Wünschen ordnete. Eine Aristokratin, die stets bekam, was sie wünschte. Jetzt wünschte sie Gesangstunden bei Ferdinand Stolte.

Ferdinand hatte damals einige Schüler, nicht viel, zwei oder drei waren es nur immer, aber er hatte schon vor einigen Jahren mit dem Stundengeben begonnen, wohl in einer weisen Voraussicht auf spätere Jahre, auf das Alter, wenn er nicht mehr würde auftreten können. Die Stadt würde ihm eine Pension bezahlen, wenn er lang genug an ihrer Bühne gesungen hatte, und nebenbei konnte er Unterricht geben, vielleicht auch am Städtischen Konservatorium unterrichten, so stellte er es sich vor und so schien sein Leben weitgehend bis ans Ende gesichert.

Barbara von Tallien sang ihm vor. Sie hatte einen dunklen, ein wenig spröden Alt, der zweifellos reizvoll war, aber kaum das Volumen besaß, um eine Heranbildung bis zur Bühnenreife zu versprechen. Dazu reichte das Material nicht. Er sagte ihr das auch unumwunden, und Barbara von Tallien erklärte darauf kühl, das läge sowieso nicht in ihrer Absicht, sie wolle nicht Sängerin werden, die Stimme solle nur, ihren Möglichkeiten entsprechend, in beste Form gebracht werden.

Ob Ferdinand damals schon erkannte, was sie in Wirklichkeit zu ihm führte, nämlich nur der Wunsch, ihn kennenzulernen, in direkte Beziehung zu ihm zu treten, vielleicht auch ganz einfach das kindliche Verlangen, ihren Freundinnen etwas voraus zu haben, war nicht mehr zu erforschen. Auf jeden Fall widersprach es seinen Grundsätzen, daß er sie dennoch als Schülerin annahm.

Denn er hätte natürlich Schüler haben können, soviel er wollte, beliebt und anerkannt, wie er in der Stadt war. Er nahm nur wenige und nur solche, deren Stimme und Arbeitseifer wirklich einen späteren Erfolg versprachen. An diese wenigen versuchte er mit großer Intensität sein Können weiterzugeben.

Am Abend erzählte er seiner Familie von der neuen Schülerin. Richard erinnerte sich gut daran. Der Vater hatte spielfrei an diesem Tag und aß mit ihnen gemeinsam zu Abend.

„Und du hast sie trotzdem genommen?“ fragte Maria verwundert. „Es scheint doch mehr eine Laune von ihr zu sein.“

„Es sieht so aus“, hatte der Vater mit undurchdringlicher Miene erwidert. „Musikalisch ist sie auf jeden Fall. Sie spielt sehr gut Klavier.“

„Ach, dann war sie es, die das Nocturne von Chopin gespielt hat?“ meinte Maria.

„Ja. Hast du's gehört?“

„Natürlich. Es klang ausgezeichnet.“

„Bißchen hart im Anschlag. An Herz und Gefühl fehlt es noch“, sagte Ferdinand, „sie ist ja auch noch sehr jung. Und ein verwöhnter Fratz obendrein, das merkt man aus jedem Wort. Aber nicht ohne Charme.“

„Sie ist eine tolle Sportlerin“, sagte Richard mit seiner damals heiseren Jungenstimme. „Von der Grünen Woche in Berlin hat sie zwei Preise heimgebracht.“ Das imponierte ihm damals mehr als eine Nocturne von Chopin. „Neulich hab' ich sie auf ihrem Pferd im Schloßpark gesehen. Du, das ist vielleicht ein Gaul, der geht wie gestochen.“

Ferdinand lachte. „Ja, das hab' ich ihr auch gesagt. Wenn sie ernsthaft singen will, dann ist es Schluß mit der Reiterei. Eines kann man nur. Sport verträgt sich nicht mit dem Singen. Ein Sänger braucht seine ganze Kraft und seinen ganzen Körper für die Stimme.“

„Und was hat sie gesagt?“

„Sie hat gesagt: Nie. Ganz kurz und entschieden. Man müßte mir die Beine und die Arme abhacken, wenn ich nicht mehr auf ein Pferd steigen soll.“

„Und du hast sie trotzdem genommen?“ fragte Maria noch einmal, ehrlich erstaunt.

„Ja. Trotzdem. Sie interessiert mich irgendwie. Ich möchte mal sehen, was in dem Fratz drinsteckt. Wenn sie nichts arbeitet, setze ich sie wieder hinaus.“

Ein bißchen Snobismus mochte dabeigewesen sein. Immerhin, eine Tallien zur Schülerin zu haben, das reizte auch Ferdinand Stolte. Und dann – Barbara war hübsch. So jung sie war, sie verstand es schon, ihre Augen zu gebrauchen.

Und Ferdinand hatte immer ganz gern ein wenig mit dem Feuer gespielt.

Diesmal verbrannte es ihn. Mit Haut und Haar, und alles dazu, was sonst sein Leben ausmachte. Zuerst kam Barbara einmal in der Woche, dann zweimal. Aus dem Musikzimmer klangen die gewohnten Übungen, die Skalen und Tonleiter, schließlich ein paar Schubertlieder, dann Brahms und Schumann. Aber oft blieb es eine längere Weile still. Dann unterhielten sich Lehrer und Schülerin wohl, möglicherweile über die Arbeit, vielleicht aber auch über anderes.

Eines Tages hatte er sie wohl geküßt. Oder sie ihn. Richard wußte nicht, von wem die Lockung ausgegangen war, wer den ersten Schritt getan hatte.

Es dauerte lange, bis Maria einen Verdacht schöpfte. Sie war harmlos und gutgläubig, trotz genügender Erfahrungen, die sie im Laufe ihrer Ehe gemacht hatte. Aber das Mädchen war so jung, er konnte gut ihr Vater sein, mehr als das. Sie war siebzehn, dann achtzehn. Und er war vierundfünfzig. Das dunkle Haar grau an den Schläfen, trotz aller Pflege ein paar Falten im Gesicht, die die Schminke wohl verdeckte, aber im Tageslicht waren sie gut zu sehen. Schön, er sah damals noch ausgezeichnet aus. Fünfundvierzig Jahre, mehr hätte man ihm nicht gegeben. Aber er *war* nun mal zehn Jahre älter, wenn er es auch nicht wahrhaben wollte, so blieb es doch eine Tatsache.

Ein wenig befremdet war Maria das erstemal, als sie eines Abends nach der Vorstellung in seine Garderobe kam und dort Barbara vorfand. So etwas war nicht üblich. Maria selbst kam höchst selten einmal in die Garderobe. Sie wußte, daß es nicht erwünscht war, aber sie selbst hatte auch kein Verlangen danach. Die Theaterwelt war ihr immer fremd geblieben, sie hatte auch niemals viel Kontakt zu den Kollegen ihres Mannes gefunden und blieb auch meist den Geselligkeiten der Künstler fern. Als sie jünger war, hatte sie noch versucht, Schritt zu halten, ein wenig mitzutun, nicht zuletzt aus der Angst heraus, ihn doch eines Tages zu verlieren. Als sie aber beide älter wurden und diese Gefahr gebannt schien, ließ sie ihn allein gehen. Sie drängte sich nicht auf. Sie wußte ja, daß er sich nicht mehr soviel aus dem ganzen Betrieb rundherum um das Theaterleben machte. Er war ein wenig bequem geworden, zog es vor, nicht so spät ins Bett zu gehen, liebte gute Mahlzeiten und eine gemütliche Häuslichkeit, und schließlich brauchte er seine Kraft für die Stimme, für die Arbeit.

An diesem Abend aber suchte sie ihn in der Garderobe auf. Sie war in der Vorstellung gewesen, auch das kam jetzt relativ selten vor, sie kannte sein Repertoire, kannte seine Stärken und Schwächen, und ganz im geheimen empfand sie ein wenig Überdruß an all diesen Opern, die sie schon so oft gesehen und gehört hatte. So war sie eigentlich nur bei Premieren anwesend. Warum sie an diesem Abend dagewesen war, sie wußte es nicht mehr. Vielleicht eine Umbesetzung, ein neuer Kollege, ein Gastdirigent. Warum sie dann in seine Garderobe ging? Ach ja, überraschender Besuch war gekommen, von auswärts, sie wollte ihn darüber informieren.

Sie merkte die Blicke nicht, die sie streiften auf dem Weg zu ihm. Sie grüßte freundlich, wenn sie jemand traf, den sie kannte, klopfte dann kurz an seine Tür und trat ein. Die beiden waren allein. Ferdinand saß vor dem Spiegel und schminkte sich ab, das Mädchen hockte auf dem Sofa, die Beine burschikos heraufgezogen, der lange Rock ihres Abendkleides war darübergebreitet.

Ferdinand blickte kurz auf. „Ah, Maria. Wie geht es, meine Liebe? Wie hat es dir gefallen? Warst du zufrieden?“ Wie immer, wenn er von der Bühne kam, war er von hektischer Betriebsamkeit, ein wenig fahrig und nervös, aber auch gelöst, erleichtert, niemals bereit, sich mit ernsthaften Dingen zu beschäftigen.

„Du warst sehr gut“, sagte Maria, denn das wollte er hören. „Besonders das Piano im zweiten Akt kam heute ganz wunderbar.“ Sie hatte ein paar solcher Phrasen, die sie immer gebrauchte. Nebenbei verstand sie mittlerweile wirklich eine ganze Menge davon, sie hatte es im Laufe der Jahre gelernt, jedenfalls soweit es seine Stimme und seinen Gesang betraf.

„Ja, nicht wahr, nicht wahr, ich hatte auch den Eindruck. Barbara sagt es auch.“

Maria begrüßte das Mädchen, das sich höflich erhoben hatte, sich dann aber mit größter Selbstverständlichkeit wieder in die Sofaecke setzte.

„Sie waren heute auch im Theater, Fräulein von Tallien?“

Und Barbara erwiderte ehrlich und ganz sachlich: „Ich bin immer im Theater, wenn Herr Stolte singt.“ Dabei blickte sie

Maria gerade an, nicht die Spur verlegen oder unsicher, obwohl die Beziehung zwischen den beiden damals schon eine recht nahe war, wie Maria später erfuhr.

„Ja", Ferdinand lachte ein bißchen nervös, „Barbara wollte mal den Betrieb hinter der Bühne sehen. Und vor allem, wie es in so einer Künstlergarderobe aussieht. Ich nehme an, es hat sie sehr ernüchtert. Kahle Wände, wacklige Möbel, schmutzige Kissen, es ist nicht so wie im Film. Wird Zeit, daß sie hier wieder mal renovieren."

„Ihr fühlt euch ja doch nur wohl, wenn es möglichst kraus hier hinten aussieht", hatte Maria lächelnd geantwortet. Und dann zu Barbara gewandt: „Ich habe noch nie erlebt, daß eine Künstlergarderobe lange aufgeräumt und ordentlich aussah. Der Schminkmantel muß alt und schmutzig sein, die Schminkstifte werden bis zum letzten Stummel verbraucht und die ältesten Kostüme sind ihnen die liebsten."

„Ja", sagte Ferdinand, „weil um so mehr Erinnerungen und Erfolge daran hängen, je älter sie sind. Das macht sie so verführerisch. Wir sind nun mal abergläubisch. Und ein Kostüm, in dem ich Erfolg gehabt habe, hat den Erfolg noch im Gewebe hängen und läßt ihn wieder wirksam werden, wenn ich es trage."

„Das kann ich verstehen", sagte Barbara darauf ganz ernsthaft. „Ich reite auch am liebsten noch mit meinem alten Sattel, auf dem ich das erste Turnier gewonnen habe. Obwohl ich jetzt einen bildschönen neuen habe. Aber ich bilde mir immer ein, der alte hilft mir."

„Na, siehst du, wir verstehen uns", sagte Ferdinand und lächelte ihr zu. Es war nicht, weil er sie duzte. Er duzte seine Schüler meist. Aber dieses Lächeln war es, das Maria stutzig machte, es war so zärtlich und weich, es verband die beiden und schloß sie selbst aus.

In diesem Moment kam Reimann, der Garderobier, herein, ein älterer Mann, den sie gut kannte. Meist unterhielt sie sich ein wenig mit ihm. Heute grüßte er sie nur kurz, sehr höflich zwar, aber irgendwie stand ein Erschrecken in seinem Gesicht, sein Blick ging rasch von ihr zu Barbara, dann zu Ferdinand, dann zu Barbara zurück, und vermied es, sie noch einmal zu treffen.

Maria wurde ein wenig unsicher. Was ging hier vor? Bestand irgendeine Beziehung zwischen ihm und dem Mädchen? Doch sie wies den Gedanken von sich. Was für ein Unsinn! Das Mädchen war noch ein halbes Kind. Man konnte es zwar oft vergessen, wenn man sie sah und mit ihr sprach. Ihr Auftreten, ihre Sicherheit und ihre kühle Überlegenheit ließen vergessen, wie jung sie war. War nicht Lena, ihre eigene Tochter, eben nur gerade ein Jahr jünger? Ein kluges, ruhiges Mädchen, sehr besonnen für ihr Alter, sehr intelligent, aber gegen diese Barbara noch ein Kind.

„War etwas Besonderes?" fragte Ferdinand.

Sie besann sich auf den Besuch, berichtete ihm rasch davon und sagte dann: „Kommst du gleich mit? Wir können zu Hause essen, ich habe etwas vorbereitet."

Ferdinand zögerte. „Es paßt mir eigentlich schlecht. Ich bin mit ein paar Kollegen verabredet. Wir wollten noch ein Glas trinken. Macht es dir was aus, wenn ich ein bißchen später komme? Ich bleibe nicht lange."

„Wie du willst", sagte sie kurz und ein wenig verärgert. Schließlich war es seine Verwandtschaft. Ja, jetzt fiel es ihr wieder ein. Eine Kusine von ihm war es gewesen, man war früher oft zusamengekommen, hatte sich aber jetzt lange Zeit nicht gesehen.

Barbara machte keine Anstalten, mitzukommen, als sie ging. Sie stand nur wieder auf, gab Maria die Hand und setzte sich dann wieder hin.

Maria war ärgerlich, als sie zum Bühnenausgang ging. Aber sie rief sich selbst zur Ordnung. Lieber Himmel, vermutlich himmelte ihn die Kleine ein wenig an, wie es alle taten. Und sicher war es für sie ein großes Erlebnis, einmal hinter der Bühne zu sein, und sie wollte sich das Abenteuer nicht abkürzen lassen. Es war wirklich lächerlich, nur einen Gedanken daran zu verschwenden.

Aber warum hatte der alte Reimann so komisch geschaut? So irgendwie erschrocken? Und dann das Lächeln von Ferdinand. Ach, alles Unsinn, lächelte er nicht immer so, wenn eine hübsche Frau in der Nähe war? Sie konnte wirklich jetzt daran gewöhnt sein. Und schließlich und endlich, diese Barbara war eine Tochter aus gutem, aus bestem Hause, streng erzogen und wohlbehütet, dagegen konnte auch ein kleiner Ausflug in die Bühnenluft nichts ausrichten. Eine Tallien. Die lebten in einer anderen Welt. Auch heute noch.

Das alles fiel Maria ein an diesem Abend, nachdem Richard von seiner Begegnung mit Barbara von Tallien erzählt hatte. Eine andere Barbara. Die Tochter ihres Mannes.

Richard war gleich nach Hause gefahren, er hatte keine Verabredung. Er wollte nur nicht mit dem Professor und Barbara zusammen zu Abend essen, denn ein wenig unsicher hatte ihn das Zusammentreffen doch gemacht.

Lena war da, sie korrigierte gerade die Hefte ihrer Schülerinnen, aber kurz darauf saßen sie alle drei am Abendbrottisch. Und Richard erzählte. Das konnte er beruhigt tun. Es war alles lange genug her, und seine Mutter war wohl darüber hinweggekommen, soweit es möglich war. Heute lebte sie ganz mit ihren Kindern, für ihre Kinder, wie sie es in den vergangenen zwanzig Jahren schon getan hatte. Sie war ruhig und beherrscht wie stets, älter geworden, natürlich, ein wenig kränklich, aber beide Kinder taten für sie, was möglich war, versuchten ihr das Leben angenehm zu machen.

„Eigentlich ist sie ein nettes Mädchen", schloß Richard seine Erzählung, „die Ähnlichkeit scheint mehr äußerlich zu sein. Sie wirkt viel bescheidener, sogar ein bißchen eingeschüchtert."

„Das kam vermutlich daher, weil sie dich so überraschend traf", vermutete Lena ganz richtig. „Und sie hat dich wirklich gleich erkannt?"

„Sofort."

„Du siehst ja Vater ziemlich ähnlich. Du bist allerdings auch eine etwas bescheidenere Ausgabe. Gott sei Dank", Lena lächelte ihrem Bruder freundlich zu. Sie verstanden sich sehr gut.

„Auf jeden Fall habe ich den Eindruck, daß alles, was ihr hier so begegnet, sie ziemlich irritiert. Anscheinend hat sie sich vorher gar keine Vorstellung davon gemacht. Ehe sie herkam, meine ich. Sie sagt zum Beispiel, sie hätte gar nichts von uns gewußt, daß Vater Kinder hatte. Könnt ihr euch so etwas vorstellen? Wie haben sie denn das Kind aufwachsen lassen?"

„Vermutlich haben sie sich beide nicht viel um sie gekümmert", meinte Lena. „Nein, sie hat es sicher nicht leicht gehabt. Und jetzt – wer weiß, wie sie sich hier fühlt. Wenn alle sie wegen früher ansprechen."

„Hast du schon mal darüber nachgedacht, Lena, daß wir eigentlich so eine Art Geschwister sind. Komischer Gedanke."

„Sie ist unsere Halbschwester", meinte Lena sachlich. „Da ist gar nichts Komisches dabei. Aber ich habe trotzdem nicht die Absicht, in Beziehung zu ihr zu treten. Du vielleicht?"

„Nö", meinte Richard. „Sicher nicht. Und wenn ich sie mal beim Professor sehe, macht es ja nichts. Ich habe nichts gegen sie, das wäre dumm. Sie kann ja wirklich nichts dafür. Sie war richtig dankbar, daß ich das gesagt habe."

„Was hast du gesagt?"

„Na, daß wir nicht schuld an dem sind, was früher passiert ist."

„Der Professor mag sie gern?"

„Ja. Ich glaube, sehr gern."

Maria hatte schweigend gegessen und nichts dazu gesagt. Jetzt sah sie ihre Kinder an und meinte nachdenklich: „Ich weiß nicht, vielleicht solltet ihr euch nicht so ablehnend verhalten. Trotz allem wüßte ich eines gern: wie Ferdinand gelebt hat all die Jahre. Und wie er gestorben ist. Ist es nicht mein Recht, das zu wissen?"

Lena und Richard waren überrascht. Das hatten sie nicht erwartet.

„Ich kann sie doch nicht einfach danach fragen", sagte Richard.

„Warum nicht? Es ist euer Vater genausogut wie ihrer. Und sie *ist* eure Schwester. Und sie *ist* schuldlos an allem. Wir wissen nur das eine, daß Ferdinand tot ist. Sonst wissen wir nichts. Ich bin alt genug geworden, um Abstand von den Dingen zu haben, die geschehen sind. Aber er war mein Mann und euer Vater. Ich will nicht hart und selbstgerecht sein. Warum solltet ihr es sein?"

„Nein, natürlich nicht", sagte Richard verwirrt, „das wollen wir auch gar nicht. Aber wie stellst du dir das vor? Es war ein Zufall, daß ich sie getroffen habe. Ich könnte den Professor mal fragen, ob er etwas weiß. Wir haben bisher nie darüber gesprochen. Er hat mir nur erzählt damals, daß er Barbara kennengelernt hat, daß sie bei ihm war. Das wißt ihr ja. Sie hat schließlich Familie genug hier. Ihr geht es gut."

„Das weißt du nicht", sagte Maria. „Und man weiß auch nicht, was sie für eine Jugend gehabt hat."

„Vater hat nie etwas von ihr geschrieben, nicht wahr?" fragte Lena.

„Nein. Nur einmal eine kurze Bemerkung."

Geschrieben hatte Ferdinand Stolte öfter an seine Frau. Die erste Zeit nicht. Aber dann, später, im Krieg. Es war wohl vor allem die Sorge um die Kinder, besonders um seinen Sohn, die ihn dazu veranlaßte. Richard war natürlich eingezogen, er war in Rußland, einmal wurde er verwundet, war dann längere Zeit zu Hause.

Damals also, gleich zu Anfang des Krieges, kam der erste Brief von Ferdinand. Er schrieb, daß er in Prag sei, am Deutschen Theater engagiert. „Viel ist nicht mehr los mit meiner Stimme“, schrieb er, „wenn der Intendant mich nicht von früher her kennen würde, dann säße ich wohl auf der Straße. Ich versuche mein Bestes zu tun, große Partien sind es nicht mehr.“ Es klang resigniert und müde. Maria hat es wohl herausgelesen. Er schrieb kein Wort von Barbara, nichts von seinem Kind. „Ich weiß, Maria, was ich Dir alles angetan habe. Ich habe es immer gewußt. Und ich habe nicht einmal ausreichend für euch sorgen können. Jetzt, da ich das Engagement habe, soll das anders werden. Und ich bitte Dich von Herzen, schreibe mir, wie es Dir geht. Was die Kinder machen. Ich muß es wissen.“

Zunächst hatte Maria nicht geantwortet. Es waren neue Briefe gekommen, und dann einige Male Geldüberweisungen. Kleine Beträge nur, so hoch mochte seine Gage nicht sein.

Endlich antwortete Maria. Sie schrieb kurz, daß es ihnen allen dreien leidlich ginge und daß sie kein Geld brauche.

Sie hatte zu der Zeit ganz gut verdient. Es war Krieg, sie arbeitete bei einer Behörde, bei einer Kartenverteilungsstelle, und da sie tüchtig und zuverlässig war, hatte sie dort bald eine leitende Position. Sie hatte auch in den Jahren zuvor schon verdient, genug Leute kannten sie in der Stadt, nahmen Anteil an ihrem Schicksal und halfen ihr, wo sie konnten. Verschafften ihr vor allem Arbeit.

Lena verdiente damals auch schon. Und Richard besuchte bereits die TH, er bekam ein Stipendium. Als er eingezogen wurde, kam eine neue Sorge, die größte bisher, in ihr Leben. Die Angst um ihren Sohn. Alles, was gewesen war, schien gering, verblich, war auf einmal unwichtig geworden. Nur Richard sollte am Leben bleiben. Ihn konnte sie nicht verlieren. Er bekam anfänglich immer wieder mal einige Zeit Studienurlaub, dann war er da, bei ihr und in Sicherheit. Erst als der Krieg in Rußland bitterer Ernst wurde, verschwand er für lange Zeit.

Lena hatte sich damals verlobt und heiratete ganz kurz danach. Ihr Mann war Offizier, besaß sogar Vermögen, außerdem bekam sie als Frau eines Soldaten eine ausreichende Unterstützung. Lena konnte damit einen Traum erfüllen. Sie hörte auf zu arbeiten und begann zu studieren. In Frankfurt.

Das war eine neue Sorge für Maria. Je mehr die Luftangriffe sich steigerten, um so gefährdeter war auch Lena in der Großstadt. Beide Kinder waren in Gefahr. Damals wurde ihr Haar grau, sie war oft so müde und verzweifelt, so müde des ganzen Lebens. Doch sie arbeitete noch mehr als zuvor, nur um nicht soviel Zeit für ihre Angst zu haben.

Diese Angst um die Kinder brachte es aber mit sich, daß sie Ferdinands Briefe nun regelmäßig beantwortete, ihm Auskunft gab, ihn auf dem laufenden hielt. Als könne dies doch in allem ein Trost sein.

So erfuhr sie, daß er krank war, daß er alt geworden sei, daß auch er müde und überdrüssig schien. Nie ein Wort von Barbara, nichts von dem Kind.

Die ganze Zeit hatte Maria erwartet, er würde sie wieder um die Scheidung bitten. Damals, ehe er ging, hatte er es getan. Sie hatte strikt abgelehnt. Jetzt war ihr das gleichgültig geworden, sie war bereit dazu. Einmal machte sie sogar eine Andeutung in einem Brief. Er ging nicht darauf ein.

Gegen Ende des Krieges riß die Verbindung ab. Maria hörte lange nichts von ihm, wußte nicht, ob er das Ende überlebt hatte.

Sie selbst hatte noch schwere Zeiten durchzustehen. Die Stadt mußte im letzten Kriegsjahr viele große Angriffe über sich ergehen lassen, ihre Wohnung wurde dabei zerstört. Erst lebte sie bei Bekannten, dann hatte sie ein Zimmer.

Lenas Mann fiel, und Lena kam im Frühjahr 1945 zu ihrer Mutter zurück. Der Verlust ihres Mannes traf sie nicht einmal sehr hart. Es war nur eine kurze Ehe gewesen, die Zeit, die sie zusammen mit ihrem Mann verbracht hatte, zählte nach Tagen. Eine tiefe Bindung war nicht entstanden.

Und das Wunder geschah, auch Richard kam heil nach Hause, ziemlich bald sogar, nachdem der Krieg zu Ende war. Maria war so dankbar, kam sich so reich beschenkt vor, daß sie beide Kinder hatte behalten dürfen. Was wog dagegen ihre zerstörte

Ehe? Es war so viel geschehen, daß ihr kaum noch Zeit geblieben war, darüber zu weinen.

Und etwas war noch, was ihr geholfen hatte. Immer und immer. Eine tiefe, echte Gläubigkeit. Gott hatte ihre Gebete erhört. Er hatte ihre Kinder gerettet. Ihr war nichts genommen worden auf dieser Erde, sie hatte nur empfangen.

Wenn sie jetzt in der Kirche kniete, schloß sie stets Ferdinand in ihre Gebete ein. Vielleicht war er tot, umgekommen in dem Grauen dieser mitleidlosen Zeit. Und wenn er lebte, würde er unglücklich und elend sein, das wußte sie.

Der Krieg war seit einem halben Jahr zu Ende, da bekam sie die erste Post von ihm. Es war ein erschütternder Brief. „Verzeih mir, Maria, wenn du noch lebst. Verzeih mir alles, was ich Dir angetan habe. Ich habe es bitter gebüßt und büße es täglich noch. Und schreibe mir, ich flehe Dich an, schreibe mir, ob die Kinder leben, wie es ihnen geht."

Sie hatte Lena und Richard den Brief gezeigt. Und beide waren reif und verständig genug geworden in den vergangenen Jahren, auch sie hatten genug erlebt, um verzeihen zu können, um ohne Haß und ohne Groll an den Vater zu denken.

Ein Brief ging nach Salzburg, der davon berichtete, daß sie gesund und am Leben seien und wie sie jetzt lebten. Darauf kam lange keine Antwort.

Erst im nächsten Frühjahr wieder. Es war ein seltsam verworrener Brief, in einer unsicheren, zitterigen Handschrift geschrieben. Ferdinand erklärte darin, warum er so lange nicht geantwortet habe. „Ich habe den ganzen Winter festgelegen, und ich liege noch. Mein Rheuma ist jetzt ganz schlimm, ich kann mich oft kaum rühren. Auch mein Herz ist am Ende. Ich bin ein alter Mann geworden, Maria. Ein alter, einsamer Mann." Aber im selben Brief stand auch: „Sie ist noch bei mir, aus Mitleid wohl, aus Anständigkeit." Es war das erste Mal, daß er Barbara erwähnte. Trotzdem schrieb er, daß er einsam sei. Auch von dem Kind sprach er zum erstenmal. „Mein kleines Mädchen hat eine traurige Jugend. Sie tut, was sie kann für mich. Aber was ist das für ein Leben für ein Kind, einen alten, fast gelähmten Mann zu pflegen, keine Freude, keine Spielgefährten, kein richtiges Elternhaus. So etwas kennt sie nicht. Und hier wird es nicht mehr besser mit mir, in dieser ewigen Feuchtigkeit, dieser Nässe."

Es war ein trostloser Brief gewesen, und Maria empfand Mitleid mit ihrem Mann. Es hätte nicht viel gefehlt, und sie hätte ihm geschrieben, er solle nach Hause kommen, zu ihr. Aber das war ein weiter Weg. Ein weiter Weg für beide. Und hatte er nicht geschrieben, daß Barbara noch bei ihm war?

Daran mußte Maria jetzt denken. Darum auch hatte sie gesagt: Wer weiß, was sie für eine Jugend gehabt hat. Nein, kein böser Gedanke lebte in ihr gegen die junge Tochter ihres Mannes.

Dann hatte sie wieder lange Zeit nichts gehört von Ferdinand. Sie war auch selbst sehr beschäftigt. Sie arbeitete noch immer, die Kinder beendeten beide ihr Studium. Es galt, so viel zu schaffen und wiederaufzubauen, eine neue Wohnung, ein Heim, ein geordnetes, geregeltes Leben. Das dauerte Jahre.

Zweimal waren Briefe aus Italien gekommen. „Hier geht es mir wieder besser, ich kann mich bewegen, kann wieder gehen. Vielleicht werden wir uns doch noch einmal wiedersehen."

Sie hatte ihn nicht wiedergesehen. Aber sie hätte gern mehr gewußt über die letzten Jahre seines Lebens.

Nachdem Nele gehört hatte, daß Richard gegangen war, kam sie nachschauen, wer nun eigentlich der Gast zum Abendessen sein würde.

„Barbara ist es", erklärte Ludwig fröhlich, „sie kam durch den Garten. Und sie bleibt eine Weile hier."

„Dann hat sie Richard Stolte getroffen?" fragte Nele neugierig.

„Hat sie. Und sie haben sich gut vertragen, nicht wahr?"

Barbara nickte.

„Und jetzt rufen wir bei dir zu Hause an. Soll ich oder willst du selber?"

„Ich werde anrufen."

„Schön. Ich hole dir das Telefon herüber."

„In fünf Minuten ist das Essen fertig", verkündete Nele und verschwand wieder.

Doris war am Telefon und fand die Tatsache, daß Barbara bei dem Professor zu Abend essen würde, höchst interessant.

„Du bist ein ganz hinterhältiges Subjekt", sagte sie, „verschwindest so klamm heimlich zu einem Rendezvous. Mit dir werden wir auch noch allerhand erleben. Und den schicksten

Mann, den ich kenne, suchst du dir dazu aus. Viel Spaß. Und einen schönen Gruß an den Onkel Professor."

Barbara lachte.

„Was hat sie gesagt?" erkundigte sich Ludwig.

„Es war Doris, sie meint, ich sei ein hinterhältiges Subjekt. Und ich soll dich grüßen von ihr", das andere verschwieg sie.

Sie aßen zusammen, tranken dann eine Flasche Wein, und Barbara genoß das Zusammensein mit Ludwig aus ganzem Herzen. Die Unruhe, die sie in letzter Zeit gequält hatte, verschwand in seiner Nähe. Sie erschien geradezu lächerlich. Darum erzählte sie auch nichts von Heinz. Es war nichts zu erzählen. Um so mehr berichtete sie von ihrer neuen Tätigkeit.

„Sieh mal an", staunte Ludwig, „du bist ja tüchtig. Aber es freut mich, daß du jetzt etwas zu tun hast."

„Oh, ich habe viel zu tun. Ich besuche nebenbei noch die Kurse, jetzt meist abends, und außerdem lerne ich weiter, Doris will nicht, daß ich dumm bleibe. Englisch kann ich auch schon etwas. Ich habe eigentlich überhaupt keine freie Zeit. Abends bin ich meist in meinem Zimmer und arbeite oder lese. Das ist seit langem heute der erste Abend, daß ich mal gar nichts tue."

„Und mit der Familie kommst du nach wie vor gut aus?"

„Ja. Außer Julius sehe ich tagsüber kaum jemand. Doris hört mich abends ab oder gibt mir neue Aufgaben. Nur reiten gehe ich regelmäßig, und zwar in der Bahn jetzt, es ist zu kalt draußen. Manchmal am Morgen, aber meist abends, nach Geschäftsschluß."

Bei dieser Gelegenheit traf sie auch mit Heinz zusammen, er ritt meist am Abend. Aber da fühlte sie sich noch am sichersten, der Umgang mit den Pferden verbot alle törichten Gedanken, sie redeten sachlich miteinander und verstanden sich auf diesem Gebiet am besten.

„Alles in allem", meinte Ludwig, „kann man sagen, daß du dich hier ganz gut akklimatisiert hast, nicht? Es gefällt dir doch?"

„Ja." Es klang überzeugt.

„Du hast etwas zu tun, leistest eine vernünftige Arbeit, dein Tag ist ausgefüllt. Und sonst hast du doch auch keine Sorgen?"

Es war noch einmal die Gelegenheit, von Heinz etwas zu sagen. Aber Barbara brachte es nicht über die Lippen. Sie schüttelte den Kopf.

„Bekommst du denn auch bezahlt für deine Arbeit?"

„Natürlich. Ich bekomme ein richtiges Gehalt. Natürlich nicht so viel wie Frau Hartmann, aber ich kann ja auch noch nicht genug. Aber Julius hat mir schon eine Gehaltserhöhung in Aussicht gestellt."

„Fein. Du wirst eine richtige selbständige Frau. Das freut mich. Wie alt bist du jetzt eigentlich, Barbara? Zwanzig?"

„Ich bin im vorigen Monat einundzwanzig geworden", erklärte sie stolz.

„Einundzwanzig, sieh mal an. Also schon mündig. Und heiratsfähig. Aber heiraten wirst du ja hoffentlich nicht so bald."

„Nein, bestimmt nicht."

Ludwig lachte. „Na, so bestimmt kann man es nie wissen, bei einem so hübschen Mädchen. Im vorigen Monat, sagst du? Und ich habe gar nichts davon gewußt. Das ist nicht nett von dir."

„Ich kann dich doch nicht anrufen und sagen, daß ich Geburtstag habe."

„Warum nicht? Ich hätte dir einen großen Blumenstrauß geschickt."

Ein wenig später rief Lily an.

„Servus, Lou", sagte sie. „Wie geht es dir? Was machst du?"

„Mir geht es bestens", erwiderte Ludwig. „Und du? Spielst du heute abend nicht?"

„Doch. Aber nur eine kleine Rolle. Ich habe im ersten Akt zu tun und im letzten. Und dazwischen habe ich viel Zeit. Deswegen rufe ich an."

„Das ist ein gescheites Stück", meinte Ludwig. „Ich wünschte, du würdest immer in solchen spielen."

„Ach, Ludwig, du bist so nett zu mir. Ich verdiene es gar nicht."

„Ich weiß", sagte er.

„Und ich weiß genau, was du jetzt für ein Gesicht machst. Ganz ernst, aber deine Augenwinkel schmunzeln. Leider nimmst du mich eben nicht richtig ernst."

„Tue ich das nicht? Wenn ich es noch mehr täte, wäre ich der unglücklichste Mann von der Welt."

„Hast du Sehnsucht nach mir, Lou?"

„Ja. Natürlich."

„Natürlich ist das bei dir gar nicht. Aber ich kann jetzt nicht kommen. Viel Arbeit. Ende der Woche habe ich Premiere, am

Sonnabend. Du, ein tolles Stück. Eine herrliche Rolle für mich."

„So."

„Ja. Weißt du, ein etwas verrücktes Frauenzimmer, überspannt, reich, launisch, ganz mondän und für ein normales Leben nicht zu gebrauchen. Und dann verliebt sie sich in einen Mann, der das ganze Gegenteil ist, vernünftig, gescheit, erdverbunden, ganz nüchtern. Aber nur scheinbar nüchtern, verstehst du."

„Ich verstehe", sagte Ludwig.

„Das heißt, erst liebe ich ihn gar nicht. Ich weiß es jedenfalls nicht, daß ich ihn liebe. Und er biegt mich so ganz nebenbei zurecht. Manchmal ziemlich rüde, aber schließlich gibt es ein großartiges Happy-End."

„Demnach so eine moderne Art von der ‚Widerspenstigen Zähmung'?"

„Ja, so ähnlich. Eine Bombenrolle."

„Freut mich für dich."

„Kommst du zur Premiere?"

„Ich kann leider nicht. Ich fahre diese Woche noch nach Rom."

„Nach Rom?"

„Ja. Zusammentreffen mit italienischen Kollegen. Ein paar Tagungen und ähnliches."

„Och, schade, Lou. Wann sehe ich dich endlich wieder mal?"

„Ja, mein Schatz, das weiß ich auch nicht. Einer von uns wird wohl seinen Beruf aufgeben müssen. Entweder ich werde dein Manager oder du meine Frau. Überleg es dir mal, was ratsamer wäre."

Am anderen Ende blieb es eine Weile still. Dann kam ein Seufzer. „Ach, Lou."

Ludwig ließ das Thema fallen. Es war schon genug darüber geredet worden, im guten und im bösen. Er hatte eine Schauspielerin geheiratet, er hatte gewußt, als er sie heiratete, daß sie es mit ganzer Seele war. Und daß sie ehrgeizig war und um jeden Preis Karriere machen wollte. Es war sinnlos, ihr Vorwürfe zu machen. Freilich hatte er immer gehofft, sie würde eines Tages das Theater aufgeben und ganz mit ihm leben. Solange er selbst in Frankfurt war, ging es ganz gut. Aber jetzt war es ein unhaltbarer Zustand geworden. Auch wenn es nicht sehr weit nach Frankfurt war, für eine Ehe war die Entfernung doch zu groß. Er hatte viel zu tun hier, und wenn er nach Frankfurt fuhr, aßen sie zusammen Mittag, er schlief vielleicht eine Nacht bei ihr, am nächsten Tag mußte er zurück sein. Bei ihr war es genauso. Manchmal kam sie, wenn sie spielfrei hatte. Aber dann waren wieder Proben. Selten kam es vor, daß sie mehr als einen Tag oder eine Nacht bei ihm war. Selten auch einmal für ein ganzes Wochenende.

„Rate mal, wer bei mir ist", sagte er jetzt.

„Wer denn? Netter Besuch?"

„Sehr netter. Eine hübsche junge Dame."

„Oh, Lou, du bist ein Schuft. Wer ist es?"

„Barbara."

„Oh, Barbara. Wie geht es ihr? Grüße sie von mir. Sie wollte mich doch mal besuchen? Nein", ein lebhafter Schrei am anderen Ende, „weißt du was, Lou, sie soll zu meiner Premiere kommen. Sie wollte mich doch mal sehen. Frag sie, ob sie mag. Sie kann bei mir schlafen."

„Gut, ich frag' sie." Er wandte sich zu Barbara um. „Lily fragt, ob du nächsten Sonnabend zu ihrer Premiere kommen willst. Ein tolles Stück und eine Bombenrolle."

„Oh", Barbara lächelte erfreut. „O ja, ich möchte gern. Wenn du meinst, daß es geht."

„Natürlich. Warum nicht. Also dann sage ich zu." Ins Telefon: „Sie kommt gern, sagt sie. Soll sie allein kommen oder in Begleitung?"

„Na, lieber doch allein, nicht? Wenn du nicht mitkommst. Von der Familie höchstens Julius. Aber schlafen kann nur einer bei mir."

Ludwig wandte sich wieder zu Barbara: „Meinst du, daß Julius mitkommen würde?"

Barbara schüttelte den Kopf. „Er ist nicht da. Er fährt übermorgen fort. Geschäftsreise."

„Aha. Also hör zu, mein Schatz. Julius ist nicht da. Die anderen willst du nicht, folglich kommt Barbara allein."

„Gut. Ich lege ihr eine Karte zurück. Und du beschreibst ihr, wie sie zu meiner Wohnung kommt. Ach, sie soll sich einfach ein Taxi nehmen, sind ja reiche Leute. Und vor der Premiere habe ich natürlich keine Zeit für sie, da muß sie sich allein amüsieren. Aber Sonntag machen wir es uns dann gemütlich. Okay?"

„Okay, mein Liebling. Sonst noch was auf dem Herzen?"

„Viel. Ich möchte jetzt einen Kuß von dir. Einen ganz großen, langen. *Ich* habe nämlich Sehnsucht."

„Manchmal, so zwischen den Akten, nicht?"

„Sei nicht häßlich, Lou. Du mußt mich eben lieben, wie ich bin."

„Das muß ich wohl."

„Wann kommst du aus Rom zurück?"

„Ich weiß noch nicht. Ich bleibe ungefähr eine Woche."

„Du hast jetzt Semesterferien, nicht?"

„Ja."

„Dann könntest du aber wirklich mal ein paar Tage bei mir bleiben. Findest du nicht?"

„Ja, wir werden sehen. Wenn ich zurück bin."

„Lou, ich gebe dir einen Kuß. Hörst du?"

„Ja, ich höre. Und ich bedanke mich. Gute Nacht, mein Schatz."

„Das klang sehr kühl."

„Tut mir leid. Aber meine Leidenschaft wird durch Telefonküsse leider nicht sehr geweckt."

„Du bist eklig. Flirte nicht etwa mit der kleinen Barbara. Die nimmt die Liebe noch ernst."

„Du nicht?"

„Doch, natürlich. Aber anders eben."

„Eben", wiederholte Ludwig mit einem Seufzer.

Barbara war mit Interesse dem halben Telefongespräch gefolgt. Ludwigs Ehe war etwas undurchsichtig. Liebte er seine Frau nun? Er war sehr nett zu ihr, das bestimmt. Aber eigentlich war es doch komisch, er hatte eine Frau und lebte doch allein. Glücklich war er sicher nicht dabei. Aber er hatte seine Arbeit. Viel Arbeit sogar. Ob das genügte? Soviel Barbara von Männern verstand, würde es ihm nicht genügen.

Er drehte sich um, kam an den Tisch zurück, goß die Gläser wieder voll und nahm eine neue Zigarette.

„Meine Frau Gemahlin. Sie hat eine lange Pause zwischen dem ersten und letzten Akt und erinnert sich meiner. Nett, nicht?"

Barbara blickte unsicher zu ihm auf. Es klang nicht froh, auch wenn er dabei lächelte.

„Ich finde Lily reizend", sagte sie vorsichtig. „Und sie ist nun mal Schauspielerin."

„Ja. Aber Schauspielerinnen sollten nicht heiraten. Nicht einen Mann wie mich. Das ist kein Dauerzustand." Er setzte sich, sah sie dann an und lächelte wieder. „Na, lassen wir das. Nimmst du auch noch eine Zigarette?"

„Danke, gern."

„Sie hat gesagt, ich soll nicht mit dir flirten. Du nimmst die Liebe noch ernst, meint sie. Stimmt das?"

Barbara hob die Schultern, sie verzog den Mund. „Das weiß ich nicht. Liebe ist etwas Komisches, etwas – etwas Lästiges kann sie sogar sein."

Ludwig lachte. „Nicht immer. Sie kann auch etwas sehr Schönes sein. Aber man begnügt sich meist nicht mit dem Schönen allein. Man will alles haben, wenn man wirklich liebt. Und dann kriegt man natürlich auch das Komische und das Traurige und das Häßliche und das Lästige mit."

„Ja, so wird es wohl sein."

„Aber erst wenn man das alles beieinander hat, dann merkt man, ob es wirklich Liebe ist. Nämlich dann, wenn sie das alles verkraften und ertragen kann und nicht kleiner wird davon oder gar kaputt geht dabei, dann ist es wirklich Liebe. Und das ist dann ein großes Geschenk vom lieben Gott. Das bekommt man nicht alle Tage."

Barbara schaute ihn mit großen ernsten Augen an. „Ja", sagte sie leise. „Das müßte schön sein, wenn man es bekommt. Eines Tages."

„Es fällt zwar vom Himmel", sagte Ludwig. „Aber trotzdem muß man einiges dazu tun. Man muß es festhalten und das Richtige damit anfangen."

Sein Gesicht war weich jetzt, fast verträumt. Aber er sah Barbara nicht an, blickte an ihr vorbei, irgendwohin.

3

Lily bewohnte ein Zweizimmer-Appartement im siebenten Stock eines Neubaues. Die Zimmer waren nicht zu klein und sehr apart eingerichtet. Die große Wohnung in einem Villenvorort, die sie früher mit Ludwig gemeinsam bewohnte, als er noch in Frankfurt war, hatte sie nicht behalten. Das war ihr zuviel Ballast. Jetzt hatte sie es nicht weit zum Theater und brauchte sich auch nicht mehr um einen Haushalt zu kümmern, das war ihr lieber.

Als Barbara am Nachmittag ankam, war mit Lily nicht viel anzufangen. Die bevorstehende Premiere machte sie nervös und zerfahren. Sie kam in einem zartgrünen Pyjama an die Tür, schloß Barbara in die Arme, gab ihr einen Kuß und redete eine Weile kunterbunt auf sie ein. Von ihrer Rolle, von den Proben, fragte dann nach Ludwig, nach der Familie, ohne jedoch eine Antwort abzuwarten. Dann schlüpfte sie wieder ins Bett, ein großes breites Bett, das in der Mitte des einen Zimmers stand, sagte: „Leg dich auch ein bißchen hin, auf die Couch im Wohnzimmer", fügte aber gleich hinzu: „Unsinn, du bist ja sicher nicht müde. Komm, setz dich zu mir und erzähl mir, was du treibst."

„Ich hab' dich beim Schlafen gestört", meinte Barbara verlegen, sie war bis jetzt noch kaum zu Wort gekommen.

„Ich kann sowieso nicht schlafen", sagte Lily, „ich hab's versucht. Aber ich kann vor Premieren nie schlafen. Oh, Barbara, glaub mir, es ist ein verdammter Beruf. Wenn ich nur schon 24 Stunden älter wäre. Oder lieber 48, dann sind die Kritiken 'raus. Wie sehe ich eigentlich aus? Schauderhaft, was?" Sie griff nach einem Spiegel, der auf dem Nachttisch lag, und studierte sich aufmerksam. „Einfach verheerend. Um Jahre älter."

„Ich finde dich sehr hübsch", sagte Barbara ernsthaft, „mir gefällst du." Es war die Wahrheit. Auch ganz ohne Make-up und mit dem zerstrubbelten kurzen Haar sah Lily reizend aus, eher jugendlicher, als Barbara sie in Erinnerung hatte.

„Du bist lieb", sagte Lily dankbar. „Wirklich, ich bin froh, daß du gekommen bist. Da werde ich wenigstens ein bißchen abgelenkt. Sonst wäre ich bis heute abend vollends verrückt geworden. Weißt du was, ich koche uns einen starken Kaffee." Sie sprang wieder aus dem Bett, lief in ihre kleine Küche und wirtschaftete dort herum.

Barbara blieb zunächst sitzen. Sie wußte nicht recht, was sie mit sich anfangen sollte. Und sie hatte das Gefühl, daß sie hier doch heute wohl fehl am Platze war. Im Zimmer sah es ziemlich unordentlich aus. Ein schwarzes Hemdchen, Strümpfe, Schuhe, ein Paar lange schwarze Hosen, ein helles Wollkleid, alles lag in buntem Durcheinander verstreut. Es war trotzdem nicht ungemütlich hier. Und der Hauch vom Duft eines schweren, herben Parfüms, der zu Lily gehörte, lag über allem und gab den persönlichen Akzent.

Barbara versuchte, sich Ludwig in dieser Umgebung vorzustellen. Den Herrn Professor. Es war keineswegs eine unmögliche Vorstellung. Man konnte sich ohne weiteres denken, daß er hier hereinkäme und die kleine kapriziöse Person in die Arme schlösse. Man konnte an Liebe denken, an Leidenschaft, sogar an ein leidliches Verstehen der beiden. Nur – eine Ehe, eine Ehe war es wohl nicht. Aber was hieß das schon in diesem Falle? Lily war überhaupt keine Frau, die in eine Ehe hineinpaßte.

Sie stand auf und ging hinaus in die kleine Diele, wo sie ihr Köfferchen abgestellt hatte. Bis jetzt war sie noch nicht dazu gekommen, etwas auszupacken. Aber es würde wohl besser sein, das blaue seidene Kleid, das sie für den Theaterbesuch mitgebracht hatte, herauszunehmen.

Lily schaute aus der Küche heraus. „Brauchst du einen Bügel? Hier hängen welche. Und was du sonst noch brauchst, mußt du gleich sagen. Mir kann man alles sagen, weißt du. Es braucht dich nicht zu stören, wenn ich nicht von selbst daran denke. Ich bin erstens keine gute Hausfrau und zweitens etwas konfus. Und heute ganz besonders." Sie lachte, krauste die Nase, und Barbara lachte zurück.

„Da, nimm die Tassen", sagte Lily, „und trag sie hinein zu

mir. Nö, wieder ins Schlafzimmer. Wenn's dir nichts ausmacht, leg' ich mich wieder hin."

Lily verbrachte den Rest des Nachmittags im Bett, und Barbara saß bei ihr. Sie tranken Kaffee, schwatzten, etwas später kam Besuch. Ein schmaler hagerer Mann mit einem interessanten dunklen Gesicht. Auch ihn empfing Lily ungeniert im Bett. Sie stellte ihn Barbara als „Bronski, mein Regisseur", vor. Die beiden gerieten in ein Fachgespräch, kamen dann natürlich auf die Premiere und sprachen über Kollegen und ähnliche Dinge, die Barbara kaum verstand. Sie hörte dennoch interessiert zu. Verstohlen musterte sie den Fremden. Ob das Lilys Freund war? Doris hatte mal so eine Bemerkung gemacht, es existiere einer. Jedenfalls saß Herr Bronski bei Lily auf dem Bettrand, ganz selbstverständlich, er bekam noch einmal frischen Kaffee gemacht und rauchte eine Zigarette nach der anderen.

Zusammen verließen sie abends die Wohnung. Barbara ging mit bis zum Theater, dann verabschiedete sie sich von den beiden. Lily zeigte quer über die Straße. „Da drüben ist ein Cafe, da kannst du dich aufhalten, bis es losgeht. Du kannst aber auch einen kleinen Bummel machen und Schaufenster anschauen."

Barbara zog das letztere vor. Sie schlenderte langsam durch die Straßen, betrachtete wirklich aufmerksam die Schaufenster, deren Auslagen hier natürlich noch weit reichhaltiger und exklusiver waren, als sie es von zu Hause gewohnt war.

Sehr pünktlich fand sie sich dann im Theater ein und geriet dort in die animierte, hochgespannte Stimmung einer Premiere. Alles war neu für sie. Das Theater, die vielen eleganten Frauen, die Gesprächsfetzen, die sie erhaschte, und schließlich vor allem das Stück selbst. Sie war früher nie ins Theater gekommen, später dann einige Male in Genua mit Piero, und zuletzt war sie zweimal zu Hause im Theater gewesen, was stets ein wenig bedrückend auf sie gewirkt hatte. Sie mußte immer daran denken, daß ihr Vater an diesem Theater einst gesungen hatte. Freilich, es war wohl nicht das gleiche Haus, das war im Krieg zerstört worden, aber die gleiche Stadt und die gleiche Bühne.

Hier, an diesem Abend, war sie ganz unbefangen und konnte alles von Herzen genießen. Zudem war das Stück wirklich sehr amüsant und kurzweilig, und Lily in ihrer Rolle ohne Zweifel reizend und bezaubernd. Das gut unterhaltene Publikum spendete schon nach dem ersten Akt reichen Beifall, der sich im

Laufe des Abends weiter steigerte. Am Schluß konnte sie den größten Teil des Applauses für sich buchen, man rief ihren Namen, und sie verbeugte sich mit strahlenden Augen, lachte ins Publikum, drehte sich kokett in einem ganz engen, todschicken Kleid, das freigebig ihre schönen Beine zeigte. Herr Bronski, neben ihr, lachte jetzt auch. Am Nachmittag hatte er meist eine finstere Miene gezeigt.

Ihn traf Barbara auch als ersten, als sie an der verabredeten Stelle wartete.

„Gehen wir voraus", meinte er. „Lily sagt, ich solle Sie gleich mitnehmen, daß Sie nicht zu lange warten müssen und kalte Füße bekommen. Sie kommt dann nach."

Sonst sagte er nicht viel zu ihr. Barbara machte einige lobende Bemerkungen zu dem Stück, er winkte ab: „Ein kleines Nichts ist das. Keine Aufgabe für einen Regisseur von Ambitionen. Aber für Lily ist es eine nette Rolle. Sie wird sie in München auch spielen, als Debut."

„In München?"

„Ja. Nächste Spielzeit, wenn sie dort anfängt."

„Lily geht nach München?"

„Wissen Sie das nicht? Sie hat gestern nach der Generalprobe den Vertrag unterschrieben."

Nein, Barbara wußte es nicht. Lily hatte nichts davon gesagt. Ob Ludwig das wußte?

„Gehen Sie auch nach München?" fragte sie unwillkürlich.

„Ich? Nein. Die haben selber dort Regisseure genug. Außerdem reizt es mich nicht. Ich will erst mal nach Berlin."

Das hörte sich nicht so an, als ob zwischen den beiden eine persönliche Bindung bestände.

„Wollen Sie auch zum Theater?" fragte Herr Bronski plötzlich.

„Ich?" fragte Barbara fast erschrocken zurück. „Nein. Wie kommen Sie auf die Idee?"

„Ich dachte nur. Die meisten Mädchen wollen ja zum Theater oder zum Film. Wenn sie so aussehen wie Sie."

Das schien eine Art Kompliment zu sein. Es bewies immerhin, daß Herr Bronski sie doch schon einmal angesehen hatte. Bisher hatte Barbara den Eindruck, er übersähe sie einfach.

„Nein", sagte sie. Es klang unvermutet heftig. „Ich will ganz bestimmt nicht zum Theater. Das wäre das letzte, was ich möchte."

Herr Bronski streifte sie mit einem leis erstaunten Seitenblick „So", meinte er dann.

Sie landeten in einer kleinen Weinstube, wo Herr Bronski sogleich von Bekannten begrüßt wurde. Barbara saß mit lauter wildfremden Menschen an einem großen runden Tisch in einer Nische, mit Leuten, die alle durcheinanderredeten, natürlich von der Premiere und wieder von der Premiere, um sie kümmerte sich kein Mensch. Nicht lange danach kam Lily mit einigen Kollegen, auch ihr Partner von diesem Abend war dabei.

Lily wurde jubelnd begrüßt, man beglückwünschte sie, sie lachte mit leuchtenden Augen alle an, stürzte sich ebenfalls hemmungslos in das Gerede. Sie war der Mittelpunkt an diesem Abend, zweifellos war sie es in diesem Kreis wohl immer. Ein Kreis übrigens, der, wie Barbara langsam entdeckte, keineswegs nur aus Theaterleuten bestand.

Barbara saß ziemlich unbeachtet dabei. Ab und zu richtete jemand das Wort an sie, oder Lily lachte ihr zu, sie gab dann eine Antwort, lächelte zurück, kam sich aber im Grunde ziemlich verloren vor. Sie war auf einmal müde. Da sie ja meist früh aufstand, um mit Julius rechtzeitig ins Büro zu fahren, hatte sie sich in letzter Zeit angewöhnt, nicht zu spät schlafen zu gehen. Das machte sich jetzt bemerkbar. Schon eine Stunde nach Mitternacht konnte sie kaum mehr die Augen offenhalten. Das Stimmengewirr um sie herum, der Wein, der Rauch der ungezählten Zigaretten, die wechselnden Leute, die immer wieder neu an den Tisch kamen, alles verwirrte sie nur noch mehr. Aber die Schauspieler schienen keine Müdigkeit zu spüren. Die Premiere war vorbei, sie war ein Erfolg gewesen, man hatte es wieder einmal hinter sich gebracht, die ganze Anspannung der letzten Wochen und Tage konnte nicht so schnell abklingen, sie ging in Betriebsamkeit und lebhafte Redelust über. Später kam ein junger Mann, der von der Presse sei, wie Barbara hörte, und der die Meinung eines offenbar wichtigen Kritikers wiedergab, die zur allgemeinen Freude äußerst positiv ausgefallen war. Das gab Anlaß zu ein paar Flaschen Sekt, und es wurde drei Uhr, bis man endlich ans Heimgehen dachte.

Sie fuhren zu dritt in einer Taxe. Vor Lilys Haus stieg Herr Bronski mit aus und machte Miene, den Chauffeur zu entlohnen. Lily meinte ungeniert: „Nee, heute kann ich dich nicht brauchen, ich hab' Besuch, das weißt du doch. Ich bin auch schrecklich müde. Fahr man lieber heim."

Worauf Herr Bronski sich ohne weiteren Einwand umdrehte und wieder in die Taxe kletterte.

Barbara war zu müde, um die Bemerkung Lilys recht zu würdigen. Erst am nächsten Morgen, sie lag noch im Bett, das sie noch spät in der Nacht gemeinsam auf der Couch im Wohnzimmer aufgeschlagen hatten, kamen ihr die Worte Lilys wieder in den Sinn. Hieß das nun, daß Herr Bronski gelegentlich bei Lily zu nächtigen pflegte? Zweifellos, einen anderen Sinn konnte man diesen Worten kaum unterlegen. Demnach also war er ihr Freund. Und Lily betrog ihren Mann. Nun, genau konnte man es nicht wissen. Zweifellos waren diese Leute alle, auch Lily, nicht mit alltäglichem Maß zu messen. Möglicherweise hatte Herr Bronski keinen anderen Wunsch gehabt, als noch eine Tasse Kaffee zu trinken und das endlose Gespräch fortzusetzen. Aber es konnte auch anders sein.

Barbara fühlte einen kleinen Zorn auf Lily. Wenn man einen Mann hatte wie Ludwig Thormann, so einen gescheiten, tüchtigen, bedeutenden und dabei doch so liebenswerten Mann, konnte man dem nicht treu sein? Konnte, ja mußte man mit so einem Mann nicht glücklich sein? Was konnte einem dann so ein Mensch wie dieser Bronski bedeuten? Er war ein Nichts gegen den Professor, ein schmaler, eher kleiner, keineswegs sehr bedeutend wirkender Mann, und die verhangenen Augen und die ausgeprägten Falten in seinem Gesicht machten ihn nicht sympathischer. So dachte jedenfalls Barbara. Freilich, es gab viel, was ihn mit Lily verbinden mochte. Er hatte viel mehr Anteil an ihrem Leben als ihr Mann, an diesem Leben, das Lily nun einmal wichtig war.

Die Bemerkung, die Bronski am Abend zuvor gemacht hatte, fiel Barbara wieder ein. Würde Lily wirklich nach München gehen? Und was würde Ludwig dazu sagen?

Sie hatte Zeit genug, darüber nachzudenken, denn es war fast Mittag, ehe Lily das erste Lebenszeichen von sich gab. Dann aber war sie gleich sehr munter und strahlender Laune. Sie machte Kaffee, es gab ein reichhaltiges Frühstück mit allen Raffinessen, das Lily im Bette einnahm, Barbara saß bei ihr. Und es dauerte gar nicht lange, da fing Lily ganz von selbst von dem neuen Vertrag an, den sie abgeschlossen hatte.

„Ich könnte mir keine bessere Rolle denken, um in München zu debütieren, was meinst du? Ach so, das weißt du ja noch gar nicht. Ich gehe nächste Spielzeit nach München."

„Doch", erwiderte Barbara, „ich weiß es. Herr Bronski sprach gestern abend davon."

„So? Was hat der denn schon wieder zu reden. Was sagst du dazu?"

Barbara hob die Schultern. „Was soll ich dazu sagen? Ich verstehe zuwenig von deinem Beruf. Ist das Theater in München denn besser als hier?"

„Was heißt besser. Es wird überall mit Wasser gekocht. Es gibt überall gute und schlechte Inszenierungen. Aber das Münchner Theater ist für mich schon ein Fortschritt. Es ist eine alte berühmte Bühne, weißt du. Ich werde dort interessante Rollen spielen. Toi, toi, toi", sie klopfte auf ihr Nachtkästchen. „Aber für einen Künstler ist München reizvoll. Es ist eine musische Stadt, was man von Frankfurt ja nicht gerade behaupten kann. Man trifft dort mehr Leute, die wichtig sind. Auch vom Film und so."

„Ja, du drehst diesen Sommer deinen ersten Film, nicht? Ludwig hat mir so was erzählt."

„Ja. Meine erste Filmrolle. Es war gar nicht so einfach. Keine Hauptrolle. Aber immerhin eine ganz gute Rolle. Mal sehen, was daraus wird. Deswegen werde ich auch schon im Sommer in München sein. Wir drehen in Geiselgasteig. Das ist für mich natürlich etwas Neues. Offen gestanden, habe ich ein bißchen Angst davor."

„Ja, das kann ich verstehen", gab Barbara zu. „Was man alles so über die Filmerei liest . . ." Sie zögerte, aber dann stellte sie doch die Frage, die sie beschäftigte. „Weiß dein Mann schon, daß du für ganz nach München gehst?"

Lily machte ein ernstes Gesicht. „Nein", sagte sie, es klang ein wenig kläglich. „Natürlich nicht. Es ist ja erst vorgestern festgemacht. Obwohl ich schon länger in Verhandlung stehe. Nein, Lou weiß es noch nicht. Und ich kann dir sagen, ich habe Angst davor, es ihm zu sagen."

Barbara erwiderte darauf nichts. Aber in ihrem Gesicht stand wohl zu lesen, was sie dachte, denn Lily meinte: „Mach nicht so eine vorwurfsvolle Miene. Ich weiß genau, was du denkst. Und ich bin mir auch vollkommen darüber klar, was es für uns, ich meine für Lou und mich, bedeutet. Ich fürchte, er wird mir das nicht verzeihen."

„Schließlich bist du seine Frau. Und er – er liebt dich doch."

„Das ist es ja. Ich liebe ihn auch. Wirklich, ganz bestimmt. Aber ich bin nun mal Schauspielerin. Und ich will vorwärtskommen."

„Aber du hast doch hier auch ... – ich meine, es ist doch für dich hier auch sehr gut, du spielst schöne Rollen und bist bekannt."

Lily schüttelte den Kopf. „Nicht so, wie ich möchte. Ich habe hier mit kleinen Rollen angefangen, und so eine Gelegenheit wie gestern bietet sich selten. Außerdem kann man nicht immer in einer Stadt bleiben. Man muß sich verändern, man muß sich verbessern. Und München ist eine Verbesserung für mich. Ich werde dort zur ersten Garnitur gehören." Sie sprach jetzt mit einer gewissen Heftigkeit, wie um sich selbst zu überzeugen. „Aber ich habe ein schlechtes Gewissen, wenn ich an Lou denke. Bisher ging es einigermaßen. Die geringe Entfernung ließ sich überbrücken. Aber wie es dann werden wird ..." – sie hob die Schultern und fügte traurig hinzu: „Ich fürchte, es wird das Ende unserer Ehe bedeuten."

Barbara schaute sie erschrocken an. „Aber Lily! Wie kannst du so etwas sagen."

„Was denn sonst? Bisher haben wir uns doch häufig gesehen. Er war hier, oder ich war drüben bei euch. Aber dann ... Nach München ist es weit. Ich kann von ihm nicht verlangen, daß er ... – Na ja, du weißt schon, was ich meine. Ludwig ist ein richtiger Mann und schließlich noch jung. Ich kann nicht erwarten, daß er wie ein Mönch lebt. Und ich – ich bin auch nicht so veranlagt. Außerdem wird er bestimmt böse sein, daß ich nach München gehe. Wir haben mal davon gesprochen, und da sagte er: Überleg es dir gut, ich habe bisher immer hinter deinem Beruf zurückgestanden. Aber es gibt eine Grenze."

„Und trotzdem", fragte Barbara, „trotzdem willst du nach München?"

Lily schwieg eine Weile. Sie nahm eine Zigarette aus dem Kästchen, das vor ihnen auf dem Tischchen stand, zündete sie an und rauchte nachdenklich einige Züge. „Ja", sagte sie dann bestimmt, „trotzdem. Ich habe Zeit gehabt, mir das zu überlegen. Das mit Ludwig und mit mir, meine ich. Wir sind jetzt seit fünf

Jahren verheiratet. Und wir haben aus Liebe geheiratet. Damals war ich eben hierher gekommen. Mir ist es lange Zeit sehr schlecht gegangen. Ich war ohne Engagement, dann habe ich an kleinen Bühnen gespielt, Frankfurt war für mich ein echter Fortschritt. Ich habe sehr bescheiden hier angefangen. Wenn nicht Lou gewesen wäre, hätte ich mich schon längst verändert. Ich hatte mal ein günstiges Angebot nach Berlin. Aber jetzt muß ich einfach sehen, daß ich weiterkomme, sonst wird nichts Besonderes aus mir. Ich bin vielleicht keine sehr große Schauspielerin, aber für mein Fach doch recht ordentlich. Und wenn ich in den Film gut hineinkomme, habe ich sicher eine Menge Möglichkeiten."

„Ja, das verstehe ich alles. Aber trotzdem sollte dir dein Mann wichtiger sein."

Lily lächelte spöttisch. „Wie du redest. Wie so eine kleine Moraltante. Vielleicht sollte mir mein Mann wichtiger sein. Aber komischerweise ist mir eben mein Beruf wichtiger. Ich fürchte, das kannst du nicht verstehen. Das ist nun mal bei uns so. Und dann, weißt du, mit München, das hat noch eine besondere Bewandtnis für mich. Ich habe in München das Kriegsende erlebt und die ersten Nachkriegsjahre. Es ging mir damals so dreckig, so unvorstellbar dreckig." Sie legte sich zurück in die Kissen, schaute an die Decke, mit großen ernsten Augen. „Ich war sehr jung, ein junges dummes Ding, mager wie ein halbverhungerter Spatz und bestimmt keine Augenweide. Ich hatte in Berlin die Schauspielschule besucht und dann ein paar Tourneen gemacht, so Wehrmachttourneen, aber das kennst du wohl alles nicht mehr. Dann kam der totale Krieg, die Theater spielten nicht mehr, es gab auch keine Tourneen mehr, und alle Schauspieler mußten in der Rüstungsindustrie arbeiten und all so was. Ich hatte damals einen Freund. Übrigens mein erster. Der war Musiker, wir hatten uns bei diesen Tourneen kennengelernt. Der war aus München, und der nahm mich mit. Ich lebte dort gewissermaßen illegal, unangemeldet, eben damit ich nicht arbeitsverpflichtet werden konnte." Sie seufzte.

„Und dann?" fragte Barbara neugierig.

„Ja, dann war der Krieg aus. Und mit dem Mann war es auch aus. Glücklicherweise, denn der hat mich Nerven genug gekostet. Nach Hause konnte ich nicht, da waren inzwischen die Russen, also blieb ich in München. Wie ich mich durchgeschlagen habe, das werde ich dir lieber nicht erzählen. Ich mag selber nicht mehr daran denken. Als dann die Theater wieder anfingen zu spielen, versuchte ich mit allen Mitteln, in München ein Engagement zu bekommen. Aber das war aussichtslos. Wie gesagt, ich sah erbärmlich aus, dünn und mickrig, ungepflegt, ich hatte nichts anzuziehen, und ehrlich gesagt, ich konnte auch nichts. Ein paar Monate Schauspielschule und dann nur getingelt, auf billigste Weise, damit konnte ich nirgends landen. Wenn ich irgendwo vorsprach, hatte man nur ein mitleidiges Lächeln. Schließlich spielte ich ein paar kleine Rollen bei einem obskuren Stadtrandtheater. Damals entstanden überall so kleine Unternehmen, manche hielten sich eine Weile, manche hörten bald wieder auf. Unseres hörte auf. Dann geriet ich an einen Mann, der mit einem dämlichen Lustspiel auf Tournee gehen wollte. Ich sollte sogar die Hauptrolle spielen. Ich spielte sie auch. Aber das Ganze dauerte nicht lange. Wir strandeten schon nach wenigen Wochen. Ich kehrte nicht nach München zurück. Aber ich hatte mir geschworen: hier will ich einmal spielen. Richtige Rollen. Hauptrollen. Siehst du, deswegen war mir das Münchner Engagement so wichtig. Heute komme ich anders dahin. Im Oktober werde ich dort die Bessy spielen, das was ich gestern gemacht habe. Und Bernd Torsten wird mein Partner sein. Du kennst doch Bernd Torsten?“

„Ja. Ich habe erst vorige Woche einen Film mit ihm gesehen.“

„Siehst du. Kannst du mich jetzt verstehen?“

„Ja, schon. Ich verstehe dich durchaus. Aber Ludwig?“

„Ludwig, ja. Du wirst lachen, er versteht es auch. Aber das ändert nichts daran, daß wir beide – auseinanderkommen werden.“ Lily richtete sich plötzlich auf, sie schlug mit der Faust auf die Bettdecke und rief zornig: „Er hat auf mich auch keine Rücksicht genommen. Er konnte ja wenigstens hier bleiben, nicht? Aber die dämliche Professur war ihm wichtiger. Und er mußte in euer dämliches Nest gehen und sich dort für alle Zeiten niederlassen. Er wußte ganz genau, daß ich das nicht mitmache.“

„Aber wir haben doch auch ein gutes Theater“, meinte Barbara.

„Natürlich. Sogar ein sehr gutes. Aber eine Provinzbühne. Die würden mich schon nehmen. Und dort könnte ich dann bleiben, solange es mir Spaß macht. Aber das genügt mir nicht. Nein, verdammt noch mal, es genügt mir eben nicht.“

Dazu ließ sich nicht viel sagen. Und wie Lily hier so in ihrem Bett saß, mit den zornigen dunklen Augen und der entschlossenen Miene, und bei alledem so reizend anzusehen, so voller Tatendrang und Energie, erkannte sogar Barbara, so fremd ihr Lilys Welt auch sein mochte, daß es nichts gab, was die kleine Frau veranlassen würde, auf dem erwünschten und erkämpften Weg umzukehren. Auch Ludwig nicht.

„Ich bin sowieso spät daran", fuhr Lily fort. „Schau dir doch mal das ganze grüne Gemüse an, das heute spielt und dreht. Die Fratzen fangen mit siebzehn Jahren an und sind über Nacht berühmt. Als ich siebzehn war, da war noch Krieg. Und dann kam die Nachkriegszeit. Da war noch lange an keine Karriere zu denken. Für mich wird es höchste Zeit, sonst ist es ganz vorbei." Sie blickte Barbara ängstlich an. „Seh ich schon sehr alt aus?"

„Unsinn", sagte Barbara lachend. „Du weißt, daß du großartig aussiehst."

„Noch. Ich bin eben keine zwanzig Jahre mehr." Sie legte sich wieder zurück und streckte die Arme. „Aber es geht noch, nicht? Und Lou – er wird sich vermutlich eine andere Frau nehmen. Ich kann's nicht ändern. Ich kann's ihm nicht mal übelnehmen." Sie drehte den Kopf und schaute Barbara aufmerksam an. „Eigentlich wärst du doch die richtige Frau für ihn. Er gefällt dir doch, nicht?"

Barbara errötete. Sie war ärgerlich. „Sag nicht so was. Das ist doch Unsinn."

Lily lachte. „Er gefällt dir, nicht wahr?"

„Ich mag ihn sehr gern", gab Barbara widerstrebend zu. „Jeder mag ihn. Er ist so verläßlich und so – so überlegen und immer so vergnügt."

„Jaja, das alles auch", meinte Lily, „aber er ist noch mehr. Er ist ein Mann, der den Frauen gefällt, ich weiß das ganz gut. Sonst hätte er ja auch mir nicht gefallen. Eigentlich wärst du genau die richtige für ihn. Jung, unerfahren, hübsch, nicht dumm, und bereit, ihn zu bewundern und immer für ihn da zu sein. Mehr kann sich ein Mann nicht wünschen. Und außerdem, vergiß das nicht, hat er ja deine Mutter sehr geliebt. Er hat sie nie vergessen. Er war bloß zu jung damals. Aber du sollst ihr ja wohl sehr ähnlich sehen. Eigentlich wäre das für ihn der Idealfall, zwanzig Jahre später die Tochter zu kriegen. Die Neuauflage seiner Jugendliebe, diesmal hätten beide das richtige Alter."

Mit undefinierbarem Ausdruck betrachtete Lily ihren Gast. Sie bemerkte wohl, daß Barbara verlegen war.

„Red doch nicht so was", wiederholte Barbara ein wenig scharf, „du bist wirklich leichtfertig mit deinen Worten."

„Ja, das bin ich. Aber ich sag' dir gleich, daß ich eifersüchtig sein werde. So richtig gönne ich ihn dir nicht. Und ich weiß auch noch nicht, ob ich ihn hergeben werde. Angenommen, ich komme im Film gut ins Geschäft – toi, toi, toi", sie klopfte wieder auf Holz, „dann brauche ich überhaupt nicht mehr in ein festes Engagement zu gehen. Dann mache ich zwei oder drei Filme im Jahr, beim Theater höchstens mal ein Gastspiel, und die übrige Zeit bin ich bei meinem Mann, dem Herrn Professor. So kann es nämlich auch werden."

„Ich wünsche es dir von Herzen", sagte Barbara, der Ausdruck ihrer Augen war ein wenig verletzt von Lilys ungenierten Reden, „dir und Ludwig."

Zu Barbaras Erleichterung konnten sie das Gespräch nicht fortsetzen, es klingelte, und Herr Bronski erschien auf der Bildfläche. Er schien erstaunt und keineswegs sehr entzückt, Barbara noch immer vorzufinden. Es entwickelte sich wieder ein Fachgespräch zwischen den beiden Künstlern, an dem Barbara nicht teilnehmen konnte. Später stand Lily auf, sie gingen zum Essen fort, und am Abend brachten beide, Lily und Bronski, Barbara zur Bahn.

Mit etwas gemischten Gefühlen winkte Barbara zum Fenster hinaus zu beiden, die auf dem Bahnsteig standen, als der Zug anfuhr. Gingen sie jetzt zu Lily in die Wohnung? Und war Herr Bronski vielleicht doch Lilys Freund, ihr Liebhaber? Möglich war es durchaus. Jedenfalls benahm er sich so. Und Lily war es zuzutrauen. So groß konnte ihre Liebe zu Ludwig nicht sein. Sonst würde sie nicht nach München gehen. Sie würde hierbleiben, bei ihm.

Ob Ludwig sehr unglücklich sein würde, wenn er es erfuhr? Barbara vermochte das nicht zu entscheiden. Seine Gefühle waren schwer zu erkennen. Auch ihm schien ja sein Beruf, seine Arbeit das Wichtigste zu sein. Trotzdem könnte eine Frau mit ihm sehr glücklich sein, dachte Barbara. Und wenn ich diese Frau wäre, wie Lily es gesagt hatte?

Sie schob den Gedanken rasch beiseite. Aber ihr Herz hatte bereits darauf geantwortet. Es hatte rasch und ohne Überlegen ja gesagt.

4

Im Laufe dieser ersten Frühlingswochen gesellte sich Perdita zur Familie Tallien. Perdita, die Windschnelle, die Goldfarbige. Julius kündigte ihr Kommen ganz en passant eines Abends beim Essen an.

„Ich habe ein Pferd gekauft", sagte er, ohne jemand dabei anzusehen. „Eine Fuchsstute. Der junge Krüger holt sie übermorgen."

Alle blickten ihn erstaunt an. Es war eine gelungene Überraschung.

„Ein Pferd?" fragte Elisa mißtrauisch. „Wieso? Hast du Alzeus verkauft?"

„Alzeus verkauft!" rief Julius entrüstet. „Nie würde ich Alzeus verkaufen."

„Warum dann noch ein Pferd? Was für eine unsinnige Verschwendung."

„Von Verschwendung kann keine Rede sein", verwahrte sich Julius. „Die Tattersallpferde kosten jede Stunde Geld. Und nachdem wir alle reiten und die Kinder auch wieder ausreiten wollen, wenn jetzt der Sommer kommt, hielt ich es für richtig, noch ein Pferd anzuschaffen. Ich hab' sie zu einem vernünftigen Preis bekommen. Von Neumann. Du erinnerst dich noch an Neumann? Den Freund von Henry?"

„So", sagte Elisa mit schmalen Lippen. Ihr machte er nichts vor. Sie wußte genau, warum und für wen er das Pferd gekauft hatte.

Julius hatte absichtlich von seinem ursprünglichen Plan Abstand genommen, Barbara die Stute zum Geburtstag zu schenken. Man mußte Elisa nicht unnötig reizen. Auch erschien es ihm ungerecht gegen seine eigenen Kinder. Wenn sie wollten, konnten sie Perdita auch reiten.

„O Paps, das ist prima!“ rief Doris ehrlich begeistert. „Wie ist sie denn?“

„Ihr werdet schon sehen“, sagte Julius geheimnisvoll, „eine bildhübsche junge Dame. Perdita heißt sie. Und ein wenig verwöhnt und empfindlich ist sie auch, meint Neumann. Er empfiehlt, sie am besten ohne Sporen zu reiten. Die mag sie nämlich nicht. Na, wir werden ja sehen, wie ihr mit ihr zurande kommt.“

Er schaute zu Barbara hinüber. Sie hatte nichts gesagt, aber sie schaute ihn mit leuchtenden Augen an.

Bildhübsch war Perdita wirklich. Und zunächst abwartend und sehr zurückhaltend. Zögernd, die schmalen Fesseln unnötig hochziehend, stieg sie aus dem Wagen, von dem jungen Herrn Krüger geführt. Der Transport hatte sie etwas nervös gemacht. Sie schüttelte unwillig den Kopf, daß die goldene, sehr lange Mähne flog, und würdigte keinen eines Blickes.

Der alte Herr Krüger kannte sie schon. Er war vor einiger Zeit mit Julius draußen auf dem Gut gewesen, um sie zu sehen und seine Meinung zu sagen. Nicht, daß es nötig gewesen wäre. Julius verstand selbst genug von Pferden, außerdem konnte er sicher sein, daß Neumann ihn nicht übervorteilen würde. Aber er wußte, daß es den alten Krüger in tiefster Seele kränken würde, falls man ihn überginge bei einer so wichtigen Angelegenheit, wie es ein Pferdekauf war.

Der alte Krüger nahm sie am Halfter und führte sie einige Male im Hof hin und her. Sie folgte ihm willig, schien ihn auch wiederzuerkennen.

„Jaja, meine Kleine“, redete er dabei, „du bist enttäuscht, was? So schön wie draußen auf den Koppeln ist es hier bei mir nicht. Das ist nur ein alter enger Hof. Aber siehst du, ein paar Bäume und Büsche haben wir hier auch. Und unser Stall ist sehr komfortabel. Ich hoffe, du wirst dich wohl fühlen.“

Sie bekam die Box neben Alzeus, der neugierig herüberäugte. Sie nahm jedoch keine Notiz von ihm, stand reglos mit hängendem Kopf, verwirrt und traurig, wie es schien, unsicher in der neuen Umgebung. Immerhin verschmähte sie die kleine Sonderration nicht, die man ihr zur Eingewöhnung servierte.

Am Abend kam Julius mit Barbara, Doris und Heinz in den Stall, um sie zu besuchen.

„Sie fremdelt noch“, erklärte Herr Krüger, „aber das gibt sich. Wollen Sie sie mal in der Bahn sehen?“

Herr Krüger stieg selbst in den Sattel und ritt sie vor. Die anderen standen hinter der Barriere auf der kleinen Empore und schauten zu. Die wenigen Reiter, die jetzt am Abend in der Bahn waren, versammelten sich in der Mitte und betrachteten neugierig das neue Pferd des Herrn von Tallien.

Perdita war anfangs unruhig, sie tänzelte, doch dann fügte sie sich schnell unter die kundige Hand, die sie führte. In ruhigem, gleichmäßigem Trab ging sie um die Bahn, dann wieder im Schritt, den Kopf wach und aufmerksam tragend, dann sprang sie weich zum Galopp an.

Herr Krüger zügelte sie vor der Empore. „Sehr schöne Gänge, wie 'ne Kinderschaukel. Wollen Sie nicht mal aufsteigen, Herr von Tallien?"

„Ich hab' keine Zeit, leider. Muß zu einer Verabredung."

„Und Sie, Fräulein Barbara?"

„Ich hab' keinen Dreß hier. Aber morgen früh komme ich."

Die anderen Reiter zogen wieder ihren Weg um die Bahn. Perdita folgte ihnen mißmutig mit dem Blick. Viel Geschmack konnte sie Herrn Krügers kleinem Tattersall offenbar nicht abgewinnen. Sie war an Weite, frische Luft und lange Ritte gewöhnt. Gelangweilt trat sie von einem Bein auf das andere, als Herr Krüger sich mit ihr in der Mitte aufstellte und seine Kommandos gab.

Julius und Barbara erschienen am nächsten Morgen um sieben Uhr im Tattersall, um vor Geschäftsbeginn eine Stunde zu reiten.

Perdita und Alzeus waren schon gesattelt.

„Also los", meinte Julius, „dann sieh mal, wie du mit ihr zurecht kommst."

„Willst du sie nicht reiten?" fragte Barbara höflich, aber die Freude der Erwartung strahlte ihr aus den Augen.

„Nein, nein, Perdita ist hauptsächlich für dich gedacht. Außerdem wäre Alzeus gekränkt."

Barbara und Perdita kamen vom ersten Tag an glänzend miteinander aus. Barbara ritt sie ohne Sporen und nur mit Trense, sie ließ ihr Luft und Freiheit, und die Stute dankte es ihr durch Zutraulichkeit und Gehorsam. Wenn sie abgesattelt war, kam Barbara zu ihr in die Box, brachte eine Handvoll Mohrrüben oder ein paar Stück Zucker und unterhielt sich leise mit dem Tier. Perdita wandte ihr den kleinen schmalen Kopf zu, spielte mit den Ohren, und es dauerte nur vierzehn Tage, da legte sie erstmals ihre weichen Nüstern an Barbaras Hals und pustete leise, das sicherste Zeichen von Zuneigung und Zärtlichkeit.

Einige Male erschien Doris auch nachmittags, um sie zu reiten. Denn zum Frühaufstehen war Doris nicht zu bewegen. Der erste Ausritt fand an einem kühlen Sonntagmorgen statt. Diesmal ritt Marianne die Stute. Heinz war auch dabei. Barbara bestieg wieder den schwarzen Reinhard.

Das Unternehmen verlief von Anfang an nicht ohne Aufregungen. Alle Pferde ohne Ausnahme, sogar der zuverlässige Alzeus, waren unruhig und kaum zu halten. So war es stets im Frühling, wenn es nach der langen Zeit in der Bahn wieder ins Freie ging. Diesmal war es besonders schlimm. Schuld daran war Perdita, die sich wie verrückt gebärdete. Sie riß immer wieder den Kopf hoch, schnob ihr Entzücken über den Ausritt in die Luft, bekam aber gleich darauf einen Schock, als ein Auto dicht bei ihr vorüberfuhr. Das war sie nicht gewohnt. Marianne hatte Mühe, sie zu halten.

Julius schaute besorgt zu, wie sie rücksichtslos den Zügel heranriß. Vorsichtshalber war Perdita heute auf Kandare gezäumt. Auch auf die Sporen hatte Marianne nicht verzichtet.

„Ich weiß nicht, Marianne“, sagte Julius, „ob Perdita nicht besser ich reiten soll. Sie ist sehr unruhig. Es ist zwar nicht viel Verkehr heute morgen, aber für sie scheint auch das noch zuviel zu sein. Neumann hat mir schon gesagt, daß sie sehr lebhaft auf alles reagiert.“

Marianne wollte sich nicht blamieren. „Ach wo, ich werde schon mit ihr fertig. Wenn wir im Wald sind, wird es besser sein.“

Aber als sie in der Schneise angaloppierten, erwies es sich, daß Marianne nicht imstande war, Perdita in der Hand zu behalten. Die Stute stob einfach davon, in einer großartigen Karriere, ungestüm und voller Lebensfreude. Natürlich wollten die anderen Pferde nicht zurückbleiben, alle drei rasten sie Perdita nach, ohne sie jedoch einholen zu können. Alle vier waren nahe am Durchgehen.

Julius spornte Alzeus an, so gut es ging, um neben Marianne zu gelangen, aber selbst Alzeus’ mächtige Sprünge konnten die flinke Perdita nicht einholen. Heinz auf einem etwas schwerfälligen Braunen fiel weit zurück, auch Reinhard verlor den Anschluß. Er streckte den Hals und machte sich lang, riß Barbara bald die Zügel aus der Hand.

„Na, na", beruhigte sie ihn. „Komm, Alter, immer mit der Ruhe."

Alzeus' Kopf war neben Perditas wehendem Schweif, was Perdita nur veranlaßte, das Tempo noch zu steigern. Marianne hatte jetzt wirklich die Herrschaft über sie verloren.

„Gegensitzen!" schrie Julius ihr zu. „Nimm die Knie 'ran, und hol sie langsam ein. Nicht zu heftig, dann wird sie wild." Aber Marianne hatte Angst. Sie verließ sich auf die Kandare, aber nun wurde Perdita böse. Bisher war es für sie ein übermütiges Spiel gewesen, nun wollte sie Zügel und Reiterin loswerden. Ehe sie die Schneise durchgaloppiert hatten, landete Marianne auf dem Boden. Es sah gefährlich aus, sie überschlug sich und blieb dann reglos liegen.

Perdita schien selbst überrascht von ihrem Erfolg. Sie machte noch ein paar Sprünge, dann blieb sie stehen und sah sich interessiert um.

Julius und Heinz waren gleichzeitig aus dem Sattel und bemühten sich um Marianne. Glücklicherweise schien ihr weiter nichts geschehen, sie konnte sich aufrichten, dann sogar aufstehen. Stöhnend faßte sie sich an den Kopf und taumelte ein wenig.

Julius machte sich Vorwürfe. „Es war leichtsinnig von mir, ich hätte das Teufelsfrauenzimmer reiten sollen. Hast du dir bestimmt auch nichts gebrochen, Kind?"

Marianne war dem Weinen nahe. „Nein", sagte sie mit kleiner Stimme, „ich glaube nicht. Ich weiß zwar nicht, meine Hand", sie umfaßte ihr rechtes Handgelenk, „es tut ziemlich weh. Und mein Kopf! Diese Bestie! Die reit' ich nie wieder. Und jetzt will ich nach Hause."

„Natürlich. Du reitest den Braunen von Heinz, das ist der friedlichste. Und Heinz nimmt Alzeus", bestimmte Julius.

„Nein", widersprach Heinz. „Ich werde Perdita reiten. Ich werde schon fertig mit ihr."

Zunächst aber schien Perdita nicht gewillt, in die Gemeinschaft der anderen Pferde, die alle drei jetzt ganz friedlich beieinanderstanden, zurückzukehren. Sie knabberte ein wenig an den Sträuchern, die noch kahl waren, untersuchte dann den Boden, ob es da was Eßbares gäbe, dabei rutschte ihr der Zügel über den Kopf. Das störte sie aber weiter nicht, sie trat elegant daran vorbei, blickte Julius ruhig entgegen, wenn er ihr näher kam, doch dann machte sie ein paar rasche Sprünge und war nicht erreichbar.

„Du verdammte kleine Hexe", schimpfte Julius, „na warte, dir werde ich es beibringen. Gleich wirst du in den Zügel treten und dann wirst du schon sehen." Auch das beeindruckte Perdita nicht im geringsten. Heinz war bei seinen Versuchen, ihrer habhaft zu werden, nicht erfolgreicher.

„Laßt es mich versuchen", meinte Barbara schließlich. Sie kniete neben Marianne, die sich benommen wieder auf den Boden gesetzt hatte, und wischte ihr mit einem Taschentuch den Schmutz aus dem Gesicht.

Barbara stand auf, ging ein paar Schritte auf die Stute zu und rief sie beim Namen. Perdita spitzte die Ohren, als sie die vertraute Stimme hörte, deren dunklen Klang sie liebte. Sie blieb stehen und ließ Barbara herankommen.

„Was machst du für Sachen", schimpfte Barbara, „schämst du dich nicht? Zur Strafe mußt du jetzt wieder in der Bahn bleiben und darfst nicht mehr mit." Sie streifte dem Pferd den Zügel über den Hals und führte es dann zu den anderen zurück.

Julius wollte trotzdem nichts davon wissen, daß sie aufstieg.

„Nein, nein, ich habe genug mit einem Sturz. Heinz soll es versuchen. Der ist kräftig genug. Er soll sie tüchtig zwischen die Schenkel nehmen, daß ihr der Übermut vergeht."

Elisa, die gerade erst frühstückte, war überrascht, daß die Reiter so schnell zurückkehrten. Sie wurde zornig, als sie erfuhr, was geschehen war.

„Da hast du dir ja ein richtiges Untier aufhängen lassen, von deinem braven Neumann. Wahrscheinlich wollte der das Biest loswerden. Ihr mit eurer verflixten Reiterei. Ich wundere mich gar nicht, wenn mal was Ernsthaftes passiert."

Nun, etwas Ernsthaftes war Marianne nicht passiert, aber es war auch nicht gar zu leicht zu nehmen. Ihr wurde übel, als sie zu Hause war, sie mußte sich ins Bett legen, bald darauf kam der Arzt und stellte eine leichte Gehirnerschütterung fest. Auch das Handgelenk war verstaucht.

Marianne, die ein wenig wehleidig war und sich auch ganz gern von ihrer Mutter verwöhnen ließ, blieb einige Tage im Bett und trug dann noch zwei Wochen lang den Arm in der Schlinge. Ins Geschäft kam sie während dieser Zeit nicht. Und endgültig schien ihr die Lust am Reiten vergangen zu sein. Viel hatte sie sich sowieso nie daraus gemacht. Und Perdita würde sie gewiß nie wieder besteigen.

Perdita konnte sich zwar dazu nicht äußern, es war jedoch nicht anzunehmen, daß sie betrübt darüber war. Sie benahm sich übrigens in Zukunft viel manierlicher. Einer der Krüger-Söhne ritt sie eine Zeitlang im Freien, auch Julius nahm sie einige Male zum Ausreiten, aber dann wurde sie fast ausschließlich Barbaras Pferd. Die zwei vertrugen sich ausgezeichnet.

Barbara ritt jetzt regelmäßig jeden Tag, morgens oder abends, in der Bahn, und wenn es das Wetter einigermaßen erlaubte, im Freien. Oft nur im Schloßpark, weil die Zeit nicht reichte, um ins Gelände zu reiten. Und wenn sie morgens geritten war, so ging sie ganz gewiß am Abend noch in den Tattersall, setzte sich zu Perdita in die Box, direkt vor sie hin, auf die Krippe, so daß sie sich Aug in Aug gegenübersaßen, brachte ihr etwas zum Naschen und unterhielt sich leise mit ihrer goldfarbigen Freundin. Dann streckte Alzeus seinen Kopf herüber, auch er bekam etwas ab, durfte am Gespräch teilnehmen, und höchst befriedigt verabschiedeten sich alle drei dann voneinander.

Der alte Herr Krüger betrachtete diese abendlichen Gespräche manchmal aus der Ferne mit einem stillen Schmunzeln. Die frühere Barbara hatte sich auch immer mit ihrem Iltschi unterhalten. Alles hatte sie ihm erzählt. Die Erlebnisse aus der Schule, den Ärger mit den Lehrern, die schlechten Noten, die dummen Streiche und die vielen kleinen Geheimnisse ihres jungen Lebens. Wenn sie zurückgekommen waren von den Turnieren, manchmal ohne oder nur mit kleinem Erfolg, oft aber auch mit ansehnlichen Preisen, dann hatte sich das ganze Stallpersonal um Iltschis Box versammelt, Barbara saß oben neben der Futterkrippe, baumelte mit den Beinen, kraulte ihr Pferd an der Stirn und erzählte. „Und dann hat der Herr von XY zu uns gesagt, ihr zwei habt euch gesucht und gefunden, ihr seid alle beide des Deibels, da kann einem alten Reiter das Herz aufgehen. Nicht, Iltschi, das hat er gesagt? Aber am Wassergraben da hat er mich beinahe abgeworfen. Gerade im letzten Moment hab' ich mich noch halten können. Warum benimmst du dich denn immer so blöd bei Wasser, du altes Kamel?" Sie gab Iltschi einen Puff und blickte dann Herrn Krüger fragend an. „Sag mal, Papa Krüger, was hat er nur mit dem Wasser? Er geht über die höchste Mauer wie der Blitz, aber der kleinste Wassergraben macht ihn scheu und ängstlich."

„Ja, Kind", meinte Herr Krüger dann wohl, „das weiß ich auch nicht. Vermutlich hat er irgendwann mal ein schlimmes Erlebnis an einem Graben gehabt, vielleicht mal 'reingefallen oder 'reingeplatscht und sich weh getan, was weiß ich. Die Pferde haben ein gutes Gedächtnis. Das kann so lange her sein, wie du willst, sie merken sich das. Ich hatte mal einen Rappen, Paris hieß er, im Krieg war das, der war die Ruhe selbst und durch nichts zu erschrecken, da konntest du gleich direkt vor ihm eine Kanone abschießen, der blieb stehen wie aus Eisen. Aber wenn irgendwo in seinem Blickfeld ein Stück Papier flatterte, ein winziges Fetzchen nur, das vielleicht der Wind über die Straße trieb, da wurde er närrisch, ging hoch und tat sich ab, als wolle man ihm ans Leben. Hab' ich nie begriffen, warum. Und war ihm auch nicht abzugewöhnen. Ich hab' ihn so oft gefragt: ‚Mensch, Paris, nun sag' bloß, was hast du mit dem lächerlichen Papier, das tut dir doch nichts, das beißt keinen, man muß sich ja schämen, daß du so dämlich bist.' Nischt zu machen. Und er hat mir's auch nicht gesagt, was los war mit dem Papier. Bis zuletzt hat er sich verrückt gehabt deswegen, und er ist gestorben, ohne daß ich's erfahren hätte."

„Er ist gestorben, Papa Krüger?"

„Ja, Kind. Den Heldentod. Siebzehn war's. Ich war als Meldereiter eingeteilt, eben wegen Paris, weil er der schnellste war. Immer sind wir großartig durchgeflutscht. Aber einmal hat's uns erwischt. Ganz in der Nähe ging ein Volltreffer 'rein. Mehrere Granatsplitter trafen uns beide. Ihn am schlimmsten, er konnte nicht mehr hoch, sah mich nur an mit seinen großen fragenden Augen. Da hab' ich mich hingewälzt zu ihm und hab' ihm den letzten Schuß gegeben, damit er nicht unnötig leiden sollte. Wenigstens er nicht. So 'n Tier hat das nicht verdient. Wenn die Menschen schon so dumm sind und Krieg machen und die Tiere mit 'reinziehen, dann soll man sie wenigstens nicht leiden lassen. Sie sind ja so brav und so tapfer. Und können nicht mal verstehen, warum das alles sein muß."

Barbara mochte damals wohl so fünfzehn oder sechzehn gewesen sein. Sie fragte: „Können es denn die Menschen verstehen?"

Der alte Krüger, der damals noch gar nicht so alt war, so um die Fünfzig wohl, verstummte auf diese Frage und überlegte eine Weile angestrengt. Dann kam er zu dem Ergebnis: „Nee, da hast du recht. Die Menschen verstehen's auch nicht. Aber irgendwie sind sie mit schuld dran. Weil sie's mitmachen. Weil sie's zulassen. Dazu hat ihnen ja eigentlich der liebe Gott den Verstand gegeben, damit sie sich was denken sollen, bei allem, was sie tun. Ist aber nicht. Sie bilden sich bloß ein, sie hätten mehr Verstand wie so 'n Pferd. Dabei sind sie viel dämlicher. Siehst du ja jetzt wieder. Jetzt machen sie's ja auch wieder mit. Und bilden sich noch ein, sie machen ganz was Gescheites. Dabei ist es das Allerdümmste. Und wir haben schon viel Dummes gemacht seit dem Jahre achtzehn, darauf kannst du dich verlassen."

Das bezog sich auf die Nazis. Auf die nationalsozialistische Revolution oder Erhebung, oder wie sie das alles damals nannten. Wenn der alte Krüger heute darüber nachdachte, verwirrten sich die verschiedenen Revolutionen und Umwälzungen in seinem Kopf. Seine Meinung in grundlegenden Dingen hatte er nie geändert. Für ihn war und blieb der Großherzog der Herr des Landes, und alles, was nach 1918 kam, wurde von ihm nicht ernst genommen. Und die Nazis schon erst recht nicht. Er hatte sich auch nicht gescheut, das auszusprechen. Und so wie er der jungen Barbara von Tallien im Stall laut und deutlich seine politischen Ansichten auseinandersetzte und seiner Verachtung dem neuen Regime gegenüber Ausdruck gab, so nahm er auch anderen gegenüber kein Blatt vor den Mund. Selbst die Tatsache, daß viele tonangebenden Mitglieder der Partei, Leute, die in der Stadt was zu sagen hatten, Angehörige der SS oder SA, in dieser Zeit zu seinen besten Kunden gehörten, konnte ihn nicht freundlicher stimmen. Er kniff die Augen zusammen, wenn er sie losreiten sah – sofern sie keine eigenen Pferde besaßen, bekamen sie sowieso von ihm die müdesten oder bockigsten Gäule, die er im Stall stehen hatte – und dann sagte er zwischen den Zähnen: „So was wie die wären früher bei Seiner Königlichen Hoheit nicht mal Stallknecht geworden."

Er bekam dann sogar eine neue und größere Bahn. Eben die Leute, die er so verachtete, veranlaßten, daß sie gebaut wurde.

Sein kleiner Tattersall reichte ihnen nicht aus. Er akzeptierte das mit Selbstverständlichkeit, freute sich darüber, aber es veränderte seine Einstellung nicht im geringsten. Lange behielt er sie sowieso nicht. Im Krieg nahm man ihm fast alle Pferde, nur ein paar Bonzen behielten die ihren noch, und die neue Bahn wurde später von Bomben zerstört. Die alte blieb erhalten und war heute wieder in Benutzung.

Und genau wie damals saß heute wieder ein schlankes Mädchen mit dunklen Augen und braungoldenen Haaren in der Box und unterhielt sich mit ihrem Pferd. Man konnte meinen, man hätte die zwanzig Jahre und mehr, die dazwischen lagen, nur geträumt. Freilich, das Mädchen duzte ihn nicht und sagte Herr Krüger zu ihm. Und das Pferd war kein schwarzbrauner Hengst, sondern eine goldfarbige Stute. Aber sonst war es fast wie damals. Den alten Krüger zog es immer in den Stall, wenn er sie dort wußte. Er störte die beiden nicht, sie merkten gar nicht, daß er da war. Er stand am Eingang und sah bloß zu ihnen hin und hörte auf die leise dunkle Stimme, die ihm so vertraut war.

Damals, als Barbara so plötzlich verschwunden war, hatte er gemeint, das könne nicht wahr sein. Das könne nicht für immer sein. Alles konnte er verstehen und verzeihen, ihre verrückte Liebe, ihr unbesonnenes Sichvergessen, daß sie alles hinter sich ließ, was ihr Leben ausmachte. Nur eins begriff er nie: daß sie Iltschi auch verließ. Zu Julius hatte er damals gesagt: „Sie kommt wieder. Sie kommt bestimmt wieder. Den Iltschi vergißt sie nicht. Ohne den kann sie nicht leben."

Julius hatte die Lippen zusammengepreßt und keine Antwort gegeben.

Aber sie hatte den Iltschi auch verlassen und vergessen. Einsam und mit hängendem Kopf stand er in seiner Box. Es ging ihm nichts ab. Er bekam seinen Hafer wie sonst, wurde gestriegelt und gepflegt, bekam seine Mohrrüben und den Zucker, er wurde geritten und gelobt nach guter Arbeit, aber niemand saß mehr bei ihm und plauderte mit ihm. Herr Krüger versuchte es einige Male, um das Tier zu trösten in seiner Verlassenheit. Aber es war wohl nicht das Richtige. Iltschi wandte den Kopf zur Stalltür, wenn sich jemand näherte. Aber niemals wieder war es der leichte rasche Schritt, auf den er wartete. Niemals wieder hörte er die Stimme, die er liebte.

Wenn Herr Krüger heute die andere Barbara da sitzen sah,

dachte er an früher. Und eine leise Angst war in seinem Herzen. Würde sie auch gehen eines Tages? Würde auch die blonde Perdita eines Tages unglücklich sein müssen?

Er hatte sich nie für das Privatleben seiner Kundinnen interessiert. Aber in diesem Fall war es etwas anderes. Diese Frauen der Talliens, man wußte nie, was mit ihnen geschah. Für sie schien die Liebe etwas Gefährliches, Verhängnisvolles zu sein. Man mußte achthaben auf sie, mußte sie besser behüten als andere Frauen. Und wer behütete dieses Mädchen? Wer warnte es, gab ihm einen Rat? Argwöhnisch beobachtete er alle Männer, die in Barbaras Nähe kamen. Natürlich gab es auch unter den Reitern einige, die sich für sie interessierten. Da war der eine oder andere, der sich mit ihr unterhielt, der mit ihr ausreiten wollte. Aber Barbara war sehr zurückhaltend. Ein paar Worte, ein freundliches Lächeln, vielleicht ein kleines Gespräch über die Pferde, dann ging sie. Wenn sie ausritt, war Julius in ihrer Gesellschaft, meist auch Heinz, manchmal Doris. Abends, wenn sie den Tattersall verließ, ging sie allein.

Herr Krüger hätte es lieber gesehen, wenn sie sich mit einem der Reiter angefreundet hätte. Das wäre wenigstens unter seiner Kontrolle. Er hätte dann gewußt, mit wem sie zu tun hatte. So hatte er keine Ahnung, was sie tat, wenn sie nicht hier war. Einmal fragte er sie sogar rundheraus.

„Haben Sie eigentlich einen Freund, Fräulein Barbara?"

Barbara sah ihn höchst erstaunt an. „Einen Freund?"

Er wurde verlegen. „Na ja, ich meine nur. Ein junges hübsches Mädchen wie Sie. Sie haben doch sicher einen. Ich wundere mich nur, daß er nie mal herkommt, um Perdita kennenzulernen."

Barbara lachte amüsiert. „Es gibt keinen *er*, Herr Krüger. Ich hab' keinen Freund."

„Na, das erstaunt mich. Das erstaunt mich aber sehr. Die jungen Mädchen haben doch alle einen Freund."

„Tut mir leid, ich muß Sie enttäuschen. Ich habe keinen."

„Was heißt enttäuschen. Ich bin ja froh, wenn Sie keinen haben." Und auf Barbaras verwunderten Blick verhedderte er sich rettungslos. „Ich meine, es geht mich ja nichts an. Nur Sie sollten sich das gut überlegen. Alle Männer sind es nicht wert, daß man sich mit ihnen abgibt. Das heißt, ich meine – ich denke nur, man muß da sehr vorsichtig sein. Irgend jemand ist nicht richtig. Ein Reiter wäre schon besser für Sie. Einer, der Sie versteht. Einer, der ...", er gab es auf. Was er sagen wollte, konnte er doch nicht ausdrücken.

Aber Barbara verstand doch, was er meinte. Sie begriff auf jeden Fall die Besorgnis des alten Mannes. Sie lächelte ihm zu. „Ja, ein Reiter wäre schon recht. Vielleicht finden wir mal einen. Aber es eilt ja nicht."

„Nein", sagte er lebhaft zustimmend. „Es eilt gar nicht. Wenn man sich zu früh bindet, das ist nicht gut. Man macht dann meist was verkehrt." Hier verstummte er erschrocken. Ob sie das übelnahm? Ob sie glaubte, er wolle ihre Mutter kritisieren?

Barbara ließ keine Verstimmung merken. Sie gab ihm die Hand und ging nach Hause, mit raschen großen Schritten, um zum Abendessen zurechtzukommen. Manchmal war sie jetzt schon zu spät gekommen durch ihre abendlichen Besuche bei Perdita, und Elisa konnte dann so arrogant die Augenbrauen hochziehen und fragen: „Sollen wir dir in Zukunft das Essen im Stall servieren?"

Auf dem Heimweg dachte sie über Herrn Krügers merkwürdige Worte nach. Sie hatte begriffen, was er meinte. Er dachte an Barja. Und er hatte wohl recht. Es war nicht gut, wenn man sich zu früh an einen Mann band. Aber sie war ja heute schon viel älter als Barja damals. Und ihr Herz war noch unberührt. War es das wirklich? Wenn sie ganz ehrlich war, so gab es doch ein paar Namen, ein paar Gesichter, die jetzt vor ihr auftauchten.

Piero. Weit fort in Italien. Sie dachte kaum mehr an ihn. Sie schrieb ihm auch nicht mehr. Er ließ auch nichts hören. Das war vorbei, schien vergessen. War das Liebe gewesen? Nicht das, was Barja empfunden hatte, als sie so alt, so jung gewesen war.

Ein Reiter sollte es sein. Das meinte Herr Krüger. Heinz war ein Reiter. Aber er gehörte einer anderen Frau. Und doch war zwischen ihnen viel Unausgesprochenes. Immer war etwas da, das quälte und eine seltsame Spannung erzeugte. Aber sie hatte sich angewöhnt, darüber hinwegzusehen, es zu ignorieren. Sie wollte nichts davon wissen. Er schuf ihr Unruhe, gewiß, aber sie liebte ihn nicht. Wollte ihn nicht lieben.

Der Professor. Er war auch ein Reiter. Früher einmal. Heute hatte er keine Zeit. Heute mußte er Häuser bauen und seine Studenten unterrichten. Er hatte keine Zeit für ein Pferd, auch keine Zeit für Barbara. Es war schon wieder Wochen her, daß sie ihn gesehen hatte. Er tat auch nichts dazu, sie wiederzusehen. Weil er sich nichts aus ihr machte. Und daher war es töricht, in diesem Zusammenhang an ihn zu denken.

Nein, sie hatte keinen Freund. Sie brauchte auch keinen. Sie hatte eine Menge Arbeit und Perdita. Und natürlich Julius. Und viele quälende Erinnerungen. Erinnerungen an Barja, an Fernand, an all das Schreckliche, das geschehen war, an die unfrohen Jahre ihrer Kindheit. Nein, sie wollte keine Liebe. Liebe zerstört nur, macht einen Menschen rastlos und heimatlos, macht ihn unglücklich und tötet ihn am Ende. Sie wollte keine Liebe.

5

Einmal, zurückkehrend von einem Ausritt, den sie allein unternommen hatte, war sie mit Perdita vor dem Haus des Professors stehengeblieben. Ob er da war? Sie hätte ihm gern Perdita gezeigt.

Sie blickte zögernd zum Haus hinüber. Sie wußte nicht, ob das neue Semester schon begonnen hatte. Aber es war ein Samstag, sicher würde er zu Hause sein. Doch im Hause rührte sich nichts. Schließlich war sie abgestiegen und hatte geklingelt.

Nele kam heraus.

Als sie das Mädchen da stehen sah, das Pferd am Zügel, erschrak sie wieder. Immer dasselbe. Wenn man die Tochter sah, glaubte man die Mutter zu sehen.

Aber sie ließ sich ihre Betroffenheit nicht anmerken, man durfte dieses Kind nicht immer wieder kopfscheu machen. Mit freundlichem Lächeln kam sie zum Gartentor.

„Sie wollen zum Professor, Fräulein Barbara?" Seit Ludwig den ehrwürdigen Titel hatte, nannte ihn Nele nur noch so. Sie redete ihn so an, gebrauchte das Wort, das sie stolz machte, erst recht anderen gegenüber. Professor war er, ihr kleiner Ludwig, der Bub, den sie hatte aufwachsen sehen.

„Ja", sagte Barbara, „ist er da?"

„Nein. Er ist nach Frankfurt 'rüber. Kommt erst abends wieder. Ist was Wichtiges?"

„Nö. Ich wollte ihm nur Perdita zeigen." Sie wies auf das Pferd neben ihr.

„Na, 'n Pferd wird er wohl schon mal gesehen haben", meinte Nele unbeeindruckt.

„Das ist nicht irgendein Pferd", sagte Barbara entrüstet. „Das ist Perdita. Und sie gehört Onkel Julius. Ich darf sie meist reiten."

„Ach, ihr mit euren Gäulen. Bis ihr euch mal den Hals brechen werdet. Deine – eh, Ihre Kusine ist doch erst neulich gestürzt, hab' ich gehört." Das hatte Nele natürlich erfahren. Sie erfuhr das meiste, was drüben bei den Talliens geschah. Es interessierte sie nun mal, und ab und an traf sie die Anny beim Einkaufen. „Ein vernünftiger Mensch ist froh, wenn er seine gesunden Knochen hat. Aber du bist anscheinend genauso närrisch wie deine Mutter." Sie merkte gar nicht, daß sie das Mädchen duzte. Es kam ihr ganz glatt über die Lippen.

Barbara lachte. „Es gibt nichts Schöneres als reiten. Der Professor reitet doch auch."

„Jetzt Gott sei Dank nicht mehr. Früher war er auch kaum vom Gaul 'runterzukriegen. Ich bin froh, daß das vorbei ist. Ich hab' genug Angst, wenn er mit dem Auto losrast."

„Fährt er so schnell?" fragte Barbara besorgt.

„Viel zu schnell. Weil er immer keine Zeit hat. Sagt er. Bis mal was passiert."

„Sehen Sie. Das ist viel gefährlicher als reiten. Na, dann sagen Sie ihm einen schönen Gruß."

„Ist recht. Ich werd' ihm sagen, daß du hier warst."

Barbara stieg auf, sie lächelte Nele zu und rief: „Auf Wiedersehen", dann klapperten die Hufe gleichmäßig die Straße entlang.

Nele sah ihnen nach. Ein seltsamer Gedanke schoß durch ihren Kopf. Das könnte unsere Tochter sein, dachte sie. Wenn Ludwig und die Barbara damals geheiratet hätten. Nicht gleich, er war ja noch zu jung, aber ein bißchen später. Dann hätten wir heute so eine junge hübsche Tochter im Haus. Und vielleicht einen Sohn auch noch. Jetzt haben wir gar nichts. Und wir kriegen auch nichts. Seine überspannte Lily will ja keine Kinder. Die hat auch keine Zeit dazu. Die muß Theater spielen.

Nele mochte Lily nicht. Was war das für eine Frau, die ihren Mann allein ließ und sich kaum um ihn kümmerte. So eine Frau brauchte keinen Mann. Und Ludwig hätte in ihren Augen die beste und schönste und treueste Frau verdient.

Natürlich hatte Nele damals immer gedacht, aus Barbara und Ludwig würde ein Paar werden. Hatten sie nicht von Kindheit an zusammengehört? Und Barbara war ihr nicht weniger ans Herz gewachsen als Ludwig.

Die kleine Barbara hatte ja schon so jung die Mutter verloren. Nele konnte sich dennoch sehr gut an Dorothea von Tallien erinnern. Für Nele, die jung und dumm damals vom Dorf gekommen war, bedeutete sie die Verkörperung aller Vornehmheit und Zartheit. Blaß und schlank, den schönen Kopf mit dem schweren dunklen Haar immer ein wenig geneigt, so als sei sie zu müde, ihn gerade zu tragen. Gar so jung war sie auch nicht mehr gewesen, als Barbara geboren wurde. Sie hatte nicht mehr erwartet, noch ein Kind zu bekommen, die beiden Jungen waren schon groß, sechzehn und vierzehn Jahre alt, und dann kam doch noch ein kleines Mädchen. Für Dorothea von Tallien war es eine Last gewesen, keine Freude. Sie hatte sich auch von der Geburt nie wieder erholt. Fünf Jahre später war sie gestorben.

Ludwigs Mutter war von anderer Art, eine kräftige, heitere Frau, betrübt darüber, daß sie nur das eine Kind hatte. Sie war es, die das kleine Mädchen immer wieder ins Haus geholt hatte. Dann spielten die beiden Kinder zusammen.

Nele konnte sich gut daran erinnern. Die kleine Barbara, eigenwillig, sehr bestimmt in ihren Wünschen und Ansichten, und immer tonangebend. Ludwig hatte meist getan, was *sie* wollte.

Auch er verlor die Mutter früh. Er war gerade erst fünfzehn Jahre alt. Ein durchbrochener Blinddarm. Wer dachte schon an so was? Eine Frau blühend wie das Leben, im Vollbesitz ihrer Kräfte.

Ganz selbstverständlich war dann Nele eine Mutter für beide Kinder geworden. Nie hatte sie daran gedacht, fortzugehen, selbst zu heiraten. Sie war einfach unentbehrlich.

Und jetzt dachte sie: ich bin es heute noch. Was täte er ohne mich? Er hat ja nicht mal eine richtige Frau.

Abends erzählte sie ihm von Barbaras kurzem Besuch. Er war in schlechter Laune aus Frankfurt gekommen. Er hatte dort einen Bau, der ihm Ärger machte, bei dem alles schiefging. Und dann natürlich Lily. Er wußte nun, daß sie nach München gehen würde. Es hatte darüber nicht viel Worte gegeben. Ja, soweit waren sie schon, daß sie nicht einmal mehr stritten.

Er hatte gesagt: „Du mußt wissen, was du tust. Du fragst mich nicht einmal mehr.“

Lily hatte ein schlechtes Gewissen, das machte sie kratzbürstig. „Fragen! Ich kann niemand fragen, wenn es um meine Zukunft geht. Um meine Karriere. Du hast mich auch nicht gefragt, als du die Professur angenommen hast."

„Nun, ich habe immerhin mit dir darüber gesprochen."

„Gut. Du hast mit mir darüber gesprochen. Aber du hast getan, was du für richtig hieltest."

„Natürlich."

„Natürlich. Und ich tue auch, was ich für richtig halte."

„Schön. Wenn du es also für richtig hältst, dich so weit von mir zu entfernen, jetzt auch noch räumlich, dann kann ich nicht viel dazu sagen. Und wenn du deine Zukunft nicht mit mir verbindest, sondern nur mit deinem Beruf, dann kann ich erst recht nichts mehr dazu sagen. Aber du mußt wissen, was es bedeutet."

„Nun was?" fragte Lily gereizt.

„Wenn ich eine Freundin möchte", sagte Ludwig langsam, „in Frankfurt oder in München, dann kann ich sie haben. Ich will aber keine Freundin, sondern eine Frau. Eine Frau, die bei mir ist und mit mir lebt. Die zu meinem Leben gehört. Das ist kein Dauerzustand, Lily, wie du es mir zumutest."

„Sag es nur gerade heraus", fuhr Lily auf, „du willst dich scheiden lassen."

„Ich will nicht. Aber es wird wohl darauf hinauskommen. Oder glaubst du, daß sich eine Ehe aufrechterhalten läßt mit einer Frau, die man nur in den Theaterferien sieht? Und das ist dann auch noch sehr fraglich, denn wahrscheinlich filmt sie gerade."

Lily hatte eine Weile nichts gesagt. Sie blickte stumm und offensichtlich betrübt vor sich hin. „Ich sehe es ja ein", sagte sie dann leise. „Aber ich liebe dich."

Ludwig lachte ärgerlich. „Du machst es mir schwer, daran zu glauben."

„Du mußt es mir glauben", sie kam, setzte sich auf seinen Schoß und schmiegte sich an ihn. „Ich liebe dich wirklich. Aber ich liebe meinen Beruf genauso. Kannst du das nicht verstehen?"

„Nein."

„Aber du liebst deinen Beruf doch auch."

„Das ist etwas anderes."

„Das ist nichts anderes. Das ist genau das gleiche."

Wie oft hatten sie diese Gespräche schon geführt. Manchmal ernst und erbittert, manchmal nur leicht und spielerisch. Aber es führte sie doch zu keinem Ergebnis. Doch nun wurde es Ernst. Wenn sie wirklich so weit von ihm fortging, dann gab es wohl bald keine Brücke und keine Bindung mehr.

Es machte ihn unglücklich, ratlos. Er war die Ehe mit Lily nicht leichtfertig eingegangen. Nun aber schienen sie am Ende zu sein.

Nele merkte ihm an, daß er schlechter Stimmung war. Es kam selten bei ihm vor. Meist war er ausgeglichen, ein ruhender Pol noch während der turbulentesten Ereignisse. Durch Erfahrungen klug gemacht, brachte sie es ohne weiteres mit Lily in Verbindung. Natürlich, es hatte wieder Ärger gegeben. Was er brauchte, war eine andere Frau. Meinetwegen soll sie eben reiten, dachte Nele, nur nicht gerade Theaterspielen.

Kaum hatte sich der Gedanke in ihrem Kopf geformt, bekam sie einen Schreck. Meine Güte, was faselte sie sich denn da zusammen. Wie kam sie denn bloß auf so was?

Aber sie mußte sich bloß an den Gedanken gewöhnen, um ihn schließlich gar nicht so abwegig zu finden. Während sie Ludwig das Essen brachte, ihn liebevoll bediente wie immer, ein paarmal befriedigt nachsah, ob es ihm auch schmeckte, und schließlich wieder abtrug, bastelte sie an dieser neuen Vorstellung herum. Schließlich war sie ihr schon ganz vertraut.

Warum denn nicht? Er hatte die Barbara geliebt. Aber er war zu jung für sie gewesen damals. Überhaupt zu jung zum Heiraten. Jetzt war er ein Mann in den besten Jahren. Und was für ein Mann. Eine Frau konnte sich alle zehn Finger abschlecken, wenn sie ihn bekam. Und nun war also wieder eine Barbara da. Sie sah genauso aus wie die andere. Und diesmal hatte sie sogar das richtige Alter. Und schließlich, was ein nicht zu unterschätzender Vorteil war, sie war bei weitem sanfter, umgänglicher, vernünftiger und sicher auch leichter zu lenken und zu lieben als die andere. Warum also eigentlich nicht?

Nele verliebte sich geradezu in den Gedanken. Und bis der Professor sein Abendessen beendet hatte, da hatte sie ihn in ihrer Phantasie schon mit Barbara verheiratet.

Am liebsten hätte sie ihm gleich davon erzählt. Es fiel ihr schwer, diese interessanten Gedanken bei sich zu behalten. Aber manchmal war er komisch, man wußte nicht, wie er darauf reagieren würde. Nicht, daß sie Angst vor ihm gehabt hätte. Sie hatte vor nichts und niemand Angst und sagte immer, was sie dachte und für richtig hielt. So hatte sie auch nie mit ihrer Meinung über Lily hinter dem Berg gehalten, ob er es nun hören mochte oder nicht. Es gab eine Zeit, da hatte er ihr keine Kritik an Lily und an ihrer Ehe zugestanden. Das verstehst du nicht, Nele, hatte er sie einmal unwirsch abgewiesen. Ha, und ob sie es verstand! Besser als er jedenfalls, das sah man ja nun. Die ganze Heirat war ein Unsinn gewesen, und diese sogenannte Ehe eine Farce. So hatte sie es ihm prophezeit, und so war es gekommen. Nun saß er hier mit dickem Kopf und mürrischem Gesicht. Nele konnte es kaum mit ansehen.

Überdies war sie neugierig, was es nun wieder gegeben hatte. Als sie den Tisch abgeräumt hatte, kehrte sie wieder ins Zimmer zurück und machte sich scheinbar emsig hier und da noch zu schaffen. Dabei beobachtete sie, wie er die Zeitung ungeduldig beiseite warf, die er zu lesen angefangen hatte, dann eine Platte auflegte, aber sich nicht wie sonst, in seinen wenigen Mußestunden, mit einer Zigarette niedersetzte, um genußvoll zuzuhören, sondern unruhig im Zimmer auf und ab ging, eine Weile zum Fenster hinaussah, dann seinen Gang wiederaufnahm, wobei sie sich einige Male in die Quere kamen.

Nervös fragte er schließlich: „Was ist denn noch?"

„Was soll denn sein?" fragte Nele unschuldig zurück.

„Was pusselst du denn hier herum?"

„Ich mache Ordnung."

Er musterte den Raum streng. „Ist doch alles in Ordnung. Also los, was hast du auf dem Herzen?"

„Ich? Nicht das geringste." Sie machte eine wirkungsvolle Pause und fügte dann listig hinzu: „Aber du vielleicht."

Wenn sie allein waren, duzte sie ihn nach wie vor. Wenn er auch jetzt Professor war, in vertrauten Gesprächen war er wie ein Sohn für sie.

„Was soll ich denn auf dem Herzen haben?" fragte er unwirsch.

Allein daß er diese Rückfrage überhaupt stellte und in welchem Ton es geschah, zeigte ihr, daß er erheblich aus dem Gleichgewicht geraten war und auch ganz gern über seine Sorgen gesprochen hätte. Anderenfalls hätte er sie mit einem lachenden Wort hinausgescheucht. Aber wenn er wirklich Sorgen hatte, sprach er gern mit jemandem darüber. Er war kein verschlossener Mensch, der einen Kummer allein austrug und in sich begraben konnte. Und mit wem hätte er sprechen sollen, wenn nicht mit ihr? Wen hatte er denn sonst?

Nele stützte sich auf den Tisch, blickte ihm unbeirrt in die Augen und sagte entschieden: „Das sehe ich doch, daß was los ist mit dir. Hat sie dich wieder geärgert, deine Frau Gemahlin?"

Ludwig blieb auf der anderen Seite des Tisches, ihr gegenüber stehen, steckte beide Hände tief in die Taschen, runzelte unmutig die Stirn und fragte barsch: „Erwartest du vielleicht, daß ich meine ehelichen Schwierigkeiten mit dir bespreche?"

„Also doch", meinte Nele ruhig. „Hab' ich mir gleich gedacht. Was ist denn nun wieder los mit der gnädigen Frau?" Offener Hohn war jetzt in ihrer Stimme. „Hat sie sich einen anderen zugelegt?"

„Du bist unverschämt, Nele", sagte Ludwig ärgerlich.

Nele streckte kampflustig den Kopf vor, ihre Augen funkelten zornig. „Ich bin nicht unverschämt. Ich mache mir nur Sorgen um dich. Und ich sehe nicht ein, warum ein Mann wie du sich das bieten läßt. Warum ein Mann, der so gut und anständig ist wie du, sich von einem Frauenzimmer an der Nase herumführen läßt."

Er wollte auffahren, doch sie ließ ihn nicht zu Worte kommen. „Jawohl, an der Nase herumführen. Entweder man hat eine Frau oder man hat keine. Du sitzst hier allein herum, kein Mensch ist bei dir. Eine Frau hat mit ihrem Mann zu leben und basta. So war es immer und so wird es bleiben. Wenn sie das nicht will, dann soll sie nicht heiraten. Du bist kein Mann, der allein sein kann. Du brauchst einen Menschen. Es genügt nicht, daß ich dir das Essen auf den Tisch stelle und deine Hemden gewaschen und gebügelt in den Schrank lege. Und auch deine ganze Arbeit genügt nicht, um dich glücklich und froh zu machen. Ich kenne dich doch. Ich weiß, daß du gern heiter und vergnügt bist und gern mit jemand redest. Hier", sie wies energisch auf den leeren Sessel vor sich, „hier müßte jetzt deine Frau sitzen und mit dir reden. Sie müßte bei dir sein und mit dir leben. So gehört es sich. Und so willst du es auch haben. Stimmt es vielleicht nicht?"

Ludwig öffnete den Mund, um ihr zu entgegnen, dann schloß er ihn wieder, wandte sich ab, ging zum Fenster und starrte hinaus in den dunklen Garten.

Eine Weile blieb es still. Nele betrachtete kummervoll seinen breiten Rücken. Da stand er nun. Ein Mann, den eine Frau einfach lieben *mußte,* gütig und verständnisvoll, klug und tüchtig, und mit einem großen, zärtlichen Herzen. Da stand er, allein. Allein in seinem schönen neuen Haus, in einem großen prächtigen Zimmer, und alles war leer und einsam. Keine Frau, keine Kinder. Nichts, was ihn froh machen konnte. Damon, der Hund, und sie, eine alte Frau, das war seine ganze Gesellschaft. Das war nicht genug.

Sie wartete. Sie blieb. Denn sie wußte, er würde *doch* noch sagen, was ihn quälte.

Sie hatte sich nicht getäuscht. Ludwig drehte sich um, betrachtete sie eine Weile schweigend, dann sagte er langsam: „Du hast natürlich recht. Ich werde in Zukunft noch viel mehr allein sein. Lily geht nach München. Sie hat dort ein Engagement angenommen. Wenn ich sie in Zukunft sehen will, muß ich nach München fahren. Vielleicht kommt sie auch mal in den Theaterferien her. Als Besuch, verstehst du."

Nele nickte. „Ich verstehe." Sie war nicht mehr zornig. Im Innersten ihres Herzen war sie geradezu befriedigt. „Und da wirst du dich scheiden lassen."

Ludwig kam zurück, stellte sich ihr gegenüber wieder auf und fragte erstaunt: „Scheiden lassen? Das sagst du? Soviel ich weiß, findest du so etwas ungehörig und bist immer sehr empört, wenn Leute sich scheiden lassen."

Nele hob die Schultern und meinte ungerührt: „Natürlich. Ich finde es auch heute noch empörend. Aber hier ist es wohl etwas anderes. Was ihr da habt, das ist sowieso keine richtige Ehe. Und wird nie eine werden. Also dann lieber ein schnelles Ende. Und heute haben sich die Zeiten ja ein bißchen geändert. Wie ich jung war, da war das noch was anderes. Aber heute geht das alles eins-zwei-drei. Erst wird geheiratet, dann wird geschieden, dann wird wiedergeheiratet, und so fort."

„Da schau an", meinte er überrascht, „daß du deine Meinung so grundlegend ändern kannst, das hätte ich nie gedacht. So alt muß einer also werden, um seine Ansichten zu ändern."

„So alt bin ich noch gar nicht", sagte sie energisch. „Und so lange man lebt, ändert man seine Meinung. Nur die Dummen haben immer dieselbe. Außerdem habe ich sie gar nicht geändert. Ich finde es immer noch unerhört, wenn ein erwachsener Mann wegen irgendeiner jungen Gans seiner richtigen Frau davonläuft. So was sollte verboten sein. Aber hier ist es was anderes. Du hast bis jetzt noch keine richtige Frau gehabt. Aber du brauchst eine. Und du kriegst auch eine. Und ich weiß sogar schon, welche.“ Sie schloß erschrocken den Mund. Das letzte war ihr nur so herausgerutscht, sie hatte es gar nicht sagen wollen. Aber das kam davon, weil sie sich den ganzen Abend mit dieser Idee beschäftigt hatte.

Ludwig starrte sie sprachlos an. „So was“, sagte er. „Das wird ja immer besser. Du hast eine Frau für mich. Das sieht dir wieder ähnlich. Darf ich höflichst fragen, wen du mir zugedacht hast?“

„Davon ist jetzt nicht die Rede“, sagte Nele verlegen. „Noch bist du verheiratet. Das wird sich später finden.“

Ludwig lachte erheitert. Das erste Mal an diesem Abend. Er stützte beide Hände auf den Stuhl, der vor ihm stand, beugte sich vor und sagte: „Nun mal los. Das möchte ich jetzt genau wissen. Kenne ich die Dame?“

„Du brauchst dich gar nicht so aufzuspielen“, sagte Nele gereizt. „Die Frau, die du dir ausgesucht hast, war die falsche. Wenn ich dir eine empfehle, wird es die richtige sein.“

„Also los, los! Heraus mit der Sprache! Wer ist es?“

Nele preßte die Lippen zusammen, ihre Augen glitzerten verschmitzt. Sollte sie es sagen? Warum eigentlich nicht? So ein Mann war im Grunde etwas Dummes. Auch wenn er Professor war. Manchmal konnte es nichts schaden, wenn man ihm einen Stoß in der wünschenswerten Richtung gab.

Sie löste ihren Blick aus seinen Augen, fegte mit der Hand über die blanke Tischfläche, rückte dann die Stühle gerade, die ohnedies ganz gerade standen, und sagte schließlich in beiläufigem Ton: „Barbara war heute hier. Sie wollte dir ihr neues Pferd zeigen. Perita heißt es, oder so ähnlich. Ein hübsches Pferd. Sie war wohl spazierengeritten und kam hier vorbei.“

Der Professor öffnete den Mund vor Verblüffung. Dann legte er den Kopf zurück und lachte. Lachte, daß das ganze Zimmer davon schallte. Damon hob überrascht den Kopf und blickte seinen Herrn fragend an.

Nele richtete sich gerade auf, stemmte die Arme in die Seiten und rief gereizt: „Da gibt's gar nichts zu lachen. Das Reiten macht ihr nun mal Spaß. Und es war wirklich ein hübsches Pferd, so hellbraun. Fuchs nennt man das, glaub' ich.“

Ludwig warf sich in einen Sessel, daß der in allen Fugen krachte, er lachte weiter, dann zog er den Rauchtisch heran, nahm sich eine Zigarette, zündete sie an, tat einen tiefen Zug, und lachte wieder.

Nele sagte nichts mehr. Er würde schon mal aufhören, zu lachen.

Das tat er denn auch. Schüttelte den Kopf und blickte sie mit seinen großen blauen Augen vergnügt an. „Ich glaube, du bist verrückt geworden, Nele. Barbara also. Die hast du mir zugedacht. Wie kommst du bloß auf diese närrische Idee?"

„Was ist daran so närrisch? Hast du ihre Mutter vielleicht nicht geliebt? Damals warst du ein grüner Junge, den solch ein Mädchen gar nicht lieben konnte. Aber heute bist du ein richtiger Mann. Ein Mann, wie ihn sich eine Frau nicht besser wünschen kann. Und Professor noch dazu. Und Barbara ist genau wie ihre Mutter. Ein bißchen ruhiger und vernünftiger, und das ist bestimmt kein Fehler. Und sie hat dich gern, das merke ich doch. Und du sie auch. Da kannst du lachen, soviel du willst, sie wäre genau die richtige Frau für dich."

„Sie ist zwanzig Jahre alt", sagte er.

„Einundzwanzig", verbesserte ihn Nele.

„Ich könnte ihr Vater sein."

„Quatsch. Welcher vernünftige Mensch kriegt mit zwanzig Jahren ein Kind. Die gescheiten und die hübschen Frauen wollen keinen jungen Mann. Sie wollen einen richtigen erwachsenen Mann. Du bist jung genug für sie. Keiner weiß besser, wie jung du bist, als ich. Kommt es vielleicht auf die Jahre an? Auf die Zahl? Auf den Menschen kommt es an, auf sein Herz, auf sein Wesen. Du bist weiß Gott jung genug. Wenn du auch zehnmal Professor bist. Ich weiß bestimmt, daß sie mit dir glücklich sein würde."

„So. Du weißt das bestimmt." Er lachte nicht mehr. Er sah sogar im Moment sehr ernst drein, und der Spott in seinen Worten klang nicht ganz echt. „Wenn du es nur weißt, das ist ja die Hauptsache. Hast du vielleicht schon in meinem Namen um ihre Hand angehalten?"

Nele ging nicht näher darauf ein. „Gefällt sie dir vielleicht nicht? Magst du sie vielleicht nicht leiden?"

„Natürlich gefällt sie mir. Und ich mag sie sehr gern. Und gerade deswegen werde ich mich hüten, unser Verhältnis durch so einen Unsinn zu trüben. Der Teufel soll dich holen, wenn du mir das Kind kopfscheu machst."

„Ich? Ich denke nicht daran. Das mußt du gefälligst schon allein besorgen. Hast du wirklich nie daran gedacht?" Echte Neugier klang aus dieser Frage.

„Bei Gott, nein", sagte Ludwig. Aber mehr sagte er nicht. Er dachte nach. Hatte er wirklich nie daran gedacht? Barbara zu heiraten? Nein, wirklich, daran hatte er nie gedacht. Aber sie in die Arme zu schließen, sie festzuhalten, daran hatte er wohl gedacht, dieses Gefühl, dieser Wunsch war dagewesen. War Nele eigentlich wirklich so dumm?

Er stand mit einem Ruck auf und sagte entschieden: „Schlag dir das bloß aus dem Kopf. Ich bin zu alt für sie. Ihre Mutter ist mit einem Mann auf und davon gegangen, der viel zu alt dazu war und hat ein ruheloses, unglückliches Leben dabei geführt. Und ihre Tochter hat dadurch eine unselige heimatlose Kindheit gehabt. Denkst du denn nicht daran? Denkst du, ich will die Tochter nun auch noch unglücklich machen?"

„Ihre Mutter ist mit einem Mann auf und davon gegangen, der nicht zwanzig Jahre älter war, sondern fast vierzig. Ein Mann, der sie nie geheiratet hat. Der eine Frau und zwei Kinder hatte. Mit dir brauchte Barbara nicht auf und davon zu gehen. Sie hätte eine Heimat und ein Haus, einen Mann und einen Lebensinhalt. Sie könnte Kinder haben, die in einem richtigen Elternhaus aufwachsen würden. Und ich ...", Nele reckte sich zu ihrer vollen Größe auf und streckte einen spitzen Finger auf Ludwig zu, „und ich weiß genau, daß sie mit dir glücklich sein würde. Sie hat nämlich nie ein richtiges Zuhause gehabt. Und da drüben bei der kaltschnäuzigen Elisa hat sie auch keins. Aber hier, hier hätte sie eins."

„Aha", sagte Ludwig schwach, „so also stellst du dir das vor."

„Jawohl, so stelle ich mir das vor. Du wärst genau der Mann, den sie brauchte. Und sie wäre die Frau, die dir fehlt."

„Schließlich bin ich ja auch verheiratet", wandte er ein.

Nele schob diesen Einwand mit einer kurzen Handbewegung beiseite. „Du bist verheiratet, aber du hast keine Frau. Jetzt schon gar nicht. Das ist eine ganz andere Sache als damals. Du hast Barbara nie vergessen, ich weiß es. Und jetzt ist sie wieder da. Willst du so ein Narr sein und sie gehen lassen?"

„Gehen lassen? Wer redet davon, daß sie fortgeht?"

„Sie wird nicht ewig da drüben bleiben. Sie wird heiraten. Oder vielleicht nicht? So wie sie aussieht."

„Nun also. Dann braucht sie mich ja nicht. Sie wird einen Mann heiraten, den sie liebt. Und ich wünsche ihr den besten Mann der Welt. Aber sie wird kaum daran interessiert sein, die Jugendliebe ihrer Mutter zu heiraten."

„Das weißt du nicht. Aber das kannst du feststellen."

Ludwig schüttelte den Kopf. „Mir wird langsam angst und bange bei dir, Nele. Bis jetzt warst du doch ganz vernünftig. Du wirst alt und dußlig. Schade um dich."

Nele lächelte unbeleidigt. Sie hatte ihr Pulver verschossen und ihre Saat gelegt, nun mochte er sehen, was er damit anfing. Sie rückte ein letztes Mal die Stühle gerade und wandte sich zur Tür. „Ich muß abwaschen gehen", sagte sie friedvoll. „Alt und dußlig bin ich noch lange nicht. Ich war bisher mit meinem Kopf immer ganz zufrieden. Was nicht jeder von seinem Kopf sagen kann." Damit verschwand sie aus dem Zimmer. Es war ein glanzvoller Auftritt gewesen, und es war ein ebenso glanzvoller Abgang, Lily, die Schauspielerin, hätte es zu würdigen gewußt.

Ludwig blickte ihr kopfschüttelnd nach. Es fiel ihm nichts Treffendes ein, was er ihr hätte noch nachrufen können.

Er stand auf, legte eine neue Platte auf. Doch er hörte auch diesmal nicht zu. Er mußte nachdenken.

6

Dann auf einmal war es Frühling. Ein verschwenderischer strahlender Frühling. Im Schloßpark blühten die Magnolien. Julius erzählte Barbara bei einem ihrer Morgenritte, daß die Magnolienbäume die Lieblinge des Großherzogs gewesen seien. Sie waren weit und breit berühmt. Früher, als er noch Kind war, gab es immer ein Frühlingsfest. Die vornehmen Familien der Stadt und der Umgebung kamen ins Schloß, auf der Terrasse wurde musiziert, jedes Jahr spielte man das Forellenquintett, das der Großherzog besonders liebte, und auf den Wegen, zwischen dem zarten jungen Grün des Rasens, spazierten die Frauen in langen hellen Kleidern.

„Immer war schönes Wetter", erzählte er. „Ich kann mich nicht erinnern, daß es einmal geregnet hätte an diesem Tag. Damals konnte man noch Feste feiern, sogar der Himmel feierte mit."

Er erinnerte sich gut an seine Mutter. Sie trug ein Kleid aus sahnefarbiger Spitze, das schmeichelnd ihre hohe schlanke Gestalt umschloß, auf dem Kopf hatte sie einen breiten hellen Hut, groß wie ein Rad, bedeckt mit Blumen. Er beschattete ihr schmales, immer ein wenig melancholisches Gesicht und verlieh ihm einen geheimnisvollen Zauber. Es machte ihm Freude, seine Mutter so zu sehen, denn sonst war sie meist dunkel und streng gekleidet, obwohl sie damals noch eine junge Frau war. Sein Vater trug an diesem Tag die Generalsuniform, bunt und prächtig. Sie waren ein schönes Paar, die beiden. Er und sein Bruder Henry durften das Fest noch nicht mitfeiern, sie waren zu klein. Aber sie durften ins Schloß, und Theobald, der Kammerdiener des Großherzogs, ließ sie in den blauen Salon im ersten Stock, dort konnten sie zum Fenster hinausschauen und alles bestaunen.

Dann kam der Krieg, und es gab keine Feste mehr im Schloßpark. Niemals wieder. Heute gingen die Bürger der Stadt hier spazieren, die glänzende Zeit war für immer vorbei. Doch die Magnolien blühten noch, genauso wie damals.

„Der Frühling ist schön hier“, sagte Barbara, „anders als bei uns. In Roano wird es gleich heiß. Und dann sind alle Blüten voller Staub.“

„Du sagst immer noch ‚bei uns‘, wenn du von Italien sprichst“, sagte Julius ein wenig kummervoll. „Du bist doch hier zu Hause, Barbara. Fühlst du dich immer noch fremd? Möchtest du dorthin zurück?“

„Nein“, erwiderte Barbara fast heftig. „Bestimmt nicht. Ich bin gern hier. Es ist nur – ich habe lange da unten gelebt, und es ist viel geschehen in dieser Zeit. Als ich dort war, fühlte ich mich gar nicht zu Hause, es war immer alles ein bißchen fremd. Für uns alle drei. Barja hat zum Beispiel oft vom deutschen Frühling erzählt. Gerade auch von diesen Bäumen hier, von diesen Magnolienbäumen. Und dann vom Flieder. Sie sagte: ‚Das ist die schönste Zeit des Jahres, wenn im Schloßpark der Flieder blüht. Das möchte ich noch einmal sehen.‘ “

„Das hat sie gesagt?“ fragte Julius, tief betroffen.

„Ja. Ich glaube, sie hat immer Heimweh gehabt.“

„Warum ist sie dann nicht zurückgekommen?“ rief Julius. „Warum nicht?“ Der Schmerz um die verlorene Schwester war so jäh und neu, als sei sie erst gestern fortgegangen. Warum war sie nicht zurückgekommen? Sie lebte noch, sie könnte hier, an diesem schimmernden Frühlingsmorgen mit ihnen spazierenreiten. Dann erst wäre für ihn dieser Frühling vollkommen gewesen.

„Ich habe sie das auch einmal gefragt“, sagte Barbara leise. Sie blickte Julius nicht an, hielt den Kopf gesenkt und legte ihre bloße Hand auf Perditas warmen seidenglatten Hals. Was für ein schönes Gefühl, das Spiel der Muskeln, die sanfte gleichmäßige Bewegung unter den Fingern zu fühlen. Ihre Hände waren hungrig nach Liebkosung, nach Zärtlichkeit. Ein Glück, daß sie Perdita hatte. Und Dino. Sie waren beide gut anzufassen, gut zu streicheln. Wenn sie die beiden nicht hätte, wären ihre Hände leer. Sie hatte immer gern angefaßt, was sie liebte. Pieros braune feste Schulter, sein schlanker Nacken, der sich herabbeugte, ihr Knie zu küssen. Und Barja, wenn sie aus dem

Meer kam, das Wasser perlte glitzernd auf ihrer Haut, sie lachte und schüttelte ihr Haar. Barbara nahm das Handtuch, trocknete ihre Schultern und ihre Arme und fühlte die weiche Glätte unter ihren Händen. „Laß doch“, sagte Barja, „es trocknet von selbst.“ – „Man darf Meerwasser nicht trocknen lassen“, sagte Barbara, „du kriegst eine rauhe Haut davon.“ – „Ich kriege nie eine rauhe Haut“, lachte Barja, „genausowenig wie du. Die Frauen der Talliens haben eine Seidenhaut, das steht schon in einer alten Chronik. Irgendein alter Ahnherr hat das mal voll Begeisterung aufgeschrieben. Und wir behalten diese Seidenhaut, solange wir leben. Das steht da auch. Der alte Herr hat gründliche Studien gemacht. Wenn wir mal nach Hause kommen, wirst du es lesen.“

Aus ihren Gedanken heraus fügte sie hinzu: „Ich glaube, Barja hat sich immer gewünscht, einmal wieder nach Hause zu kommen.“

„Warum seid ihr dann nicht gekommen?“ wiederholte Julius. „Warum nicht? Was hat sie gesagt, als du sie gefragt hast?“

„ ‚Sie wollen mich nicht haben‘, sagte sie. ‚Sie denken, daß sie rein und tugendhaft sind und daß ich schlecht und böse bin. Denkst du, ich gehe nach Hause, um mich verachten zu lassen?‘ “

„Niemand hätte sie verachtet“, sagte Julius heiser.

„Ich weiß nicht“, widersprach Barbara. „Wie sie mich schon alle angesehen haben, als ich kam. Und wenn Barja gekommen wäre, mit mir, und ... – nein, es wäre wohl nicht gegangen. Sie hätte es nicht ertragen, daß man sie schief ansieht. Stell dir vor, wir wären gekommen mit – mit Vater. Nein, sie hat schon recht gehabt. Es ging nicht. Es gab keinen Weg zurück.“

Julius schwieg. Es gab keinen Weg zurück. Barbaras Tochter sagte es ganz einfach und klar. Es gab wohl nie einen Weg zurück, wenn man so entschieden fortgegangen war. Es gab nur immer einen Weg, der weiterführte, immer weiter fort. Und diesen Weg war Barja gegangen, ganz weit fort, ein Weg, von dem es keine Rückkehr, keine Heimkehr gab.

Aber eigensinnig dachte Julius: Ich bin schuld. Ich allein. Ich hätte sie holen müssen. Mit oder ohne diesen Mann. Sie hat Heimweh gehabt, und sie wäre dennoch gern zurückgekommen. Konnte er nicht allein sterben, und konnte sie nicht mit ihrer Tochter heimkommen?

„Für Fernand war es ja auch in Italien am besten", fuhr Barbara fort. „Es ging ihm dort viel besser. Er konnte sich wieder bewegen und sogar spazierengehen."

„Ja", sagte Julius unwillig, „du hast mir das schon einmal erzählt, daß ihr seinetwegen nach Italien gegangen seid. Ich kann bloß nicht begreifen, wie es möglich war. Damals war so etwas doch schwer."

Barbara lächelte. „Barja brachte alles fertig, was sie wollte. In Salzburg, als es Vater so schlecht ging und er sich kaum rühren konnte, sagte der Arzt, er müsse woanders hin, in ein trocknes, warmes Klima. Und da war dann dieser italienische Amerikaner."

„Ein italienischer Amerikaner?"

„Ja. Barja hatte doch einen Freund, einen amerikanischen Offizier. Und der hatte auch einen Freund, einen Sergeant, der war schon richtiger Amerikaner, aber eigentlich kam er aus Italien, eben aus Roano, er war als junger Bursche ausgewandert. So ein breiter, schwarzer, mit lustigen Augen. Er brachte mir immer Schokolade und Kaugummi und fuhr mich in seinem Auto spazieren. Und er besuchte Vater. Und dann sagte er: ‚Oh, guy, you must go to my people, I'll manage it.' Und als dann John nach Amerika zurück mußte, da machten sie das vorher aus."

„Wer ist John?"

„John war der Mann, den Barja liebte", sagte Barbara mit größter Selbstverständlichkeit, „so ein großer blonder Captain. Und dann mußte er zurück. Barja war sehr unglücklich. Aber er war verheiratet und ... – na ja, es ging eben nicht. Sie konnte ja doch nicht mitgehen nach Amerika. Damals ging das nicht. Aber ehe er fortging, besorgte er uns alle Papiere, die wir brauchten. Und Giuseppe, das war der Italiener, fuhr selber mit uns nach Roano. Seine Eltern haben dort einen kleinen Laden, in der Via Garibaldi, sein Vater ist Bäcker. Oh, das war ein Fest, als wir kamen. Ganz Roano war auf den Beinen. Zuerst waren sie sehr nett zu uns. Giuseppe warf nur so mit dem Geld um sich, ich glaube, er hat den ganzen Ort freigehalten. Und alle staunten ihn an, Giuseppe, der ein Amerikaner geworden war und den Krieg gewonnen hatte. Wir wohnten erst bei seinen Eltern, aber da war zuwenig Platz. Die Via Garibaldi ist eine enge, schmale Gasse, die Hauptsache war der Laden, und dann ging eine ganz schmale, dunkle Treppe hinauf, da hatten sie ein paar Zimmer. Eigentlich waren sie nur zum Schlafen darin, mittags und nachts. Sonst spielte sich alles im Laden oder auf der Straße ab. Giuseppe sah gleich, daß das nicht gehen würde. Er war schon ein richtiger Amerikaner geworden und wußte, daß wir dort nicht wohnen könnten."

Julius hörte sprachlos vor Staunen zu. Das war eine ganz neue Welt für ihn. Und mit welcher Ruhe und mit welchem Gleichmut Barbara darüber sprach!

„Und was geschah dann?" fragte er atemlos.

„Ja", Barbara hob den Kopf, strich noch einmal weich über Perditas Hals und schaute in den silberblauen Himmel, „da war noch so ein alter Freund von Giuseppe, der hatte eine kleine Gärtnerei und einen Weinberg, und am Fuße des Weinbergs, das war über der Straße drüben, da begannen sowieso gleich die Berge, da hatte der ein kleines Häuschen stehen. Mehr eine Hütte. Da wohnte vorher sein Bruder drin, aber der war dann in den Krieg gezogen, und jetzt wollte er in Milano bleiben, er hatte dort einen Obststand aufgemacht und kam nicht mehr zurück. Diese Hütte bekamen wir. Giuseppe bezahlte es. Wir hatten ja kein Geld. Aber für Giuseppe mit seinen Dollars war das gar nichts. Und da wohnten wir dann."

„In einer Hütte?" fragte Julius entsetzt.

„Na, es war ganz nett, zwei kleine Räume und ein Schuppen dabei, und es war ganz trocken, und schon im Frühling darauf konnte Vater im Garten umherlaufen und in der Sonne liegen. Wir konnten machen, was wir wollten, niemand störte uns, von der Gärtnerei bekamen wir ganz billig Obst und Gemüse und Wein soviel wir wollten, und die Spaghetti waren auch billig, und ..."

„Billig! Was heißt billig? Es kann noch so billig sein, man muß es bezahlen."

„Giuseppe hatte uns ein bißchen Geld dagelassen. Und er schickte auch noch ein paarmal welches. Ich glaube zwar, es kam von John. Und mit hundert Dollar konnte man dort lange leben. Und später kam dann Geld von dir. Und ein bißchen verdiente ich dann auch."

„Es ist unvorstellbar", sagte Julius. Ja, es war unvorstellbar für ihn. Damals ging es ihm schon wieder ganz gut. Und seine Schwester hatte in einer Hütte gelebt, von Dollars, die ein früherer Freund ihr schickte. Alle seine Phantasie reichte nicht aus, sich Barbara, seine schöne stolze Barbara, in dieser Situation vorzustellen. War er denn verrückt gewesen, das alles selbstverständlich hinzunehmen? Warum war er nicht mit dem ersten Zug zu ihr gefahren, um sie heimzuholen?

Gleichzeitig kam ihm auch zu Bewußtsein, welch ungeheure Veränderung es für Barbara, diese Barbara hier neben ihm, bedeutet haben mußte, hierherzukommen und hier zu leben. Erstmals kam ihm der Gedanke: Wie ist sie nur damit fertig geworden? Wie hat sie sich in dieses neue Leben gefunden? Haben wir ihr eigentlich geholfen dabei? Und ist sie glücklich hier? Ach, Unsinn, was heißt glücklich? Findet sie sich zurecht?

„Aber eigentlich", sagte er lahm, „eigentlich müßt ihr dann doch immer wenig Geld gehabt haben?"

„Sehr wenig", bestätigte Barbara ungerührt. „Es hat immer gerade so für das Notwendigste gereicht. Manchmal nicht mal das. Es war oft schon schwierig. Und es hat unser Leben dort vor allem sehr erschwert. Wenn man Geld hat, sind die Leute ganz anders, viel freundlicher. Und sie wußten, daß wir keines hatten. Aber Barja tat immer so, als sei für sie alles in Ordnung. Als ich dann Piero hatte ...", sie verstummte.

„Piero? Was heißt das, als du dann Piero hattest?"

Barbara errötete. „Ein Freund von mir", sagte sie lässig. „Durch ihn hatte ich die Möglichkeit, etwas zu verdienen."

„So, ein Freund von dir."

„Eigentlich war es seine Mutter", erzählte Barbara eilig, sie hatte das Gefühl, sie müsse Pieros wirkliche Rolle in ihrem Leben verschweigen, „Mama Teresa, sie hat eine kleine Pension. Und bei ihr habe ich in der Saison gearbeitet."

„Als was?" fragte Julius indigniert.

Barbara kannte ihn mittlerweile gut genug, um seinen Tonfall richtig zu deuten. Aber es störte sie nicht. Sie hob den Kopf und steckte die Nase in die Luft. „Als eine Art Zimmermädchen", sagte sie betont. „Mama Teresa hat Zimmer an die Fremden vermietet, und ich habe diese Zimmer aufgeräumt, das Frühstück serviert und was sonst noch zu tun war."

„So", sagte Julius. Und jetzt ritt sie hier neben ihm im Schloßpark spazieren. Er lernte viel auf diesem Ritt. Auch dies, daß das Fräulein von Tallien das Leben kannte. Daß sie nicht auf ihn angewiesen war und sich selbst helfen konnte, wenn es sein mußte. Die Familie Tallien. Waren es nicht die Frauen, die das alte Erbe weitertrugen, waren nicht sie die Kämpferinnen, waren nicht sie die Starken und die Mutigen? Was hatte er denn schon groß getan? Ein Geschäft geerbt und es weitergeführt. Aufgebaut auf schon Vorhandenem. Im alten Kreis, im gewohnten Rahmen, getragen von der Achtung und der Anerkennung vergangener Zeiten.

Aber diese Frauen der Talliens! Die eine war fortgegangen und hatte alles hinter sich gelassen, was ihr Recht und ihr Anspruch war. Und nun kam eine andere wieder, nahm alles mit leichter Hand, was man ihr bot, aber genaugenommen brauchte sie es nicht. Sie war schön und stolz, genau wie ihre Mutter. Und sie würde leben, wie es ihr gefiel. Auch ohne ihn, ohne seine Hilfe. Ohne das Haus der Talliens. Denn wo sie war, da *war* das Haus der Talliens, und wenn es eine Hütte war, irgendwo in der Welt.

Barbara blickte auf ihre Armbanduhr, ein Geburtstagsgeschenk von Julius. „Ich glaube, wir müssen ins Geschäft", sagte sie. „Um elf Uhr kommt ein Besuch, und vorher müssen wir die Post erledigen."

„Schön", sagte Julius, „kehren wir um." Er freute sich immer über ihren Eifer und ihre Aufmerksamkeit. Sie war in der Tat jetzt bereits eine richtig brauchbare Kraft für ihn. Nicht so versiert wie Frau Hartmann, aber sie war auf dem Wege, eine vollwertige Kraft zu werden.

Sie trabten an, und vorbei an blühenden Magnolienbäumen kamen sie wieder zum Ausgang des Parks. Nun war es nicht mehr weit, noch um zwei Straßenecken, dann waren sie bei Herrn Krüger angelangt.

Als sie im Schritt durch die Straßen ritten, kam Julius noch einmal auf das Thema zurück.

„Du hast einmal etwas von einem Mann erwähnt, der – nun, der in den letzten Jahren eine Rolle in Barbaras Leben spielte. Du sagtest, sie wollte fortgehen von euch. Was war das für ein Mann?"

„Das war Peter: Peter Mangold. Er liebte Barja und wollte sie heiraten."

„Ein Deutscher?"

„Ja. Er war zum Urlaub in Alassio. Und einmal kam er auch nach Roano. Da hat er Barja kennengelernt, beim Baden am

Strand. Erst dachte er, sie sei auch Feriengast. Sie ließ ihn zunächst bei dem Glauben. Sie trafen sich einige Male, und er verliebte sich in sie. Dann zog er nach Roano, um möglichst den ganzen Tag mit ihr zusammen zu sein. Da erfuhr er dann, wer wir waren und daß wir immer dort lebten."

„Und das störte ihn nicht?"

„Doch, sicher, aber es war schon zu spät. Er liebte sie, und Barja liebte ihn auch."

„Was war das für ein Mann?" fragte Julius.

„Oh, ein sehr netter Mann. Groß und blond, stark und breitschultrig. So ein Typ, wie es der Amerikaner auch gewesen war. Er wirkte sehr sicher und zuverlässig, ganz so, als könne er mit den schwierigsten Dingen leicht fertig werden. Barja sagte mir einmal: so wünsche ich mir einen Mann. So einen habe ich immer gewollt."

„Das sagte sie? Aber dein – Vater war doch ein ganz anderer Typ."

„Ja. Eben", erwiderte Barbara darauf, nicht mehr.

„Und der wollte sie heiraten? Wann hat sie den kennengelernt? Voriges Jahr?"

„O nein, das ist schon viel länger her. Vor vier Jahren schon."

„Und das ging so lange?"

„Ja. Er kam oft. Jeden Sommer natürlich. Und dann immer wenn Feiertage waren, Ostern, oder Pfingsten. Und im Herbst noch mal. Und im Winter trafen sie sich dann in Milano."

„Hatte er denn soviel Zeit?"

„Eigentlich nicht. Einmal sagte er: ‚Es wird Zeit, daß wir heiraten. Ich werde noch Pleite machen, wenn ich soviel wegfahre.' Aber das war ein Witz. Er muß gut verdient haben. Zuletzt hatte er einen ganz großen neuen Wagen. Und wenn sie in Milano waren, wohnten sie immer im Palace Hotel. Das machte Barja Spaß. Im Grunde litt sie ja sehr unter dem primitiven Leben, das wir führten. Ich nicht, ich kannte nichts anderes. Aber Barja wollte gern viel Geld haben und schöne Kleider und all das. Peter wollte ein Haus für sie bauen, er hatte schon die Pläne mitgebracht, und Barja sollte sagen, wie es ihr gefiele."

„So. Und dein Vater? Wußte er davon?"

„Anfangs nicht, aber dann doch."

„Und was sagte er dazu?"

Barbara hob die Schultern. „Was sollte er dazu sagen? Im

Grunde wußte er immer, daß Barja eines Tages fortgehen würde. Sie hat es oft genug gesagt."

„Sie hat es oft genug gesagt", wiederholte Julius erstaunt.

„Ja. Es war zu verstehen, nicht wahr?" Barbara wandte ihm ihr Gesicht zu und blickte ihn ernst an. „Oder nicht? Sie war jung und schön. Und sie hatte so schwere Jahre erlebt. Warum sollte sie nicht noch einmal glücklich werden?"

Julius fand es schwer, seiner Nichte hierauf zu erwidern. Im Grunde empfand er, bei aller Neugier, ein starkes Unbehagen, mit ihr darüber zu sprechen. War es nicht geradezu widernatürlich, mit diesem jungen Mädchen die verfahrene Situation ihrer Eltern, deren ganzes sinnloses zerstörtes Leben zu besprechen? Freilich, Barbara nahm alles mit einer Selbstverständlichkeit hin, die ihn geradezu erschütterte. Und wie schon so oft dachte Julius: Es ist ein Verbrechen, wie sie an diesem Kind gehandelt haben. Was es alles sehen und erleben mußte in jungen Jahren. Das ungleiche Elternpaar, das nicht einmal verheiratet war, der alte kranke Mann, die schöne junge, lebenshungrige Frau, Zorn und Streit und Versöhnung in jähem Wechsel. Die Liebhaber und Freunde der jungen Frau, der Schmerz und die hilflose Ohnmacht des Vaters, all das hatte das Kind von früher Jugend an miterlebt und wohl auch bald begriffen und mitgefühlt. Wußte man denn, wußte *er* denn, wie es in Barbara aussah? Was sie wirklich dachte und fühlte? War das alles spurlos an ihr vorübergegangen?

Fast zornig antwortete er auf ihre Frage: „Und warum ist sie dann nicht einfach fortgegangen mit diesem Mann? Wenn sie ihn doch liebte und wenn es schon vier Jahre dauerte, wie du sagst, dann war es doch besser, endlich mal ein Ende zu machen, als alle Beteiligten sinnlos zu quälen."

Sachlich und gleichmütig sagte Barbara: „Sie hatte Angst, Vater würde sich etwas antun. Das hat er immer gesagt. Sie wollte ihn auch nicht allein lassen, solange ich noch zu jung war. Jetzt war ich alt genug, um für ihn zu sorgen. Und vorher konnte sie Peter sowieso noch nicht heiraten, er mußte sich ja erst scheiden lassen."

„Er war verheiratet?"

„Ja. Als sie sich kennenlernten, war er noch verheiratet, und die nächsten zwei Jahre auch. Es dauerte eine Weile, bis er seine Scheidung durchsetzen konnte."

„Dann war er also schließlich geschieden?"

„Ja."

„Barbaras wegen?"

„Ich nehme an."

Sie bogen in den Hof des Tattersalls ein. Ein Stalljunge nahm ihnen die Pferde ab. Barbara fütterte Perdita mit Zucker, klopfte ihr den Hals und redete leise mit ihr.

Alzeus blickte sich fragend um. Er wartete auch auf Zucker. Aber sein Herr stand mit abwesender Miene neben ihm und schien mit seinen Gedanken weit fort zu sein.

Für Julius war das alles schwer zu schlucken. So hatte also Barbara noch eine Ehe zerstört. Nun ja, dies war heute nichts Ungewöhnliches mehr, es kam alle Tage vor. Aber er lebte noch in den alten Anschauungen, ihm erschien es mit der Würde seiner Familie, mit ihrem guten Namen nicht vereinbar, daß man sich einfach über diese Dinge, über Sitte und höhere Ordnung hinwegsetzte. Gewiß, er hatte Elisa auch betrogen. Und es hatte eine Zeit gegeben, da hatte auch er mit dem Gedanken an eine Scheidung gespielt. Aber wenn er ehrlich war, ganz ernst war es ihm nie damit gewesen. Er konnte nicht über seinen Schatten springen. Und sein Schatten war das Haus Tallien, war die Familie Tallien, sie stand über allem. Er konnte nichts tun, was dem Namen Schande machte. Auch wenn es sein Lebensglück bedeutet hätte. Und das Glück eines Menschen, den er liebte, dazu.

Für Barbara hatte dieses Hemmnis nie bestanden. Sie hatte sich in jungen Jahren, und erst recht später, mühelos von allen Bedenken frei gemacht. Ihr eigenes Ich, ihr eigenes Leben, das allein zählte für sie. Was hatte ihm seine Nichte einmal erzählt? Es gibt für jeden Menschen nur einen Mittelpunkt, das ist sein eigenes Herz. Das hatte seine Schwester gesagt. Gewiß, man konnte es so und so betrachten, jede Anschauungsweise hatte ihre Berechtigung. Julius war nicht engstirnig, er erkannte auch den anderen Standpunkt an.

Und bei allem scheinbaren Egoismus hatte Barbara doch nicht verantwortungslos gehandelt. Sie hatte Ferdinand nicht im Stich gelassen. Aber es war nicht schwer, sich vorzustellen, wieviel Überwindung es sie gekostet hatte, wieviel innere Kämpfe, wieviel Kummer und Tränen und sehnsüchtiges, ungestilltes Verlangen.

Barbara hatte ihre Abschiedszeremonie bei Perdita beendet. „Gehen wir?“ fragte sie.

Julius schreckte aus seinen Gedanken auf. „Ja.“ Jetzt erst bemerkte er Alzeus' vorwurfsvollen Blick.

„Ich vergess' dich nicht, mein Alter“, sagte er, griff in die Tasche und holte ein paar Stücke Zucker heraus.

Perdita schob genüßlich den blonden Kopf heran.

„Du hast gerade genug bekommen“, sagte Barbara und zog sie beiseite. „Zuviel Zucker ist nicht gut für die Linie. Auf Wiedersehen, meine Süße.“ Sie rieb ihre Wange zärtlich an Perditas weichen Nüstern, dann folgte sie Julius zum Ausgang.

Als sie zum Geschäftshaus hinüberfuhren, fing Julius noch einmal an. „Dieser Mann da, hatte der eigentlich auch einen Beruf? Du sagst, er verdiente gut?“

„Ich denke es mir. Er war Ingenieur. Und er hatte eine eigene Firma. Er machte Heizungsanlagen. Manchmal erzählte er uns davon. Wie es schien, hatte er viel Freude an seiner Arbeit, und das Geschäft ging wohl auch gut. Es wurde ja viel gebaut in Deutschland, und dadurch hatte er wohl viele Aufträge.“ Sie lachte leise. „Ich kann mich noch gut erinnern, an einem Nachmittag, wir waren über die Grenze gefahren, nach Cannes, da waren gerade Filmfestspiele, und Barja wollte sich den Betrieb gern mal ansehen, da erzählte er die ganze Fahrt von seinen neuen Ölheizungsanlagen. Wir wußten davon ja nichts. Aber er meinte, die Ölheizung würde immer mehr Mode und sei die Heizung der Zukunft. Und er hatte bei seinen Anlagen eine eigene Erfindung eingebaut, die die Sache besonders sparsam und wirtschaftlich machte. Er erklärte es uns genau, aber wir verstanden es natürlich nicht. Barja stellte ein paar ganz alberne Fragen, mehr so aus Unsinn, und er geriet immer mehr in Eifer und fing noch mal von vorn an. Barja lachte, sie drehte einfach den Zündungsschlüssel ab, so daß der Wagen ausrollte, schmiegte sich an ihn und sagte: ‚Komm, küß mich. Die beste Heizungsanlage, die ich kenne, bist du selbst. Wenn du mich in die Arme nimmst, dann wird mir heiß.‘ “

Julius verzog unwillig das Gesicht. „Das sagte sie? Obwohl du dabei warst?“

Barbara lachte. „Das störte sie nicht weiter. Und so klein war ich ja auch nicht mehr.“ Nein, so klein war sie nicht mehr. Sie wußte bereits, wovon Barja sprach.

„Dann warst du also immer mit den beiden zusammen?"

„Nicht immer. Nicht einmal sehr oft. Meist blieben sie lieber allein. Aber manchmal nahmen sie mich eben mit. Er war immer sehr nett zu mir."

Noch etwas interessierte Julius. „Wie alt war dieser Mann?"

„Noch jung", meinte Barbara, „so Mitte der Vierzig etwa."

„Weißt du, was er jetzt macht?"

„Nein. Ich habe nie mehr von ihm gehört."

Schon knapp zwei Wochen später hätte Barbara das nicht mehr sagen können. Da erhielt sie einen Brief von Peter Mangold. Zufällig war sie morgens in der Diele, als die Post kam, und konnte den Brief entgegennehmen, ohne daß jemand von der Familie ihn sah. Sie erkannte die Schrift sofort. Er hatte oft genug an Barja geschrieben.

Sie ließ den Brief in ihrer Tasche verschwinden, denn Julius kam die Treppe herunter. Erst im Büro hatte sie Zeit, zu lesen.

Peter Mangold schrieb, daß er erfahren habe, wo sie sei und daß er sie gern einmal sprechen würde. In der folgenden Woche sei er geschäftlich in Frankfurt. Ob sie sich dort treffen wollten? Oder ob sie es vorziehe, daß er zu ihr komme? Sie möge doch im Frankfurter Hof Nachricht hinterlegen.

Der Brief schloß: Bitte, Barbara, gib mir die Möglichkeit, mit Dir zu sprechen. Ich habe nicht vergessen, was Du bei unserer letzten Begegnung gesagt hast. Ich sei schuld, sagtest Du. Ich sei schuld an ihrem Tod. Vielleicht hast Du recht. Ich habe viel Schuld auf mich geladen, vielleicht diese auch. Wie ich gelebt habe in dem vergangenen Jahr, ich weiß es selber nicht. Für mich ist die Zeit stehengeblieben. Für mich gibt es kein Leben mehr ohne sie.

Barbara wurde durch diesen Brief sehr beunruhigt. Die scheinbare Gelassenheit, die sie Julius gegenüber bei jenem Gespräch zur Schau getragen hatte, war nicht echt. Noch immer war das, was vor einem Jahr geschehen war, ganz nah und so schmerzhaft wie am ersten Tag. Keiner wußte, keiner, was Barja ihr bedeutet hatte. Und keiner konnte je begreifen, wie sehr sie ihre Mutter vermißte, wie über alles sie Barja geliebt hatte. Alles waren Fremde um sie. Nur einen nahen vertrauten und geliebten Menschen hatte es für sie gegeben: Barja. Sie hätte bereitwillig ihr eigenes Leben gegeben, um Barja glücklich zu sehen. Sie hatte keinen Anspruch gestellt, keine Wünsche für sich gehabt. Barja war frei, sie konnte gehen, wohin sie wollte und mit wem sie wollte. Aber sie sollte glücklich sein, sie sollte endlich so leben, wie sie es all die langen Jahre erträumt hatte.

Der Zorn und der Haß, die sie damals gegen Peter Mangold empfunden hatte, waren vergangen. Sie wußte ja, daß er im Grunde schuldlos war. Und was mehr wog: er hatte Barja glücklich gemacht, er hatte ihr Liebe gegeben und den Traum von einem neuen, besseren Leben. Sie wußte, wie sehr Barja diesen Mann geliebt hatte. Und Barjas überraschendes Geständnis einmal: „Er ist der Mann, den ich mir immer gewünscht habe", war zweifellos die Wahrheit gewesen.

Er war der Mann, den Barja gebraucht hätte. Viel früher schon. Groß und sicher, mit diesen starken Händen, die hielten, was sie besaßen, die das Leben meisterten, mit diesem frohen Lachen, diesem gradlinigen, festgefügten Wesen.

Seit Barbara den Professor kannte, verstand sie noch viel besser, warum Barja den Mann geliebt hatte. In gewisser Weise war sie in ihm ihrer Jugendliebe wiederbegegnet. Nicht im Aussehen, aber in der Art, im Wesen schienen sich die beiden Männer ähnlich zu sein. Das ganze Unglück begann damit, daß Ludwig zehn Jahre zu jung gewesen war. Wäre er damals schon ein richtiger Mann gewesen, Barja wäre niemals fortgegangen.

Barbara hatte sich sofort entschieden, nachdem sie den Brief gelesen hatte, daß sie Peter Mangold treffen wollte. Wie aber sollte sie das fertigbringen, ohne daß die Familie etwas merkte? Denn das wollte sie auf keinen Fall.

Sie hätte es zwar Julius ruhig sagen, sie hätte ihm sogar den Brief zeigen können, aber sie wollte es nicht, nun erst recht nicht, nachdem sie erst kürzlich darüber gesprochen hatten.

Bei dieser Gelegenheit kam ihr erstmals richtig zum Bewußtsein, wie behütet und bewacht sie jetzt doch lebte. Wer hatte sich früher darum gekümmert, wohin sie ging und wen sie traf? Aber jetzt lag jeder ihrer Schritte offen zutage, und ein Ausflug nach Frankfurt, den sie verheimlichen wollte, wurde zu einem schwierigen Unternehmen.

Schließlich entschloß sie sich dazu, kein Geheimnis aus der Fahrt zu machen. Sie sagte Julius, daß sie am Samstag gern nach

Frankfurt fahren würde, um Lily zu besuchen. Das erschien durchaus glaubhaft.

Julius sagte zwar: „Was hast du eigentlich mit dieser Lily? Gefällt sie dir so gut?"

„Doch", meinte Barbara, „sie gefällt mir. Und sie geht ja nun bald fort von hier, nach München. Ich sollte sie vorher noch einmal besuchen, meinte sie." Die Lüge kam ihr leicht und flüssig über die Lippen. Gelogen hatte sie schon früher oft; sie hatte Fernand belogen, um Barjas Wege vor ihm zu verheimlichen.

„Aber du kommst am selben Abend noch zurück?" vergewisserte sich Julius. „Ich hab' es eigentlich nicht gern, wenn du bei ihr übernachtest."

Barbara unterdrückte ein Lächeln. Ohne Zweifel, Julius wachte eifersüchtig über alle ihre Schritte. „Ich komme zurück", versprach sie.

Um nicht auf einer Lüge ertappt zu werden, rief sie Lily an, als sie am frühen Nachmittag in Frankfurt ankam.

Lily war zu Hause und schien durchaus erfreut über den Anruf.

„Was machst du, Barbara? Kommst du zum Kaffee zu mir?"

„Wenn ich darf, komme ich gern auf eine Stunde", sagte Barbara.

Sie erzählte Lily beim Kaffee vom Grund ihres Besuches in Frankfurt. Zu ihr konnte sie darüber sprechen.

Lily lachte erheitert. „Also ist es ausgesprochen weibliche Raffinesse, der ich deinen Besuch heute verdanke. Wir Frauen sind alle gleich. Jedenfalls bist du ein weitblickendes Kind, wie das Beispiel zeigt. Onkel Julius ist Genüge getan. Er kann dich auf keinem Schwindel ertappen. Drollig, wie er auf dich aufpaßt. Ja, diese Talliens. Es ist nicht so leicht mit ihnen, was? Ludwig ist ja so ähnlich, er paßt auch immer gut auf. Obwohl er nicht mal ein richtiger Tallien ist, bloß so ein Anhängsel von der großen Familie. Wie geht es ihm übrigens?"

„Ludwig? Ich weiß nicht. Ich habe ihn lange nicht mehr gesehen."

„So. Ich dachte, du siehst ihn öfter." Die Frage klang ein wenig hinterhältig.

Barbara lächelte. „Nein. Durchaus nicht. Der Herr Professor hat kein besonderes Interesse an mir. Und Zeit für mich schon gar nicht."

„Ja, ich weiß. Zeit hat er wenig.“

„Eigentlich müßtest du als seine Frau ja wissen, wie es ihm geht.“

„Eigentlich müßte ich das, da hast du recht. Aber unser Verhältnis ist nicht das beste, seit er weiß, daß ich nach München gehe. Er hat mir das sehr übelgenommen.“

Darauf wußte Barbara nichts zu sagen.

Ehe sie ging, meinte Lily leichthin: „Sag mal, dieser Freund deiner Mutter ... Du läßt dich doch da nicht etwa auf irgendwelche komischen Geschichten ein? Es geht mich ja nichts an, ich meine nur.“

„Wie kommst du darauf“, wehrte Barbara ab. „Ich habe ihn seit einem Jahr nicht mehr gesehen. Und überhaupt – das ist doch Unsinn.“

„Es fiel mir nur gerade so ein. Wenn du ihr so ähnlich bist, und wenn das nun mal sein Typ ist – ach Gott, Kind, man kann niemand warnen und niemand behüten. Am wenigsten eine Frau davor, etwas Unbesonnenes zu tun. Ich weiß das selber gut genug.“

„Davon kann keine Rede sein.“

„Hast du eigentlich einen Freund?“ fragte Lily geradezu.

„Nein“, sagte Barbara abweisend. „Ich habe keinen, und ich brauche keinen.“

„So.“ Lily gab ihr einen schrägen Blick. „Wie du meinst. Aber wenn ich nur das geringste von Frauen verstehe, dann brauchst du einen und wirst bald einen haben. Der arme Julius. Ich glaube, er hat dich sehr gern.“

„Ja. Und ich möchte ihm keinen Kummer machen.“

„Das ist ein lobenswerter Vorsatz. Jedenfalls stehe ich dir auch in München zur Verfügung. Falls du einmal eine mehrtägige Abwesenheit benötigst, dann besuchst du mich eben dort.“

„Danke“, erwiderte Barbara ernsthaft. „Ich werde daran denken. Du gehst also wirklich nach München?“

„Natürlich, das weißt du doch.“

„Ich dachte, du würdest es dir noch überlegen. Du würdest am Ende doch hierbleiben, Ludwig zuliebe.“

Lily legte den Kopf in den Nacken und schob eigensinnig die Unterlippe vor. „Ludwig zuliebe! Im Grunde kümmert es Ludwig einen Dreck, was ich tue. Das klingt unfreundlich, ich weiß. Aber es ist so. Wenn er ganz, ganz richtig gewollt hätte, daß ich bei ihm bleibe ... Aber es ist ihm nicht so wichtig. Jetzt fährt er erst mal nach Amerika."

„Nach Amerika?"

„Ja, im Sommer. In den Semesterferien. Eine Studienreise. Das ist alles viel wichtiger als ich es bin. Ach, Barbara, das Leben mit den Männern ist nicht so leicht. Man trifft sich nie auf halbem Wege. Einer muß sich immer ausliefern. Dein Vater hat alles hergegeben für seine Liebe, er hat sich und alles was er war, eingesetzt. Und was war das Ergebnis? Deine Mutter hat sich nach einem anderen Mann gesehnt. Im Grunde sehnen wir uns immer nach dem starken Mann, nach einem, der fest auf seinem Platz steht, und der uns dann dort mit unterbringt auf diesem Platz."

„Aber so einen Mann hast du doch."

„Ja. Aber unglücklicherweise hält er mich nicht fest genug. Und ich bilde mir ein, ich müßte mir meinen Platz selber erobern." Sie legte den Finger an die Nase und meinte mit drolligernster Miene: „Ich bin ein Zwilling, weißt du. Auf der einen Seite möchte ich kapitulieren und die hingebend und aufopfernd liebende Frau sein. Und auf der anderen Seite bin ich ein rebellischer Kämpe, der meint, er schafft es auch allein und kann auf Männer pfeifen. Im Ernstfall, meine ich, nicht im Spaß. Ich bin ein schwieriger Fall. Von Kopf bis Fuß ein einziger Widerspruch. Da kann man nichts machen." Darauf lachte sie, und Barbara lachte mit. Man brauchte um Lily keine Angst zu haben. Und wenn ihre Ehe mit Ludwig wirklich in die Brüche ging, an gebrochenem Herzen würde sie nicht sterben, soviel war gewiß.

Etwas später kam Barbara in die Halle des Frankfurter Hofes, wo Peter Mangold sie schon erwartete.

Als sie ihn sah, erschrak sie tief. War das noch Peter? Er glich kaum mehr dem Mann, den sie gekannt hatte. Die hohe Gestalt schien müde, hatte die Straffheit verloren, überschlank war er geworden, hager, und in seinem offenen sympathischen Jungengesicht waren tiefe gramvolle Furchen. Seine Augen waren rotgeädert, und das volle Haar, das früher nur an den Schläfen leicht angegraut war, man hatte es kaum gesehen, war fast ganz grau geworden.

Er bemerkte ihren erschrockenen und befremdeten Blick und lächelte trübsinnig. Zögernd legte sie ihre Hand in seine, die er ihr entgegenhob. Er zog sie mit der Hand leicht heran, sah ihr nah ins Gesicht.

„Schau mich nicht so erstaunt an, kleine Barbara. Ich bin es wirklich. Ich gefall' dir nicht mehr. Kann ich verstehen, ich gefall' mir selber auch nicht. Aber du bist noch hübscher geworden. Du wirst ihr immer ähnlicher."

Der Schatten Barjas. Die andere Barbara. Wohin sie kam, mit wem sie sprach, ob es nahe oder ferne Vergangenheit war, sie kam nie allein. Sie war wie ein Doppelwesen, immer war das Bild der anderen Barbara um sie, über ihr, verdeckte sie selbst, verschlang ihr eigenes Selbst, belastete ihre jungen Schultern mit jenem gelebten, ruhelosen Dasein. Es schien eine Last zu sein, die sie würde immer tragen müssen. Solange jemand lebte, der Barja gekannt hatte.

Abwehr kam in ihre Miene, fast ein wenig Hochmut. Sie setzte sich in den Sessel ihm gegenüber, schlug die Beine übereinander, lehnte sich reserviert zurück. Und glich gerade in dieser Haltung Barja noch mehr. Der hochmütigen, kühlen Barja, die es auch gegeben hatte, und die es verstanden hatte, mit einer kleinen Kopfbewegung, einer winzigen Geste, eine sternenweite Distanz zwischen sich und einen anderen Menschen zu legen.

Aber sie täuschte Peter Mangold damit nicht. Er hatte Barja in jeder Situation und in jeder Haltung gekannt. Er hatte ihr schillerndes, unberechenbares Wesen gekannt, wie sie sich verändern konnte von einer Minute zur anderen, wie sie von einer leidenschaftlich Liebenden zu einer kalten Feindin werden konnte, von einem verspielten Kind zu einer großen Dame.

Er beugte sich vor, stützte die Ellenbogen auf die Knie, legte sein Kinn auf die geballten Fäuste und blickte zu ihr hinüber. Schweigend blickte er sie so eine Weile an. Dieses Gesicht, an das er Tag und Nacht dachte, diese Augen, dieser Mund, der weiche Schatten auf den Wangen, wie das Haar sich über der Schläfe hob. Hungrig war er nach diesem Anblick gewesen.

Und hungrig würde er weiter bleiben. Es war dennoch ein anderes Gesicht. Ungeprägt noch das zarte Oval, weich und kindlich der Mund, die Augen nicht so dunkel, das Haar nicht so leuchtend. Der Körper da drüben in dem Sessel gehörte nicht ihm, er konnte ihn nicht an sich reißen, seinen Mund nicht an dieser Schulter vergraben, nicht endlich, endlich Ruhe und Vergessen finden.

Er richtete sich auf, strich sich fahrig durch das Haar.

„Verzeih“, sagte er heiser, „es ist sehr ungebührlich, eine Dame auf diese Weise anzustarren.“

Der feindselige Ausdruck in Barbaras Augen erlosch. Sie hatte genau begriffen, warum er sie so ansah. Auf einmal hatte sie Mitleid mit ihm. Sie konnte ihm nicht helfen. Sie würde ihm niemals helfen können. Und sie wollte keinen Mann lieben, der in ihr nur immer Barja sah. Ich möchte, daß ein Mann mich in die Arme nimmt und mich ansieht, der Barja nie gekannt hat, dachte sie.

„Was möchtest du trinken?“

„Oh, es ist gleich. Was hast du da?“

„Kognak.“

„Gut, das nehme ich auch.“

„Und einen Mokka dazu?“

Sie nickte. Sie hatte zwar bei Lily schon Kaffee getrunken, aber irgend etwas mußte sie ja hier auch bestellen.

Nachdem Peter die Bestellung aufgegeben hatte, wandte er sich ihr wieder zu. „Ich danke dir, daß du gekommen bist. Ich war nicht sicher, ob du mich sehen wolltest.“

„Warum nicht?“ sagte sie gleichmütig. „Ich weiß nur nicht, ob es – gut für dich ist, wenn wir uns treffen.“

„Gut für mich? Für mich ist gar nichts mehr gut. Ich bin nicht mehr ganz normal, weißt du. Ich bin ein gespaltenes Wesen. Früher hätte ich jeden ausgelacht, der mir gesagt hätte, daß es so etwas gibt. Jetzt weiß ich es. Ich lebe zwei Leben. Ein sehr tüchtiges, erfolgreiches Alltagsleben. Ich leiste eine Menge. Meinen Umsatz habe ich in dem vergangenen Jahr um 20% gesteigert.“

„Mit den Heizungsanlagen“, sagte Barbara ein wenig spöttisch dazwischen.

„Ja, mit den Heizungsanlagen. Die beschäftigen mich viel. Es gibt eine Menge Fortschritte auf dem Gebiet. Und immer wieder Verbesserungen. Das ist hochinteressant, weißt du. Man kann sein Leben sehr weitgehend damit ausfüllen.“

„Und der Rest?“

„Welcher Rest?“

„Das andere Leben, meine ich.“

„Ja, das andere Leben, da bin ich weit weg. Da bin ich bei euch in Roano, da schwimmen wir im Meer, oder wir laufen durch die Weinberge, wir fahren an der Küste entlang, und wir gehen in Milano einkaufen. Wir sitzen abends am Strand oder vor den kleinen Tavernen, wir trinken roten Wein und lachen und träumen. Träumen von später, von unserem gemeinsamen Leben. Von dem Haus, das wir bauen werden, von den Reisen, die wir machen werden, von unseren ..."

„Hör auf", unterbrach ihn Barbara. „Ich bin nicht hergekommen, daß du mir das Herz schwer machst. Ich habe selbst genug mit meinen Erinnerungen zu tun. Aber ich will es vergessen. Ich muß es vergessen. Wenn ich immer daran denken würde, was früher war, dann werde ich verrückt."

„Du wirst es auch vergessen", sagte er, „du bist jung. Und für dich hatte alles ein anderes Gesicht. Bei mir ist das etwas anderes. Ich will dich auch gar nicht mit Erinnerungen quälen. Ich wollte dir nur erklären, was für ein seltsames Leben ich führe. Mein Arbeitsleben, mein tägliches Dasein, das spielt sich in der Gegenwart ab. Aber alles, was mich persönlich angeht, alles was, nun sagen wir, was über die Heizungsanlagen hinausgeht, das ist Vergangenheit. Wenn ich morgens aufwache, dann geht es los. Dann ist Barja da. Wenn ich mich rasiere, dann rede ich mit ihr. Ich frühstücke mit ihr zusammen, sie sitzt neben mir im Auto. Wenn ich wirklich mal etwas esse, dann sitzt sie neben mir am Tisch ...", er unterbrach sich. „Wirst du heute mit mir zu Abend essen, Barbara? Damit auch mal wieder eine lebendige Frau neben mir sitzt."

Barbara zog unbehaglich die Schultern zusammen. War das der gleiche Mann? Konnte sich ein Mensch so entsetzlich verändern?

„Ich werde mit dir essen", sagte sie leise. „Aber sprich nicht mehr so weiter. Ich kann das nicht hören. Lebst du denn ganz allein?"

„Ja. Allein."

„Hast du denn niemand ..., ich meine, wer sorgt für dich?"

„Das ist kein Problem. Das kann man alles bezahlen."

„Und deine – deine Frau? Du wolltest nicht wieder mit ihr ..., ich meine, ihr hättet euch versöhnen können."

„Nein", sagte er, „das ist vorbei. Da gibt es keinen Weg zurück. Ich will auch keine Frau. Nicht meine und nicht eine andere. Ich will Barja behalten. Es ist mir schon recht so wie es ist. Aber jetzt erzähl mir von dir. Wie geht es dir? Fühlst du dich wohl da?"

„Es geht. Ich arbeite, und ich habe eine Menge Familie um mich. Und ich habe Dino. Und Perdita."

„Ach ja, Dino. Wie geht es ihm? Hat er sich eingewöhnt?"

„Ja, gut."

„Und wer ist Perdita?"

„Perdita ist ein Pferd. Ich reite jeden Tag."

„Ach ja, natürlich. Ein Pferd. Das gehört bei euch dazu."

Als er Barja zum erstenmal gesehen hatte, kam sie am Strand entlanggeritten. Er sah das Bild genau vor sich. Er lag am Strand von Roano, draußen vor der Stadt, ehe die Häuser begannen. Er lag da in der Sonne und langweilte sich. Gerade hatte er überlegt, was er jetzt machen sollte. Aufstehen und sich anziehen und in seinen Wagen steigen und wieder zurückfahren nach Alassio oder irgendwo anders hin, Mittagessen, vielleicht mal schauen, ob er die kleine blonde Engländerin wiedertraf, die kleine mit der Stupsnase, mit der er am Abend zuvor getanzt hatte. Sonderlich interessierte es ihn aber nicht.

Da sah er die Reiterin kommen. Der Strand war steinig hier, das Pferd hob vorsichtig die Beine, die Hufe klickten laut bei jedem Schritt. Sie saß leicht und locker auf dem Pferderücken, die braunen Beine waren nackt, ihr Haar wehte im Seewind. Sie lenkte das Pferd ins Wasser hinein, die leichte Brandung sprühte an seinen Beinen. Dann, ganz in seiner Nähe, glitt sie herab, streifte die Shorts herunter, zog die Bluse von den Schultern, warf beides hinter sich auf die Steine und lief ins Wasser hinein.

Er war überrascht aufgestanden und sah der Schwimmerin nach. Dann trat er zu dem Pferd, das die Ohren nervös zurücklegte, es aber dann duldete, daß er über seinen Hals strich.

Neben dem Pferd stehend, wartete er, bis sie zurückkam. Ohne jede Scheu kam sie auf ihn zu. Sie war herrlich gewachsen. Nie hatte er eine so schöne Frau gesehen.

„Das ist ja wohl der Höhepunkt aller Genüsse", sagte er, „vom Pferd direkt ins Wasser. Ich wußte gar nicht, daß man hier Möglichkeit zum Reiten hat." Er hatte deutsch gesprochen, er konnte nicht Italienisch, wußte auch nicht, in welcher Sprache er sie anreden sollte.

Aber sie antwortete ihm auch auf deutsch. „Die Möglichkeit

hat man auch nicht", sagte sie. „Die habe nur ich. Das Pferd gehört dem Carabiniere."

„Ach so", sagte er. Und weil ihm nichts anderes einfiel: „Sie verbringen Ihren Urlaub hier, gnädige Frau?"

„Ja. Sie auch?"

So hatte es begonnen. Wenn er wollte, konnte er jedes Gespräch, jede Szene, jeden Augenblick ihres Zusammenseins während dieser vier Jahre heraufbeschwören. Jede Minute davon war kostbar. Jede Sekunde war randvoll angefüllt mit Leben. Es genügte, um sein restliches Leben damit auszufüllen.

Als sie das Hotel verließen, um zum Essen zu gehen – „wir gehen in die Kaiserstuben", hatte er vorgeschlagen, „das ist ein sehr hübsches Lokal, ganz hier in der Nähe, warst du schon mal da?" –, schob er seine Hand leicht unter Barbaras Arm.

„Es ist nicht weit, wir können zu Fuß gehen."

Sie nickte. In der letzten Stunde hatten sie sich ganz gut unterhalten. Er war ruhig gewesen, hatte sie nur immer angesehen, und sie hatte ihm erzählt von dem Leben, das sie jetzt führte. Doch das Zusammensein mit ihm bedrückte sie. Am liebsten hätte sie ihn verlassen und wäre nach Hause gefahren. Was nützte dies alles? Es half ihnen beiden nicht. Sie war müde und traurig, das Vergangene war wieder so nah, und sie wollte es nicht mehr um sich haben.

Als sie den Kopf einmal hob, um eine Frage von Peter zu beantworten, erblickte sie gerade vor sich Heinz Leitner. Er kam in Begleitung eines anderen Mannes direkt auf sie zu. Und er hatte sie schon gesehen. Sie erkannte das Staunen, die überraschte Verwunderung in seinem Gesicht. Er grüßte, als sie sich begegneten. Sie nickte leicht mit dem Kopf und errötete. Wie ärgerlich, daß er sie sah! Nun würde Julius erfahren, daß sie gelogen hatte.

„Wer war das?" fragte Peter Mangold.

„Ein Bekannter", sagte sie nebenhin.

Dann stellte er dieselbe Frage, die Lily heute schon an sie gerichtet hatte: „Hast du einen Freund?"

Barbara ließ ein kleines ärgerliches Lachen hören. „Alle fragen mich das. Nein, ich habe keinen. Muß man denn unbedingt einen haben?"

„Man muß nicht. Es fiel mir nur gerade so ein. Wer fragt dich das noch?"

„Ach, ich habe heute eine – eine Verwandte besucht, ehe ich dich getroffen habe. Die hat mich das auch gefragt.“

„Na, bei einem jungen hübschen Mädchen ist die Frage wohl naheliegend. Du hattest doch in Roano auch einen. Diesen Piero. Was ist mit ihm geworden?“

„Ich weiß nicht. Er wird sich wohl getröstet haben.“

„Liebst du ihn nicht mehr?“

Sie sann einen Augenblick lang ernsthaft über die Frage nach. „Ich weiß nicht“, sagte sie dann.

Peter lachte. „Das wird ihm wohl zuwenig sein. Aber es war sicher nicht der richtige Mann für dich. Barja war jedenfalls der Meinung. Sie hätte dich immer gern von da unten weggenommen, das weißt du ja. Wenn wir geheiratet hätten, wärest du mit uns gekommen.“

„Nein, das wäre ich nicht. Das weißt du ganz genau. Ich wäre bei Vater geblieben.“

„Dein Vater war ja dann nicht mehr da.“

Sie zog heftig ihren Arm zurück. „Sprich nicht so. Ich wäre dann erst recht nicht mit euch gekommen.“

Sie waren vor dem Lokal angelangt. Er blieb stehen, ergriff wieder ihren Arm und zwang sie, ihn anzusehen. „Glaubst du, daß er es getan hat? Daß er sie – geholt hat?“

Barbara bog den Kopf zurück wie ein scheuendes Pferd, ihre Augen waren wild im Moment. „Ich weiß nicht“, sagte sie heftig. „Ich weiß es nicht. Und ich will nicht darüber auch noch nachdenken. Ich will mich damit einfach nicht beschäftigen. Sonst werde ich verrückt. Und wenn du jetzt anfangen willst, so mit mir zu reden, dann gehe ich auf der Stelle und fahre nach Hause. Dann kannst du allein zu Abend essen.“

„Nein, nein“, sagte er beruhigend, „es ist schon gut. Ich sage nichts mehr davon. Man denkt eben bloß manchmal darüber nach. Man weiß ja nichts. Komm, gehen wir essen.“

Sie brachten den Rest des Abends mit einigem Anstand hinter sich, erzählten sich dies und das, aus ihrem derzeitigen Leben, kleine Alltagsbegebenheiten, beide bemüht, einander zu schonen.

Nur einmal sprach er noch von Roano. „Ich war Ostern dort.“

„Du warst dort?“

„Ja. Ich wollte nie mehr hinfahren. Aber dann plötzlich war ich dort.“

„Und?“

„Nichts weiter. Es war für mich recht unangenehm. Wo ich hinkam, sahen mir die Leute nach. Böse und feindselig. Ich glaube, es hätte nicht viel gefehlt, und sie hätten mit Steinen nach mir geworfen. Dann ging ich zu deinem Piero. Und zu Mama Teresa. Ich habe ja früher oft bei ihr gewohnt."

„Ja, ich weiß. Du hast vorhin nichts davon gesagt."

„Nein. Ich wollte es dir eigentlich nicht erzählen. Mama Teresa warf mich mit vielen lauten Schimpfworten hinaus. Dann ging ich zu eurer Hütte. Doch die war leer. Du warst fort. Piero kam mir nach und sagte, daß du schon lange fort seist. Zu deiner Familie nach Deutschland. ‚Sie hat dich verlassen, Piero', sagte ich. ‚Si, signore', sagte er, und dann beugte er sich vor und sagte mit seinem hellen verschmitzten Lächeln, du kennst es ja, ‚aber sie kommt wieder. Sie kommt bestimmt wieder.' "

„Das hat er gesagt?"

„Ja."

Barbara schwieg nachdenklich. Sie kommt wieder. Wie fern ihr Piero war. Eine kleine verlorene Zärtlichkeit in ihrem Herzen, das war alles. Einmal hatte sie geglaubt, es sei Liebe. War es immer so?

„Hast du Pater Lorenzo gesprochen?" fragte sie.

„Nein. Ich habe niemand sonst gesprochen. Ich bin am gleichen Tag wieder weggefahren. Nur auf dem Friedhof war ich noch. Aber das tue ich nie wieder. Nie wieder. Dort ist Barja sowieso nicht. Dort gehört sie nicht hin."

„Hör auf", bat sie leise.

„Nächste Woche ist es ein Jahr her. Weißt du das?"

„Ja, ich weiß es."

Dann sprachen sie nicht mehr davon.

Ein Jahr war es her. Aber es schien, als sei es gestern gewesen. Als Barbara im Zug saß, der sie nach Hause bringen sollte, erlebte sie wie schon so oft wieder das furchtbare Geschehen jener Tage.

Peter Mangold hatte ihr angeboten, sie im Wagen heimzubringen. Aber sie hatte entschieden abgelehnt. Nein, sie wollte nicht, sie hatte genug von ihm, genug von seinem Reden, genug von seiner fast irren Art, das Vergangene heraufzubeschwören. Mochte er selbst sehen, wie er damit fertig wurde. Sie konnte ihm nicht helfen. Sie wollte vergessen, wollte in der Gegenwart leben, wollte einmal in Gottes Namen sich unbelastet ihres Lebens freuen können wie andere junge Menschen auch. Sie trug keine Schuld an den Ereignissen der Vergangenheit, nicht an dem Unrecht, das andere begangen hatten. Sie war ohne ihr Zutun schon als Kind, noch ehe sie geboren war, in die Verstrickung der Erwachsenen geraten, es hatte nicht aufgehört, bis sie selbst erwachsen war. Aber nun wollte sie sich daraus lösen, wollte frei sein. Sie hatte nichts daran ändern können, hatte nicht helfen können, und nun war es zu spät. Nicht zu spät aber war es, ihr eigenes Leben zu leben, frei von den Schatten der Vergangenheit.

So empfand sie, unbewußt und ungewollt, an diesem Abend, als sie nach Hause fuhr, sie war bedrückt, unglücklich, gefangen wieder in dem tödlichen Netz der Erinnerungen, aber dazu war jetzt ein Aufbegehren gekommen, ein Sichwehren gegen die Last, die man ihr auferlegte. Gab es denn auf der ganzen Welt keinen Menschen, der ihr half, der ihr etwas abnahm davon, und wenn schon nicht das, dann wenigstens einen Menschen, der dies alles beiseite schob, für den es nicht existierte, der nur sie sah, so wie sie heute war und der durch seine Unkenntnis der vergangenen Dinge diese auch für sie auslöschen würde für immer?

Der Zug war fast leer in dieser späten Stunde. Sie starrte blicklos auf die Fensterscheibe, die undurchdringlich schien, nur ihr eigenes Gesicht, schmal und blaß, mit großen kummervollen Augen, wurde darin widergespiegelt. Es war keine Landschaft dahinter, keine Welt, nur ihre eigenen Augen sahen sie an, verloren, einsam und heimatlos, müde von geweinten und von ungeweinten Tränen.

Und dann war da plötzlich doch ein Bild. Fernand. Ihr Vater. Das schon halb gebrochene Auge, die wächserne Blässe des Gesichts, ein gelbes zusammengesunkenes Greisengesicht, und die bleichen Lippen, die sich mühten, ihr noch etwas zu sagen, eine fahle magere Hand, die sich vom Boden lösen wollte, um ihre noch einmal zu ergreifen, und in der doch keine Kraft mehr war. Sie hatte diese arme Hand genommen, an ihre Wange gelegt, ihre Tränen waren darübergeflossen, bittere, verzweifelte Tränen, denn nun wußte sie schon um das Leid, um die große, unendliche Enttäuschung dieses Mannes, der ihr Vater war und den sie liebte und dem sie nie hatte helfen können. Jetzt starb er

Oben: Noch weiß Julius von Tallien *(Elmar Wepper)* nicht, welche Aufregungen seiner Familie bevorstehen.
Unten: Julius freut sich, dass Barabara *(Anja Knauer)*, die Tochter seiner verstoßenen Schwester, in den Schoß des Adelshauses zurückkehrt.

Nur mühsam findet sich Barbara
in das vornehme adelige Leben ein.

Elisa von Tallien (*Isolde Barth*)
arrangiert sich mit
dem unerwünschten Besuch

Oben: Barbara genießt das sorgenfreie Leben und die Aufmerksamkeit des Nachbarn Christian (im Buch: Ludwig) Thormann *(Ralf Bauer)*.
Unten: Während Cousine Doris *(Jenny Kals)*, Barbara und Julius strahlen, wil bei Elisa und Marianne *(Mariella Ahrens)* keine Feierstimmung aufkommen.

Kann Christian Barbara für sich gewinnen?

Oben: Unverhofft taucht Liliane *(Julia Thurnau)* auf und Barbara muss erfahren, dass Christian verheiratet ist.
Unten: Barbaras Herz ist gebrochen – sie will nie wieder etwas mit Christian zu tun haben.

In ihrer Verzweiflung gibt Barbara dem Werben von Mariannes Verlobten Marco (im Buch: Heinz) *(Florian Fitz)* nach. Ein Skandal in den adeligen Kreisen der von Talliens!

Barbara hat ihren Fehler erkannt:
Nur mit ihrem Onkel Julius und dem frisch geschiedenen Christian an ihrer Seite, ist ihr Glück perfekt.

hier, den Kopf in ihren Schoß gebettet, starb langsam und mühselig, und sein letzter Blick hing an der Tür, durch die Barja doch kommen mußte.

Wie hatte sie gewartet, daß sie kam, daß sie noch rechtzeitig kommen würde! Aber es war unmöglich. Er war schon tot, als Barja die halbe Strecke des Weges hinter sich hatte. Und auch wenn er länger gelebt hätte, Barja wäre nicht mehr gekommen. Oder hatte Peter Mangold recht mit seiner Frage? War Fernand ihr entgegengegangen und hatte sie getroffen auf halbem Wege und die rasende Fahrt aufgehalten, für immer aufgehalten, um sie am Ende doch nicht zu verlieren, sie nicht loszulassen, niemals, bis in alle Ewigkeit nicht?

Und nun war Barjas Gesicht auf einmal vor ihr in der Scheibe, blutverschmiert das leuchtende Haar, verzerrt das schöne Gesicht, mit Entsetzen gefüllt die weit aufgerissenen dunklen Augen – nein, Barbara vergrub das Gesicht in den Händen, nein, das nicht mehr sehen, nicht mehr daran denken. Hätte sie nur Peter Mangold nicht getroffen, der hatte alles wieder so lebendig gemacht. Ein Jahr war es her, ein Jahr nur. Es hätte auch gestern sein können.

„Fehlt Ihnen etwas? Kann ich Ihnen helfen?“ fragte plötzlich eine ruhige Stimme über ihr. Barbara fuhr auf, starrte erschrocken auf die Frau, die vor ihr stand, sah in zwei klare graue Augen, die freundlich-prüfend auf sie blickten. Sie strich sich verwirrt das Haar zurück, das ihr in die Stirn gefallen war und fuhr sich mit der Hand über die Wangen, die naß von Tränen waren.

Wer war das? Sie kannte dieses Gesicht doch? Wer war die Fremde. Und dann – wie ein Blitz die Erkenntnis: war das nicht – ist das nicht . . .

„Sind Sie nicht . . .?“ fragte sie mit erstickter Stimme.

„Ich bin Lena Bauer“, sagte die Frau. „Oder Lena Stolte, falls Ihnen das mehr sagt.“

Barbara, in ihrem aufgelösten Zustand, wurde nicht so schnell mit der neuen Situation fertig. Sie sah die andere nur an, mit großen furchtsamen Augen, als erwarte sie, nun auch hier zur Rechenschaft gezogen zu werden für Taten, die sie nie begangen hatte.

Lena Stolte hätte selbst nicht zu sagen gewußt, was sie veranlaßt hatte, Barbara anzusprechen. War es Neugier? War es der Wunsch, ihre Abneigung, die sie gegen das Mädchen hegte, bestätigt zu sehen? Aber als sie nun in diese angstvollen Augen sah, als sie das hilflose junge Gesicht vor sich erblickte, empfand sie Mitleid, hatte sie wirklich den Wunsch, zu helfen. Ihr Beruf brachte sie ja ständig mit jungen Mädchen zusammen, junge Mädchen aller Typen, aller Wesensarten, sie wußte um die Schwierigkeiten, denen diese Kinder ausgesetzt waren, hatte schon oft durch Rat und Tat geholfen, allein durch ihre sichere, überlegene Persönlichkeit. Aber hier war es noch etwas anderes. Dies war – ihre Schwester. Ganz klar und deutlich kam es ihr auf einmal zum Bewußtsein. Es war ihre Schwester, die hier spät abends allein im Zug saß, weinend und wie es schien sehr unglücklich.

„Ich habe Sie schon in Frankfurt auf dem Bahnhof gesehen", sagte sie und setzte sich Barbara gegenüber. „Sie waren in Begleitung. Offen gestanden, ich kam jetzt durch den Zug, um Sie zu treffen."

„Warum?" fragte Barbara.

Lena lächelte ein wenig, ein warmes, freundliches Lächeln. „Ich weiß eigentlich auch nicht, warum. Ich hatte das Gefühl, daß ich einmal mit Ihnen sprechen müßte. Schließlich sind wir – nun ja, doch gewissermaßen verwandt, nicht? Es kommt mir unnatürlich vor, wenn man so fremd aneinander vorübergeht. Richard hat Sie ja auch kennengelernt, und er hat sehr nett von Ihnen gesprochen."

„So?" sagte Barbara. Nichts weiter, sie war noch immer mißtrauisch. Und überdrüssig war sie all dessen, was mit der Vergangenheit und mit ihren Eltern zusammenhing.

„Sie – Sie haben Kummer?" fragte Lena vorsichtig. „Hängt es mit diesem Mann zusammen, der Sie zum Zug brachte? Entschuldigen Sie, es geht mich nichts an. Ich dachte nur . . ."

„Ja", unterbrach Barbara sie, ihre Stimme klang plötzlich entschieden, Trotz klang darin. „Ja, es hängt mit diesem Mann zusammen. Er war ein Freund meiner Mutter. Und er hatte mich gebeten, ihn in Frankfurt zu treffen. Aber ich hätte besser nicht hinfahren sollen. Natürlich redeten wir von früher, und alles, was geschehen ist, war mir wieder ganz gegenwärtig, und ich . . . – deswegen habe ich geweint." Sie blickte Lena jetzt gerade ins Gesicht, ihre Augen schienen starr zu sein, weit geöffnet, mit einem verzweifelten Ausdruck darin. „Nächste Woche ist es ein Jahr her, wissen Sie das?"

„Was ist ein Jahr her?" fragte Lena ruhig.

„Ein Jahr ist es her", wiederholte Barbara, „daß sie starben. Meine Mutter und – mein Vater."

„Sie starben am gleichen Tag?"

„Ja", antwortete Barbara, zwei Tränen liefen ihr wieder über die Wangen. „Sie wissen vielleicht nicht, Sie können vielleicht nicht verstehen, was es für mich bedeutet hat. Sie haben Ihre Mutter noch, und Sie haben einen Bruder. Aber ich war ganz allein. Es gab auf der ganzen Welt keinen Menschen mehr, den ich kannte und der zu mir gehörte. Ich ..." Sie verstummte, biß sich auf die Lippen, und versuchte sich zu beherrschen. Sie wollte nicht weinen.

„Nun", meinte Lena, „Sie haben doch hier jetzt eine große Familie um sich, jetzt sind Sie doch nicht mehr allein."

„Ach", sagte Barbara heftig, „das sind doch alles Fremde für mich. Ich kannte sie ja nicht, als ich herkam. Ich kann ihnen auch nicht sagen, was wirklich geschehen ist und – ich will es auch nicht."

„Ihr Vater war auch mein Vater", sagte Lena. „Ich möchte gern etwas von seinem Leben wissen. Und von – seinem Tod. Meine Mutter auch."

„Ihrer Mutter wird es bestimmt nicht recht sein, daß Sie mit mir sprechen."

„Ganz im Gegenteil. Sie leidet immer darunter, daß sie nichts weiß über die letzten Jahre ihres Mannes. Sie dürfen das nicht vergessen, Barbara. Er war ihr Mann, der Vater ihrer Kinder. Für meine Mutter gab es nie ein Ende, nie eine endgültige Trennung. Sie empfindet auch keinen Haß gegen Sie oder gegen Ihre Mutter."

„Ich dachte", murmelte Barbara.

„Nein. Wenn sie einmal so gefühlt hat, dann ist das lange vorbei. Wir wissen nicht viel, aber eines wissen wir, daß Vater unglücklich war, daß er krank war. Ist er daran gestorben, an dieser Krankheit? War es das Herz?"

„Es war ein Unfall", sagte Barbara mechanisch.

„Ja, Richard sagte so etwas schon einmal. Er sprach wohl mit Professor Thormann darüber. Und ihre Mutter war auch ..."

Barbara richtete sich plötzlich gerade auf, wieder war dieser starre, verzweifelte Ausdruck in ihren Augen. „Ich werde Ihnen sagen, wie er gestorben ist. Ich habe es noch niemandem hier gesagt. Und dann können Sie selbst entscheiden, ob Sie es Ihrer Mutter erzählen wollen. Das Herz, haben Sie gesagt? Ja, es war das Herz. Seit ich hier bin und manches erfahren habe, was damals geschehen ist, begreife ich alles viel besser. Auch das – letzte. Mein Vater hat sich selbst das Leben genommen, er hat sich erschossen. Ich kam aus dem Ort zurück, ich war einkaufen, und ich hörte noch den Knall. Ich dachte mir nichts dabei. Barja hatte ihm die Pistole weggenommen und sie versteckt, vor Jahren schon, als er einmal gesagt hatte, er würde sich töten, dann sei sie frei, und er ..."

Lena war blaß geworden. „Er hat sich erschossen!" flüsterte sie entsetzt. „Warum? Warum denn?"

„Warum?" fragte Barbara zurück, sie war jetzt ruhiger, dunkel, fast schwarz standen ihre Augen in dem weißen Gesicht. „Er war krank. Sehr krank, und er wollte nicht mehr leben. Nein, ich will Ihnen die Wahrheit sagen, das war es nicht allein. Meine Mutter wollte uns verlassen. Sie liebte schon lange einen anderen Mann, aber sie war immer bei ihm geblieben, sie wollte uns nicht allein lassen. Aber nun war ich alt genug, ich konnte für Vater sorgen. Am Tage zuvor hatte sie es ihm gesagt, daß sie nun gehen würde. Er verstand es ja auch. Er hatte es wohl immer erwartet. Aber es war schrecklich, ihn zu sehen. Ganz klein und zusammengesunken saß er in seinem Stuhl, erst sagte er gar nichts, dann sagte er leise: ‚Natürlich. Du sollst gehen. Du sollst glücklich sein.' " –

Der Stock war ihm aus der Hand gefallen, er tastete mit tränenblinden Augen danach, ein alter, hilfloser Mann, ein Greis, krank und verlassen. Barja hatte ihm den Stock aufgehoben, sich neben ihn gekniet, die Arme um ihn geschlungen. „Verstehst du nicht, Fernand? Du mußt es verstehen. Ich werde euch besuchen. Ich werde für euch sorgen. Vielleicht könnt ihr später zu mir kommen, ich muß erst sehen, wie das alles wird. Ich ... – Fernand, versteh mich doch."

Er hatte seine welke, blasse Hand an ihre Wange gelegt, dann strich er über das goldbraune Haar, wieder und wieder.

„Ich versteh' dich ja, Kind. Du hast mir schon soviel geopfert. So viele kostbare Jahre. Deine ganze Jugend. Ich weiß ja, daß du diesen Mann liebst. Du sollst glücklich werden, Barinja. Meine schöne Herrin. Du sollst glücklich sein. Ich konnte dich nicht glücklich machen."

„Doch“, erwiderte Barja, „doch, Fernand. Du hast mich sehr glücklich gemacht.“

Es war ein schwerer Abschied. Peter Mangold saß unten an der Straße in einem Café und wartete. Er wollte Barja gleich mitnehmen. Einmal mußt du Ernst machen, hatte er gedrängt, einmal muß ein Ende sein. Lieber heute als morgen.

Am Abend fuhren sie zusammen nach Alassio, wo er diesmal wieder wohnte. Barja hatte ihre Sachen mitgenommen, viel war es nicht, was sie besaß. In der Nacht schliefen Barbara und ihr Vater allein in der Hütte. Sie waren schon oft allein gewesen, Barja war manche Nächte nicht nach Hause gekommen. Aber diesmal war es anders. Diesmal wußten sie, daß sie nie wiederkommen würde. –

„Als ich ins Haus kam, lag er auf dem Boden“, fuhr Barbara fort. „Er lebte noch. Dann sah ich die Pistole und wußte, was er getan hatte.“ Sie hatte sich neben ihn auf den Boden gekniet, verzweifelt seinen Namen gerufen, hatte gesehen, wie sein Gesicht immer bleicher, immer starrer wurde. Aber er lebte noch. Sie war hinausgelaufen, hinüber in die Gärtnerei, wo sie ein Telefon besaßen. Sie hatte den Arzt angerufen, und dann das Hotel in Alassio, wo Barja wohnte. Barja mußte kommen und ihr helfen. Barja durfte sie jetzt nicht allein lassen.

Aber bis der Arzt kam, war Fernand tot. Und Barja kam überhaupt nicht mehr. Als sie hörte, was geschehen war, lief sie aus dem Haus, so wie sie war. Peter war nicht da, er machte eine kleine Besorgung, denn sie wollten noch am gleichen Tag abreisen, nach Deutschland. Vor dem Haus stand sein Wagen. Barja kehrte zurück ins Hotel, holte den Wagenschlüssel, und dann begann sie ihre letzte Fahrt.

In rasendem Tempo fegte sie über die kurvenreiche Küstenstraße, ihr Haar wehte im Wind, ihre Hände umkrampften das Steuerrad. Das durfte nicht geschehen. Fernand durfte nicht sterben. Sonst war sie es, die ihn getötet hatte. Sie durfte nicht zu spät kommen. Wenn sie bei ihm war, würde alles gut sein.

Der italienische Busfahrer kannte die Strecke auswendig. Er fuhr sie in Rekordzeit. Er kannte kein Langsamfahren. In halsbrecherischem Tempo schwang er um die Kurven. Aber er hatte den großen Wagen so sicher in der Hand, als sei er ein Spielzeug.

Dem Bus geschah nicht viel, es gab einen Ruck, die Leute

flogen von den Sitzen, ein paar Scheiben klirrten, der Fahrer fluchte. Der blaue Sportwagen mit dem deutschen Kennzeichen bäumte sich bei dem Zusammenprall auf, drehte sich halb und schoß dann über den Straßenrand, schlug zweimal auf die Felsen auf und rollte dann über den Abhang hinunter bis zu dem schmalen Streifen am Meer. Die Brandung sprühte ihren Gischt über seine Reifen, die sich sinnlos im Leeren drehten.

Es mußte etwa um die gleiche Zeit geschehen sein, ein wenig später wohl, als Fernand starb. Und vielleicht hatte Peter Mangold doch recht, wenn er sagte, daß Fernand ihr entgegengegangen war und an der Kurve auf sie gewartet hatte. Es gab keinen Abschied, er wollte sie behalten. Er war einmal mit ihr gegangen, vor zwanzig Jahren, hatte alles hinter sich gelassen, hatte alles aufgegeben um ihretwillen. Und jetzt sollte sie mit ihm gehen, sollte den Mann verlassen, den sie liebte, ihr Kind, alle Lust des Lebens, allen Glanz dieser Welt, die sie so heiß begehrt hatte.

Barbara strich sich über die schmerzende Stirn. Was wußte man denn davon? Vielleicht war es wirklich so gewesen. Es war ganz überzeugend, wenn man darüber nachdachte.

Lena hatte ihr schweigend zugehört. „Das ist furchtbar", sagte sie leise. „Das habe ich nicht gewußt. An so etwas habe ich nicht gedacht." Sie blickte Barbara an, sah den verlorenen Ausdruck ihrer Augen, das kummervolle unglückliche Gesicht. Tiefes Mitleid erfüllte ihr Herz. Impulsiv stand sie auf, setzte sich neben Barbara, schlang den Arm um das Mädchen. „Wie schrecklich muß das für dich gewesen sein. Du bist noch so jung und hast das alles erleben müssen. Ganz allein. Im fremden Land. Wie sollst du das je vergessen."

Barbaras Gesicht lag an der Schulter ihrer Schwester, sie spürte den Arm, der sie hielt, Tränen liefen über ihre Wangen, aber die furchtbare Last, die sie trug, schien leichter geworden, endlich hatte sie es einmal aussprechen können, endlich einmal erzählen, wie es wirklich gewesen war.

Sie schreckten erst auf, als zuckende Lichter in das Abteil in kurzen Abständen fielen. „Wir sind da", sagte Lena.

Ehe sie ausstiegen, sagte Barbara: „Ich – ich danke Ihnen. Sie waren sehr gut zu mir."

„Warum sagst du nicht auch du zu mir?" fragte Lena sanft.

„Darf ich das denn?"

„Natürlich. Wir sind doch Geschwister, Barbara. Ich weiß es jetzt, und ich werde es nicht wieder vergessen. Wir sehen uns bald wieder. Meine Mutter soll dich auch kennenlernen. Und ich glaube, ich werde ihr doch erzählen, wie Vater gestorben ist. Sie soll die Wahrheit wissen."

Sie verabschiedeten sich vor dem Bahnhof. Lena wohnte nicht weit entfernt in einer großen Neubausiedlung, die nach dem Krieg erbaut worden war.

Barbara blieb unschlüssig stehen. Ihr Weg war weiter, durch die ganze Stadt hindurch, bis zu dem Villenviertel, das im Westen die Stadt begrenzte. Sie konnte sich ein Taxi nehmen, dann war sie in zehn Minuten zu Hause.

Aber sie verspürte gar keine Lust, nach Hause zu gehen. Sie war erregt, durcheinander, es war ein anstrengender Tag gewesen. Die Eindrücke der letzten Stunden wirbelten in ihrem Kopf herum. Es würde noch eine Weile dauern, bis sie sich damit auseinandergesetzt hatte. Doch im Augenblick wollte sie nicht länger darüber nachdenken. Und schon gar nicht darüber sprechen. Wenn sie jetzt nach Hause kam, würde Julius sicher noch auf sein, er ging meist spät zu Bett, außerdem vermutete sie, daß er ihre Rückkehr abwarte. Er würde ihr zweifellos ihre Erregung ansehen, er würde sie fragen, und sie würde ihm erzählen müssen, was heute geschehen war, wen sie getroffen hatte. Es war sinnlos, ihn zu belügen. Sie mochte aber jetzt nicht darüber sprechen.

Nein, sie würde kein Taxi nehmen, lieber stadteinwärts laufen, am Schloßplatz bekam sie immer noch einen Wagen.

Plötzlich löste sich eine Gestalt seitwärts vom Bahnhofsportal, ein Mann, er kam auf sie zu. Es war Heinz Leitner. Überrascht blickte sie zu ihm auf.

„Heinz? Du bist hier? Bist du denn auch mit dem Zug gekommen?"

„Nein, ich war mit dem Wagen. Guten Abend, Barbara. Du hättest ja mit mir fahren können, aber ich nahm an, du würdest nach Hause gebracht."

Das war eine Anspielung auf ihren Begleiter. Es war zu erwarten gewesen, daß er darauf zu sprechen kam.

Barbara überging es. „Und wieso kommst du dann jetzt an den Bahnhof?“ Seltsamerweise war sie ganz froh über seine Gegenwart, das lenkte sie von ihren Problemen ab, brachte sie zurück in die Gegenwart.

„Deinetwegen“, sagte er unumwunden. „Ich war draußen und habe Marianne besucht. Da hörte ich, daß du noch nicht da seist.“

„So.“

„Außerdem erfuhr ich auch, daß du nach Frankfurt gefahren bist, um Lily Thormann zu besuchen.“ Das klang streng, geradezu vorwurfsvoll.

Barbara brachte es nicht fertig, sich über seine versteckte Zurechtweisung, denn das sollte es doch wohl sein, zu ärgern. Im Gegenteil, es erheiterte sie. Sie sagte: „Aber ich habe Lily besucht.“

„Als ich dich sah, warst du in Begleitung eines Mannes.“

„Aber ja, ich weiß. So weit reicht mein Gedächtnis mühelos zurück.“ Jetzt spottete sie ganz offen, sie war amüsiert, erleichtert, es war nett, jetzt mit Heinz zu plänkeln und die Düsternis der letzten Stunden zu vergessen. Doch dann fragte sie eilig: „Hast du davon gesprochen?“

„Nein, ich habe nichts gesagt.“

„Auch Marianne nicht?“

„Auch Marianne nicht.“

„Ich bin dir für deine Diskretion sehr dankbar.“

„Aber ich weiß es nun mal. Und ich finde es nicht richtig, daß du heimliche Wege gehst. Wer war der Mann?“ Das letzte kam unvermutet heftig.

„Heimliche Wege klingt sehr aufregend“, meinte Barbara ironisch. „Aber so heimlich sind sie wohl nicht, wenn sie sich in Frankfurt auf einer Hauptverkehrsstraße bewegen. Und im übrigen bist du sehr neugierig. Warum interessierst du dich dafür?“

Er betrachtete sie finster, die Stirn in Falten gezogen forschte er in ihrem Gesicht, das von der Lampe über dem Bahnhofsportal beleuchtet war. „Du hast geweint“, stellte er fest.

Unwillig drehte Barbara den Kopf zur Seite. „Das kann mal vorkommen.“

„Und wer war die Frau, die mit dir aus dem Bahnhof kam?“

„Sag mal, bist du deswegen hergekommen, um mich zu verhören?" fragte sie, nun doch ärgerlich. „Was soll das heißen? Bin ich dir vielleicht Rechenschaft schuldig über meine Wege und meine Bekannten?"

„Ich bin gekommen, um dich nach Hause zu bringen. Rechenschaft bist du mir natürlich nicht schuldig, das ist ja Unsinn. Ich finde es nur merkwürdig, daß du auf einmal so viel Bekannte hast, von denen kein Mensch etwas weiß."

„So viel sind es gar nicht, es waren nur zwei", stellte sie sachlich richtig. „Und daß du mich nach Hause bringen willst, ist sehr freundlich, aber ich wäre notfalls auch allein nach Hause gekommen. Woher wußtest du überhaupt, mit welchem Zug ich komme?"

„Ich wußte es nicht. Ich bin auf gut Glück hierhergekommen und habe zum vorhergehenden Zug schon gewartet."

Sie wollte wieder eine spöttische Antwort geben, doch als sie sein Gesicht sah, schwieg sie. Er blickte sie ernst an, eindringlich, ohne jede Pose, und in seinen Augen las sie, wieviel sie ihm bedeutete, daß es ihn ernsthaft quälte, sie auf unbekannten Wegen zu wissen.

Eine Weile sahen sie sich schweigend in die Augen, sie waren einander ganz nahe in diesem Moment. Barbara hatte ein wärmendes Gefühl im Herzen. Hier war ein Mensch, ein Mann, der sich um sie sorgte, dem sie etwas bedeutete. Er kam, um sie abzuholen. Er fragte sie, wo sie war. Er war wohl ein wenig eifersüchtig. Und vielleicht liebte er sie sogar ein wenig. Sie war nicht ganz so allein und verlassen, wie sie geglaubt hatte. An Marianne dachte sie in diesem Augenblick nicht.

„Also gehen wir", sagte sie weich und griff nach seinem Arm. „Hast du den Wagen da?"

„Ja. Dort drüben."

Sie gingen nebeneinander über den Bahnhofsplatz, er öffnete ihr die Wagentür, sie stieg ein, er setzte sich neben sie, doch dann fuhr er nicht ab. Er wandte ihr sein Gesicht zu und fragte: „Du willst mir nicht sagen, wo du warst? Und mit wem?"

„Ich sehe zwar nicht ein, was dich das angeht", sagte Barbara in sanftem Ton, „aber es ist kein Geheimnis dabei. Ich kann es dir gern sagen. Der Mann, den ich heute nachmittag getroffen habe, war ein Freund meiner Mutter. Und die Frau, mit der ich im Zug gefahren bin, war Lena Stolte. Bist du nun zufrieden? Die erste Begegnung war verabredet, die zweite ein Zufall. Und nun bist du wohl beruhigt. Auf jeden Fall finde ich es rührend und auch ein wenig erstaunlich, wie sehr du an meinem Umgang interessiert bist. Warum eigentlich?“ Sie hatte sich wieder gefunden, sie stand auf sicherem Boden. Heinz war verliebt in sie, er war eifersüchtig. Er stand in der Nacht vor dem Bahnhof, um sie zu erwarten. Das Ganze war amüsant und auch ein wenig aufregend, es tat ihr gut.

Er gab auf ihre letzte Frage keine Antwort, sondern fuhr los. Sie betrachtete ihn verstohlen von der Seite. Er sah genauso aus, wie man sich einen starken männlichen Beschützer vorstellte. Und es war eigentlich das erste Mal, daß sie mit ihm allein war. Wenn man von dem Zusammensein im Büro absah. Aber das war kein richtiges, kein echtes Alleinsein.

„Wirst du Julius das alles auch erzählen?“ fragte er nach einer Weile.

Sie hob unbehaglich die Schultern. „Ich weiß nicht. Eigentlich hatte ich es nicht vor. Ich müßte soviel anderes dazu erzählen, gerade über diesen Mann. Und ich mag das nicht. Ich hätte am liebsten niemand etwas davon gesagt. Aber nachdem du mich so streng gefragt hast . . .“

„Die Geschichten deiner Mutter interessieren mich nicht“, sagte er fast grob. „Mich interessierst bloß du. Und ich möchte nicht, daß du mit irgendwelchen komischen Leuten zusammenkommst. Ich will auch nicht, daß dir ein Mann den Kopf verdreht und deine Unerfahrenheit ausnutzt. Was dabei herauskommt, hat ja das Beispiel deiner Mutter gezeigt. Irgend jemand muß schließlich auf dich aufpassen.“

Barbara war verblüfft. So hatte noch niemand mit ihr gesprochen. Sie wollte protestieren, wollte sich verbitten, daß er in diesem Ton von ihrer Mutter sprach, aber sie kam nicht dazu, er sprach in erregtem Ton weiter.

„Ich beobachte dich jetzt lange genug. Du lebst hier so am Rande mit, aber im Grunde bist du gar nicht richtig da. Du lebst noch in einer anderen Welt, und dazu beschweren sie dich alle mit diesen alten Geschichten. Warum mußt du jetzt noch mit Lena Stolte zusammentreffen, wozu soll das gut sein? Laß doch endlich das Vergangene vergangen sein. Du lebst dein Leben. Du bist jung, du bist schön, du bist für ganz andere Dinge geschaffen, als dich mit all diesen verstaubten Sentimentalitäten herumzuquälen. Im Grunde genommen war es gar nicht gut für dich, daß du hierhergekommen bist. Überall sonst hättest du hingehen können, nur nicht gerade hierher." Leiser fügte er hinzu: „Obwohl gerade ich sehr froh bin, daß du gekommen bist."

Barbara blieb vor Erstaunen stumm. War das noch der korrekte, immer sehr zurückhaltende Heinz, von dem man nie ein lautes Wort, geschweige denn so einen Ausbruch erwartet hätte? Verstaubte Sentimentalitäten, so nannte er die Tragödie ihrer Eltern. Das war es für ihn. Aber sie kam nicht dazu, sich darüber zu empören, ein anderer Satz war in ihrem Ohr hängengeblieben, drang in sie ein, war wie ein mächtiger Lockruf, der alles andere verstummen ließ: Laß doch endlich das Vergangene vergangen sein.

Hier war ein Mensch, der sprach unumwunden aus, was sie im Grunde ihres Herzens wünschte und ersehnte. Es war erstaunlich, aber ausgerechnet Heinz Leitner, von dem sie es zuletzt erwartet hatte, verstand ihre Pein und ihre Qual, erkannte die Schwierigkeiten, die ihre jetzige Umgebung ihr bereitete. Überall sonst hättest du hingehen können, nur nicht gerade hierher, hatte er gesagt. Und damit war eigentlich alles gesagt.

Als sie keine Antwort gab, fragte er nach einer Weile: „Verstehst du, was ich damit sagen will?"

„Ja", sagte Barbara. Nichts weiter.

Als er über den Schloßplatz fuhr, fragte sie: „Wohin fährst du?"

Erstaunt blickte er hinüber zu ihr. „Wo soll ich hinfahren? Ich fahre dich nach Hause."

„Nicht gleich", sagte sie, einem plötzlichen Einfall folgend. „Ich möchte Perdita besuchen."

„Jetzt? Du kannst jetzt Perdita nicht besuchen. Es ist zu spät. Es ist kein Mensch mehr da."

„Die Stallwache ist ja da. Und ich muß Perdita noch sehen heute. Ich habe sie den ganzen Tag nicht gesehen. Sie wird traurig sein. Und ich bin auch traurig, wenn ich sie nicht sehe. Bitte, Heinz."

Ohne noch etwas zu sagen, bog er nach links ein, fuhr um den Schloßpark herum und hielt kurz darauf vor dem Hoftor des Tattersalls.

„Es ist alles dunkel, siehst du", sagte Heinz. „Da kannst du jetzt nicht hinein. Hier schläft alles schon."

Hier schlief keineswegs alles. Als Barbara auf die Klinke der kleinen Tür drückte, die in dem großen Tor rechts an der Seite eingelassen war, öffnete sich das Türchen. Sie trat ein, gefolgt von Heinz. Die Laterne über der Stalltür brannte, und in einer Ecke des Hofes, wo es ziemlich dunkel war, saßen zwei Gestalten eng nebeneinander auf der kleinen Bank. Eine davon erhob sich jetzt und schaute überrascht zu ihnen hin, kam einige Schritte näher. Es war Max, einer der Stallknechte, der heute wohl Wache hatte. Wie es schien, hatte er sich Gesellschaft kommen lassen, drüben aus der Dunkelheit leuchtete das helle Kleid einer Frau. Es war nun mal Frühling.

Max erkannte die späten Besucher, grüßte verlegen und blickte sie fragend an.

„Lassen Sie sich nicht stören, Max", sagte Barbara lächelnd, „und seien Sie nicht böse, daß wir so spät noch kommen. Ich wollte bloß Perdita gute Nacht sagen. Wir sind gleich wieder draußen."

Der warme Stallgeruch empfing sie vertraut und heimisch. Die glänzenden Leiber der Tiere schimmerten im Halbdunkel, ein leises Knistern und Rauschen war im Stall, die Pferde drehten neugierig die Köpfe nach den späten Gästen.

Sie mußten den großen Stall durchqueren und kamen dann in den kleinen Stall, der sich an der Kopfseite des Hofes befand und in dem die Privatpferde untergebracht waren.

Perdita lag nicht, sie stand und schien ganz munter zu sein. Angeregt wandte sie den Kopf, als sie die Schritte hörte, und spitzte die Ohren, als sie Barbara erkannt hatte.

Über das knisternde Stroh stieg Barbara vorsichtig in die Box, sie trug hohe Absätze, und das war ungewohnt in dieser Umgebung, legte den Arm um Perditas Hals und rieb die Wange an ihrem Kopf. „Wie geht es dir, meine Süße? Schläfst du noch nicht? Hast du dich mit Alzeus unterhalten? Hat er dir etwas Hübsches erzählt?" Denn Alzeus steckte bereits, ebenfalls ganz munter und sehr interessiert, seinen Kopf herüber. Auch er wurde begrüßt und gestreichelt und in das Gespräch mit einbezogen.

Heinz stand außerhalb der Box, am Stallgang, ließ Barbara nicht aus den Augen und hörte ihrem halblauten Geplauder zu. Was für ein Kind sie noch war. Was für ein zauberhaftes, liebenswertes Kind. Warum ließ man sie nicht jung und unbeschwert sein, warum quälte man sie mit all diesen alten Geschichten, machte ihr das Herz schwer und ließ ihre Augen traurig werden. Ein Freund ihrer Mutter? Lächerlich. Was ging sie ein Freund ihrer Mutter an? Er hatte wohl gesehen, wie der Mann ihren Arm gehalten, wie er auf sie eingeredet hatte. Dachte er vielleicht, er könne die Tochter kriegen, nun, da die Mutter nicht mehr da war?

Nicht so lange ich in der Nähe bin, dachte Heinz entschlossen. Sie ist für niemand auf der Welt da, sie ist nur für mich.

Als der Gedanke zu Ende gedacht war, erschrak er. Aber es hatte wenig Zweck, sich selbst länger zu belügen. Er liebte sie. Er begehrte sie. Er hatte den Wunsch, sie hochzuheben und wegzutragen, weit weg, ganz woanders hin, wo keiner sie kannte, wo sie nur für ihn leben würde.

Er vermochte nicht, zu Ende zu denken, welche Verwirrung hier nun begann, welch unvorhergesehene Wendung auch sein Leben dadurch nehmen würde. Im Augenblick war nur sein Gefühl da: groß, übermächtig, ihn ganz erfüllend, alle Bedenken, alle Zweifel beseitigend. Ich liebe sie. Sie ist mein. Sie muß mein sein.

Er ging ihr nach in die Box, ließ seine Hand leicht über Perditas glänzendes Fell gleiten, kraulte Alzeus zwischen den Ohren und blieb dann dicht vor Barbara stehen. Eng standen sie beieinander, neben sich den warmen, duftenden Pferdeleib, Perditas neugieriger Kopf schob sich zwischen ihre Köpfe.

„Nun?“ fragte Heinz und lächelte Barbara an. „Wie geht es der schönen Dame? Freut sie sich über den Besuch?“

„Oh, ich denke schon. Sie meint, sie hätte sich schon gewundert, wo ich heute den ganzen Tag war. Warte mal, jetzt muß ich mal schauen, ob ich Zucker habe.“ Sie begann in ihrer Tasche zu kramen und förderte auch wirklich ein paar Stücke Zucker zutage. „Ich habe immer Zucker einstecken, weißt du“, erklärte sie eifrig. „Man trifft doch ab und zu mal ein Pferd, dem man damit eine Freude machen kann.“

Der kleine Vorrat wurde gerecht unter Perdita und Alzeus aufgeteilt. Heinz fragte: „Und was bekomme ich?“

Barbara blickte fragend zu ihm auf. „Wolltest du auch ein Stück Zucker haben?“

„Ja“, sagte er. Er legte beide Arme um sie, zog sie dicht an sich heran und sah ihr in die Augen.

Barbara wehrte sich nicht, sie entzog sich seiner Umarmung

nicht, sie fühlte sich geborgen und behütet, und all die quälenden Ereignisse dieses Tages schienen plötzlich ferngerückt. Sie war weich in seinem Arm, gab nach, und als er sich über sie beugte und sie küßte, schloß sie die Augen und gab ihm bereitwillig ihren Mund.

Auf einmal war es klar, sie hatte lange auf diesen Kuß gewartet, sie hatte gewußt, daß er sie eines Tages küssen würde. Und es war gut, von ihm geküßt zu werden. Laß das Vergangene vergangen sein. Es war vergangen, sie dachte nicht mehr daran. Hier war nur sie, Barbara, jung und lebendig, in den Armen eines Mannes, der sie liebte, der an sie dachte, nicht an den Schatten ihrer Mutter, nicht an den Mund der anderen Barbara. – Er hielt sie fest an sich gepreßt, sie spürte seinen starken großen Körper an dem ihren, seinen Herzschlag, der sich mit ihrem vermischte, er küßte sie, wieder und wieder, und sie küßte ihn auch, mit willigen, zärtlichen, leidenschaftlichen Lippen. Sie war hungrig nach Liebe, nach Küssen, nach der Umarmung eines Mannes.

Perdita war es, die sie trennte. Sie stieß ihren Kopf ungeduldig an ihre Schultern, als wollte sie daran erinnern: ich bin auch noch da.

Barbara erwachte wie aus einem Traum, ihre Augen waren dunkler noch als sonst, ihr Mund ganz weich, blaß und süß, sie rückte ein wenig von ihm ab, legte ihre Stirn an Perditas Hals, seufzte einmal, hob dann den Kopf wieder und legte ihr Gesicht nun an seine Wange. Heinz vergrub seinen Mund in ihrem weichen Haar, so standen sie schweigend eine Weile.

Dann blickte Barbara auf. „Ich glaube, wir müssen gehen. Was soll Max von uns denken?"

Sie küßten sich noch einmal, wild und leidenschaftlich jetzt, bis Barbara mit einem tiefen Atemzug den Kopf zurückbog. „Nein", flüsterte sie, „nein, laß mich." Sie schob seine Hand weg, die sich um ihre Brust gelegt hatte, trat einen kleinen Schritt zurück. Mehr Platz hatte sie nicht, sie lehnte an der Futterkrippe, er kam ihr nach, preßte sich an sie, küßte sie wieder, ihren Mund, ihre Augen, ihre Wangen, seine Hand glitt über ihren Körper, fand wieder ihre Brust, seine Finger waren zärtlich und fragend und bekamen die Antwort, die sie erhofften. Da erst ließ er sie los.

„Sei vernünftig, Heinz", bat Barbara leise, ihre Stimme war

dunkel, ein wenig heiser, die Verwirrung in ihren Augen steigerte noch sein Verlangen.

„Du liebst mich?“ fragte er. „Sag es. Du liebst mich?“

„Du darfst mich das nicht fragen“, flüsterte sie. „Heinz, ich bitte dich, sei vernünftig. Es geht doch nicht...“

„Du liebst mich?“ drängte er. „Sag es.“

Sie bog den Kopf in den Nacken, besiegt, mitgerissen von der jäh aufgebrochenen Leidenschaft dieser Stunde. „Ja“, flüsterte sie, „ja. Doch nun laß uns gehen.“

Er küßte sie noch einmal, dann nahmen sie Abschied von den Pferden, verließen die Box und gingen durch den Stall zurück. Barbara taumelte einmal, er hielt sie fest. Ehe sie in den Hof traten, zog er sie noch einmal in die Arme.

Max brachte sie bis zur Pforte und drehte nachdrücklich hinter ihnen den Schlüssel um. Er schien jetzt allein zu sein. Oder war das helle Kleid nur tiefer in den Schatten geflüchtet?

Als sie auf der Straße standen, sahen sich beide wie erwachend an. Und als sie im Auto saßen, fragte er: „Kommst du mit zu mir?“

„Bist du verrückt?“ sagte Barbara. „Das geht doch nicht. Denk doch an Marianne. Und an Julius. Heinz, wirklich, es geht nicht. Und ich muß heim. Julius wird nicht schlafen, ehe ich nicht komme.“

„Aber du möchtest? Du möchtest gern mitkommen? Ja?“ fragte er, dicht vor ihren Augen.

Sie senkte den Kopf vor seinem drängenden Blick. Es konnte ein Nicken bedeuten. Ja, sie wünschte es wirklich. Sie wollte es nicht, aber es war stärker als ihr Wille. Es war lange her, daß Piero sie umarmt hatte. Sie hatte nicht gewußt, daß sie etwas entbehrt hatte. Aber jetzt wußte sie es.

Heinz hielt sie mit beiden Händen fest. „Hör zu“, sagte er, „es ist mein bitterer Ernst. Wir beide, wir gehören zusammen. Und ich will dich haben. Nur dich. Ich weiß noch nicht, wie ich das machen werde. Aber du gehörst mir. Ich lasse dich keinem anderen. Hörst du! Du gehörst mir.“ Es war Befehl in seiner Stimme, Gewalt, eine Macht, die suggestiv wirkte und unter die sie sich in dieser Stunde willenlos beugte, bereit, sie widerspruchslos anzuerkennen.

„Ja“, flüsterte sie, „ja.“ Es war ein neues, ein ungeheures Erlebnis. Sie war der Leidenschaft begegnet. Einer Leidenschaft, die sie entzündet hatte und die sie in dieser Stunde ohne Vorbehalt, ohne Bedenken entgegennahm und erwiderte.

Dann fuhr er sie geradewegs nach Hause. Er stellte den Wagen zwei Straßen vorher ab, begleitete sie zu Fuß bis ans Haus und wartete, im Schatten verborgen, bis sie das Haus betreten hatte.

Barbara war halb von Sinnen. Ihre Lippen brannten von seinen Küssen, ihr Körper schien zu schmerzen, war matt und verlangend zugleich. Sie wußte nicht, wie sie ins Haus gekommen war, sie hatte gesehen, daß in Julius' Zimmer noch Licht brannte und fürchtete sich, ihn jetzt zu sehen, das Haar verwirrt, die Lippen blaß. Sie wehrte die wilde Begrüßung der Hunde ab, beruhigte sie, so gut es möglich war, und lief dann schnell die Treppe hinauf, Dino ihr nach, und atmete auf, als sich die Zimmertür hinter ihr schloß. Sie konnte jetzt niemand sehen, niemand sprechen. Sie wollte allein sein. Es war ein furchtbarer Tag gewesen. Ein herrlicher Tag. Es war zuviel geschehen an diesem Tag, sie hatte zuviel erlebt. Heute konnte sie nicht mehr darüber nachdenken. Die letzte Stunde überschattete alles andere.

Als sie im Bett lag, kam eine bleierne Müdigkeit über sie. Wie ein bunter Wirbel zogen die Ereignisse, die Menschen, die Gespräche dieses Tages an ihr vorbei. Nichts ließ sich festhalten. Nichts auch ließ sich jetzt noch begreifen. Nur die Küsse spürte sie noch auf ihren Lippen. Du liebst mich? hatte er gefragt. Und sie? Hatte sie wirklich ja gesagt?

7

An einem hellen warmen Junimorgen war Barbara allein im Vorzimmer, damit beschäftigt, einige Briefe zu schreiben, die Julius ihr kurz zuvor diktiert hatte. Das Telefon neben ihr klingelte, am Apparat war Fräulein Gundel, die unten am Haupteingang die Zentrale bediente und nebenbei die Aufgabe hatte, alle Besucher zu empfangen und anzumelden.

„Hier ist ein Herr Teljen", verkündete sie, „der möchte zum Chef."

„Wer?" fragte Barbara zurück.

„Teljen", wiederholte Gundel überdeutlich.

„Er ist nicht angemeldet", sagte Barbara dienstlich. „Was will er denn? Der Chef hat heute keine Zeit, er muß gleich weg zu einer Stadtratsitzung."

„Er sagt, er sei ein Verwandter. Spricht ziemlich ulkig. Eine Frau hat er auch dabei."

Gundel vertrat diesen Posten noch nicht lange. Manchmal waren ihre Ankündigungen etwas formlos.

Barbara fragte denn auch: „Ich hoffe, Gundel, der Besucher kann Sie nicht hören."

„Nein, nein, ich habe das Fenster zugemacht."

„Was sagen Sie, ein Verwandter?"

„Sagt er. Scheint ein Amerikaner zu sein."

„So. Bitten Sie die Herrschaften, zu mir heraufzukommen."

Da Herr Schwarzbauer gerade bei Julius im Zimmer war, sah Barbara zunächst von einer Weitermeldung ab, sondern erwartete die Besucher. Es dauerte nicht lange, dann wurde die Tür stürmisch aufgerissen, einer der Lehrlinge stolperte herein, der anscheinend von Gundel mit dem Geleit der Gäste beauftragt worden war, grinste Barbara fröhlich an und hielt dann die Tür auf für zwei Leute, einen Herrn und eine Dame, die ihm folgten.

Der Mann war groß, schlank, hatte ein gutgeschnittenes, braungebranntes Gesicht, in dem zwei vergnügte braune Augen lachten, und dichtes graues Haar. Die Frau war jünger als er, schien Ende Dreißig zu sein, später erfuhr Barbara, daß sie in Wirklichkeit achtundvierzig war und damit die Güte amerikanischer Kosmetika bewies, sie war schmal und zierlich, ausgesprochen hübsch und außerordentlich elegant gekleidet.

„Hello, Miss", rief der Mann, als er das Zimmer betrat, und lachte Barbara vergnügt an, „glad to see you. I'm Roger Täljen."

Barbara erhob sich und versuchte, sich auf die englischen Kenntnisse zu besinnen, die Doris ihr beigebracht hatte.

„How do you do, Mr. Täljen", begann sie sorgfältig. „What can I do for you?"

Von dem, was der Besucher nun sagte, verstand sie allerdings kein Wort mehr. Mr. Täljen merkte es und wechselte mühelos in die deutsche Sprache hinüber, die er erstaunlich gut beherrschte, nur mischte er manchmal amerikanische Worte darunter.

„Sie wissen nicht, wer ich bin? Ich bin der Täljen aus Amerika. Der sagenhafte Onkel aus Amerika." Hier unterbrach er sich, lachte herzhaft über seine Bemerkung und fuhr dann fort: „Ich will besuchen meine – why, what is it? – meine Cousin, I guess. Der Boss von diese Firma hier. Julius Täljen."

Barbara begriff. Der Onkel aus Amerika. Hatte Doris nicht mal erzählt, daß es eine amerikanische Linie der Talliens gab? Und Täljen war also nichts anderes als die amerikanische Aussprache ihres eigenen Namens.

Sie lachte, streckte dem Besucher die Hand hin und sagte: „Ich freue mich, Sie kennenzulernen. Ich bin Barbara von Tallien. Oder wie Sie sagen, Barbara Täljen."

„Oh", rief Roger Tallien begeistert, „that's fine. You're a cousin of me too?" Er schüttelte Barbaras Hand, wandte sich dann zu seiner Frau und sagte: „Look here, Mildred. That's the first Täljen we meet in Europe. A daughter of good old Julius, I guess."

Die zierliche dunkelhaarige Mildred lächelte strahlend mit blitzend weißen Zähnen, drückte Barbaras Hand und sagte, nicht so laut wie ihr Mann, aber nicht minder herzlich: „And a pretty one at all. How are you? What's your name, you said? Bar...?"

„Barbara", vollendete Barbara. „But I'm not the daughter of Julius, I'm...", sie stockte. Was hieß denn nun gleich wieder Nichte? „Seine Nichte", fügte sie auf deutsch hinzu.

„His niece", erklärte Roger seiner Frau.

„Ich kann leider nicht sehr gut Englisch", sagte Barbara.

„That doesn't matter", meinte der amerikanische Herr von Tallien, „ich spreche ganz deutsch. Und ich werde translate, I mean, übersetzen meine Frau, was sie nicht versteht. Du bist also Nichte von Julius, und du heißt Barbara." Er wandte sich zu seiner Frau und sagte mit Nachdruck: „That's another Barbara. You see, Mildred, the name always returns in the family."

Mildred lächelte anerkennend, und Barbara verschlug es für einen Augenblick die Sprache. Es war doch schlechthin unmöglich, daß sich sogar der amerikanische Onkel bei ihrem Anblick an ihre Mutter erinnerte. Hatte er Barja denn gekannt? War er zu jener Zeit in Deutschland gewesen?

In diesem Moment ging die Tür zu Julius' Zimmer auf, und Herr Schwarzbauer steckte den Kopf herein, wohl beauftragt von Julius, um nachzusehen, woher die lebhafte Unterhaltung kam.

Barbara trat auf die Schwelle und berichtete: „Julius, es ist Besuch gekommen. Mr. Täljen mit Frau aus Amerika. Oder Roger Tallien, dein Vetter."

Das war der Beginn einer turbulenten Woche. So lange dauerte der amerikanische Besuch. Von der hiesigen Familie Tallien war mindestens immer einer, meistens aber mehrere, mit den Gästen beschäftigt. Roger befaßte sich ebenso gründlich wie begeistert mit dem Heimatland seines Großvaters, er wollte alles sehen, alles erfahren, alles besichtigen, unter anderem auch das Schloß von innen, und er ruhte nicht eher, bis er die Bekanntschaft Seiner Königlichen Hoheit, des Prinzen gemacht hatte, denn, so erklärte er ernsthaft: „Good old grandpa sagte immer, der Großherzog war ein feiner Kerl, a real gentleman." Daß inzwischen fast ein Jahrhundert vergangen war, seit der Grandpa Europa verlassen hatte und daß der Prinz von heute mit dem Großherzog von damals nicht identisch war, störte ihn nicht weiter.

Überhaupt war alles, was sein Großvater erzählt hatte, in Roger Tallien noch höchst lebendig, und er habe, so beteuerte er, seit je den Wunsch gehabt, die alte Stammheimat seiner Familie zu besuchen und alles mit eigenen Augen zu sehen. Wenn der Krieg nicht gewesen wäre, dann wäre sein Besuch schon zehn Jahre früher erfolgt. Er bedauerte es lebhaft, nicht schon vor dem Krieg gekommen zu sein. Vieles, von dem ihm der Grandpa erzählt hatte, Gebäude, Kirchen, das schöne alte Theater, war dem Krieg zum Opfer gefallen, und Roger fand an diesen Stellen nur moderne helle Bauten, die in keiner Weise seinen Vorstellungen von dem Aussehen einer alten deutschen Residenzstadt entsprachen. Einiges immerhin war erhalten geblieben, das tröstete ihn.

Der Großvater, Henry von Tallien, ein Onkel von Julius' Vater Raoul, der anfangs der siebziger Jahre des vorigen Jahrhunderts nach Amerika ausgewandert war, hatte, wie es schien, der alten Heimat und seiner Familie im Herzen immer die Treue und ein freundliches Angedenken bewahrt. Nicht nur über die Stadt, auch über die Familiengeschichte wußte Roger gut Bescheid. Henry, der ein biblisches Alter erreicht hatte und erst anfangs der dreißiger Jahre gestorben war, hatte seinen Kindern und Enkeln gern und ausführlich von seiner Jugend, von Zeit und Welt, darin er aufgewachsen war, erzählt.

Allein schon die Art und Weise, wie Grandpa nach Amerika gekommen war, erschien den Talliens höchst originell. Keiner der Gründe, die zu jener Zeit die Europäer zur Auswanderung bewog, Abenteuerlust oder irgendwelche Skandalgeschichten, hatten ihn in die neue Welt gebracht, sondern die Liebe.

Er war Offizier, damals zum Hofdienst zugeteilt, und hatte in dieser Eigenschaft seinen Fürsten im Jahre 1873 nach Wien begleitet, zur Weltausstellung. Dort lernte er einen reichen Amerikaner kennen, Großgrundbesitzer aus Florida, oder genauer gesagt, dessen Tochter, ein bildschönes junges Mädchen, spanischer Abstammung. Henry hatte schon immer viel für hübsche Mädchen übrig gehabt. Verheiratet war er aber noch nicht. Diesmal verlor er sein Herz gründlich. Und die junge Dame schien seine Zuneigung zu erwidern, sittsam und züchtig allerdings, wie es sich für ein Mädchen ihrer Art gehörte. Henry vergaß die schöne Dolores nicht. Im nächsten Jahr ließ er sich beurlauben, um seine Angebetete zu besuchen. Er kehrte von dieser Reise nicht mehr zurück. Er blieb drüben, heiratete Dolores und hatte mit ihr sechs Kinder. Daraus hatte sich mittlerweile eine recht ansehnliche Tallien-Sippe in Amerika entwickelt.

Roger war ein Sohn von Henrys ältestem Sohn, und somit heute der Eigentümer der Besitzungen in Florida. Um ausgedehnte Obstplantagen handelte es sich, wie er erzählte.

Mildred und Roger hatten keine Kinder, das war der große Kummer ihres Lebens. Ihr einziger Sohn war im Alter von vier Jahren an Kinderlähmung gestorben. Aber sie hatten drüben jede Menge von Neffen und Nichten, von denen sie viel erzählten. Da sie infolgedessen den Umgang mit jungen Leuten gewohnt waren, verstanden sie sich auch prächtig mit der jungen Generation der deutschen Talliens. Immer mußte sie einer von den jungen Leuten begleiten, meist waren es Doris oder Marianne. Doris vor allen Dingen, mit ihrem großen Interesse an der Familiengeschichte, war unermüdlich, immer Neues und möglichst auch alle Einzelheiten über den amerikanischen Zweig zu hören, und dieses Interesse freute Mr. Täljen. Bereitwillig berichtete er, was es über seine Familie zu berichten gab.

Schließlich erfuhr auch Barbara, was der Onkel aus Amerika mit seiner Bemerkung über die andere Barbara und den immer wiederkehrenden Namen gemeint hatte. Ihre Mutter hatte er nicht gekannt, er wußte nicht das geringste von ihrem Leben.

Er hatte nur an Grandpas jüngste, sehr geliebte Schwester gedacht, die ebenfalls Barbara hieß.

Aber eine andere Geschichte wußte er, die natürlich auch von Grandpa stammte und recht interessant war.

Die Familie war im Wohnzimmer versammelt, man trank einen schweren vollen Rheinwein, Rogers ganzes Entzücken, und unterhielt sich mit der Familiengeschichte.

Barbara saß in einem Sessel neben der Stehlampe, deren Licht goldene Reflexe in ihr Haar zauberte. Sie hatte den Arm auf die Lehne gestützt, den Kopf ein wenig geneigt und hörte den Gesprächen zu.

Plötzlich sagte Roger: „So wie du aussiehst, Barbara, so stelle ich mir die Anette vor. Grandpa hat sie jedenfalls immer so beschrieben. Die schlimme Anette von Tallien. Er hat sie wohl als junger Dachs ein wenig angeschwärmt. Er war ja noch ganz jung, als die Geschichte passierte. Aber von ihr erzählte er zu gern. Die Farbe ihres Haares schilderte er genauso, wie dein Haar heute aussieht. Funny, isn't it? Wie das immer wiederkehrt."

„Was war das für ein Mädchen?" fragte die Angesprochene. „Und was passierte mit ihr?"

„Weißt du es nicht, Julius?" fragte Roger.

„Ich erinnere mich dunkel, daß es im vorigen Jahrhundert eine Anette gab, die allerhand Unruhe stiftete. Näheres weiß ich eigentlich nicht."

Nicht einmal Doris wußte es. Sie fragte gespannt: „Erzähl, Onkel Roger. Was hat sie angestellt?"

„Grandpa sagte immer: Außer meiner Dolores war sie die schönste Frau, die mir je begegnet ist. Und mir sind eigentlich viele schöne Frauen begegnet. So sagte er, you see? Sie war eine echte Tallien, schön, klug, leidenschaftlich, mit einem heißen, wilden Herzen. So hat Grandpa gesagt", wiederholte Roger noch einmal.

Alle blickten jetzt Barbara an, die ein wenig errötete. Sie senkte den Blick, hob ihn aber nach einer Weile wieder, während Roger weitersprach. Sie wußte, wessen Blick sie begegnen würde. Heinz, der ihr schräg gegenüber saß, sah sie an. Mit einem unergründlichen, forschenden Blick, in dem alles lag, was er für sie empfand, Zärtlichkeit, Sehnsucht, Begehren. Er sah sie viel zu oft an. Barbara fürchtete diese Blicke. Wäre die Familie nicht so sehr mit den Gästen beschäftigt gewesen, so hätten diese Blicke längst bemerkt werden müssen. Sie bemühte sich zwar, ihnen auszuweichen, vermied es ihrerseits, ihn anzusehen, dennoch aber kehrten ihre Augen immer wieder zu ihm zurück. Was an jenem Abend geschehen war, ließ sich nicht vergessen. Zu jäh, zu leidenschaftlich war dieser Ausbruch gewesen. Sie spürte seine Lippen noch auf den ihren, fühlte noch seine Umarmung.

Sie hatte ein Alleinsein mit ihm seitdem vermieden. Am nächsten Tag war ihr das nächtliche Erlebnis ungeheuerlich und auch unwahrscheinlich vorgekommen, sie schämte sich. Er gehörte zu Marianne. Was sie getan hatte, war ein Unrecht, und es durfte sich nicht wiederholen. Auf seine Frage, ob sie ihn liebe, hatte sie mit ja geantwortet. Dieses Ja hätte sie gern zurückgenommen. Nicht weil es gelogen war, sie hatte ihn in jener Stunde wirklich geliebt. Aber es durfte nicht sein, und es war töricht, wenn sie sich in ihren Gedanken, in gewissen Träumen mit ihm beschäftigte. Er war mit Marianne verlobt, er würde Marianne in diesem Jahr noch heiraten.

Sie gab Heinz keine Gelegenheit, sie allein zu sprechen. Wenn er ins Haus kam, war die Familie da. Im Geschäft sprachen sie ganz sachlich miteinander. Aber es kam vor, daß er ihre Hand streifte, daß er ihren Arm umfaßte, daß er sich viel zu nahe über sie beugte, wenn sie am Schreibtisch saß. Sie versuchte, es zu ignorieren. Aber das war schwer. Denn da waren seine Augen, die sprachen eine deutliche Sprache. Erinnerten sie an das, was geschehen war. Und versprachen zugleich, daß es sich wiederholen würde.

Einmal nur hatte er gefragt: „Wann sehen wir uns? Allein?"

Sie hatte den Kopf geschüttelt. „Nein, Heinz, bitte. Es geht nicht. Vergiß es."

„Ich vergesse es nicht", sagte er ruhig. „Und du vergißt es auch nicht." Er drang nicht weiter in sie, aber sie wußte, er wartete auf seine Stunde.

„Als Grandpa ein kleiner Junge war, gab es den ersten Skandal um seine Kusine Anette", erzählte Roger. „Sie war damals noch ganz jung, und sie hatte doch wahrhaftig eine Liebschaft mit einem Schauspieler vom Theater. Eine richtige Liebschaft, mit allem, was dazugehört."

Barbara war zusammengezuckt und starrte entgeistert auf Roger, der es allerdings nicht bemerkte. Wieder blickten alle auf sie. Am liebsten wäre sie aufgestanden und aus dem Zimmer gegangen.

Julius bekam sein hochmütiges Herrengesicht, er machte einen Versuch, Roger zu unterbrechen, aber er kam nicht weit. Doris rief, ehrlich begeistert: „Ist es die Möglichkeit! Oh, Onkel Roger, das ist hochinteressant." An Barbaras Gefühle dachte sie im Augenblick nicht.

Elisa bemerkte maliziös: „Wie sich doch alles wiederholt." Was sie von den Frauen der Talliens hielt, stand deutlich auf ihrem Gesicht geschrieben.

Roger, durch diese Kundgebungen animiert, fuhr fort: „Ja, das war zu jener Zeit eine schlimme Geschichte. Die Talliens waren immerhin jemand hier, nicht? Und die Leute vom Theater waren ja damals noch nicht gesellschaftsfähig. Obwohl es an diesem Hof eine große Rolle spielte, das Theater, meine ich. Das erzählte jedenfalls Grandpa immer. Euer Großherzog hatte viel dafür übrig und gab eine Menge Geld dafür aus, und er soll ganz großartige Künstler hier gehabt haben. Grandpa kannte sogar noch bis ins Alter hinein viele Namen von Schauspielern und besonders von Schauspielerinnen. Er hatte da wohl auch so seine eigenen Theatererfahrungen gesammelt. Na ja, bei einem jungen Mann war das was anderes. Aber bei einem Mädchen, noch dazu bei einer Tallien-Tochter, ging das natürlich nicht."

„Und diese Anette hatte also ein richtiges Verhältnis mit einem Schauspieler?" fragte Doris neugierig.

„So nennt man das heute ja", meinte Roger.

„Im vorigen Jahrhundert war das eine Wucht", meinte Doris die Zuhörer aufklären zu müssen. „Wann war denn das genau? Und wie alt war sie?"

„Na ja", meinte Roger, „so auf die Jahreszahl kann ich mich nicht festlegen. Ich hab's ja nicht miterlebt. Aber es muß so in den fünfziger Jahren gewesen sein. Und wie alt sie war? Sehr jung noch, nicht mal zwanzig."

Barbara hob den Blick nicht mehr. Sie hatte die Hände im Schoß gefaltet und blickte darauf nieder. Es war peinlich, gewiß. Aber in einer ganz entfernten Ecke ihres Herzens regte sich auch Neugier, die Neugier, alles über diese Geschichte zu erfahren. Und dann merkwürdigerweise das Gefühl, als werde Barja dadurch entlastet. Vielleicht lag es wirklich in der Familie. Wenn die Liebe so ihre Herzen überwältigen konnte, wenn es ihnen angeboren und vererbt war, was konnten sie dann dafür, diese Frauen der Talliens?

„Weiter", drängte Doris. „Was passierte?"

„Na, es passierte das Natürlichste von der Welt. Die junge Dame bekam ein Baby."

„Nein? Und dann? Haben sie sie 'rausgeschmissen?"

„Doris!" rief Julius tadelnd.

Hier erstmals besann sich Doris auf Barbara und deren vermutliche Gefühle. Sie warf der Kusine einen schuldbewußten Blick zu und meinte in ihrer Richtung. „Na ja, ich sage ja bloß so. Ist doch interessant, nicht? Wegen der Familienchronik eben."

„Das Kind kam tot zur Welt", erzählte Roger weiter, „und das war in den Augen der Familie ein großes Glück. Man hatte versucht, so gut es ging, die Geschichte zu vertuschen, aber es war natürlich doch einiges durchgesickert, man sprach darüber, und die kleine Anette war in der Gesellschaft unmöglich geworden. Wenn die Talliens katholisch gewesen wären, hätten sie das arme Kind wohl ins Kloster gesteckt. Aber das ging nun mal nicht. So verfiel man auf einen anderen Ausweg, man verheiratete sie."

„Ach nee", sagte Doris. „Fanden sie denn einen?"

„Natürlich keine gute Partie. Das hatte sie sich für immer verscherzt. Es war ein viel älterer Mann, ein Witwer mit fünf Kindern."

„Fünf Kinder? Allmächtiger! Die Arme."

„Ja, das kann man wohl sagen. Der Mann war ein kleiner Hofbeamter, unterste Stufe, schlecht bezahlt, die Verhältnisse waren bescheiden, wenn nicht ärmlich. Gerade darum brauchte der Mann eine Frau, das heißt eine Mutter für seine Kinder. Für ihn war die schöne junge Anette von Tallien, trotz allem Skandal, immer noch ein Geschenk des Himmels. An so etwas hätte er wohl nie mehr denken können, nicht bei größtem Optimismus."

„Gott, die Arme", sagte Doris wieder, während die anderen sich in Schweigen hüllten. „Und dann mußte sie also mit diesem schrecklichen Kerl leben. Ich sehe ihn richtig vor mir, sicher hatte er eine Glatze und Zahnlücken, die Kleider schlotterten an seinem Leib, er roch aus dem Mund und nachts schnarchte er."

Julius rief abermals beschwörend: „Doris!", aber dann mußte er unwillkürlich in das Gelächter der anderen einstimmen.

Doris war noch nicht fertig. „Und dann mußte sie wahrscheinlich von diesem Kerl auch noch ein paar Kinder kriegen und vermischte das gute Tallienblut mit irgendso einem Spießermatsch, und sie mußte viel arbeiten und wurde früh alt und häßlich."

„Ganz im Gegenteil", fuhr Roger fort. „Grandpa war Augenzeuge. Sie mußte zwar viel arbeiten, das stimmt. Aber sie wurde noch viel schöner, war stolz und hochgemut wie früher auch, mit dem Mann wurde sie spielend fertig, die Familie konnte ihr jetzt nichts mehr anhaben, und Kinder bekamen sie auch nicht."

„Tüchtiges Kind. Dumm war sie also nicht", stellte Doris fest.

„Ja, und dann kam Skandal Nummer zwei."

„Was? Noch einer?"

Alle hörten höchst interessiert zu. Auch Barbara blickte gespannt auf den Erzähler.

„So sechs bis sieben Jahre lang hat sie das ausgehalten, dann verliebte sie sich wieder."

„Wer war es diesmal?" fragte Doris.

„Diesmal war es ein Ebenbürtiger. Ein junger Herr vom Hofe, ebenfalls von altem Adel, und wie Grandpa sagte, ein verdammt gutaussehender Bursche. Die zwei müssen sich wahnsinnig geliebt haben. Das ging eine Weile gut, nach und nach aber, wie es immer ist, wurde es bekannt. Man redete wieder einmal über die schöne Anette. Zuletzt erfuhr es ihr Mann. Und der tat nun etwas Erstaunliches. Das heißt, damals war das vielleicht gar nicht so erstaunlich. Er forderte den Liebhaber seiner Frau zum Duell. Es war der glatte Selbstmord, von ihm aus gesehen. Er konnte mit Waffen nicht umgehen. Der andere war natürlich ein Meister auf diesem Gebiet."

„Und so wurde die schöne Anette Witwe und konnte ihren Liebsten heiraten", griff Doris dem Erzähler vor. „Es gab ein richtiges Happy-End."

„Es gab kein Happy-End. Der kleine Beamte erschoß den prächtigen Kavalier beim ersten Kugelwechsel. Der junge Herr war mausetot."

Doris seufzte enttäuscht. „Das gefällt mir gar nicht. Wie hat der Alte das gemacht?"

„Das hat er wohl selbst nicht gewußt. Die Sache wurde vertuscht so gut es ging, der Mann wurde irgendwo in die Nähe in ein kleines Nest versetzt und siedelte mitsamt Frau und Kindern dahin über. Aber jetzt wurde es Anette zu dumm. Sie hatte genug von diesem Leben. Sie packte ihre paar Sachen zusammen und verschwand bei Nacht und Nebel über die nächste Grenze. Grenzen gab es ja damals genug in diesem Land. Es war nicht weit bis zum nächsten Staat." Roger verstummte.

„Und?" fragte Doris.

„Nichts und. Das ist das Ende der Geschichte."

„Das Ende der Geschichte? Und was wurde aus ihr?"

„Das weiß man nicht. Man hat nie wieder von ihr gehört. Oder wißt ihr etwas?"

Julius schüttelte den Kopf. „Nein. Es ist nicht bekannt, was aus ihr geworden ist."

„Na, da ist ja noch alles drin", meinte Doris hoffnungsvoll.

„Sie kann ja immerhin erst so Ende Zwanzig gewesen sein. Und so wie sie gebaut war, wird sie wohl noch einigen Männern den Kopf verdreht haben. Eine hübsche Frau hat ja sicher schon damals eine Menge Möglichkeiten gehabt."

„Das denke ich auch", stimmte Roger zu. „Für die Familie jedenfalls war sie gestorben. Ihr Name wurde nicht mehr erwähnt, nach ihrem Verbleib wurde nicht geforscht." Er besann sich eine Weile und fügte dann hinzu: „Aber wenn ich es mir richtig überlege, ist es eine dolle Sache. Kann ja sein, sie hat später doch noch mal Kinder gekriegt. Und irgendwo in der Welt läuft jetzt noch so ein Mädchen herum wie unsere Barbara hier, mit diesem Gesicht und mit diesem Haar. Wenn du irgendwo mal einer Doppelgängerin begegnest, Barbara, dann weißt du jedenfalls, wer sie sein könnte. Ein Abkömmling deiner Urgroßtante, oder was immer sie gewesen ist."

„Vielleicht ist sie zum Theater gegangen", meinte Doris, die viel Phantasie besaß. „Nachdem sie sich ja schon früher dafür interessiert hatte, nicht? Und irgendeine reisende Truppe wird sie mit Handkuß genommen haben, wenn sie so hübsch war. Es gibt natürlich noch viele andere Möglichkeiten, sie könnte auch ..."

„Doris, es ist wohl besser, du entwickelst diese Möglichkeiten hier nicht weiter", stoppte Julius seine Tochter. Ihm war etwas bange, wohin Doris mit ihrer lebhaften Vorstellungskraft noch gelangen könnte.

Doris verstummte, aber ihrer Miene war anzusehen, daß sie die Geschichte doch sehr beschäftigte „Es ist jedenfalls alles drin", meinte sie abschließend. Als die Gäste sich später am Abend verabschiedet hatten, sie wohnten im Park-Hotel, gingen Barbara und Doris noch ein paar Schritte mit den Hunden.

„Weißt du", sagte Doris, „was ich auch gern werden würde?"

„Was denn?"

„Schriftstellerin. Muß ein interessanter Beruf sein. Denk doch bloß mal an diese Geschichte von der Anette. Man braucht gar nicht so viel Phantasie, das Leben schreibt die tollsten Geschichten. Man muß bloß noch das Ende dazudichten. Und ich bin sicher, ihr Leben war noch sehr interessant, spannender, als man es sich ausdenken kann."

„Möglich", sagte Barbara. „Wenn man es liest, mag es sehr interessant sein. Wenn man es erleben muß ...", sie hob die

Schultern, „dann ist es vielleicht bloß traurig. Es kann auch in Verzweiflung enden, so ein Leben."

„Du siehst es wieder so schwarz. Vielleicht ist sie noch sehr glücklich geworden. Wenn sie doch so hübsch war."

„Vom Hübsch-Sein allein wird man nicht glücklich."

„Auf jeden Fall hat sie viel geliebt. Das ist die Hauptsache. Du, ob ich auch mal viel liebe?" Das klang ganz kindlich, Barbara mußte unwillkürlich lächeln. „Ich bin schließlich auch eine Tallien, nicht? Ich möchte mich auch mal toll verlieben."

„Das kannst du tun", sagte Barbara, „aber verlier nicht den Verstand dabei."

Doris lachte, jung und übermütig. „O Barbara, wenn man liebt, richtig liebt, verliert man immer den Verstand."

Darauf erwiderte Barbara nichts.

Erst als sie schon am Hause waren, sagte Barbara: „Ich weiß nicht, ob das stimmt. Wenn man liebt, richtig liebt, dann sollte man auch seinen richtigen Verstand finden. Und der sollte ja sagen können zu dieser Liebe. Ich glaube, dann erst ist es die richtige Liebe."

Mr. Täljen und Frau hatten noch ein umfangreiches Programm für ihren Europabesuch. Sie wollten den Rhein hinunterfahren, sie wollten nach Heidelberg, nach München und Wien, dann war ein ausführlicher Trip durch Italien geplant, wenn die Zeit langte, würde man Spanien noch besuchen, die Stammheimat von Großmama Dolores, und am Ende natürlich Paris. Die Zeit, die Roger für diesen Reiseplan vorgesehen hatte, war reichlich knapp. Julius wurde es etwas schwindlig, als er das alles hörte.

„Sechs bis acht Wochen", meinte er zweifelnd, „das wird nicht reichen. Das wäre eine einzige Strapaze."

„Es können auch drei Monate sein", sagte Roger großzügig, „auf ein paar Wochen mehr oder weniger kommt es nicht an. Wenn wir schon mal in Europa sind, wollen wir möglichst viel sehen."

Er kaufte von heute auf morgen ein Auto, einen schönen, großen Wagen, denn, so sagte er: „Bei euch ist ja alles so billig. Wenn wir zurückfliegen in die Staaten, kannst du den Wagen dann benutzen, Julius, oder du verkaufst ihn wieder."

Das ging alles im Handumdrehen, mit einer Selbstverständlichkeit, die Julius immer wieder verblüffte. Die größte Überraschung aber bereiteten die Amerikaner der Familie, als sie zwei Tage vor der geplanten Abreise den Wunsch äußerten, eines der jungen Mädchen solle sie begleiten, als ihr Gast natürlich.

„Ihr kennt euch doch hier besser aus als wir", sagte Roger einfach, „eines von den Mädchen wäre auch eine nette Gesellschaft für Mildred. Na, und für mich natürlich auch. Du weißt ja, wir haben keine Kinder und haben so gern junges Volk um uns."

Das richtete einen Wirbel an, der die ganze Familie in Unruhe versetzte. Am liebsten wäre natürlich Doris mitgefahren. Aber Julius meinte, sie sei zu jung, überdies hätten ja auch die Ferien noch nicht begonnen.

„Ach Paps", meinte Doris, „wo ich doch die Beste bin in meiner Klasse, das macht mir gar nichts aus."

„Ich möchte, daß du bleibst", sagte Julius. „Schließlich willst du nächstes Jahr das Abitur machen." Die lebhafte Doris erschien ihm wohl nicht die geeignete Reisebegleiterin, wer weiß, was sie unterwegs anstellen würde, sie konnte noch recht kindisch sein.

Barbara zeigte keinerlei Neigung zu solch einer Reise. Auch hätte Julius sie ungern im Geschäft vermißt, gerade jetzt, da sie sich ganz gut eingearbeitet hatte und er in nächster Zeit selbst auf Urlaub gehen wollte.

Blieb Marianne. Und erstaunlicherweise war Marianne gleich bereit und wie es schien, auch recht angetan von dem Plan. Zu reisen in diesem komfortablen und großzügigen Rahmen, wie es die amerikanischen Verwandten taten, elegante Hotels, die große Welt, das war ganz nach ihrem Geschmack. Sie war bisher wenig in der Welt herumgekommen, ein einziges Mal war sie mit ihren Eltern in Italien gewesen. Julius war ein wenig altmodisch in dieser Beziehung. Er sah nicht ein, warum man die Ferien im Ausland verbringen sollte, wenn es zu Hause genug schöne Plätze gab. Seine Kinder waren niemals übermäßig verwöhnt worden.

Er war überrascht von Mariannes rascher Zustimmung und fragte: „Aber Heinz? Fällt es dir nicht schwer, dich so lange von ihm zu trennen?"

„Ja, schon", sagte Marianne nicht sehr überzeugend. „Aber ich werde ihn noch lang genug haben, nicht? Er wird schon die paar Wochen ohne mich ertragen können."

„Das meine ich auch", stimmte Roger zu. „Es ist ganz gut, wenn man vor der Ehe eine kleine Pause einlegt, ihr beiden werdet euch dann um so mehr aufeinander freuen. Und dein Heinz wird richtige Sehnsucht bekommen."

Tatsache allerdings war, und das sagte Marianne niemand, daß sich das Verhältnis zwischen ihr und Heinz in letzter Zeit ziemlich abgekühlt hatte. Dies war fast schon zuviel gesagt. Sie kamen nach wie vor gut miteinander aus, stritten sich nie, er war höflich, zuvorkommend und immer geneigt, ihren Wünschen zu folgen. Marianne verstand nicht viel von der Liebe und noch weniger von Männern, aber instinktiv spürte sie, daß es so nicht richtig war. Ein wenig mehr Spannung in ihrem Verhältnis zueinander, ein wenig mehr Spiel und mehr Beschwingung, das hätte sein müssen. Dazu kam, daß ihre im Winter begonnenen intimen Beziehungen ganz aufgehört hatten. Marianne hatte es immer kompliziert gemacht, und er war es müde geworden, sie zu bitten. Er drängte sie nie mehr, sich mit ihm in seiner Wohnung zu treffen. Marianne war es recht. Sie vermißte es nicht. Aber es hätte sie warnen sollen. Ein wirklich verliebter Mann ließe sich auf das erste Nein niemals entmutigen. Daß Heinz' Neigung sich einer anderen Frau zugewandt haben könnte, auf diese Idee kam sie nicht. Und erst recht nicht, daß es Barbara sein könnte, die er liebte und begehrte.

Aber sie spürte, daß eine Veränderung eingetreten war. Freilich, eine himmelstürmende, leidenschaftliche Liebe war es nie gewesen. So etwas kannte Marianne noch nicht. Darum auch war sie nicht so beunruhigt, wie sie es hätte sein müssen, wenn sie von der Liebe mehr gewußt und einen Mann wie Heinz besser verstanden hätte. Doch sie hatte zuweilen ein unsicheres Gefühl. Aber es entsprach ihrem Wesen, diesen ein wenig unklaren Verhältnissen lieber aus dem Wege zu gehen, als sie anzupacken und so oder so zu klären. Alles würde sich von selbst klären, würde nahtlos und zweifelsfrei sein, wenn sie nur einmal verheiratet wären.

So ungefähr dachte oder besser gesagt empfand Marianne, und deshalb auch stimmte sie gern zu, Roger und Mildred auf der großen Reise zu begleiten.

Elisa war von diesem Vorschlag höchst angetan. Es gefiel ihr, daß ihrer Tochter dies geboten wurde. Natürlich gab es eine Menge Vorbereitungen. Die beiden Amerikaner mußten ihren

Aufenthalt um einige Tage verlängern, bis Mariannes Garderobe reisebereit war.

Roger meinte zwar: „Don't worry. Was dir fehlt, kaufen wir unterwegs."

So kam es, daß Roger und Mildred noch einen zweiten Sonntag im Familienkreis verbrachten. Und da Roger, in seinem Bestreben, alles kennenzulernen, was mit der Familie Tallien zusammenhing, einmal geäußert hatte, er würde auch gern das Jagdhaus besuchen, von dem Grandpa erzählt hatte, schlug Julius am Samstagnachmittag vor: „Das Wetter ist schön, und es scheint zu halten, wir könnten morgen zum Jagdhaus hinausfahren."

Roger war gleich dabei. Und vollends begeistert war er, als Julius hinzufügte: „Früher pflegten wir oft hinauszureiten. Es ist ein herrlicher Weg, meist durch den Wald oder auf Wiesenpfaden. Natürlich ein bißchen weit."

„But that's swell!" rief Roger. „Wir reiten hinaus. Grandpa hat immer soviel von euren Pferden erzählt."

Es stellte sich heraus, daß Roger sogar in dieser Beziehung der Familientradition treu geblieben war. Er war ein guter Reiter.

Der Ausflug bedurfte einiger Vorbereitungen. Zunächst mußte Herr Krüger benachrichtigt werden, damit genügend gute Pferde zur Verfügung standen. Elisa, Mildred und Marianne würden mit dem Wagen hinausfahren, und zwar so, daß sie früher dort eintrafen als die Reiter, um wenigstens in einem Zimmer notdürftig ein wenig Ordnung zu machen und ein Picknick vorzubereiten.

Alles klappte vorzüglich. Der Sonntag hielt, was der Samstag versprochen hatte. Ein hoher blauer Himmel, Sonnenschein und ein leichter Wind, so daß es nicht zu heiß wurde. Im Wald vollends war es angenehm kühl. Die Sonne blitzte durch die Bäume, warf goldene Flecken auf das Moos, die Pferde warfen übermütig die Köpfe, der weiche Boden verschluckte ihren Hufschlag.

„Why", sagte Roger, „that's marvellous. That's really marvellous. So etwas gibt es bei uns nicht. Der deutsche Wald. Grandpa hat viel davon erzählt."

„Grandpa hat wirklich eine gute Werbung for good old germany gemacht", lachte Doris. „Wenn er noch lebte, müßte er drüben ein deutsches Reisebüro betreiben."

Wie üblich galoppierten sie die Schneise hinunter, wie üblich auch, artete es unversehens in ein kleines Wettrennen aus, das wieder mühelos von Perdita gewonnen wurde.

Roger betrachtete beide ehrlich entzückt: das goldfarbige rassige Pferd und das schlanke, nicht weniger rassige Mädchen. Zuvor schon hatte er Perdita ausgiebig bewundert.

Als sie wieder im Schritt gingen, sagte er zu Julius: „Wirklich, deine Nichte, diese Barbara, ist ein bezauberndes Mädchen. Der Mann, der sie einmal bekommt, der kann von Glück sagen."

Julius bekam eine kleine Falte auf die Stirn. „Nun ja", sagte er lässig und streifte mit der Gerte über einen Zweig, „es eilt ja nicht."

„Das geht schneller, als du denkst", sagte Roger. „Bei uns drüben würde ein Mädchen mit diesem Gesicht und mit dieser Figur schon längst nicht mehr frei herumlaufen. Hat sie keinen boy-friend?"

„Nicht daß ich wüßte", meinte Julius.

„Das wundert mich. Die Männer hier müssen blind sein. Bei uns würde so ein Mädel wie Barbara alles daran setzen, zum Film zu kommen."

„Das fehlte gerade noch", knurrte Julius.

Barbara, die zwischen Heinz und Doris vor ihnen ritt, hatte ihren Namen gehört und drehte sich um. „Sprecht ihr von mir?" fragte sie. „Oder von Urgroßtante Barbara?"

Roger trieb sein Pferd ein Stück vor, damit er sich besser verständlich machen konnte. „Von dir. Urgroßtante Barbara hatte leider nicht die Möglichkeit, Filmstar zu werden."

„Filmstar?"

„Ja, ich meinte, ob du nicht zum Film gehen möchtest. Du hättest das Aussehen dazu. Meist träumen doch alle jungen Mädchen davon."

Barbara lachte und schüttelte den Kopf. „Ich nicht. Ich habe kein Talent. Und ich glaube, Julius würde es gar nicht erlauben." Sie lächelte Julius zu, ein kleines vertrautes Lächeln, das es oft zwischen ihnen gab. Julius erwiderte es. Wie immer, wenn er sie ansah, wurde ihm warm ums Herz. Zum Film. Was für ein Unsinn! Aber der Gedanke, daß sie heiraten und ihn verlassen würde, war auch recht schmerzlich.

Ein wenig später, Roger ritt jetzt wieder neben Julius, fragte er: „Ist sie eigentlich die Tochter von deinem Bruder? Du sagtest, er sei im Krieg gefallen."

Julius zögerte einen Moment. Das war die Frage, die er immer fürchtete. Es wäre indessen töricht, keine Antwort zu geben. Einmal würden sie es doch erfahren. Sicher würde es auch Mildred interessieren, und man würde Marianne auf der Reise, während der langen Zeit, die sie zusammen sein würden, bestimmt danach fragen.

„Nein", sagte er. „Sie ist die Tochter meiner Schwester. Meiner Schwester Barbara."

„Sie hieß auch Barbara? Ich finde es nett, daß die Namen in eurer Familie immer wiederkehren. Es schafft so ein geschlossenes Bild. Und wo ist sie, deine Schwester?"

„Sie ist tot", erwiderte Julius kurz. Die knappe Antwort und der gesenkte Blick von Julius veranlaßten Roger, taktvoll zu sein und nicht weiterzufragen. Er murmelte nur: „Oh, I'm sorry." Jedenfalls schien er sich nichts dabei zu denken und kam auch auf das Thema nicht zurück.

Sie bogen in einen Wiesenweg ein, eine weite grüne Fläche unterbrach den Wald, der Weg war so schmal, daß sie hintereinanderreiten mußten. Heinz nahm die tête, er hob den Arm, und sie trabten an.

Doris hob sich in den Bügeln und wies nach vorn. „Seht mal", rief sie, „da ist schon gemäht. Da können wir über die Wiese galoppieren."

Sie kamen kurz nach elf Uhr im Jagdhaus an. Elisa und Marianne hatten hinter dem Haus bereits den Frühstückstisch gedeckt und empfingen die Reiter mit einem Bügeltrunk.

Roger war begeistert von der kleinen Besitzung. „Am liebsten würde ich die ganze Reise aufgeben und ein paar Wochen hierbleiben", sagte er. „Es ist einfach herrlich hier."

Die Wiese hinter dem Haus, sanft geneigt, war voll blühender wilder Blumen, deren Duft sich mit dem Duft des nahen Waldes vermengte. Unten im Tal sah man die niederen Dächer der Häuser, und ringsum war das Bild abgeschlossen durch die bewaldeten Höhen des Gebirges.

„Deutschland ist schön", sagte Roger andächtig. „Ich kann verstehen, warum Grandpa sich wünschte, noch einmal herzukommen." Und zu Mildred gewendet: „I guess, that won't be our last visit here, dear."

„I hope so“, sagte Mildred liebenswürdig.

Auch Barbara war sehr angetan von dem Platz. Sie kannte ihn zwar schon, Julius war einmal mit ihr, noch im Winter, mit dem Wagen hinausgefahren. Damals war es trüb und kalt gewesen, das Haus wirkte unwirtlich und öd. Heute sah alles anders aus. Und besonders der lange Ritt hatte ihr gefallen. Sie sagte zu Julius: „Das sollten wir öfter machen, hier herausreiten. Es ist ein so schöner Weg. Und den Pferden tut es auch gut, wenn sie mal richtig Bewegung haben.“

„Man muß einen ganzen Tag Zeit haben“, meinte Julius. „Für einen Morgenritt ist es zu weit. Aber ich freue mich, daß es dir hier gefällt. Du kannst den Schlüssel haben. Wenn wir verreist sind, kannst du ja öfter am Sonntag mal herausreiten, mit Heinz und mit Doris. Übrigens war deine Mutter auch sehr gern hier.“

„Ja?“ fragte Barbara. Ein wenig nachdenklich blickte sie über das Haus und über die Wiese. Hier wo sie jetzt saß, hatte Barja also auch gesessen. Und Iltschi graste dort am Hang, genau wie es Perdita jetzt tat. Wenn Barja hier geblieben wäre, dachte sie, dann könnten wir jetzt zusammen hier sitzen.

Was sie nicht wußte, das hätten die Mauern des Hauses, die Birke, neben der sie saß, ihr erzählen können. Daß Barja oft hier herausgekommen war, damals, im stürmischen Frühling, im heißen Sommer ihrer Liebe, zusammen mit Ferdinand Stolte. In seinem Wagen waren sie herausgefahren, um ungestört zusammen zu sein, hier hatte der Weg begonnen, der sie beide in ein unseliges Ende führte.

Als sie am Nachmittag zurückritten, waren sie alle müde von der Sonne, von der Luft und nicht zuletzt von dem weiten Ritt.

„O boy“, stöhnte Roger, „ich bin doch schon ein alter Mann. Mir tun die Knochen weh.“

„Das hat nichts mit dem Alter zu tun“, meinte Doris, „mir tun sie auch weh.“

„Du reitest zu selten, mein Kind“, sagte Julius. „Dir fehlt das Training.“

„Ich bin eben ein entarteter Tallien-Sproß“, mokierte sich Doris, „eine bürgerlich verpanschte Promenadenmischung. Weder schön noch leidenschaftlich und unbesonnen und nicht mal eine gute Reiterin. Aber ich hoffe, das, was mir da und da und da fehlt“, sie wies auf ihr Gesicht, ihr Herz und ihren kleinen Popo, „hab' ich da.“ Sie tippte an ihre Stirn.

„Und da“, meinte Julius und wies auf ihren Mund. „Woher du das kecke Mundwerk geerbt hast, das möchte ich gern mal wissen.“

„Das geht aus der Familienchronik leider nicht hervor“, Doris hatte wie meist das letzte Wort.

Als sie beim Haus des Professors vorbeikamen, stand Ludwig im Garten. Er erblickte die Reiter und winkte ihnen zu; als er sah, daß die Pferde stehenblieben, kam er zum Zaun.

„Nanu“, rief er, „reitet ihr heute so spät? Und was für eine Kavalkade.“

„Du fährst doch nach Amerika, Ludwig“, sagte Julius. „Hier schau her, wir haben zur Zeit amerikanischen Besuch. Roger Tallien aus Florida.“

„Nicht möglich“, sagte Ludwig. „Gibt es also wirklich eine amerikanische Linie. Ich dachte immer, das wäre nur ein frommes Märchen. Kommt herein und trinkt einen Schnaps mit mir.“

Aus dem Schnaps wurden mehrere, dann kochte Nele einen starken Kaffee, und endlich landete man beim Wein. Der Besuch dehnte sich aus. Sie saßen auf der Terrasse hinter dem Haus bis zum Abend.

Man hatte die Damen angerufen, ob sie nicht auch kommen wollten, aber Marianne berichtete, Mildred und ihre Mutter hätten sich hingelegt, sie selbst müsse sich um die Reisevorbereitungen kümmern. Dann wurde Herr Krüger benachrichtigt, damit er einige Leute schickte, um die Pferde abzuholen.

Barbara nahm Abschied von Perdita und sagte: „Sei nicht böse, Süße, wenn ich dich nicht selbst nach Hause bringe. Du wirst müde sein. Schlaf gut.“

Ludwig war zu ihr getreten. „Das ist also deine geliebte Perdita. Hm, sie ist wirklich schön.“ Er strich dem Pferd über den glatten Hals. „Im Ernst, Barbara, ich habe die feste Absicht, wieder zu reiten. Wenn ich aus Amerika zurückkomme. Dann fange ich wieder an und dann reiten wir zusammen, ja?“

„Das wäre fein“, sagte Barbara und lächelte ihn an.

„Wir sehen uns überhaupt viel zu selten“, sagte Ludwig. „Das soll dann auch anders werden.“

Sie begleiteten die abreitenden Pferde bis zum Tor und blieben dann eine Weile dort stehen.

„Du hast Lena Stolte getroffen“, sagte Ludwig, „Richard hat es mir erzählt. Wenn Maria zurückkommt, sie ist zur Zeit zu einer Kur weg, dann sollst du einmal zu ihnen kommen, hat er mir gesagt. Wenn du willst, heißt das."

Barbara schaute ein wenig unglücklich drein. „Muß ich das?" fragte sie.

„Du mußt nicht. Aber Maria möchte dich gern kennenlernen. Lena hat sehr nett von dir gesprochen. Sie nimmt großen Anteil an dir, weißt du das?"

Barbara blickte ihn an, antwortete nicht und schüttelte nur den Kopf.

„So ein Besuch wird natürlich für dich ein wenig trübsinnig sein", fuhr er fort. „Ich möchte ja auch nicht, daß du immer wieder von dem Vergangenen sprechen mußt." Er machte eine kleine Pause, sagte dann: „Richard hat mir auch das gesagt, was du Lena erzählt hast. Wie es gewesen ist, vor einem Jahr. Warum hast du mir das nie gesagt?"

Barbara hob die Schultern. „Ich weiß nicht", sagte sie. „Ich konnte so schlecht darüber sprechen. Es war alles noch zu – zu neu. Ich hätte es auch Lena nicht erzählt, wenn ich an dem Abend nicht so durcheinander gewesen wäre."

„Ich begreife jetzt erst ganz, wie furchtbar das alles für dich gewesen sein muß, Kind", sagte Ludwig weich. „Man hat dir viel aufgeladen. Aber du bist jung, du wirst es vergessen."

„Ich werde es nicht vergessen", sagte Barbara.

„Ich möchte dir so gern helfen, wenn ich könnte", meinte er.

Sie lächelte, ein ganz klein wenig Spott im Mundwinkel. „Du hast ja so wenig Zeit."

„Das soll anders werden, ich verspreche es dir. Wenn ich zurück bin."

„Ja, wenn du zurück bist", wiederholte sie.

Etwas anderes hatte er noch auf dem Herzen. Als sie langsam zum Haus zurückgingen, sagte er noch: „Was war das für ein Mann, den du in Frankfurt getroffen hast?"

Barbara gab ihm einen schrägen Blick von der Seite. „Sogar das hat Lena erzählt?"

„Ja, sie sagte etwas von einem Freund deiner Mutter."

„Hm. Es war der Mann, den Barja liebte."

„Und was will er jetzt von dir?"

„Von mir? Von mir will er nichts. Er wollte mich nur mal sprechen. Das ist alles."

„Ich halte es auch nicht für richtig, daß du dich mit ihm

triffst“, sagte Ludwig. Es sollte väterlich klingen, aber es klang anders. „Weiß Julius davon?“

„Nein“, antwortete Barbara.

Es sah aus, als hätte Ludwig dazu noch einiges zu sagen. Aber er kam nicht mehr dazu, sie waren bei der Terrasse angelangt, und Roger rief ihnen etwas entgegen.

Roger und Ludwig hatten rasch Kontakt gefunden, und Ludwig mußte versprechen, einen Besuch in Florida zu machen.

„Das heißt“, sagte er, „wenn Sie schon zurück sein werden bis dahin.“

„Wie lange bleiben Sie in den Staaten?“ wollte Roger wissen.

„Vermutlich bis zum Oktober, bis das neue Semester beginnt.“

Bis zum Oktober. Barbara schaute ein wenig verloren drein. Das war eine lange Zeit. Und der Gedanke, Ludwig so lange nicht zu sehen, betrübte sie. Aber sie sah ihn auch kaum, wenn er hier war. Doch allein, daß er hier war, in der Nähe, war ein gutes Gefühl.

Im Oktober, dachte sie. Dann werde ich ein ganzes Jahr hier sein. Ein Jahr vergeht so schnell.

III

1

Aber im Oktober traf Ludwig sie nicht mehr an. Im Oktober, als das Laub sich zu färben begann, als das neue Semester anfing und Ludwig zurückkehrte, war Barbara nicht mehr da. Das Jahr der neuen Sicherheit, der Geborgenheit, hatte sich nicht gerundet. Im Haus der Talliens war das kleine Zimmer im zweiten Stock leer, Joker hatte keinen Spielgefährten mehr und hockte wieder brav und trübsinnig im Garten, Perdita aber stand in ihrer Box, den Kopf traurig gesenkt. Wenn jemand in den Stall kam, richtete sie die Ohren dem Eintretenden entgegen, doch es war nicht der Schritt, den sie erwartete, nicht die Stimme, nach der sie sich sehnte. Julius kam und brachte ihr Zucker und klopfte ihren Hals, Doris kam, um sie zu reiten, manchmal auch Ralph, oft trat auch der alte Krüger zu ihr in die Box, klopfte sie ab, sattelte sie selbst und ritt sie in der Bahn, damit sie Bewegung hatte. Aber er wagte nicht, ihr zu sagen, was er Iltschi einst gesagt hatte: sie kommt wieder. Sie kommt bestimmt wieder.

Nele sagte zu Ludwig: „Du bist selber schuld."

Als sie es zum drittenmal gesagt hatte, fuhr er sie ärgerlich an: „Hör auf damit. Du mit deiner verrückten Idee. Ich habe dir damals gleich gesagt, daß es Unsinn ist. Auf so etwas kannst auch bloß du kommen. Dieses Kind und ich. Schnapsidee."

„Was für ein Kind sie ist, hat man ja jetzt gesehen", gab Nele zurück. „Heutzutage ist ein Mädchen mit einundzwanzig kein Kind mehr. Ach, was heißt heute! Früher auch nicht, wir haben es ja erlebt. Sie ist eine Frau. Und sie braucht einen Mann. Und diese Tallien-Mädchen überhaupt und erst recht. Da darf man nicht warten bis morgen. Bums, plötzlich ist ein anderer da und schnappt sie weg."

„Ja, und bums, du machst jetzt, daß du hinauskommst. Hast du gar nichts zu tun?"

Nele verzog sich grollend und schloß die Tür geräuschvoll hinter sich.

Ludwig machte einen Gang durchs Zimmer, betrachtete eine angefangene Zeichnung auf dem Reißbrett, nahm den Stift in die Hand und legte ihn wieder hin, zündete sich eine Zigarette an und marschierte erneut durch den Raum. Dabei begegnete er dem vorwurfsvollen Blick seines Hundes.

„Ja, mein Alter, so ist das nun mal. Bums, kommt ein anderer. Sie haben mich beide nicht gewollt. Aber ich habe sie auch nicht gefragt, alle beide nicht. Vielleicht hat Nele doch recht, und ich bin selber schuld."

Der Ludwig von heute, der superschlaue Herr Professor, wie Nele gesagt hatte, der reife Mann, hätte es wissen müssen und wagen sollen, was der Jüngling von damals nicht wissen und nicht wagen konnte. Aber nun war es zu spät.

Mit Julius sprach er nie über Barbara, wenn sie sich trafen. Mit Julius konnte man darüber nicht sprechen, er war tief deprimiert, tief getroffen von dem, was geschehen war. Nicht einmal die kecke Doris wagte es, mit ihm von Barbara zu sprechen.

Dabei hatte Doris eine durchaus optimistische Auffassung von der Geschichte. Die sie Ludwig auch bereitwillig mitteilte. Sie kam ihn manchmal besuchen. Diese neue Freundschaft rührte von dem Nachmittag her, als sie nach dem Ritt bei Ludwig eingekehrt waren. Doris hatte schon immer eine stille Neigung zu dem Onkel Professor gehabt, und sie hatte sich sofort entschlossen, die enger gewordene Bindung nicht wieder einschlafen zu lassen. Ab und an ließ sie sich mal sehen, verspeiste Neles Kuchen, balgte sich mit Damon, interessierte sich für Ludwigs Zeichnungen und Pläne und begann einen munteren Flirt mit Richard. Und dazwischen berichtete sie von Barbara, denn ungeachtet allem, was geschehen war, unterhielt Doris einen Briefwechsel mit Barbara. Justament und gerade. Doris kapitulierte nicht. Sie war der jüngste und der stärkste Sproß der Talliens, auch sie gehörte zu den Frauen der Talliens, und sie schien zu besitzen, was den anderen gefehlt hatte: Tatkraft, Wirklichkeitssinn, Lebenstüchtigkeit. Und einen gesunden, klaren Verstand, der genau wußte, was er wollte. Und eine Hand, die sich nicht willenlos öffnete und fallen ließ, sondern eine, die festhielt und standhielt und bewahrte.

Sie war es, die Barbara immer noch festhielt. Sie ließ nicht los. Und sie sagte zu Ludwig: „Du wirst sehen, sie kommt wieder. Das wäre ja gelacht, wenn sich zum drittenmal das gleiche Theater wiederholen sollte. Auf und davon wegen so einem Mannsbild. Verschwunden und verschollen, verdorben und gestorben nur wegen so ein bißchen Liebe. Das werde ich nicht zulassen. Sie gehört hierher und nun erst recht. Ich werde nicht zulassen, daß sie sich ihr Leben so verdirbt wie ihre Mutter. Laß mich nur erst mit der Schule fertig sein. Ich bringe sie hierher, wenn es sein muß mit Gewalt."

Ludwig betrachtete amüsiert das zierliche schmale Persönchen mit den blitzenden dunklen Augen und dem gescheiten Gesichtchen. Geladen mit Energie bis in die Fingerspitzen. Wie war denn das nun wieder zustande gekommen? Wie hatten der müde Julius und die langweilige Elisa das fertigbekommen? Wirklich, in diesen kleinen Händen würde das Erbe der Talliens einmal gut untergebracht sein.

„Was heißt das?" fragte er. „Zum drittenmal?"

„Kennst du die Geschichte nicht, von der Anette aus dem vorigen Jahrhundert?" fragte Doris eifrig.

„Kenn' ich nicht. Was ist denn das für eine Geschichte?"

„Ich erzähl' sie dir. Da wirst du staunen. Ich hab' sie von Roger, beziehungsweise von Grandpa."

Ludwig schüttelte den Kopf, als er alles gehört hatte. „Seltsam", sagte er. „Ist das nun Zufall? Oder gibt es wirklich einen bestimmten Blutstropfen, ein Trieb zu einem verhängnisvollen Schicksal, der sich weitervererbt? Wenn man die Familiengeschichte genauer kennen würde, käme man vielleicht auf noch mehr ähnliche Geschichten. Es muß irgendeine bestimmte Ahnin sein, die sich da immer wieder durchsetzt."

„Quatsch", sagte Doris respektlos, „so was gibt's nicht. Jede Frau ist geneigt, Dummheiten zu machen und sich Hals über Kopf zu verlieben. Nicht bloß bei den Talliens. Manche tun es eben und manche nicht. So was kommt woanders auch vor. Bloß darf man dann nicht solange warten, bis eine Tragödie daraus wird. Man muß etwas tun. Warum fährst du nicht einfach hin und holst sie heim?"

„Ich? Kind, nein. Dazu habe ich keine Berechtigung. Ich wüßte nicht, mit welchem Anspruch ich auftreten sollte. Und vielleicht liebt sie ihn wirklich, weiß man es denn? Es ist doch ein ganz normales Verhältnis, nicht so absurd wie damals bei ihrer Mutter."

Doris schüttelte entschieden den Kopf. „Ich glaub's nicht."

„Was glaubst du nicht?"

„Daß sie ihn liebt. Sie passen nicht zusammen."

„Wie willst du das beurteilen."

Sie reckte sich zu ihrer vollen Größe und warf ihm einen kühlen Blick zu. „Schließlich bin ich auch eine Frau, nicht? Und wenn ich auch erst siebzehn bin, soviel verstehe ich allemal davon. Das ist uns angeboren. Ich kenne Barbara ziemlich gut. Ich weiß, wie sie ist. Und ich kann mir auch vorstellen, was für einen Mann sie braucht."

„So. Was denn für einen?"

„Na, ungefähr so einen wie du."

Ludwig lachte, es klang ein wenig unnatürlich. „Aber Doris, ich wäre viel zu alt für sie."

„Ich hab' ja auch nicht gesagt, daß du es sein sollst", stellte Doris sachlich richtig, „ich sagte: so einen *wie* du. Das ist ein Unterschied."

„Ach so. Verzeihung."

„Na, und Heinz kennenzulernen hatte ich auch Gelegenheit. So ganz klar bin ich mir über ihn nie geworden. Sicher, so auf den ersten Blick war er recht sympathisch. Und tüchtig. Und sehr gute Manieren und so was alles. Und sicher ist er auch als Mann ganz reizvoll. Aber sonst, weißt du ...", sie zog die Stirn in Falten, „irgend etwas fehlt bei ihm. Irgendwo hat der Kerl einen Knacks. Und irgendwo ist er trotz seiner imponierenden Erscheinung – schwach. Ja, schwach. Ich kann nicht sagen, wieso und warum. Ich fühl's nur. Es fehlt an der Substanz. Oder am richtigen Unterbau. Das ist genau wie bei deiner Bauerei. Du kannst noch so einen schönen Entwurf machen und es sieht alles prächtig aus, aber wenn in der Statik ein Rechenfehler ist, dann stimmt das Ganze nicht, und das Haus wackelt. Verstehst du?"

„Durchaus", nickte Ludwig ernsthaft. „Ich frage mich bloß, woher du Grünschnabel die ganze Weisheit hast. Wenn man dich so reden hört, dann wird man direkt neugierig, was aus dir noch einmal werden wird."

„Nicht gerade das schlechteste", meinte Doris selbstbewußt, „das werde ich euch schon zeigen." Aber sie war mit Heinz noch nicht fertig, kam nochmals darauf zurück. „Weißt du, etwas ist drollig, da hab' ich jetzt schon manchmal darüber nachgedacht. Genaugenommen war Marianne für ihn gar nicht die verkehrte Frau. Das hätte ganz gut gehen können mit den beiden. Er hätte sie vielleicht mal betrogen, später, aber sonst hätte er sich ganz wohl gefühlt in dieser Ehe. Und weißt du warum?"

„Na, warum?"

„Weil Marianne etwas mitbrachte, was für ihn sehr wichtig war."

„Meinst du Geld?"

„Nee, nicht Geld. Aber einen festen Halt, eine Verantwortung, in dem Fall einen ordentlichen Beruf, der ihn beschäftigt hat. Das braucht er. Und dann ist er ganz tüchtig. Warum hat er denn immer so begeistert von seiner Militärzeit geschwärmt, warum war er denn so ein tapferer und großartiger Held damals? Es war die schönste Zeit seines Lebens, hat er mal gesagt. Weil er dort eben auch gefunden hat, was ihm fehlt: die Statik."

„Wenn du recht hättest, dann kann ich nur sagen: arme Barbara."

„Gar nicht. Das schadet ihr durchaus nicht. So schlau hätte sie selber sein können, um das zu wissen. Und ein bißchen Lehrgeld muß sie schließlich auch bezahlen."

„Na ja, bis jetzt ist das alles deine Phantasie, mein Kind. Graue Theorie. Vielleicht sind die beiden sehr glücklich miteinander."

„Vielleicht", gab Doris zu. „Man muß nur abwarten wie lange. Du könntest ja mal hinfahren und nachschauen", lockte sie. „Und am besten, du bringst Barbara gleich mit zurück."

„Ich kann mich beherrschen", sagte Ludwig. „Man macht jede Erfahrung nur einmal."

Vor zwanzig Jahren war er nach Berlin gefahren, um Barbara zu sehen und zu sprechen, um zu sagen: komm zurück. Und wenn du nicht zu deiner Familie willst, komm zu mir. Wenn du willst, gehen wir woanders hin, in eine andere Stadt.

Aber er kam nicht dazu, es zu sagen. Er fand eine glückliche, strahlende Barbara, eine Frau war sie geworden in den zwei Jahren, die vergangen waren. Sie hatte eine Wohnung mit

Ferdinand Stolte, nahe dem Kurfürstendamm, in der immer viele Gäste aus und ein gingen, und sie war der vergnügte und umworbene Mittelpunkt. Sie war elegant gekleidet, gab spielend Geld aus und hatte allerdings auch, wie sie ihm bereitwillig erzählte, eine Menge Schulden.

„Aber das macht nichts", sagte sie leichtsinnig. „Das kommt schon wieder 'rein. Fernand hatte eine Menge Gastspielverträge, und dann die Liederabende. Die Leute reißen sich um seine Konzerte. Es schweben Verhandlungen für ein Gastspiel in New York, stell dir vor, dann fahren wir nach Amerika. Letzten Monat waren wir in Wien. Und wenn er erst wieder ein festes Engagement hat, dann sind wir aus allen Sorgen 'raus. Ich möchte ja am liebsten, daß er hier mit der Staatsoper abschließt. Oder auch mit dem Deutschen Opernhaus. Ich möchte gern in Berlin bleiben, weißt du. Es gefällt mir hier. Die Leute sind so nett. Nicht wie bei uns, so spießig und so kleinlich. Hier passe ich viel besser her."

Es war etwas Hektisches um sie, sie trank zuviel, sie rauchte zuviel, sie tanzte zuviel. Ihre Nächte waren zu lang. Ihr Leben zu unstet. Sie begleitete Fernand auf allen Reisen, Konzerte hier und da, Operngastspiele. Denn ein festes Engagement bekam Ferdinand Stolte nicht. Und das Leben, das sie jetzt führten, verschlang viel Geld. Mehr als er verdiente.

Er war nicht mehr jung genug, er konnte das nicht aushalten auf die Dauer. Ludwig hörte ihn damals auf einem Liederabend, er verstand nicht viel vom Singen, aber soviel doch, daß er merkte, die Stimme hatte nachgelassen, hatte erheblich nachgelassen, sie war kraftloser, ohne Glanz. Freilich, sein Können war immer noch überzeugend, die Gestaltung der Lieder, sein Vortrag meisterhaft. Aber würde er sich auf der Bühne, in großen Partien ebenso behaupten können? Die Intendanten und Dirigenten schienen es auch zu bezweifeln. Er bekam kein festes Engagement an einer großen Bühne. Schon gar nicht an der Berliner Staatsoper, wie Barbara hoffte.

Auch das New Yorker Gastspiel fand nicht statt. Bis es so weit sein sollte, war Krieg. Für Barbara und Ferdinand Stolte fuhr kein Schiff mehr nach Amerika.

Ferdinand Stolte war damals schon müde und sichtlich gealtert, neben der schönen, jungen Frau war es um so deutlicher zu sehen.

Und war Barbara wirklich glücklich? Er fragte sie nach ihrem Kind, und sie sagte leichtherzig: „Oh, die Kleine ist gut untergebracht. Es ist ein erstklassiges Heim, sie hat dort alles, was sie braucht. Ich kann sie nicht bei mir haben. Wir sind zuviel unterwegs."

Einmal hatte sie ihn nach zu Hause gefragt. „Was sagen sie von mir? Was macht Vater?" Ihre Augen waren ernst und kummervoll dabei, sie lachte nicht mehr. Warum hatte er da nicht gesagt: Komm mit. Komm nach Hause. Wenn du da bist, wird sich alles finden.

Und zum Abschied, als sie sagte: „Grüß Vater von mir. Ach nein, laß es sein. Er will doch nichts mehr von mir wissen." Auch da noch wäre Zeit gewesen, sie festzuhalten, sie mitzunehmen. Aber er war allein zurückgefahren, und er hatte sie nie wiedergesehen.

Sie schien ja glücklich zu sein, sie war bei dem Mann, den sie liebte. Der Jugendfreund bedeutete ihr nichts, die Heimat nicht, die Familie nicht. Leb wohl, Barbara.

Nein, er würde keinen Schritt tun, um Barbaras Tochter heimzuholen. Er kam nicht mit der Autorität eines Vaters oder Bruders. Er kam nicht mit dem Anspruch eines Liebenden. Sie hatte frei über ihr Herz entschieden, und vielleicht, warum nicht, vielleicht war sie wirklich glücklich. Was wußte schon Doris? Sie sprach mit naseweiser Altklugheit von der angeblichen Schwäche dieses Mannes, als sei es eine bewiesene Tatsache. Bisher hatte er sich nicht schwach gezeigt, ganz im Gegenteil. So entschieden und entschlossen, ohne Vorbehalt und ohne Kompromiß, aus den immerhin vorteilhaften Lebensbedingungen, die ihm geboten worden waren, auszusteigen, das war kein Zeichen von Schwäche.

Und er, Ludwig, war er denn stark? Er hatte keine der Frauen halten können, die er liebte. Nicht einmal Lily, die seine Frau war.

Marianne war auch nicht mehr da. Ein Brief von Heinz hatte sie an der französischen Riviera erreicht, wo sie mit Roger und Mildred für einige Zeit festes Quartier bezogen hatte. Ein sehr vernünftiger und sachlicher Brief. Und ebenfalls vernünftig und fast genauso sachlich hatte sie seinen Inhalt zur Kenntnis genommen. Keine Verzweiflung, keine Tränen. Sie war auch eine Tallien, wieder eine andere Art, stolz, kühl, gelassen.

So kam sie auch nach Hause. Als ihre Mutter sagte: „Du hättest nicht mitfahren sollen, du warst zu lange weg", zuckte sie die Schultern und sagte: „Das ist wohl kein Grund. Wenn man einen Mann nicht einmal ein paar Wochen allein lassen kann, was bleibt dann? Und das war es ja auch gar nicht. Es hat schon früher angefangen. Er schreibt es selbst."

Hatte sie es nicht schon selbst gespürt? Die Trennung hatte auch sie klarsichtiger gemacht. Wenn es Liebe gewesen wäre, hätte sie es dann übers Herz gebracht, fortzufahren und so lange wegzubleiben? Kurz vor ihrer Hochzeit? Aber was sie tief demütigte, was ihren Stolz bis ins Mark verletzte, das war die Tatsache, daß ihre Bindung zu Heinz eine so enge geworden war. Sie hatte sich nicht leichthändig und frohen Herzens verschenkt, sie hatte etwas eingesetzt, das sie ohne Überzeugung, ohne echte Freude hergab. Und dieser Einsatz war verloren. Das traf sie am schwersten. Wenn das nicht gewesen wäre, sie hätte sich noch viel leichter mit der veränderten Situation abgefunden.

Blieben die äußeren Umstände. Schließlich wußte man, daß sie kurz vor ihrer Verheiratung stand, die Vorbereitungen waren getroffen. Der Klatsch in der Stadt, in ihrem Gesellschaftskreis war schwer zu ertragen.

Hier erwiesen sich die amerikanischen Verwandten als Helfer. Sie hatten ja die ganze Verwirrung von Anfang an miterlebt, und nun hatten sie die rettende Idee.

„Dash it", hatte Roger gesagt. „Laß ihn laufen und gräm dich nicht. Du kommst jetzt mit uns hinüber. Wir werden dir schon Ablenkung verschaffen. Paß auf, in ein paar Wochen denkst du nicht mehr daran."

Sie hatten sich auf der Reise gut mit Marianne vertragen, und Mariannes etwas steifem Wesen war der Umgang mit den beiden herzlichen, fröhlichen Menschen gut bekommen. Man hatte sie verwöhnt, ihr gekauft, was ihr gefiel, und das großzügige, sorglose Leben hatte Marianne gefallen. Sie entschloß sich von heute auf morgen, die Einladung anzunehmen. Es würde besser sein, Zeit und Entfernung zwischen das eigene Herz und das Geschehene zu legen. Am Tag bevor ihre Hochzeit hätte stattfinden sollen, verabschiedete sich Julius auf dem Frankfurter Flughafen von seiner Tochter. Er hatte dem Reiseplan sofort zugestimmt. Ja, es würde das beste sein, wenn Marianne einige Zeit von hier verschwand. Sie ersparte sich die Redereien und die Neugier der Leute. Wenn sie wiederkam, war Gras über diese Sache gewachsen.

Im stillen wunderte sich Julius über den Gleichmut und die Ruhe, die seine Tochter zur Schau trug. Sie hat eben Haltung, dachte er stolz. Altes Blut verleugnet sich nicht. Aber er wunderte sich trotzdem.

Ihn hatte die ganze Sache am meisten mitgenommen. Die Unruhe, der Skandal, die erneut um seinen Namen entstanden, waren für ihn schwer zu ertragen. Und dann Barbara! Er vergaß ihren Anblick nicht. Ihre Tränen, ihre verzweifelten Anklagen, und nicht den letzten Blick, als sie gegangen war. War sie wirklich für ihn verloren? Sie auch? Durfte er nie behalten, was er liebte?

Er sah der Maschine nach, bis sie nicht mehr zu sehen war. Langsam verließ er dann den Flughafen, ging zu seinem Wagen. Plötzlich blieb er stehen. Sein Herz zog sich jäh zusammen, ein wilder Schmerz durchfuhr ihn, verkrampfte sich in seinem Körper, um dann langsam nachzulassen. Er preßte die Hand auf sein Herz, fühlte es schlagen, hart, kurz und schmerzhaft. Die Welt um ihn, die einen Moment lang verschwunden war, ausgelöscht, kehrte wieder, bekam Form und Farbe zurück. Aber sie schien leer zu sein. So leer wie noch nie.

2

Gleichmut und Ruhe fehlten in Barbaras jetzigem Leben. Sie war in einen Strudel geraten, der ihr den Boden unter den Füßen, auf dem sie gerade versucht hatte, festen Halt zu finden, jäh fortgerissen hatte. Das hatte an jenem Sommernachmittag begonnen, und seitdem lebte sie in einer seltsam unwirklichen Traumwelt.

Elisa und Julius verbrachten einen Urlaub in der Schweiz. Ralph war bei Verwandten auf dem Land. Sie war mit Doris allein im Haus, denn auch das Mädchen hatte Urlaub bekommen. Es war sehr nett für die beiden jungen Mädchen, allein zu wirtschaften. Sie räumten gemeinsam auf, Doris hatte ja bereits Ferien, abends kochten sie, und nach einigen Tagen ergab es sich, daß Heinz jeden Abend zum Essen kam.

Er gab sich natürlich und unbefangen, scherzte und plauderte mit Doris und Barbara, wobei er es geschickt vermied, sein Gefühl Barbara gegenüber zu zeigen, selbst Doris, der so schnell nichts entging, blieb es verborgen. Sie mußte den Eindruck gewinnen, die beiden seien nun wirklich gute Freunde geworden. Sie sagte zu Heinz: „Wenn man dich näher kennenlernt, bist du eigentlich ein ganz pfundiger Bursche. Es sieht so aus, als wenn ich mal ganz gut mit dir fertig werden könnte."

Heinz lachte und sagte: „Das möchte ich annehmen. Die Frage ist nur, wie ich mit dir fertig werden soll." Er hob sie von der Terrassenbrüstung herunter, auf die Doris sich gesetzt hatte, um besser mit den Beinen baumeln zu können, und machte den Vorschlag: „Und nun steigst du mal in deines Vaters Weinkeller und holst uns eine Flasche, ja? Soviel ich weiß, hinten in der linken Ecke, das ist die richtige Marke."

„Das könnte dir so passen", meinte Doris, „für dich wird's die Sorte aus dem vorderen Regal auch tun."

Sie saßen an diesen warmen Sommerabenden meist im Freien auf der Terrasse hinter dem Haus, die Stimmung zwischen den drei jungen Leuten war gelöst und heiter, und die Spannung, die nun so lange schon zwischen Barbara und Heinz bestand, schien kaum mehr spürbar. So kam es Barbara jedenfalls vor. Sie empfand sogar ein wenig Enttäuschung darüber. All das, was er an jenem Abend getan, was er gesagt und gefordert hatte, war das nur so hingesagt worden? Oder hatte er sich anders besonnen? Dann aber fing sie sich wieder in seinem Blick, und sie wußte, daß nichts beendet war, was begonnen hatte, daß er ständig dazu bereit war, die Hand auszustrecken und sie zu sich hinüberzuziehen.

Diese ungeklärte, fast quälende Situation machte sie unsicher, seine Zurückhaltung reizte sie, manchmal kam es so weit, daß sie ihn ein wenig herausforderte, nur um zu sehen, wie er reagierte. Vielleicht auch ganz einfach nur, damit er sie wieder in die Arme nehmen sollte. Sie legte sich darüber keine Rechenschaft ab.

An diesem Abend, Doris war wirklich in den Weinkeller hinabgestiegen, blieb er an die Brüstung gelehnt stehen und sah sie an. Es war schon dunkel, sie hatten ein Windlicht auf dem Tisch stehen, und die zuckende kleine Flamme warf manchmal einen kurzen Schein auf sein Gesicht, doch es genügte nicht, um zu erkennen, was er dachte. Es war schwül, keine Bewegung in der Luft. Die Sommernacht hatte sich dicht und eng an die heiße Erde gedrückt, ließ ihr kaum Luft zum Atmen.

„Sieh mich nicht immer so an", sagte Barbara nervös.

„Ich will dich aber ansehen", erwiderte er. „Ich kann nicht genug davon kriegen, dich anzusehen."

„Ich mag es aber nicht", sagte sie eigensinnig.

„Doch. Du magst es. Es genügt dir nur nicht. Du willst, daß ich näher zu dir komme. Das ist doch, was du willst, nicht wahr?"

Und wirklich löste er sich von der Mauer, kam auf sie zu, rührte sie aber nicht an, sondern trat hinter ihren Sessel und blieb da stehen. Dicht hinter ihr. Sie fühlte seine Nähe wie eine Berührung. Und sie wußte, er würde sie berühren, und sie wartete darauf.

Aber sie sagte: „Was soll das alles? Legst du es darauf an,

mich nervös zu machen? Das hat doch alles keinen Zweck. Laß uns doch vernünftig sein."

„Bin ich unvernünftig?" fragte er hinter ihr.

„So geht es nicht weiter", sagte Barbara, ungewollt heftig. „Das ist kein Dauerzustand. Die anderen werden es eines Tages merken und . . ."

„Pscht", machte er warnend. „Sprich nicht so laut. Doris wird dich hören."

Mit den Fingerspitzen strich er leicht, ganz zart über ihr Haar, es war kaum spürbar, aber es ließ sie frösteln.

Und dann glitt seine Hand tiefer und legte sich um ihren Nacken. Nicht mehr. Doch es machte Barbara in diesem Moment willenlos, unfähig, noch ein Wort zu sagen, unfähig, sich dieser Hand zu entziehen.

Er blieb auch da stehen, als Doris zurückkam, nur legte er jetzt die Hände auf die Lehne des Stuhles.

„Das ist 'ne mittelgute Sorte", verkündete Doris. „Nicht zu schwer, dafür ist es heute zu heiß. Es ist schrecklich schwül, nicht?"

„Ja, schrecklich", bestätigte Heinz. „Da friert nicht einmal unsere Italienerin."

„Nenn mich doch nicht so", sagte Barbara mit einem kleinen ärgerlichen Auflachen. „An mir ist gar nichts Italienisches."

Sie benützte die Gelegenheit, um aufzustehen, hineinzugehen und Gläser zu holen.

Ohne daß sie es wußte, legte sie ihre eigene Hand in den Nacken, wo eben noch seine Hand gelegen hatte. Ehe er sie losließ, hatte sie den kräftigen, fast schmerzhaften Druck seiner Finger gespürt.

Was bildet er sich eigentlich ein? dachte sie zornig. Er bildet sich ein, er kann mit mir machen, was er will. Er will Marianne heiraten und mich faßt er *so* an.

Als sie auf die Terrasse zurückkam, unterhielten sich Doris und Heinz von den beiden Amerikanern, von da kamen sie auf den Ausflug zum Jagdhaus zu sprechen.

Plötzlich rief Doris: „Kinder, wißt ihr was? Wir reiten mal hinaus. Es war doch eigentlich prima. Wie wär's am Samstag?"

„Es ist zu heiß", meinte Barbara.

„Im Wald ist es nicht heiß. Und wir reiten früh ab, morgens ist es im Wald herrlich. Den Pferden wird es auch guttun."

Doris begann sogleich, das Programm zu entwerfen. „Wir brechen früh um sechs auf." Sie besann sich einen Moment und meinte dann: „Na, sagen wir um sieben, das reicht auch noch. Und wir frühstücken draußen."

„Aha", meinte Barbara spöttisch, „und wer fährt uns diesmal das Frühstück hinaus?"

„Das nehmen wir mit. Jeder kriegt eine Tasche oder einen Beutel umgehängt. Was glaubst du denn, wie die Trapper im Wilden Westen geritten sind? Die hatten auch ihren Kram bei sich. So viel brauchen wir ja gar nicht. Eine Büchse Neskaffee, und ein paar Brote machen wir zurecht. Wenn wir Hunger haben, können wir hinuntergehen in den Ort zum Essen. Und dann müssen wir vor allem Shorts mitnehmen, Barbara, oder noch besser einen Badeanzug. Wenn man nämlich durch das Waldstück rechts hindurchläuft, da ist ein kleiner See. So 'n ganz kleiner nur, aber zur Abkühlung gerade richtig. Es ist gar nicht weit."

So war der Ausflug also besprochen und abgemacht. Aber am Freitagnachmittag kam Doris ganz aufgeregt nach Hause. „Du, Mensch, Barbara, ich fahre fort. Wir machen eine Camping-Tour, Inge und ihr Bruder und noch 'n Freund von dem, der hat 'n Auto. Wir fahren ins Elsaß. Bis nach Straßburg."

Barbara machte ein bedenkliches Gesicht. Sie wußte, daß Julius es bisher nie erlaubt hatte, daß Doris an einer solchen Fahrt teilnahm, es hatte sogar schon Tränen bei Doris deswegen gegeben.

„Ich fürchte, das geht nicht, Doris", sagte sie. „Du weißt, dein Vater möchte es nicht."

„Ach!" Doris warf den Kopf zurück. „Er weiß es doch nicht. Paps ist so altmodisch. Alle Mädels in meiner Klasse machen so was. Paps denkt immer, es geht dabei unmoralisch zu. Das ist doch Unsinn. Denkst du, ich würde mich mit so einem dummen Jungen abgeben. Und du kennst doch Inge, die ist so pütterich. Die mag die Jungs nicht mal küssen. Und ihr Bruder ist auch dabei. Der studiert und wird sogar Lehrer, du kennst ihn doch. Der paßt schon auf. Wir haben jeder ein Zelt für uns, wir Mädels und die Jungs auch."

Barbara hob die Schultern. „Doris, ich kann es dir nicht verbieten. Du kennst jedenfalls die Einstellung deines Vaters."

„Wenn du ihm nichts sagst, erfährt er es nicht."

„Wir werden Heinz fragen", meinte Barbara.

„Heinz! Phh!" Doris zog eine Grimasse. „Als wenn der mir was zu sagen hätte."

„Und unser Ausritt morgen", fiel Barbara ein. „Du hattest dich doch so darauf gefreut."

„Den machen wir ein andermal. Morgen reitet ihr beiden eben allein. Denk doch nur, bis ich wieder mal Gelegenheit habe, nach Straßburg zu kommen. Das Münster. Barbara! Das muß man einfach gesehen haben."

Heinz, der etwas später kam, hatte an Doris' Vorhaben nichts auszusetzen. „Sie hat so eine große Klappe", meinte er, „und ist so supergescheit, da wird man sie wohl eine kleine Tour machen lassen können. Ich kann nichts dabei finden. Und von mir wird Julius nichts erfahren."

„Na schön", sagte Barbara, „wie ihr wollt. Wann kommst du wieder?"

„Montag abend. Möglicherweise auch erst Dienstag."

„Gut. Dann werde ich jetzt Herrn Krüger anrufen und sagen, daß wir die Pferde morgen früh nicht brauchen."

„Aber warum denn? Ihr könnt doch allein reiten. Du brauchst bloß Reinhard abzubestellen. Heinz kann Alzeus reiten. Oder findet ihr den Weg nicht?"

„Natürlich", sagte Heinz. „Ich hab' mich in Rußland zurechtgefunden, da werde ich doch hier durch euren lächerlichen Wald finden. Und natürlich reiten wir, Barbara. Wir werden doch wegen dem Fratzen nicht zu Hause bleiben."

„Siehste!" rief Doris. „Manchmal ist so ein Mann eben doch vernünftiger."

Barbara, die sich auf den Ritt gefreut hatte und nicht gern verzichten mochte, sagte schließlich: „Bene. Reiten wir. Eigentlich hast du recht, Heinz. Warum sollen wir zu Hause bleiben, wenn Doris uns versetzt? Dann rufe ich jetzt Herrn Krüger an."

Als sie zurückkam, blieb sie unter der Terrassentür stehen und hörte dem Gespräch der beiden anderen zu. Heinz erzählte von Straßburg, das er im Krieg kennengelernt hatte.

Es war wieder so heiß. Drückend die Luft. Es überraschte Barbara jeden Tag aufs neue. Dieser deutsche Sommer! Sie hatte gedacht, er würde kühl sein und matt, ohne Glut und Farbe. Aber eigentlich war er viel berauschender, viel eindrucksvoller als die Sommer, die sie kannte. In Roano waren die Nächte nie so schwül gewesen, das kam vom Meer, das abends immer ein wenig Kühle über das Land schickte. Sicher, am Tag war es heiß und sonnig; und staubig vor allem. Grau schien alles zu sein, das Gras, das Laub, die Palmen an der Lungomare. Die Felsen über dem Meer waren heiß und spröd in der Sonnenglut. Grau auch sie. Nur das Meer war licht und leuchtend.

Hier war viel mehr Farbe, das machte wohl der Wechsel in der Witterung. Wenn es geregnet hatte, war der Rasen vor dem Haus tiefgrün, die Blumen im Garten leuchteten, noch immer blühten die Rosen in verschwenderischer Fülle, schon seit bald einem Monat. Der Himmel war nicht eine stahlblaue, feste Schale, die die Sonne und die Hitze gefangenhielt, wie es da unten gewesen war. Hier war er bewegt, lebendig. Von einem klaren, heiteren Blau, gefleckt mit weißen Wolkenfeldern, die ein leichter Wind gruppierte, wie es ihm beliebte. Manchmal war sein Blau tiefer, und große majestätische Wolkenberge zogen langsam von einer Unendlichkeit in die andere. Und dann waren es graue Wolken, schwarze Wolken, es gewitterte, es regnete, plötzlich war es kühl, der Sommer machte eine Pause, schien gerade einmal weggeschaut zu haben, um dann, wenn man gerade auf seine Unbeständigkeit zu schimpfen begann, wie ein leichtsinniger Flaneur zurückzukehren, um zu zeigen, wie schön und leuchtend und jung er noch war. Man freute sich wieder an ihm, begrüßte ihn mit Herzlichkeit, froh darüber, daß er wiederkam, daß er noch nicht für immer gegangen war.

Ja, das war anders als in Roano. Barbara fand, es mache selber jung und vergnügt, diesem närrischen Spiel des Sommers zuzusehen. Sie schimpfte nie, wenn es regnete. Vor einigen Tagen war sie ganz allein mit Perdita in den Wald geritten, über die Wiesen, mitten im Regen, und hatte ihr Gesicht dem kühlen, lebendigen Naß zugekehrt. Die Tropfen rannen über ihre Stirn, fingen sich in ihren Wimpern, ihre Lippen waren feucht von den Küssen des warmen Sommerregens.

Herr Krüger schüttelte den Kopf, als sie beide, Barbara und Perdita, pitschnaß wieder im Tattersall einpassierten.

„Sie werden sich erkälten, Fräulein Barbara. Ist das vielleicht ein Vergnügen, im Regen draußen herumzureiten?"

„Aber ja", antwortete Barbara lachend, „es ist ein Vergnügen.

Ein Vergnügen, das ich nicht kenne. Der Wald duftet so herrlich im Regen, und es rauscht und rinnt so geheimnisvoll. Und im Wald ist es gar nicht naß. Perdita hat es auch gefallen.“ Sie schüttelte ihr Haar, das ebenfalls naß war. „Ich glaube, jetzt ziehe ich mich um und gehe gleich zum Friseur.“

Herr Krüger blickte ihr ein wenig nachdenklich nach. Kannte er sonst jemand, der auf solch eine Idee kommen würde? Diese Tallienmädchen! Die Barbara damals, die hätte so etwas auch fertiggebracht.

Und ahnungsvoll murmelte Herr Krüger vor sich hin: „Möchte wissen, was wir mit der noch alles erleben werden.“

Inzwischen war es wieder warm, ja heiß und drückend geworden, und an diesem Abend war die helle Sommernacht schwarz und düster, von Westen her zogen dicke Wolken heran, und während Barbara unter der Tür stand und dem Gespräch von Heinz und Doris lauschte, zuckte in der Ferne der erste Blitz.

„Es gibt ein Gewitter“, sagte sie.

„Au wei“, meinte Doris, „wenn bloß kein schlechtes Wetter kommt. Das wäre Pech.“

„Es kann morgen wieder schön sein.“

Die Luft war wie eine feste Masse, kein Blatt rührte sich. Jetzt wieder ein Blitz, näher schon, und nun war auch der Donner zu hören, fern und leise noch, aber lang anhaltend, drohend.

Dino, der unten im Garten im kühlen Gras gelegen hatte, kam eilig zur Terrasse herauf, klein und häßlich, die Rute gesenkt. Er stellte sich dicht neben Barbara, preßte sich an ihr Knie.

„Das kommt schnell“, meinte Doris. „Fangen wir lieber mal an mit dem Einräumen.“

Es kam wirklich schnell. Bis sie das Geschirr, die Gläser, die Stühle und das Licht, die Kissen und Zeitungen, die herumlagen, hereingetragen hatten, dröhnte der Donner schon ganz nahe, war der Garten schon eine kleine Ewigkeit in grelles Licht getaucht. Dann fuhr ein Windstoß jagend durch die Bäume, beugte sie, schüttelte sie, tobte um das Haus und ließ dann wieder plötzliche Stille zurück.

„Komm ’rein!“ rief Doris.

„Gleich“, sagte Barbara. Sie stand ganz vorn auf der Terrasse, an den Stufen, die in den Garten führten, und starrte gebannt in das Dunkel, wartete auf den nächsten Blitz, den nächsten

Donner, auf den jähen Griff des Windes, der sie umfangen würde. Schön war das. Es erweckte eine wilde, seltsame Lust in ihr, ein Gefühl, das sie nie gekannt hatte. Am liebsten wäre sie hinuntergelaufen in den Garten, hätte sich dort ins Gras geworfen und Sturm und Regen erwartet.

Jetzt wieder. Blitz, Donner, der Wind, nein, ein Sturm, und diesmal setzte es nicht so schnell wieder aus, da kamen auch schon die ersten Tropfen, schwer und langsam fielen sie noch, die Vorboten ihrer raschen Gefährten.

Plötzlich war Heinz neben ihr. Er umfaßte sie von hinten mit festem Griff, zog sie an sich. „Komm schon", sagte er, „du wirst ja ganz naß."

Sie wandte ihm über die Schulter ihr Gesicht zu. „Es ist herrlich. Ich möchte hier draußen bleiben. Hör nur, wie das saust. Das ist eine schöne Musik."

Er sah sie an. Ihre weitgeöffneten Augen, ihren Mund. Schön und sehnsüchtig war dieser Mund, zärtlich und grausam zugleich. Ohne Besinnen beugte er sich darüber und küßte ihn, sog sich daran fest mit leidenschaftlicher Gier. Ihre Lippen drängten sich den seinen entgegen, antworteten mit gleicher Begierde. Erst ein neuer Blitz ließ sie zurückfahren.

„Gehen wir 'rein", sagte Barbara rauh. Sie warf einen ängstlichen Blick durch die offene Tür.

Heinz deutete ihn richtig. „Doris ist in die Küche gegangen", sagte er, „sie holt uns was zu trinken." Wieder wollte er sie an sich ziehen.

Barbara wich zurück. „Nein, laß. Sie kann jeden Moment kommen."

Sie ging ins Zimmer. Dabei strich sie das winddurchblasene Haar zurück. Ihre Wangen waren heiß. Auch der Regen, der sie feucht gemacht hatte, feucht wie von Tränen, kühlte sie nicht.

Sie kamen am nächsten Morgen nicht so zeitig weg wie beabsichtigt. Doris' Aufbruch mußte abgewartet werden, und das zog sich eine Weile hin. Als ihre Freunde kamen, war Doris eben noch beim Frühstück. Die jungen Leute kamen ins Haus, tranken eine Tasse Kaffee mit, es ging lebhaft und munter dabei zu. Dann fiel Doris noch etwas ein, was sie vergessen hatte. Treppauf, treppab, übermütige junge Stimmen im Haus. Schließlich saßen die vier im Auto, starteten, winkten und waren verschwunden.

Barbara und Heinz sahen sich lachend in die Augen, auch sie waren beschäftigt worden.

„Ich komme mir vor wie eine Mutter, die den ersten Ausflug ihrer Tochter mit sorgenvollen Reden und guten Ratschlägen begleitet", meinte Barbara.

„Schön", sagte Heinz. „Dann bin ich der Vater. Wer weiß, in einem Dutzend Jahre etwa könnten wir beide so eine Situation mal erleben. Was meinst du?"

Das Lachen verschwand aus Barbaras Gesicht. „Red nicht so einen Unsinn", sagte sie kurz.

Heinz lächelte. Er blickte zu Perdita und Alzeus hinüber, die der Stallknecht pünktlich um sieben Uhr gebracht hatte, und die einträchtig im Garten zusammen grasten. „Wie ist es? Wollen wir, das Elternpaar, uns nun auch in Bewegung setzen?"

„Gleich", antwortete Barbara. „Ich mach' mich fertig. Ein Frühstück muß ich uns noch zurechtmachen."

„Wozu?" fragte Heinz. „Wenn du bei mir bist, brauche ich nichts zu essen."

„Heinz!" sagte Barbara, sie stellte sich vor ihn hin und blickte ihm ernst und mit Nachdruck in die Augen. „Heinz! Du versprichst mir, vernünftig zu sein. Sonst bleibe ich hier."

Heinz zog die Brauen ein wenig hoch, er lächelte noch immer. „Ich werde so vernünftig sein, wie du willst. Und jetzt mach dich fertig. Du darfst Perdita nicht enttäuschen. Sie freut sich auf den Ritt. Sieh doch."

Barbara ließ sich ablenken. Sie blickte zu Perdita hinüber. Wirklich, die Stute hatte den Kopf zu ihr gewandt, die Ohren scharf und unternehmungslustig nach vorn gestellt, der ganze rassige Tierkörper schien erwartungsvolle Freude auszudrücken.

Barbara winkte zu ihr hinunter. „Ich komme gleich, Süße." Eine wilde, atemberaubende Freude erfüllte ihr Herz. Was für törichte Gedanken sie sich machte! Ein strahlender Sommermorgen, ihr Pferd wartete auf sie, auch sie freute sich auf den Ritt, und Heinz würde ein guter Kamerad sein. Jetzt war es Tag, heller, klarer Tag, die seltsame Stimmung des Abends war vergangen.

„Was machen wir mit den Hunden? Wir können sie nicht mitnehmen, es ist zu weit."

„Sie bleiben im Garten", sagte Heinz. „Ich gebe ihnen frisches Wasser. Schließlich sind sie zu zweit, da werden sie sich schon nicht langweilen."

„Aber wenn wieder ein Gewitter kommt. Dino fürchtet sich."

„So schnell kommt kein Gewitter. Und so spät kommen wir ja nicht zurück."

Kurze Zeit darauf ritten sie los. Als sie beim Haus des Professors vorüberkamen, blickte Barbara hinüber. Alle Fenster waren weit geöffnet. Nele und Damon waren schon im Garten. Barbara winkte und rief ihnen einen Gruß zu.

Nele nickte ein wenig mit dem Kopf. Mehr nicht. Doch sie sah den Reitern lange nach. Das war doch der Verlobte von Marianne? Warum ritt Barbara mit ihm allein? Wo waren die anderen?

Die Morgenluft war herrlich, frisch und prickelnd, das Gewitter und der Regen in der Nacht hatten alles blitzblank gemacht. Als sie in den Wald kamen, sprühte es manchmal noch von den Bäumen feucht herab. Doch als sie das erste Waldstück durchquert hatten und an die Wiese kamen, hatte die Sonne die Kühle der Regennacht besiegt, es war warm, trotz der frühen Stunde.

Sie ritten scharf, meist im Galopp oder Trab, sogar ein abgeerntetes Feld entdeckten sie bereits, das sie im vollen Galopp überquerten.

Ein Tag voll strahlender Freude, voller Lebensglück. Barbara vergaß alle Bedenken, sie genoß die Stunde, genoß diesen Tag.

Als sie im Jagdhaus ankamen, sattelten sie zuerst die Pferde ab und ließen sie frei laufen.

„Und jetzt werde ich uns Kaffee kochen", meinte Barbara. Sie ging ins Haus und holte den Spirituskocher vom Schrank.

Heinz war ihr nachgekommen. „Das eilt doch nicht. Wollen wir nicht erst baden gehen?"

„Baden gehen?"

„Na ja, Doris hat doch gesagt, es ist ein See da unten im Wald. Suchen wir ihn. Ein Bad wäre herrlich jetzt. Findest du nicht?"

„Doch ja."

„Hast du keinen Badeanzug mit? Du brauchst keinen. Hier ist kein Mensch."

„Ich habe einen mit", entgegnete sie abweisend.

„Also los", er lachte, „dann zieh dich aus."

Als sie gestern abend den winzigen zweiteiligen Badeanzug bereitlegte, hatte sie sich nichts dabei gedacht. Barja hatte grundsätzlich nur mit einem Nichts an Badeanzug gebadet, ob es die Italiener shocking fanden oder nicht. Oft, wenn sie eine Stelle am Strand fand, wo niemand zu vermuten war, badete sie nackt. So hatte sich auch Barbara angewöhnt, gar nicht oder nur ganz spärlich bekleidet ins Wasser zu gehen. Sie hatte nie etwas dabei gefunden.

Die Gegenwart von Heinz veränderte das auf einmal. Sich vor ihm so wenig bekleidet zu zeigen, erschien ihr geradezu ungeheuerlich. Es würde ihn wieder herausfordern. Sie wußte es, aber sie wich dennoch nicht aus. Zu tief war sie schon in dieses Spiel verstrickt.

Doch er blickte sie gar nicht an, als sie aus dem Haus trat.

„Also komm, schauen wir, ob wir den See finden."

Sie liefen bloßfüßig durch das Gras, kamen in den Wald, und wirklich, gar nicht weit vom Haus entfernt, sahen sie es zwischen den Bäumen glitzern. Es war nur ein ganz kleiner See, grünsilbern schimmerte er in der Sonne.

Barbara, die das Meer gewohnt war, blieb zögernd am Ufer stehen „Na, ich weiß nicht", sagte sie. „Sieht aus, als wenn es schmutzig wäre."

Heinz lachte. „Woher soll es denn hier schmutzig sein. Es ist ein bißchen moorig, das sind Waldseen immer. Das macht nichts. Und ein paar Frösche werden darin wohnen."

„Frösche?" Sie blickte geradezu entsetzt zu ihm auf.

„Die tun dir nichts. Die hopsen weg, wenn wir kommen. Wahrscheinlich schlafen sie um diese Zeit sowieso. Komm." Er nahm ihre Hand und zog sie mit sich, ins Wasser hinein, das warm und doch erfrischend war, der Grund war wirklich weich und moorig. Barbara krauste die Nase, zog die Füße hoch und schwamm.

Es war schöner, als sie erwartet hatte. Sie durchschwammen den ganzen See und dann wieder zurück. In dem moorigen Wasser glänzten ihre Arme goldenbraun. Aber das Bad war herrlich.

„Ich mag keine Frösche", sagte sie, als sie wieder am Ufer standen. „Es ekelt mich."

„Warum? Die tun dir nichts. Weniger als die Haifische, die ihr da unten habt in eurem Mittelmeer. Und der Froschkönig hat sich gefreut über deinen Besuch. Er hat dich die ganze Zeit staunend und bewundernd angesehen."

„Wirklich?" fragte sie kindlich. „Hast du einen gesehen?"

Er blickte ihr ganz nah in die Augen. Sie standen dicht voreinander, atmend von dem raschen Schwimmen. „Natürlich. Du nicht? Er ist ein verzauberter Prinz. Er sucht eine Prinzessin. Er verwandelt sich jetzt, und dann kommt er dir nach und nimmt dich mit."

Barbara schaute Heinz mit großen Augen an. „Was du für Ideen hast! Ich hätte nie für möglich gehalten, daß dir so etwas einfällt."

„Nun, es ist nicht gerade mir eingefallen. Die Geschichte vom verzauberten Froschkönig ist alt und bekannt."

„Ich kenne sie nicht."

„Du kennst sie nicht? Hat dir deine Mutter keine Märchen erzählt?"

„Barja?" Barbara mußte lachen. „Nein, Barja hat mir keine Märchen erzählt."

„Ach so, ja, Barja!" Es klang seltsam, wie er es sagte. Seltsam und unergründlich war der Blick, der seine Worte begleitete. „Natürlich hat Barja keine Märchen erzählt. Sie war selbst ein Märchen, nicht wahr? Ein Märchen, eine wilde, romantische Geschichte von Glück und Weh. So bestaunt sie alle Welt, so betet Julius sie an, so stehst du in ihrem Schatten. Da kann kein Froschkönig mit. Weißt du, daß ich sie nicht leiden mag, deine Barja?"

Barbara starrte ihn sprachlos an. Er hatte mit plötzlicher Heftigkeit gesprochen, in wegwerfendem, geradezu gehässigem Ton. War das noch Heinz, der höfliche, formvollendete Kavalier, den sie kannte? Sie wollte widersprechen, wollte ihn zurechtweisen, seine unfreundlichen Worte über Barja mit Zorn beantworten, aber es ging eine eigenartige Faszination von ihm aus, wie er da vor ihr stand, hier an dem kleinen See, mitten im Wald, weit fort von allen Menschen, entfernt von der Welt, in der sie lebte, es gab jetzt nur sie beide, sie und ihn, alles andere schien ausgelöscht, war nie gewesen. Auch Barja war fern.

Leidenschaftlich sprach er weiter: „Barja! Keiner weiß mit dir etwas anderes zu sprechen, alle nageln dich darauf fest. Ich kann es nicht mehr hören. Du allein bist wichtig. Du lebst. Sie ist tot. Laß doch endlich diese dreimal verfluchte Vergangenheit hinter dir! Laß dich nicht so in den ganzen Familienkram einspannen! Nicht in den einen und nicht in den anderen. Was soll denn das nun wieder mit diesen Stoltes? Du willst dahin gehen? Wozu denn?"

„Woher weißt du das?" fragte Barbara.

„Doris hat es mir erzählt. Was wollen sie von dir? Und was geht es dich an?"

„Nun, schließlich sind es meine Geschwister. Ich kenne sie beide, Lena und Richard. Sie sind sehr nett. Und ihre Mutter will mit mir sprechen."

Das war vor zwei Tagen gewesen. Lena hatte angerufen. Und gefragt, ob Barbara in der nächsten Woche einmal zu ihnen kommen wolle. Es war eine ganz normale, in freundlichem Ton vorgebrachte Einladung.

Barbara war erstaunt gewesen, sie kam nicht zum Überlegen, hatte einfach ja gesagt. Natürlich war ihr bei dem Gedanken an dieses Zusammentreffen mit Maria Stolte ein wenig beklommen. Aber sie kannte ja Lena und Richard, es schien nicht so zum Fürchten zu sein, wie sie noch vor einem halben Jahr gedacht hätte.

„Ich halte das für einen ausgemachten Unsinn", fuhr Heinz ärgerlich fort. „Was soll das für einen Zweck haben? Diese drei Leute leben in einer anderen Welt. Du wirst nicht wissen, was du ihnen erzählen darfst und was nicht. Es wird dich nervös und unglücklich machen. Sie hassen deine Mutter doch. Und mit Recht. Du aber liebst sie. Bildest du dir jedenfalls ein. Was soll das für ein blödsinniges Zusammentreffen geben?"

Barbara hob die Schultern. „Ich weiß auch nicht. Aber wenn Frau Stolte nun einmal etwas wissen will über Vater, über alles, was passiert ist, das kann man ja auch verstehen. Schließlich war sie seine Frau."

„Auf einmal. Das ist lange her. Könnt ihr denn die alten Geschichten nicht endlich in Ruhe lassen? Merkt denn keiner, was man dir damit antut?"

Im Augenblick war Barbara fast geneigt, ihm zuzustimmen. Ja, es müßte schön sein, von dem allem einmal nichts mehr zu hören, nicht mehr daran zu denken. Hatte sie das nicht manchmal schon selbst gewünscht?

„Weißt du, was ich möchte?" fragte Heinz. „Ich möchte dich nehmen und wegtragen, weit weg, wo dich keiner kennt und wo niemand mit dir von der Vergangenheit spricht. Wo du die einzige Barbara sein wirst, die es gibt. Meine Barbara." Er streckte die Arme aus, um sie an sich zu ziehen, doch sie wich zurück.

„Du hast angefangen von Barja zu sprechen", sagte sie kühl, „nicht ich."

„Ja, es ist schon so weit, daß auch ich an demselben Wahn leide wie ihr alle. Barbara! Die Wunderfrau. Die schönste und interessanteste und einmalige. Die Welt hatte nie ihresgleichen. Was war sie denn anderes als ein dummes, egoistisches Mädel, das den Kopf verloren hat. Ein verwöhnter Fratz, dem alle eingeredet haben, die Welt müsse sich um ihre kleine Person drehen. Weiß Gott, das hat sie verstanden, sich zum Mittelpunkt zu machen. Solange sie gelebt hat und sogar jetzt noch, da sie tot ist. Es ist lächerlich."

„Heinz, ich verbiete dir, so von Barja zu sprechen!" rief Barbara zornig. „Was geht dich das überhaupt an? Du bist ein Fremder."

„Ja!" rief er ebenso heftig. „Ich bin ein Fremder. Gott sei Dank. Und ich werde es immer bleiben, soviel weiß ich jetzt schon. Dieses ganze überdrehte Theater der Talliens, mit ihrer Familie, ihrer Tradition, ihrem Sippenstolz und ihrer sagenhaften Barbara. Sie machen auch dich verrückt damit. Dabei bist du genauso fremd hier wie ich auch. Du gehörst nicht dazu. Komm mit mir, Barbara. Laß uns fortgehen, ehe sie dich ganz verschluckt haben."

Fordernd und drängend sah er sie an, es gab keine Rettung, kein Davonlaufen vor diesem Blick. Ihr Herz klopfte, sie schauerte nervös zusammen. Wieder griff er nach ihr, doch noch einmal wich sie ihm aus.

„Was redest du", sagte sie hilflos, mit gepreßter Stimme. „Du bist verrückt. Ich – ich will das nicht hören. Du weißt, daß es Wahnsinn ist."

„Es ist kein Wahnsinn. Es ist das einzig Vernünftige für uns beide. Ich weiß es schon lange. Und du weißt es auch. Und du wirst mit mir kommen."

„Nein!" rief sie wild, wandte sich, um wegzulaufen.

Er hielt sie am Arm fest. „Du wirst nicht zu diesen Stoltes gehen. Woher kennst du eigentlich den Sohn?"

„Bei Ludwig habe ich ihn kennengelernt, bei Professor Thormann. Laß mich los." Sie riß heftig ihren Arm zurück.

„Ach, der Herr Professor", sagte Heinz höhnisch. „Das ist der allerschlimmste. Der verflossene Liebhaber der göttlichen Barja. Er hat dir noch gefehlt. Jetzt hat er es auf dich abgesehen, was? Die Mutter konnte er nicht kriegen, jetzt will er die Tochter haben. So ist es doch, nicht wahr? Und du blickst zu ihm auf wie zu einem Wundertier. Was er sagt, ist Evangelium. Denkst du, ich habe das damals nicht gesehen, an dem Nachmittag, als wir dort waren. Du bist verliebt in ihn, nicht? Bewunderst ihn? Was für ein berühmter und gescheiter Mann. Und Barja hat er auch schon geliebt. Mein liebes Kind, daraus wird nichts. Das werde ich zu verhindern wissen. Den einen von Barjas früheren Liebhabern triffst du in Frankfurt, der will dich auch haben, nicht wahr? Und der andere ist hier und will dich einstecken. Wie viele sind es noch? Hast du sie alle von deiner Mutter geerbt?" Er grub seine Hände fest in ihre Schultern, so daß es weh tat, hielt sie wie mit eisernen Klammern. „Keiner wird dich bekommen. Keiner. Du gehörst mir. Nur mir."

Seine Wildheit entsetzte Barbara, sie wollte davonlaufen, aber gleichzeitig ging eine unbegreifliche Macht von ihm aus, die sie betäubte, an die Stelle bannte und wehrlos machte.

Sein Griff um ihre Schultern lockerte sich, seine Hände glitten über ihre Arme hinab, umschlossen sie und zogen sie fest an sich. Als sein nackter Körper sie berührte, stöhnte Barbara leise auf. Sie bog den Kopf zurück, sein Mund, dann seine Zähne gruben sich in die Beuge ihres Halses. Sie schrie auf und stieß ihn von sich, wandte sich und lief den schmalen Pfad durch den Wald zurück.

Er kam ihr nach. Nach wenigen Schritten trat sie mit dem bloßen Fuß auf eine Wurzel und wäre fast gefallen. Da war er schon neben ihr, hob sie auf und trug sie auf den Armen, als sei sie ein Kind.

Er hielt sie fest an sich gepreßt. Sie spürte seine feuchte, kühle Haut und gleichzeitig den heftigen Schlag seines Herzens an ihrer Brust. Sie war so gut wie nackt in seinem Arm. In diesem Augenblick kapitulierte sie, ganz und vollständig. Es gab kein Entrinnen. Sie hätte heute nicht allein mit ihm hier sein dürfen. Sie hätte nie mit ihm allein bleiben dürfen. Nicht mit ihm sprechen, nicht dulden, daß er sie ansah. Seit jenem Tanz damals wußte sie es schon, daß er sie einmal so halten würde.

Sie sprachen beide kein Wort, bis sie wieder beim Haus angelangt waren. Dort setzte er sie nieder, er atmete heftig, denn er hatte sie weit getragen, aber er ließ sie nicht los, sah sie an, neigte sich über ihren Mund.

Barbara machte noch einen letzten, schon törichten Versuch, ihm zu entkommen. „Denk an Marianne“, sagte sie mit erstickter Stimme.

„Ich denke nicht an Marianne“, erwiderte er.

„Doch, du mußt. Ihr wollt in wenigen Wochen heiraten, ihr ... Heinz, bitte ...“

Er streifte den schmalen Büstenhalter von ihrer Brust, sagte dabei ganz ruhig, ganz selbstverständlich: „Ich heirate Marianne nicht.“

Sein Mund war ihr jetzt schon vertraut. Sein Kuß löschte den letzten Widerstand. Als er sich von ihren Lippen löste, sah er sie an, ihre geschlossenen Augen, den willenlosen, wortlosen Mund.

Da hob er sie wieder auf und trug sie ins Haus.

Drei Tage und drei Nächte. Doris rief Montag abend an, daß sie erst Mittwoch zurückkommen würde. Drei Tage und drei Nächte waren sie zusammen. Heinz machte Sonntag abend keine Anstalten, nach Hause zu gehen.

„Willst du nicht lieber gehen?“ fragte Barbara. „Wenn es jemand merkt ...“

„Das merkt keiner. Und wenn auch! Es ist ja gleich.“ Da war wieder sein Mund, seine Küsse. Seine Hände und seine Arme. Die Welt um sie schien versunken. Barbara fragte nicht mehr nach morgen. Nur dieser Tag, diese Nacht, diese Stunde galt.

Sie war wie betäubt. Als er sie endlich losließ in dieser Nacht, sank sie in einen totenähnlichen Schlaf. Sie wußte nicht, daß er noch lange neben ihr lag, den Kopf aufgestützt, die andere Hand um ihre Brust gelegt, und sie ansah. Das blasse, schlafende Gesicht, dunkle Schatten der Erschöpfung unter den Augen. Blaß und wehrlos der schöne Mund. Blaß und müde schien sogar das dunkelgoldene Haar zu sein, das er ihr aus der Stirn gestrichen hatte.

Er schlief lange nicht. Er lag neben ihr und blickte sie an. Leidenschaft, Liebe – ja. Doch noch etwas anderes erfüllte ihn, ein wildes, überwältigendes Machtgefühl. Er hatte die Frau bekommen, die er wollte. Die einzige Frau, die er je wirklich begehrt hatte. Die schönste und vollkommenste Frau, die er je gesehen hatte. Sie war sein. Dieser makellose junge Körper war in seine Macht gegeben, er hatte ihn in Besitz genommen, mit aller Leidenschaft, aller Kraft, aller Inbrunst, die ihm innewohnte. Er hatte dieses Mädchen, diese Frau geliebt, und er würde sie wieder lieben, hundertmal, tausendmal, er würde alles auslöschen, was sie von ihm trennte, die Familie, die Vergangenheit, Erinnerungen, jeden anderen Mann, den sie je angesehen hatte, und endlich diese tote Barja. Außer ihm sollte es nichts mehr für sie auf der Welt geben. So wie es für ihn nichts anderes mehr auf der Welt gab.

Er hatte sich bereits ganz von allem gelöst, was noch vor kurzem sein Leben ausgefüllt hatte. Marianne war fern, Julius, die Arbeit, die er schon einmal als seine Lebensaufgabe betrachtet hatte. Alles war ausgelöscht, war unwichtig geworden, Vergangenheit, die man leicht vergessen konnte. Gegenwart und Zukunft war sie allein, Barbara. Nur mit ihr war das Leben, das vor ihm lag, lebenswert.

Barbara löste sich nicht so leicht von allem, was bisher ihr Dasein bestimmt hatte. Als sie am Morgen erwachte, und als sie zum Bewußtsein des Geschehenen durchdrang, erfüllten sie Angst und Entsetzen. Was war geschehen! Und wie konnte das geschehen!

Sie spürte den nackten Körper des Mannes neben sich, fühlte ihre eigene Nacktheit und schloß die Augen wieder, wie um nicht zu sehen, nicht zu erkennen, was Ungeheuerliches geschehen war. Sie hätte sie nie wieder öffnen mögen, nie wirklich wach werden, um sich nicht zu dem bekennen zu müssen, was sie getan hatte.

Aber sie *war* wach, und der vergangene Tag und die vergangene Nacht kehrten lückenlos in ihr Gedächtnis zurück. Die Küsse und Umarmungen, die sie empfangen und gegeben hatte, dieser besinnungslose Rausch, der über sie gekommen war und der sie alles vergessen ließ.

Und hier nun, am Morgen, in ihrem zerwühlten Bett, den schalen Geschmack der Frühe auf den Lippen, die noch wund waren von den grausamen Küssen, die sie empfangen hatte, hinter ihren geschlossenen Lidern, kam eine tiefe Mutlosigkeit über sie, eine ratlose Verzagtheit, sie erwachte nicht lächelnd und glücklich, sie erwachte widerstrebend, bang vor dem neuen Tag. Was würde nun alles über sie kommen?

Schließlich öffnete sie die Augen doch und wandte den Kopf und begegnete dem wachen Blick des Mannes, der neben ihr lag.

Sekundenlang sahen sie sich stumm an. Dann griff sie nach der Decke und zog sie bis an die Schultern.

Er lächelte und streifte die Decke wieder zurück.

„Ich will dich ansehen", sagte er. „Du bist am Tage genauso schön wie in der Nacht."

„Heinz", sagte sie leise und verwundert. Staunend darüber, daß wirklich er es war, der neben ihr lag.

Er drängte sich näher an sie heran, doch sie entzog sich ihm.

„Laß mich. Wie spät ist es?"

Er lachte leise. „Das ist doch gleich. Sicher spät. Du hast lange geschlafen."

Barbara richtete sich auf, fuhr sich mit der Hand durch das zerzauste Haar. Nie war ihr Haar am Morgen so zerzaust. Aber heute! Sie sah sich in ihrem kleinen Zimmer um, wie vertraut es ihr schon war. Erst an diesem Morgen erkannte sie, daß es ihr zur Heimat geworden war. Dies Zimmer, dies Haus. Julius. Und nun? Was geschah nun?

Ach, sie wußte es ja schon. Sie hatte die Heimat verloren, hatte sie leichtfertig verspielt.

„Sicher spät", wiederholte sie mechanisch seine Worte. Und dann, aufgestört: „Wie spät? Wir müssen doch ins Geschäft. Hat denn der Wecker nicht geklingelt?"

„Das ist doch gleich", sagte er wieder. „Komm."

„Nein." Sie griff nach dem Wecker auf dem Nachttisch, er war stumm. Sie hatte vergessen, ihn aufzuziehen. Aber die Armbanduhr tickte. Es war gleich neun.

„Mein Gott, Heinz. Wir müßten längst im Büro sein. Wir haben verschlafen."

Er dehnte sich, lachte und zog sie dann in seine Arme, obwohl sie widerstrebte. „Wir kommen eben später. Kommt doch jetzt nicht mehr darauf an. Bald sind wir gar nicht mehr da."

Das wollte sie nicht hören. Daran wollte sie nicht denken. Bald sind wir nicht mehr da. Und wo werden wir sein? Und was wird sein mit uns? Nicht daran denken. Dieses ruhige, friedliche Haus, das um sie erbaut worden war, es war zusammengestürzt. Kein Dach, keine Mauer mehr, die sie schützten. Nur diese beiden Arme, die sie hielten, diese Brust, an der sie jetzt mit wieder geschlossenen Augen lag. Das war alles, was noch blieb. Ein fremder Mann. Ein Fremder. Ein ganz und gar Fremder. Für ihn hatte sie alles aufgegeben.

Aber liebte sie ihn denn nicht? Hatte sie es ihm nicht gesagt in dieser Nacht, immer wieder, flüsternd, stöhnend, besiegt und hingerissen von der Lust ihres Körpers? Und jetzt lag sie stumm und reglos, duldete mit geschlossenen Augen seine Küsse, mit geschlossenen Augen seine Liebe. Aber es war nur ihr Herz, das widerstrebte, ihre müde heimatlose Seele, die sich immer nach einer Heimat gesehnt hatte.

Es gab keine Heimat für eine Barbara von Tallien. Es mußte wohl so sein. Es gab nur die ruhelose Leidenschaft, die nie endende Sehnsucht, das Mitgerissensein von einem wilden Schicksal und – Liebe. So war es bei Barja, so war es bei jener Anette, wer weiß, wie vielen es noch so ergangen war. Nun hatte auch sie der Strom erfaßt, der sie ins Unbekannte, Verderbliche trug.

„Liebst du mich?“ fragte Heinz über ihrem Gesicht, über ihren geschlossenen Augen. „Liebst du mich?“

„Ja“, flüsterte Barbara. „Ja. Ich liebe dich.“

Als sie später hinunterkam in die Diele, empfingen sie dort schwanzwedelnd die beiden Hunde. Dino begrüßte sie mit wildem Gejaule, als sei sie tagelang verschwunden gewesen. Selbst ihn hatte sie vergessen.

„O Dino!“ Sie kniete nieder, umfing den Hund mit beiden Armen. „Dino! Wir müssen fort von hier.“

Der lebhafte Dino hielt ganz still. Er schien genau zu verstehen, was sie ihm sagte. Er regte nicht die Schwanzspitze, aber sein kleines treues Herz klopfte vertrauensvoll an das ihre. Das war Trost, genau wie es Trost war, sein weiches Fell an der Wange zu spüren.

„Verlaß mich nicht, Dino“, flüsterte Barbara. „Verlaß mich nicht. Du bist das einzige, was ich noch habe.“

Sie hörte Heinz die Treppe herunterkommen, richtete sich auf, öffnete die Haustür und ließ die Hunde in den Garten. Während sie ihnen nachsah, dachte sie: Muß ich wirklich fort? Ist wirklich alles zu Ende? Das Haus, der Garten, meine Arbeit. Julius. Doris. Und Perdita. Muß ich alles verlassen, was ich liebgewonnen habe?

Aber konnte sie denn bleiben, nach allem was geschehen war? Und Heinz, er hatte gestern schon Pläne geschmiedet. Er hatte bereits abgeschlossen mit der Familie Tallien. Er würde nach Frankfurt gehen, hatte er ihr erklärt, und dort eine neue Stellung suchen.

„Ich hab' jetzt schon eine Menge Bekannte", sagte er. „Das ist nicht weiter schwierig. Und ich hab' immerhin eine Menge gelernt. Du wirst sehen, ich finde schnell etwas. Dann können wir heiraten."

Gestern hatte Barbara ja dazu gesagt. Heute?

Sie blieb an diesem Tag zu Hause, rief im Büro an und sagte, daß sie krank sei. Am Abend kam Heinz wieder. Nachdem Doris angerufen hatte und mitgeteilt, daß sie erst am Mittwoch kommen würde, blieb er in aller Selbstverständlichkeit wieder bei ihr. Barbara hatte nicht den Mut, ihn nach Hause zu schicken. Es würde alles noch viel schlimmer sein, wenn sie allein wäre. Solange er sie im Arm hielt, war alles gut, dann hörten die Zweifel auf, war dieses entsetzliche Gefühl der Hilflosigkeit verschwunden. Und sie kam nicht dazu, an die Zukunft zu denken.

Wenn er bei ihr war, dann war alles Gegenwart. Sie hatte geglaubt, die Liebe zu kennen. Hatte Piero nicht südländisches Temperament besessen, war er nicht ein zärtlicher und glühender Liebhaber gewesen? Ach, es war nichts als ein süßes, glückseliges Spiel gewesen. Dies war anders hier. Dies war ein Feuer, das sie verbrannte.

Während der drei Tage, die sie allein waren, sprachen sie aber auch über das, was zu tun war. Einmal hatte Heinz sogar den schlauen Gedanken, ob es nicht möglich sei, die ganze Angelegenheit im besten Einvernehmen zu regeln.

„Vielleicht ist Julius damit einverstanden, daß ich dich heirate", meinte er. „Ihm kann es doch gleich sein, ob du es bist oder Marianne. Dann ändert sich nichts." Das war das mütterliche Erbe in ihm, eine gute Portion gerissener Bauernschlauheit.

„Ich glaube, du bist verrückt", fuhr Barbara ihn an. „Das ist eine schamlose Idee. Wie stellst du dir das vor? Und Marianne? Vor den Augen der ganzen Stadt? Nie. Ich kann nicht länger hierbleiben. Und du?" Sie hob die Schultern. „Du kannst Marianne trotzdem heiraten. Von mir wird sie nichts erfahren.

Ich werde zurückgehen nach Roano. Wenn Julius zurückkommt, werde ich ihm sagen, daß ich Heimweh habe."

„Du bleibst bei mir", sagte Heinz ärgerlich. „Hast du es immer noch nicht begriffen? Es handelt sich nicht um Julius und nicht um Marianne. Ich dachte, du würdest vielleicht gern hierbleiben. Deswegen habe ich das gesagt."

„Ja!" rief Barbara heftig. „Ich würde auch gern hierbleiben. Aber nicht so. Nicht mit dir."

„Dann bleib doch", sagte er kalt. „Wenn Julius dir wichtiger ist. Von mir wird auch niemand etwas erfahren."

Es war ihr erster Streit. Aber nachts schliefen sie wieder im gleichen Bett. Und Barbara dachte: Hier in diesem Zimmer, in diesem Haus.

Aber nun war schon alles gleich.

3

Sie ging dennoch zur verabredeten Zeit zu den Stoltes. Sie waren alle drei da, Maria, Lena und Richard. Es war eine merkwürdige Situation. Doch Barbara in ihrem verwirrten Zustand kam es gar nicht recht zum Bewußtsein. Es war gar nicht so lange her, da wäre ihr die Vorstellung, Maria Stolte zu treffen, ungeheuerlich erschienen, hätte sie mit Angst erfüllt. Nach allem aber, was in den letzten Tagen geschehen war, hatte dies Ereignis an Gewicht verloren. Das hatte Heinz wirklich fertiggebracht: sie von der Vergangenheit zu lösen. Die Probleme, die sie bisher belastet hatten, waren in den Hintergrund gerückt.

Übrigens machte man es ihr leicht. Maria gab ihr die Hand, lächelte ihr freundlich zu und begrüßte sie nicht anders als einen lieben Besuch. Sie saßen zu viert an einem hübsch gedeckten Kaffeetisch und unterhielten sich ohne besondere Mühe. Sie sprachen über die Stadt, über Barbaras Arbeit, dann über den Professor. Richard hatte einen Brief von ihm aus Amerika bekommen und las ihn Barbara vor.

Ihn werde ich auch nicht wiedersehen, dachte Barbara. Was wird er sagen, wenn er alles erfährt? Wird er böse sein? Wird er zornig sein? Ja, sie wußte, was er empfinden würde.

Er war ein Freund für sie gewesen, und sie würde ihn verlieren. Wie sie alles verlor, die neue Heimat, Julius, diese drei Menschen hier, die ihr die Hand entgegenstreckten. So war es wohl immer, wenn man liebte. Man gewann die Liebe und verlor alles andere. War es immer so? Mußte es so sein? Bei Barja jedenfalls war es auch so gewesen.

Die drei Stoltes wunderten sich nicht weiter über Barbaras Ernst, über ihr zurückhaltendes Wesen. Der Anlaß, aus dem man zusammengekommen, war nicht heiter, und wenn das Mädchen Hemmungen hatte, so war es verständlich.

Als einmal eine Pause entstand, sagte Maria: „Ich bin Ihnen dankbar, daß Sie gekommen sind, Barbara. Ich weiß, es ist eigentlich eine Zumutung. Aber ich habe mir die ganze Zeit gewünscht, Sie einmal sprechen zu können. Verstehen Sie das?"

Barbara nickte. „Ja."

„So eine alte Frau ist eigensinnig." Maria lächelte. „Wenn sie sich etwas in den Kopf gesetzt hat, kann man es ihr schwer ausreden."

„Das haben wir ja gar nicht versucht, Mutter", warf Richard in leichtem Ton ein. Ihm war ein bißchen unbehaglich. Und Barbara tat ihm leid. Wie ein armer Sünder saß sie da auf ihrem Stuhl. Mutete man ihr wirklich nicht ein bißchen viel zu?

„Lena meinte, es wäre das beste, Sie kämen hierher zu uns", fuhr Maria unbeirrt fort. „Wenn wir uns irgendwo in einem Lokal getroffen hätten, kann man so schlecht in Ruhe miteinander sprechen."

An dem Abend, als sie Lena im Zug getroffen hatte, fiel Barbara ein, hatte Heinz sie zum erstenmal geküßt. Damals fing es an.

Maria hatte noch etwas auf dem Herzen. „Sie müssen mir verzeihen, daß ich mich damals so dumm benommen habe, als wir uns zum erstenmal getroffen haben. Es war – es war eine Art Schock für mich. Hinterher tat es mir leid. Sie wußten wahrscheinlich gar nicht, wer Ihnen gegenüberstand."

„Nein", sagte Barbara. „Marianne, meine Kusine, die bei mir war, sagte es mir dann." Barbara lächelte. Wie ruhig sie jetzt über das alles sprechen konnte. „Es war für mich auch eine Art Schock. Ich bin hierhergekommen, ohne zu wissen, was mich erwartet. Ich war so ahnungslos." Sie richtete sich auf, sah Maria an und fuhr lebhafter fort: „Ich wollte von Roano weg, um nicht mehr an alles erinnert zu werden, was geschehen war. Aber hier war alles noch viel schlimmer. Daß ich Barja – daß ich meiner Mutter so ähnlich sehe, machte es für mich ziemlich schwierig. Daran hatte ich vorher gar nicht gedacht. Und ich wußte ja auch gar nichts von dem, was damals geschehen war."

„Und Vater hat dir wirklich nie erzählt, daß wir existieren?" fragte Lena neugierig. Sie war ohne weiteres bei dem Du geblieben.

„Nein", erwiderte Barbara. „Wenn er von früher erzählte, dann sprach er nur vom Theater, von den Rollen, die er gesungen hatte, von alten Engagements. Von seinem persönlichen Leben hat er nie erzählt. Erst war ich zu klein, als daß es mir aufgefallen wäre. Später habe ich dann manchmal darüber nachgedacht. Ich habe ein einziges Mal Barja danach gefragt. Sie sagte: ‚Ach, laß doch. Warum willst du das wissen? Das war vor dem Krieg. Auf einem anderen Stern. Ich hab's vergessen.'"

„Typisch", konnte sich Lena nicht enthalten, zu bemerken. „Das paßt zu ihr."

Maria warf ihr einen warnenden Blick zu, aber Barbara schien die Bemerkung nicht übelzunehmen, im Gegenteil, sie bestätigte es sogar. „Ja", sagte sie, „es ist wahr. Barja hatte ein großartiges Talent, alles beiseite zu schieben, was ihr lästig war oder was man hätte entwirren müssen. Sie warf den ganzen Knäuel beiseite und wandte sich angenehmeren Dingen zu." Barbara blickte von einem zum anderen und lächelte entschuldigend. „Es ist sicher nicht richtig. Aber so wie wir lebten, war es ganz nützlich. Wenn Barja alle Probleme hätte lösen sollen, wäre sie wahrscheinlich beim ersten schon steckengeblieben. So ließ sie alle ungelöst. Und es ging auch."

„Na ja", meinte Lena. „Fragt sich nur, wie. So etwas ist natürlich Veranlagungssache."

Ja, dachte Barbara, Veranlagung. Aber ich bin anders als Barja, wenn ich ihr auch noch so ähnlich sehe. Und sicher hätte Barja auch lieber anders gelebt, das weiß ich gewiß. Wird es bei mir jetzt auch so werden? Werde ich so leben müssen wie Barja?

Sie schob den Gedanken beiseite. Das war Unsinn. Sie hatte unrecht getan, gewiß. Aber sie liebte Heinz. Und Heinz war jung, er hatte keine Frau, keine Kinder. Er hatte nur eine Verlobung zu lösen. Dann gab es kein Hindernis. Sie würden ganz normal zusammen leben können wie andere Leute auch. Eben nur ohne das Haus der Talliens, aber war das so wichtig? Das Haus der Talliens war nicht der Mittelpunkt der Welt. Das eigene Herz müsse es sein, hatte Barja gesagt. Und ihr Herz hatte sich für Heinz entschieden. Was sollte falsch daran sein?

Maria wollte nicht über Barjas Charakter sprechen. Damit hatte sie sich genug beschäftigt. Man konnte auch mit Barjas

Tochter nicht darüber sprechen. Sie wollte alles über ihren Mann wissen. Doch sie bedachte nicht, daß sie, um alles über ihn zu erfahren, auch alles über Barja hätte wissen müssen. Er hatte kein eigenes Leben mehr gehabt. Er war Barjas Schatten gewesen.

„Lena hat mir erzählt, was Sie ihr im Zug damals gesagt haben", begann Maria wieder. „Es ist schrecklich. Es ist unvorstellbar schrecklich. Und ich begreife, was es für Sie bedeutet hat, Kind. Wir brauchen nicht mehr davon zu sprechen. Nicht heute. Aber wie war es vorher? In Prag? Und in Salzburg? Wie habt ihr da gelebt?"

Richard stieß unhörbar einen kleinen erleichterten Seufzer aus. Er hatte vorher energisch darauf bestanden, daß man Barbara ersparen solle, das furchtbare Ende der Geschichte noch einmal zu berichten. Das sei eine sinnlose Quälerei für alle. Er hatte im stillen befürchtet, seine Mutter würde sich nicht daran halten. Denn so vernünftig Maria sonst auch war, sie hatte eine enge Beziehung zum Tod. Sie konnte ohne Scheu darüber sprechen. In diesem Fall war es aber wohl ein wenig anders. Für sie, als gläubige Katholikin, war es ein arger Schreck gewesen und wohl auch ein tiefer Schmerz, daß Ferdinand sich das Leben genommen hatte. Darüber mochte selbst sie nicht sprechen. Nur in ihren Gebeten würde sie darum flehen, daß Ferdinand seine große Schuld vergeben würde, dessen war Richard sicher.

Er nahm sich eine Zigarette und zündete sie an. Das Schlimmste blieb also wenigstens erspart. Es war so schon kompliziert genug. Arme Barbara. Was wohl der Professor sagen würde, wenn er von dieser Unterhaltung erfuhr?

„Entschuldigen Sie", sagte er dann zu Barbara. „Sie rauchen ja auch." Er bot Barbara die Schachtel an, und sie nahm eine Zigarette, dankbar für die kleine Ablenkung.

Dann sagte sie: „Von Prag kann ich nicht sehr viel erzählen. Ich war damals noch klein. Ich kam hin, da waren Barja und Fernand schon ein Jahr dort. Ich weiß nur noch, daß wir eine kleine Wohnung hatten. Fernand sang im Deutschen Theater. Es waren wohl keine großen Rollen. Ich weiß, daß er immer traurig darüber war. Ich habe ihn nie auf der Bühne gesehen. Er war damals schon nicht mehr gesund."

„Ja, sein Rheuma", warf Maria ein. „Das hatte er vorher

schon. Die ewige Zugluft auf der Bühne. Er war immer empfindlich dagegen."

„Gegen Ende des Krieges gingen wir nach Wien. Wir wohnten bei einer Bekannten von Fernand. Auch eine Sängerin."

„Ach?" fragte Maria interessiert. „Wie hieß sie denn?"

Barbara zog die Brauen zusammen und überlegte. „Lydia", sagte sie dann. „Lydia Corell."

„So", sagte Maria. „Lydia also." Sie warf ihren Kindern einen kurzen Blick zu. „Die Corell. Eine alte Liebe eures Vaters. Und bei der habt ihr gewohnt. Das Leben ist wirklich merkwürdig."

„Sie war sehr nett", sagte Barbara ernsthaft. „Ich weiß, daß ich sie sehr liebgewann in der kurzen Zeit. Es hatte sich bisher noch niemand so viel und so liebevoll mit mir beschäftigt."

„Wie sah sie denn aus?" fragte Maria mit echt weiblicher Neugierde. Lena und Richard warfen sich einen kurzen lächelnden Blick zu. Sie wußten, welche Rolle die Corell einmal im Leben ihres Vaters gespielt hatte.

„Wie sie aussah?" fragte Barbara. „Ja, ich war zu klein, um ein richtiges Urteil zu haben. Barja nannte sie eine verrückte alte Schraube. Ich weiß nur, daß sie immer ganz phantastische Gewänder trug, so eine Art Morgenröcke in Lila oder Rot. Und sie hatte immer einen ganz wilden Lockenkopf, feuerrot war er."

„Früher war sie mal schwarz", stellte Maria fest.

„Na, das war eben alles gefärbt", sagte Lena. „Vermutlich war sie zuletzt sowieso grau."

„Aber sie lachte und sang den ganzen Tag", fuhr Barbara fort, „und wenn sie auf dem Flügel spielte, dröhnte das ganze Haus. So kam es mir jedenfalls vor. Sie erzählte mir viel von ihren Erfolgen und was sie alles für Rollen gesungen hatte und wo sie überall war. Ich fand es hochinteressant. Wenn sie nicht sang, hatte sie immer ein Bonbon im Mund. Und sie gab mir auch immer eins. Das ist meine Sondermischung, sagte sie, davon bekommt man eine klare Kehle. Die Dinger schmeckten sehr gut. Ich war ja an Süßigkeiten überhaupt nicht gewöhnt."

„Trat sie denn noch auf?" fragte Maria.

„Nein. Sie gab Unterricht. Gesangstunden. Sie hatte eine Menge Schüler. Mit denen ging sie um, daß einem angst und bange werden konnte. Ich war nämlich meist dabei, wenn sie Stunden gab. Saß in einer Ecke und hörte zu. Übungen, 'rauf und 'runter. Und dann Opernarien. Damals habe ich eine Menge Opern kennengelernt. Wenn ich fragte, erzählte mir Tante Lydia immer den ganzen Inhalt. Und dazu sang sie dann alles vor. Alle Partien durcheinander, bis hinunter zum Baß. Ich fand es sehr schön. Aber Barja sagte: Die alte Fregatte pfeift wie eine asthmatische Lokomotive."

Die drei Zuhörer lachten bereitwillig, froh über die heitere Einblendung.

„Demnach hat sich deine Mutter nicht sehr gut mit Lydia vertragen", sagte Lena.

„Nein, ich glaube, nicht besonders", gab Barbara zu. „Ich erinnere mich, einmal hörte ich, wie Lydia zu Vater sagte: ‚Das bringt auch nur so ein Schafkopf wie du fertig, sich mit so einem Fratzen zu beladen.' Damit meinte sie Barja. ‚Du bist mir ein schöner Esel, Ferry. In deinem Alter hättest du ein bißchen vernünftiger sein können. Aber bei euch Männern ist ja der Verstand ...' " Barbara brach ab. „Es war wohl ziemlich unfein, was sie dann noch sagte. Vater nahm mich an der Schulter und schob mich aus dem Zimmer, das weiß ich noch. Aber trotzdem war Lydia sehr gut zu uns. So behandelte sie sehr energisch Vaters Rheuma. Sie packte ihn ein und massierte ihn und was weiß ich noch alles. Es ging ihm dann auch wirklich besser. Und wie gesagt, zu mir war sie schrecklich nett. Ich hatte mich in meinem Leben noch nirgends so wohl gefühlt, so zu Hause, wie in ihrer prächtigen Wohnung, in der alles vollhing mit Schleifen und Kränzen und Bildern. Ich weinte schrecklich, als wir weggingen."

„Und warum seid ihr weggegangen?" fragte Lena.

„Wegen der Russen. Vater wollte nicht bleiben, als die Russen kamen."

„Ich kann euch auch sagen, warum", sagte Maria. „Euer Vater war doch Balte. Und sein Vater, euer Großvater, war zaristischer Offizier und später beim Stab und eine Zeitlang sogar bei Hof in Petersburg. Später war er im Geheimdienst. Er war kaisertreu, die ganze Familie war es. Und mein Schwiegervater hatte immer sehr intensiv alle revolutionären Bewegungen bekämpft, die gab es ja in Rußland schon lange. Möglicherweise, sicher sogar, hätten sich die Russen von heute nicht mehr daran erinnert. Vielleicht aber doch. Das kann man bei denen nie wissen. Und dann kamt ihr nach Salzburg?"

„Ja, wir wußten nicht wohin. Und in Salzburg war Vater

dann sehr krank. Er war lange Zeit ganz gelähmt." Barbara stockte. Dann erzählte sie nur das Notwendigste von der Salzburger Zeit, das feuchte ebenerdige Zimmer, Fernands Krankheit, das ganze Elend. Von Barja erzählte sie nichts.

Am Ende ihrer Erzählung hatten die Stoltes einen ungefähren Überblick über das Leben von Ferdinand Stolte, dem einstmals gefeierten Sänger. Aber sie wußten dennoch lange nicht alles. Es war das äußere Bild. Manches mochten sie sich dazu denken. Vieles aber entzog sich ihrer Vorstellungswelt. Vieles wußte ja selbst Barbara nicht. Krankheit, Not, Verzweiflung, gewiß, so endete es. Aber am Anfang stand eine große Liebe, die sich erfüllt hatte. Wußte man, was schwerer wog?

Maria blickte zu Barbara hinüber. Sie empfand tiefes Mitleid mit dem Mädchen. Was immer geschehen war, welches Unrecht auch begangen wurde, die junge Barbara hatte unschuldig dafür bezahlt, mit einer freudlosen Kindheit, einer belasteten Jugend. Die Bonbons einer alten Sängerin, ein paar flüchtig dazu gegebene Zärtlichkeiten, das waren ihre schönsten Erinnerungen.

„Ich hoffe, Barbara", sagte Maria herzlich, „Sie werden uns jetzt öfter besuchen. Wir brauchen nicht mehr von der Vergangenheit zu sprechen. Und Sie können sicher sein, daß keiner von uns etwas gegen Sie hat. Nicht wahr?" Sie blickte ihre Kinder an, und Lena und Richard nickten.

Barbara war errötet. „Danke", sagte sie. „Es ist sehr lieb, daß Sie das sagen. Und ich würde auch gern kommen, aber ich ...", sie zögerte, dann fügte sie hinzu: „Ich bleibe nicht hier. Ich gehe fort."

„Du gehst fort?" fragte Lena erstaunt. „Was heißt das?"

Barbara senkte den Kopf. Sie sah niemanden an und sagte leise: „Ich kann nicht länger hierbleiben. Es ist – es ist etwas geschehen, und ich – muß fort."

Die drei Stoltes sahen sich erstaunt an. Was hieß das nun wieder?

„Kannst du es nicht sagen?" fragte Lena beherzt.

Barbara schüttelte den Kopf. „Nein. Ich kann es nicht sagen. Nicht jetzt."

„Wo gehst du denn hin?"

„Ich weiß nicht. Ich weiß es noch nicht. Vielleicht zurück nach Roano." Sie hob die Schultern. „Ich weiß es wirklich nicht."

Heinz hatte die Absicht geäußert, nach Frankfurt zu gehen.

Aber Barbara hatte entschieden abgelehnt. Nein, nach Frankfurt wollte sie nicht. Das war zu nahe. In Frankfurt lebten viele Bekannte und Verwandte der Talliens. Wenn sie schon ging, dann wollte sie weit fortgehen. Ganz weit.

„Barbara", sagte Lena, „ist es etwas Schlimmes?" Es klang ernste Besorgnis, echte Anteilnahme aus dieser Frage. Lena wunderte sich selbst darüber. Aber es war seltsam, sie fühlte sich dem jungen Mädchen verbunden. Vielleicht war es ihr Beruf. Vielleicht aber war es schon mehr. War Barbara nicht ihre Schwester? Eine junge, unglückliche Schwester, der man helfen mußte.

Auch Richard machte ein betroffenes Gesicht. Das war eine überraschende Wendung. Was war da nun wieder passiert? Eben hatte er noch geglaubt, daß alles sich auf bestem Wege befand. Und was würde der Professor dazu sagen?

Unwillkürlich fragte er, er wußte selbst nicht warum: „Weiß Professor Thormann das? Weiß er, daß Sie fortgehen von hier?"

Barbara schüttelte den Kopf. „Niemand weiß es bis jetzt. Sie sind die ersten, denen ich es gesagt habe."

Darauf entstand ein betretenes Schweigen um den Tisch.

Barbara hob den Kopf. „Ich werde jetzt gehen", sagte sie.

„Barbara", sagte Lena und sah dem Mädchen fest in die Augen. „Ist es ein Mann?"

Barbara wich ihrem Blick aus. „Ja", sagte sie dann widerstrebend.

„Barbara", sagte Lena nachdrücklich in ihrem Lehrerinton, „machst du etwas Dummes? Denk an deine Mutter. Überleg dir gut, was du tust."

„Dazu ist es zu spät", erwiderte Barbara.

„Ach!" entfuhr es Lena. „Um Gottes willen. Kriegst du etwa ein Kind?"

Barbara schoß das Blut in die Stirn. „Aber nein", sagte sie hastig, „so etwas ist es nicht. Ich – ich kann nur nicht länger hierbleiben. Ich – will auch gar nicht." Sie stand plötzlich auf. „Und jetzt muß ich wirklich gehen."

Aber Lena gab sich nicht so schnell zufrieden. Sie wollte es genau wissen. Wenn sie nun mal begonnen hatte, sich mit Barbara zu beschäftigen, dann tat sie es gründlich. Das war ihr Wesen. Und sie hatte das bestimmte Gefühl, daß das junge Mädchen Hilfe brauchte.

„Wann willst du weggehen?“ fragte sie streng.

Barbara blickte sie verwirrt an. „Bald“, sagte sie. „Nächste Woche.“ Anfang nächster Woche kam Julius zurück. Dann würde sie ihm alles sagen. Vielleicht auch nicht. Und dann würde sie Abschied nehmen. Für immer.

„Und du weißt wirklich noch nicht, wohin?“ examinierte Lena weiter.

„Nein“, sagte Barbara, ein wenig trotzig jetzt. „Ich weiß es nicht. Aber das wird sich finden.“

Lena preßte die Lippen zusammen und kniff die Augen ein wenig ein. Das tat sie immer, wenn sie scharf nachdachte. Was konnte da los sein? Doch nichts anderes, als daß sich Barbara in einen Mann verliebt hatte und daß sie fortging, um dieser Liebe aus dem Wege zu gehen. Vielleicht gerade deswegen, um dem Schicksal ihrer Mutter auszuweichen. Sicher, so mußte es sein.

Plötzlich hatte Lena einen Einfall. Das kam manchmal bei ihr vor. Ihre Mutter und ihr Bruder kannten diese plötzlichen Einfälle bei ihr. „Lenas Blitzlicht“ nannte es Richard. Auch ihre Schülerinnen waren nie sicher davor.

Sie faßte Barbara wieder genau ins Auge und fragte, ganz mit strenger Lehrerinmiene: „Du hast doch bei deinem Onkel im Betrieb gearbeitet, nicht?“

„Ja“, antwortete Barbara verwundert.

„Und doch auch was verdient?“

„Ja.“

„Hast du dir da was gespart?“

„O ja, fast alles. Ich brauche ja nichts zum Leben.“

„Sehr gut“, sagte Lena befriedigt. „Jetzt paß auf. Ich mache dir einen Vorschlag. Du kannst es dir in Ruhe überlegen und mich morgen oder übermorgen anrufen. Ich fahre nächste Woche in Urlaub. An den Tegernsee. Dort wohnt eine gute Freundin von mir, bei der ich immer meine Ferien verbringe. Komm mit. Vielleicht kannst du auch bei Gretl wohnen, sie vermietet im Sommer immer ein paar Zimmer. Und wenn nicht, werden wir dir was anderes suchen. Da hast du Gelegenheit, zu dir zu kommen und dir in Ruhe alles zu überlegen. Sicher hat dein Onkel nichts dagegen, wenn du mit mir verreist. Ich werde schon auf dich aufpassen. Und dann werden wir weitersehen.“

Barbara blickte Lena verblüfft an. Im Moment wußte sie nicht, was sie sagen sollte.

Richard lachte erleichtert. Er legte seinen Arm um Lenas Schulter und sagte: „Gutes altes Haus. Du bist doch ein gescheites Mädchen. Das machst du, Barbara. Lena wird dir schon den Kopf zurechtsetzen. Die kennt sich aus mit jungen Mädchen. Und da kannst du wenigstens keine Dummheiten machen."

Barbara war zu verwirrt, um eine Antwort zu finden. Was für überraschende Situationen hielt das Leben noch für sie bereit? Was würde Heinz dazu sagen? Nun, das konnte sie sich denken. Er würde dagegen sein. Er war ja auch dagegen gewesen, daß sie diesen Besuch machte.

„Ich weiß gar nicht", sagte sie, „das kommt so überraschend, ich weiß gar nicht, was ich dazu sagen soll. Ich ..."

„Du brauchst jetzt nichts dazu zu sagen", erklärte Lena. „Überleg es dir. Wir wissen nicht, was mit dir los ist. Aber irgend etwas stimmt doch nicht. Vielleicht tut dir ein bißchen Abstand gut. Vielleicht willst du weglaufen, weil du etwas Dummes gemacht hast. Oder um zu verhindern, etwas Dummes zu machen. Ich weiß es nicht. Fahr erst mal mit mir in Urlaub, dann kannst du es dir immer noch überlegen, was du machst."

Einen Moment lang begegneten sich die beiden Augenpaare, Barbaras unsichere, fragende, dunkle, und Lenas feste, ruhige, graue.

„Warum?" flüsterte Barbara. „Warum tust du das?"

Lenas Miene veränderte sich nicht. Aber ein weicher Schimmer war in ihren Augen, als sie leise erwiderte: „Du bist doch meine Schwester, nicht wahr?"

Obwohl die Stoltes am anderen Ende der Stadt wohnten, nahm Barbara nicht die Straßenbahn, sondern ging zu Fuß. Sie war so durcheinander, ganz verwirrt in ihren Gefühlen. Natürlich hatte dieser Nachmittag eine starke Nervenanspannung gefordert. Die Begegnung mit Maria Stolte. Die Erzählungen von früher, die alles wieder wachriefen, und dazu die bedrängende Erinnerung an das, was sie verschwiegen hatte.

Und da war Heinz, da war das ungeklärte Leben, das vor ihr lag. War die Begegnung mit Julius, die furchtbare Aufgabe, ihm zu sagen, daß sie ihn verlassen würde. War der Abschied, war ein Fnde. Und jetzt war da noch das Wort: Du bist doch meine Schwester.

Schon begann der Gedanke an die Reise feste Formen anzunehmen. Warum sollte sie nicht mit Lena verreisen? Sie wußte es selbst nicht, aber die Vorstellung, einen Halt, eine Hilfe zu haben in ihrer jetzigen Situation, war unbeschreiblich verlockend. Wo sollte sie denn auch wirklich hin?

Und ganz im geheimen, ganz unbewußt der Gedanke: Vielleicht brauchte sie dann Julius überhaupt nichts zu sagen. Sie konnte erst einmal verreisen. Er hatte ja selbst davon gesprochen, daß sie ein wenig Urlaub machen sollte, wenn er zurück sein würde.

Aber die Entscheidung nahm ihr Heinz aus der Hand. Er wollte keinen Aufschub. Am selben Abend noch erfuhr Barbara, daß er bereits an Marianne geschrieben, daß er Herrn Schwarzbauer informiert hatte, er würde in nächster Zeit nicht da sein, weil er verreisen müsse.

„Warum so eilig?“ fragte Barbara mit bebenden Lippen.

Dies Gespräch fand spät am Abend statt, als sie beide die Hunde spazierenführten. Denn als Barbara nach Hause gekommen, hatte sich Doris eingefunden, und als kurz darauf Heinz kam, gab es natürlich keine Möglichkeit, über ihre Angelegenheiten zu sprechen. Denn vor Doris verbargen sie ängstlich ihr Geheimnis.

Doris war auch viel zu erfüllt von allem, was sie erlebt hatte, um die Schweigsamkeit der beiden anderen weiter zu beachten. Sie erzählte stundenlang, lebendig, anschaulich und sehr drollig. Barbara mußte das Abendessen bereiten, später saßen sie bei einem Glas Wein auf der Terrasse.

Und erst als Doris todmüde ins Bett gegangen war, kamen Barbara und Heinz zu einem ungestörten Gespräch.

„Warum so eilig?“ fragte Barbara noch einmal.

„Worauf noch warten?“ fragte Heinz zurück. „Ist nicht alles klar zwischen uns?“ Er blieb stehen, nahm sie in die Arme und preßte sie an sich. „Barbara, du und ich, wir gehören zusammen.“

„Aber was soll werden?“ fragte sie ängstlich.

Er lachte unbekümmert. „Was soll groß werden. Was immer wird, wenn zwei Menschen sich lieben. Ich werde mir eine neue Stellung suchen, dann können wir heiraten. Und je eher wir das hier hinter uns bringen, um so besser. Sonst ist es eine Quälerei für alle.“

„Du hast Marianne geschrieben?"

„Ja. Es war doch am besten so. Sie hat schließlich ein Recht darauf, so bald wie möglich alles zu erfahren."

„In sechs Wochen wolltet ihr heiraten", sagte Barbara. „Ach, Heinz." Sie legte den Kopf an seine Schulter und schloß die Augen. Solange sie seine Arme um sich fühlte, war alles gut. Nein, nicht einmal das. Sie sah Marianne vor sich, das blasse, hochmütige Gesicht. Sie schämte sich. Und Julius.

„Dann wird es Julius auch erfahren", sagte sie unglücklich.

„Natürlich. Das ist doch klar. Und ich habe mir schon überlegt, wie."

„Wie?" Ängstlich blickte sie auf. Seine Aktivität erschreckte sie. War denn alles so ernst? Hatte sie es denn so ernst gemeint?

„Elisa bleibt noch eine Woche in Interlaken", sagte Heinz sachlich. „Julius will Mittwoch zurückkommen. Montag und Dienstag ist er in Zürich. Ich werde hinfahren und ihn am Dienstag in Zürich treffen. Da kann ich allein und in Ruhe mit ihm sprechen." Er verzog den Mund. „Ich glaube nicht einmal, daß Julius so betrübt sein wird über die Entwicklung. Ich hatte nie den Eindruck, daß er mich besonders schätzt. Allerdings wird er mir seinen Liebling Barbara noch weniger gönnen, als er mir Marianne gegönnt hat. Aber das kann nicht einmal er ändern. Barbara gehört mir. Du gehörst mir." Er preßte sie so fest an sich, daß sie stöhnte. „Du gehörst mir. Mit Haut und Haar."

Barbara machte sich heftig aus seinem Arm frei. „Das ist sehr schön ausgedacht. Und was soll aus mir werden?"

„Du fährst nach Frankfurt und wartest dort auf mich."

„Nein!" rief sie böse. „Nein. Nicht so. Ich werde hier warten, bis Julius kommt. Ich will ihn sprechen. Ich gehe nicht einfach auf und davon. Und dann will ich nicht nach Frankfurt, ich habe es dir schon gesagt. Ich gehe zurück nach Roano. Oder woandershin. Nein." Das alles wuchs und wuchs um sie ins Riesenhafte, wuchs ihr über den Kopf, erstickte sie, verschlang sie. Aber da war ein Rettungsanker, ein Ausweg, eine Hilfe. Lenas ruhige graue Augen. Du bist doch meine Schwester.

Barbara stieß einen erleichterten Seufzer aus und trat einen Schritt zurück, von ihm fort. Dann sagte sie fest und sicher: „Ich fahre an den Tegernsee."

„An den Tegernsee?" fragte Heinz maßlos verwundert. „Warum denn das?"

„Mit Lena Stolte. Sie hat gesagt, ich soll mitkommen. Sie fährt in Urlaub dorthin. Und ich fahre mit. Versuche nicht, mich davon abzubringen. Sonst will ich mit dir nichts mehr zu tun haben. Und ich gehe zurück nach Roano, zu Piero."

„Wer ist Piero?"

Barbara stampfte ungeduldig mit dem Fuß auf. „Das ist ja egal. Aber denke nicht, daß ich dir mit Haut und Haaren ausgeliefert bin, wie du gesagt hast. Ich habe auch noch andere Freunde. Und jetzt fahre ich mit Lena an den Tegernsee. Und dann werden wir weitersehen. Ja." Erleichtert wiederholte sie die Worte, die Lena gesagt hatte: „Dann werden wir weitersehen."

„Das finde ich aber merkwürdig", begann Heinz. „Woher kommt denn auf einmal diese neue Freundschaft mit der Stolte? Du kennst sie doch kaum."

„Ich war heute nachmittag dort. Sie hatten mich ja eingeladen."

„Du warst dort?" fragte Heinz in heftigem Ton. „Ich hatte dir doch verboten, hinzugehen."

Barbara starrte ihn sprachlos an. Ein hemmungsloser wilder Zorn, wie sie ihn noch nie empfunden hatte, stieg wie eine dunkle Woge in ihr hoch. Sie zitterte. „Du hast mir nichts zu verbieten", sagte sie mit bebender Stimme. „Merk dir das. Merk dir das für alle Zeiten. Auf dieser Basis werden wir nicht zusammenkommen. Ich bin eine Tallien. Mir hat niemand etwas zu gebieten. Niemand etwas zu verbieten. Auch du nicht. Niemand."

Da war es gesagt, das stolze Wort. Ich bin eine Tallien. Sie wußte selbst nicht, wie ihr das auf die Lippen gekommen war. Nie zuvor hatte sie es auch nur gedacht. Und jetzt auf einmal sagte sie es. Es war töricht, es war sinnlos. Es war geradezu kindisch. Wie von selbst war es ihr auf die Lippen gekommen.

Heinz war das Blut genauso heftig zu Kopf gestiegen. Er faßte sie an beiden Armen, mit festem, schmerzhaftem Griff, jähzornig und unbeherrscht sagte er: „Was fällt dir ein! Eine Tallien. Du hast gerade Grund, stolz darauf zu sein. Ausgerechnet du!" Er sah ihr Gesicht, eine weiße starre Maske. Und trotz des ungewissen Lichtes einer Laterne konnte er die blitzende Wut in ihren dunklen Augen sehen. Er ließ sie los, fuhr sich mit der Hand über die Stirn und versuchte, sich wieder in Gewalt zu bekommen.

Eine kleine Weile standen sie schweigend voreinander.

„Gut", sagte er dann kalt. „Du fährst an den Tegernsee. Wie wirst du das finanzieren? Läßt du dir von Julius das Geld dazu geben?"

„Ich habe selber Geld", sagte sie scharf. „So teuer wird es schon nicht sein. Lena wohnt dort bei einer Freundin. Ich bleibe ja auch nicht lange. Dann werde ich mir eine Stellung suchen. Vielleicht in München." Das war auch so ein plötzlicher Einfall. München war die einzige deutsche Stadt, deren Name ihr vertraut war. Peter Mangold lebte in München. Von München war er immer zu ihnen nach Roano gekommen.

„Ist der Tegernsee nicht irgendwo in der Gegend von München?" fragte sie kindlich.

Diese Frage vertrieb mit einem Schlag Heinz' Zorn. Er lachte, legte wieder den Arm um sie. „Du kleiner Dummkopf. Ja, der Tegernsee ist dort in der Gegend. Aber was willst du in München? Willst du wirklich nicht nach Frankfurt kommen?"

„Nein. Nach Frankfurt bestimmt nicht. Es ist zu nahe. Du weißt genau, von hier aus ist immerzu jemand in Frankfurt drüben. Das könnte ich nicht ertragen."

„Na schön." Heinz überlegte. Warum nicht München? Er kannte die Stadt vom Krieg her. Er hatte dort einmal einen kurzen Urlaub verbracht. Aus purem Übermut war er damals mit einem Kameraden mitgefahren, mit dem er sich angefreundet hatte. Sepp hieß er, Sepp Merkel, Josef Merkel richtig, er war Leutnant, genau wie er. Ein lustiger dunkelhaariger Bursche. Mein Gott, wie jung waren sie damals gewesen, dreiundzwanzig oder vierundzwanzig höchstens. Die Eltern von Sepp hatten ein Speditionsgeschäft, und Sepp hatte verheißen, daß alles dasein würde, zu essen und zu trinken für die Urlauber, was sie sich nur wünschten. Von seiner Schwester hatte er erzählt, von seiner hübschen jungen Schwester. Und eine Braut hatte er auch schon. Da war Heinz mitgefahren. Es war dann auch ein sehr lustiger Urlaub geworden. Ja, er erinnerte sich gut daran. München war noch heil und ganz. Keine Bombenangriffe. Eine schöne Stadt. Später war es dann anders geworden. Aber damals war es wirklich ein großartiger Urlaub gewesen.

„Ich muß gehen", unterbrach Barbara seine Gedanken. „Doris wird sich wundern, wo ich so lange bleibe."

„Die schläft längst. Die Augen sind ihr ja schon zugefallen. Also du willst nach München. Na gut. Ich werde auch in München eine Stellung finden."

„Ich hab' das bloß so gesagt", zog sich Barbara zurück. „Es fiel mir gerade ein. Es muß nicht München sein. Bloß nicht Frankfurt. Und erst fahre ich an den Tegernsee." Sie sagte es triumphierend. Sie hatte gesiegt. O nein, sie würde sich von Heinz nicht tyrannisieren lassen. Das bestimmt nicht.

„Gut", sagte er friedlich. „Dann fahre in Gottes Namen mit dieser komischen Verwandtschaft an den Tegernsee. Man sollte meinen, du hättest von Verwandtschaft jetzt mal genug. Aber bitte. Werde ich wenigstens deine Adresse erfahren?"

„Natürlich."

Der ungewisse Weg begann Formen anzunehmen. Sie wußte nicht, was später sein würde, aber wenigstens wußte sie jetzt, was sie nächste Woche tun würde. Erst das Gespräch mit Julius, das war das schlimmste. Dann mit Lena an den Tegernsee. Und dann würde sie Peter Mangold besuchen, vielleicht konnte der ihr einen Rat geben, was sie machen sollte.

Als sie sich verabschiedeten, war der rasche Zorn wieder verraucht. Sie küßten sich lange und zärtlich. Heute mußte Heinz ja nach Hause gehen. Im Moment war Barbara wieder fest davon überzeugt, ihn zu lieben. Und daß alles, was geschah, zwangsläufig war und nicht anders sein konnte, eben weil sie ihn liebte.

4

Gretl Dirnhofer las den Brief ihrer Freundin Lena auf der Leiter im Kirschbaum. Sie war grad dabei, die restlichen Sauerkirschen abzuernten, die die Amseln übriggelassen hatten. Heute war Samstag, und sie wollte zum Sonntag einen Kirschkuchen backen. Der Postbote hatte sie gesehen und hatte ihr die Post gleich hinaufgereicht, ein paar Kirschen geschmaust, nicht viel, er verzog das Gesicht und meinte: „Gebrannt san's mir lieber. Dö san so sauer, daß's einem d' Hosen auszieht."

„Dafür sind's auch Sauerkirschen", belehrte ihn Gretl. „Im Kuchen sind's grad gut."

Sie sah die Post flüchtig durch, entdeckte nur Lenas Brief als interessant, dachte: Nanu, was denn noch? Ich denk', sie kommt am Donnerstag.

Dann also las sie, stieß einen kleinen erstaunten Gickser aus, las nochmals und kletterte eilig von der Leiter. Unten wäre sie bald über den Finanzinspektor Balser gefallen, der sich eben im Schatten des Kirschbaums ins Gras gestreckt hatte, um die Morgenzeitung zu lesen. Herr Balser war einer ihrer Sommergäste. Er kam seit fünf Jahren jeweils für vierzehn Tage, immer um die gleiche Zeit, wenn sie mit den Steuerbescheiden fertig waren.

„Schon fertig mit dem Pflücken?" fragte er geruhsam und warf einen Blick in das Körbchen, das sie neben ihn gestellt hatte. „Ist ja erst halb voll, das wird nicht langen für den Kuchen." Das konnte er beurteilen, denn er wußte, wie groß das Blech sein mußte, damit er auch seinen ansehnlichen Anteil abbekam.

„Na", sagte Gretl, „noch net ganz. Ich mach' dann weiter. Ich muß erst meinem Mann den Brief zeigen."

„Doch keine schlimme Nachricht?"

„Ich glaub' nicht. Von meiner Freundin Lena."

„Ah, die Frau Bauer. Ich denk', sie kommt nächste Woche." Herr Balser kannte Lena von den vergangenen Jahren her. Und schätzte sie als gescheite Frau und vor allem als brauchbaren Skatpartner.

„Sie kommt auch, aber sie bringt jemanden mit."

„Was Sie nicht sagen? Einen Freund etwa?"

„Freund?" Frau Gretl hob geringschätzig die Nasenlöcher. „Ihr Mannsbilder könnt auch immer bloß eingleisig denken. Nein, eine junge Dame bringt sie mit. Ihre Schwester."

„Ihre Schwester" fragte Herr Balser erstaunt. „Hat sie denn eine Schwester? Ich dachte, einen Bruder hat sie."

„Das sowieso. Aber jetzt hat sie auch noch eine Schwester." Damit steuerte Gretl aufs Haus zu.

So schnell kam Herr Balser da nicht mit. Er schüttelte den Kopf. Er würde es schon noch genauer erfahren. „Soll ich weiterpflücken!" rief er seiner Wirtin nach.

„Das tun Sie!" rief Gretl zurück und war verschwunden.

Herr Balser erhob sich, klaubte das Körbchen auf und machte sich daran, die Leiter zu besteigen. Natürlich wackelte sie. Daß Frauen nie gescheit eine Leiter aufstellen konnten. Bis sie 'runterfielen und sich den Haxn brachen. Er kehrte um, brachte die Leiter in die richtige Stellung und begann sein Hilfswerk.

Schwungvoll erschien Gretl im Arbeitszimmer ihres Mannes, stellte mit einem Blick fest, daß er noch immer vor dem leeren Zeichenblatt saß und verkündete sodann: „Die Lena hat geschrieben."

„So", sagte Herr Dirnhofer, nicht sonderlich interessiert, denn Lena schrieb für gewöhnlich alle paar Wochen mal, und er bekam ja doch zu wissen, was in den Briefen stand. Im Moment interessierte ihn mehr, was die übrige Post beinhalten mochte, die seine Frau in der anderen Hand trug. Er wollte danach greifen, aber Gretl zog die Hand zurück.

„Nein, du mußt erst hören, was die Lena schreibt."

„Na schön, was schreibt's denn? Ich denk', sie kommt nächste Woche."

„Kommt sie auch. Aber nicht allein. Sie bringt jemanden mit."

Herr Dirnhofer bestätigte die Tatsache vom eingleisigen Denken der Männer. Er fragte: „Am End' gar an Freund? Hat's jetzt einen?"

„Sie könnt' lang einen haben, wenn's einen wollte. So wie die Lena ausschaut. Nein, die Barbara bringt's mit."

„Die Barbara?" fragte Herr Dirnhofer verständnislos. „Wer is nachher des? Kennen wir die?"

„Depp!" sagte Frau Dirnhofer und bewies damit, wie gut sie sich ihrer neuen Heimat angepaßt hatte. „Die Barbara. Ihre Schwester."

„Ihre Schwester? Ich denk', sie hat einen Bruder." Aber dann dämmerte es bei ihm. Er war etwas besser in die Stolteschen Familiengeschichten eingeweiht als Herr Balser. „Doch nicht etwa ..."

„Doch!" rief, nein, schrie Frau Gretl aufgeregt. „Eben die."

„A geh. Gibt's denn des a."

Darauf lasen sie gemeinsam den Brief von Lena nochmals, der nur kurz war und in dem zu lesen stand, daß sie wie vereinbart eintreffen werde, in Begleitung ihrer Schwester Barbara, und ob Gretl noch ein Zimmer frei habe, sonst möge sie so gut sein, in der Nähe ein nicht zu teueres Zimmer zu besorgen.

„Ja, gibt's denn des a", wiederholte Herr Dirnhofer tiefsinnig und fügte dann praktisch hinzu: „Wir ham aber nix mehr frei."

„Das mach' ich schon", sagte Gretl. „Sie kann das Zimmer von der Leni haben, und die Leni schläft bei uns auf dem Sofa."

„Des mag ich aber net besonders", meinte Herr Dirnhofer, „dazu ist des Madl schon zu groß."

Denn die Dirnhofers führten eine gute Ehe, und daher war Alois Dirnhofer mit seiner Frau lieber allein im Schlafgemach. Die Leni, ihre Tochter und Lenas Patenkind, war immerhin schon elf Jahre alt.

„Die kurze Zeit wird's schon mal gehen", entschied Gretl. „Die muß ich hierhaben, das muß ich sehen."

Damit war es beschlossene Tatsache. Herr Dirnhofer gab sich zufrieden und hätte jetzt gern die übrige Post gelesen. Aber Gretl war noch nicht fertig. Sie wollte den Fall noch besprechen.

„Was meinst du, was das bedeutet?" fragte sie.

„Mei, des kann i net wissen", sagte Herr Dirnhofer verständig. „Wir werden's schon erfahren."

„Eigentlich ist es toll. Wenn man bedenkt . . .“, überlegte Frau Gretl.

Ja, wenn man bedachte. Sie war Lenas einzige und gute Freundin. Sie waren zusammen in die Schule gegangen. Und Gretl hatte die ganze Tragödie Stolte aus erster Hand miterlebt. Sie hatte auch Barbara von Tallien gekannt. Die schöne Barbara. Die damals nicht mehr als ein Jahr älter gewesen war als sie und Lena. So etwas vergaß man nicht. Es war wohl das bewegendste Ereignis ihrer Jugend gewesen.

Jetzt sollte die Tochter dieser Barbara hierherkommen. Die Tochter von Barbara von Tallien und Ferdinand Stolte. Dieser herrliche, einmalige Ferdinand Stolte. Gretl hatte für ihn geschwärmt wie alle Backfische. Sie hatte dazu noch den Vorzug genossen, ihn persönlich zu kennen.

Und nun kam Lena mit dieser Halbschwester. Nach allem, was geschehen war. Es war wirklich toll.

Die Freundschaft zwischen Gretl und Lena hatte sich treu bewährt, durch all die vielen Jahre. Eine Zeitlang hatten sie in Frankfurt zusammen studiert, denn eigentlich wollte Gretl den gleichen Beruf ergreifen wie Lena. Dann hatte sie den Kunstmaler Alois Dirnhofer kennengelernt, der damals Soldat war, aber dann eines Tages schlau entdeckt hatte, daß er ja eigentlich noch sein Examen als Zeichenlehrer machen wollte und dafür einige Male Studienurlaub bekam. Kennenlernen und liebenlernen war eins, und dann war's auch schon passiert, sie hatten gleich geheiratet, und ihr erstes Kind bekam Frau Gretl schon hier, im alten Dirnhofer-Haus am Tegernsee. Ein richtiges großes und breites Bauernhaus im Tegernseer Tal war es, nicht so ein neumodisches stilisiertes Bayernhaus, wie man es heute baute. Die Dirnhofers wohnten schon seit undenklichen Zeiten darin. Da die beiden Brüder vom Alois gefallen waren, bewohnten sie es jetzt allein.

Übrigens war es ein Glück, daß der Alois damals den Zeichenlehrer noch gemacht hatte, denn nun unterrichtete er hier in der Schule, und das gab ihnen ein sicheres Brot. Vom Malen allein konnte eine Familie mit fünf Köpfen schlecht leben. Natürlich malte er daneben noch, und nicht schlecht. Er verkaufte seine Bilder sogar.

Gleich unten, in der großen alten Diele, hing ein Bild von der Frau des Hauses. Gretl in der Tracht des Tegernseer Tales, eine hübsche, gesunde, glücklich lächelnde Frau. Es war vor etwa zehn Jahren gemalt, dieses Bild, nach der Geburt des zweiten Kindes. Aber sie sah heute noch genauso aus wie damals. Hübsch, gesund und glücklich. Ein bißchen voller war sie geworden, doch das stand ihr gut. Und das schätzte Herr Dirnhofer ganz besonders. „Wenn ich eine Frau anfass'", pflegte er zu sagen, „dann will ich was in der Hand haben."

Aus Lenas Briefen wußte Gretl von Barbaras Auftauchen. Barbara, die Tochter. Und daß sie der Mutter sehr ähnlich sähe. Aber mehr wußte sie nicht. Gespannter als sonst blickte sie der Ankunft der Freundin entgegen.

Als es soweit war, borgte sie sich vom Huber-Nachbarn den Wagen und fuhr selbst zur Bahn, um die neuen Gäste abzuholen. Da war Lena, groß, schlank, der ruhige feste Blick, das vertraute Lächeln. Gretl schloß die Freundin in die Arme, küßte sie herzhaft auf die Wange, aber dann blickte sie neugierig über Lenas Schulter. Mit Mühe unterdrückte sie einen überraschten Ausruf. Wirklich! Barbara von Tallien. Genau wie damals. Doch sie hatte sich vorgenommen, kein Wort über die Ähnlichkeit zwischen Mutter und Tochter verlauten zu lassen. So drückte sie dem Mädchen nur die Hand und sagte herzlich: „Das ist fein, daß Sie mitgekommen sind."

Dann durfte Uli, der älteste Dirnhofer-Sproß, die Gäste begrüßen und das Gepäck nehmen; kurz darauf saßen sie im Wagen, Gretl schaltete vor Aufregung, ritsch-ratsch, wild mit den Gängen, und sie fuhren nach Haus.

Das Gespräch zwischen den Freundinnen ging gleich munter hin und her, selbst die ruhige Lena sprach mehr als sonst und lachte so hell, wie man es von ihr kaum kannte, Barbara, die hinter ihr saß, sah, wie sie lebhaft den Kopf zu der Freundin wandte und eifrig Fragen beantwortete. Meine Schwester, dachte Barbara. Es war immer noch so neu und ungewöhnlich. Dabei war Lena ihr nun schon gut vertraut, sie waren sich auf der Fahrt viel nähergekommen.

Gretl steuerte geschickt durch den bewegten abendlichen Verkehr. „Das ist Tegernsee", erklärte sie einmal über die Schulter. „Hier bleiben wir aber nicht. Wir wohnen in Rottach, hinten hinaus, wo's ein biss'l ruhiger ist. Der schönste Fleck vom ganzen Tal. Nicht, Lena?"

Barbara blickte neugierig aus dem Fenster. Eine neue Welt

war es für sie. Die heiteren hellen Häuser, drüben die Berge, nicht so hoch, daß man sie fürchten mußte, auf ihren Gipfeln lag noch die Sonne. Und dann war wieder der See rechts von ihnen, sie hatte ihn vom Zug aus schon bewundert, graublau war er und spiegelglatt. Eine ganz andere, fremde Landschaft war das wieder. Es gefiel ihr vom ersten Augenblick an.

Sie tauschte ein Lächeln mit dem fünfzehnjährigen Uli, der links neben ihr saß und bereits Freundschaft mit Dino geschlossen hatte, der artig zwischen ihnen thronte und nicht minder neugierig als seine Herrin die fremde Umgebung musterte.

Übrigens hatte Gretl weder Erstaunen noch Befremden geäußert, daß ein Hund zu ihren neuen Feriengästen gehörte.

„Mei, der ist nett", hatte sie vielmehr erfreut ausgerufen und war Dino gleich herzhaft durchs Fell gefahren. Das gewann ihr von vornherein Barbaras Herz. „Da werden sich die Kinder freuen. Seit unsere Tinny im Frühjahr gestorben ist, haben wir eh keinen Hund mehr."

„Was? Die Tinny ist tot?" fragte Lena bestürzt.

„Ja. Hab' ich dir's nicht geschrieben? Sie war halt schon alt. So ein Viecherl lebt halt nicht lang genug. Wir war'n alle todtraurig, gell, Uli?"

Uli bestätigte es. Und dann waren sie schon da, die ganze Familie war zum Empfang vor dem Haus versammelt, Herr Dirnhofer, der Lena gleich einen Kuß mitten auf den Mund gab, die Leni mit den blonden Zöpfen, und Karli, der Jüngste und Lautstärkste der Dirnhofer Kinder, er steuerte zur Begrüßung ein gellendes Indianergeheul bei.

„Und das ist die Barbara", präsentierte Gretl ihrem Mann den neuen Gast.

Alois zog mit einem Ruck seine immer etwas rutschende Lederhose höher, murmelte „Teifi, Teifi", und brachte eine formvollendete Verbeugung zustande. Und dazu bekam er wieder die großen staunenden Bubenaugen, die er noch immer hatte von Zeit zu Zeit, und die aufs Haar denen seines jüngsten Sohnes glichen.

Die hatte er den ganzen Abend, jedesmal wenn er Barbara ansah. Sie waren noch nicht mit dem Abendessen fertig, da verkündete er schon: „Ich möcht Sie malen, Fräulein Barbara. Darf ich des?"

Barbara errötete und lachte befangen. Sie warf der Frau des Hauses einen unsicheren Blick zu. Aber Frau Gretl lachte sie an und meinte: „Da hilft Ihnen nix. Da müssen Sie dran glauben. Eher gibt er keine Ruh'. Aber nicht gleich heut und morgen, Alois. Und nur kurze Sitzungen, das bitt' ich mir aus. Barbara will sich schließlich erholen."

Sie sagte von Anfang an einfach Barbara, ganz selbstverständlich, als kennten sie sich seit langem.

In Herrn Dirnhofers schwarzbraune Augen war ein ernster, grüblerischer Schein gekommen. „Sie hat ein G'sicht", sagte er, „das zum Träumen verführt. Wie eine kleine Renaissance-Prinzeß. Und auch wieder ganz modern. Und dann die Haarfarb'. Ist die echt?"

Barbara wurde noch röter und nickte.

„Die ist echt", bestätigte Gretl. „Ihre Mutter hat die gleiche gehabt." Womit sie zum erstenmal zu erkennen gab, daß sie Barbaras Mutter gekannt hatte.

„Ich bin gespannt, wie ich die 'rauskrieg'", murmelte Herr Dirnhofer, „die Haarfarb', mein' ich. Vielleicht nehm' ich am besten eine Mischung aus Ocker, biss'l Rot, einen braunen Ton, oder ich ..."

„Na, du hast ja noch Zeit, das zu überlegen", bremste Frau Gretl. „Muß ja net gleich heut abend sein."

Nach dem Essen machte man einen Gang durch den Ort, die ganze Familie nahm daran teil, und natürlich auch Dino, dem es offensichlich hier gefiel. Dann saß man bei einem Glas Wein im Garten, wozu sich auch Herr Balser einfand.

Es wurde spät, bis sie ins Bett gingen. Barbara war todmüde. Sie streckte sich wohlig in Lenis schmalem Bett, wollte eigentlich noch ein bißchen nachdenken über alles, was in den letzten Tagen geschehen war, der Abschied von Julius, von Doris, der letzte Besuch bei Perdita, was Heinz zu ihr gesagt hatte, als sie ihn das letztemal sah, die Reise mit Lena, aber sie war zu müde, sie schlief gleich ein. Sie merkte nicht einmal mehr, daß Dino auf das Fußende des Bettes sprang und sich zu ihren Füßen mit einem langen Seufzer einrollte. Die Nächte waren ziemlich kühl im Tegernseer Tal. Zu kühl, um sie auf dem Fußboden zu verbringen, fand Dino.

Dies kleine sommerliche Zwischenspiel brachte es mit sich, daß Barbara leichter mit den Ereignissen der letzten Zeit fertig wurde. Es bewirkte auch, daß sie gleich zu Beginn einen gewissen Abstand zu Heinz bekam, zu dieser Liebe, die wie eine Lawine auf sie eingestürmt war und sie mit sich fortgewirbelt hatte. Nun, da sie weit entfernt von ihm war, konnte sie es selbst nicht recht begreifen. Liebte sie ihn denn wirklich?

Aber sie mußte ihn doch lieben, sonst wäre nicht geschehen, was geschehen war. Das änderte jedoch nichts daran, daß er noch ein Fremder für sie war. Trotz allem, ein Fremder. Wenn sie daran dachte, daß sie ihn bald wiedersehen, daß sie mit ihm zusammen leben würde, so war immer ein leises Verwundern, ein wenig Angst und ein gewisser Widerstand in ihr. Er hatte sie überwältigt mit seiner Liebe, seiner Leidenschaft, gewiß, doch sie hatte sich ihm nicht restlos ausgeliefert, wie es ihm und auch ihr zuerst erscheinen mochte. Stück für Stück nahm sie jetzt wieder zurück, und es entstand die Barbara, die sie zuvor gewesen war. Das Leben im Haus der Talliens hatte sie doch sehr verändert, es war ihr selbst nicht bewußt geworden, auch jetzt noch nicht. Sie war nicht mehr das hilflose, heimatlose Kind, das nicht wußte, wohin es gehörte. Noch kein Jahr war es her, daß sie im Haus der Talliens angekommen war und gedacht hatte: Hier wird es mir nie gefallen, hier bleibe ich nicht. Sie war geblieben, und daß es ihr gefallen hatte, merkte sie jetzt. Und sie hatte sich auch noch nicht davon gelöst. Es gab Augenblicke, da spielte sie mit dem Gedanken, es sei wirklich nichts anderes als ein Urlaub, den sie hier verbrachte, und wenn er vorbei wäre, dann würde sie zurückkehren, zu Julius, zu Doris, zu Perdita, zu ihrer Arbeit. Selbst Elisa hatte alle Schrecken verloren. War sie nicht ganz gut mit ihr ausgekommen? Aber beim Gedanken an Elisa kam natürlich gleich danach der Gedanke an Marianne und an das, was sie ihr angetan hatte. Wie würde die stolze Marianne mit der neuen Situation fertig werden? Nein, es gab keinen Weg zurück. Es gab keine Entschuldigung und kein Verzeihen für das, was sie getan hatte. Wie Barja hatte sie sich selbst verstoßen, hatte leichtfertig Heimat und Sicherheit verspielt. Nur daß sie besser hätte wissen sollen als Barja, wie kostbar, wie unwiederbringlich beides war.

Als sie Heinz eine Woche nicht gesehen hatte, war Barbara

geneigt, das Geschehene als Torheit zu betrachten, als unbegreifliches Versagen ihrer selbst.

Auch Lena hatte es so angesehen. Natürlich hatte sie schon auf der Herreise erfahren, warum Barbara so plötzlich fort wollte. Sie hatte gefragt, ernst und bestimmt, und Barbara hatte ihr also alles erzählt.

Lena hatte sie lange betrachtet und dann sorgenvoll den Kopf geschüttelt. „Es ist doch ein Kreuz mit euch. Ist dir denn nichts anderes eingefallen? Mußte es gerade der Mann sein, der einer anderen gehört? Gibt es nicht Männer genug für dich auf der Welt? Du hast doch weiß Gott Anschauungsunterricht genug gehabt durch deine Mutter."

„Heinz und Marianne sind schließlich nicht verheiratet", hatte Barbara ein wenig trotzig erwidert.

„Na gut, sie sind nicht verheiratet. Aber verlobt. Tatsache ist doch, Barbara, daß du dasselbe getan hast wie deine Mutter. Einer anderen Frau den Mann weggenommen. Zugegeben, der Fall ist nicht so schwerwiegend wie damals bei uns. Aber anständig ist es auch nicht."

„Ich habe es ja nicht getan", sagte Barbara. „Keinen Schritt dazu habe ich getan. Er hat es gewollt. Alles ging von ihm aus."

„Na und?" fragte Lena. „Bist du ein unmündiges Kind? Ich glaube gern, daß du auf Männer eine starke Wirkung hast. Willst du deswegen immer ja sagen, wenn ein Mann dich haben will?"

Darauf gab es keine Antwort. Lange hatten sie sowieso nicht ungestört darüber reden können. Der Zug war voll, dieses Gespäch hatte im Gang stattgefunden.

Barbara hatte erwartet, daß Lena auf das Thema zurückkommen würde, doch erstaunlicherweise geschah nichts dergleichen. Sie hörte keine weiteren Vorwürfe von Lena, keine Ermahnungen, kein Zureden. Auch hatte sich Lenas Verhalten ihr gegenüber nicht verändert. Lena war freundschaftlich, immer gleichmäßig guter Laune und von einer gewissen, wirklich schwesterlichen Herzlichkeit, die Barbara unendlich wohltat.

Schuld daran war auch Gretl. Als sie von Lena die Geschichte erfahren hatte, sagte sie: „No ja, sie ist ja noch so jung. Man läßt ein Mädel auch nicht mit einem Kerl allein, der so gerissen ist. Wir wissen ja, wie die Mannsbilder sind. Und daß sich einer in die Barbara verknallt, das glaub' ich gern. Schau dir doch den

Alois, den alten Deppen, an. Der himmelt sie an, als ob sie das Christkindl wär. Jetzt malt er sie sogar. Was glaubst du, was passieren tät, wenn die zwei hier allein wären, und er tät's auch noch malen. Ich weiß es genau. Und mich tät's nicht wundern. Der liebe Gott hat die Männer halt mal so fabriziert. Ist vielleicht ein Fabrikationsfehler, vielleicht aber auch nicht, denn wir mögen das ja grad an ihnen. Wenn sie nicht so wären, dann wär's ja stinkend langweilig auf der Welt, nicht?"

Gretl hatte ein anderes Temperament als Lena, das war schon immer so gewesen. Daher auch schüttelte Lena mißbilligend den Kopf und meinte: „Wie du wieder redest. Ganz so ist es auch nicht. Alle Männer sind nicht so."

„Net? Na, die paar Ausnahmen möcht' ich kennen. Viel kann mit denen nicht los sein. Lena, laß dir sagen, du siehst die Welt ja auch bloß von einer Seite. Normal ist es so, daß ein Mann, wenn er eine hübche Frau in der Nähe hat, die ihm gefällt, sie auch haben möchte. Ganz einfach haben. Das nennen sie dann Liebe. Ist es ja meist gar nicht. Manchmal wird es draus. Manchmal auch nicht. Das kann man vorher nie wissen. War's vielleicht bei mir und dem Alois anders? Ganz genauso war es auch. Natürlich haben wir gemeint, es ist die große Liebe. Aber da waren wir noch weit davon entfernt. Daß es heute so geworden ist, das ist mein großes Glück. Jawohl." Und mit einem kleinen Seufzer fügte sie hinzu. „Seins auch, hoff' ich. Nein, eigentlich weiß ich es. Und ich denk', er weiß es auch. Drum kann ich es auch ganz gemütlich mit ansehen, wie er um die Kleine herumscharwenzelt. Tut ihm auch ganz gut. Sogar rasieren tut er sich jeden Tag, das macht er sonst in den Ferien nie. Und schwimmen geht er jeden Tag, das ist ihm sehr gesund. Er ist eh zu fett geworden in der letzten Zeit."

„Du hast ein glückliches Naturell", seufzte Lena.

„Hab' ich auch. Ist mehr wert als eine Million Mark auf der Bank, glaub' mir's. Obwohl ich die auch brauchen könnt'."

„Aber was soll denn nun werden?"

„Das wird sich zeigen. An deiner Stelle tät' ich da gar nix mehr dazu sagen. In die Patsch'n ist sie jetzt mal 'reingefallen. Vielleicht kommt's wieder 'raus, sie hat jetzt Zeit zum Überlegen. Vielleicht lieben sich die zwei aber wirklich. Kann man's wissen. Kennst du ihn?"

Lena schüttelte den Kopf.

„Kann sein, er ist gar kein übler Bursch. Wenn er dort sogar in die feine Familie hätt' einheiraten sollen, muß doch was an ihm dran sein. Und daß eine Verlobung mal auseinandergeht, das kommt alle Tage vor. Das ist kein Weltuntergang. Wenn sie ein fremdes Mädel wär' und nicht grad dort im Haus gelebt hätte, würde sowieso kein Hahn danach krähen. So ist's natürlich ein biss'l unangenehm. Aber das verwachst sich mit der Zeit."

Barbara kam wirklich nicht viel dazu, sich mit ihren eigenen Sorgen zu beschäftigen. Sie war den ganzen Tag engagiert. Mindestens eines der Dirnhofer Kinder, die sie ins Herz geschlossen hatten, war immer bei ihr. Meist alle drei, und der Vater noch dazu. Sie gingen zum Schwimmen, sie machten ein paar Bergtouren, sie ruderten auf dem See. Dann bummelten sie wieder durch den Ort, und da die Dirnhofers natürlich überall bekannt waren, gab es immer eine Menge Aufenthalt, man blieb da zu einem Schwatz und dort zu einem kurzen Besuch. Auch hatte Herr Dirnhofer ein paar Kollegen, denen er unbedingt sein schönes Modell präsentieren mußte. Barbara lernte in wenigen Tagen mehr Leute kennen als je in ihrem Leben. Sie saß in fremden Gärten, auf sonnenbeschienenen Terrassen, in bunten Bauernstuben, sie machte kleine und große Touren in die Umgebung, denn wenn auch Alois kein Auto besaß, so hatte er doch genügend Bekannte, die motorisiert waren und denen es ein Vergnügen war, der reizvollen Fremden die schöne Gegend zu zeigen.

So kam es, daß Barbara gar nicht dazu kam, ihre Situation allzu tragisch zu nehmen. Erstmals entdeckte sie auch an sich Barjas Talent, störende Gedanken kurzerhand beiseite zu schieben. Man würde ja sehen, wie es kommen würde. Nicht zuviel darüber nachdenken. Das einzige, was sie tat in der Sorge um später, war, daß sie Peter Mangold nach München einen Brief schrieb. Sie sei jetzt hier zu einem kurzen Urlaub mit einer Verwandten und habe den Plan, danach für einige Zeit nach München zu kommen. Als sie mit dem Schreiben so weit gekommen war, stockte sie. Was noch? Es widerstrebte ihr, mehr über ihre Kalamitäten zu berichten, schon gar nicht brieflich. So fügte sie nur noch hinzu, daß sie ihn gern einmal besuchen würde, falls er nicht verreist sei. Das Ganze hörte sich ganz harmlos und unverfänglich an. Schon zwei Tage später erhielt sie Antwort. Er freue sich sehr, sie zu sehen, schrieb Peter Mangold. Verreist sei er nicht, habe auch nicht die Absicht, in nächster Zeit zu verreisen. Sie solle ihn nur gleich anrufen, wenn sie nach München komme. Er teilte ihr beide Telefonnummern mit, geschäftlich und privat.

In ihrer gelösten Stimmung schrieb Barbara auch an Julius und an Doris. Von Doris bekam sie postwendend Antwort. Einen ganz normalen und vergnügten Brief. Doris tat, als sei nichts Besonderes vorgefallen. Am Ende hieß es: Paps läßt dich grüßen. Selber schrieb Julius nicht.

Dann entdeckte Herr Dirnhofer, daß Barbara unbedingt ein Dirndl haben müsse. Und so präsentierte sich Barbara eines Tages im stilechten Tegernseer Gewand, in Grün und Elfenbeinfarben, ein weiter, handgewebter Rock und ein enges, tief ausgeschnittenes Mieder. Braungebrannt wie sie war, sah sie ganz bezaubernd darin aus, und Herr Dirnhofer begann sofort mit einem zweiten Bild.

So vergingen diese Tage in einem scheinbaren Frieden, in beinahe echter Ferienstimmung. Doch eines Tages traf überraschend Heinz ein.

Barbara war mit Herrn Dirnhofer, Uli und Leni und einem Freund des Hauses zu einem Tagesausflug nach Österreich, zum Achensee, unterwegs. Erst am Abend wurde die kleine Gesellschaft zurückerwartet.

Heinz, der die Nacht in München verbracht hatte, kam schon am frühen Nachmittag im Dirnhofer Haus an. Lena und Gretl, die geruhsam im Garten in den Liegestühlen saßen, blickten überrascht auf, als plötzlich ein großer, gutaussehender junger Mann, sehr gewählt gekleidet, bei ihnen im Garten auftauchte und von Dino freundlich begrüßt wurde.

Heinz lächelte auf seine gewinnende Art, verbeugte sich und sagte: „Entschuldigen Sie, meine Damen, daß ich so ohne weiteres eindringe. Ich suche Fräulein von Tallien. Mein Name ist Leitner."

Es ergab sich, daß beide Damen an dem unerwarteten Gast ausgesprochen Gefallen fanden. Man hatte Gelegenheit genug, sich kennenzulernen, sie tranken zusammen Kaffee und unterhielten sich auf das beste. Heinz hatte nun einmal Talent, mit Frauen umzugehen. Und er verstand es, sich jedem Typ und jeder Gegebenheit anzupassen. Selbst Lenas strenges Auge konnte nichts Unrechtes, nichts Nachteiliges an ihm entdecken.

Als Heinz nach einer Weile merkte, daß beide Damen über die ganze Affäre unterrichtet waren, sprach er in aller Offenheit davon, drückte sein Bedauern und seine tiefe Betrübnis darüber aus, daß seine Beziehungen zum Hause Tallien, dem er soviel zu verdanken habe, dieses beschämende Ende genommen hätten, daß es ihn unbeschreiblich bekümmere, seiner Braut soviel Unrecht und Schmerz angetan zu haben, daß er aber gegen sein großes und echtes Gefühl für Barbara machtlos gewesen sei.

„Ich habe mich immer bemüht, korrekt zu sein", sagte er mit ehrlich düsterer Miene. „Aber man kann schließlich eine Frau nicht mit einer Lüge heiraten. Und da ich nun mal Barbara liebe, war es doch wirklich nicht möglich, diese Ehe einzugehen. Keinem der Beteiligten war das zuzumuten. Ich weiß, daß ich schlecht gehandelt habe. Aber was hätte ich tun sollen? Ich war in einer furchtbaren Lage. Ich glaube, Sie werden das begreifen." Und dabei sah er erst Lena und dann Gretl bittend an, mit offenem, geradem Blick, ein aufrechter Mann, der stets das Beste wollte und dem das Schicksal übel mitgespielt hatte.

Beide, Lena und Gretl, nickten mit dem Kopf und empfanden tiefes Mitgefühl mit dem sympathischen jungen Mann. Nein, er war nicht zu verurteilen. Daß er immerhin nicht so ganz korrekt gehandelt hatte, Liebe hin und Liebe her, was die Auflösung seiner Verlobung und vor allem die Aufnahme seiner Beziehung zu Barbara betraf, darauf kamen beide Damen im Moment nicht gleich.

Gretl meinte weise: „Mei, gegen die Liebe kann man halt nichts machen."

Heinz sagte sogar zu Lena ein wenig später: „Ich bin Ihnen unendlich dankbar, gnädige Frau, daß Sie sich Barbaras angenommen haben. Sie haben damit eine Großherzigkeit und eine Güte bewiesen, die ihresgleichen suchen kann."

Als die Ausflügler lange nicht zurückkamen, bereiteten schließlich Lena und Gretl zusammen das Abendessen, und bei der Gelegenheit, als sie allein in der Küche waren, meinte Gretl: „Du, der ist fei nett. So hab' ich mir ihn gar nicht vorgestellt. Ich dachte, er wär' ein bisserl ein Luftikus. Aber das ist ja ein ganz solider, seriöser Bursch. Und gut schaut er aus. Ein schönes Paar müssen die beiden abgeben. Ich glaub', bei dem ist die Barbara in guten Händen."

Und Lena, die kritische, mißtrauische Lena, nickte und sagte:

„Ja, ich bin auch angenehm überrascht. Ich hab' ihn mir auch anders vorgestellt."

Die beiden waren wirklich ein schönes Paar, wie alle zusammen kurz darauf feststellen konnten, als Barbara zurück war, lieblich und anmutig anzuschauen in ihrem Dirndlkleid.

Ihre Augen wurden ein wenig größer, als sie Heinz erblickte, sie lächelte nicht, rührend hilflos sah sie aus, ein wenig ängstlich fast, als sie Heinz die Hand reichte, die dieser zärtlich küßte. Lena und Gretl betrachteten das junge Paar geradezu mit Wohlwollen. Und Barbara konnte bald bemerken, daß Heinz den Nachmittag wohl genutzt und eine Menge Sympathien gewonnen hatte.

Dafür stieß er bei Herrn Dirnhofer sofort auf kaum verhohlene Abneigung. Erstens betrachtete Herr Dirnhofer die reizende Barbara für diese Zeit als sein Eigentum und seine Eroberung, und zweitens war der Alois auch schließlich keine Frau.

„Das ist ein g'schleckter Aff'", teilte er seiner Gretl später mit. „So ein richtiger Talmi-Baron."

„Ah geh", gab Gretl kurz zurück, „du bist nur eifersüchtig. Das ist alles." Das stimmte zwar zum Teil, jedoch das allein begründete Herrn Dirnhofers Abneigung nicht. Vielleicht war es sein Malerauge, das in Heinz' gutgeschnittenem männlichem Gesicht etwas entdeckte, das ihn störte.

Heinz blieb drei Tage, über das Wochenende. Er wohnte in der Nähe in einer Pension. Natürlich waren Barbara und er meist zusammen, wenn auch nicht immer allein, die Kinder ließen nicht so leicht von der neuen Freundin ab.

Immerhin ergab sich doch einige Male Gelegenheit zu einem ungestörten Gespräch. Am Sonntag beurlaubten sie sich ganz und fuhren mit dem Wagen nach Schliersee.

Barbara erfuhr, daß Heinz nicht müßig gewesen war. Er hatte Annoncen in verschiedenen Zeitungen aufgegeben, auch in München, und hatte seinerseits auf Stellenangebote geschrieben.

„Wo es nun klappen wird, weiß ich nicht", sagte er. „Du wirst ja nicht auf München bestehen. Ich kann natürlich jetzt nicht lange suchen, sondern muß nehmen, was sich zunächst bietet. Später kann man sich dann in Ruhe nach etwas Besserem umsehen."

Wie er offen zugab, war er mit seinem Geld beinahe am Ende und mußte sehen, so bald als möglich Arbeit zu finden. Als zukünftiger Schwiegersohn des Hauses Tallien hatte er natürlich keine großen Ersparnisse gemacht, obwohl er ein ansehnliches Gehalt bezogen hatte.

„Warum verkaufst du den Wagen nicht?" fragte Barbara.

„Nein. Das wäre ungeschickt. Ohne Wagen ist man heute nicht sehr angesehen. Außerdem kann es sein, daß ich ihn beruflich brauche. Und schließlich kann ich ihn gar nicht verkaufen, er ist ja noch nicht ganz bezahlt." Ein paar Wechsel waren noch offen. Auch diese Verpflichtung hatte der zukünftige Mann von Marianne ruhig eingehen können. Jetzt war das anders. Schon dies allein war ein dringender Grund, bald eine Einnahmequelle zu haben, die nicht allzu bescheiden sein durfte.

Barbara machte ein sorgenvolles Gesicht. Soviel Geschäftssinn hatte sie sich immerhin jetzt durch ihre Tätigkeit schon angeeignet, daß sie seine Lage beurteilen konnte.

Dann kam eine überraschende Wendung. Heinz sagte nämlich: „Ich rechne auch mit deiner Hilfe. Du wirst nicht ewig Ferien hier machen können. Hast du denn noch Geld?"

„Nein", gab Barbara zu, „auch nicht mehr viel."

„Dann wird es das beste sein, du suchst dir möglichst bald eine Stellung. Ich denke, daß du ohne große Mühe eine bekommst. Stenotypistinnen werden ja stets gesucht. Vorerst kann ich leider nicht versprechen, ob ich für dich sorgen kann. Das siehst du ein. Wir müssen jetzt zusammenhalten, Barbara. Und auch zusammen verdienen. So schnell wie möglich und soviel wie möglich. Das begreifst du doch?"

„Sicher", nickte Barbara beklommen.

„Und du mußt sparsam sein. Lange Urlaub machen, das können wir uns jetzt nicht leisten. Es kann sein, daß du mir helfen mußt, wenn der nächste Wechsel für das Auto fällig ist."

Barbara blickte ihn mit großen Augen an. Das war nun die Wirklichkeit, der Alltag ihrer Liebe, an den sie bisher noch gar nicht gedacht hatte. Heiße Küsse in einer Julinacht, die zärtlichen Hände eines Mannes, der Traum vom großen Glück, alles vergessen machende Leidenschaft, das war nur die eine Seite. Die andere Seite sah vor, daß sie arbeiten mußte, als Stenotypistin in einem Büro. Irgendwo bei fremden Leuten, nicht mehr freundlich und schonend behandelt im Vorzimmer bei

Onkel Julius. Bis jetzt hatte sie sich noch gar keine genaue Vorstellung davon gemacht, was sie nun erwartete. Und schon gar nicht, was er, Heinz, von ihr erwartete. Jetzt hatte er es ihr unumwunden gesagt: sie sollte arbeiten und nicht so lange Ferien machen.

Das Fräulein von Tallien saß auf ihrem Stuhl im Vorgarten eines Hotels in Schliersee, als sei der Blitz in sie gefahren. Nicht, daß sie sich anmerken ließ, was sie empfand. Vielleicht nur, daß ein kleiner Zug von Hochmut in das schöne, schmale Gesicht gekommen war. Man bestimmte über sie, verfügte über sie, das war etwas, was die Talliens nie vertragen hatten.

Barbara wandte den Blick zurück, der ein wenig starr im tiefen Grün eines Baumes gehaftet hatte, und musterte ihren Begleiter, der eifrig weitersprach, kühl von der Seite.

Kalt und ganz und gar abweisend wurde dieser Blick, als Heinz plötzlich einfiel: „Sag mal, eigentlich müßtest du doch von Julius Geld bekommen. Das steht dir doch zu."

„Nein", erwiderte sie entschieden. „Das kommt nicht in Frage." Sie verschwieg, daß Julius ihr beim Abschied gesagt hatte: „Ich bin für dich verantwortlich, Barbara, nach wie vor. Mach nichts Dummes. Und wenn du Geld brauchst, dann laß es mich wissen."

„Nein", sagte Barbara, „ich will kein Geld von Julius. Mir steht gar nichts zu."

„Aber natürlich. Du bist die Erbin deiner Mutter. Du könntest dir jederzeit deinen Anteil auszahlen lassen."

„Du weißt genau, daß ich das nie verlangen würde", sagte Barbara heftig. „Nach allem, was ich Julius angetan habe."

„Das hat damit nichts zu tun." Heinz legte den Kopf zurück, starrte nun seinerseits in die Kastanie hinauf und überlegte. Unglücklicherweise überlegte er laut. „Das werde ich durchfechten, wenn wir erst verheiratet sind. Das ist nicht schwer."

Heftig erwiderte Barbara: „Ich bin keine gute Partie. Wenn du eine gute Partie machen wolltest, dann hättest du bei Marianne bleiben müssen." Sie stand mit einem Ruck auf. „Gehen wir."

Ihr war elend zumute. Elend und unglücklich und verlassen. Sie dachte: Das hätten Lena und Gretl hören sollen, die von Heinz so begeistert sind. Ach, was reden die Menschen immer nur von Liebe. Was haben sie immer nur mit ihrer Liebe? Ich will gar nichts damit zu tun haben. Ich will nichts davon wissen.

Das dachte sie, kaum daß der neue Bund einige Wochen alt war. Gerade als es beginnen sollte. Daß auch ihre Liebe kleingläubig war, zögernd und voller Vorbehalte, daß sie unrecht tat, ihm sein alles bedenkendes Planen vorzuwerfen, das fiel ihr nicht auf. Sie fühlte und dachte nicht mit ihm, noch nicht. Für sie war er bisher nichts weiter als der stürmische Geliebte einiger Sommernächte. Kein Mann, kein Mensch, dem sie sich ernsthaft verbunden fühlte. Sie war zu jung und zu unerfahren, hatte trotz aller Komplikationen ihrer Jugend stets zu weit von der Wirklichkeit, von der Alltagswelt entfernt gelebt, als daß sie sich jetzt mühelos und ohne Überlegung hätte darin zurechtfinden können. Heinz hätte es wissen müssen und behutsamer vorgehen sollen. Doch dazu war auch er zu jung. Und er hatte keine Zeit dazu.

Immerhin hatte er Barbara aus ihrer sorglosen Ferienstimmung gerissen. Zum erstenmal begann sie, sich ernsthaft mit der Zukunft zu beschäftigen. Hatte sie das jemals getan? Das war neu und ein wenig beängstigend. Zunächst war wie immer, wenn man mit dem Ernst des Lebens konfrontiert wurde, die Frage nach dem Geld das wichtigste. Wenn sie genötigt war, in Zukunft selbst für ihren Unterhalt zu sorgen, und daran hatte ja Heinz keinen Zweifel gelassen, dann mußte sie Geld verdienen. Und zwar bald. Sie wußte noch nicht, was sie hier zu zahlen hatte. Sie lebte zwar wie ein Gast im Hause Dirnhofer, aber sie wußte dennoch, daß die Dirnhofers auf die Einnahmen aus den Ferienvermietungen angewiesen waren. Also würde sie am Ende wohl eine Rechnung zu erwarten haben.

Sie befragte Lena darum.

„Ach, das ist nicht so schlimm", meinte Lena. „Gretl macht es für mich immer billig, und für dich natürlich auch. Wieviel Geld hast du denn?"

Barbara nannte bereitwillig die Summe.

Lena lachte. „Das reicht bei weitem."

„Na ja, ich muß dann auch weiterleben", erklärte Barbara vernünftig. „Bis ich wieder was verdiene."

„Ach so“, sagte Lena und bedachte ihre hübsche kleine Schwester mit einem lächelnden Blick. „Was also hast du vor?“

„Ich werde nächster Tage nach München fahren und ...“ Ja, was und? Eine Sorgenfalte erschien auf Barbaras Stirn. „Mir eine Stellung suchen“, vollendete sie.

„Eine Stellung?“ fragte Lena erstaunt. „So schnell wird das nicht gehen. Als was denn?“

„Als Sekretärin halt.“

„Kannst du das denn?“

Barbara blickte selbst nicht ganz überzeugt drein. „Ich denke doch. Bei Julius habe ich auch so was Ähnliches gearbeitet.“

„Na ja, so was Ähnliches und eine richtige ernsthafte Stellung, die einen Menschen ernährt, das ist ein Unterschied. Glaubst du, daß die in München gerade auf dich gewartet haben?“

„Ich muß doch“, sagte Barbara, und es klang ehrlich verzweifelt.

„Stell dir das nicht so einfach vor. Man wird Zeugnisse von dir verlangen, Referenzen, Nachweise einer richtigen Ausbildung. Wenn du das vorhast, warum hast du dann nicht schon mal auf ein paar Inserate geschrieben? Wir sind immerhin doch seit drei Wochen hier.“

„Ich habe nicht daran gedacht“, gestand Barbara.

Lena schüttelte den Kopf. „Wie du dir das Leben vorstellst“, sagte sie. „O Barbara, hast du bisher auf dem Mond gelebt?“

Barbara senkte den Kopf und schwieg.

„Und Heinz?“ fragte Lena. „Ich denke, ihr wollt heiraten?“

„Ja, wollen wir auch. Aber er muß ja auch erst mal eine neue Stellung haben.“

„Hm.“ Lena überlegte das eine Weile. Dann meinte sie: „Dein Heinz sieht ja durchaus so aus, als wenn er mit dem Leben fertig würde. Es kann sich wohl bloß um einen Übergang handeln. Und da wirst du wohl wirklich für dich sorgen müssen. Mit mir zurückkommen willst du nicht?“

„Ich kann doch nicht“, sagte Barbara betrübt.

„Nun laß den Kopf nicht hängen“, sagte Lena energisch. „Du wirst das schon machen. Genaugenommen schadet es dir nicht, wenn du mal auf eigenen Füßen stehen mußt. Du bist anscheinend doch eine kleine weltfremde Prinzessin. Das ist aber keine Basis für ein Leben heutzutage. Euer komisches Leben da in Italien hat dich nicht gerade zur Lebenstüchtigkeit erzogen.

Und bei den Talliens, das war auch ein Sonntagsleben. Das Leben besteht aber nicht nur aus Sonntag. Das mußt du lernen, Barbara."

Nein, Lena war nicht geneigt, dies allzu tragisch zu nehmen. Sie hatte stets auf eigenen Füßen gestanden und früh genug erfahren, was es bedeutete, für sich selbst zu sorgen.

„Ich werde Peter Mangold besuchen", sagte Barbara, „er kann mir sicher einen Rat geben."

„Wer ist das?" fragte Lena.

„Ein Freund von Barja, der in München lebt."

„Etwa der, den du damals in Frankfurt getroffen hast?" Lena hatte ein gutes Gedächtnis.

Barbara nickte.

„Ob das nun gerade der richtige ist, möchte ich bezweifeln", sagte Lena.

Doch, Peter Mangold war der richtige. Er wußte Rat. Er belebte sich geradezu bei der Aussicht, der Tochter der geliebten Frau helfen zu können.

„Du kannst bei mir tätig sein, Barbara", sagte er.

„Kannst du mich denn gebrauchen?" fragte sie zweifelnd.

„Natürlich. Ich habe dir ja gesagt, daß mein Betrieb sich beträchtlich vergrößert hat. Ich kann gut noch eine Arbeitskraft gebrauchen."

Barbara war nicht überzeugt davon, daß es die Wahrheit war. Aber sie konnte es sich in ihrer Situation nicht erlauben, sein großzügiges Angebot auszuschlagen. Sie würde ja sehen, ob er wirklich Verwendung für sie hatte. Wenn nicht, so konnte sie sich immer noch etwas anderes suchen.

Sie saßen zum Mittagessen auf der Terrasse im Königshof. Peter hatte diesen Treffpunkt vorgeschlagen, weil es für sie in der fremden Stadt vom Bahnhof aus am leichtesten zu finden war.

Wie schon das letztemal hing sein Blick mit einem geradezu hungrigen Ausdruck an ihr. Wie sehr sie Barja glich!

Natürlich war er überrascht gewesen über die veränderte Lage. Barbara konnte nicht anders, sie mußte ihm erzählen, was vorgefallen war. Er hörte sie schweigend an, ergänzte im Geist das, was ihre Erzählung ausließ.

„Ich verstehe dich nicht", sagte er dann. „Ich fürchte, du hast eine große Dummheit gemacht." Vom ersten Augenblick an, ohne daß er Heinz kannte, war er gegen ihn. „Du hast es doch dort gut gehabt bei deinen Verwandten. Du hast dich doch wohl gefühlt. Warum mußt du dich auf so ein Abenteuer einlassen?“

Barbara sah ihn an und schwieg. Er war wohl der letzte, der ihr einen Vorwurf machen durfte. Wenn er nicht gewesen wäre, lebte Barja noch, lebte Fernand noch.

Sie verabredeten, daß Barbara am 1. September bei ihm anfangen solle.

„Und wo soll ich wohnen?“ fragte sie. „Ich müßte mir doch ein Zimmer suchen.“

„Du kannst bei mir wohnen. Ich habe Platz genug.“

„Nein“, sagte sie eilig.

„Warum nicht?“ fragte er.

Sie wich seinem Blick aus. „Ich weiß ja nicht“, murmelte sie, „aber vielleicht kommt Heinz, und ich ...“

„Ach so.“ Er schwieg eine Weile, dann sagte er: „Ich werde ihn mir genau ansehen, deinen Heinz. Und sei sicher, ich werde nicht zulassen, daß du etwas Dummes machst. Das bin ich Barja schuldig.“

Er brachte sie zum Zug, der sie nach Tegernsee zurückbringen sollte. „Brauchst du Geld?“ fragte er zuletzt.

„Nein“, erwiderte Barbara rasch. „Nein, wirklich nicht. Danke.“

Der Zug war leer um diese Zeit, sie saß allein in einem Abteil. Eigentlich hätte sie allen Grund gehabt, froh zu sein. Das war leichter gegangen, als sie erwartete. Sie hatte eine Stellung, ohne daß sie einen Finger hatte darum rühren müssen. Und sie hatte einen Mann, der sie liebte und der sie heiraten wollte. Warum nur war ihr das Herz so schwer? War Peter denn nicht großzügig und entgegenkommend gewesen? Peter Mangold, der Geliebte ihrer Mutter, der Mann, den Barja geliebt hatte und der im Grunde schuld war an ihrem Tod. Er würde jetzt ihr Arbeitgeber sein, so nannte man das ja wohl in diesem Land.

Es war eine verrutschte Situation. Barbara empfand es deutlich. Es trug nicht dazu bei, sie mutiger zu stimmen. Ihr Hals war auf einmal eng, sie war nahe daran zu weinen.

Ich will nicht weinen, dachte sie. Es hat keinen Zweck zu weinen, es hilft ja nichts. Barja hatte nie geweint. Sie sagte: „Tränen machen häßlich und ändern nichts. Nimm dir ein Pferd und reite gegen den Wind. Dann hast du auch Tränen in den Augen und vergißt die Tränen in deinem Herzen.“

Aber dieser Gedanke war nicht gut, er erinnerte an Perdita. Was würde Perdita tun? Wer würde sie reiten, die Schneise entlang im Galopp, durch den Wald, über die Wiesen, über die Stoppelfelder. Sie hatten sich alle gefreut auf die Stoppelfelder, das war die große Zeit für Pferd und Reiter.

Und dann beim Haus des Professors vorbei. Ob er schon zurück war? Was würde er sagen zu ihrer Flucht? Nicht einmal von Nele habe ich mich verabschiedet. Das war der letzte Gedanke, Neles gutes altes Gesicht. Dann weinte sie doch.

5

Julius und Ludwig ritten weit vor ihr. Barbara spornte ihr Pferd an, um sie einzuholen. Aber Perdita, die windschnelle, die sonst kein Pferd vor sich duldete, die allen davonlief, kam ihnen nicht näher. Unter ihren Hufen schien die Erde zu fliegen, ihr Körper dehnte sich in den weiten Galoppsprüngen, Barbara spürte den geschmeidigen Tierleib unter ihren Schenkeln, sie selbst saß ganz locker, ein wenig vorgebeugt, um sich dem Tempo anzupassen. Doch der Abstand zu den Reitern da vorn verringerte sich nicht. Im Gegenteil, er schien größer zu werden. Und die Schneise nahm kein Ende. Wie lange ritten sie schon? Jetzt waren Julius und Ludwig nur noch zwei kleine Punkte, kaum mehr zu erkennen.

Barbara rief. „Wartet doch!" rief sie. „Wartet auf mich. Nicht so schnell. Wir schaffen es nicht."

Die Schneise wirkte heute viel schmaler. Vom Himmel war nichts zu sehen, fast dunkel war es. Kam am Ende wieder ein Gewitter? Aber kein Lüftchen rührte sich. Die Bäume an beiden Seiten standen stumm und reglos, auch sie schienen größer zu sein, bis in den Himmel zu wachsen. Im Reiten blickte Barbara nach oben. Ach ja, die Schneise war schmaler geworden und die Bäume viel größer. Ihre Wipfel berührten sich über der Mitte des Weges, bildeten auf einmal ein Dach, das kein Tageslicht hineinließ. Immer dichter, immer dunkler wurde es. Sie ritt wie in einem Tunnel. Die Luft war schwül, stickig. Schweiß trat ihr auf die Stirn. Und die Reiter vor ihr waren nicht mehr zu sehen. Eine wilde Angst schnürte auf einmal ihr Herz zusammen, saß ihr in der Kehle, kaum daß sie noch atmen konnte. Sie wollte noch einmal rufen, schreien: „So wartet doch.

Wartet auf mich." Aber sie brachte keinen Laut mehr über die Lippen.

Sie war allein. Ganz allein. Die hatten sie im Stich gelassen da vorn, hatten ganz vergessen, daß sie hinter ihnen ritt und sie einholen wollte.

Nein. Doch nicht. Ein Pferd galoppierte ihr entgegen, wie ein Sturmwind kam es angebraust, streckte sich weit, viel schneller noch als Perdita lief es. Ein dunkles Pferd, fast schwarz war es. Und wer war der Reiter? War es Ludwig? War es Julius? Kam Ludwig, um sie zu holen?

Es war eine Frau. Barbara sah ihr helles Gesicht, sah das goldbraune Haar im Wind des raschen Rittes wehen. Es war Barja. Sie erschrak nicht, als sie ihre Mutter erkannte. Es schien ganz selbstverständlich, daß Barja hier geritten kam. Auf Iltschi. Natürlich, das war Iltschi, schwarzbraun, schmal und hoch, größer als Perdita, auf der Stirn leuchtete sein weißer Stern.

Barja zügelte ihr Pferd, und auch Perdita stand. „Was jagst du hier wie eine Wahnsinnige", sagte Barja rauh. „Wo willst du denn hin? Du reitest in der falschen Richtung. Komm mit mir."

„Nein, da vorn sind Julius und Ludwig. Ich muß sie einholen."

„Du holst sie nicht ein", sagte Barja. „Sie sind schon weg. Komm mit mir."

„Nein!" rief Barbara verzweifelt. „Nein, ich will nicht. Ich will zu Ludwig."

„Du kannst nicht mehr zu Ludwig. Komm mit."

„Wohin?"

„Dahin. Irgendwohin." Barja wies mit der Gerte in ihre Richtung. Barbara wandte sich im Sattel um. Endlos auch nach dieser Seite dehnte sich die Schneise, ganz dunkel war es um sie her, kein Stückchen vom Himmel war mehr zu sehen. Eng und schwarz war der Weg, den Barja wies.

„Wohin?" fragte Barbara noch einmal.

„Irgendwohin. Es ist doch egal."

„Nein. Ich will nicht. Reite allein. Ich will hier weiter." Sie gab Perdita rücksichtslos die Sporen, und Perdita, die keine Sporen vertragen konnte, machte einen jähen Satz und schoß dann davon, schneller noch, wilder, sie war nicht mehr zu zügeln, und Barbara spürte unter sich mit Schrecken das machtvolle Davonschießen eines durchgehenden Pferdes, das den Reiter so hilflos macht. Sie sah nicht, wohin sie ritten, sah nicht, wo

Perditas Hufe die Erde berührten, wenn sie überhaupt noch die Erde berühren mochten. Sie krallte ihre Hände in die goldene Mähne und beugte sich tief über den Hals des Pferdes, denn die Schneise war nicht nur eng und dunkel, sie war auch niedrig geworden, die Zweige waren dicht über ihrem Kopf, schlossen sich zusammen wie ein festes Dach, und manchmal streifte einer ihre Wange, verfing sich in ihrem Haar.

„Perdita!" schrie sie. „Perdita!" Aber Perdita hörte nicht, sie raste blindlings in die Schwärze hinein, die wie eine Mauer um sie stand. Es war nun gerade noch so viel Platz, daß der Pferdeleib hindurchkam, und es konnte nicht mehr lange dauern, dann war auch der nicht mehr da, dann blieben sie stecken oder rannten gegen die Bäume und würden beide mit zerschmettertem Kopf liegenbleiben. Ein großer Ast traf mit hartem Schlag Barbaras Wange, sie schrie auf, die Wange brannte in heftigem Schmerz, und dann lief es heiß darüber. War es Blut? Waren es Tränen? Tränen ja, sie liefen ihr über die Wangen, ihr Kopf lag jetzt auf Perditas Hals, ihre Hände lösten sich aus der Mähne, sie neigte sich, glitt, sie stürzte. Stürzte in das weglose, furchtbare Dunkel, das sie umgab. Mit letzter Kraft versuchte sie sich an Perdita festzuhalten, doch Perdita war schon nicht mehr da, war unter ihr weggerast, sie stürzte, sie schrie . . .

Mit diesem Schrei fuhr Barbara hoch. Sie saß aufgerichtet im Bett, ihr Herz klopfte wild, sie war naß von Schweiß. Es dauerte eine bange kleine Ewigkeit, bis sie sich besann, wo sie war, bis sie das schwarze Viereck in der weißen Fläche als das Bild an der Wand ihres Zimmers erkannte. Sie blickte sich um. Das graue Rechteck war das Fenster, die Gardine wehte leicht im Wind. Und das da vorn war die Tür, das Dunkle war der Schrank. Sie lag in ihrem Bett und hatte geträumt. Aus ihren Augenwinkeln sickerten noch die letzten Tränen. Sie hatte geweint in diesem Traum, geweint vor Angst und Entsetzen.

Sie schauerte zusammen. Es war kalt im Zimmer, eiskalt. Das Fenster war wohl zu weit offen. Sie schob langsam die Beine aus dem Bett, stand auf, ein wenig taumelig, tastete sich zum Fenster und schloß es bis auf einen schmalen Spalt. Draußen war alles weiß, die Straße, die Dächer. Es hatte wieder geschneit in der Nacht. Nein, es schneite noch. Kalt und böse schneite es, kleine scharfe Flocken, die der Wind schräg an ihrem Fenster vorbeitrieb. Unten die Straße war eine weiße, unberührte Fläche. Nahm dieser Winter nie ein Ende?

Als sie wieder im Bett lag, konnte sie nicht einschlafen. Dieser Traum. Sie dachte darüber nach. Was bedeutete es? Es war schrecklich gewesen, wie der Weg immer enger und dunkler wurde, wie in einen Sack war sie hineingeritten. Und dann diese merkwürdige Begegnung mit Barja. Ach, sie wollte nicht mehr darüber nachdenken. Es war ein scheußlicher Traum gewesen.

Reglos lag sie, starrte mit weitgeöffneten Augen an die Decke. Sie war allein. Sie war so allein. Allein in diesem Zimmer, allein in dieser Stadt. Allein auf der ganzen Welt. Die Menschen, die um sie lebten, waren Fremde, waren nur Schemen. Auch Heinz.

Er lag jetzt irgendwo in einem Hotelbett, sie wußte nicht wo. Sicher schlief er. Vielleicht hatte er an sie gedacht vor dem Einschlafen. Vielleicht aber auch nicht. Es bedeutete ihr nicht viel. Er war auch ein Fremder. Er konnte die Einsamkeit, die Leere in ihrem Herzen nicht ausfüllen. Er hatte es nie gekonnt. Aber es war nicht seine Schuld.

Sicher ist es meine Schuld, dachte Barbara. Aber nicht allein. Er hat auch schuld, doch, gewiß. Wir sind zusammen fortgegangen, stark und mutig, aber wir haben uns gegenseitig etwas vorgemacht. Nein, ich nicht. Ich wollte nicht gehen. Ich bin in das alles hineingeraten, ich weiß selbst nicht wie. Den gleichen Weg sind wir gegangen damals, fort von dem Platz, auf dem wir bleiben sollten. Weit sind wir gegangen. Aber auf dem Weg zueinander sind wir nicht weit gekommen, nur halbwegs, nicht einmal das. Dann sind wir stehengeblieben und haben uns umgesehen. Wir haben uns gegenseitig nicht verziehen, was wir aufgegeben haben, was einer für den anderen aufgegeben hat.

Und doch ist es meine Schuld. Ich habe gesagt: Ich liebe dich. Aber ich habe ihn nicht geliebt. Ich habe ihn geküßt und habe ihn umarmt, und ich wollte, daß er mich küßt und daß er mich umarmt. Doch mein Herz war nie bei ihm. Nie. Ich habe es mir eingebildet. Heute weiß ich, daß ich mich selbst belogen habe. Mich und ihn auch. Ich bin viel schlechter als Barja. Barja hat Vater geliebt, wenigstens am Anfang. Und sie hat sich ihm zugehörig gefühlt, immer, trotz allem, bis zuletzt. Ich habe Heinz nie geliebt und fühle mich ihm nicht zugehörig. Ich liebe niemanden. Und darum ist mir so kalt und leer im Herzen. Niemand, der zu mir gehört. Niemand, zu dem ich gehöre. Ich bin allein. Ich bin in das Dunkel hineingeritten, in eine schwarze Sackgasse. Sogar Perdita ist davongelaufen. Barja ist in die andere Richtung geritten. Dort war es bestimmt nicht so dunkel und nicht so leer. Sie hat geliebt. Sie hat mich geliebt, sie hat Fernand geliebt. Und Peter. Und das Leben auch, sie hat es geliebt. Ich liebe das Leben nicht, ich habe Angst davor. Weil ich allein bin. Ich bin allein.

Immer im Kreise dachte sie, wirr und zusammenhanglos, und die Nacht in dem kalten fremden Zimmer vergrößerte ihre Einsamkeit ins Schreckliche, ins Endlose. Diese Nacht war endlos, und sie war ganz allein darin.

Viel später erst fiel sie wieder in einen dünnen, unruhigen Schlaf, aus dem sie hochfuhr, als der Wecker neben ihr schrillte. Hastig fuhr sie auf und zog ihn unter die Decke. Frau Burger beklagte sich immer darüber, daß der Wecker sie störe. Sie behauptete, ihn stets zu hören, obwohl sie zwei Zimmer entfernt schlief. Sie brauche den ungestörten Morgenschlaf, so sagte sie, denn sie schlafe in der Nacht sehr schlecht. Eigentlich nur mit Schlaftabletten. Es war eins ihrer vielen Leiden.

Barbara kannte die Krankheiten der Wirtin ziemlich genau. Es war deren Lieblingsthema, sie sprach gern von ihrer zerstörten Gesundheit. Der Krieg war schuld, die Nachkriegszeit, und natürlich auch der selige Herr Burger, der soviel Anlaß zu Ärger gegeben hatte. Und jetzt waren es die Untermieter. „Ich habe es in meinem Leben nicht nötig gehabt, fremde Leute in meiner Wohnung zu haben“, beklagte sich Frau Burger. „Früher hatten wir eine Sechszimmerwohnung, und natürlich immer für uns. Aber jetzt hat sich eben alles verändert. Und dazu mein elender Zustand.“

Aber was wäre Frau Burger gewesen ohne ihren elenden Zustand. Ihre Krankheiten waren ihr Lebensinhalt. Und die Untermieter. Sie hatte keinen Mann mehr, keine Kinder, kein Geld. Aber sie hatte die Krankheiten und die Untermieter. Damit konnte sie eigentlich zufrieden sein, das gab Beschäftigung genug.

Überhaupt ihre jetzigen Untermieter waren recht ergiebig. Dieses blasse schweigsame Mädchen, mit dem Frau Burger nicht recht warm werden konnte, ein Fräulein von und außerordentlich zurückhaltend. Dabei war sie auch nichts anderes als Tippmamsell. So nannte es Frau Burger altmodisch und geringschätzig. Und sie lebte mit diesem interessanten, gutaussehenden Mann zusammen und war nicht einmal mit ihm verheiratet. Sehr, sehr merkwürdige Zustände, fand Frau Burger. Nicht, daß es Frau Burger etwas ausmachte. Sie betonte stets, daß sie großzügig sei und sehr verständnisvoll. So hatte sie auch ohne weiteres zugestimmt, als Barbara fragte, nachdem der Student ausgezogen war, ob wohl ihr Verlobter das Zimmer haben könne. Sie kannte Heinz ja schon, er kam öfter zu Besuch, und Frau Burger war, wie alle Frauen, sehr von ihm angetan. Er war höflich, rücksichtsvoll und sehr charmant. Außerdem war er ein bequemer Mieter, die ganze Woche nicht da, immer nur am Wochenende. Er gefiel ihr viel besser als das Fräulein von Tallien mit ihrem seltsamen Haar und dem verschlossenen Wesen. Im stillen wunderte sie sich, was er an dem Mädchen fand. Ein Mann wie er konnte doch eine Frau haben, so schön und so reich, wie er sie wollte. Nicht eine, die in ein Büro arbeiten ging, gerade eben 300 Mark verdiente, blaß und dünn war und meist den Mund nicht auftat. Manchmal wußte man wirklich nicht, wo die Männer ihre Augen hatten.

Es war höchste Zeit, bis Barbara sich endlich entschloß, aufzustehen. Sie war bleiern müde, der Kopf tat ihr weh, schon am frühen Morgen. Aber es wurde Zeit jetzt. Sie stand so ungern auf. Komisch, solange sie bei Julius gearbeitet hatte, war sie immer gern früh aufgestanden, schnell und heiter, voll Erwartung dem neuen Tag gegenüber. Sie hatte mit ihm zusammen gefrühstückt. Wenn sie reiten gingen, war sie noch früher aufgestanden. Es hatte ihr nicht das geringste ausgemacht.

Jetzt zögerte sie jeden Morgen, den neuen Tag zu beginnen. Alles war lästig, alles war feindlich. Die Wohnung war kalt, das Wasser im Bad war kalt. Sie schlich lautlos durch den Korridor, machte nicht einmal Licht, um Frau Burger nicht zu stören. Mit dem Tauchsieder machte sie ein wenig Wasser heiß, eine Tasse Neskaffee, ein Bissen Brot, meist im Stehen genossen, das war das ganze Frühstück.

Und dann hinaus. Schnee auf den Straßen, Wind, Kälte. In München nahm der Winter kein Ende. Dabei war es schon März. Frierend stand sie an der Ecke und wartete auf die Straßenbahn. Wenn sie kam, drängte sie hinein mit den anderen, die da genau wie sie gewartet hatten. Nein, sie drängte nicht, sie war immer die letzte. Sie stand eingeschlossen zwischen fremden Menschen, zwischen feuchten Mänteln. Sie scheute die Berührung, aber sie mochte sich so schmal machen, wie sie wollte, sie spürte doch die fremden Menschen an sich. Alles war feindlich und trostlos.

Am Stachus stieg sie aus. Hier war es laut und wild schon zu der frühen Stunde, die Stadt war voll brodelndem Leben, kein Schnee auf den Straßen hier, schwärzlicher Schmutz, die Autos rasten in dichter Folge vorbei, der Schlamm spritzte hoch, die Straßenbahnen fuhren aus allen Richtungen herbei und entluden Menschen, nichts als Menschen, in den jagenden, freudlosen Alltag der Stadt.

Sie hatte noch ein Stück zu laufen, dann kam die Toreinfahrt, die sie verschluckte. Viele Schilder an der Tür, darunter eines: Manschewski, Import-Export. Ein zugiger Hof, eine Treppe, eine Tür. Und dahinter das Büro mit den Schreibmaschinen, ein einziges Fenster auf einen kahlen Hof. Unten eine Garage. Wenn man das Fenster öffnete, kam der giftige Geruch der Autos herein, die unten aus und ein fuhren. Und dann begann der lange Tag.

Mit einem Ruck zog Barbara den letzten Brief aus der Maschine und legte ihn zu den anderen. Nun noch das Kuvert, dann war es überstanden. Der Rücken, die Arme schmerzten sie. Und Kopfweh hatte sie auch schon wieder. Die Luft im Raum war schlecht, man konnte das Fenster nicht öffnen, der mit Schnee vermischte Regen wäre sonst direkt auf Fräulein Beckers Schreibtisch gelandet.

Marlene Becker hatte übrigens die Arbeit schon seit einiger Zeit beendet. Sie war eben dabei, hingebungsvoll ihre Lippen anzumalen. Dann kam die Frisur dran. Sorgfältig kämmte sie die schwarzbraunen Ponys in die Stirn. Dann blickte sie mit einem Seufzer aus dem Fenster.

„Bei dem Sauwetter wird's die ganzen Haar' wieder zusammdetschen", meinte sie. „Das Geld für den Friseur hätt' ich mir sparen können."

„Das wäre schade", sagte Barbara liebenswürdig. „Die Haare lagen heute sehr gut."

„Ja, net wahr? Der neue Friseur ist Klasse. Ich bin froh, daß ich den gefunden hab'. Sie sollten auch mal hingehen. Und nach Herrn Max müssen S' verlangen. Der hat was los." Mit einem

Seitenblick auf Barbara fügt sie hinzu: „Aber Ihre Haar' liegen ja immer gut. San S' jetzt fertig?"

„Ja", sagte Barbara. „Ich werde Herrn Manschewski die Post gleich hineinbringen."

„Warten S', bis ich weg bin. Sonst fallt ihm am Ende noch was ein. Abends wird der immer munter." Mit einem letzten Blick in den Spiegel beendete sie ihr Verschönerungswerk. „Wie schau ich aus?"

„Sehr gut. Ihrer neuen Eroberung werden Sie bestimmt gefallen."

„Hoffen wir's. Mei, was ich mit dem wieder erleben werd'. Sie ham's gut, Sie ham an festen Freund. Da braucht man nicht mehr solche Eiertänz' aufz'führen. Was ham S' denn vor übers Wochenend'?"

„Oh, nichts. Bei dem Wetter. Ich werde mich richtig ausschlafen."

„Ins Kino könnten S' mal gehen. Der Film, wo ich Ihnen erzählt hab', den müssen S' unbedingt sehen. Der vergessene Traum, hoaßt er. Mei, der is schön."

„Ja, den werde ich mir vielleicht mal ansehen." Sie würde ihn wirklich ansehen. Lily spielte darin ihre erste Hauptrolle, sehr erfolgreich, wie es schien. Die Kritik und Fräulein Marlene Becker hier aus dem Büro waren überraschenderweise einmal der gleichen Meinung, beide hatten die Hauptdarstellerin außerordentlich gelobt. Allerdings verschwieg Barbara ihrer Kollegin, daß sie Lily Wolter persönlich kannte. Des Fragens würde sonst kein Ende sein. Wenn Fräulein Becker erst gewußt hätte, daß Barbara sogar schon einmal die Bekanntschaft von Bernd Torsten gemacht hatte, der in diesem Film Lilys Partner war, und wie es schien, auch der derzeitige Partner ihres Privatlebens! Fräulein Becker liebte Bernd Torsten heiß und innig, keinem ihrer ständig wechselnden Verehrer war es bisher gelungen, den unvergleichlichen Star aus ihrem Herzen zu verdrängen.

Jetzt hatte Barbara schon lange nichts mehr von Lily gehört. Die Schauspielerin war sehr beschäftigt. Theater, Film und eben – Bernd Torsten. Lily war auf dem besten Wege, ein Star zu werden. Dieser letzte Film, ihr zweiter erst, hatte ihr die Aufmerksamkeit der Presse und große Zuneigung beim Publikum eingetragen.

Herr Manschewski blickte auf, als Barbara ins Zimmer kam.

„Fertig?“ fragte er freundlich. Seine kleinen schwarzen Augen hafteten einen Augenblick an dem Gesicht seiner Stenotypistin. Schlecht sah das Mädel aus, blaß und kummervoll. Dabei war sie so jung, und so mühselig war die Arbeit doch wirklich nicht bei ihm. Es ging ihm ähnlich wie Frau Burger, er konnte nicht recht klug werden aus diesem Fräulein von Tallien. Anfangs hatte er gedacht, sie sei hochmütig, etwas Besseres gewohnt, und tue die Arbeit in seinem Büro nur widerwillig. Dieses Urteil mußte er revidieren, sie war fleißig, flink und stets bereit, den Hauptanteil der Arbeit zu übernehmen. Es mußte wohl ein privater Kummer sein, der sie bedrückte. Das wunderte ihn im stillen. Nicht zu begreifen, warum ein so schönes Mädchen Kummer haben sollte. Darin unterschied er sich von Frau Burger. Er fand Barbara sehr attraktiv. Das war letzten Endes der Grund gewesen, warum er sie engagiert hatte, obwohl sie nur das einzige Zeugnis besaß über eine kurze Tätigkeit. Und dann natürlich die perfekten italienischen Sprachkenntnisse, das konnte er in seiner Branche gebrauchen.

„Ja“, erwiderte Barbara auf seine Frage. „Haben Sie noch etwas?“

„Nein, nein, das ist alles. Es ist ja auch schon sechs durch. Aber Sie können die Post gleich mitnehmen, ich unterschreibe nur.“

Barbara wusch sich die Hände, fuhr sich flüchtig mit dem Kamm durch das Haar, kaum daß sie in den Spiegel blickte dabei. Jetzt kam die Heimfahrt in der überfüllten Straßenbahn, stehend natürlich. Jeden Tag aufs neue graute ihr davor. Mußte sie noch etwas einkaufen? Heinz würde wohl heute nicht mehr kommen, und wenn, dann erst spät. Wenn sie sich beeilte, kam sie noch zurecht ins Kino, um Lilys Film anzusehen. Vielleicht war es besser, als zu Hause zu sitzen in dem öden Zimmer, allein, oder, was noch schlimmer war, einer von Frau Burgers endlosen Erzählungen lauschen zu müssen. Aber sie hatte keine Lust, ins Kino zu gehen. Dort waren auch wieder viel Menschen. Sie mochte nicht allein sein, aber sie mochte auch nicht so dicht von Menschen umgeben sein. Was wollte sie eigentlich?

Sie straffte sich in den Schultern und hob das Kinn. Was war nur mit ihr los? Diese ewigen Depressionen, es mußte wohl am Wetter liegen. Sie mußte sich zusammennehmen, durfte Heinz nicht mit so einem Gesicht empfangen, dann gab es bald wieder Streit. Wenn er nach Hause kam nach seiner unruhigen Woche, wollte er, daß sie ihn lächelnd begrüßte, die Arme um seinen Hals legte und Freude über seine Gegenwart zeigte. Dies sei sein gutes Recht, fand er wohl. Und vermutlich hatte er sogar recht damit. Sein Leben war auch nicht so angenehm.

Das letztemal hatte er gesagt, nachdem er sie eine Weile betrachtet hatte: „Wenn man dich sieht, könnte man denken, du führst ein wahres Hundeleben. Wie eine Trauerweide siehst du aus. Fehlt dir was?“

„Aber nein“, hatte sie erwidert, „gar nichts. Seh' ich so aus? Das ist schrecklich“, sie lächelte auf ihre alte, rasche, aufleuchtende Art. „Tut mir leid. Wahrscheinlich kommt es davon, daß ich dich immer so lange nicht sehe. Da komme ich mir so verlassen vor.“

Das war das richtige, was sie gesagt hatte. Er lachte geschmeichelt und schloß sie in die Arme. „Jetzt bin ich ja da. Also lach mich an.“

Das war so eine von den kleinen Lügen, die sie immer ihm gegenüber gebrauchte. Ganz leicht und selbstverständlich kamen sie ihr über die Lippen. Sie kam sich genauso verlassen vor, wenn er da war. Fast noch mehr. Aber wenn sie sagte, daß seine Abwesenheit sie betrübe, hob sich sein Selbstbewußtsein, verbesserte sich seine Stimmung. Barbaras Liebe, die Gewißheit, sie zu besitzen, sie fest in den Händen zu haben, war der einzige Aktivposten in seinem derzeitigen Leben. Das war der einzige Moment, wo er noch war, was er so heiß zu sein begehrte: der Sieger. Sie war das einzige Pfand in der Hand, das ihm noch bewies, daß er der Beste, der Stärkste und der Klügste war. Barbara von Tallien, der schönen Barja schöne Tochter, sie gehörte ihm, er hatte sie der Familie entführt, hatte sie in sein Leben geholt, und da mußte sie bleiben.

Nicht, daß sich diese Gedanken klar und deutlich in ihm geformt hätten, es war nur ein Gefühl, ein Empfinden, aber dieses Gefühl war das Rückgrat seines Daseins geworden.

Barbara erkannte es deutlicher als er. Sie tat nichts, um ihm das Gegenteil zu beweisen. Sie sagte noch immer: Ich liebe dich. Aber sie sagte es genauso für ihn wie für sich selbst. Er sollte es glauben, und sie *wollte* es glauben. Und es kamen immer wieder Stunden, da glaubte sie es wirklich. Wenn sie die ganze Woche allein gewesen war, wenn sie am Freitagabend oder am Samstag auf ihn wartete, und wenn er dann da war, sie spürte seine Arme um sich, er küßte sie, dann kam immer der Moment, in dem sie glaubte: Es ist alles gut. Was habe ich mir nur für dumme Gedanken gemacht? Sie überließ sich ihm ganz, seiner Leidenschaft, seinen Umarmungen, und doch belog sie ihn selbst dann, wenn sie eine Glut, eine Hingabe vortäuschte, die sie nicht empfand. Belog ihn und belog sich, auch hier, auch in diesen Augenblicken.

Als Barbara aus dem Torweg trat, schlug ihr der kalte Regen ins Gesicht. Sie zog die Mütze fester auf den Kopf und spannte den Schirm auf. Nein, sie würde nicht ins Kino gehen, lieber gleich nach Hause.

Doch schon nach drei Schritten wurde sie angerufen.

„Barbara!"

Am Straßenrand parkte Peter Mangolds Wagen, er streckte den Kopf zur Scheibe heraus und winkte ihr, öffnete dann die Tür.

„Komm, steig schnell ein. Das ist wieder ein Sauwetter." Und als sie neben ihm saß: „Guten Abend, Barbara. Wie geht es dir?"

„Peter", sagte sie überrascht. „Wie kommst du hierher?"

„Ich wollte dich abholen. Ich dachte mir, du fährst bei dem Wetter lieber mit dem Wagen nach Hause als mit der Tram."

„Das ist nett von dir", sagte sie dankbar.

„Und dann wollte ich dich auch wieder mal sehen. Warum besuchst du mich nicht?"

Sie zuckte die Schultern und schwieg.

„Ja, ich weiß", sagte er, „Heinz will es nicht. Ist er schon zurück?"

„Nein, ich denke, daß er heute abend kommt. Oder erst morgen. Das ist immer ungewiß."

„Dann kannst du mit mir essen gehen, ja? Ich sehe nicht ein, warum ich immer allein zu Abend essen soll. Wir gehen zu Schwarzwälder, trinken ein Glas Wein und essen was Gutes. Magst du?"

Sie mochte gern, aber sie sagte: „Ich weiß nicht . . . Ich bin nicht angezogen. Nur Rock und Pullover."

Er lachte und fuhr an. „Das macht doch nichts. Du bist hübsch genug, auch in Rock und Pullover."

Sie hatte ihn mehrere Wochen lang nicht gesehen. Seit sie im Januar aufgehört hatte, bei ihm zu arbeiten, traf sie ihn selten. Es war keine Verstimmung zwischen ihnen zurückgeblieben, eine kleine Verlegenheit vielleicht, ein wenig Unsicherheit. „Bleib bei mir", hatte er am Ende gesagt, und damit nicht seine Firma, nicht die Heizungsanlagen gemeint. Sie wußte, was diese Bitte bedeutete, auch wenn sonst nichts ausgesprochen wurde. Doch sie konnte nicht bei Peter Mangold bleiben als Ersatz für Barja, konnte nicht bei ihm, nicht mit ihm leben, wenn er in ihr immer nur die Frau suchen würde, die er geliebt hatte. Auch wenn diese Frau ihre Mutter war. Gerade darum nicht. Und hatte sie nicht ein Recht auf eigenes Leben, auf eine Liebe, die ihr galt, auf einen Mann, der ihr gehörte, nicht einer Toten. Es war ja wohl nicht Liebe im eigentlichen Sinn, was Peter wünschen ließ, sie möge bei ihm bleiben, es war auch bei ihm die Angst vor der Einsamkeit, vor der Leere und Verlorenheit seines Lebens, war eine Flucht in die Vergangenheit, in die Zeit, in der er glücklich war. Aber sie wollte ja gerade loskommen von dem, was einmal war. Wenn sie bei Peter geblieben wäre, so hätte es die endgültige Kapitulation vor den Schatten der Vergangenheit bedeutet, Kapitulation vor Barja und Verzicht auf ein eigenes Leben. Ja, wenn sie ihn geliebt hätte, dann hätte sie wohl versucht, Barja zu besiegen, selbst ihre Stelle einzunehmen. Aber sie liebte ihn nicht. Sie liebte Heinz.

Sie sagte sich das selbst, mit Bestimmtheit und einem gewissen Trotz. Sie wollte ihn lieben.

Sie sagte es auch zu Peter, ohne merken zu lassen, daß sie den wirklichen Sinn seiner Worte verstanden hatte. „Ich kann nicht, Peter. Ich habe ewig Unfrieden mit Heinz. Du weißt es doch."

„Ach ja, dieser Heinz", sagte Peter ablehnend. „Mußt du denn wirklich bei ihm bleiben?"

Und dann sagte sie es also. „Ich liebe ihn doch."

„So. Du liebst ihn. Weißt du das gewiß?"

Barbaras Gesicht verschloß sich. „Wäre ich sonst mit ihm gegangen?"

„Nun ja, Barbara, wir haben schon öfter darüber gesprochen. Du kennst meine Ansicht. Ich mag ihn nicht. Er mag mich nicht. Auf jeden Fall bin ich nicht neutral. Ich würde jeden Mann ablehnen, der Anspruch auf dich erhebt."

Gereizt hatte sie erwidert: „Das ist doch Unsinn, Peter. Du hast kein Recht dazu."

„Nein", gab er zu, „ich habe kein Recht dazu."

Das waren so die kleinen sinnlosen Gespräche, die sie manchmal mit Peter Mangold geführt hatte. Auch damals, ehe sie ihn verließ.

Sie war sich seit langem darüber klar gewesen, daß sie nicht bei ihm bleiben würde, nur zögerte sie, es ihm zu sagen. Daß er sie im Grund nicht brauchte, nicht ihre Arbeitskraft in seiner Firma, das hatte sie bald bemerkt. Es saßen genug Damen bei ihm im Büro, und seine Sekretärin begegnete Barbara von Anfang an mit Abneigung, ja fast Feindschaft. Sie war schon lange bei ihm, hatte die ganze Entwicklung der letzten Jahre miterlebt. Nicht nur die geschäftlichen Erfolge, auch seine plötzlichen und häufigen Reisen nach Italien, deren Grund ihr bald bekannt war, dann die Zerstörung seiner Ehe, die Scheidung endlich, die offenbar unter sehr dramatischen Begleiterscheinungen vor sich gegangen war. Das veränderte Wesen ihres Chefs, sein rastloses Leben jetzt machten ihr Kummer. Kein Wunder daher, daß sie Barbaras Auftauchen mit Mißtrauen entgegengenommen hatte und nicht geneigt war, sie widerspruchslos als Kollegin anzuerkennen. Es war so, daß Barbara ihr Gehalt nicht verdiente, es war ein Geschenk von Peter. Sie hatte kaum Arbeit, niemand wußte recht, was man mit ihr beginnen sollte.

Als Barbara ihm das sagte, lachte er und meinte: „Das spielt doch keine Rolle. Sie werden sich schon an dich gewöhnen. Mit der Zeit.“

Die neuen Kolleginnen gewöhnten sich nicht an sie. Auch die anderen Mitarbeiter Peters verhehlten ihre Abneigung Barbara gegenüber nicht. Offenbar war Peters Frau hier sehr beliebt gewesen. Und Frau Bergmann, die Sekretärin, machte keinen Hehl daraus, daß sie immer noch hoffte, Peter würde mit seiner Frau wieder zusammenkommen. Da waren so kleine Bemerkungen, Gespräche zwischen den anderen, manchmal geradezu im gehässigen Ton. Es war ein unhaltbarer Zustand. Barbara litt darunter, oft fühlte sie sich ganz elend und war froh, wenn der Tag vorüber war, den sie meist untätig verbrachte, denn man ließ ihr keinen Anteil an der Arbeit. „Das mache ich schon“, sagte Frau Bergmann, und nahm ihr die Arbeit aus der Hand, die sie sich vorgenommen hatte. Barbara versuchte das vor Peter zu verbergen, so gut es ging.

Dazu kam, daß Heinz ebenfalls ihre Verbindung zu Peter Mangold mit Widerwillen sah, ihr deshalb das Leben schwer machte. Zunächst hatte er ihr in seiner herrischen Art verbieten wollen, dort zu arbeiten. Es gab Ärger und manchen ernsthaften Streit deswegen. Er war der Meinung, dieses ganze Arbeitsverhältnis sei nur ein Vorwand, und Peter komme es nur darauf an, Barbara für sich zu gewinnen.

Damit tat er Peter unrecht. All die Monate machte er keinen Versuch, eine Änderung in ihrer Beziehung herbeizuführen. Er war immer freundlich und hilfsbereit, allerdings suchte er ihre Nähe, das Gespräch mit ihr, auch außerhalb der Arbeitszeit. Wenn Barbara abends mit ihm zusammen war, machte ihr Heinz anschließend eine Szene.

In den Monaten des Herbstes und des Winters fühlte sich Barbara oft todunglücklich. Sie kam sich überflüssig auf der Welt vor, von niemandem verstanden. Sie wurde müde und schweigsam, suchte nach einem Ausweg aus dieser ganzen verfahrenen Situation, ohne ihn zu finden.

Natürlich hatte sie bald begonnen, sich nach einer anderen Stellung umzusehen, aber das war nicht so leicht. Sie hatte keine Zeugnisse, keine Berufserfahrung. Bald hatte sie alles Selbstvertrauen verloren, und so gelang es ihr auch nicht, Vertrauen in ihr Können zu erwecken, wenn sie sich irgendwo vorstellte.

Das erste zustimmende Angebot, das sie erhielt, nahm sie an. Jetzt arbeitete sie seit zwei Monaten bei der Firma Manschewski. Es war eine eintönige und nicht sehr interessante Arbeit. Doch ihr war es gleich. Hauptsache, sie verdiente ihr Geld jetzt zu Recht und kam sich nicht mehr so überflüssig vor.

Heinz und Peter waren einmal zusammengetroffen. Man war an einem Abend zusammen zum Essen gegangen. Auf beiden Seiten war viel Reserviertheit, keiner der Männer verbarg seine Antipathie. Es war ein quälender Abend gewesen, und niemand hatte Lust verspürt, ihn zu wiederholen.

Dieses Hinundhergerissensein zwischen zwei Menschen, denen sie sich verbunden fühlte, war für Barbara keine neue Empfindung. Hatte nicht ihre ganze Kindheit, ihre ganze Jugend unter diesem unseligen Zustand gelitten? Darum wohl auch nahm sie es so schwer, fühlte es wie eine Last, die sie erdrückte. Sie konnte sich nicht dagegen wehren, und es fehlte ihr an innerer Robustheit, damit fertig zu werden. Diese innere Robustheit, die Barja trotz ihres fragilen Äußeren stets besessen und die es verhindert hatte, daß sie je wirklich verzagt war, daß sie trotz ihres ruhelosen, unausgeglichenen Daseins je die Freude am Leben verloren hatte. In Barbaras Wesen hatte ihre freudlose Kindheit Spuren zurückgelassen, die jetzt deutlich zutage traten. Sie sehnte sich nach Ruhe, nach Frieden, nach einem sicheren Platz, sie war dem täglichen zermürbenden Kampf nicht gewachsen, so jung sie auch war. Darum hatte sie Peter verlassen, hatte dem Drängen von Heinz nachgegeben. Ein Gefühl der Verbundenheit zu Peter blieb dennoch. Das, was sie zusammen erlebt hatten, ließ sich nicht auslöschen.

Als sie im Lokal saßen und bestellt hatten, fragte Peter als erstes: „Was macht dein teurer Heinz? Immer noch dasselbe?"

„Ja. Immer noch dasselbe."

Peter konnte eine leichte Schadenfreude nicht ganz verbergen. „Hm. Sieht nicht aus, als ob er besonders lebenstüchtig wäre. Ich an deiner Stelle würde es doch gut überlegen . . ."

Barbara unterbrach ihn. Sie wußte, was er sagen wollte. „Ach, laß das doch. Er kann nichts dafür. Er hat sich so bemüht und bemüht sich immer wieder. Denkst du, ihm macht das Leben Spaß, das er jetzt führt?"

„Er ist zu arrogant", meinte Peter. „Er hat nichts Gescheites gelernt und will trotzdem als großer Herr auftreten. Das kauft ihm heute keiner mehr ab, die Zeiten sind vorbei. Glaubst du, er imponiert irgendeinem Geschäftsmann mit seinen Allüren? Da kommt es zunächst nur darauf an, was einer kann. Und wenn er etwas leistet und sein Geld wert ist, dann kann er auch entsprechend auftreten. Vorher nicht."

„Hast du kein anderes Thema?" fragte Barbara gequält.

„Ich möchte dir doch nur helfen", sagte Peter herzlich. „Wenn ich dich so sehe, mit diesen großen traurigen Augen, dann tut es mir weh. Begreifst du das nicht? Ich weiß doch, daß du ganz anders sein kannst."

„Ich bin nicht traurig", wehrte Barbara ab. „Mir braucht keiner zu helfen. Wirklich, Peter, es ist alles in Ordnung."

Natürlich wußte er, daß es gelogen war. Aber konnte er ihr denn helfen? Er konnte sich ja nicht einmal selbst helfen. Noch immer war sein Leben rastlos und friedlos, gequält von Erinnerungen, von ungestillter Sehnsucht. Bald zwei Jahre waren vergangen seit Barjas Tod. Er hatte sie nicht vergessen, er würde sie nie vergessen.

Seine Fragen nach Heinz waren Barbara unangenehm. Es kam ihr wie Verrat vor, wenn sie mit Peter die erfolglosen Versuche besprechen sollte, die Heinz machte, um beruflich festen Fuß zu fassen.

Ja, es war kaum zu glauben, es war Tatsache, Heinz, der tüchtige, so überlegen wirkende Heinz mit seinem gewandten Auftreten und seinem sympathischen Wesen hatte bis jetzt immer noch keine befriedigende Position gefunden. Obwohl er selbst der Meinung gewesen war, dies würde ganz leicht für ihn sein. Peter hatte wohl nicht ganz unrecht mit seinen Worten. Die Zeiten waren vorbei, wo ein Mann, der über gutes Aussehen und guten Willen verfügte, ohne große Mühe eine gute Stellung bekam. Jetzt fragte man nach Können, zumindest nach Ausbildung und Erfahrung. Aber im Grunde hatte Heinz ja nie einen richtigen Beruf erlernt. Seine Tätigkeit erst in dem kleinen unbedeutenden Betrieb seines Kameraden, dann im großen und bedeutenden Betrieb von Julius hatten ihm zwar allerhand Kenntnisse, vor allem Kenntnisse kaufmännischer Art, vom Aufbau und Funktionieren einer Druckerei vermittelt, mit denen er dank Geschick und Intelligenz viel anzufangen gewußt hatte. Aber eine richtige Fachausbildung in diesem Beruf war es dennoch nicht. Danach aber wurde gefragt. Wer eine Position zu vergeben hatte in der Branche, suchte nach einer versierten Kraft, fragte nach einer normalen Berufslaufbahn. Wenn jemand angestellt wurde, der noch zu lernen hatte, so zog man einen jüngeren Mitarbeiter vor, nicht einen Mann Mitte der Dreißig, der allzu bestimmt auftrat und entsprechende Gehaltsansprüche stellte. Denn davon war Heinz nicht abzubringen. Er konnte es nicht über sich gewinnen, eine untergeordnete Stellung anzunehmen und sich zunächst mit einem geringen Einkommen zu begnügen. Zu schnell hatte er sich an einen großzügigen Lebensstil gewöhnt. Auch widersprach es seinem Wesen, zuwenig hatte er von seiner Mutter, zuviel von der Art seines Vaters mitbekommen. Der störrische Trotz seiner Kindheit, dies gewaltsame Erzwingenwollen eines besseren Lebens, bessere Bedingungen, von denen er glaubte, sie kämen ihm zu, war wieder übermächtig in ihm geworden. Gelenkt wohl heute von einem erwachsenen Verstand, nach außen hin verborgen und unterdrückt, aber dennoch sein Inneres ganz und gar beherrschend. Und natürlich wollte er weder vor Barbara noch vor den Talliens eine Niederlage, einen Rückschritt zugeben. Er wollte beweisen, daß er es allein auch schaffte.

Bis jetzt aber hatte er es noch nicht geschafft, und das verbitterte ihn. Barbara wußte es, obwohl sie in dieser Form nie darüber sprachen. Seltsamerweise wußte, oder besser gesagt, spürte es Peter Mangold auch, wenn er Heinz auch nur einmal gesprochen hatte und Barbara mit ihren Mitteilungen über den Mann, dessen Leben sie teilte, sehr sparsam war.

Seit einigen Monaten hatte Heinz die Vertretung einer Papiergroßhandlung, eine Tätigkeit, die ihn zwang, die ganze Woche unterwegs zu sein, und die ihn in keiner Weise befriedigte. „Nur als Übergang", hatte er lässig zu Barbara gesagt. Aber der Übergang währte nun bald schon ein halbes Jahr, und trotz vieler Bewerbungen bot sich keine Chance. Zunächst hatte er sich hauptsächlich bei großen Druckereien beworben. Aber stets ohne Erfolg. Möglicherweise kam dazu, daß man in den großen Firmen über Heinz' Verbindung, über die Art seiner Verbindung zu Eberhard & Co. Bescheid wußte, und auch wieso und aus welchem Grund diese Verbindung so jäh beendet worden war. In letzter Zeit hatte er begonnen, sich auch in anderen Branchen zu bewerben, doch da besaß er erst recht keine Ausbildung. Er machte die bittere Erfahrung, daß in Deutschland immer noch der ordentliche und gewissenhaft erlernte Beruf für das Fortkommen eines Mannes eine große Rolle spielte. Soweit hatten sich hier die Verhältnisse noch nicht amerikanisiert, daß man amerikanische Freizügigkeit und Gewährenlassen auf das Berufsleben ausdehnte. Dem Tüchtigen eine Chance, gewiß, aber er mußte sich von Anfang an entscheiden, auf welchem Gebiet er diese Chance suchte und was er für Rüstzeug dafür mitbrachte. Und dabei mußte er bleiben. Ein Mann Mitte der Dreißig konnte seinen Beruf nicht mehr wechseln. Und wenn er diesen richtigen, erlernten Beruf nicht einmal besaß, so gab es zwar für ihn immer noch genügend Möglichkeiten, seinen Lebensunterhalt zu verdienen, aber es gab keine gute Position, kein rasches Vorwärtskommen, kein großes Einkommen für ihn, von wenigen glücklichen Ausnahmen abgesehen. Das war in der Nachkriegszeit anders gewesen, jetzt hatten sich die Verhältnisse auch hierin wieder stabilisiert. Auch war zuviel tüchtiger, unbelasteter Nachwuchs da, kam von den Fach- und Hochschulen und faßte mühelos Fuß in den guten

Firmen. Das waren Heinz' bittere Erfahrungen des letzten halben Jahres.

Einmal hatte er schon zu Barbara geäußert, daß er ganz gern auswandern würde. Was sie davon halte?

Barbara nahm es nicht ganz ernst. Sie sagte: „Es ist mir gleich", in einem wirklich so gleichgültigen Ton, daß er gereizt erwiderte: „Ich weiß, daß es dir egal ist, was aus mir wird. Du zeigst es deutlich genug. Ich habe an dir keine Hilfe. Aber zumindest müßte es dich doch kümmern, was aus dir wird."

Darauf hatte Barbara mit einem Schulterzucken nur erwidert: „Ach, ich. Das kümmert mich überhaupt nicht."

Daran mußte sie denken, an dieses Gespräch, als sie sich mit Peter Mangold über Heinz unterhielt, denn trotz ihrer Bitte um ein anderes Thema war das Gespräch nach einer Weile wieder zu Heinz zurückgekommen. Als nämlich Barbara ein wenig nervös auf die Uhr blickte. Peter deutete diesen Blick sofort richtig.

„Hast du Angst, Heinz könnte schon da sein?"

„Ja", gab sie unumwunden zu. „Er wird sich wundern, wo ich so lange bleibe."

„Dann soll er sich eben wundern", sagte Peter gleichgültig. „Er hat nicht über dich zu bestimmen. Ihr seid nicht verheiratet. Und auch dann nicht."

„Nein, auch dann nicht", sagte Barbara bereitwillig. „Er kann schließlich nichts dagegen haben, daß ich mit einem alten Freund zu Abend esse." Sie lächelte Peter zu. Er verspürte einen kleinen Stich im Herzen. Barjas Lächeln, rasch, herzlich, aufleuchtend in den dunklen Augen wie ein jäher Sonnenstrahl.

Überhaupt hatte Barbara sich belebt, seit sie hier saßen. Sie aß mit gutem Appetit und trank schon das zweite Viertel Wein. Ihre Wangen hatten sich gerötet, sie sah nicht mehr so bekümmert und verloren drein.

Peter nahm sich vor, sie in Zukunft öfter einmal abzuholen. Ihm tat es gut, und ihr machte es offensichtlich Freude, mit ihm hier zu sitzen und ausführlich zu speisen. Sicher ging sie selten aus. Heinz war die ganze Woche nicht da, und wenn er da war über das Wochenende, mochte er wenig Lust verspüren, in Lokalen zu essen, wenn er schon die ganze Woche unterwegs war. Auch hatte er wohl zuwenig Geld, um bessere Lokale aufzusuchen. Und Peter wußte schließlich noch von Barja her gut genug, wie gern sie ausgegangen war, möglichst gut und teuer. Und die kleine Barbara, nahm man sie einmal mit, hatte es auch immer sehr genossen.

„Was machst du eigentlich so die ganze Woche über am Abend?" fragte er.

„Och", meinte Barbara. „Eigentlich nichts. Ich gehe immer gleich nach Hause, esse nur ein Brot und gehe dann nicht zu spät ins Bett. Ich muß ja früh aufstehen. Manchmal gehe ich ins Kino. Aber nicht sehr oft."

„Da bist du eigentlich immer sehr allein am Abend."

„Ja. Aber das macht nichts. Es ist mir lieber, als wenn Frau Burger mich erwischt und ich mir ihr Gerede anhören muß. Das ist meine Wirtin."

„Ich weiß. Hat sie immer noch so viele Leiden?"

Barbara lachte. „Es sind noch ein paar dazugekommen. Sie ist wirklich sehr geplagt. Im ganzen beschäftigt sie jetzt drei Ärzte. Ich habe ihr gesagt, sie soll doch mal in die Klinik gehen, zur Beobachtung, aber das lehnt sie entrüstet ab. So krank sei sie nun wieder auch nicht."

„Na ja", meinte Peter, „jedem sein Hobby. Das ist ja heute Mode. Bei ihr sind wohl die Krankheiten so eine Art Freizeitgestaltung."

„Nur hat sie eben zuviel Freizeit. Praktisch den ganzen Tag. Das ist wohl ihr größtes Übel. Wenn man das heilen könnte, würden die anderen vermutlich auch gleich besser werden."

„Vielleicht schlägst du ihr das mal vor."

„Ich werde mich hüten."

Es war vollkommen sinnlos, über Frau Burger zu sprechen, die sie im Grunde beide nicht interessierte. Aber es war ein harmloses, unverfängliches Thema, das sie nicht in Gefahr brachte, wieder an traurige Gedanken zu geraten. Die Gefahr lag bei ihnen beiden immer nahe.

„Ein etwas eintöniges Leben für ein junges hübsches Mädchen", meinte Peter dann. „Wenn du abends so allein zu Haus sitzt, das ist auch nicht das richtige. Wenn du wenigstens eine Freundin hättest."

„Gott behüte, ich brauche keine Freundin", wehrte Barbara ab. „Ich wüßte gar nicht, wo ich sie hernehmen sollte. Auch sind mir die Frauen meist nicht sehr gewogen."

Peter lächelte. „Kein Wunder. Du bist zu hübsch. Soviel

ich mich erinnere, war es bei Barja auch so." Dann erschrak er. Er wollte ja nicht von Barja sprechen.

Barbara ging darüber hinweg. „Ich wüßte schon eine Gesellschaft, die ich mir wünsche: Dino. Wenn er wieder bei mir wäre, würde ich mich nie einsam fühlen. Und ich käme auch gar nicht in Verlegenheit, mir trübe Gedanken zu machen. Du glaubst gar nicht, wie sehr er mir fehlt."

Dino war nicht mehr bei ihr. Frau Burger hatte von vornherein entschieden verweigert, daß ein Hund in ihren Haushalt komme. So etwas habe es bei ihr nie gegeben und würde es auch nie geben. Und wenn sie Hunde nicht mochte, so war es wirklich unmöglich, Dino mitzunehmen, Barbara sah es ein. Wer sollte sich um ihn kümmern den Tag über? Man konnte ihn schließlich nicht in ein Zimmer sperren, lebhaft und unternehmungslustig wie er war.

Er war bei den Dirnhofers am Tegernsee geblieben. So betrachtet war es ein Glück, daß Barbara die Familie Dirnhofer kennengelernt hatte. Hier war Dino wirklich gut untergebracht, er fühlte sich wohl, hatte Auslauf und hielt gute Freundschaft mit den Kindern. Allerdings hatte Barbara von vornherein betont: Ich gebe ihn nicht her. Er ist nur Gast bei euch.

Sooft es möglich war, besuchte sie Dino. Das ging natürlich nur an den Sonntagen. Einige Male war sie mit Heinz gemeinsam hinausgefahren. Dann aber, als es Winter wurde, mochte Heinz nicht. „Ich muß die ganze Woche fahren", sagte er, „ich möchte am Sonntag zu Hause bleiben." Das sah Barbara ein. Fuhr sie allein mit der Bahn hinaus, so entzog sie Heinz ihre Gesellschaft, was ihn natürlich ärgerte. So kam es, daß sie Dino nun schon lange nicht mehr gesehen hatte. Ein Umstand, der sie tief bekümmerte. Ob Dino sich ihr entfremdete, sich an die anderen Leute gewöhnen und die vielleicht lieber haben würde als sie? Bei ihren letzten Besuchen hatte es allerdings noch nicht so ausgesehen. Er hatte sie jedesmal mit stürmischer, geradezu überwältigender Freude begrüßt, das war ein Gewinsel und Gejaul, man konnte es straßenweit hören. Barbara hatte jedesmal Tränen in den Augen, wenn sie Dino wieder in den Armen hielt. Das war das Herz, das dem ihren am nächsten schlug. Ihr bester Freund. Solange sie da war, wich er ihr nicht von der Seite.

Sonst aber hatte er sich ganz gut in den Dirnhofer-Haushalt

eingelebt. Und da er von Natur kein Kopfhänger war, merkte ihm keiner einen großen Kummer an, wenn Barbara ihn wieder verlassen hatte. Am nächsten Tag wohl saß er noch öfter am Zaun und blickte die Straße entlang. Aber dann spielte er wieder mit den Kindern oder tobte mit Lissa, der Schäferhündin aus der Nachbarschaft, über die Wiesen. Dennoch hielt er im Grunde seines Herzens Barbara die Treue. Diese echte, tiefe Treue, wie sie nur ein Hundeherz aufzubringen vermag.

Doch nicht bloß wegen Dino fuhr Barbara gern an den Tegernsee hinaus. Die Dirnhofers waren eigentlich die einzigen wirklichen Freunde, die sie in ihrem neuen Leben besaß. Frau Gretl verwöhnte sie jedesmal, fütterte sie von morgens bis abends wie ein kleines Kind, denn, so sagte sie: „Sie sind viel zu dünn, Barbara. Wie so ein kleiner Spatz. Da werden S' eines Tages nicht einmal mehr dem Alois gefallen."

Bis jetzt aber gefiel sie dem Alois noch. Er konnte sich stundenlang mit ihr unterhalten, konnte aber auch genauso stumm dasitzen und sie einfach anschauen. Als Maler, so meinte er, sei ihm das erlaubt. Auch mit den Kindern verband Barbara eine herzliche Freundschaft.

Sie wäre wirklich gern so oft wie möglich zum Dirnhofer-Haus hinausgefahren. Aber Heinz mochte nicht. Es mochte auch daher kommen, daß er sich mit den Dirnhofers nicht sonderlich gut verstand. Alois hatte ihn von vornherein abgelehnt, ohne Begründung allerdings, „nur a so", wie er gesagt hatte, ohne sich weiter zu äußern. Aber auch Frau Gretl hatte ihr anfänglich überaus günstiges Urteil revidiert, und das konnte sie nicht immer ganz verbergen. Auch sie fand keine plausible Begründung dafür. An ihre Freundin Lena schrieb sie: „Er ist ein Blender. Ich kann Dir nicht genau sagen, wieso, aber ich fühle es. Ich glaube nicht, daß die Barbara ihn heiraten sollte. Sie müßte was Besseres kriegen." –

„Ja, der Dino", sagte Peter jetzt. „Wie geht's ihm denn? Hat er nicht arge Sehnsucht nach dir?"

„Ach, ich weiß nicht. Ein bißchen vielleicht. Aber sonst gefällt es ihm recht gut da draußen."

„Er ging dir ja nie von der Seite", meinte Peter. „Ich kann mich noch erinnern, wie er ganz klein war, so ein winziges freches Etwas. Wenn ein Hund von klein auf an einen Menschen gewöhnt ist, fühlt er sich woanders immer ein bisserl fremd."

„Ich glaube, er fühlt sich sehr wohl bei den Dirnhofers. Später möchte ich ihn natürlich wiederhaben. Wenn es irgend geht."

„Ich hab' dir ja schon gesagt, du kannst ihn mir bringen. Er kann bei mir sein, dann siehst du ihn öfter."

„Da wäre er ja auch den ganzen Tag allein. Und er ist kein Stadthund. Mindestens einen Garten muß er haben."

„Was hörst du von der Familie Tallien?" fragte Peter. „Schreibt dir Doris manchmal noch?"

„Jetzt schon lange nicht mehr." Es klang traurig. Peter fragte nicht weiter.

Anfangs hatte Doris öfter geschrieben, berichtet, ganz selbstverständlich, was alles bei ihnen vorging, so als gehöre Barbara noch dazu. Aber jetzt hatte sie es wohl aufgegeben. Wenn Barbara an das Haus der Talliens dachte, kam es ihr vor, als sei alles nur ein Traum gewesen. Es schien unendlich lange her zu sein, daß sie dort gelebt hatte. Man hatte sie wohl vergessen.

Aber als sie nach Hause kam, war ein Brief von Doris da. Sie kam jedoch nicht gleich dazu, ihn zu lesen, denn Heinz war auch schon da und übler Laune, weil er sie nicht angetroffen hatte.

„Wo kommst du so spät her?" fragte er unwillig statt einer Begrüßung.

Barbara blickte auf ihre Uhr. Es war halb zehn.

„So spät ist es noch nicht", sagte sie. „Ich war mit Peter Mangold zum Abendessen."

„So. Das hätte ich mir denken können. Du triffst ihn wohl oft, wenn ich nicht da bin. Es paßt mir aber nicht, das weißt du genau."

Sein Ton reizte Barbara. Aber sie verschluckte eine scharfe Entgegnung, sagte nur: „Ich habe ihn eine Ewigkeit nicht gesehen. Er kam mich heute abholen, weil das Wetter so schlecht war."

„Wie rührend. Dieser traurige Ritter. Hat er es immer noch nicht aufgegeben? Wie oft triffst du ihn denn, wenn ich weg bin? Täglich? Oder muß ich besser sagen, nächtlich?" Er stand vor ihr, die Augen zusammengekniffen, schlecht sah er aus, müde und abgehetzt.

Barbara schluckte ihren Zorn hinunter und sagte leise: „Heinz, fang doch nicht gleich wieder so an. Willst du mir nicht wenigstens guten Abend sagen? Hast du schon gegessen?"

„Natürlich. Wenn ich auf dich warten wollte …" Er legte seine Hände mit festem Griff um ihre Arme, zog sie dicht zu sich heran. „Betrügst du mich, Barbara?"

„Mein Gott, Heinz. Was für ein Unsinn! Komm, sei vernünftig."

„Vernünftig bin ich schon lange nicht mehr. Nicht seit ich dich kenne", sagte er. Er preßte sie an sich, daß es sie schmerzte. Dann küßte er sie, heftig und lange, ließ sie aber plötzlich wieder los. „Du riechst nach Wein."

Sie seufzte, sagte aber friedlich: „Ich habe Wein getrunken. Willst du auch ein Glas? Ich habe eine Flasche da."

„Ja, mach sie auf. Dann merke ich es nicht so. Wieso hast du Wein da?"

„Ich habe ihn eben gekauft. Ich dachte für morgen abend. Aber wir können ihn genausogut heute schon trinken."

Sie zog ihren Mantel aus, dann sah sie den Brief auf der Kommode. „Oh!" rief sie erfreut. „Doris hat geschrieben."

„Ja, ich hab's gesehen. Aber jetzt komm erst zu mir."

Er hatte sich in einen Sessel gesetzt, zog sie auf den Schoß und legte den Kopf an ihre Brust. So saßen sie eine Weile schweigend.

„Es ist schrecklich, wenn ich dich die ganze Woche nicht sehe", sagte er dann.

Barbara legte behutsam ihren Arm um seine Schulter. Für eine kurze Weile zog ein trügerischer Friede in ihr Herz. Sie *wollte* ja so gerne mit ihm auskommen, wollte ihm die kurze Zeit, die er mit ihr verbrachte, so schön wie möglich machen.

„Hast du viel Arbeit gehabt diese Woche?" fragte sie in dem Bemühen, Anteilnahme zu zeigen. „Und gut verkauft?"

„Ja, es ging. Aber laß uns nicht davon reden. Ich bin froh, wenn ich mich nicht damit zu beschäftigen brauche. Ich mache das auch nicht mehr lang. Ich habe es satt."

„Hast du etwas in Aussicht?"

„Ich habe einen Plan."

„So. Was denn?"

„Wir werden darüber sprechen. Jetzt hol uns erst den Wein."

Der Wein war in Frau Burgers Kühlschrank in der Küche, und Frau Burger tauchte ganz plötzlich auch in der Küche auf.

„Ah, da sind Sie ja", meinte sie. „So spät heute. Sie haben wohl Überstunden gemacht?"

„Nein", gab Barbara zur Antwort. „Ich habe auswärts gegessen."

„So, so. Na, ein bißchen Abwechslung muß auch sein. Herr Leitner ist heute schon sehr zeitig gekommen und hat Sie vermißt. Ich habe ihm etwas zu essen gemacht."

„Das ist nett, vielen Dank." Barbara lächelte mechanisch und machte, daß sie aus der Küche kam. Noch drei Sätze, und Frau Burger würde sich ihr anschließen und den Abend bei ihnen im Zimmer verbringen. Das fehlte gerade noch.

Während sie das erste Glas Wein tranken, öffnete Barbara den Brief von Doris. Er war ziemlich lang. Doris berichtete getreulich, was sich in den vergangenen zwei Monaten, so lange hatte sie nicht geschrieben, zugetragen hatte.

„Julius geht es gesundheitlich nicht gut", sagte sie unter dem Lesen zu Heinz.

„Er hat ja schon immer mit seinem Herzen zu tun gehabt", meinte Heinz; in seiner Stimme war nicht die geringste Anteilnahme.

Barbara las vor: „Für meine auswärtige Studienzeit, die ich recht lange ausdehnen wollte, wie Du weißt, sehe ich schwarz. Wahrscheinlich werde ich so bald wie möglich in den Betrieb eintreten müssen. Wenn Vater sich nicht wohl fühlt, und Herr Schwarzbauer ist ja sowieso ziemlich klapprig, dann wird es darauf hinauskommen, daß ich den Laden schmeißen muß. Wenn Du wenigstens noch hier wärst, dann könntest Du mir helfen. Zur Zeit beknie ich Ralph, daß er seine Ingenieurpläne aufgibt und lieber später in der Druckerei mitarbeitet."

Heinz lachte und meinte: „Bin nur neugierig, was sie in der Zwischenzeit machen werden. Doris ist ein Grünschnabel und Ralph noch ein Kind. Am Ende wären sie ganz froh, wenn wir alle beide wiederkämen. Was meinst du?"

Barbara hatte weitergelesen und stieß jetzt einen kleinen Überraschungsschrei aus. „Du, Heinz, stell dir vor, Marianne hat sich verlobt."

„Nein", sagte Heinz, interessiert und keineswegs erfreut. „Mit wem? Mit dem jungen Koller? Der war ja schon immer scharf auf sie. Ihr Tennispartner, du weißt doch."

„Ach wo, nicht mit dem. In Amerika. Mit einem Amerikaner."

„Ist sie denn immer noch drüben?"

„Es scheint so. Hör zu."

Doris schrieb: Und nun eine Neuigkeit. Marianne wird für immer in Florida bleiben. Sie hat sich doch jetzt weiß Gott drüben einen angelacht. Vor vier Wochen hat sie sich verlobt, und ihren Briefen nach zu urteilen, ist sie ganz begeistert von dem neuen Scheich. Der Junge ist klotzig reich, einziger Sohn von einer großen Konservenfabrik. Wie es scheint, liefert Onkel Roger da immer seine Ernte hin, und die Familien sind gut bekannt. Marianne hat den Boy schon manchmal in ihren Briefen erwähnt, er soll ganz wild nach ihr sein. Was Du fast verstehen kannst, wenn Du Mariannes letzte Bilder sehen würdest. The american way of life bekommt ihr großartig. Sie hat sich mächtig 'rausgemacht, zieht sich toll schick an und lacht immer mit sämtlichen Zähnen. Auf den Bildern. Ich habe eine Aufnahme hier von ihr, da sieht sie aus wie eine Hollywood-Schönheit. Roger und Mildred bringen sich anscheinend um mit ihr, sie kriegt alles, was sie sich wünscht, spielt keine Rolle, was es kostet. Na, Kunststück, sie haben keine Kinder und Geld genug. Jetzt wird unsere brave Marianne also einen Amerikaner heiraten. Wer hätte das gedacht?

Ja, wer hätte das gedacht? Barbara blickte auf von dem Brief und lachte Heinz glücklich an. „Wie froh ich darüber bin. Ich kann dir gar nicht sagen, wie froh ich darüber bin. Oh, ich wünsche, daß es der richtige Mann ist und daß sie sehr glücklich mit ihm wird."

Heinz schien ihre Freude nicht zu teilen. Mißvergnügt war sein Gesichtsausdruck, als er den Brief jetzt selbst nahm und noch einmal las.

„So", sagte er dann. „Sie hat sich schnell getröstet." Ganz offensichtlich verletzte es seine Eitelkeit, daß man ihn so schnell vergessen konnte.

„Freust du dich denn nicht?" fragte ihn Barbara.

„Warum soll *ich* mich freuen, wenn Marianne sich verlobt. Was geht es mich an?"

„Heinz, sei nicht so albern. Wir haben allen Grund, uns darüber zu freuen, alle beide. Mein Gott, was hat mich der Gedanke an Marianne immer bedrückt. Wenn ich mir vorstellte, daß sie unglücklich ist und böse auf mich, vielleicht voller Haß. Aber wenn sie verliebt ist und einen netten Mann hat, dann wird sie uns auch verzeihen."

Jedes Wort, das sie sagte, schien Heinz nur noch mehr zu reizen. „Verzeihen", sagte er wegwerfend, „was hat sie uns schon groß zu verzeihen. Außerdem weißt du gar nicht, ob sie verliebt ist. Wahrscheinlich hat sie sich nur verlobt, um mir eines auszuwischen."

Barbara geriet in Zorn über seine eingebildete Selbstsicherheit. „Dir eins auswischen! Werde bloß nicht größenwahnsinnig. Du bist nicht der einzige Mann auf der Welt. So wichtig wirst du Marianne kaum mehr sein. Und bestimmt würde sie sich nicht verloben, um dir oder sonst irgend jemand zu imponieren. Sie ist eine Tallien. Solche billigen Winkelzüge passen nicht zu uns."

„Zu uns!" wiederholte er höhnisch. „Mir scheint, *du* bist größenwahnsinnig. Das haben sie immerhin fertiggebracht, dir ihren lächerlichen Sippenstolz beizubringen. Eine Tallien! Was ist das schon besonderes? Sie sind keine anderen Menschen als ich oder jeder sonst. Und du bist schon lange keine Tallien. Du bist der uneheliche Sproß einer weggelaufenen Tallien-Tochter. Das ist alles. Und darauf brauchst du dir nichts einzubilden."

Auf diese bissigen Worte blieb es minutenlang still im Zimmer. Barbara sah ihn an, als hätte sie ihn noch nie gesehen. Seltsamerweise verspürte sie aber weder Ärger noch Wut über seine Worte. Nur eine tiefe Traurigkeit und ein großes Wundern. Ja, das vor allem. Sie wunderte sich. So also sah er aus, dieser stattliche, gutaussehende Mann mit seinen großartigen Allüren, so sah er aus, wenn man ihn näher kannte, und so verwandelte er sich, wenn es schwierig wurde, wenn das Leben ihm Widerstand leistete.

Es war nicht das erste Mal, daß es böse Worte zwischen ihnen gab, Streit und Mißverständnisse. Aber noch nie hatte er sie in dieser gehässigen Form angegriffen. Barbara war nicht so dumm, zu glauben, daß zwischen zwei Menschen, zwischen Mann und Frau, ewiger Sonnenschein und endloser Sonntag sein konnte. Es gab immer Verstimmungen, und es kam immer mal ein Moment, da man einander weh tat, weh tun wollte, bewußt und gewollt.

Aber dennoch – es durfte nicht in dieser Form geschehen. Das war kein Streit zwischen Liebenden, das waren nicht die kleinen Wunden, die man einander zufügte, auch wenn man sich liebte, und die einen selbst am meisten schmerzten. Das war kalte, überlegte Bosheit, war ein kleinlicher, bösartiger Hieb gewesen, der vor allem denjenigen, der ihn austeilte, traf. Ihn bloßstellte, zuviel von seinem wirklichen Wesen zeigte, das er bisher verborgen hatte.

Er wollte sie kränken, und es sollte eine doppelte Kränkung sein, weil sie genauso Barja galt.

Doch Barbara war nicht einmal gekränkt. Sie war nahe daran zu lächeln, ein wenig amüsiert, ein wenig mitleidig zu lächeln über ihn aus einer weltenweiten Entfernung. Das war das einzige, was er erreicht hatte: Eine tiefe Kluft, eine unüberbrückbare Distanz hatte sich zwischen ihnen aufgetan, und Barbara, uneingestanden und sich selbst dessen nicht bewußt, faßte geradezu mit Erleichterung, mit einem befreiten Gefühl, auf diesem weit entfernten Stern festen Fuß. Das geschah in Sekundenschnelle. Sie war auf einmal diesem zwingenden, harten Griff entkommen, mit dem er sie und ihr Leben an sich gerissen hatte. Er hatte sich bloßgestellt, seine Schwäche gezeigt und damit jede Macht über sie verloren.

Noch kein Jahr war es her, daß er sie das erste Mal geküßt hatte, und knapp dreiviertel Jahr waren vergangen seit jenem Julinachmittag im Jagdhaus. Das war keine lange Zeit. Nicht viel Zeit, für das, was sie für die große Liebe gehalten hatte.

Ihr fiel ein, was Barja einmal gesagt hatte. Das war zu der Zeit, als sie Peter Mangold schon kannte. „Seltsam ist es mit dem, was man Liebe nennt. Man braucht so lange, bis man wirklich begreift, was Liebe eigentlich ist. Gefühle sind Betrüger. Sie täuschen etwas vor, was in ihnen gar nicht enthalten ist. Eines Tages entdeckt man, daß mitten drin ein leerer Raum ist, in dem man sich gefangen hat und aus dem man gern wieder entfliehen möchte. Man muß erst viel klüger werden, bis man erkennt, daß Verliebtheit nur die Schale ist, die Liebe wohl einschließen kann, die sie wachsen läßt und reifen. Aber oft ist innen ein Hohlraum, es ist kein Kern da."

Solche Worte waren ungewöhnlich für Barja. Die junge Barbara hatte scheu gefragt: „Aber weiß man es denn nicht, wenn man richtig liebt?"

„Wissen kann man es nie. Man glaubt es. Weil man es glauben will. Weil man die Liebe sucht. Und wenn man sie eines Tages wirklich findet, wenn man sie entdeckt, dann ist es ein großes Wunder. Das allergrößte. Es ändert alles."

Sie saßen auf einem Felsen über dem Meer, außerhalb des

Ortes. Ein Platz, den sie entdeckt hatte, der einsam war und schwer zugänglich. Sie liebten ihn beide. Von hier aus konnte man ungestört baden, und dann stundenlang träumen, unter dem tiefblauen Himmel, der sich in der Ferne mit dem schimmernden Meer vermählte. Es war an einem Tag, an dem Peter wieder einmal abgefahren war, in den frühen Morgenstunden. Dann war Barja nach Hause gekommen, nach tagelanger Abwesenheit, ein wenig traurig, ein wenig nachdenklich und wie stets mit ein wenig schlechtem Gewissen, weil sie Fernand und Barbara allein gelassen hatte. Und vor allem, weil sie ja wußte, wie Fernand litt unter ihrem Fortsein.

„Weißt du es denn diesmal?" hatte Barbara gefragt.

Barja hatte den Blick nicht vom Horizont gelöst. „Ja", sagte sie leise. „Ja. Diesmal weiß ich es. Und es ist wirklich ein Wunder."

Und Vater? hätte Barbara fragen mögen. Hast du ihn denn nicht geliebt? Aber was sollte die Frage noch, sie war ja schon beantwortet.

Barja hatte die unausgesprochene Frage dennoch gehört. Sie sagte nach einer Weile: „Es gibt andere Gefühle, die sehr viel bedeuten können. Man kann für sie leben, man kann sie ganz erfüllen, und man denkt sogar, sie sind alles, was es gibt. Bis man der wirklichen Liebe begegnet, dann merkt man den Unterschied."

Nach einer Weile, sie waren aufgestanden, um zu gehen, sagte Barja noch, wieder in leichtem Ton und mit einem kleinen Lachen: „Du glaubst mir natürlich nicht. Und du wirst vergessen, was ich eben gesagt habe. Es wird dir auch nichts helfen, auch dich werden die Gefühle betrügen. Du bist eine Frau, und du bist wie ich. Aber vielleicht kommt einmal die Stunde, da wirst du daran denken. Ganz sicher kommt sie einmal."

Sie hatte nicht vergessen, was Barja gesagt hatte. Jetzt dachte sie daran. Verliebtheit, Leidenschaft, es war die Schale. Sie enthielt keinen Kern. Keine Liebe. Sie war hohl. Auch ihr Gefühl war ein Betrüger gewesen. Aber seltsamerweise empfand Barbara darüber keinen Kummer. Sie dachte auch jetzt nicht daran, was sie diesem trügerischen Gefühl geopfert hatte. Sie empfand nur eines, ganz spontan, und dies konnte kein Trug sein, weil sie es nicht gesucht, nicht erwartet hatte: ein Gefühl der Befreiung.

Heinz war ihr Schweigen unbehaglich. Er war selbst nachträglich überrascht von seinem Ausbruch, bereute seine Worte. Doch er verstand es nie, eine Brücke zu bauen, fand niemals leicht ein versöhnendes oder bittendes Wort. Er hätte bloß hinzugehen brauchen zu ihr, sie in die Arme nehmen und sagen: Es tut mir leid, ich habe es nicht so gemeint. Doch das brachte er nicht fertig. So gewandt er sonst war, in diesem Punkt war er starr, hilflos. Es war immer schwer, sich nach einem Streit wieder mit ihm zu versöhnen, meist ging die Initiative dazu von ihr aus.

Er betrachtete eine Weile ihr unbewegtes Gesicht. Ihr Blick ging an ihm vorbei, irgendwohin.

„Nun mach nicht so ein Gesicht", sagte er schließlich, „wir werden uns doch nicht wegen Marianne streiten."

„Aber wir streiten ja gar nicht", sagte Barbara in durchaus freundlichem Ton. „Es interessiert mich immer, deine wirkliche Meinung kennenzulernen. Das ist kein Grund zum Streit. Es trägt dazu bei, daß man sich besser kennenlernt, und das ist doch nur ein Vorteil, nicht?" Es klang ironisch. Und Ironie war etwas, was er an Barbara nicht kannte. Ein neuer Ton. Er wußte zunächst nicht, was er darauf erwidern sollte.

„Magst du noch ein Glas Wein?" fragte sie. Ohne seine Antwort abzuwarten, füllte sie sein Glas wieder, dann auch das ihre. Sie stand auf, holte sich eine Zigarette aus ihrer Handtasche, zündete sie an, ganz ruhig und gelassen, ging dann zum Fenster, schob den Vorhang zur Seite und blickte hinaus, sagte: „Na, Gott sei Dank, es hat aufgehört zu regnen. War es nicht eine scheußliche Fahrerei bei dem Wetter?"

„Doch, ja", antwortete er, erleichtert, daß sie über den Zwischenfall so leicht hinwegging. Hastig begann er zu erzählen, ausführlich und langatmig von den Erlebnissen dieser Woche. Wo er überall war, wie die Geschäfte sich abgewickelt hatten.

Barbara gab sich den Anschein, zuzuhören, doch sie war nicht sehr aufmerksam. Ihre Gedanken schweiften ab. Zu Barja, zu Peter. Dann wieder dachte sie an Marianne. Aber dann beschäftigte sie sich doch wieder mit Heinz. Sie verstand ihn besser, als er ahnte. Er hatte ihr einmal, in einer Stunde der Vertrautheit, die Geschichte seiner Kindheit erzählt. Er sprach von seinen Eltern und von seiner Herkunft. Das hatte er noch niemandem erzählt. Barbara war damals überrascht gewesen, wie schwer er das alles nahm, welche Bitterkeit aus seinen Worten sprach und wie er geradezu mit Haß gegen seine Eltern erfüllt war. Sie hatte damals auch seinen Ehrgeiz erkannt, seine Sucht, jemand zu sein, der Beachtung genoß, der eine hervorragende Stellung einnahm. Das Streben des Kindes nach Gleichberechtigung, nach Anerkennung, und sein ohnmächtiger Zorn darüber, daß er beides nie bekam, war in dem erwachsenen Mann heute noch lebendig.

Daran mußte sie jetzt wieder denken. Er war mit der großen Verzweiflung seiner Kindheit nie fertig geworden, sie schien ein für allemal seinen Charakter geprägt zu haben. Und wenn er sie jetzt hatte beleidigen wollen, so kam auch dies aus jener Quelle. Er hatte in ihr die Talliens treffen wollen, die starke, stolze Familie, die er ebenso bewundert wie beneidet und zu gleicher Zeit gehaßt hatte. Klarsichtig erkannte Barbara, daß es auch nicht zuletzt ihre besondere Stellung in dieser Familie gewesen war, die ihn zu ihr gezogen hatte. Sie war ein Außenseiter gewesen, das hatte sein Interesse erregt. Und sie bekannte sich dennoch jetzt in aller Selbstverständlichkeit zu der Familie Tallien, fühlte sich im tiefsten Grunde zugehörig, und das reizte ihn, das gestand er ihr nicht zu. Sie sollte ausgestoßen sein wie er, zu ihm sollte sie gehören, nicht zu den Talliens.

Und noch etwas wurde Barbara an diesem Abend klar. Es hätte nur eins gegeben für ihn, und es gab auch jetzt nur noch einen Weg, damit er diesen Komplex besiegte, der sein Leben stets vergiftet und ihn daran gehindert hatte, seine guten Anlagen zu entwickeln: einen Beruf, eine Arbeit, die ihn ausfüllte, die seinen Ehrgeiz befriedigte und ihm einen Lebensinhalt gab, der ihn zu einer eigenen geachteten Persönlichkeit formte. Und gerade dies hatte ihm das Schicksal verweigert. Das war die Tragik in seinem Leben. So gesehen war auch seine Verbindung zu Marianne nicht glücklich gewesen. Er hätte nie das Gefühl gehabt, aus eigener Kraft etwas geschafft zu haben, aus eigenem Vermögen jemand geworden zu sein. Die Abhängigkeit und darunter bohrend und quälend das Gefühl, sich nicht bewährt zu haben, sich nicht durchgesetzt zu haben, wären geblieben. Auf der einen Seite er, auf der anderen Seite die Familie Tallien, so wäre es immer gewesen. Nein, Marianne wäre nicht glücklich mit ihm geworden. Und er nicht mit ihr und nicht mit den Talliens.

Jetzt war die Möglichkeit gegeben, daß er sein Leben selbst in die Hand nahm, daß er mit sich selbst Frieden schloß und sich behauptete. Daß es nicht so schnell und so leicht ging, wie er erwartet hatte, entmutigte ihn, machte ihn bitter und ungerecht. Das war töricht. Er war jung genug, klug genug und tüchtig dazu, um es zu schaffen.

Aber er ist im Grunde schwach, dachte Barbara mit Staunen. Das ist es. Daß ich das vorher nicht gemerkt habe. All sein großartiges Gehaben ist äußerlich, innen kapituliert er zu leicht. Er traut sich nichts zu. Meine Aufgabe wäre es, ihm zu helfen, ihm Mut und Vertrauen zu geben. Vielleicht ginge es dann. Meine Liebe, mein Vertrauen müßten ihm helfen. Aber ich kann ihm nicht helfen, denn ich liebe ihn nicht. Mein Gefühl, das ich für Liebe hielt, hat mich betrogen. Und so habe ich ihn betrogen. Und das einzige, was mich entschuldigt: ich habe es nicht gewußt. Gefühle sind geschickte Betrüger. Barja hat recht gehabt.

Sie empfand keinen Zorn, keinen Ärger. Nur ein tiefes Bedauern. Mitleid mit ihm. Und erstmals ganz klar und deutlich den Wunsch, fortzugehen. Es hatte keinen Sinn, ihr Leben mit seinem zu verbinden, nach allem, was ihr heute klargeworden war. Sie hatte es unbewußt seit langem gefühlt. Jetzt auf einmal hatte es Form angenommen. Sie hatte sich getäuscht. Sich und ihn. Es gab keinen Sinn, ihr gemeinsames Leben auf dieser Täuschung aufzubauen. Sie würde sich nicht in Wahrheit verwandeln. Niemals. Sie wußte es. Er mußte seinen Weg allein finden. Sie wünschte es von Herzen, daß es ihm gelingen möge. Was aus ihr dann wurde? Sie war Barjas Tochter. Sie würde auf das Wunder warten.

„Du hast vorhin von einem Plan gesprochen", unterbrach sie ihn mitten in seiner Erzählung. „Was meintest du damit?"

Er betrachtete sie eine Weile mit zusammengezogenen Brauen, dann sagte er langsam: „Ja, das ist so. Ich mache das nicht länger mit. So wie jetzt kann ich nicht leben. Ein guter Vertreter werde ich niemals sein. Ich will es auch nicht. Und eine Position, wie ich es mir gedacht habe, du siehst ja selbst, es klappt nicht so leicht. Vielleicht mit der Zeit. Aber wir müssen ja leben. Du kannst auch nicht ewig so weitermachen wie jetzt. Ich will ja schließlich für dich sorgen können."

„Also was?" sagte sie kurz. „Was hast du vor? Sag es mir."

„Ich habe mir gedacht ... Nachdem wir jetzt doch wieder eine Wehrmacht haben, die Bundeswehr meine ich. Ich könnte wieder Offizier werden." Da sie nichts sagte, sprach er hastig weiter. „Ich war gern Offizier. Ich habe mich bewährt, meine Qualifikation steht außer Zweifel. Zuletzt war ich Oberleutnant, und ich denke, daß sie mich im gleichen Rang übernehmen würden. Nazi war ich nicht, habe mir nie etwas zuschulden kommen lassen. Ich habe mich erkundigt, wie die Aussichten sind. Wenn ich mich bewerben würde, ich glaube, sie würden mich nehmen."

Barbara hätte fast gelacht. So einfach war es also. Natürlich, daß sie daran nicht gedacht hatte. Das war die Lösung für ihn. Dort würde er die Form finden, die seinem Leben Halt gab. Die Arbeit, die ihn befriedigte. Ohne Zweifel, er würde ein ausgezeichneter Offizier sein. Er brauchte sich dem Lebenskampf nicht zu stellen. Zusammen mit der Uniform würde er sich mit der Kraft bekleiden, die ihm fehlte. Und niemand würde merken, er selbst nicht einmal, daß diese Kraft, diese Stärke eine Krücke war, die ihm von außen dargeboten wurde. Er würde damit laufen wie auf eigenen Beinen.

„Was hältst du davon?" fragte er, als sie nichts sagte.

„Ich glaube, es ist eine gute Idee", sagte Barbara. „Du hast mir ja oft gesagt, daß du dich sehr wohl gefühlt hast als Offizier. Und wenn du es gern möchtest, dann solltest du es tun."

„Du hast also nichts dagegen?"

„Was sollte ich dagegen haben? Ich wünsche doch vor allem, daß du einen Beruf hast, der dir Freude macht. Ich habe zwar keine Ahnung vom Militär, ich habe nur einen Krieg erlebt, als ich Kind war, und ich weiß, was das bedeutet. Aber davon brauchen wir jetzt nicht zu reden. Das Militär ist nun mal da, und Leute brauchen sie, ich kann mir den Kopf nicht darüber zerbrechen, was sie damit anfangen werden. Ich kann's ja doch nicht ändern. Soviel ich weiß, waren fast alle Talliens Offiziere. Du gestehst mir zwar nicht zu, daß ich eine Tallien bin, aber nehmen wir mal an, ich wäre eine, dann könnte ich erst recht nichts dagegen haben."

„Ach, laß das doch. Das war nur so dummes Gerede von mir. Ich bin eben nervös, wenn ich nach Hause komme. Begreifst du das nicht?"

„Doch, ich begreife es durchaus. Ich rede nicht mehr davon."

„Komm her", sagte er und streckte die Hände nach ihr aus. „Komm zu mir."

Barbara stand bereitwillig auf, ging zu ihm, er zog sie wieder auf seinen Schoß und schloß die Arme fest um sie.

„Ich bin so froh, daß du das gesagt hast. Und auch, daß du Verständnis für mich hast. Glaub mir, ich habe mir das reiflich überlegt, es ist das klügste, was ich tun kann. Und du wirst sehen, ich mache Karriere."

„Aber sicher", sagte sie lächelnd und strich leicht mit der Hand über seinen Kopf, „du wirst bestimmt noch General."

Er lachte. „Nicht so schnell. Aber ich werde jedenfalls von Anfang an ordentlich verdienen, ich habe ein geregeltes Einkommen, du brauchst nicht mehr zu arbeiten. Eines ist natürlich zu bedenken. Du mußt damit rechnen, daß wir uns zunächst einmal trennen müssen. Ich bin dann nicht mehr Herr meiner Entschlüsse. Aber wie gesagt, ich verdiene dann genug für uns beide. Ich brauche ja nichts. Und du kannst dann immer in der Nähe sein, wo ich mich gerade befinde. So betrachtet ist es ja nur gut, daß wir noch keine feste Wohnung haben. Barbara!" Er zog ihren Kopf herab und küßte sie.

Barbara schloß die Augen und glitt tiefer in seine Umarmung hinein. Alles war wie sonst, seine Lippen, seine Hände, die liebkosten, das wenigstens war vertraut. Nur – es genügte nicht. Das wußte sie jetzt.

Aber sie wollte nun nicht mehr darüber nachdenken. So vieles hatte sich heute verändert. Ihre Gedanken waren weite Wege gegangen und hatten ihr Herz mitgenommen. Sie wußte noch nicht, wann sie ihm folgen würde. Er hatte einen Ausweg gefunden. Sie sah noch keinen Weg für sich. Aber daran war sie ja gewöhnt. Wann hatte es je einen wirklichen geraden Weg für sie gegeben? Dafür gab es Wunder. Barja hatte es gesagt.

„Wir können morgen weiter darüber reden", sagte Heinz, sich von ihren Lippen lösend. „Gehen wir schlafen?"

„Ja", sagte sie, „gehen wir schlafen."

„Und du liebst mich?"

Barbara öffnete die Augen und sah ihn an. Sein Gesicht war dicht über ihr. Ein vertrautes und ein fremdes Gesicht zugleich. Sie schloß die Augen wieder. Sie wollte ihn nicht ansehen jetzt, er sollte sie nicht ansehen. Er sollte sie küssen und in die Arme nehmen, dann würde sie vielleicht vergessen, wie weit entfernt von ihm sie war. Wie allein sie war. Allein in einem dunklen Tunnel, der kein Anfang hatte und kein Ende. Selbst Perdita war davongelaufen. Die Erinnerung an den Traum der vergangenen Nacht kehrte zurück. Und sie war müde. Der Tag war lang gewesen. Die Arbeit im Büro, das Zusammensein mit Peter. Und jetzt das Gespräch mit Heinz, der halbe Streit zunächst, und nun hielt er sie doch wieder im Arm, sie würde an seiner Seite schlafen, nachdem er sie geliebt hatte, leidenschaftlich und heiß wie sonst auch. Aber es änderte nichts daran, daß sie nun alles genau wußte, über ihn, über sich selbst, über ihre Liebe. Innen war die große Leere. Sie war durch die Schale gedrungen und hatte es entdeckt. Gefühle sind Betrüger.

„Ja", antwortete sie auf seine Frage. „Ja. Ich liebe dich."

Sie hatte es schon oft gesagt. Und hatte nicht gewußt, daß es eine Lüge war. Jetzt wußte sie es. Aber es klang auch nicht anders als sonst. Nicht nur die Gefühle sind Betrüger, dachte sie. Die Frauen sind es auch. Barja hat gelogen. Ich lüge. Ich liebe dich. Es sagt sich leicht. Aber wenn ein Wunder geschieht, dann ist es die Wahrheit.

6

An einem hellen Frühlingsabend Mitte Mai erhielt Lily überraschend einen Anruf ihres Mannes.

„Ich wollte dir gratulieren zu deinem Erfolg", sagte Ludwig.

„Das ist lieb von dir. Wieso weißt du davon?"

„Ich habe mittlerweile eine so berühmte Frau, daß eine Besprechung eurer Premiere sogar hier in der Zeitung stand."

Lily lachte. „Bestimmt nicht meinetwegen. Es war halt eine Uraufführung, eine vielbeachtete dazu."

„Du wirst doch nicht etwa jetzt, auf der Höhe deines Ruhmes, noch bescheiden werden?" fragte Ludwig amüsiert. „In dieser Besprechung hier bei uns war ausführlich von dir die Rede. Warte, ich habe sie vor mir liegen." Er las vor: „ ‚Neben Konstantin Lundt war es vor allem Lily Wolter in der einzigen und überaus schwierigen Frauenrolle des Stückes, die dem Abend zu seinem Erfolg verhalf. Wir haben diese Schauspielerin in mondänen und leichtgewichtigen Rollen kennengelernt, ihr des öfteren solides Können und ihren ganz besonders gewinnenden Charme bestätigt, müssen aber nun hinzufügen, daß sie eine echte große Schauspielerin ist, von der man noch viel erwarten kann. Ihre erste große dramatische Rolle hat es bewiesen. Und wir möchten bei dieser Gelegenheit gleich den Wunsch aussprechen, daß Lily Wolter trotz ihrer beachtlichen Erfolge in ihren ersten Filmen dem Theater die Treue halten wird.' Na, ist das nichts?"

„Wahrhaftig", sagte Lily beeindruckt, „das ist 'ne Wolke. Diese Besprechung kenne ich noch gar nicht. Steht die in eurem Käseblatt?"

„Das ist der Dank. Man singt dein Loblied, und du redest von Käseblatt."

„Nein, nein, das ist mir bloß so 'rausgerutscht, aus alter Gewohnheit. Nachdem sie das jetzt geschrieben haben, werde ich es nie mehr sagen. Sie haben damit bewiesen, daß sie ein Blatt von Weltformat sind." Sie lachte. „Wirklich nett, Lou, daß du anrufst. Wie geht's dir denn?"

„Wie immer. Viel Arbeit. Und sonst nichts Aufregendes."

„Das bezweifle ich. Mit wem flirtest du zur Zeit?"

„Überhaupt nicht. Keine Zeit, kein Interesse."

„Du bist ein Lügner. Wahrscheinlich verdrehst du deinen Studentinnen die Köpfe."

„Möchte wissen, wessen Kopf durch einen mittelalterlichen Professor schon verdreht werden kann. Nein, für die bist du das Interessanteste an mir."

„Na, na, jetzt machst du aber in übertriebener Bescheidenheit, mein Lieber."

„Im Ernst, was glaubst du, wie oft man mir schon erzählt hat, wie großartig du in deinem letzten Film seist."

„So. Und du? Findest du das auch?"

Ein kleines Zögern auf der anderen Seite, dann: „Doch, ja. Natürlich."

Lily lachte hell auf. „Du bist ein elender Schwindler. Ich wette, du hast den Film noch nicht gesehen."

„Ehrlich, Lily, ich habe es vor. Es steht schon seit Tagen auf meinem Programm. Er läuft hier in einem kleinen Kino, und ich gehe garantiert nächstens hin."

„So, so. Da sieht man, wie groß dein Interesse an mir ist. Nicht mal einen Film mit mir siehst du dir an. Das ist ein Scheidungsgrund."

„Dann hast du jetzt wenigstens auch einen. Bei mir häufen sie sich schon."

„Übertreibe nicht so gräßlich. Ich möchte wissen, was du gegen mich vorbringen kannst."

„Es langt. Böswilliges Verlassen, sträfliche Vernachlässigung, und das ist vermutlich noch das Geringste. Besser, man untersucht den Fall nicht näher. Immerhin haben wir eine ganz moderne Art des Zusammenlebens entwickelt: eine Telefonehe."

Seine Stimme klang unverändert liebenswürdig, die Bitterkeit, die früher manchmal daraus geklungen hatte, war nicht mehr zu vernehmen. Er war weit, weit weg von ihr. Viel weiter als die Entfernung der beiden Telefonapparate voneinander ausmachte. Lily spürte es wohl. Da sie eine Frau war und daher ungern etwas hergab, was ihr gehörte, schon gar nicht einen Mann, zog sie unmutig die Brauen zusammen. Eine Telefonehe, ja. Sie konnte nichts dagegen vorbringen, sie war selbst schuld daran, daß es dahin gekommen war. Und ihre Telefongespräche wurden immer nichtiger und gehaltloser. Und seltener. Ein leichtes Geplänkel hin und her, unverbindliches Geschwätz.

Jetzt fragte Ludwig aber doch, wohl anknüpfend an seine letzten Worte: „Bist du allein?"

Lily warf einen Blick hinüber zu Bernd Torsten, der auf der Couch lag, eine Zeitung las und dabei in der Nase bohrte. Das tat er gern, der Abgott aller Frauen, wenn er sich entspannt und wohlig fühlte. So sollten ihn seine Verehrerinnen mal sehen.

„Ja", erwiderte sie, „ich bin allein."

Bernd Torsten blickte flüchtig auf und grinste. Demnach also verfolgte er das Telefongespräch, auch wenn er sich den Anschein gab, zu lesen. Gut, gut, dachte Lily, so gehört es sich.

Ludwig am anderen Ende der Leitung grinste ebenfalls. Mit ihrer Antwort hatte sie sich verraten. Wäre sie wirklich allein gewesen, hätte sie nur mit ja geantwortet. Das bestätigende „ich bin allein", galt nicht ihm, sondern sollte den Jemand bei ihr im Zimmer informieren, wovon die Rede war, sollte ihn veranlassen, sich ruhig zu verhalten. Dieser Jemand, der natürlich ein Mann war. O nein, gar so schlau, wie sie dachte, war Lily auch nicht. Und er nicht gar so dumm, wie sie vermutete. Doch er empfand keinen Ärger. Darüber war er hinaus. Nur Überdruß an dieser Situation, tiefen ehrlichen Überdruß empfand er. Er hatte das jetzt satt. Er wollte eine Frau richtig, ganz und gar für sich allein. Und bei ihm sollte sie sein. Von diesen halben Sachen hatte er genug. Und wenn er eine Frau nicht für sich allein haben konnte, dann wollte er lieber gar keine.

Aus diesem Gedanken heraus sagte er: „Ich möchte dich gern sprechen. Ich werde wohl gelegentlich mal nach München kommen."

„Das wäre nett", meinte Lily liebenswürdig. „Wann?"

„Das weiß ich noch nicht. In den Semesterferien vermutlich. Wir haben einiges zu besprechen, denke ich.“

„O ja, natürlich“, murmelte Lily unbehaglich. Sie konnte sich schon denken, worum es sich handelte. „Du hast also doch eine neue Frau“, sagte sie aggressiv.

„Nein“, erwiderte er ruhig. „Weder eine neue noch eine alte.“

Die Schaupielerin siegte über die eifersüchtige Frau. „Dann komm aber wenigstens, solange wir das Stück noch auf dem Spielplan haben, damit du mich in dieser Rolle siehst.“ Und leiser: „Und mich vielleicht besser verstehst.“

„Ich meine, daß ich es an Verständnis nicht habe fehlen lassen“, erwiderte Ludwig. „Oder?“

„Nein.“ Sie seufzte. „Ich werde mich revanchieren und werde sehr vernünftig sein. Damit wir wenigstens eine Telefonfreundschaft zurückbehalten.“

„Das wäre zu wünschen“, gab Ludwig ernsthaft zur Antwort.

„Im Juli mache ich einen neuen Film“, fuhr Lily in wieder harmlosem Ton fort, um von dem unangenehmen Thema wegzukommen. „Im August haben wir Außenaufnahmen, dann bin ich nicht mehr hier. Du müßtest vorher kommen.“

„Schön. Ich denke, wir werden uns noch darüber verständigen.“ Erst ganz zum Schluß fragte er, in nebensächlichem Ton, was ihm am meisten am Herzen lag, und was mit ein Grund, wenn nicht der Hauptgrund für diesen Anruf gewesen war: „Was macht Barbara? Siehst du sie manchmal?“

„Nein“, erwiderte Lily. „Ich habe sie eine Ewigkeit nicht mehr gesehen.“ Ein wenig durch die Frage verärgert, setzte sie hinzu: „Ich nehme an, es geht ihr gut. Jung und hübsch und glücklich verliebt, wo sollte es da fehlen. Ich würde an deiner Stelle keinen Gedanken daran verschwenden. Mit diesen Tallien-Mädchen hast du kein Glück.“

Nachdem sie den Hörer abgelegt hatte, blieb sie eine Weile neben dem Telefon sitzen und nagte unzufrieden mit sich selbst an ihrer Unterlippe. Warum hatte sie das gesagt? War sie nicht mehr als ungerecht? Es ging ihr gut, sie hatte Erfolg, hatte Karriere gemacht, so wie sie es immer erträumte. Da drüben auf der Couch lag Bernd Torsten, der Vielgeliebte, um den sie die Kolleginnen beneideten. Sie zog eine Grimasse und dachte: jedenfalls die, die ihn nicht näher kennen.

Sie kannte ihn mittlerweile recht gut, und sie würde ihn

jederzeit mit Freuden für Ludwig Thormann eintauschen. Aber alles konnte man eben nicht haben. Entweder die Karriere oder einen Mann wie Ludwig. Und er hatte sich wirklich großartig benommen all die Zeit, das mußte sie zugeben. Was jetzt kam, damit hatte sie schließlich die ganze Zeit gerechnet, das hatte sie von Anfang an einkalkuliert.

Wir werden sehen, dachte sie leichtherzig. Wenn er hier ist, vielleicht arrangieren wir uns doch wieder. Vielleicht liebt er mich noch. Und wenn er bei mir ist, dann – nun, man würde sehen. Den Mann auf der Couch vergaß sie vollständig darüber.

Auf jeden Fall war es nicht gerade nett von ihr gewesen, ihm wegen der kleinen Barbara so über den Mund zu fahren. Sie wußte, es war eine wunde Stelle in ihm, alles was mit diesen Tallien-Frauen zusammenhing. Und es war wirklich verständlich, daß er sich bei ihr nach dem Mädchen erkundigte.

Sie hatte ja auch ein schlechtes Gewissen, wenn sie an Barbara dachte. Viele Monate lang hatte sie sich nicht mehr um sie gekümmert, was mochte wirklich inzwischen mit ihr geschehen sein?

Sie ging durch das Zimmer und setzte sich auf den Rand der Couch. „Du, erinnerst du dich noch an dieses Mädchen, diese Barbara, die einmal bei mir war?"

„Nö", brummte Bernd hinter seiner Zeitung hervor.

„Natürlich, du mußt dich erinnern. Barbara von Tallien, so eine Hübsche, Schlanke mit dunkelgoldenen Haaren. Weißt du es wirklich nicht mehr?"

„Nö", wiederholte er, „keine Ahnung."

Sie fegte mit der Hand ungeduldig die Zeitung beiseite. „Du hörst mir gar nicht zu. Du mußt dich doch erinnern. Damals hast du gesagt, sie wäre bildschön und außerdem todsicher fotogen."

„Ich kann mich wirklich nicht erinnern. Lieber Himmel, Lily, um mich herum wimmelt es von bildschönen Frauen. Ich guck' schon gar nicht mehr hin."

„So siehst du aus. Wenn ich bloß sehe, was du wieder für ein Theater mit der kleinen Bongert hast. Dabei läuft sie über die Bühne wie eine lahme Kuh. Wenn sie den Mund auftut, könnte man weinen. Aus der wird im Leben keine Schauspielerin."

„Aber sie sieht sehr niedlich aus", sagte er lässig.

„Nicht niedlicher als viele andere auch. Sie kann halt eben nur besonders niedlich mit dem Busen wippen, nicht?“

„So?“ fragte er erstaunt. „Das ist mir noch gar nicht aufgefallen.“ Dann lachte er spitzbübisch, das berühmte Lausbubenlachen des Bernd Torsten, das seine Zuschauerinnen zum Schmelzen brachte.

Lily nicht. Sie kannte es bereits auswendig. „Strapazier dich nicht“, meinte sie. „Im übrigen ist es mir Wurscht, das weißt du ja. Der niedliche Busen, mit allem was dranhängt, sei dir von Herzen gegönnt.“

„Ich habe nicht das geringste Interesse“, sagte Bernd Torsten gelangweilt und griff wieder nach der Zeitung. „Ich schau' mal eben hin, und das genügt mir. Ich glaube nicht, daß die Kleine sonst noch mehr zu bieten hat. Bin halt ein bisserl nett zu ihr, das arme Hascherl freut sich. Sie liebt mich nun mal.“

„Natürlich. Wer liebt dich auch nicht. Du wirst noch mal überschnappen.“

Er ließ die Zeitung sinken. „Du. Du liebst mich nicht. Sonst tätst du erstens nicht sagen, daß es dir Wurscht ist, zweitens nicht so verliebt mit dem Herrn Gemahl plaudern und drittens hättest du nicht bei der Bavaria Vertrag gemacht, sondern mit mir zusammen bei der Glorus gedreht.“

„Fang nicht wieder davon an. Die andere Rolle ist viel schöner. Wenn ich die Wahl hab' zwischen einer Schnulze und einem anständigen Film, dann weiß ich, was ich tue. Gott sei Dank kann ich mir das jetzt aussuchen.“

„So, und du meinst, die Schnulze wäre gerade recht für mich, was? Du bist ein Herzchen.“

„Du mußt ja nicht. Wenn du wählerischer wärest, würden sie dir auch bessere Rollen anbieten. Aber du kannst den Hals ja nicht voll kriegen. Erst denkst du an die Gage, dann daran, wie du Lieschen Müller am besten gefällst, und frühestens dann besinnst du dich darauf, daß du Schauspieler bist. Aber soweit kommst du meist gar nicht.“

Torsten richtete sich empört auf. „Hör mal, du riskierst ja hier eine ganz schöne Lippe. Ich bin schließlich länger im Geschäft als du mit deinen lächerlichen zwei Filmen. Aber das ist so typisch für einen Neuling. Die Anfänger wollen uns alte Hasen immer belehren, was Kunst ist. Aber Kunst lockt keinen

Hund an die Kinokasse. Ich hab's am eigenen Leib erfahren. Damals, wie wir ‚Gewitternacht' gedreht haben. Es war die größte Pleite meines Lebens, ein Jahr lang wollte kein Produzent und kein Verleiher was von mir wissen. Meine Autogrammpost war ein Witz und ..."

„Ach hör auf", unterbrach ihn Lily ungeduldig. „Du bist mir widerlich, wenn du so redest. Die alte Platte. Kunst her, Kunst hin, ich will nur einigermaßen anständige Filme machen, und ob sie ein Geschäft werden, das wird sich zeigen. Jedenfalls werde ich den Kredit nicht leichtfertig aufs Spiel setzen, den ich mir bis jetzt gewonnen habe." Betont fügte sie hinzu: „Den künstlerischen Kredit."

„Und wo hast du ihn her? Durch einen Film mit mir. Jawohl. Wenn ich nicht gespielt hätte, wäre kein Mensch 'reingegangen. Niemand kannte Lily Wolter."

„Na schön", sagte Lily friedlich, „aber jetzt kennt man sie. Und ich denke, das nächstemal werden sie 'reingehen, weil Lily Wolter spielt. Toi, toi, toi", sie klopfte an das Tischchen neben der Couch. „Auch ohne Bernd Torsten. Und außerdem, so schrecklich wichtig ist mir der Film ja gar nicht. Du mit deiner Autogrammpost und dem ganzen albernen Zauber. Ich will vor allem Theater spielen. Gutes Theater. Solche Rollen, wie ich jetzt eine habe. Und daß man mich darin anerkennt, ist mir die Hauptsache. Du hättest mal hören sollen, was Ludwig mir eben vorgelesen hat."

„Vorgelesen? Was denn?"

„Eine Besprechung, die dort bei ihm in der Zeitung stand. Mein Lieber, Zucker! Zucker, sage ich dir." Aus dem Gedächtnis wiederholte sie ungefähr, was Ludwig zitiert hatte.

„Na ja, so'n Provinzblatt", meinte Torsten geringschätzig. „Was wollte er denn eigentlich, dein Herr Gemahl?"

„Mir gratulieren zum Erfolg."

„So. Ein aufmerksamer Herr."

„Ist er auch. Wenn wir uns auch jetzt wahrscheinlich scheiden lassen."

„Nanu? Warum denn das auf einmal?"

„Das lag schon lange in der Luft. Ich kann es ihm nicht mal verdenken. Ludwig ist zwar ein netter Mann, aber im Grunde doch ziemlich bürgerlich. Er will halt eine Frau haben, man kann es verstehen."

„Demnach hat er deine Nachfolgerin schon griffbereit."

„Er sagt nein."

„So dumm wirst du ja wohl nicht sein, um ihm das zu glauben."

Lily hob die Schultern. „Ich weiß nicht. Ich wäre fast geneigt, es doch zu glauben. Er ist bei allem Charme und aller Herzlichkeit ein ziemlich beständiger Mann. Er löst sich nicht so leicht. Und geht auch nicht leicht neue Bindungen ein. Es ist nicht schwer für ihn, das Herz einer Frau zu gewinnen. Wenn er wollte, dann könnte er allerhand unternehmen. Aber ihm liegt nicht viel an Abenteuern. Er will eine Frau haben, die er lieben kann und die bei ihm ist und die er verwöhnen kann, o ja, das tut er, und der ist er dann sogar treu."

„Ach nee", meinte Torsten, „das ist ja ein richtiger Musterknabe."

„Keineswegs. Er ist sehr munter. Und als Mann – oh là là, mein Lieber, da könntest du noch was lernen."

Torsten schüttelte erstaunt den Kopf. „Wenn man dich hört, könnte man meinen, du liebst ihn noch."

Lily nahm eine Zigarette, zündete sie an und sah nachdenklich dem Rauch nach. Ihr kleines pikantes Gesichtchen war ganz ernst auf einmal, ein wenig traurig fast. „Ja", sagte sie leise, „das wird wohl auch so sein."

„Na weißt du", sagte Torsten, ernsthaft gekränkt, „das ist ja wohl ein starkes Stück. Ich bin hier bei dir, und du sagst mir mitten ins Gesicht, daß du deinen Mann liebst. So was habe ich auch noch nicht erlebt."

Lily gab ihm einen schrägen Blick von der Seite und meinte ein wenig spöttisch: „Na, dann erlebst du es eben jetzt. Schadet dir gar nichts. So einmalig und göttergleich, wie du dir einbildest, bist du nämlich gar nicht. Das denkt nur Lieschen Müller, wenn sie dich im Kino sieht."

Torsten richtete sich mit einem Ruck auf, ergriff sie an beiden Armen und schüttelte sie zornig. „Hör doch auf mit deinem verdammten Lieschen Müller. Das interessiert mich einen Dreck. Das gehört alles zum Geschäft. Hergott, das weißt du doch. Mir kommt es darauf an, was du von mir hältst, zum Teufel noch mal. Hätt' ich mich bloß nicht mit dir eingelassen. Du bist ein abscheuliches Frauenzimmer."

Lily legte den Kopf zurück und lachte. „Bin ich. Und so wie

du dir das gedacht hast, so eine kleine Nachwuchsschauspielerin, die man nebenbei ein bißchen vernascht und die dann möglichst noch danke schön dafür sagt, so ist das eben bei mir nicht. Wenn das so wäre, dann – dann ...“ Sie überlegte kurz, und setzte dann ihren Trumpf darauf: „Dann hätte mich Ludwig Thormann nicht geliebt und erst recht nicht geheiratet.“

Torsten zog ihren Kopf herunter, in seinen Schoß, blickte dann von oben auf sie herab und sagte, zwischen den Zähnen: „Ich könnte dir die Kehle durchbeißen.“

„Tu’s doch“, antwortete sie.

Eine Weile starrten sie sich schweigend an, dann sagte Lily: „Dann küsse mich wenigstens.“

Er hob sie an den Schultern ein wenig hoch und küßte sie, ließ sie dann zurücksinken in seinen Schoß.

„Wirklich“, sagte Lily sachlich, „wenn man dich so sieht, so wie du eben ausgesehen hast, also Bernd, glaub mir, du könntest andere Rollen spielen. Richtige dramatische Rollen. So wie du mich eben angesehen hast, da kann einem heiß und kalt werden.“

Er lächelte. „So? Nun, du hast allen Grund dazu. Wenn du mich weiter so ärgerst, werde ich dich noch mal in Stücke brechen.“

Sie lachte. „Nur zu. Ich halte ziemlich viel aus, wenn ich auch nicht so wirke. Gib mir meine Zigarette ’rüber. Danke. Weißt du was, Bernd? Den übernächsten Film machen wir wieder zusammen. Einen großen Film. Eine Wucht von Film. Wir werden uns das Drehbuch genau aussuchen. Und dann – dann ... Na, du wirst schon sehen.“

Mit weitgeöffneten großen Augen blickte Lily an die Decke. Die Lippen hatte sie ein wenig geöffnet, ein wilder, leidenschaftlicher Ausdruck war in ihrem Gesicht, etwas Besessenes.

Bernd Torsten sah sie fasziniert an. Dieses hübsche, aparte Katzengesichtchen mit den schrägen Augen, wie es sich verändern konnte! Was alles dahinter steckte, was man zu Anfang gar nicht sah, nicht einmal vermutete. Es war doch gut, daß er sie getroffen hatte, gut, daß er mit ihr zusammengekommen war. Sie weckte etwas in ihm, was er ganz vergessen hatte. Sie räumte rücksichtslos auf mit diesen rosafarbenen Pappkulissen, die man um ihn errichtet hatte, stieß den Star Bernd Torsten mit einem Tritt in die Versenkung und suchte nach Bernd Torsten, dem Schauspieler. Und, bei Gott, dachte er jäh, sie soll ihn finden. Er ist da. Er ist noch da. Ich weiß es.

„Du wirst ihn finden“, sagte er aus seinen Gedanken heraus.

„Was?“ fragte Lily aufgestört. „Was werde ich finden?“

„Das wirst du schon sehen. Weißt du, was ich tun werde, du kleine Hexe, wenn du geschieden bist? Ich werde dich heiraten.“

Lily richtete sich überrascht auf. „Du bist verrückt.“

Er lachte. „Das sowieso. Und gerade deshalb werde ich dich heiraten.“

„Aber was wird Lieschen ...“ Sie schlug sich auf den Mund. „Aber was wird dein dich so heiß liebendes Publikum dazu sagen?“

„Es wird sich daran gewöhnen. Und wir werden ihm etwas vorspielen, diesem Publikum, auf der Bühne und im Film, wir werden ihm etwas vorspielen, daß ihm die Spucke wegbleibt. Wir zwei.“

Lily warf den Kopf zurück und lachte. Dann schlang sie beide Arme um seinen Hals. „Bernd! O Bernd! So gefällst du mir.“ Mit strahlenden Augen sah sie ihn an. „Ja, wir werden ihnen etwas vorspielen.“

Ludwig hatte sie ganz vergessen. Die kleine Traurigkeit, die das Telefongespräch zurückgelassen hatte, war verflogen. Die Bindung an ihn war dünn geworden. Hier war ihre Welt, hier lebte sie, mit allen Fasern ihres Herzens. Auch Torsten war nicht so wichtig. Wichtig war nur eins: Spielen. Sie war eine Vollblutschauspielerin, und jetzt war sie sogar auf dem Wege, eine *gute* Schauspielerin zu werden. Sie spürte es von den Fingerspitzen bis ins tiefste Herz hinein. Und das allein, dies Gefühl, war das ganze Leben wert.

Sie ließ seinen Kopf los, kniete sich neben ihn auf die Couch und sagte: „Du bist ein leichtsinniger Hund. Du hast mir eben einen Heiratsantrag gemacht. Weißt du das?“

„Natürlich.“

„Oh, es gefällt mir. Ehrlich, es freut mich. Mir hat lange niemand einen Heiratsantrag gemacht. Ich werde es morgen Hunter erzählen.“ Das war der Journalist, der die Filmspalte in einer Abendzeitung schrieb.

„Untersteh dich. Er schreibt gerade genug über uns.“

„Du gönnst mir auch nicht den kleinsten Spaß. Dann will ich wenigstens jetzt was trinken. Wie wär’s mit einer Flasche Sekt?“

„Eine gute Idee."

Erst beim zweiten Glas fiel ihr das Gespräch mit Ludwig wieder ein. „Du weißt wirklich nicht mehr, wer Barbara ist?"

„Erbarme dich, nein. Ich weiß es nicht. Ist sie Schauspielerin?"

„Ah nein, diese Verwandte von Ludwig, so ein hübsches schlankes Mädchen. Sie war mal hier. Ich muß mich wieder einmal um sie kümmern. Ich mag sie gern. Und ich glaube, Ludwig liebt sie ein bißchen."

„Ich denke, er ist so treu."

„Das ist was anderes. Eine Geschichte für sich. Weißt du was, ich werde ihr zwei Steuerkarten für das neue Stück reservieren lassen. Und dann kann sie zu meinem Geburtstag kommen. Ich habe nämlich in genau zwölf Tagen Geburtstag, und ich gebe eine Party. Eine richtige dolle Party."

Er stöhnte. „Muß das sein?"

„Das muß sein. Hatte ich schon lange mal vor. Wir werden gleich überlegen, wen wir alles einladen. Hast du einen Bleistift?"

„Nö."

„Mit dir ist es schrecklich. Ludwig hat immer einen Bleistift einstecken."

„Schön, dann ruf ihn noch mal an, deinen Ludwig, er soll dir per Expreß einen Bleistift schicken."

Lily erhob sich zu ihrer vollen Größe, schickte einen forschenden Blick durch das Zimmer und meinte dann: „Laß man. Wenn ich lange genug suche, werde ich vielleicht hier irgendwo einen finden."

Auch Ludwig blieb eine Weile nachdenklich neben dem Telefon stehen, nachdem er das Gespräch beendet hatte. Er hatte Lilys Stimme noch im Ohr, diese Stimme, die so modulationsfähig, so lebendig war, jedes Gefühl, jeder Gedanke drückte sich darin aus, und wenn man Lily kannte, konnte man sich sogar jeweils ihr Gesicht dabei vorstellen. Eine Telefonehe, hatte er gesagt. Und dann, etwas später, hatte Lily von einer Telefonfreundschaft gesprochen. Ja, so war es, und so würde es werden. Sie war sich ebenfalls klar darüber, obwohl sie seit langem und eigentlich noch nie in voller Deutlichkeit darüber gesprochen hatten. Aber so ging es nicht weiter. Er hatte es satt, einfach satt, immer allein zu sein. Die Arbeit, nun gut. Er hatte weiß Gott genügend Arbeit. Und doch blieb immer ein Loch, das sein Leben leer machte. So sehr er seine Arbeit und seinen Beruf liebte, er konnte nicht für sie allein leben.

Dennoch betrübte ihn die Entwicklung der Dinge. Lily erkannte ihn ganz recht, er war kein Mann, der sich leicht löste. Trotz seines heiteren Wesens, seiner optimistischen Lebensauffassung war er im Grunde ein ernst veranlagter Mensch. Er stand mit beiden Beinen auf dem Boden, und er wollte, daß dieser Boden unter ihm fest und sicher war. Lily hatte ganz recht: er war treu und beständig. Auch in seinen Gefühlen. Es lag ihm nicht, die Frauen leichtherzig zu wechseln, und schon gar nichts lag ihm an Abenteuern und leichten Eroberungen. Er wollte eine Frau, die er lieben konnte und die sein Leben teilte.

Nur – er besaß diese Frau nicht. Er hatte sie nie besessen. Das war eine Tatsache, die jeden verwundern mußte, der ihn näher kannte. Wenn irgendwo auf der Welt eine Frau gut aufgehoben sein würde, dann bei diesem Mann. Es hatte genug Frauen gegeben in seinem Leben, die das erkannt hatten und gern bei ihm geblieben wären. Also war es wohl doch seine Schuld, wenn er allein geblieben war.

Erst war Barbara der Grund gewesen. Er hatte sie lange nicht vergessen, war lange nicht fertig geworden mit der großen Enttäuschung seiner Jugend. Gegen Ende seiner Studienzeit war er dann mit einer Kollegin befreundet, einer Innenarchitektin. Es hatte einige Zeit so ausgesehen, als hätte er in ihr die richtige Lebensgefährtin gefunden. Die Temperamente waren jedoch zu verschieden, es war am Ende keine ständige Bindung daraus geworden. Was dann kam, zählte nicht. Kriegs- und Nachkriegszeit; der Kampf um seine Existenz, als er aus dem Kriege wiederkehrte, beanspruchte ihn ganz. Unter den Frauen, die damals seinen Weg kreuzten, war keine, die er gern für immer festgehalten hätte. Die Ehe mit Lily, es begann mit Verliebtheit, die er später für Liebe hielt, nun endete es in einer guten herzlichen Freundschaft. O ja, er war sicher, daß dies bei ihnen beiden möglich sein würde. Auch er trug Schuld, er hätte keine Frau heiraten dürfen, die Schauspielerin war, eine besessene Schauspielerin dazu. Sie hatte nie ein Hehl daraus gemacht.

Und was kam nun? Er war wieder angelangt, wo er einst

begonnen hatte. Barbara. Doch da war ein großer Unterschied, nicht einmal bei sich selbst, nicht in seinen geheimsten Gedanken deckten sich die beiden Frauen. Er war zwanzig Jahre älter, und die Barbara von heute war eine andere Frau als jene von damals. Die bewundernde Verliebtheit des unerfahrenen Jünglings, seine schwärmerischen Träume, seine tiefe Enttäuschung, sein verletztes, verwundetes Herz, das gehörte einer anderen Epoche an, das war lange her, war vergessen und vernarbt. Was ihm die Barbara von heute angetan hatte, wog viel schwerer. Sein Herz war jung genug, um neue Wunden zu empfangen, die lange nicht verheilen würden.

Er konnte ihr nicht einmal einen Vorwurf machen. Die Schuld trug er allein, er hatte den guten Onkel gespielt, anstatt sie in die Arme zu nehmen und festzuhalten. Eines wußte er gewiß: Dann wäre sie nicht fortgegangen, sie wäre geblieben.

Nun war es zu spät. Aber im Grunde war er noch nicht geneigt, sich damit abzufinden. Genauso wenig wie Julius, mit dem er ein einziges Mal darüber gesprochen hatte. Er vermied seitdem das Thema Barbara, wenn er mit ihm zusammentraf, vermied es, weil er gesehen hatte, wie tief auch Julius getroffen war.

„Was habe ich falsch gemacht?“ hatte Julius gefragt. „Ich habe sie hierher geholt, und zuletzt hatte ich den Eindruck, daß sie sich ganz wohl fühlt bei uns. Natürlich, anfangs war es schwer für sie, ich sehe es ein. Diese ganzen alten Geschichten von früher, sie hat darunter gelitten und hat es nie gesagt. Und dann war man sich auch gar nicht richtig darüber klar, was sie selbst alles mitgemacht hat. Die Geschichte von Barbara und diesem Stolte, wie das alles endete“, das wußte Julius nun auch, „wenn man sich vorstellt, daß sie das alles erlebt hat, allein, ohne einen Menschen, der ihr zur Seite stand. Und dann kam sie hierher und, naja, man hat ihr ein paar Kleider gekauft, und ich bin mit ihr reiten gegangen und dann hat sie bei mir im Büro gearbeitet, aber genügt das?“ Er wartete nicht ab, was Ludwig antworten wollte, er fuhr fort, gab sich selbst die Antwort: „Nein, es genügt nicht. Mir ist inzwischen eins klargeworden, Ludwig. Sie hat nie einen Halt gehabt, nie in ihrem Leben. Nebenbei, was sie da unten in Italien erlebt hat, das hätte auch einen gefestigten erwachsenen Menschen aus der Bahn werfen können. Wenn einer nicht innen aus Beton ist, dann wird er nicht so schnell fertig mit solch einem Erlebnis. Allein wenn ich daran denke ... Ich kann gar nicht daran denken. Und so kam sie hierher, und alle haben sie angesehen wie ein kurioses Tier, und keiner hat danach gefragt, was eigentlich in ihr vorgeht. Ich habe sie ständig mit Barbara verglichen, du hast sie mit Barbara verglichen, alle haben wir immer von der Vergangenheit geredet, und keiner hat sich um sie gekümmert. Weißt du, was sie mir gesagt hat, an dem Tag, ehe sie abgereist ist, bei unserer letzten Unterredung? Sie sagte: ‚Heinz war der einzige, der mit mir nicht von früher gesprochen hat, der mich als Einzelwesen betrachtet hat, nicht nur als einen Schatten von Barja. Sie sah mich nicht an dabei, sagte dann noch: Ich will mich nicht entschuldigen damit. Es ist bloß – das war eben für mich das Besondere an ihm.‘ “

Ludwig hatte sich diese lange Erzählung schweigend angehört. „Na ja“, sagte er dann, „es hat wenig Zweck, daß du dir jetzt Vorwürfe machst, Julius. Vorwürfe, die teilweise an den Haaren herbeigezogen sind. Was hättest du denn noch für sie tun sollen? Sie hat doch alles gehabt, was sie sich wünschen konnte. Und schließlich, wollen wir doch die Dinge etwas weniger geheimnisvoll sehen. Daß zwei junge Leute sich ineinander verlieben, das kommt schließlich alle Tage vor. Zugegeben, so wie der Fall hier liegt, ist er unangenehm, aber keineswegs so außergewöhnlich. Und wenn du das Ganze jetzt dramatisierst, dann tust du es eben doch wieder im Hinblick auf die Vergangenheit.“ Ihn selbst traf dieser Vorwurf nicht, den Julius sich machte. Er hatte sie längst getrennt von der Barbara seiner Jugend, schon als sie ihn das erstemal besuchte. Sein Fehler war: Er hatte es sie nicht wissen lassen und hatte ihr nie gezeigt, was sie ihm in Wirklichkeit bedeutete.

„Ich hatte den Eindruck, sie hat sich gut hier eingewöhnt“, fuhr Julius fort. „Und ich glaube, sie ist nicht gern gegangen. Weißt du, Ludwig, daß ich da wieder ganz falsch gehandelt habe?“

„Wieso?“

Mit kaum unterdrückter Erregung rief Julius: „Ich hätte nicht dulden dürfen, daß sie geht. Sie mußte bleiben, und diesen Kerl mußte ich hinauswerfen. Das war das Richtige. Aber das habe ich nicht gewagt, wegen Elisa und wegen Marianne, dazu hat es mir einfach an Mut gefehlt.“

Und dann also hatte Ludwig ausgesprochen, was ihn Tag und Nacht beschäftigte: „Vielleicht ist noch nicht alles verloren. Wir können sie zurückholen. Wenn die Gemüter sich etwas beruhigt haben. Wir könnten es jedenfalls versuchen."

Damals, als dieses Gespräch zwischen ihm und Julius stattgefunden hatte, war Julius nicht näher auf diesen Vorschlag eingegangen, auch hierzu fehlte ihm wohl der Mut.

Inzwischen hatte sich manches verändert. Marianne hatte sich in Amerika verlobt und schien sehr glücklich zu sein, wie Ludwig von Doris erfuhr. Elisa rüstete derzeit zu ihrer ersten Amerikareise, nächsten Monat schon sollte die Hochzeit sein. Und Elisa war so aufgeregt durch die Ereignisse und außerdem so stolz auf die Tochter genauso wie auf den neuen Schwiegersohn, der ihr einen reizenden Brief geschrieben und sie und Julius zur Hochzeit eingeladen hatte, daß sie spielend vergaß, was geschehen war. All ihren Bekannten und Verwandten hatte sie diesen Brief vorgelesen und dazu Bilder des jungen Paares gezeigt, damit jeder sich überzeugen konnte, wie ansehnlich der junge Mann war, wie vergnügt er lachte, wie glücklich Marianne strahlte und vor allem, wie prächtig das Auto war, das er Marianne zur Verlobung geschenkt hatte. Wo gab es denn sonst noch so etwas auf der Welt? Zur Verlobung ein Auto.

Nein, Elisa hatte Heinz Leitner genauso schnell vergessen wie ihre Tochter. Und wenn sie einmal sehr böse und sehr wütend auf Barbara gewesen war, so blieb ihr heute auch dazu keine Zeit mehr. Sie fuhr nach Amerika, weil ihre Tochter eine glänzende Partie machte, weil sie einen immens reichen und dazu sympathischen jungen Mann heiratete. Neben diesen überwältigenden Tatsachen war alles andere unwichtig geworden, war überhaupt nicht mehr vorhanden. Ja, Elisa war höchst zufrieden mit dieser Entwicklung, denn war der reiche junge Amerikaner nicht diesem Heinz Leitner vorzuziehen, von dem kein Mensch wußte, woher er kam, und den man praktisch aufgelesen hatte? Der war gerade gut genug für Barbara, nicht für ihre Tochter.

Ludwig wurde aus seinen Gedanken aufgeschreckt durch lautes Gekreisch und helles Gelächter im Garten. Er trat ans Fenster. Da unten lief Doris über die Wiese, ihr dunkler Haarschopf wehte, ihre Beine steckten in blue jeans und wirbelten blitzschnell um die Kurven. Ihr nach lief Richard und versuchte, sie zu fangen. Und neben beiden tobte Damon her mit aufgeregtem Gebell.

Ludwig schmunzelte. Merkwürdig, wie oft Doris jetzt hier aufkreuzte. Und merkwürdig, daß auch Richard dann meist zufällig erschien. Es bestand durchaus kein Grund für seine Gegenwart, heute am Samstagabend. Erstaunlich, was so ein Fratz mit einem erwachsenen Mann alles anfangen konnte. Der ernste Richard, der sonst kaum die Miene verzog, spielte doch wirklich da unten Haschen mit der Kleinen. Wie ein Junge.

Er trat auf die Terrasse hinaus und rief: „He, he! Das hab' ich gern, wenn man mir den ganzen Rasen zertrampelt."

Lachend und erhitzt kamen die beiden zu ihm herauf. „Sie hat gesagt, ich bin ein langweiliger alter Trauerkloß", berichtete ihm Richard vorwurfsvoll. „Dafür wollte ich sie eigentlich verhauen. Nur Ihr Dazwischentreten rettet sie davor, Herr Professor."

„Und was haben Sie angestellt, Richard, um die junge Dame zu diesem harten Urteil zu veranlassen?"

„Er soll mit mir Federball spielen", erklärte Doris und wies auf die Schläger, die sie ins Gras geworfen hatte. „Mir fehlt ein Partner. Und ich brauche ein bißchen Bewegung. Sagt doch dieser Trauerkloß, nö, er will nicht. Du fändest das wahrscheinlich komisch, wenn er hier anfängt zu spielen wie ein Baby. Findest du das komisch, Ludwig?"

„Nicht komischer als wenn ihr Fangen spielt, ihr Gören", erwiderte Ludwig lachend. „Warum wollen Sie denn nicht federballern, Richard?"

„Ich kann's gar nicht."

„Hach, hat man so was schon gehört", japste Doris. „Das kann ja sogar Nele. Wird höchste Zeit, daß Sie es lernen, Teuerster."

„Sag mal, Doris", fragte Ludwig, „wieso hast du eigentlich so viel Zeit? Ich denke, du machst dein Abi? Wie du mir neulich erzählt hast, steckst du bis über die Ohren in der Arbeit."

„Ununterbrochen kann ein Mensch nicht arbeiten", belehrte ihn Doris, „da wird er erst recht blöd davon. Was ich bis jetzt nicht kann, das lerne ich auch nicht mehr. Die lassen mich schon nicht durchrasseln, dazu sind sie viel zu sehr von meiner überragenden Klugheit überzeugt. Wenn ich nicht bestehe, dann besteht keine in meiner Klasse."

„Man kann wirklich nicht behaupten, daß es dir an Selbstbewußtsein mangelt", lachte Ludwig. „Jedenfalls bist du nicht gekommen, um mich zu besuchen, sondern um Richard zu treffen. Woher wußtest du denn, daß er hier ist? Das war doch gar nicht vorgesehen."

„Ich sah ihn vorbeifahren mit seiner ulkigen Kaffeemühle", gestand Doris in schöner Offenheit. Als sie darauf die beiden Männer einen Blick tauschen sah, der von einem Schmunzeln begleitet war, errötete sie, strich sich die verwirrten Haare aus der Stirn und fügte ein wenig trotzig hinzu: „Ihr braucht euch gar nicht zu amüsieren, ich wollte eben ein bißchen Federball spielen."

„Hm, Ausgleichssport ist immer gut", meinte Ludwig. „Das leuchtet mir ein. Also, Richard, da werden Sie schon dran glauben müssen. Ich werde zugucken. Wenn Sie's wirklich nicht können, werde ich bestimmt auf meine Kosten kommen."

„Du kannst auch mit mir spielen, Ludwig", sagte Doris, „das ist gut für die Linie."

„Du bist ein Frechdachs. Was gibt's Neues bei euch drüben?"

„America for ever", sang Doris mit Pathos. „Momy lernt englische Vokabeln. Du kannst dir den Bauch halten vor Lachen. Und Marianne hat eine Beschreibung ihres Brautkleides übermittelt. Zwölf Meter weißer Satin und fünfzehn Meter Tüll. Da bleibt kein Auge trocken. Die Kirche wird mit Lilien und Orangenblüten geschmückt, und sie hat sage und schreibe zwölf Brautjungfern in Lachs und Hellblau, die ganze weibliche Jugend beider Familien. Sie hat geschrieben, ob ich nicht doch mitkommen will. Wie sie sich das vorstellt? Soll ich vielleicht die dreizehnte sein?"

„Möchtest du nicht mitfahren?"

„O ja, schon. Aber entweder feiere ich Hochzeit oder ich mache das Abi. Beides geht nicht. Ich werde schon mal 'rüberfahren. Vielleicht zur Taufe oder zur Scheidung, ich weiß nicht, was bei den Amerikanern zuerst kommt."

Ludwig lachte. „Laß das bloß nicht deine Mutter hören." Er schüttelte den Kopf. „Ich möchte bloß wissen, wie deine Eltern es fertigbringen, dein Mundwerk ständig zu ertragen."

„Och, ich kann auch sehr seriös sein, wenn ich will."

„Wirklich?" fragte Richard neckend. „Das wäre ein Erlebnis für mich."

„Ich will Ihnen gern mal zu einem Erlebnis verhelfen", gab Doris keck zurück. „An mir soll's nicht liegen. Aber jetzt spielen wir erst, ja? Sonst wird's zu dunkel."

„Moment mal", sagte Ludwig. „Ich habe eben mit Lily telefoniert."

„Ach?" fragte Doris interessiert und kam gleich auf das Wesentliche. „Was sagt sie von Barbara?"

„Eben nichts. Sie hat sie lange nicht gesehen, sagt sie, und hat keine Ahnung, wie es ihr geht. Du hast auch nichts von ihr gehört?"

„Nö, sie schreibt ja nicht. Ich hab' allerdings auch lange nicht geschrieben."

Richard räusperte sich. „Aber ich weiß was."

„Sie? Wieso? Was denn?"

„Ja", begann Richard umständlich. „Das ist der Grund, warum ich heute noch mal hergekommen bin." Er blickte den Professor an. „Ich dachte, es interessiert Sie vielleicht. Meine Schwester hat einen Brief von ihrer Freundin aus Tegernsee bekommen. Barbara war letzten Sonntag draußen, um Dino zu besuchen."

„Na los", drängte Doris, „erzählen Sie schon. Wie geht es ihr?"

„Ja, Gretl schreibt, ihr gefällt Barbara gar nicht. Sie macht einen sehr bedrückten und unfrohen Eindruck. Sieht auch schlecht aus. Verheiratet ist sie noch nicht. Als Gretl eine vorsichtige Frage in dieser Richtung stellte, wich sie aus, sie sagte, sie hätte nicht die Absicht, so schnell zu heiraten. Überhaupt vermeidet sie es, über diesen Mann zu sprechen. Das einzige, was sie erzählt hat: Er geht zur Bundeswehr, wird wieder Offizier."

„Ach!" stieß Doris erstaunt hervor. „Da biste platt."

„Sieh mal an", sagte Ludwig. „Das ist ja merkwürdig. Wieso denn das auf einmal?"

„Ach weißt du, so merkwürdig ist das gar nicht", sagte Doris, „wenn ich es mir richtig überlege, kommt das gar nicht so überraschend. Er hat immer von seiner Militärzeit geschwärmt. Und du hast ihn doch gesehen, ich glaube, er eignet sich prima dafür. Na und beruflich hat es doch anscheinend nicht so richtig geklappt. Ich glaube, er kann gar nichts Gescheiteres tun."

„Und Barbara?" wollte der Professor wissen. „Was sagt sie dazu?"

„Gretl schreibt, sie hat überhaupt keinen Kommentar dazu gegeben. Es scheint ihr überhaupt ziemlich gleichgültig zu sein, was er macht."

„Hm." Ludwig setzte sich auf die oberste Terrassenstufe, nahm eine Zigarette und zündete sie an. „Entschuldigung", sagte er dann und bot den beiden anderen die Packung. Sie nahmen sich auch jeder eine Zigarette und setzten sich rechts und links von ihm auf die Treppe. Ludwig legte den Kopf zurück und blickte über die Baumwipfel in den blassen Abendhimmel hinein. Ein graublauer Frühlingsabendhimmel, ohne eine Wolke, nur die schmale silberne Sichel des jungen Mondes stand über dem Wald. Es war Frühling. Er hatte es noch gar nicht richtig bemerkt.

„Ich habe sowieso die Absicht, im Juli nach München zu fahren", sagte er plötzlich. „Dann werde ich mal nach Barbara sehen."

„Au ja", rief Doris zustimmend, „das ist eine großartige Idee. Am besten bringst du sie gleich wieder mit. Ich wette, sie hat schon genug von Heinz. Und wenn Vater dann zurückkommt, ist sie wieder da. Das wäre für ihn eine riesige Freude."

„Wieso? Wo ist dein Vater denn? Ich denke, er fährt nicht mit nach Amerika."

„Nee, tut er auch nicht. Ach, das hab' ich dir noch gar nicht erzählt. Er geht zur Kur nach Nauheim. Wir haben ihn jetzt 'rumgekriegt. Er *muß* einfach mal ausspannen und was für sein Herz tun. Er ist ständig in Behandlung und kriegt Spritzen und all so ein Zeug, aber zur Ruhe kommt er nicht. Und wo wir jetzt doch den neuen Heini haben, und im Sommer ist es überhaupt ruhiger, da kann er schon mal ein paar Wochen weg."

„Wie ist er denn zufrieden mit dem neuen Mann?"

„Och, doch, es geht. Der macht sich. Schwarzbauer ist ja sehr vorsichtig geworden mit seinen Prognosen, seit er den Reinfall mit Heinz erlebt hat. Er hat den Neuen jetzt mißtrauisch sechs Wochen lang beobachtet, aber nichts an ihm gefunden, was negativ wäre. Als Mensch ist er ja ein bißchen ulkig, so ein Gesundheitsapostel. Am liebsten ißt er vegetarisch, er trinkt keinen Alkohol, raucht nicht", Doris zog eine Grimasse, „mein Fall wäre das nicht. Aber es hat wieder das Gute, daß er sehr solide ist, er hat schon Weib und Kind, ebenfalls vegetarisch ernährt – sag mal, Ludwig, wie ist denn das bei Vegetariern?

Genau wie bei anderen Leuten auch? Oder machen die das anders? Ich hab' mich offen gestanden gewundert, wie die zu einem Kind kommen. Vielleicht züchten sie es im Blumentopf auf dem Fensterbrett?" Doris quittierte befriedigt das Gelächter ihrer beiden Zuhörer und fuhr dann fort: „Na, und was die Hauptsache ist, er versteht seine Arbeit. Er hat eine Fachschule besucht, hat sogar ein paar Semester studiert, und dann hat er bei Beermann in Düsseldorf von der Pike auf gelernt. Einfach alles, was dazugehört. Beermann ist ja eine erstklassige Firma. Noch größer als unsere. Er ist ein richtiger versierter Druckereikaufmann. Genau das, was wir brauchen, damit Paps ein bißchen entlastet wird."

„Na, das freut mich aber sehr, Doris. Ich habe mir nämlich wegen Julius ehrlich Sorgen gemacht. Er sah so elend aus in letzter Zeit."

„Ja", sagte Doris mit einem Seufzer, „ich habe mir auch Sorgen gemacht. Und weißt du, das ist es, was ich Barbara am meisten übelnehme. Ich glaube, sie weiß gar nicht, was es für Vater bedeutet hat, daß sie fortgegangen ist. Momy versteht das nicht, sie ärgert sich darüber, daß er so an ihr hängt. Aber es kommt von seiner Schwester her, er hat das nie verwunden. Daß sie fortging, und vor allem, daß sie nicht wiederkam. Er bildet sich ein, er hat schuld daran. Er hätte sie zurückholen müssen. Das hat er mir mal erzählt. Vater hat nun mal diese komischen Familiengefühle, da kann man nichts dagegen machen."

„Na ja", meinte Ludwig, „das verstehst du nicht so, Doris. Die Familie Tallien war immer ein geschlossenes Ganzes, und wenn einer geht, dann ist das wie eine tiefe Wunde. Es ist zu allen Zeiten immer mal einer gegangen, das kommt in jeder Familie vor. Aber mit Barbara, das war damals schon eine große Tragödie." Er warf einen kurzen Seitenblick zu Richard hinüber, der neben ihm saß und schweigend in die Baumwipfel starrte. „Für alle war es eine Tragödie. Und so hat es schließlich auch geendet. Und auch deswegen hat man jetzt das Gefühl, man müßte für Barbaras Tochter die Dinge zum guten Ende bringen. Hat dein Vater nie daran gedacht, sie zurückzuholen?"

„Ich weiß nicht. Aber ich weiß bestimmt, daß er es möchte. Solange man denken mußte, daß Marianne wiederkommt, war ja nicht daran zu denken. Aber jetzt – Momy würde sich schon damit abfinden, nachdem es mit Marianne jetzt so glanzvoll geendet hat. Du wirst nach München fahren, Ludwig?"

„Ja, ich habe es dir schon gesagt."

„Und du wirst sie mitbringen?"

„Kind, das kann ich nicht versprechen. Ich werde sehen, was mit ihr los ist, wie sie lebt jetzt und vor allem, was ihr dieser Heinz bedeutet. Wenn sie ihn liebt – dann ist wohl nichts zu machen. Sie muß freiwillig kommen. Anders geht es nicht." Er sprang auf, blickte auf die beiden herab und lachte. „Wir werden sehen. Der liebe Gott hat immer ein paar Überraschungen in der Tasche. Und jetzt komm, Doris, ich möchte mich mal mit diesem Federballspiel versuchen."

„Du, Ludwig?" rief Doris begeistert.

„Klar, warum nicht? Wir werden Richard mal zeigen, wie man so was macht."

7

Barbara war erstaunt und erfreut, nach so langer Zeit eine Nachricht von Lily zu erhalten. Die Schauspielerin schrieb ein paar kurze Zeilen, machte Barbara darin Vorwürfe, weil sie so lange nichts hatte hören lassen, teilte mit, für welchen Tag Barbara sich an der Theaterkasse zwei Steuerkarten abholen könne und lud sie schließlich ein, am kommenden Samstag zu einer kleinen Party zu erscheinen.

Ins Theater würde sie gehen, beschloß Barbara. Aber zu der Party besser ablehnen. Sie war fast ein wenig menschenscheu geworden in letzter Zeit, und sie empfand geradezu Furcht, mit irgend jemand, und sei es auch die unbeschwerte Lily, über die Familie Tallien, was in diesem Fall auch Ludwig einschloß, zu sprechen. Sie selbst verbot sich die Gedanken daran, seit sie entdeckt hatte, daß sie erstmals in ihrem Leben ein Gefühl verspürte, das ihr bisher fremd gewesen war: Heimweh.

Aber wer sollte sie ins Theater begleiten? Heinz schied aus, die Karten waren für einen Tag Anfang der Woche, wo er ja unterwegs war. Sie dachte flüchtig daran, Frau Burger mitzunehmen. Aber dann fiel ihr Peter Mangold ein. Nach wie vor sah sie auch ihn selten. Er rief sie manchmal im Büro an, sie trafen sich gelegentlich, verstanden sich auch immer gut, vermieden es aber beide ängstlich, gefährliche Themen zu berühren, was ihren Begegnungen immer etwas Unwirkliches, Verschwommenes gab. Sie sprachen nicht von früher, aber auch nicht über ihr persönliches Leben in der Gegenwart. Fing er einmal davon an, sagte Barbara: „Laß. Ich muß allein damit fertig werden."

„Ich möchte dir gern helfen."

„Du kannst mir nicht helfen. Und ich wüßte auch nicht, warum und wieso mir jemand helfen sollte. Ich befinde mich in keiner Notlage." Ihre Miene war dann stets abweisend, ein wenig hochmütig, genau wie Barja dreingeblickt hatte, wenn jemand versuchte, in ihre eigenen persönlichen Reservate einzudringen.

Peter freute sich über Barbaras Anruf und erklärte sich gern bereit, mit ihr ins Theater zu gehen. Es wurde ein genußreicher Abend. Das Stück war ausgezeichnet, Lily in ihrer Rolle hervorragend. Das besondere Erlebnis vermittelte aber der Darsteller der männlichen Hauptrolle, Konstantin Lundt. Ein großer, hagerer Mann in den Fünfzigern mit einem interessant gefurchten Gesicht, tiefliegenden, brennenden Augen und einem kühnen Adlerprofil. Barbara war der Name bekannt. Zwar hatte sie den Schauspieler noch nie auf der Bühne gesehen, sie kam ja fast nie ins Theater, aber sie wußte immerhin, daß er in München zu den Spitzendarstellern gehörte. Sie hatte seinen Namen schon öfter in der Zeitung gelesen.

Der Name hatte in ihr keine Erinnerung geweckt. Als sie den Mann jedoch sah und vor allem seine Stimme hörte, die ein ganz charakteristisches, unverwechselbares Timbre hatte, zeigte sich, daß ihr beides, Gesicht und Stimme, nicht fremd waren. Ja, es kam ihr vor, als hörte sie die Stimme direkt zu sich selbst sprechen, hörte sie sagen: Barbara.

Das bohrende Suchen in ihrem Gedächtnis ließ den ganzen Abend nicht nach, auch die folgenden Tage hörte sie immer wieder die vertraute und bekannt erscheinende Stimme des Schauspielers. Erst gegen Ende der Woche vergaß sie darauf.

Heinz kam wie meist am Freitagabend. Und obwohl Barbara vorgehabt hatte, Lilys Party nicht zu besuchen, entschloß sie sich noch an diesem Abend, doch hinzugehen. Aus Trotz, um Heinz zu ärgern, der sich, wie so oft in letzter Zeit, auch bei dieser Gelegenheit, recht kleinlich zeigte. Er war gekränkt darüber, daß Lily nicht auch ihn eingeladen hatte.

„Aber sie kennt dich ja gar nicht", sagte Barbara.

„Sie weiß immerhin, daß wir zusammenleben und daß du zu mir gehörst", erwiderte er eigensinnig. „Es ist ungezogen und taktlos, das einfach zu ignorieren. Es gehört sich nicht, dich allein einzuladen. Aber was soll man schließlich von einer Schauspielerin auch für Manieren erwarten."

Barbara widersprach, verteidigte Lily, doch sie brach das Gespräch kurz ab, als Heinz schließlich sagte: „Du wirst natürlich nicht hingehen." Und das in dem barschen, gereizten Ton, den er in letzter Zeit oft an sich hatte. Er hätte wissen müssen, daß er gerade das nicht sagen durfte. Er hätte Barbara nun so gut kennen müssen, um endlich einmal zu begreifen, daß sie es nicht vertrug, wenn man ihr Vorschriften machen, ihr etwas verbieten wollte.

Barbara gab ihm einen kühlen, sehr distanzierten Blick und meinte ruhig: „Ich *werde* gehen."

„Schön", sagte er wütend. „Wie du willst. Wenn dir nichts an dem gemeinsamen Wochenende mit mir liegt, dann kann ich es ja in Zukunft woanders verbringen. Ich mache jedesmal die weite Fahrt nach München, ganz egal, wo ich mich gerade befinde, nur um das Wochenende mit dir zu verbringen, und das gnädige Fräulein geht zu einer Party und läßt mich allein sitzen. Bitte sehr, ich werde mich in Zukunft danach richten. Denke ja nicht, daß ich auf deine Gesellschaft angewiesen bin."

Barbara wußte sogleich, wovon er sprach. Manchmal erzählte er nämlich von seinen Kunden, besonders von denen, die er regelmäßig und häufig besuchte. Und da war es vor allem die Inhaberin eines großen Schreibwarengeschäftes in Augsburg, die einige Zeit lang in seinen Erzählungen häufig aufgetaucht war. Anfangs hatte er sich offen darüber amüsiert, welch großen Eindruck er auf diese Frau gemacht hatte. Daran war er gewöhnt. Er gefiel den Frauen nun mal. Er war sogar zwei- oder dreimal mit dieser Eroberung zum Essen ausgegangen, die Dame war Witwe, Alleininhaberin des gutgehenden Geschäftes und entsprechend wohlhabend, und bei dem letzten Zusammentreffen, das war vor einigen Wochen gewesen, hatte sie ihn sogar in ihre Wohnung eingeladen. Damals hatte Heinz mit einer Ausrede abgelehnt. Als er es Barbara erzählte, sagte er lachend: „Die Gute ist zu temperamentvoll. Weißt du, so eine richtige Vollblutfrau. Ich hätte direkt Angst, mit ihr allein zu bleiben."

Barbara hatte es ebenfalls von der scherzhaften Seite genommen und erwidert: „Seit wann fürchtest du dich davor? Wenn sie doch so hübsch ist."

„Doch, das ist sie wirklich. Alles was recht ist. Deswegen begebe ich mich besser gar nicht in die Gefahr."

Seitdem hatte er nichts mehr davon erzählt. Barbara wußte nicht: War er nicht mehr in Augsburg gewesen oder sprach er nicht mehr davon, weil er anfangs zu gesprächig gewesen war?

Jetzt sagte sie: „Es ist ja nicht sehr weit nach Augsburg."

Wie so oft in letzter Zeit maßen sie sich mit feindseligen Blicken. Schließlich sagte Heinz: „Es ist dir also gleich."

Und Barbara mit einem Schulterzucken, eiskalt: „Ja."

Der Anlaß zum Streit war nichtig. Der ganze Streit wäre mit einem Lachen, mit einem versöhnenden Wort aus der Welt zu schaffen gewesen. Aber die Stimmung war im Laufe der Zeit so ungut zwischen ihnen geworden, so gereizt, daß fast nie mehr eine wirkliche Entspannung zu erreichen war. Daß sie einander immer noch umarmten, daß sich seine Leidenschaft, sein Verlangen nach ihr noch gesteigert hatte, das änderte nichts, verbesserte die unerfreuliche Atmosphäre nicht. Barbara machte die Erfahrung, die wohl jede Frau einmal in ihrem Leben macht: daß es die Vereinigung der Körper gab, daß sie Begehren und Lust verspüren konnte, während ihr Herz kalt und unbeteiligt, ja widerstrebend blieb. Und sie entdeckte natürlich auch, wie unfroh und elend dieser Zustand machte, wie quälend und beschämend er war. Liebe war nun nicht mehr Glück und Erfüllung, sie wurde zu einer Fessel und einer Peitsche, der sie gern entfliehen wollte, um frei zu sein, um sich selbst wiederzufinden. Eine Falle war dies alles geworden, in der sie sich gefangen hatte und aus der sie keinen Ausweg fand.

Heinz verließ ihr Zimmer, doch er kam wieder, als sie schon im Bett lag. Sie schlief auch in dieser Nacht mit ihm zusammen, aber es änderte nichts, es blieb alles, wie es war.

Am nächsten Morgen fragte er: „Hast du es dir überlegt? Wirst du absagen heute abend?"

Und sie erwiderte: „Nein. Ich gehe. Ich möchte Lily gern einmal wiedersehen. Verstehst du das denn nicht? Ich bleibe nicht lange."

Darauf bestieg Heinz nach dem Frühstück seinen Wagen und fuhr fort. Er sagte nicht wohin und nicht, wann er wiederkommen würde. Es war alles kindisch, es war lächerlich, Barbara wußte es wohl. Und sie war so müde. Sie wollte nichts mehr sehen und hören davon. War es nicht nachgerade so, daß sie das Wochenende fürchtete, daß sie aufatmete, wenn Montag kam und er wieder verschwand? Wie ist das bloß alles gekommen, dachte sie verzagt. Wie konnte das geschehen? Woran liegt es? Ist es meine Schuld?

Die Lust zu Lilys Party war ihr vergangen, und sie war geneigt, doch nicht zu gehen. Erst am Abend, als sie gerade hinuntergehen wollte, um Lily anzurufen und abzusagen, entschloß sie sich in einer jähen, trotzigen Aufwallung, doch zu gehen. Heinz war nicht wiedergekommen. Vielleicht war er in Augsburg, vielleicht anderswo, es spielte keine Rolle. Und sie würde nicht mit all den trübsinnigen Gedanken den ganzen Abend hier zu Hause sitzen.

Sehr sorgfältig begann sie, sich anzuziehen und zurechtzumachen. Selten genug, daß sie jetzt Gelegenheit hatte, sich einmal schön zu machen. Lange betrachtete sie ihre Garderobe. Neues war nicht dazugekommen, seit sie in München war, dazu reichte das Geld nicht. Aber da war noch das Kleid, das sie sich im vergangenen Sommer hatte machen lassen und fast nie getragen hatte, weil keine Gelegenheit dazu war. Julius war damals entzückt gewesen von der Farbe. Ein blasses wasserhelles Blaugrün, das besonders reizvoll mit ihrer Haarfarbe harmonierte, der tiefe, spitze Ausschnitt endete in einem schmalen Streifen, der um ihren Hals lag und die Schultern freiließ.

Barbara betrachtete sich befriedigt im Spiegel, als sie fertig war. Die Freude an schönen Kleidern, an ihrer eigenen Wirkung hatte sie von Barja geerbt. Und genau wie Barja wäre sie gern manchmal in elegantem Rahmen ausgegangen.

Sie lächelte ihrem Spiegelbild zu. Nun ja, das war wohl allen Frauen eigen, nicht nur den Frauen der Talliens.

Sie hatte sich etwas betonter als sonst geschminkt, die Augen dunkel umrandet, was sie älter machte und ein wenig fremd. Die Haare lagen gut, sie war am Tage zuvor beim Friseur gewesen. Nein, Lily würde ihr nicht ansehen, daß sie unglücklich war, daß etwas in ihrem Leben nicht stimmte. Und sie würde nichts dergleichen an Ludwig zu berichten haben. Das war Barjas Stolz. Nicht zugeben, daß man auf den falschen Weg geraten war.

Sie kam spät. Lilys Gäste waren schon da. Es zeigte sich, daß Barbara sich eine falsche Vorstellung von dieser Künstlerparty gemacht hatte. Sie glaubte, es würden viele Leute da sein, es würde laut und turbulent zugehen. Doch es waren nur elf Personen. Sie war die zwölfte. Und keineswegs alles Leute vom Theater. Außer Bernd Torsten und Konstantin Lundt waren nur ein Regisseur mit seiner Frau anwesend, die Bühnenbildnerin war, vom Bau, wie Lily sogleich erläuterte.

Ein junger, braungebrannter Mann öffnete Barbara die Tür und rief: „Wir haben schon auf Sie gewartet. Lily verhieß uns eine besonders hübsche Freundin, das müssen Sie sein."

Lily kam heraus, schloß Barbara in die Arme, gab ihr einen Kuß und sagte: „Dein Glück, daß du gekommen bist. Sonst wäre ich ernstlich böse. Es ist schlimm genug, daß du dich so lange nicht blicken läßt. Sag mal, hätte ich deinen Heinrich oder wie er heißt auch einladen sollen? Aber dann wären wir dreizehn gewesen."

„Er ist sowieso nicht da", antwortete Barbara.

„Na, das ist gut. Ich hätte ihn ja ganz gern mal kennengelernt, das machen wir ein andermal, nicht? Jetzt komm herein."

Sie schob ihren Arm unter Barbaras, musterte sie aufmerksam von der Seite. „Du schaust sehr attraktiv aus, meine Kleine. Bisserl schmal bist du geworden. Aber sonst geht's dir gut, ja?"

„Ja", erwiderte Barbara.

Lily gab ihr einen raschen, prüfenden Blick. Dieses Ja war ein wenig zu betont ausgefallen. Auch fand sie, daß Barbara sich verändert habe. Aus dem Mädchen war eine Frau geworden. Die ein wenig kindliche Weichheit ihres Gesichtes war verschwunden, es war schmäler, geformter geworden, und der herbe Zug um ihre Lippen war neu.

Der junge Mann, den Lily als Lutz Pranner vorgestellt hatte, und der Pressefotograf war, wie Barbara später erfuhr, öffnete ihnen die Tür.

Die kleine Gesellschaft, die sich untereinander kannte, blickte ihnen gespannt entgegen. Barbara war der einzige Neuling, auch hatte Lily zuvor ein wenig von ihr erzählt.

„Also das ist Barbara von Tallien", sagte Lily. „So etwas Ähnliches wie Verwandtschaft von mir."

Die Herren erhoben sich, und einer sagte anerkennend: „Eine wohlgelungene Verwandtschaft, Lily. Es ist nicht recht, daß du sie uns so lange vorenthalten hast."

Im übrigen machte man es Barbara nicht schwer. Sie bekam einen Cocktail in die Hand gedrückt, das Gespräch ging weiter, und sie wurde sofort hineingezogen. Der junge Mann, der ihr die Tür geöffnet hatte, saß neben ihr und zeigte offen sein Interesse. Barbara erfuhr jetzt erst, daß Lily Geburtstag hatte. Zwar hatte sie Blumen mitgebracht, doch sonst nichts.

„Das hättest du mir wirklich schreiben können", meinte sie vorwurfsvoll.

„Ach, weißt du, es ist sowieso der letzte Geburtstag, den ich feiere. Ich komme langsam in das Alter, wo man diesen Tag besser übergeht."

Lily quittierte den allgemeinen Protest befriedigt. Sie sah wirklich reizend aus, viel hübscher noch, als Barbara sie in Erinnerung hatte. Der Erfolg bekam ihr gut.

Da Barbara wußte, was sich einer Schauspielerin gegenüber gehörte, kam sie bald auf das Stück zu sprechen, das sie diese Woche gesehen hatte, lobte die Aufführung und die Darsteller und schilderte welch großen Eindruck sie gehabt hatte. Eine Weile blieb man bei diesem Thema, und Barbara erfuhr, daß die Absicht bestehe, das Stück zu verfilmen, mit Lily und Konstantin Lundt in der Hauptrolle.

Barbara sagte leise zu Lily: „Es hat sich also wirklich gelohnt für dich, nach München zu gehen."

„Ja", antwortete Lily, „es hat sich gelohnt." Mit einem kleinen, ein wenig wehmütigen Lächeln fügte sie hinzu: „Jedenfalls beruflich hat es sich gelohnt."

Barbara hätte gern nach Ludwig gefragt, doch sie unterließ es. Es war nicht der richtige Augenblick dazu. Vielleicht mochte Lily hier nicht darüber sprechen. Deutlich war immerhin zu bemerken, daß Bernd Torsten hier den Hausherren spielte. Er schenkte ein, reichte Zigaretten herum und versorgte nebenbei die kleine Gesellschaft freigebig mit seinem berühmten Lächeln.

Schräg gegenüber von Barbara saß Konstantin Lundt. Er hatte Barbara begrüßt, ohne etwas dazu zu sagen. Doch jetzt begegnete sie öfter seinem Blick, der mit einem forschenden Ausdruck auf ihr lag. Auch ihre Augen kehrten immer wieder zu ihm zurück. Wie schon neulich an dem Abend im Theater wurde sie das Gefühl nicht los, ihn zu kennen, seine Stimme vor allem schon gehört zu haben. Nicht von der Bühne, sondern in direktem Gespräch. Sie kam davon nicht los, oft schien es ihr, nahe einer Erklärung zu sein, doch sie fand die Brücke nicht, um über diese Gedächtnislücke hinwegzukommen. Es war wohl doch nur eine leere Einbildung.

Viel später erst am Abend, der Pressefotograf erzählte von einer Reportage, die er unlängst in den Ostblockstaaten gemacht hatte, erhellte sich das Dunkel plötzlich.

Konstantin Lundt fragte nämlich: „Waren Sie eigentlich auch in Prag, Lutz?"

Ja, Lutz Pranner war auch in Prag. Während er von der Stadt berichtete, saß Barbara ganz still. Plötzlich war ein klares Bild in ihr, formte sich und gewann immer mehr Umriß. Und eine Stimme erklang in ihr, die etwas erzählte.

Ein kleines Mädchen steht auf der Brücke, die über die Moldau führt. Weit und mächtig ist der Strom, es ist Frühling, und er führt Hochwasser. Ein kühler, stürmischer Frühlingstag, tiefe Wolken hängen am Himmel, dunkel und drohend blickt der Hradschin auf Stadt und Brücke und Fluß hinab.

Die Hand des Kindes liegt in der großen warmen Hand eines Mannes, klammert sich dort fest, und das Kind lauscht mit großen Augen der schrecklichen Geschichte. Der Mann hat ihm das Standbild des heiligen Nepomuk auf der Brücke gezeigt und erzählt: „Das ist der Schutzpatron von Böhmen und auch von Prag. Der heilige Nepomuk. Vor langer Zeit hat er in dieser Stadt gelebt, er war ein kluger und guter Mann. Er war der Beichtvater der Königin Johanna, weißt du, ein Pfarrer. Er tat immer, was er für recht hielt, ließ sich auch vom König nicht von seiner Pflicht abbringen, die ihn hieß, erst Gott zu dienen und dann den Herren der Erde. Das ist eine schwere Aufgabe. Sie wird immer wieder gestellt, in allen Zeiten. Auch heute. Und sie verlangt viel Kraft und viel Mut von einem Menschen, um ihr gerecht zu werden. Und oft große Opfer. Nepomuk hat es gebracht, dieses Opfer, und nun ist er ein Heiliger, siehst du."

„Steht er darum hier auf der Brücke?" fragt das Kind.

„Weil er sein Leben opferte für seine Überzeugung, für seinen Glauben, darum wurde er ein Heiliger und steht auf der Brücke, um Brücke und Strom zu hüten. Nicht nur auf dieser Brücke. Auf vielen Brücken in aller Welt. Der König ließ ihn nämlich gefangennehmen und mit gefesselten Händen und Füßen in die Moldau werfen, hier, wo wir jetzt stehen. Der Fluß hatte damals Hochwasser, genau wie heute. Nepomuk ging sogleich unter und ertrank. Aber an der Stelle, wo er versunken war, erschienen fünf große, strahlende Sterne auf dem Wasser, die nicht untergingen. So konnten alle Leute sehen, daß man einen Mann ins Wasser gestoßen und zum Tode verdammt hatte, der Gott wohlgefällig war. Später hat man ihn dann heiliggesprochen und sein Denkmal auf die Brücke gestellt."

„Und der König?" fragt das Kind aufgeregt. „Was ist mit dem König passiert?"

„Nun, zunächst nicht viel. Später hat man ihn abgesetzt. Aber nicht deswegen. Soviel Aufhebens machte man damals nicht um einen ertrunkenen Priester. Viel Freude hat König Wenzel nicht gehabt in seinem späteren Leben. Und für das, was hier auf der Brücke geschehen ist, wird ihn dann der liebe Gott bestraft haben. Denn der liebe Gott vergißt so etwas nicht. Er sieht und hört alles, das Gute und das Böse, er merkt es sich gut, weißt du, und irgendwann einmal, vielleicht nach vielen, vielen Jahren erst, belohnt er oder bestraft er es. Das ist ganz gewiß."

Die Geschichte hat das Kind erregt. Noch am Abend, als es zu Bett gehen soll, fängt es an, davon zu sprechen, und es schmückt es grausam aus mit seiner lebhaften Kinderphantasie.

Barja schüttelt den Kopf und sagt zu Fernand: „Der Konsta ist wohl verrückt, dem Kind so was zu erzählen. Jetzt wird sie wieder ewig nicht einschlafen."

Das fiel Barbara auf einmal alles ein. Nun wußte sie, woher sie Konstantin Lundt kannte, wann diese Stimme zu ihr gesprochen hatte. Sie sah ihn an und fand wieder seinen Blick auf sich ruhen mit diesem forschenden, nachdenklichen Ausdruck.

„Der heilige Nepomuk", sagte sie, mitten in die Erzählung Lutz Pranners hinein, und Konstantin Lundt nickte mit einem leisen Lächeln.

„Wie?" fragte Pranner aufgestört.

Barbara errötete. „Ach nichts. Das fiel mir nur gerade ein. Steht er nicht auf der Brücke über die Moldau?"

„Ja, da steht er. Waren Sie einmal in Prag, gnädiges Fräulein?"

„Als Kind. Es ist lange her."

Jetzt wußte sie wieder alles. Konstantin Lundt. Konsta. Das war der Mann, den man manchmal traf, wenn sie mit Barja in die Stadt ging. Oder der Barja abholen kam, wenn der Vater im Theater bei Proben oder zur Vorstellung war.

Und was Barbara damals nicht begriffen hat, das verstand sie heute. Auch der Mann, der ihr hier gegenübersaß, hatte Barja geliebt. Auch für ihn mußte es ein Schock gewesen sein, als sie vorhin ins Zimmer kam. Aber er hatte mit keinem Wort darauf angespielt. Dafür war sie ihm dankbar.

Konstantin Lundt sagte auch im Laufe des Abends nichts von diesen alten Geschichten. Obwohl manchmal Gelegenheit war zu einem persönlichen Gespräch, es wurde später ein wenig getanzt, und die Stimmung war höchst vergnügt. Barbara lachte und plauderte mit den anderen, sie schien lebhafter als sonst, es war nicht ganz echt, aber sie wollte Lily gegenüber nicht den Eindruck erwecken, als hätte sie Kummer.

Sie täuschte Lily dennoch nicht. „Komm mit und hilf mir", sagte Lily zu später Stunde, als sie in die Küche ging, um Kaffee zu machen.

Draußen sagte sie: „Ich muß mal ein paar Worte allein mit dir sprechen. Ich weiß überhaupt nichts von dir. Was treibst du eigentlich?"

„Och", meinte Barbara vage, „nichts Besonderes."

„Na, mach mir nichts vor. Irgendwie bist du verändert. Eigentlich machst du nicht den Eindruck einer glücklich verliebten jungen Frau. Wie steht denn das so bei euch? Was machst du eigentlich jetzt? Bist du noch bei dem Freund deiner Mutter?"

„Nein. Ich habe jetzt eine andere Stellung."

„Wo denn?"

„Bei einer Import-Firma."

„So. Und was machst du da?"

„Was soll ich da schon groß machen", erwiderte Barbara ein wenig gereizt. „Büroarbeit halt. Ich bin dort als Stenotypistin."

Lily maß sie mit einem langen Blick. „Also nimm es mir nicht übel, aber das kommt mir komisch vor. Das ist doch nun wirklich nichts für dich. Bist du deswegen den Talliens durchgebrannt, um hier Stenotypistin in einer Import-Firma zu werden? Du wirst mir doch nicht einreden wollen, daß dir das Spaß macht. Es paßt ja auch gar nicht zu dir. Wenn ich dich so ansehe, dann würde man alles andere eher vermuten."

„Ich habe leider nichts anderes gelernt", sagte Barbara kühl, „und muß mir schließlich meinen Unterhalt verdienen. Und durchgebrannt bin ich überhaupt nicht, das weißt du doch. Ich bin – ich habe . . ."

„Jaja, ich weiß. Ich kenne die Geschichte. Aber es scheint mir nicht gerade, daß du etwas besonders Schlaues gemacht hast. Was ist denn nun mit diesem Mann? Sorgt er nicht für dich? Ich dachte, ihr wolltet heiraten."

Zu ihrer eigenen Überraschung antwortete Barbara klar und entschieden: „Nein. Ich werde ihn nicht heiraten."

„So", sagte Lily perplex. „Du wirst ihn nicht heiraten. Na ja, ich kann mir schon denken. Liebe ist ganz was Schönes, aber ständig zusammensein ist wieder was anderes. Oder hast du dich schon von ihm getrennt? Oder ist er abgehauen?"

„Mein Gott, Lily", sagte Barbara gequält.

Lily lächelte und legte mit einer herzlichen Geste den Arm um Barbaras Schulter. „Na, schon gut, ist vielleicht ein bißchen taktlos von mir, dich das so direkt zu fragen. Aber ich hab' dich so lange nicht gesehen und weiß gar nicht, wie die Dinge eigentlich stehen bei dir. Ludwig hat mich neulich am Telefon nach dir gefragt, und ich konnte ihm gar nichts berichten. Er interessiert sich nun mal für dich, das weißt du ja."

Barbara gab keine Antwort.

„Er will übrigens nächsten Monat nach München kommen", fuhr Lily fort. „Und da wird er bei dir nach dem Rechten sehen, da kannst du Gift darauf nehmen. Nun sag schon, bist du noch mit deinem Freund zusammen?"

„Ja."

„Aber du machst dir nicht mehr viel aus ihm?"

Barbara hob die Schultern. Wie sollte sie das Lily hier in fünf Minuten erklären, was sie sich selbst nicht einmal klarmachen konnte. Und was ging es Lily an? Es interessierte sie nicht, sie war viel zu sehr mit sich selbst beschäftigt. „Es ist schwierig" sagte sie schließlich. „Wir verstehen uns nicht."

„Hm." Lily goß vorsichtig das kochende Wasser über den Kaffee. „Das hättest du dir vorher überlegen müssen. Wirklich, Barbara, ich hätte dich für klüger gehalten. Wenn das alles ist, was übrigbleibt, dann ist es verdammt wenig. Deswegen hättest du deiner Kusine nicht den Mann wegzunehmen brauchen und die ganze Familie in Aufruhr bringen."

„Marianne ist bereits wieder verlobt. Sie heiratet einen Amerikaner. Und Doris schrieb, sie sei sehr glücklich."

„So. Na, das freut mich. Besonders für dich. Und was wirst du also jetzt machen?"

„Ich weiß nicht."

Lutz Pranner steckte den Kopf zur Tür hinein. „Soll ich vielleicht was helfen?"

„Sie können die Tassen hineintragen, Lutz", schlug Lily vor. „Und Kognak eingießen."

Als sie hineingingen, sagte Lily noch: „Wir müssen uns demnächst mal in Ruhe sprechen. Allein. Du kommst mal nachmittags zu mir. Ruf mich an, ja? Dann können wir etwas verabreden. Es scheint mir, es muß sich doch mal jemand ernstlich um dich kümmern."

Das war alles, was an persönlichen Belangen an diesem Abend zwischen ihnen gesprochen wurde. Es kam auch nicht zu dem von Lily vorgeschlagenen Zusammentreffen. Barbara versuchte wirklich in der folgenden Woche zweimal, Lily zu erreichen, traf sie aber nie an. Sie versuchte es nicht ein drittes Mal, wozu auch? Im Grunde hatte sie gar keine Lust, mit Lily über sich und ihr Verhältnis zu Heinz zu diskutieren.

Es wurde spät an diesem Abend. Bis die Party sich auflöste, war es fast zwei Uhr. Zum Abschluß geschah noch etwas Überraschendes. Als sich die Gäste in der Diele von ihrer Gastgeberin verabschiedeten, sagte Lutz Pranner zu Barbara: „Ich fahre Sie nach Hause."

Mit größter Selbstverständlichkeit, ehe Barbara eine Antwort geben konnte, sagte plötzlich Konstantin Lundt: „Nein, ich werde Fräulein von Tallien begleiten." Er sagte es ruhig und sicher, mit dem Gewicht seiner Persönlichkeit, das in diesem Kreis tonangebend schien.

„Aber . . .", begann Lutz und blickte hilfesuchend die anderen an, die nicht weniger erstaunt waren als er. Lily riß die Augen auf. Sieh mal an. Diese Barbara. Sie hatte den ganzen Abend nichts davon gemerkt, daß Konstantin an dem Mädchen interessiert war. Im Gegenteil, er war sogar auffallend schweigsam gewesen.

Geschickt überbrückte sie die Situation. „Ist ja egal", meinte sie, „Hauptsache, einer bringt Barbara heim." Sie erwartete, daß Barbara etwas dazu sagen würde, doch die schwieg und ging dann, nachdem sie sich verabschiedet hatte, ebenfalls ganz selbstverständlich vor Lundt zur Tür hinaus und die Treppe hinunter.

„Wie find'ste das?" fragte Lily, nachdem sie allein waren.

„Ulkig", antwortete Bernd Torsten. „Hat er denn mit der Kleinen geflirtet?"

„Ich habe nichts bemerkt. Und ich kenne das von ihm gar nicht. Er ist sonst so zurückhaltend. Und schließlich ist er glücklich verheiratet, nicht?"

„Na ja", meinte Bernd, „du kennst ihn ja. So ein Heiliger ist er auch nicht. Sie hat ihm anscheinend gefallen. Diese Barbara ist ja wirklich ein bezauberndes Mädchen. Lutz war ganz begeistert. Sicher wollte er sich jetzt noch mit ihr verabreden. Das wird er Konstantin schwer übelnehmen."

Er hatte recht vermutet, Lutz Pranner hatte vorgehabt, die junge Dame um ein Wiedersehen zu bitten. Doch jetzt kam er nicht dazu, seinen Wunsch vorzubringen. Ziemlich steif verabschiedete er sich unten von Barbara und Konstantin Lundt und brauste dann mit seinem Volkswagen davon.

Konstantin fuhr langsam die nächtlich-stille Straße entlang. Er fragte Barbara nicht nach ihrer Adresse, doch nach einer Weile sagte er: „Sind Sie sehr müde oder trinken Sie mit mir noch einen Whisky? Nicht lang, nur eine halbe Stunde."

„Es ist schon sehr spät", meinte Barbara zögernd.

„Hier in Schwabing finden wir schon noch ein Lokal", sagte er. „Hier geht es immer lang. Kennen Sie sich aus in Schwabing? Gibt es ein Lokal, wo Sie gern hingehen würden?"

„Nein", Barbara lachte unsicher, sie wußte nicht, was ihr nun bevorstand, „ich kenne mich gar nicht aus. Ich bin noch nie in Schwabing ausgegangen."

„Sind Sie noch nicht lange in München?"

„Dreiviertel Jahr ungefähr. Aber ich komme eigentlich nie weg."

Kurz darauf saßen sie sich in einem kleinen verräucherten Lokal in einer Nische gegenüber. Es war nicht mehr voll hier, aber auch noch nicht leer, vereinzelte Paare saßen herum, ein paar junge Leute tanzten auf einer winzigen Fläche zu einer müden, leisen Musik.

„Nehmen Sie auch einen Whisky-Soda?" fragte er höflich. „Oder lieber etwas anderes?"

„Es ist mir gleich", antwortete sie.

Sie war müde. Und wirr im Kopf vom vielen Trinken und Reden. Was würde sie jetzt zu hören bekommen? Sie fröstelte. Als dritte saß Barja bei ihnen am Tisch.

„Ihnen ist kalt", sagte Konstantin Lundt. „Ich werde Ihren Mantel holen." Ehe sie protestieren konnte, war er aufgestanden, ging zur Garderobe und kam dann mit dem Mantel zurück, den er ihr um die Schultern legte. „Barja wünschte sich immer einen Breitschwanzmantel", sagte er dabei. „Hat sie ihn bekommen?"

„Nein", erwiderte Barbara.

„Das wundert mich", sagte er, „ich war fest davon überzeugt, sie würde eines Tages alles bekommen, was sie sich wünschte."

„Nein", sagte Barbara wieder. „Sie hat nie bekommen, was sie sich wünschte."

Der Whisky kam. Barbara trank einen kleinen Schluck davon und verzog das Gesicht. „Das schmeckt abscheulich."

Er lachte. „Es ist das Richtige für die späte Stunde und wenn man so viel getrunken hat. Sie werden sich an den Geschmack gewöhnen."

Er bot ihr eine Zigarette an, nahm sich selbst eine, zündete beide umständlich an, schwieg eine Weile und sagte dann: „Sie haben mich also wiedererkannt? Als dieser Pranner von Prag sprach? Oder vorher schon?"

„Ich habe die ganze Zeit überlegt, woher ich Sie kenne", sagte Barbara. „Neulich schon, als ich im Theater war. Den ganzen Abend habe ich darüber gegrübelt, wo ich Ihnen begegnet sein könnte. Ihre Stimme vor allem kam mir so vertraut vor. Und heute abend auch, immerzu mußte ich darüber nachdenken. Als dann das Wort Prag fiel, da war es mir gleich gegenwärtig. Sie waren damals am Deutschen Theater engagiert, nicht wahr? Wie mein Vater auch. Und Sie – Sie waren mit Barja befreundet."

„Ja, ich war mit Barja befreundet."

„Dann wußten Sie gleich, wer ich bin, als ich heute kam."

„Nun, ich dachte es mir. Ich sah die Ähnlichkeit, rechnete die Jahre nach und kam zu dem Ergebnis, daß es sehr wohl das kleine Mädchen von damals sein könnte, dem ich die Geschichte vom heiligen Nepomuk erzählte."

„Und vieles andere auch noch. Ich kann mich jetzt gut erinnern. Sie haben manchmal mit mir gespielt und sind mit mir spazierengegangen, nicht wahr?"

„Ja. Ich bin sehr kinderlieb. Das kleine Mädchen tat mir auch immer ein bißchen leid. Ich weiß auch nicht warum. Das heißt, ich weiß wohl warum. Es hatte immer so große traurige Augen, war immer im Weg, so schien es mir jedenfalls. Keiner kümmerte sich recht um das Kind. Es saß meist still in einer Ecke und spielte. Barja war eben nicht die geborene Mutter. Ich weiß sogar noch, wie Sie damals kamen. Barja hatte sie geholt aus dem Heim, da in der Nähe von Berlin, wo Sie vorher gewesen sind. Ich ging zur Bahn. Der Zug kam abends an, und Stolte hatte Vorstellung. Barja winkte zum Fenster hinaus und rief: ‚Komm und hilf mir, sie ist schon zu schwer, ich kann sie nicht tragen.' Der Zug war sehr voll, wie immer im Krieg. Sie saßen in einer Ecke und schliefen ganz fest, ein kleines zartes Ding in einem blauen Mäntelchen. Ich hob Sie vorsichtig hoch und trug Sie auf dem Arm durch den ganzen Bahnhof. Und dann erwachten Sie plötzlich und sahen mit ganz großen, verschlafenen Augen auf den fremden Mann, der Sie da durch die Gegend schleppte. Jedes andere Kind hätte wahrscheinlich angefangen zu weinen. Und wissen Sie, was Sie sagten?"

„Nein", antwortete Barbara, die durch diese seltsame Erzählung aus so lang vergangenen Zeiten, die der Schauspieler eigentümlich plastisch vortrug, ganz verwirrt war.

„Sie sagten: ‚Bist du mein Papi?' Ich erinnere mich gut, es tat mir verdammt leid, daß ich nicht ja sagen konnte."

„Ich muß vier Jahre alt gewesen sein", murmelte Barbara.

„Ja, und es war das erste Mal, daß Sie bei Ihren Eltern leben konnten. Vorher waren Sie immer in diesem Heim gewesen. Ich erinnere mich auch, daß mir das leid tat. Ich hatte damals selbst noch keine Kinder, heute habe ich zwei. Ich weiß das eine, daß ich meine Kinder niemals zu fremden Leuten geben würde. Ich begriff Barja nicht, daß sie sich so lange von ihrem Kind trennen konnte. Sie war auch damals keineswegs erfreut, daß Sie nun da sein würden. Aber das Heim bedeutete auf die Dauer eine zu große finanzielle Belastung für Stolte. Barja fand sich nur widerstrebend in die Mutterrolle. ‚Ich habe kein Talent dazu', sagte sie ärgerlich, wenn ich ihr Vorhaltungen machte. ‚Ich wollte kein Kind.' Nun ja, ich begriff es halb und halb, denn ich kannte ja die Verhältnisse und kannte vor allem Barja. Sie sehen ihr sehr ähnlich. Aber es scheint mehr äußerlich zu sein, diese Ähnlichkeit."

„Ich wundere mich, daß Sie nicht gleich etwas gesagt haben, als ich heute abend kam", meinte Barbara. „Ich bin es gewohnt, überall Erstaunen zu erregen und die Erinnerung an meine

Mutter heraufzubeschwören, wenn ich irgend jemand treffe, der sie einmal gekannt hat." Es klang ein wenig resigniert.

Konstantin hörte es heraus. „Ich kann mir denken, daß das manchmal lästig ist", sagte er. „Wie geht es Ihrer Mutter?"

Daran hatte sie nicht gedacht, daß er vermutete, Barja sei noch am Leben. Aber natürlich, woher sollte er es wissen?

„Sie ist tot", sagte sie kurz.

Konstantin starrte sie einen Moment sprachlos an. Er war blaß geworden. Auch er sah müde aus, die Furchen in seinem Gesicht waren im Laufe des Abends immer tiefer geworden.

„Sie ist tot", wiederholte er leise. Eine Weile saßen sie sich schweigend gegenüber. Er ließ den Blick nicht von ihrem Gesicht.

„Sie haben immer noch diese großen traurigen Augen", sagte er dann. „Darin unterscheiden Sie sich von Barja. Heute abend, als Sie lachten und plauderten und vergnügt waren, schien mir die Ähnlichkeit viel größer zu sein. Warum ist sie tot? Sie war doch noch jung."

„Sie ist vor zwei Jahren gestorben", sagte Barbara, „da war sie 39 Jahre alt. Es war ein Autounfall."

„Ach so. Und Ihr Vater? Er war ja viel älter als Barja. Er lebt sicher nicht mehr."

„Er starb am gleichen Tag." Sie sagte es ganz ruhig, nur ihre Augen verschleierten sich dabei ein wenig, verloren sich an ihrem Gegenüber vorbei ins Ungewisse.

„Wollen Sie damit sagen, daß Barja noch immer bei ihm war? Daß sie zusammen ums Leben kamen?"

„Ja."

Das hatte er nicht erwartet. Damals, in den ersten Jahren des Krieges, als Barja eine so große Rolle in seinem Leben spielte, als er meinte, ohne Barja könne sein Leben gar nicht weitergehen, da war es doch schon so, daß die Verbindung zwischen Barja und Fernand Stolte sehr brüchig geworden war. Der soviel ältere Mann, der nicht gesund war und nur noch mühsam die wenigen Aufgaben erfüllen konnte, die sein Engagement von ihm verlangte, und die junge, sprühende, temperamentvolle Frau, die immer an unsichtbaren Fesseln zu zerren schien, jeder in ihrem damaligen Kreis prophezeite dieser Verbindung ein nahes Ende.

Konstantin Lundt wußte, was viele nicht wußten. Daß Barja

und Fernand nicht verheiratet waren. Er kannte von Barja die ganze Verworrenheit der Situation. Aber er liebte Barja, so wie er nie in seinem Leben geliebt hatte, vorher nicht und auch danach nicht mehr. Sie schien diese Liebe zu erwidern, so leidenschaftlich und glühend, wie er sie empfand. Aber sie wollte trotzdem nicht mit ihm gehen. Im Herbst 1942 trat er ein neues Engagement in Berlin an und beschwor sie, ihm dorthin zu folgen. Ich kann Fernand nicht im Stich lassen, hatte sie geantwortet. Er nimmt sich das Leben, wenn ich gehe. Er hat es gesagt.

Aber einmal hatte sie eine andere Antwort auf sein Drängen gegeben. Ich will keinen Schauspieler heiraten. Es klang kalt und hochmütig.

Zuletzt hatten sie sich darauf geeinigt, daß man das Ende des Krieges abwarten wolle. Wer dachte damals daran, daß er noch so lange dauern könnte. Einige Male hatte er Barja in Dresden noch getroffen. Und dann, im letzten Kriegsjahr, war er selbst eingezogen worden und hatte sie aus den Augen verloren. Nach dem Krieg, als die Verhältnisse sich einigermaßen wieder stabilisiert hatten, hatte er versucht, etwas über ihren Verbleib zu erfahren. Aber keiner der Kollegen, keine Theater-Agentur wußte, wo Ferdinand Stolte geblieben war. Und mit ihm war Barbara verschollen. Kurz darauf hatte er dann geheiratet, und Barja war immer mehr aus seinem Gedächtnis verschwunden. Vergessen hatte er sie nie, diese große Liebe seines Lebens. Aber die Erinnerung war verblichen, war verblaßt vor den Ereignissen der Gegenwart. Er hatte Familie, hatte Arbeit und Erfolg.

Nun saß er Barjas Tochter gegenüber. Damals war er bereit gewesen, ihr Vater zu werden, ein liebevoller, verantwortungsbewußter Vater. So hatte er es Barja vorgeschlagen. „Du mußt auch an das Kind denken. Es muß in geordnete Verhältnisse." Er mochte die Kleine, liebte sie geradezu mit ihrem ernsten kleinen Gesichtchen und den großen Augen. „Bist du mein Papi?" Ja, er war bereit, dieser Papi zu werden. Der Gedanke an Fernand Stolte wurde von ihm immer rasch beiseite geschoben. Der Mann war zu alt für diese Frau, das mußte er schließlich selbst einsehen. Besaß er nicht Frau und Kinder? Er sollte zu ihnen zurückkehren und Barja freigeben. Sich das Leben nehmen, lächerlich. Fernand Stolte konnte nicht erwarten, daß sie bei ihm blieb.

Aber das erstaunliche war, jetzt zu hören: Sie war geblieben.

„Trinken Sie noch einen Whisky?“ fragte er.

Barbara nickte. Sie hatte sich wirklich an den Geschmack gewöhnt. Die Stimmung dieser späten Nachtstunde war so merkwürdig, so unwirklich. Ihr kam es vor, als schwebe sie im Raum, hätte gar keinen festen Boden mehr unter den Füßen. Wieder einmal war sie Barja begegnet. War einem Mann begegnet, der Barja geliebt hatte, saß mit der Vergangenheit an einem Tisch. Es war wohl ihr Schicksal. Sie wehrte sich nicht mehr dagegen. Barja war ihre Schwester, ihre Gefährtin. Ein ewiger Schatten, der sie begleiten würde und dem sie nie entfliehen konnte. Sie wollte es auch gar nicht mehr. Sie war Barja ähnlich, nur äußerlich, wie Konstantin gesagt hatte, ihr Herz schlug einen anderen Takt, ihr Wesen war ganz anders, aber sie würde dennoch Barjas Schicksal noch einmal leben, würde rastlos und heimatlos sein wie sie. Es hatte keinen Sinn, davonzulaufen. Sie würde bei Barja bleiben, würde für immer zu ihr zurückkehren.

Auf einmal wußte sie auch, wohin ihr Weg führte. Es schien ganz klar und einfach. Jetzt, in dieser Nacht, kam ihr der rettende Einfall, wie es ihr gelingen konnte, dem verhaßten Leben zu entfliehen, das sie jetzt führte. Sie würde zurückkehren. Zu Barja. Ans Meer. Nach Roano. Dort, wo sie gelebt hatten, und dort, wo sie und Barja endgültig zueinander gefunden hatten, wo ihre schöne Mutter sie endlich geliebt hatte. Sie war nicht die geborene Mutter, hatte dieser Mann hier am Tisch neben ihr vorhin gesagt. Nein, Barja war nicht ihre Mutter gewesen. Sie waren Schwestern, Freundinnen. Sie waren eins. Das gleiche Gesicht, die gleiche Stimme, das gleiche Schicksal.

Der Schwebezustand blieb. Barbara sah nichts mehr von ihrer Umwelt. Das kleine Lokal, die müden Menschen an den Tischen, der Mann ihr gegenüber, das war alles weit weg. Sie würde in Roano sitzen, an ihrem geheimen Platz, da oben auf dem Felsen über dem Meer. Und Barja würde bei ihr sein. Denn sie waren nur ein Wesen, Barja und sie.

„Fühlen Sie sich nicht wohl?“ fragte Konstantin Lundt.

Barbara blickte ihn an wie erwachend. „Doch“, sagte sie, „mir fehlt nichts. Mir ist nur ein bißchen dumm im Kopf. Wir haben viel getrunken.“

„Wollen Sie lieber nach Hause gehen?“

„Nein“, sagte sie leidenschaftlich. „Ich will nicht nach Hause gehen. Ich habe gar kein Zuhause. Und da, wo ich jetzt bin, da möchte ich am liebsten gar nicht mehr hin."

Er legte seine Hand auf die ihre, es war die gleiche große, warme Hand, die sie einst über die Moldaubrücke geführt hatte. Und aus der schwärmerischen Übersteigerung dieser Stunde heraus dachte Barbara: Er führt mich auch jetzt über eine Brücke. Zurück über diese Kluft, die mich von Barja getrennt hat. Ich wollte vor ihr davonlaufen, aber jetzt kehre ich zu ihr zurück, und dann werde ich Frieden haben.

„Wollen Sie einen Kaffee trinken?" fragte Konstantin.

„Ich bin nicht betrunken", sagte Barbara. Mit einer Bewegung ließ sie den Mantel von ihrer Schulter gleiten. „Jetzt ist mir wieder warm."

Er hielt immer noch ihre Hand. „Sie haben Fieber", sagte er sachlich. „Ihre Hand ist ganz heiß."

„Mir ist heiß, ja. Aber ich habe kein Fieber. Ich möchte noch etwas trinken. Eine Flasche Sekt, ja?"

Überrascht sah er sie an. Ihre Wangen waren gerötet, ihre Augen glänzten. Sie hat doch Fieber, dachte er. Und wie sie Barja ähnlich sieht. Jetzt wieder viel mehr.

„Wenn Sie gern wollen", sagte er zögernd.

„Und Sie erzählen mir von Barja. Alles. Alles, was Sie wissen. Sie haben Barja geliebt, nicht wahr?"

Langsam erwiderte er: „Ja, ich habe Barja geliebt." Und dann: „Es gibt nicht soviel zu erzählen. Wir trafen uns heimlich. Aber bald wußte es jeder. Es war eine herrliche und eine qualvolle Zeit. Was soll ich Ihnen darüber sagen? Ich hatte eine kleine Wohnung in der Altstadt, nicht weit vom Theater. Dahin kam sie oft. Wir waren glücklich." Er schwieg, sann vor sich hin. Nein, darüber konnte er nicht sprechen. Es war so lange her, und heute abend war es wieder so nahe. Man vergaß eine Frau wie Barja nicht. Nie im Leben.

„Also gut, trinken wir noch eine Flasche Sekt", sagte er. „Und dann erzählen Sie mir. Erzählen Sie mir alles, Barbara. Ich möchte wissen, wie Barja gelebt hat. Wen sie geliebt hat. Denn sie muß noch viel geliebt haben. Sie war die Liebe selbst. Es war ihr Element, in dem sie einzig leben konnte."

„Ja", sagte Barbara, „ich weiß es. Ich weiß alles."

Und sie erzählte. Barjas Leben. Ihr Leben. Es war alles eins.

Frau Burger wunderte sich am nächsten Tag, als sie nichts von ihrer Mieterin hörte. Stand sie denn nicht auf? Sie war aus dem Schlaf geschreckt, als Barbara nach Hause kam, und hatte nach der Uhr getastet, es war schon hell. So etwas war noch nie vorgekommen. Auch nicht, daß Herr Leitner am Sonntag nicht da war.

Heinz ließ sich den ganzen Sonntag nicht blicken. Von Frau Burger erfuhr Barbara, daß er am Samstagabend noch einmal kurz dagewesen sei, ziemlich spät, so gegen 10 Uhr, und gleich wieder fortgegangen war.

„Ich wollt' gerade mal rausschauen", erzählte Frau Burger, „da klappte die Tür, und fort war er."

„So", meinte Barbara, und bemühte sich um eine gleichgültige Miene. „Vielleicht hatte er etwas vergessen."

Er war also gekommen, um nachzusehen, ob sie zu Hause sei. Das sah ihm ähnlich. Nun strafte er sie damit, daß er am Sonntag nicht erschien.

Die Strafe dauerte noch länger. Auch das folgende Wochenende ließ sich Heinz nicht blicken. Es kam auch keine Post. Barbara hatte keine Ahnung, wo er sich aufhalten mochte. Oder doch? War er am Ende wirklich bei der Schreibwaren-Witwe in Augsburg gelandet? Es war zu albern.

Barbara empfand weder Schmerz noch Kummer noch Eifersucht, nur eine kalte Wut erfüllte sie, die sich täglich steigerte. Mochte er doch zum Teufel gehen. Und wenn er gar nicht wiederkam, ihr sollte es recht sein. Er konnte im Ernst nicht erwarten, daß er sie auf diese Weise zu Gehorsam oder gar zu Demut zwingen könnte.

Am schwersten war Frau Burger in dieser Situation zu ertragen. Ihr Gesicht war ein einziges Fragezeichen. Und nicht nur ihr Gesicht. Sobald sie Barbaras habhaft werden konnte, wollte sie den Fall besprechen, neugierig, schadenfroh und sensationslüstern. „Am End' ist ihm was passiert, wie?" fragte sie. „Man liest ja alle Tag' in der Zeitung, was bei der Autofahrerei alles geschehen kann. Wär's nicht besser, Sie gingen mal zur Polizei?" Natürlich glaubte Frau Burger in Wahrheit keineswegs an einen Unfall. Was sie wirklich dachte, war ihr deutlich anzusehen. „Mei, die Mannsbilder", sagte sie beispielsweise einmal. „Nehmen Sie's nicht schwer. Grämen Sie sich nicht. Er wird schon wiederkommen."

„Ich gräme mich nicht", sagte Barbara und machte nachdrücklich die Tür hinter sich zu.

Er kam am Freitag darauf und tat, als sei nichts Außergewöhnliches geschehen. „Ich war in der Gegend von Würzburg", sagte er nach der Begrüßung, „und wollte nicht extra herunterfahren, weil ich Montag noch dort zu tun hatte."

„Natürlich", erwiderte Barbara gleichgültig, „das sehe ich ein. Es wäre nur sehr liebenswürdig gewesen, wenn du mich Freitag im Geschäft angerufen oder wenigstens eine Karte geschrieben hättest. Die hätte ich ja Samstag früh noch bekommen."

„Ich nahm nicht an, daß du an meinem Verbleib sonderlich interessiert bist", gab er zur Antwort, mit einer Miene, die überlegen wirken sollte.

„Nicht sonderlich. Da hast du recht", sagte Barbara kühl.

Er lachte und wollte sie an sich ziehen. Sie wich zurück. „Laß mich", fauchte sie gereizt, „laß mich und rühr mich nicht an."

„Du bist doch nicht am Ende eifersüchtig?" fragte er selbstgefällig. Ehe sie sich wehren konnte, hatte er sie gepackt, hielt sie wie mit eisernen Klammern, nahm ihren Kopf zwischen die Hände und küßte sie. Aber wenn er geglaubt hatte, sie würde nachgeben, täuschte er sich. Sie sträubte sich nicht gegen seinen Kuß, lag stocksteif in seinem Arm. Er blickte ihr lächelnd ins Gesicht, seiner Macht gewiß. „Du wirst schon wieder lebendig werden."

Er ist so dumm, dachte Barbara verwundert, so dumm, daß er nicht einmal weiß, daß er keine Macht mehr über mich hat. Er hat sie nie gehabt.

Verzweifelt fragte sie sich selbst: Warum nur, warum habe ich das alles getan? Warum bin ich mit ihm gegangen?

Sie sagte: „Lassen wir doch das Theater. Du bist frei, du kannst tun, was du willst. Du kannst gehen, wohin du willst und zu wem du willst."

„Sei vorsichtig", warnte er. „Ich könnte es tun."

Sie lachte kurz auf. „Es ist mein Ernst. Du kannst gehen." Das klang herrisch und hochmütig.

Er kniff die Augen zu einem Schlitz zusammen, wütend jetzt auch er. „Rede nicht zu mir wie zu einem Lakaien. Wann ich gehen will, bestimme ich."

Eine große Müdigkeit überkam Barbara, ein Überdruß an diesem freudlosen Dasein, jedes Wort, das noch gesprochen wurde, war zuviel. „Du bist ja schon gegangen“, sagte sie ruhig, „und es ist mir recht. Hörst du, es ist mir recht. Dann werde auch ich wieder frei sein.“

Er packte sie am Arm, zog sie brutal zu sich heran und sagte scharf: „Du bist nicht frei. Du wirst nie frei sein. Du gehörst mir, ich habe es dir schon oft gesagt.“ Und dann sprach er aus, was er immer dachte: „Vergiß nicht, was ich deinetwegen aufgegeben habe. Wenn du nicht gekommen wärst, stände ich heute anders da. Ich hatte eine glänzende Zukunft vor mir. Du hast sie zerstört.“

Barbara war blaß geworden. Sie sah ihn an, als hätte sie ihn nie gesehen. Jetzt endlich war er ganz er selbst. Jetzt verbarg er sich nicht mehr.

„Ist es meine Schuld?“ fragte sie tonlos.

„Deine Schuld“, sagte er. „Ob bewußt oder unbewußt, das spielt keine Rolle. Du und deine wunderbare Barja. Es ist alles dasselbe. Es ist eine wie die andere.“ Er lachte höhnisch. „Diese großartigen Frauen der Talliens. Ich höre ihn noch schwärmen, meinen verflossenen Herrn Schwiegerpapa. Die Frauen der Talliens. Ein Verhängnis ist es, wenn man ihnen begegnet. Denke nicht, daß du davonlaufen kannst. Du wirst bei mir bleiben.“

Barbara sah seine Augen dicht vor sich, wilde, bösartige Augen. Und einen Moment dachte sie voll Entsetzen: Er ist imstande und bringt mich um.

Sie riß sich mit einem Ruck los. „Hör auf, dich wie ein Irrsinniger zu gebärden.“ Sie gab sich Mühe, mit ruhiger Stimme zu sprechen, doch sie hatte auf einmal Angst vor ihm. Sie hatte Angst. „Ich frage dich nicht, wo du gewesen bist, und ich ...“

Er faßte sie an den Schultern mit eisernem Griff, brutal und mit der Absicht, ihr weh zu tun. „Ich kann dir sagen, wo ich gewesen bin. Ich bin durch die Gegend gefahren wie ein Verrückter. Und habe an dich gedacht. Ich habe in Kneipen herumgesessen und habe an dich gedacht. Ich bin bei einer Frau gewesen, jawohl, auch das, und ich habe an dich gedacht. Du hast mein ganzes Leben aus der Bahn geworfen, und jetzt wirst du bei mir bleiben. Denke nicht, daß du so billig davonkommst. Und denke nicht, daß ich so großzügig bin wie dein Vater, daß du mich betrügen kannst, wie deine Mutter deinen Vater betrogen hat. Du kennst mich noch nicht. Ich würde ...“, seine Hände schoben sich höher, legten sich um ihren Hals. Sie spürte den

Druck auf der Kehle. Sie wollte schreien, aber kein Laut kam über ihre Lippen. Mit entsetzt aufgerissenen Augen starrte sie ihn an. Dieses fremde, wüste Gesicht, das auf einmal über ihr war. Diese böse glimmenden Augen, der harte verzerrte Mund. Es war ein Mensch, den sie nicht kannte.

In diesem Augenblick klopfte es an die Tür. Heinz ließ sie los und trat zurück.

Es war Frau Burger. Sie steckte den Kopf herein und sagte eifrig: „Ich wollt' fragen, ob Sie nicht herüberkommen wollen. Es ist so ein hübsches Programm. Mei, so lustig ist es."

Seit einiger Zeit nämlich hatte Frau Burger einen Fernsehapparat. Ein Neffe von ihr war Elektrogroßhändler, und von ihm hatte sie den Apparat sehr billig bekommen. Barbara hatte schon manchen Abend bei Frau Burger verbracht, denn Frau Burger hatte gern Gesellschaft, auch beim Fernsehen.

Barbara strich sich fahrig übers Haar. Sie zitterte. Und Frau Burger war ein Engel. Sie kam im rechten Moment. Im Geist bat Barbara ihr alles ab, was sie je an ungeduldigen und unfreundlichen Gedanken ihrer Wirtin gegenüber gedacht hatte.

„Ja", sagte sie eilig und erleichtert. „Natürlich. Danke, wir kommen gern."

Und so wie sie ging und stand, folgte sie Frau Burger, die schon in ihr Zimmer zurückstrebte, um nichts von dem hübschen Programm zu verpassen.

Heinz kam eine kurze Weile danach. Er setzte sich neben sie, und zu dritt sahen sie das Programm an, das von Frau Burger mit Gelächter und vergnügtem Kommentar begleitet wurde.

Barbara sah nicht viel davon. Sie starrte auf den Bildschirm, ohne zu sehen, was er zeigte. Das, was sie eben erlebt hatte, ließ sie nicht los. Jetzt wußte sie, wie sie dran war. Ihr Herz klopfte noch immer erschreckt und angstvoll. Wie sollte das weitergehen? Sollte das ihr Leben sein?

Nein, sie mußte fort. Gleich. Nach dem, was heute abend gesagt worden war, nach dem, was geschehen war, gab es keine Möglichkeit mehr, mit diesem Mann zu leben. Er mußte es selbst einsehen.

Nach einer Weile beugte sich Heinz zu ihr hinüber und bot ihr eine Zigarette an. Als er ihr Feuer gab, sagte er leise: „Entschuldige. Es tut mir leid."

Als das Programm zu Ende war, stand Barbara auf, sagte:

„Vielen Dank, Frau Burger. Es war wirklich nett. Ich geh' jetzt schlafen. Gute Nacht."

Sie drehte zweimal den Schlüssel an ihrer Tür herum. Als Heinz kurz darauf klinkte, rührte sie sich nicht. Sie stand mit angehaltenem Atem mitten im Zimmer. Was würde er tun?

Dann hörte sie, daß er in sein Zimmer ging.

Am nächsten Morgen stand sie zeitig auf und war schon fertig angekleidet, als er kam. Er tat, als sei nichts geschehen. Auch Barbara sprach nicht von dem vergangenen Abend. Sie frühstückten zusammen, wie immer, wenn er da war. Plötzlich stand er auf, ging zur Tür, zog den Schlüssel ab und steckte ihn in seine Tasche. Sie würde sich nicht mehr einschließen können.

Barbara sagte nichts. Ihr Entschluß war gefaßt. Sie hatte kaum geschlafen in dieser Nacht, und sie hatte Zeit gehabt, sich alles zu überlegen. Im Büro würde sie sich krank melden und dann in den nächsten Tagen kündigen. Das war ja auch jetzt alles unwichtig. Ein Urlaub stand ihr wohl auch zu. Irgendeine Ausrede würde ihr schon einfallen, um Herrn Manschewski davon zu überzeugen, warum sie so plötzlich fort mußte.

Blieb nur die Frage, wohin sie gehen sollte. Noch heute. Zuerst hatte sie an Peter Mangold gedacht. Dann an Lily. Sogar an Konstantin Lundt. Als Heinz, nachdem er die Zeitung gelesen hatte, im Badezimmer verschwand, um zu baden, packte sie eilig eine kleine Tasche, nahm ihren Mantel über den Arm und verließ, ohne ein Wort zu sagen, die Wohnung. Sie fuhr zum Bahnhof und löste eine Karte nach Tegernsee. Sie würde zu den Dirnhofers fahren, dort war sie in Sicherheit. Und dort konnte sie überlegen, was weiter geschehen sollte.

Es war bereits Ende Juli, als Professor Thormann nach München kam. Lily hatte mit den Dreharbeiten in Geiselgasteig angefangen und daher wenig Zeit für ihn. Er wohnte im Bayerischen Hof, und sie kam abends ziemlich spät, um ihn zu treffen. Sie war müde und abgehetzt, reichlich nervös, wie ihm schien. Doch er sagte nichts, das gehörte wohl dazu.

Im Laufe des Abends fragte er sie nach Barbara.

Lily sagte: „Mein Gott, ich weiß nicht mehr als du. Sie läßt nichts hören. Anscheinend ist sie sehr beschäftigt mit diesem Mann."

„Ich hatte dich doch gebeten, dich ein wenig um sie zu kümmern."

„Das ist wirklich zuviel verlangt, Lou", sagte Lily leicht gereizt. „Ich habe mit mir selber genug zu tun. Schließlich ist sie ein erwachsener Mensch. Was willst du eigentlich noch von ihr? Sie ist ihrer Wege gegangen genau wie ihre Mutter und will doch offenbar von euch nichts mehr wissen. Also laß sie doch. Ende Mai war sie mal bei mir, zu meinem Geburtstag. Ich hatte ein paar Leute eingeladen."

„Und seitdem hast du sie nicht mehr gesehen?"

„Nein. Ich hab' ihr extra gesagt, sie soll sich mal melden. Wenn sie es nicht tut ..." Lily hob die Schultern. „Ich kann ihr nicht nachlaufen. Sie hat kein Telefon, da, wo sie wohnt. Und die Nummer von ihrer Firma habe ich nicht."

„Was ist das für eine Firma?"

„Ich weiß es auch nicht. Sie hat es mir mal gesagt, aber ich hab's vergessen. Sie arbeitet da als Stenotypistin. Alles so ein Unsinn, natürlich. Aber wenn sie es nicht anders will."

Am nächsten Tag war Frau Burger sehr überrascht, als sie den Besuch eines fremden Herrn bekam, der sich als Verwandter des Fräuleins von Tallien vorstellte. Frau Burger musterte ihn mißtrauisch.

„Das Fräulein wohnt nicht mehr hier", sagte sie an der Tür.

„Könnten Sie mir vielleicht die neue Adresse sagen?"

„Die weiß ich nicht." Ihr prüfender Blick fand an dem distinguierten Herrn nichts auszusetzen. Vielleicht war er wirklich ein Verwandter. „Sie sind verwandt mit dem Fräulein?" fragte sie sicherheitshalber noch mal.

„Ja. Ich bin der Onkel", sagte Ludwig der Einfachheit halber. „Wir machen uns Sorgen, weil wir so lange nichts von meiner Nichte gehört haben. Könnten Sie mir nicht wenigstens die Firma sagen, bei der sie arbeitet?"

„Mei, da ist sie auch nicht mehr. Ich glaub' gar net, daß sie noch in München ist. Es hat da Verschiedenes nicht gestimmt, wie mir scheint. Der Herr Leitner wohnt auch nimmer hier. Der Verlobte von dem Fräulein, sie wissen ja."

„Jaja, natürlich. Sind sie zusammen weggezogen?"

„Eben net." Frau Burger war nicht abgeneigt, den rätselhaften Fall mal mit jemandem zu besprechen. „Kommen Sie doch herein."

So saß also Ludwig eine halbe Stunde in Frau Burgers Zimmer und erfuhr, daß Barbara eines Tages plötzlich verschwunden war. „Wenn Sie mich fragen", meinte Frau Burger, „dann hat's an Streit gegeben zwischen den jungen Leuten." Barbara war also weggegangen an einem Samstagvormittag, und sie war erst in der Woche darauf wiedergekommen, in Begleitung eines Herrn, so mittelalterlich, beschrieb ihn Frau Burger, und der Sprache nach ein Hiesiger. Der hatte ihr geholfen, ihre Sachen zu packen. Alles was da war. Barbara hatte sich von Frau Burger verabschiedet, ohne zu sagen, was sie vorhabe. Und seitdem hatte man nichts von ihr gehört.

Zwei Wochen darauf sei auch Herr Leitner ausgezogen. Auch er hatte nicht verlauten lassen, wohin er sich wende.

„Das sind recht komische Manieren, wie Sie mir zugeben müssen", meinte Frau Burger gekränkt. „Ich hab' alles getan für die jungen Leut', was ich tun konnte. Und sie wissen auch nichts von Ihrer Nichte?"

„Nein", sagte Ludwig langsam. „Ich weiß auch nichts."

Als er Lily am Abend die Geschichte erzählte, meinte sie: „Hm, ich hatte damals schon den Eindruck, als sie bei mir war, daß sie nicht gerade glücklich ist. Das sieht so aus, als wenn Schluß wäre zwischen den beiden."

„Aber wo ist sie hin? Sie kann doch nicht einfach spurlos verschwinden."

„Das ist sie sicher auch nicht. Vielleicht ist sie noch in München. Frag halt mal beim Einwohnermeldeamt. Aber weißt du, was ich glaube?"

„Was?"

„Wenn diese Frau da, ihre Wirtin, sagt, daß ein Mann bei ihr war, als sie ausgezogen ist, dann wird das wohl dieser Freund ihrer Mutter sein. Du weißt schon. Sie hat ihn in Frankfurt mal getroffen, und dann hat sie hier die erste Zeit bei ihm gearbeitet. Sie hat nicht viel darüber gesagt, aber ich hatte den Eindruck, daß dieser Mann, na ja, daß er großes Interesse an ihr hat. Wenn er Barbaras Mutter geliebt hat und nicht vergessen konnte, wie Barbara mir mal erzählte, dann ist es naheliegend, daß er jetzt wenigstens Barbara für sich behalten wollte."

Ungeachtet seiner Umgebung, schlug Ludwig heftig mit der Faust auf den Tisch und rief aufgebracht: „Aber das ist doch Wahnsinn!"

Lily machte: „Pst!“ und legte ihm ihre kleine Hand auf die geballte Faust. Eine Weile betrachtete sie ihn schweigend, dann fragte sie leise: „Liegt dir denn so viel an ihr?“

„Ja“, sagte Ludwig.

Lily hob ihr Glas und leerte es in kleinen Schlucken. Nun ja, sie hatte das eigentlich immer vermutet. Und sie war gerecht genug, sich selbst gegenüber zuzugeben, daß es verständlich und eigentlich auch ganz folgerichtig war. Eine kleine bohrende Eifersucht in ihrem Herzen blieb. Doch sie nahm keine Kenntnis davon. Sie war nun mal ihren eigenen Weg gegangen. Und sie hatte kein Recht mehr auf diesen Mann, der hier neben ihr saß. Sie lebte mit einem anderen Mann zusammen. Und überhaupt, dieses ganze Kapitel war abgeschlossen. Eine Freundschaft wollte sie zurückbehalten. Das war noch heute ihr Wunsch. Und wenn sie also Ludwigs Freund sein wollte, dann mußte sie ihm wünschen, daß er glücklich werden konnte. Vor allem, daß er nicht allein blieb.

Sie hob ratlos die Schultern. „Ja, was machen wir da?“

„Weißt du, wie dieser Mann heißt?“

„Nein. Keine Ahnung. Und was hätte es auch für einen Zweck. Wenn sie wirklich bei ihm ist . . . Du kannst sie da nicht wegholen. Oder willst du das?“

„Nein“, sagte Ludwig langsam. „Nein, das will ich nicht.“

Er blickte unglücklich drein, und er tat Lily leid. Sie wollte sagen: Vielleicht kommt sie eines Tages von selbst. Aber das war kein Trost. Nicht in diesem Fall. Und nicht für Ludwig. Es schien, Barbara war für immer gegangen. Genau wie ihre Mutter.

Als Ludwig nach Hause kam, an einem glühendheißen Hochsommertag, erwarteten ihn zwei fragende Augenpaare. Nele und Doris saßen auf der Terrasse bei eisgekühlter Zitronenlimonade. Auf dem Rasen hinter dem Haus graste Perdita.

„Nein, so ein Zufall!“ rief Doris. „Ich komme gerade zurück von einem Ausritt und dachte, ich muß mal schauen, ob du da bist oder wenigstens geschrieben hast. Kommst du allein?“

„Wie du siehst“, das klang sehr kurz angebunden. Er beugte sich herab, begrüßte Damon und ließ sich dann mit einem Seufzer in einen Sessel fallen. „Es ist verdammt heiß. Ich bin in einem Schwung durchgefahren. Habt ihr für mich was zu trinken?“

„Willst du auch ein Zitronenwasser?“ fragte Nele.

„Nein“, sagte er, „bring mir ein Bier, ein ganz kaltes. Ich bin erledigt.“

Nele brauchte nicht zu fragen. Sie sah mit einem Blick, wie ihm zumute war.

Doris fragte natürlich. „Was ist mit Barbara?“

„Laß mich in Ruhe“, antwortete Ludwig mürrisch.

Doch das entmutigte Doris nicht. Sie wartete, bis er die erste Flasche Bier getrunken hatte, dann drängte sie: „Also los, nun sag schon.“

Ludwig berichtete kurz das Wenige, das er wußte.

„Und du bist weggefahren, ohne dich darum zu kümmern, was aus ihr geworden ist?“ wunderte sich Doris. „Sie kann doch nicht einfach verschwunden sein.“

„Worum soll ich mich kümmern?“ fragte Ludwig gereizt. „Sie ist weg. Ihrer Wege gegangen, ein für allemal. Von uns will sie nichts mehr wissen. Wenn sie wirklich bei diesem Mann ist, dann weiß ich nicht, was ich dabei noch tun soll.“

„Also, erstens weißt du das nicht“, meinte Doris sachlich, „das ist nur eine Vermutung. Und zweitens ist es doch klar, daß es mit ihr und Heinz aus ist. Was ich immer gesagt habe. Das konnte nicht gutgehen. Wahrscheinlich ist sie todunglücklich. Du hättest unbedingt herausbringen müssen, wo sie ist.“

„Doris, um Himmels willen, verschone mich mit diesem Unsinn. Ich kann schließlich keinen Detektiv hinter ihr herhetzen.“

„Warum nicht?“ fragte Doris ungerührt. „Wir alle wissen jetzt, wie unglücklich Barbaras Mutter gewesen ist und wie verworren ihr ganzes Leben war. Diese ganze eingebildete Familie Tallien hat sich selbstgerecht in ihrer geheiligten Familientradition zur Ruhe gesetzt und hielt es für unter ihrer Würde, sich um das verlorene Schaf zu kümmern. Jetzt, zwanzig Jahre später, haben wir großartig Barjas Tochter herkommen lassen, und nun soll wieder das gleiche passieren? Das wäre ja gelacht. Sie ist mit Heinz davongelaufen. Na gut. Aber nun ist das zu Ende. Und was geschieht mit ihr? Zum Teufel noch mal!“ Doris sprang auf und stampfte temperamentvoll mit dem Fuß. „Ich will es wissen. Wir leben nicht mehr im vorigen Jahrhundert. Heute kann eine Frau nicht einfach im Nichts verschwinden. Ludwig!“ Sie sah ihn beschwörend an. „Du bist kein Tallien. Du bist ein vernünftiger Mensch. Du mußt etwas unternehmen.“

„Wie du mit mir redest", sagte Ludwig schwach. „Du Fratz, was fällt dir eigentlich ein?" Er blickte hilfesuchend zu Nele, aber Nele nickte mit dem Kopf und meinte: „Recht hat sie. Das weißt du selber ganz genau, Professor. Du hast ja doch keine Ruhe, ehe du nicht alles weißt."

Aber sie wußten nichts, bis Richard Mitte August von seinem Urlaub zurückkam. Er war an der Nordsee gewesen. Braungebrannt und gut erholt meldete er sich schon einen Tag nach seiner Rückkehr bei Professor Thormann. Erstaunlicherweise wußte er, wo Barbara geblieben war. Er war sogar höchst verwundert, daß der Professor es nicht wußte.

„Sie ist in Italien", sagte er. „Dort, wo sie damals auch war. Lena hat es geschrieben. Sie ist wieder bei ihrer Freundin am Tegernsee."

Lena hatte von Gretl alles ganz genau erfahren. Wie Barbara damals ganz verstört im Dirnhofer-Haus angekommen war und gesagt hatte, daß sie fort wollte von Heinz. Sie wollte auch nicht in Rottach bleiben, denn zweifellos würde Heinz eines Tages dort auftauchen und sie suchen. „Mit dem werden wir schon fertig", war Gretls geharnischte Antwort darauf. Aber Barbara wollte dennoch nicht bleiben.

Alois Dirnhofer war es, der Barbara nach München begleitete und bei ihrem Auszug aus der Burgerschen Wohnung assistierte. Er setzte sie und Dino in den Zug, der über den Brenner fuhr.

„Siehst du", sagte Doris vorwurfsvoll zu Ludwig. „Alles, was du dir gedacht hast, stimmt nicht. Der Freund von ihrer Mutter. Lächerlich. Habe ich mir gleich gedacht, daß das Unsinn ist. So geschmacklos ist Barbara nicht." Natürlich war Doris der italienische Freund ihrer Kusine wieder eingefallen. Aber davon sagte sie nichts. Statt dessen erklärte sie: „Nun laßt mich mal die Sache bearbeiten. Ich werde sie besuchen. Schließlich ist Paps mir eine Reise schuldig. Ich habe ein erstklassiges Abi gebaut und opfere jetzt schon meine kostbare Zeit für Eberhard & Co. Ein Urlaub ist fällig. Sobald Paps von der Kur zurückkommt, hau' ich ab. Nach dem sonnigen Süden. Damit wird endlich mal ein gescheiter Kopf mit dieser Angelegenheit befaßt sein." Sie betrachtete Ludwig eine Weile und meinte dann bedeutungsvoll: „Eigentlich wäre es deine Aufgabe gewesen."

„Wie kommst du darauf? Was geht es mich an?" fragte Ludwig, aber es klang nicht sehr überzeugend. „Ich bin Barbaras

Mutter einmal nachgefahren und wollte sie zurückholen. Als ich sie traf, kam ich mir sehr albern vor. Man macht so eine Erfahrung nicht zweimal."

Nele schüttelte entschieden den Kopf. „Das läßt sich nicht vergleichen. Damals warst du jung und dumm. Heute bist du ein erwachsener Mann. Das ändert alles."

„Das finde ich auch", stimmte Doris zu. „Und dann, Ludwig, ich denke, über eines solltest du dir endlich klarwerden: Es geht nicht mehr um Barja. Ihr Leben ist abgeschlossen. Barbaras Leben aber beginnt erst. Vielleicht braucht sie dich. Uns alle."

„Ist das dein Ernst?" fragte Ludwig. „Soll ich hinunterfahren?"

Doris dachte an Piero und sagte: „Nein. Laß mich. Ich werde mal sehen, was da los ist."

8

Barbaras Ankunft in Roano hatte sich weit weniger dramatisch abgespielt, als sie befürchtet hatte. Die Saison hatte bereits begonnen, die Stadt war voller Urlaubsgäste. Und obwohl mit ihr zusammen eine ganze Gruppe Ferienreisender ankam, war sie schon am Bahnhof erkannt und lebhaft begrüßt worden. Einer der jungen Burschen, die dort herumlungerten, trug ihr die Koffer und schlug ganz selbstverständlich den Weg zu Mama Teresa ein. Barbara widersprach nicht. Es hatte wenig Zweck, die Begegnung hinauszuschieben. Zwar hatte sie nur den einen Wunsch: allein zu sein. Die ganzen letzten Tage hatte sie an das kleine Haus gedacht, worin sie mit Barja und Fernand gewohnt hatte. Das war die Zuflucht, die sie ersehnte, dort würde keiner sie fragen, keiner sie bedrängen. Aber der Schlüssel würde bei Mama Teresa sein, vielleicht auch bei den Gärtnersleuten. Es half alles nichts, sie konnte sich nicht unsichtbar machen, sie mußte zunächst einmal Rede und Antwort stehen.

Auf dem Weg über die Lungomare, die ein paar Bänke mehr und auch mehr Beleuchtung erhalten hatte, erfuhr sie bereits alle wichtigen Ereignisse, die sich in der Zeit ihrer Abwesenheit abgespielt hatten.

Ehe er in die Gasse einbog, die durch die innere Stadt führte, blieb ihr Begleiter stehen. „Sollen wir bei Giacomo vorbeigehen? Piero wird dort sein. Ich hab' ihn vorhin gesehen."

„Nein, nein", sagte sie hastig. „Ich kann ihn später aufsuchen."

Piero. Auch darüber hatte sie sich keine Rechenschaft abgelegt, was nun mit ihm werden sollte. Sie hatte blindlings gehandelt, ohne zu überlegen. Sie wollte fort, nichts mehr sehen und hören. Und wo sollte sie hin, wenn nicht hierher, wo sie so lange heimisch war? Ihre Rückkehr nach Roano bedeutete nicht die Rückkehr zu Piero. Er würde sie längst vergessen haben, sicher hatte er ein anderes Mädchen.

Sie war nicht der einzige Ankömmling in der Villa Teresa an diesem Abend. Als sie sich dem Haus näherten, fuhr gerade das Taxi wieder weg, das Gäste gebracht hatte, die wohl mit ihr im gleichen Zug gekommen waren.

Mama Teresa war auf dem Vorplatz und versuchte, sich mit ihren Gästen zu verständigen. Ihr Bruder Antonio war auch da und hatte offenbar den Auftrag erhalten, das Gepäck hinaufzutragen. Dann schoß noch ein blutjunges Ding kopflos hin und her und machte die Verwirrung noch größer.

Barbara blieb stehen und mußte unwillkürlich lachen. Es war alles wie immer. Und genau wie immer war auch Piero nicht da, um seiner Mutter zu helfen, er saß in der Schenke beim Wein.

Dino, der Mama Teresas Stimme erkannt hatte, lief in großen Sprüngen über die Straße und fuhr jaulend vor Freude auf die alte Bekannte los.

Mama Teresa gab ihm zunächst einen Tritt, dann erkannte sie ihn. Ein Schrei, hoch und spitz, der sogar den Musikautomaten vorn an der Ecke im Café Rosso übertönte. „Madonna, ist das nicht Dino?"

Barbara trat in den Schein der Lampe, die sich die Villa Teresa inzwischen an der Außenwand des Hauses zugelegt hatte.

„Das ist er!" rief sie. „Und hier bin ich. Buona sera, Mama Teresa."

Noch ein Schrei, und dann lag sie an dem üppigen Busen ihrer mütterlichen Freundin. Ein Schwall von Worten ergoß sich über sie. Mama Teresa küßte sie auf beide Wangen, Antonio schüttelte ihr die Hand, das junge Mädchen stand mit offenem Mund dabei.

Doch die Begrüßung wurde ebenso plötzlich abgebrochen, wie sie begonnen hatte. Mama Teresa besann sich auf ihre Gäste, die staunend der Szene zusahen.

„Das ist gut, daß du kommst. Du kannst gleich mit den Leuten reden. Es sind Deutsche, sie verstehen mich natürlich nicht. Ich habe nur noch ein Doppelzimmer frei. Aber zwei können drüben bei Luisa schlafen. Ich habe das schon mit ihr besprochen. Am Montag wird dann bei mir Platz. Verstehst du? Sag es ihnen."

Und so war Barbara praktisch von der ersten Minute ihrer Anwesenheit in der Villa Teresa beschäftigt. Sie kam durchaus gelegen. Das Haus war wirklich voll, denn Piero, geschäftstüchtig wie er war, hatte einen Abschluß mit einem großen Reisebüro in Deutschland gemacht, das ihnen laufend Gäste schickte. Die Zimmer waren modernisiert und zum Teil neu eingerichtet worden, so daß die Pension Teresa durchaus konkurrenzfähig war. Zusätzlich hatte Piero noch in italienischen und deutschen Zeitungen inseriert, er hatte sogar Prospekte vom Haus drucken lassen, die er freigebig verschickte. Der Erfolg blieb nicht aus. Schon im Juni war die Villa Teresa ständig besetzt. Barbara kam nicht dazu, sich in die Einsamkeit zurückzuziehen und sich in ihren Kummer zu vergraben. Ihre Hilfe wurde gebraucht. Es blieb nicht nur beim Dolmetschen. Wie sich herausstellte, hatte Angela, Mama Teresas langjährige, zuverlässige Hilfe, im Frühjahr geheiratet. Und jetzt war die kleine Carla da, gerade vom Dorf gekommen und so dumm, wie Mama Teresa verzweifelt versicherte, daß sie kaum einen Fuß vor den anderen setzen konnte. Ehe Barbara es sich versah, hatte sie eine Menge Pflichten am Hals. Sie arbeitete im Haus, in der Küche und half der kleinen Carla während der Mahlzeiten beim Servieren. Ganz selbstverständlich, ganz nebenbei war das gekommen.

Auch Piero schien es so ganz in Ordnung zu finden. Er hatte Barbaras Erscheinen mit Genugtuung zur Kenntnis genommen. „Ich habe immer gewußt, daß du wiederkommst", war sein schlichter Kommentar. Er kam, kaum eine Viertelstunde nachdem Barbara in der Villa Teresa eingetroffen war. Der Kofferträger hatte es sich nicht nehmen lassen, ihm auf dem Rückweg die Neuigkeit mitzuteilen. Er begrüßte Barbara, als sei sie nicht mehr als vierzehn Tage fortgewesen. Ein kleiner Rest von Zurückhaltung, der anfangs spürbar war, verging im Laufe des Abends. Als die Gäste versorgt waren und gegessen hatten, saßen sie alle zusammen in dem kleinen Raum neben der Küche, der der Familie als Wohnzimmer diente, Mama Teresa sagte zwar: „Nun erzähle, wie es dir ergangen ist", aber Barbara kam nicht dazu, denn Mama Teresa erzählte selber, es gab so viel zu berichten. Was ereignete sich nicht alles in so vielen Monaten in einer kleinen Gemeinschaft? Barbara mußte es gleich erfahren.

Ziemlich spät dann, es war fast zwölf Uhr, sagte Piero:

„Gehen wir noch auf ein Glas Wein zu Giacomo?" denn er brannte darauf, seinen Freunden zu zeigen, daß sein Mädchen wieder da war.

„Ich glaube, du bist närrisch", schalt Mama Teresa. „Siehst du nicht, daß Barbara müde ist. Sie kann ja kaum mehr die Augen offenhalten."

Das stimmte. Barbara war benommen vor Müdigkeit. Die weite Reise, die ganze Aufregung der letzten Tage, dies Wiedersehen, es war einfach zuviel für sie. Sie konnte keinen klaren Gedanken mehr fassen.

Natürlich blieb sie in der Villa Teresa. Denn daß sie nicht in die Hütte ziehen konnte, hatte sie schon erfahren. Der Gärtner vermietete das Häuschen jetzt während der Saison als Bungalow. Das war die neueste Mode. Die Fremden waren ganz verrückt auf solch kleine abgeschlossene Ferienwohnungen. Auch in Zukunft blieb Barbara hier wohnen. Und sie wurde in den Ablauf des Tages und in den Pflichtenkreis des Hauses eingespannt, nicht anders, als sei sie eine Tochter des Hauses. Anfangs hatte sie einmal so nebenbei erwähnt, sie sei eigentlich zu einem Besuch gekommen, für eine kurze Urlaubszeit, aber keiner schien es ihr zu glauben. Piero sagte geradezu: „Es hat dir nicht gefallen, dort bei deinen Verwandten, nicht wahr? Was willst du auch dort. Du gehörst hierher."

Gehörte sie hierher? Barbara fragte es sich oft selbst. Tatsache war, nach einem Monat schien es ihr, als sei sie niemals fortgewesen. Sie ging am Morgen auf den Markt zum Einkaufen, sie half bei der Bereitung der Mahlzeiten, und sie war vor allen Dingen immer mit den ständig wechselnden Feriengästen beschäftigt. Meist waren es Deutsche, die stets angenehm überrascht waren, in diesem Haus jemand zu finden, der deutsch sprach. Piero erwähnte es jetzt immer stolz in seinen Inseraten und auf den Prospekten. Und als sich Ende Juli sogar einmal ein englisches Ehepaar in die Villa Teresa verirrte und Barbara Gelegenheit hatte, mit ihren allerdings spärlichen Englischkenntnissen zu prunken, kannte Pieros Stolz keine Grenzen.

Barbara hätte zufrieden sein können mit ihrem Leben, das jetzt so offensichtlich ruhig und friedlich verlief. Sie hatte ein Dach über dem Kopf, ein kleines Zimmer für sich allein, sie hatte zu essen und war beschäftigt. Geld hatte sie keines. Aber sie brauchte es nicht. Das war es nicht, was sie dennoch unruhig und friedlos machte. Es war auch nicht der Gedanke an früher, an Barja und Fernand. Denn seltsamerweise war alles hier an diesem Ort, wo sie mit ihnen gelebt hatte, viel leichter zu ertragen. Niemand sprach zu ihr von der Vergangenheit. Die Leute von Roano hatten vergessen, was geschehen war. Und wenn sich wirklich mal einer daran erinnerte, so erwähnte er es nie in Barbaras Gegenwart.

Mama Teresa und Piero hatten auch kein besonderes Interesse an Barbaras Erlebnissen in Deutschland gezeigt. Was kümmerte es sie, was im Norden hinter den Bergen geschah? Für sie war hier die Welt, hier das wirkliche Leben. Dazu kam, daß Barbara von vornherein eine verschlossene Miene gezeigt hatte, wenn wirklich mal eine Frage gestellt wurde. Es war zu bemerken, daß sie nicht darüber sprechen wollte. Mama Teresa und ihr Sohn tauschten wohl insgeheim einen bedeutungsvollen Blick, mit dem sie sich gegenseitig sagten, daß alles so gewesen schien, wie sie vermutet hatten. Wie konnte man auch auf die Idee kommen, von hier wegzugehen? Hier war die Welt am schönsten. Überhaupt jetzt, wo die Fremden kamen und ihr gutes hartes Geld brachten.

Das Verhältnis zwischen Barbara und Piero hatte sich auch ganz selbstverständlich wieder etabliert. Er war gar nicht auf den Einfall gekommen, daß ein anderer Mann in ihrem Leben eine Rolle gespielt haben könnte. Wäre sie sonst zurückgekehrt? Sie hatte ihre Verwandten besucht, bene, das war nun mal ihr Wunsch gewesen, der Besuch hatte länger gedauert als vorgesehen, er würde ihr das vergeben. Aber sie hatte versprochen, zu ihm zurückzukehren, und nun war sie da. So war alles in bester Ordnung. Piero war weder ein Grübler noch ein Mensch, der sich das Leben schwer machte.

Er hatte ihr etwas zu beichten. Und er tat es gleich am zweiten Abend, als sie zusammen die Uferpromenade entlangschlenderten, genau wie früher auch. Im Winter hatte er in Genova gearbeitet, und da hatte er ein Mädchen gekannt. Nun ja. Das kam vor. Nicht nötig, davon viel Aufhebens zu machen. Wie früher auch zog er sie in die Arme, als sie unter der letzten Palme angekommen waren, und küßte sie. Barbara hatte diesen Moment gefürchtet und sich vorher genau überlegt, was sie sagen und tun würde, um ihm begreiflich zu machen, daß alles sich geändert hatte, daß es nicht mehr so sein konnte wie früher.

Aber nun fand sie die Worte nicht. Es war so schwierig, es war fast unmöglich, Piero das klarzumachen. Sie hielt still in seinem Arm, leblos war ihr Mund. Auf ihm lagen noch Heinz' Küsse. Piero war viel kleiner als Heinz, schmächtig wirkte er fast, aber auch seine Arme waren stark und hielten sie fest. Barbara dachte: Nein, ich will nicht. Ich kann nicht. Aber sie brachte es nicht fertig, ihn zurückzustoßen.

„Du hast das Küssen verlernt, mia bionda", sagte er, als er sie losließ. Dann lachte er. „Du wirst es wieder lernen." Barbara schloß die Augen. Sie dachte verzweifelt: Ich bin schlecht. Ich bin verloren. Was soll ich nur tun? Warum bin ich hergekommen?

Doch sie duldete es, daß er sie wieder küßte. Dann standen sie an der Mauer über dem Strand, sie hörte wieder das vertraute Geräusch der Brandung, und ein leiser Wind, der vom Meer kam, trocknete die Tränen auf ihren Wangen. Sie hatte keine Wünsche und keinen Willen, sie war müde. Einsam und fremd, wohin sie auch kam.

Es dauerte einige Zeit, bis Barbara sich entschließen konnte, den abgelegenen Platz aufzusuchen, von dem aus sie immer mit Barja gebadet hatte und wo Barja ungestört ihren Träumen nachhängen konnte. Der Betrieb am Strand war ihr bald zu lebhaft. Vom ersten Tag an ging sie wieder jeden Tag, um ein Bad im Meer zu nehmen. Doch der Strand in Roano war nichts anderes als die Fortsetzung der Lungomare, der Promenade, die am Meer entlang führte, und kaum weniger belebt als diese. Direkt unter der Lungomare lag der Badestrand, der zum großen Teil recht steinig war, da standen Liegestühle und Sonnenschirme, und die Fremden, für die der Reiz des Urlaubs hauptsächlich aus Strandleben bestand, lagen entweder unten am Strand oder saßen oben auf den Bänken oder an den kleinen Tischen der unzähligen Espressos.

Barbara sah sich weit mehr mit Aufmerksamkeit bedacht, als ihr lieb war. Sie war eine auffallende Erscheinung, und es dauerte meist nicht lang, da hatte sie unaufgefordert Gesellschaft. Sie wurde angesprochen von alleinreisenden Männern, manchmal waren es auch Gäste aus der Villa Teresa, die sich zu ihr gesellten und sich mit ihr unterhalten wollten. Sie blieb zwar meist nicht lang, lehnte höflich alle Einladungen ab und wurde dadurch für die flirtlustigen Kavaliere nur interessanter.

Piero begleitete sie nie an den Strand. Er teilte die Abneigung seiner Landsleute gegen das Wasser. Tagsüber war er sowieso meist unterwegs. Er besaß jetzt einen großen Wagen, mit dem er die Fremden an die bekannten und großen Küstenorte fuhr. Diese Ausflüge waren sehr gefragt. Wer keinen eigenen Wagen besaß, nahm gern die Gelegenheit wahr, auf diese Weise nach Nizza, Cannes oder Monte Carlo zu kommen.

Eines Tages ging Barbara den Weg hinaus vor die Stadt, begleitet von Dino, um einmal nach ihrem Platz zu sehen. Fast hatte sie Angst, er könne inzwischen auch von den Fremden entdeckt worden sein.

Doch ihre Besorgnis war unnötig. Die Felsen drangen hier bis ans Meer vor, niemand machte sich die Mühe, sie zu überklettern. Nach einer Weile erreichte sie die kleine Mulde. Die Felsen bildeten hier einen kleinen Einschnitt, es gab einen Absatz, auf dem man liegen konnte, und von dort gelangte man mühelos an ein schmales Stück Strand hinunter, wo man ungestört baden konnte.

Dino, der den Weg noch kannte, war vorgelaufen. Oben auf dem kleinen Plateau blieb er stehen und bellte zweimal kurz. Als Barbara bei ihm angelangt war, erkannte sie den Grund seines Unmutes. Sie waren nicht allein hier. Unten am Strand saß doch jemand. Ein Mann, der zu ihnen heraufblickte.

Barbara war schon bereit, den Rückzug anzutreten, dann erkannte sie den Mann. Es war der Maler, der einzige Mensch, außer Peter Mangold natürlich, dem Barja den Weg zu dem einsamen Platz gewiesen hatte. Er war oft mit ihnen zusammen hier gewesen.

Er stand auf, als sie herabgeklettert kam. Dino, der ihn jetzt ebenfalls wiedererkannt hatte, begrüßte ihn zutraulich.

Paul Günther streckte Barbara die Hand entgegen. „Ich hab' die ganze Zeit gedacht, ob du nicht mal hier aufkreuzen wirst", sagte er. „Nachdem du mich nicht einmal besuchen kommst."

Barbara lächelte. „Ich wäre schon noch gekommen. Wie geht es Ihnen?"

„Wie es so einem alten Wrack halt geht." Er hielt ihre Hand fest und blickte sie prüfend an. „Und du? Mir scheint, du bist noch hübscher geworden. Nur ein bißchen schmal. Und ziemlich erwachsen kommst du mir jetzt vor. Muß ich am Ende Sie sagen zu dir?"

Barbara schüttelte den Kopf. „Ich denke nicht, daß Sie damit noch anfangen sollten." Er kannte sie, seit sie als Kind hierhergekommen war. Er war kurz vor ihnen nach Roano gekommen, hatte ein Stockwerk in einem der kleinen Häuschen am Rande der Stadt gemietet, und dort lebte er. Allein, doch, wie es schien, ganz zufrieden mit diesem Dasein. Oder besser gesagt, zufriedener war er im Laufe der Zeit geworden. Anfangs sah man ihn schweigend und meist mit melancholischer Miene am Strand oder durch die Gassen von Roano gehen. Er sprach kaum mit jemandem, lachte nie. Eine große hagere, leicht vornübergebeugte Gestalt, das kluge Gesicht unter dem fast kahlen Kopf meist von einem tiefen Kummer überschattet.

Die Anwesenheit der kleinen deutschen Familie blieb ihm nicht verborgen, und natürlich war es Barja, die sein Interesse erregte. Ein rein menschliches Interesse, das er jedoch lange nicht merken ließ. Er suchte die Bekanntschaft nicht, ging mit kurzem Gruß an ihnen vorüber. Genau wie die Leute von Roano hielt er Barja für Fernands Tochter, er vermutete sogar, wie er später einmal erzählte, daß Barja und Barbara Schwestern seien. So jung sah Barja aus, wenn sie neben ihrer Tochter in kurzen Shorts über den Strand lief.

Barja selbst hatte ihn eines Tages angesprochen und um eine kleine Gefälligkeit gebeten, nachdem sie wußte, daß er Deutscher war. Sie verstanden ja am Anfang kein Italienisch und hatten stets große Schwierigkeiten, sich verständlich zu machen. Eine Zeitlang fungierte Paul Günther als eine Art Dolmetscher für sie, ja, er unterrichtete Barja und Barbara in italienischer Sprache, damit sie sich wenigstens notdürftig verständigen konnten. Daraus hatte sich mit der Zeit eine gute Freundschaft zwischen ihm und Barja entwickelt. Erstaunlicherweise nämlich war ihm die Familie Tallien nicht ganz unbekannt. Er war während des Krieges mit Henry von Tallien, Barjas ältestem Bruder, zusammengetroffen, der damals Generalstabsoffizier war.

Als Günther arglos bemerkte: „Ich wußte gar nicht, daß er auch eine Schwester hat. Er sprach niemals davon", verschloß sich Barjas Miene, und sie sagte kühl: „Das hat er wohl vergessen. Wie die ganze Familie Tallien."

Mit der Zeit erfuhr Günther Barjas Geschichte. Sie hatten ja weiter keine Freunde hier, und Barja war im Grunde ein geselliger und gesprächiger Mensch. Sie verbrachte manchen Nachmittag oder Abend in Günthers skurriler kleiner Behausung, später malte er sie sogar. Was Barbara nicht wußte und natürlich niemand in Roano: Es existierte eine Reihe von Aktbildern, zu denen Barja dem Maler Modell gestanden hatte.

Er hatte sie eines Tages darum gebeten, ganz einfach, ohne viele Umwege. Und Barja hatte ebenso unkompliziert ihr Einverständnis erklärt. Übrigens geschah nichts Aufregendes bei diesen Sitzungen. Günther arbeitete, nichts weiter, eifrig und mit flammenden Augen.

Es bestätigte Barja, was sie nach verschiedenen Andeutungen bereits vermutet hatte. Die schwere Kriegsverletzung des Malers, ein Lungenschuß, der ihn an den Rand des Todes gebracht und für alle Zeiten zum Invaliden gemacht hatte, war nicht die einzige Verwundung gewesen. Seine Frau hatte ihn nach dem Krieg verlassen, er erwähnte es nur kurz, seine beiden Kinder waren in Berlin während eines Luftangriffes ums Leben gekommen. Darauf hatte der Mann sich in die Einsamkeit zurückgezogen. Er kannte die Küste vom Frieden her, kannte Roano als stillen, unbeachteten Ort. Und da er das Meer liebte und die wilde, unberührte Landschaft hinter der Küste, war er damals hierhergekommen. Daß Roano es den großen Orten an der Küste nachtun und sich zu einem Urlaubsziel entwickeln würde, das war zu jener Zeit nicht vorauszusehen. Paul Günther dachte dennoch nicht daran, wieder fortzugehen. Er lebte lang genug jetzt hier, gehörte fast schon zu den Einheimischen, und die Fremden fuhren ja immer wieder fort. Der Winter war einsam und friedlich wie einst. In der Stadt ließ er sich kaum sehen. Er blieb in seiner Wohnung oder in dem kleinen Garten, lief in den Bergen herum, viel und weit konnte er ja nicht mehr laufen mit seiner zerstörten Lunge. Meist aber saß er irgendwo in einem entfernten Winkel, am Strand, oder im Land drin, und malte. Keiner störte ihn dabei. Entdeckten ihn einmal deutsche Feriengäste und sprachen ihn an, dann gab er entweder gar keine Antwort oder in einem so raschen Italienisch, daß ihn keiner verstand. Niemals gab er sich als Landsmann zu erkennen.

Niemals war auch bekanntgeworden, daß er eines von seinen

Bildern verkauft hatte, obwohl sie sehr reizvoll waren, in leuchtenden Farben gemalt, in moderner Manier, ein wenig wild anmutend, unruhig. Er bemühte sich nicht darum. Was er zum Leben brauchte, hatte er. Er bekam eine Rente, und außerdem schickte ihm sein Bruder regelmäßig Geld, der in Westdeutschland ein Geschäft besaß, an dem Paul Günther beteiligt war.

Barbara erinnerte sich an eine Szene, die bezeichnend war. Günther saß auf der Mauer über dem Strand und malte ein Bild von Roano, halb seitlich, ein Stück vom Meer war noch darauf, und die bunte, anmutig schöne Linie der Häuser, die hinter der Lungomare standen. Barja und sie waren zufällig vorbeigekommen und zu einem kleinen Schwatz stehengeblieben. Nach einer Weile gesellte sich ein deutsches Ehepaar zu ihnen, ältere, wohlgepolsterte Leute, die hier ihren Urlaub verbrachten. Sie betrachteten ungeniert das fast vollendete Bild, die Frau rief entzückt: „Aber das ist ja bezaubernd! Schau nur, Ernst, das ist zehnmal schöner als eine Fotografie. Frag doch mal, ob wir das nicht kaufen können. Das wäre doch ein hübsches Andenken."

Günther tat natürlich, als hätte er kein Wort verstanden. Als der Mann ihn ansprach, blickte er verständnislos zurück und hob bedauernd die Schultern.

Barja machte das Spiel mit. Sie sagte zu den Fremden: „Wenn Sie es wünschen, werde ich Ihre Frage übersetzen."

„Ach, das ist ja reizend!" rief die Frau. „Furchtbar lieb von Ihnen. Fragen Sie den Maler doch bitte, ob wir das Bild haben können. Es gefällt uns so gut."

Barja „dolmetschte" also die Anfrage, Günther ließ einen seitlich abschätzenden Blick über die Fremden gleiten und sagte dann zu Barja auf italienisch: „Sagen Sie ihnen, das ist ein echter Günther. Das können sie sowieso nicht bezahlen. Außerdem ist es nicht verkäuflich."

Die beiden Leute aus Deutschland nahmen diesen Bescheid respektvoll zur Kenntnis, ließen sich aber dennoch nicht entmutigen. Das seltsame Gespräch ging noch eine Weile hin und her, bis der Maler einfach aufstand, seine Staffelei packte und langbeinig davonschritt.

Nun aber war das Interesse der Fremden erst recht geweckt. Jedesmal, wenn sie jetzt Barja irgendwo trafen, begannen sie, von dem Bild zu reden, und beschworen Barja, doch noch einmal mit dem Maler zu reden.

Barja sagte schließlich zu Günther: „Nun seien Sie doch nicht albern. Verkaufen Sie ihnen das Bild doch. Sie können ja wieder ein neues malen."

„Darum handelt es sich nicht."

„Ich verstehe Sie nicht, Günther, wirklich. Schließlich arbeitet ein Künstler doch nicht für sich allein, Er braucht das Echo der Außenwelt, so habe ich es jedenfalls immer gehört."

„Ich brauche kein Echo, und ich male für mich allein." Am Ende aber hatte er dann Barja das Bild ausgehändigt und dazu gebrummt, wenn sie es also partout verkaufen wolle, dann bitte.

Was sie dafür verlangen solle, fragte Barja.

Das sei ihm vollkommen schnuppe, lautete die Antwort.

Nun, Barja hatte also selbst den Preis festgelegt, und keinen geringen. Er war widerspruchslos gezahlt worden.

Als Barja dem Maler das Geld brachte, wollte er es nicht nehmen. „Behalten Sie's", sagte er. „Sie haben das Bild ja verkauft."

Schließlich entschloß man sich zu einer Fahrt nach San Remo, Barbara durfte auch mitkommen, man speiste dort im ersten Hotel, und anschließend durften sich Barja und Barbara in einem der Läden etwas aussuchen, was ihnen gefiel. O ja, Barbara wußte sogar noch genau, was sie sich ausgesucht hatte: ein Kleid aus hellgelber Seide, mit einem weiten, wehenden Rock und einem tiefen, viereckigen Ausschnitt. Das Kleid hatte in Roano großes Aufsehen erregt und war auch der Anlaß gewesen, daß Piero sie zum erstenmal aufgefordert hatte, mit ihm zum Tanzen zu gehen. An diesem Abend hatte er sie geküßt, und ganz am Schluß, ehe er sie zu Hause ablieferte, hatte er sich herabgebeugt und sie auf den Ansatz ihrer sonnenbraunen Brust geküßt, die der Ausschnitt des gelben Kleides freigebig zeigte. Siebzehn Jahre war sie alt, und es schien mindestens tausend Jahre her zu sein.

„Du bist also wiedergekommen", sagte Günther, als sie nach dem Schwimmen neben ihm im Sand saß. „Für immer?"

Sie hob die Schultern. „Ich weiß nicht."

Er betrachtete sie von der Seite. „Was war los bei der Familie? Waren sie nicht nett zu dir?"

„Doch."

„Hat es dir nicht gefallen?"

„Doch", sagte sie lauter. „Es hat mir gefallen."

Er schwieg eine Weile, dann sagte er: „Du willst mir doch nicht einreden, daß dich die Sehnsucht nach Piero hergetrieben hat?"

„Nein."

Er überdachte das und meinte dann: „Nicht eben sehr aufschlußreich, was du da von dir gibst. Anscheinend willst du nicht darüber sprechen. Na gut. Offen gestanden wundere ich mich, daß du gekommen bist. Damals warst du froh, von hier wegzukommen. Ich hatte nicht damit gerechnet, dich noch einmal wiederzusehen."

„Ich habe Ihnen nicht einmal geschrieben", sagte Barbara reuevoll, „das tut mir leid."

„Es macht nichts. Ich habe es nicht erwartet." Er sprach mit keinem Wort von Barja und Fernand. Barbara war ihm dankbar dafür. Dagegen berichtete er, nun von seiner Sicht aus gesehen, was sich während ihrer Abwesenheit in Roano zugetragen hatte.

„Ich werde wohl auf die Dauer nicht hierbleiben", sagte er am Ende, „die Fremden entwickeln sich zu einer Landplage. Hast du gesehen, was hier jetzt wieder alles herumwimmelt? Warum gehen die Leute nicht bei sich zu Hause auf Urlaub?"

„Sie wollen eben alle nach Italien", meinte Barbara. „Ich hab's immer wieder gehört, es ist ihr Traum. In München sprach jeder zweite von seiner Italienreise."

„Warst du in München auch?"

„Ja. Fast das ganze letzte Jahr."

„Warst du etwa bei ihm?" Damit meinte er Peter Mangold, gegen den der Maler stets eine heftige Abneigung gezeigt hatte. Es war wohl doch eine Art Eifersucht.

„Was heißt bei ihm?" fragte Barbara irritiert. „Ich habe ihn natürlich öfter gesehen."

„So. Damals hast du dich ziemlich wild gegen ihn geäußert." Das war die einzige Anspielung, die sich auf die Tragödie bezog. Barbara ging nicht näher darauf ein.

Als sie in den Ort zurückkamen, lud Günther sie ein, bei ihm eine Tasse Kaffee zu trinken. Er brannte ihn selbst, weil er den schwarzgebrannten italienischen Kaffee nicht ausstehen konnte.

„Ich kann mich auch nur schwer wieder daran gewöhnen", gab Barbara zu. „Der Kaffee in Deutschland schmeckte viel besser."

Die Wohnung des Malers war unverändert. Zwei Zimmer, nur spärlich möbliert, doch immer ein wenig unordentlich. Am schlimmsten sah es auf der großen verglasten Veranda aus, die ihm als Atelier diente. Hier durfte niemand hinein, niemand aufräumen oder saubermachen. In einer Ecke standen zwei Korbsessel und ein kleiner Tisch.

„Setz dich", sagte er. „Willst du auch was essen?"

Sie schüttelte den Kopf. „Nein. Aber wenn Dino ein bißchen Wasser haben kann?"

„Natürlich."

Gerade ihr gegenüber hing ein großes Bild von Barja. Sie kam aus der engen, dunklen Schlucht einer Gasse heraus, die Sonne fiel von oben steil über ihren Kopf und ihre Schultern. Ihr Haar leuchtete goldrot, das Gesicht war ernst und verschlossen. Die langen schmalen Schenkel zeichneten sich im Gehen in dem engen kurzen Rock ab. Barbara konnte sich an dieses Bild nicht erinnern. Aber es gab wohl hier viele Bilder von Barja. Und der Maler hatte die Gewohnheit, gelegentlich die Bilder an seinen Wänden auszuwechseln, immer die aufzuhängen, die ihm gerade gefielen.

Barja wirkte fremd auf diesem Bild. War es die abweisende, kühle Miene, die wechselvolle Beleuchtung, die allein ihre Gestalt aus dem schattenhaften Dunkel ringsum hervorhob, auf jeden Fall hatte der Maler dargestellt, worauf es ihm wohl angekommen war. Zu zeigen, wie unwirklich und überraschend die Gestalt dieser Frau in diesem Rahmen wirkte.

Als er wiederkam, sagte Barbara, auf das Bild weisend: „Das kenne ich gar nicht."

„Ich hab' es auch erst im letzten Jahr gemalt." erwiderte er, „nach einer alten Skizze, die ich mal gemacht habe, kurz nachdem ihr hierhergekommen wart. Ich hatte die Beleuchtung und die merkwürdige Stimmung die ganzen Jahre nicht vergessen. Jetzt hab' ich es gemalt. Und es ist noch nicht endgültig. Ich male es noch mal. Weißt du, das war damals so. Ihr wart erst kurze Zeit da, ich kannte euch noch gar nicht. Und die Leute hier redeten über euch, machten euch wohl auch einige Schwierigkeiten. Ich saß mal vorn an der Promenade bei Giacomo und trank ein Glas Wein. Und dann sah ich Barja kommen. Es war am späten Nachmittag, die Sonne stand schon etwas schräg, und die Gassen waren ganz schwarz und dunkel. Plötzlich tauchte sie da auf, trat ins Licht hinaus. Alles schaute zu ihr hin, die Weiber, die schwatzend vor den Türen standen, verstummten und starrten sie feindselig an. Ein Bursche rief ihr etwas zu. Sie verstand es nicht, sie konnte kein Italienisch. Aber sie merkte doch, welches Aufsehen sie erregte, daß man über sie sprach und daß man ihr nicht wohlwollte, jedenfalls die Frauen. Daher bekam sie diese hochmütige, kühle Miene. Wie eine schmale ernste Renaissancefürstin sah sie aus, der Hintergrund hätte der Hof eines Palazzo sein müssen, nicht die schmutzige kleine Gasse, und sie hätte ein Gewand aus grünem Samt tragen müssen, lang, mit tiefen schleppenden Falten. Sie wirkte ganz fremd, ganz überraschend auf diesem Platz da vor Giacomos Kneipe. Du mußt bedenken, es gab damals keine Fremden hier. Man war unter sich. Heute ist das anders. Jetzt kommen ununterbrochen blonde, langbeinige Frauen aus den Gassen heraus. Wenn auch keine so schönen." Er lächelte ihr zu. „Jedenfalls nicht, solange du nicht da warst."

Barbara lächelte zurück und sagte. „Ja, ich kann mir denken, daß es ein seltsames Bild war. Ich weiß noch gut, wie schwer es für uns am Anfang hier war. Und wie oft Barja wütend war, wenn sie vom Einkaufen kam und die Weiber hinter ihr her getratscht hatten. Aber das Bild ist doch gut. Warum wollen Sie es noch mal machen?"

„Ich muß die Umgebung noch herausarbeiten. Eben diese Leute, von denen ich sprach, sollen noch mit drauf, verstehst du. Die Stimmung muß mehr herausgearbeitet werden. Ich sehe die Szene noch genau vor mir. Ich stand auf, als Barja über den Platz kam, denn ich hatte mir vorgenommen, sie anzusprechen, wenn ich ihr noch einmal begegnen sollte. Aber dann wagte ich es nicht. Sie sah mich an, als sie an mir vorüberging, und ich grüßte. Sie nickte ein wenig mit dem Kopf und ging weiter. Ich weiß, daß ich ihr nachsah, solange sie noch zu sehen war. Ihr Gang war wundervoll. Als ich mich umdrehte, stand Giacomo hinter mir, er hatte ihr auch nachgesehen. Er schnalzte mit der Zunge und sagte: ‚Ecco, signore, una bellezza.' Ja, und darum hab' ich das gemalt."

Barbara betrachtete das Bild nachdenklich. Ein Gedanke formte sich in ihrem Kopf. „Sie haben so viele Bilder von Barja", sagte sie. „Wenn ich einmal Geld habe, würden Sie mir dann eines verkaufen?"

Der Maler blickte sie erstaunt an. „Verkaufen nicht. Aber schenken. Such dir eins aus."

„Es muß nicht gleich sein. Aber wenn Sie sagen, Sie wollen sowieso nach diesem Motiv noch eines malen, dann würde ich gern dies hier haben."

„Natürlich. Du kannst es gern haben. Ich werde es vermutlich noch ein paarmal machen."

Urplötzlich war ihr nämlich der Einfall gekommen, Ludwig dieses Bild zu schicken. Hatte sie nicht von ihm auch ein Bild von Barja bekommen? Sie wußte selbst nicht, wieso sie darauf kam. Sie dachte manchmal an ihn. Und sie hatte das Gefühl, gerade ihm gegenüber ein Unrecht getan zu haben. Obwohl kein Anlaß für dieses Gefühl vorhanden war.

Sie wies den Gedanken sofort wieder zurück. Was für ein Unsinn! Sie hatte ihm nie geschrieben, auch er hatte nichts hören lassen. Warum sollte sie ihm das Bild von Barja schicken? Es könnte aussehen, als wenn sie eine Anknüpfung suchte. Nein, sie war verschwunden und wollte verschwünden bleiben. Sie würde Ludwig kein Bild schicken, ihm auch nicht schreiben. Sie würde auch Doris nicht schreiben, niemand sollte wissen, wo sie war. Sie vergaß ganz, daß die Dirnhofers es ja wußten. Zwar hatten sie Stillschweigen gelobt, falls Heinz kommen und nach ihr fragen sollte. Denn diese Angst verließ Barbara nie, daß Heinz überraschend eines Tages hier auftauchen könnte. Nicht zuletzt darum hatte sie auch Piero nicht entschiedener zurückgewiesen. Wenn Heinz wirklich kam, dann sollte er sehen, daß sie nicht allein war.

Blieb noch die Frage, ob Heinz überhaupt den Namen des Ortes und die Gegend wußte, wo sie mit Barja und Fernand gelebt hatte. Möglicherweise hatte Marianne es einmal erwähnt. Aber Marianne war nicht sehr mitteilsam. Und Julius hatte bestimmt einem Fremden gegenüber nicht davon gesprochen. Ein Fremder war Heinz für ihn gewesen.

Die Dirnhofers würden sie nicht verraten, das wußte sie

bestimmt. Möglicherweise hatte Heinz sie auch gar nicht gefragt, seinem Stolz wäre es wohl schwergefallen.

Ehe sie von München abgereist war, hatte Barbara nur eine kurze Nachricht an ihn geschickt. Sie verlasse München, und sie wünsche, ihn nicht mehr zu sehen. Alles Gute.

Er konnte genausogut annehmen, sie wäre zu den Talliens zurückgekehrt. Und dort würde er bestimmt nicht nach ihr fragen. Schließlich kam dazu, daß er wohl schon jetzt nicht mehr frei über seine Zeit verfügen konnte. Seine Bewerbung, wieder als Offizier in die Bundeswehr einzutreten, war positiv aufgenommen worden. Sie hatte keine Ahnung, wie lange es dauerte und was es für ihn noch für Bedingungen zu erfüllen gab, bis er wirklich wieder Dienst tun konnte. Er hatte jedenfalls so getan, als dauere es nicht allzu lange, bis er wieder Uniform tragen würde. Barbara wünschte, es möge alles reibungslos und wunschgemäß abgelaufen sein. Dann hätte er wieder einen Beruf, der ihm Freude machte und für den er zweifellos geeignet war. Und sein durch sie in Unordnung geratenes Leben würde Halt und Festigkeit gewinnen, er würde sein Gleichgewicht wiederfinden.

Sie empfand weder Haß noch Zorn auf ihn, und keine Spur war von dem übriggeblieben, was sie für Liebe gehalten hatte. Einmal hatte sie schon gedacht: Ob es immer so ist? War es Barja mit Fernand auch so ergangen? War Liebe überhaupt nichts anderes als Einbildung?

Aber Barja hatte ihr ja das Gegenteil gesagt. Sie hatte bestätigt, daß es wirkliche echte Liebe geben könne. Dann ist es ein Wunder, waren ihre Worte gewesen.

„Ich habe auch ein Bild von Barja", sagte sie jetzt. „Ein Jugendfreund von ihr hat es gemacht, als sie ein junges Mädchen war."

„Das würde ich gern mal sehen", sagte Günther rasch.

„Ich bringe es Ihnen einmal mit." Sie lächelte. Sie verspürte nun doch das Bedürfnis, von dem zu reden, was sie erlebt und erfahren hatte. „Es war merkwürdig, als ich dorthin kam. Alle fanden, ich sähe Barja so ähnlich. Alle sprachen von ihr."

„Das muß nicht leicht für dich gewesen sein", sagte der Maler.

„Nein." Als wenn eine Schleuse geöffnet wäre, begann sie zu erzählen. Von Julius, von Doris. Vom Haus der Talliens. Von Perdita, und schließlich auch von Heinz.

Der Maler hörte schweigend zu.

Als Barbara geendet hatte, sagte er: „Aber du liebst sie ja. Und du hast Sehnsucht nach ihnen. Warum bist du dann hierhergekommen? Warum nicht lieber zu ihnen zurückgegangen?"

„Aber ich habe Ihnen doch erzählt, was geschehen ist", sagte Barbara unglücklich.

„Na ja, das war natürlich eine Dummheit mit diesem Heinz. Das hättest du nicht tun dürfen."

„Ich will nicht mehr zurück. Nie mehr. Ich schäme mich."

Der Maler betrachtete sie nachdenklich. Dann fragte er: „Hast du das alles auch Piero erzählt?"

„Nein."

„Hm. Willst du einen Rat von mir annehmen, Barbara?"

„Ja", sagte sie unsicher, „natürlich."

„Binde dich nicht an ihn. Laß dir Zeit und überlege es dir gut. Du bist jung. Und ich kann mir nicht vorstellen, daß du dein Leben in Roano verbringen wirst."

„Aber es gefällt mir hier", sagte sie trotzig, „ich fühle mich wohl. Ich will nicht wieder fort."

„Du kannst heute noch nicht sagen, was du willst. Du mußt erst mit dem fertig werden, was du erlebt hast. Das ist alles noch zu neu. In einem Jahr sieht alles anders aus."

9

Aber schon in wenigen Wochen sah alles anders aus. Das war, als Doris überraschend auftauchte. Anfang September war es, Barbara kam nachmittags vom Baden, und Mama Teresa empfing sie an der Tür.

„Es ist Besuch für dich gekommen“, sagte sie, das runde Gesicht ganz blank vor Neugierde.

„Besuch!“ Barbara blieb stehen wie vom Blitz getroffen. Sie wurde blaß. Heinz! Also doch. Und was geschah nun. „Wer?“ fragte sie heiser.

Da tauchte bereits Doris auf der Türschwelle hinter Mama Teresa auf. „Hallo, Barbara!“ rief sie. „Wie geht's dir, altes Haus?“

„Doris!“ rief Barbara erstaunt und erleichtert. Im Moment empfand sie nichts als Freude über den Besuch. „Doris! Wie kommst du hierher?“

„Auf meinen eigenen vier Rädern“, erklärte Doris stolz und wies auf das winzige putzige Fahrzeug, das im Schatten der Akazie vor der Villa Teresa parkte. „Da staunste, was? Ich bin motorisiert. Hab' ich Paps abgebettelt. Ist die Karre von Fred, erinnerst du dich noch? Er hat sich einen Volkswagen gekauft, der alte Angeber, und hat mir die Mühle billig überlassen. Paps wollte natürlich nicht, er hat Angst, ich fahre in den Graben. Aber ich hab' den Führerschein gemacht, deswegen konnte ich nicht kommen vor meinem achtzehnten Geburtstag, verstehst du. Übrigens hättest du mir ruhig gratulieren können. Na, und das Ding hab' ich mir zum Geburtstag gewünscht. Belohnung für's Abi war auch noch fällig, und dann hab' ich mich bereit erklärt, nicht in München, sondern bei uns zu Hause zu studieren und meine wertvolle Arbeitskraft der Firma zur Verfügung zu stellen. Dafür habe ich jetzt den Floh. Läuft prima. Willst du mal eine Probefahrt mit mir machen?"

Das alles sprudelte Doris in einem Atemzug heraus, lebhaft und vergnügt wie immer, kein Wort, kein Blick verriet Unsicherheit oder eine Unstimmigkeit, die zwischen ihnen stehen könnte. Mama Teresa stand staunend und sprachlos dabei. Dieses fremde Mädchen hatte ein Mundwerk, das einem italienischen kaum nachstand. Barbara stand stumm und ohne sich zu bewegen. Mama Teresas Augen gingen pausenlos zwischen den beiden Mädchengesichtern hin und her. Was bedeutete dies nun? Es gab also wirklich eine Familie in Deutschland. Insgeheim hatte sie immer daran gezweifelt.

„Jaja, mein Guter", sagte Doris und beugte sich zu Dino hinab, der sich wie verrückt gebärdete. „Du bist der allerschönste, allerbeste Hund, den ich kenne. Schönen Gruß von Joker soll ich dir sagen. Er vermißt dich sehr."

„Doris!" wiederholte Barbara, noch immer fassungslos. „Nein, so was."

„Na, nun beruhige dich wieder." Doris schlug beide Arme um die Kusine und gab ihr einen Kuß. „Ich hoffe, du freust dich wenigstens, daß ich da bin. Kann ich hier bei euch wohnen? Diese Bude sieht ja ganz vertrauenerweckend aus."

„Ja", sagte Barbara atemlos. „Ja, ich freue mich. Natürlich kannst du hier wohnen. Weiß Julius, daß du hier bist?"

„Na klar, Mensch. Was denn sonst? Wahrscheinlich ist es der Hauptgrund, daß ich den Floh doch gekriegt habe. Weil ich gesagt habe, ich will dich besuchen. Wir müssen Paps heute abend anrufen. Er hat ständig Angst, daß mir was passiert, und ich rufe jeden Abend an, wo ich gelandet bin, damit er beruhigt ist. R-Gespräch natürlich. Sag mal, wann gibt's denn bei euch was zu essen? Ich habe einen Riesenhunger."

Barbara kam in Bewegung. Unwillkürlich legte sie beide Arme um Doris und drückte sie an sich. „Wirklich, du, ich freu' mich, daß du da bist. Ich mach' dir gleich was zurecht. Aber woher weißt du eigentlich, wo ich bin?"

„Na, hör mal, hältst du mich für bekloppt? So schwer war das ja nicht zu erfahren. Schließlich ist das hier nicht der Nordpol. Nicht?" Diese letzte Frage galt Teresa, und das strahlende Lachen, das sie begleitete, veranlaßte Teresa, zurückzulächeln.

„Ihr habt euch schon bekannt gemacht?“ fragte Barbara. Sie erklärte Mama Teresa auf italienisch, wer Doris sei. Und dann, daß die Kusine hier wohnen wollte und daß sie Hunger habe. Mit dem Wohnen war es etwas schwierig, denn die Villa Teresa besaß nur zwei Einzelzimmer, und die waren besetzt.

„Sie kann mein Zimmer haben“, sagte Barbara. „Ich schlafe auf dem Dach.“ Das tat sie sowieso manchmal in sehr warmen Nächten, daß sie auf dem flachen Dach nächtigte.

Später saßen sie im Gemüsegarten hinter dem Haus, Doris bekam Kaffee und Butterbrötchen und erzählte zunächst einmal ausführlich die Erlebnisse auf ihrer Herfahrt. Ihre neue Würde als Autobesitzerin und -lenkerin beschäftigte Doris augenscheinlich zur Zeit am meisten. Dann wollte Doris auspacken und sich umziehen, und nachdem sie damit fertig war, wollte sie sofort losgehen und Roano besichtigen und natürlich noch ein Bad im Meer nehmen.

Barbara ließ ihre Pflichten im Stich und begleitete sie. Doris' Schnabel stand nicht einen Moment still. Sie fand die Gassen von Roano entzückend und die Lungomare imponierend, die Palmen zu staubig, den Strand zu steinig, aber das Meer ganz erstklassig. „Gibt es eigentlich Haifische bei euch?“ erkundigte sie sich vorsorglich, ehe sie ins Wasser stieg.

„Ich hab' noch keinen gesehen“, erwiderte Barbara lachend.

„Na, ich werde auf alle Fälle nicht zu weit hinausschwimmen. Besser ist besser. Mensch, Barbara, du bist aber schon wieder braun. Steht dir prima. Bei uns hat's diesen Sommer viel geregnet.“

Erst auf dem Heimweg kam Barbara dazu, noch einmal zu fragen, woher Doris ihren Aufenthaltsort wußte.

„Das ist doch klar. Von Richard. Und der weiß es von Lena und die von den Leuten da am Tegernsee. Mensch, dir fehlt's aber auch im Kopp. Das kannst du dir doch leicht denken.“

„Ach so“, meinte Barbara, „natürlich.“ Sie hätte gern gefragt, ob denn Richard und Lena und die Leute am Tegernsee etwas von Heinz erfahren hätten, ob er da war und nach ihr gefragt hatte. Aber es war natürlich unmöglich, die Frage zu stellen. Sie konnte getrost abwarten, bis Doris von selbst auf dieses Thema kam. Daß dies früher oder später geschehen würde, daran konnte man nicht zweifeln.

Als sie nach Hause kamen, war Piero da, der bereits von dem Besuch gehört hatte und nicht weniger neugierig war als seine Mutter. Wenn auch ein bißchen störrisch und voll Ablehnung. Er wollte von dieser Verwandtschaft aus Deutschland nichts wissen. Am Ende nahmen sie ihm Barbara wieder weg.

Aber Doris besiegte diesen Widerstand spielend. Sie lachte Piero an und rief: „Ach, das ist wohl dein hiesiger Amigo. Den kenn' ich schon per Bild, nicht? Hat er dir die Treue gehalten? Find' ich rührend." Sie schüttelte ihm kräftig die Hand und gab ein drolliges Kauderwelsch von sich, in dem sich zweifellos ein paar italienische Worte befanden.

Erstmals schweigsam wurde Doris beim Abendessen. Sie löffelte stumm ihre Minestra und beobachtete Barbara, die den Gästen servierte. Das war ja erstaunlich. Gleichzeitig aber dachte Doris: Geschieht ihr ganz recht.

Als Barbara an ihren Tisch kam, um den zweiten Gang zu bringen, sagte Doris: „Das ist ja ein putziger Job, den du hier hast. Muß Spaß machen. Hast du schon mal jemandem die Suppe über den Kopf geschüttet?"

Barbara errötete. Sie hatte noch nie Hemmungen bei dieser Tätigkeit empfunden. Heute, vor Doris' Augen, war das anders. Sie strich mit fahrigen Händen über ihr weißes Schürzchen, als sie zur Durchgabe zurückging, die in die Küche führte und wo man ihr die Platten herausschob. Natürlich, für Doris mußte es ein merkwürdiger Anblick sein, das Fräulein von Tallien hier als Servierfräulein zu sehen. Und was würde Julius erst sagen, wenn er es erfuhr?

„Schmeckt aber gut", meinte Doris, als Barbara wieder an ihrem Tisch vorbeikam. „Sag mal, die haben alle Wein auf dem Tisch stehen. Warum krieg' ich denn keinen?"

„Du mußt ihn nur bestellen."

„Also, dann bringen Sie mir mal so ein Henkelkörbchen, Fräulein, ja?"

„Rot oder weiß?"

„Hier trinkt man, glaub' ich, meist rot, nicht? Halt eine gute Marke. Was Sie empfehlen können, Fräulein." Sie lachte spitzbübisch zu Barbara hinauf, zweifellos fand sie die Situation sehr lustig.

Für gewöhnlich half Barbara nach dem Abdecken der kleinen Carla beim Abwaschen. Vor neun oder halb zehn kam Piero sowieso nicht, um sie zu dem täglichen Bummel durch die Gassen und über die Lungomare abzuholen.

Heute sagte Mama Teresa: „Laß nur. Ich mach' es selber."

Barbara legte den Kopf in den Nacken. „Nein. Ich kann nachher noch fortgehen."

Es dauerte nicht lange, da steckte Doris den Kopf zur Küchentür hinein. „Ach, du hast noch zu tun? Soll ich vielleicht abtrocknen?"

Barbara lachte. „Das tun unsere Gäste für gewöhnlich nicht."

„Na, ich reiße mich nicht drum", meinte Doris. „Ich dachte bloß, damit du fertig wirst. Was machst du denn dann?"

Wie gerufen tauchte Piero auf der Schwelle zu dem kleinen Nebenzimmer auf. Er hatte wohl dort gesessen und Zeitung gelesen oder Radio gehört. Barbara blickte ein wenig unsicher zu ihm hin. „Ich gehe meist abends noch ein Stück spazieren", sagte sie.

„Gut, dann komme ich mit. Und jetzt möchte ich gern mit Paps telefonieren. Kann das dein schwarzgelockter Jüngling hier mal managen?"

Piero war gern bereit. Ein Ferngespräch nach Deutschland, das paßte in seine Vorstellung von einem großen Hotel. Barbara, als sie den letzten Teller abwusch, hörte die beiden nebenan herumalbern. „R-Gespräch", erklärte Doris, „Pappino muß pagare. Capito?"

Dann telefonierte Doris mit Julius, berichtete über ihre Ankunft und wie großartig der Floh gelaufen sei. Und dann hörte Barbara: „Der geht es gut. Die leitet hier ein prächtiges Hotel. Da bist du sprachlos, wie sie das schaukelt. Willst du sie mal sprechen?"

Barbara wäre am liebsten davongelaufen. Aber da waren Mama Teresa und Piero, die sich kein Wort entgehen ließen, obwohl sie nichts verstanden. Und dann hatte sie den Hörer in der Hand und hörte Julius' Stimme.

Sie wußten beide nicht recht, was sie sagen sollten. „Wie geht es dir?" – „O danke, mir geht es gut. Und dir?"

Barbara saßen auf einmal Tränen im Hals. Julius. Ihre Ritte am Morgen. Ihre Gespräche. Sie hatten sich so gut verstanden, und dann hatte sie ihm so großen Kummer bereitet. Ob er ihr noch sehr böse war? Aber das konnte sie jetzt nicht fragen.

„Paß ein bißchen auf Doris auf", sagte Julius schließlich. „Daß sie nicht soviel Unfug anrichtet. Und dulde möglichst nicht, daß sie mit diesem komischen Ding herumfährt. Ich hab' immer Angst, es passiert ihr was. Die Italiener fahren so verrückt."

„Ja", sagte Barbara, „ja, ich passe auf sie auf."

Da riß ihr Doris den Hörer wieder aus der Hand. „Was?" rief sie empört in die Muschel. „Auf mich etwa? Ich bin der Vernünftigste von der ganzen Familie, daran ist wohl kaum zu zweifeln."

Den Abendbummel unternahmen sie zu dritt, denn Piero dachte natürlich nicht daran, zu Hause zu bleiben. Vielmehr zu viert, denn Dino war selbstverständlich auch dabei. Doris fand das abendlich belebte Treiben in den Gassen von Roano höchst interessant. Sie mußte jedes der kleinen Schaufenster begucken und kaufte sich am Ende sogar ein paar Sandaletten beim Schuster Lanzani, dessen Laden genau wie alle anderen Läden bis spät in die Nacht hinein geöffnet war. Am meisten imponierte ihr, daß die Friseure um diese Zeit vollbeschäftigt waren. „Das ist vielleicht ulkig", sagte sie. „Die Frauen lassen sich hier frisieren, um ins Bett zu gehen." Bei jeder Aufschrift, jedem Firmenschild fragte sie nach der Bedeutung, und vor jedem Schaufenster erkundigte sie sich nach den italienischen Ausdrücken für die ausgestellte Ware. Bis sie schließlich bei Giacomo landeten, hatte Doris ihren italienischen Sprachschatz schon erheblich erweitert. Auf jeden Fall verstand sie, etwas damit anzufangen. Piero war höchst amüsiert und bestens unterhalten. Und Barbara vollends hatte ständig zu tun, um den Dolmetscher für die beiden zu spielen, die unentwegt miteinander reden wollten.

„Der ist nett, dein Piero", meinte Doris. „Paß nur auf, ich spann' ihn dir vielleicht aus. Er hat so hübsche Zähne. Sind die echt?"

Barbara lachte hellauf. „Soviel ich weiß, ja."

Nun wollte Piero wissen, warum sie lachte. Sie sagte es ihm, darauf blieb er stehen, klopfte erst mit den Fingerknöcheln, dann mit den Nägeln an seine Zähne, um Doris zu demonstrieren, *wie* echt sie waren. Doris stand vor ihm, sah aufmerksam zu, dann lachte sie, die Hände in den Taschen ihrer langen, engen Hose, und sagte: „Weißt du was, Piero? Wir schicken Barbara nach Hause und bummeln allein weiter. Solo, capito?"

Barbara übersetzte auch dies, und Piero schwoll offensichtlich der Kamm. Er blitzte Doris mit seinen schwarzen Augen an, daß es nur so eine Art hatte. Diese Art von Unterhaltung war ganz nach seinem Geschmack. Er hatte nichts dagegen, daß sich Barbaras deutsche Kusine ein wenig in ihn verliebe.

Barbara kannte Doris besser. Bei ihr war alles Spiel und Übermut. Dahinter verbargen sich ihre wache Intelligenz und ihre scharfe Beobachtungsgabe.

Piero hakte beide Mädchen unter, und so trafen sie bei Giacomo ein, der sie lautstark begrüßte. Freunde von Piero waren da, es dauerte nicht lange, da waren sie eine große Runde und Doris der Mittelpunkt davon, lachend, redend, deutsch und italienisch durcheinander, und flirtend, daß die jungen Männer auf ihren Stühlen kaum still sitzen konnten.

Bis sich Doris zu Barbara neigte und leise sagte: „Du, wir müssen jetzt gehen. Erstens bin ich blau und zweitens schrecklich müde. Wenn ich noch hierbleibe, kann ich für nichts garantieren."

So verlief Doris' erster Tag in Roano. Kein Zweifel, ihr Besuch und vor allem sie selbst waren ein voller Erfolg.

Natürlich war Doris nicht immer so aufgezogen. Dieses ganze Feuerwerk am Tag ihrer Ankunft hatte sie abbrennen lassen, um Barbara das Wiedersehen zu erleichtern. Denn in Wahrheit wußte Doris, so jung sie war, ganz genau, wie verworren Barbaras Gefühle sein mußten.

Auch der zweite Tag verlief noch etwas turbulent, am dritten Tag nahm Barbara ihre Kusine mit hinaus an ihren geheimen Platz. Dort waren sie mehrere Stunden allein. Doris erzählte Barbara von daheim. Von Julius, dem die Kur gut bekommen war und der mit neuer Kraft die Arbeit aufgenommen hatte.

„Aber er muß auf jeden Fall in Zukunft etwas vorsichtig sein", sagte Doris. „Die letzten zehn Jahre waren sehr anstrengend für ihn. Man hat das gar nicht so gemerkt. Paps redet ja nicht darüber. Deswegen habe ich mich auch entschlossen, nicht auswärts zu studieren."

„Du hattest dich doch sehr darauf gefreut."

„Na ja, natürlich. Aber du wirst lachen, ich werde gebraucht. Jetzt gehe ich eben bei uns ins graphische Seminar, das ist ja sehr ordentlich. Und sonst werde ich im Betrieb mitarbeiten.

Wir haben einen neuen Mann, der sich sehr gut anstellt und der zuverlässig ist. Ich hoffe, daß er in einigen Jahren Herrn Schwarzbauer ersetzen kann."

Dann berichtete Doris von Marianne. Die Hochzeit hatte stattgefunden, mit allen Schikanen, wie Doris sagte. Elisa war noch nicht zurück. Sie war bei Roger und Mildred, wo es ihr anscheinend sehr gut gefiel. „Wie mir scheint, wird Momy in Zukunft viel in Amerika sein, sie ist ganz begeistert."

„Und Marianne ist glücklich?" fragte Barbara.

„Es sieht so aus. Und jetzt werde ich dir sagen, was sie mir geschrieben hat. Ich denke, daß es dich freuen wird. Sie schreibt: Wenn Du Barbara siehst, dann sage ihr bitte, daß ich nicht mehr böse auf sie bin. Ich habe einen Mann gefunden, mit dem ich mich viel besser verstehe als mit Heinz. Letzten Endes verdanke ich das Barbara. Mein Leben hat sich durch sie verändert, aber es ist mein Glück geworden. – Nun? Was sagst du dazu?"

Barbara blickte hinaus auf das Meer. Dann legte sie ihr Gesicht auf die angezogenen Knie. Eine Weile blieb es still. Dann sagte Barbara: „Oh, Doris. Du weißt nicht, wie froh ich darüber bin. Wie froh ich bin."

„Doch", sagte Doris ernst. „Ich weiß es. Und es freut mich nicht nur für Marianne, es freut mich ganz besonders für dich. Und wenn du willst, Barbara, dann kannst du wieder nach Hause kommen. Wir würden uns alle darüber freuen. Paps und ich und deine süße Perdita. Und der Professor auch."

„Wie geht es ihm?"

„Unverändert. Wir sehen uns jetzt oft. Und weißt du, wen ich besonders gut leiden mag? Deinen komischen Bruder. Richard."

„Warum sagst du komischen Bruder?"

„Na, ich sag' das halt. Eben weil ich ihn mag." Ein Seufzer folgte, und Barbara gab ihrer Kusine einen erstaunten Seitenblick.

„Aber Doris", meinte sie überrascht, „heißt das ... ?"

„Das heißt gar nichts", wehrte Doris rasch ab. „Ich meine nur. Er ist ein bißchen steif. Aber ulkigerweise gefällt mir das gerade an ihm. Und nun erzähl du. Was ist mit Heinz?"

Barbara zögerte. Was sollte sie erzählen? „Ach, weißt du ...", begann sie widerwillig.

„Nun mach es nicht so kompliziert. Das muß ich unbedingt wissen. Ist es aus mit euch?"

„Ja."

„Und warum?"

„Ich kann dir das nicht so mit ein paar Worten erklären. Es ist eigentlich nichts Bestimmtes darüber zu sagen. Ich bin ihm davongelaufen. Und weil ich nicht wußte, wohin, bin ich hierhergefahren. Es ist so, weißt du...", sie stockte, suchte nach einer Erklärung, die so schwer zu geben war. „Es ist bestimmt zum großen Teil meine Schuld. Ich bin mir darüber klargeworden, seit ich hier bin. Heinz hat mich geliebt, und er hat die besten Absichten gehabt. Aber ich – ich war immer voll Widerstand. Ich glaube, ich habe mich nie ernstlich darum bemüht, mit ihm auszukommen. So wie eine Frau sich eben bemühen muß, wenn sie mit einem Mann leben will. Ich wollte nicht mit ihm leben. Und ich hab' ihm nie verziehen, daß er mich von euch getrennt hat. Du wirst es vielleicht komisch finden, aber ich wäre viel lieber bei euch geblieben. Das alles ist so plötzlich gekommen, und ich war mir gar nicht klar darüber, was das alles bedeutet. Es war – es war ... – ich weiß nicht, wie ich es erklären soll."

„Na ja, ich kann es mir schon denken", sagte Doris. „Die große Leidenschaft. Nicht? Aber Leidenschaft ist nicht Liebe. Leidenschaft genügt nicht, um zusammen leben zu können."

Verwundert meinte Barbara: „Du bist so jung, und du bist viel klüger als ich. Ich habe das nicht gewußt."

„Also, erstens bist du soviel älter als ich auch nicht. Und halt ein Gefühlsmensch, während ich mehr Verstand und Überlegung entwickle. Und zweitens ist das keineswegs auf meinem Mist gewachsen. Das hat der Professor gesagt."

„Im Hinblick auf mich?"

„Im Hinblick auf dich. Kann sein, er hat sich auch noch was anderes dabei gedacht. Seine Ehe mit Lily geht ja nun auch in die Brüche?"

„Ach?"

„Ja. Aber es sieht so aus, als sei er darüber hinweg. Eines nur wundert mich bei dir. Du hast doch wirklich den besten Anschauungsunterricht durch deine Mutter gehabt. Man sollte meinen, du seist dadurch ein wenig klüger geworden."

„Das hab' ich auch gedacht", gab Barbara zu. „Aber es ist

wohl wirklich so, daß man erst durch eigene Erlebnisse klug wird."

„Und wie war das in München? Erzähl mir, wie ihr da gelebt habt."

Barbara erzählte wirklich. Nicht alles, viele Einzelheiten unterschlug sie, aber sie gab Doris doch einen ungefähren Überblick über das vergangene Jahr.

„Na ja", meinte Doris am Ende, „so ähnlich hab' ich es mir vorgestellt. Und er hat nichts unternommen, um dich zurückzuholen?"

„Nein. Er weiß wohl wirklich nicht, wo ich bin. Vielleicht hat er auch eingesehen, daß es keinen Zweck hat."

„Ich finde, du kannst von Glück reden. Die Geschichte hätte einen viel dramatischeren Verlauf nehmen können. Ich glaube, Heinz kann recht gewalttätig sein."

Kurz ehe sie gingen, fragte Doris: „Und was nun? Willst du hier bleiben? Mit diesem Piero, das ist doch auch nicht das Richtige. Barbara, das ist doch kein Mann für dich."

„Ich will ja auch nicht heiraten", sagte Barbara. „Ich bin eben hier, und du siehst ja, was ich tue. Ich habe Arbeit, und ich ..."

„Na ja, schön. Du hast Arbeit", sagte Doris leicht geringschätzig. „Du wirst nicht von mir erwarten, daß ich das ernst nehme, was du jetzt machst. Du bedienst ein bißchen in der Pension, und dann wäschst du die Teller ab, und morgens gehst du einkaufen und übersetzt dann, was die Leute wollen, schön und gut. Aber du wirst mir nicht einreden wollen, daß dich das auf die Dauer befriedigt. Wenn du mir sagen würdest, klar und entschieden: Ich liebe Piero, ich will ihn heiraten und zusammen mit ihm ein großes Hotel aufbauen, das wäre eine Sache. Willst du das?"

Barbara duckte sich fast unter diesen klaren, deutlichen Worten. „Nein. Ich weiß nicht, was ich will. Wenn ich mir etwas wünsche, dann ist es Ruhe und Frieden. Keiner soll mich fragen, keiner soll etwas von mir wollen. Vielleicht entscheidet sich eines Tages alles von selbst."

„Nein", sagte Doris. „Nichts entscheidet sich von selbst. Du mußt entscheiden. Das wird dir nicht abgenommen. Und so alt und gramgebeugt bist du schließlich noch nicht, daß du einfach sagst: Ich wünsche mir nichts als Ruhe und Frieden. Dein Leben fängt doch erst an. Freust du dich denn nicht darauf?"

„Nein!“ Es klang wirklich müde und kummervoll.

„Schäm dich. Es wird einmal die Zeit kommen, wo du wünschen wirst, noch einmal so jung zu sein. Weißt du, was dir fehlt? Eine richtige Aufgabe. Wie du bei uns warst, und wie wir zusammen gearbeitet haben, weißt du noch? Und dann, als du bei Paps im Betrieb mitgewirkt hast, da warst du eigentlich ganz vergnügt und munter. Sei gescheit, Barbara, komm mit mir zurück.“

„Nein“, sagte Barbara gequält, „nein, Doris. Ich kann nicht.“

„Überleg es dir. Ich bleibe ja noch eine Weile.“

Doris blieb drei Wochen, und sie genoß diesen ersten selbständigen Urlaub aus vollem Herzen. Schon nach acht Tagen war sie kaum mehr von einer Italienerin zu unterscheiden. Sie war braun geworden wie eine Haselnuß, und mit ihren dunklen Augen und dem schwarzbraunen Haar sah sie kaum anders aus als die einheimischen jungen Mädchen. Sie kaufte sich einen weiten bunten Rock und eine tief ausgeschnittene weiße Bluse, damit lief sie von früh bis abends herum. Da sie sprachbegabt war, plapperte sie bald ganz geläufig italienisch. Piero mußte herhalten, diese Sprachkenntnisse täglich zu verbessern. Er tat es mit großem Vergnügen. Außerdem unternahm Doris mit ihm große Fahrten in die Umgebung und kam jedesmal mit einem Sack voller Erlebnisse zurück.

Manchmal nahm Barbara an diesen Ausflügen teil, oft ließ sie aber die beiden auch allein fahren.

Eines Tages berichtete Doris vergnügt: „Du, dein Piero ist ein munterer Knabe. Heute hat er mir einen Kuß gegeben.“

„So“, bemerkte Barbara gleichgültig.

„Ist dir das so Wurscht?“ fragte Doris neugierig.

„Nicht ganz“, erwiderte Barbara. „Aber ziemlich.“

Darüber wollte Doris sich totlachen. „So hab’ ich mir die Liebe immer vorgestellt.“

Natürlich lernte Doris auch Paul Günther kennen, einige Male waren sie nachmittags bei ihm, oder sie trafen sich an ihrem Badeplatz. Der Maler fand viel Vergnügen an der unbeschwerten Gesellschaft.

Einige Tage bevor Doris abreiste, besuchten sie Günther noch einmal und bekamen sein neuestes Bild zu sehen.

Es war die neue Fassung des Bildes, das Barbara schon kannte.

Doris stand minutenlang davor, ohne sich zu rühren. „Es ist toll", sagte sie dann, „einfach toll." Sie blickte den Maler an und sagte entschieden: „Das muß ich haben."

Das Bild war größer geworden. Wie zuvor kam Barja aus der dunklen engen Gasse heraus, ihre Gestalt war voller Licht, leuchtend und strahlend, doch die Umgebung war nun plastischer und lebendiger geworden. Die Frauen an den Türen, die sie anstarrten, ein Mann, der sich nach ihr umblickte. Sie wirkte wie eine Erscheinung aus einer anderen Welt.

„Ich weiß, wie man es nennen müßte", sagte Doris. „Die Fremde."

Günther nickte. Das hatte er ausdrücken wollen.

„Das Bild gehört Barbara", sagte er dann. „Ich habe es für sie gemalt. Die Fremde, ja. Ich wollte es ‚Die Heimatlose' nennen. Viele Menschen sind heimatlos in unserer Zeit heute." Wie so oft blickte er ein wenig schwermütig drein.

Man könnte auch sagen, „Die Verlorene", dachte Barbara, aber sie sprach es nicht aus. Es drückte die Stimmung des Bildes nicht ganz aus. Schön und stolz war der Ausdruck von Barjas Gesicht. Nein, sie hatte sich nie verloren gegeben. Sie war viel stärker als ich, dachte Barbara. Sie hat immer Mut zum Leben gehabt. Mut zur Liebe. Mut zum Glück. Und ein Herz, erfüllt von Hoffnung. Barja. Geliebte schöne Barja.

Das Bild von Barja reiste mit Doris nach Deutschland.

„Wann kommst du?" fragte Doris zum Abschied.

„Ich weiß nicht", erwiderte Barbara, „laß mir Zeit."

„Zeit ist kostbar", sagte Doris. „Man muß sich gut überlegen, was man damit anfängt."

„Ich werde es mir überlegen", sagte Barbara ernsthaft. „Und grüß alle, Julius und – und Elisa und den Professor und Nele und Perdita. Und Herrn Krüger. Alle, hörst du? Und Richard, wenn du ihn siehst. Und Lena."

„Du hast ja schreiben gelernt", meinte Doris trocken. „Vielleicht schreibst du ihnen mal einen Brief. Schön einem nach dem anderen. Perdita kann ich die Grüße ja persönlich ausrichten. Ich bin nicht sicher, ob sie lesen kann."

10

Barbara kam sich geradezu verlassen vor, nachdem Doris abgereist war. Sie hatte sich der gescheiten und lebhaften Kusine immer eng verbunden gefühlt, Doris war die erste annähernd gleichaltrige Freundin gewesen, die sie je besessen hatte. Daß sie einige Jahre jünger war, schadete nichts. Dafür war Doris um vieles klüger und aufgeweckter, das glich den geringen Altersunterschied aus. Und schließlich war es zum größten Teil Doris zu verdanken, daß sie sich schnell und gut in die Familie Tallien und in die fremde Welt, der Barbara dort begegnet war, eingelebt hatte.

Nun hatte Doris eine Verbindung wieder fester geknüpft, die ja für Barbara im Grunde nie abgerissen war. Ihre Gedanken weilten noch mehr als zuvor im Hause der Talliens.

Auch hier in Roano hatte Doris viele Sympathien gewonnen. In gewisser Hinsicht hatte es, jedenfalls in den Augen von Mama Teresa und Piero, Barbaras Renommee gehoben, daß sie wirklich in Deutschland Verwandtschaft besaß, und solch liebenswerte dazu. Man sprach viel von dem Besuch, und Barbara fand erstmals interessierte Zuhörer, wenn sie von ihrer Zeit in Deutschland und ihrem Leben dort erzählte. Besonders Mama Teresa wollte auf einmal wissen, wie Barbara dort in dem fremden Land gelebt hatte, wer noch alles zur Familie gehörte, und was sich eigentlich ereignet hatte während der ganzen Zeit ihres Dortseins.

Barbara erzählte gern. Und ohne daß es ihr selbst recht bewußt wurde, übertrieb sie ein wenig, ihre Berichte klangen geradezu schwärmerisch, sie malte alles in leuchtenden Farben. Das Haus der Talliens wurde zu einer pompösen Villa, die kleine Residenzstadt zu einer strahlenden Metropole, das gesellschaftliche Leben erhielt eine Menge glänzender Höhepunkte, und die Familie Tallien vollends bestand ohne Ausnahme aus ungemein reizenden Menschen, und die Rolle, die sie in der Stadt spielte, war ebenso wichtig wie glanzvoll.

Piero hörte zwar aufmerksam zu, aber er runzelte die Stirn dabei. Er hörte das nicht sehr gern. Mama Teresa meinte einmal ganz folgerichtig: „Ich wundere mich nur, warum du dann nicht dort geblieben bist."

Darauf blieb Barbara die Antwort schuldig. Denn Heinz und alles, was im letzten Jahr geschehen war, kam in ihrer Erzählung nicht vor.

Und auf einmal kamen Briefe für Barbara. Sie hatte zwar Doris' Rat nicht befolgt und niemandem geschrieben, aber die anderen schrieben ihr und veranlaßten sie dadurch zu antworten.

Zuerst kam ein Brief von Julius. Er bedankte sich für das Bild. Es sei wirklich ein Kunstwerk, und Barbara habe ihm eine große Freude damit gemacht. Jetzt hänge es in seinem Herrenzimmer, und jeder, der es sähe, sei sehr beeindruckt davon. Wer denn der Maler sei, und was es sonst noch für Arbeiten von ihm gäbe? Sein Freund Cornelius von der Galerie Cornelius habe ihn kürzlich besucht und sein Interesse für den Maler bekundet. „Du erinnerst Dich an die Galerie Cornelius?" schrieb Julius. „Wir haben dort einmal eine Ausstellung zeitgenössischer Maler besucht. Cornelius möchte diesen Mann gern kennenlernen und vor allen Dingen seine Arbeiten sehen. Er meinte, dies sei wirklich einmal eine eigene Handschrift, die überzeuge, und er würde gern gelegentlich ein paar Bilder dieses Malers hängen."

Mit diesem Brief begab sich Barbara umgehend zu Paul Günther und las ihm stolz vor, was Julius geschrieben hatte. Günther verzog keine Miene.

„Freut Sie das denn nicht?" fragte Barbara vorwurfsvoll.

„Du lieber Gott", sagte er, „ich weiß selber, daß ich was kann. Und was nützt mir das?"

„Sie können berühmt werden!" rief Barbara.

Er lächelte über ihren Eifer. „Daran liegt mir nichts."

Barbara blickte sich in der kleinen Wohnung um, deren Wände voll hingen, am Boden standen noch Bilder, und sie wußte, daß es noch einen Abstellraum gab, der gefüllt war mit den Erzeugnissen jahrelanger Arbeit.

„So viele schöne Bilder", sagte sie. „Und keiner soll sie sehen. Das ist doch Sünde und Schande. Die Menschen hätten ihre Freude daran. Das ist doch schließlich auch die Aufgabe eines Künstlers, den Menschen Freude zu machen."

„Mein liebes Kind, ich bin heute 56 Jahre alt. Ja, es stimmt. Ich male schon länger. Ich habe schon vor dem Krieg gemalt, und kein Mensch hat sich für meine Bilder interessiert. Kein Mensch hat die geringsten Anzeichen gezeigt, daß er sich darüber freut, wie du so hübsch sagst. Dann im Krieg ist alles verbrannt. Jetzt male ich bloß noch für mich selbst. Ich habe mich früher sehr intensiv um Anerkennung bemüht und um das, was du Ruhm nennst. Weder das eine noch das andere habe ich bekommen. Dann habe ich es aufgegeben, und nun interessiert es mich nicht mehr."

„Mit 56 ist man noch nicht alt. Wer wird denn schon in jungen Jahren berühmt? Schließlich wird man wohl mit der Zeit immer besser. Oder nicht? Viele Maler sind überhaupt erst nach ihrem Tode berühmt geworden."

Günther lachte amüsiert. „Du sagst es. Weißt du was? Ich werde dir meine Privatgalerie vererben, und dann kannst du meinen Ruhm begründen. Möglicherweise wird es für dich ganz rentabel sein."

„Nein, im Ernst", sagte Barbara lebhaft. „Sie sollten nicht darüber scherzen. Schicken Sie diesem Cornelius ein paar Bilder, es sind doch genug da. Oder fahren Sie einmal hin zu ihm."

„Das sollte mir gerade noch fehlen. Der gute Mann kann ja herkommen."

„Ja?" rief sie freudig. „Kann ich das schreiben?"

„Langsam, langsam. Es eilt ja nicht. Wir werden uns das noch überlegen. Was schreibt denn dein Onkel noch?" fragte er, um sie abzulenken.

Barbara nahm den Brief wieder auf, den sie fast schon auswendig kannte. Sie las vor: „Doris hat mir erzählt, wie du dort lebst. Das mag ja ganz amüsant sein, und diese Besitzerin der Pension scheint es sehr gut mit dir zu meinen. Aber ich bezweifle, ob das auf die Dauer das richtige Leben für dich ist. Du weißt ja, Kind, daß du jederzeit hierher zurückkehren kannst. Was geschehen ist, wollen wir vergessen. Hier denkt kein Mensch mehr daran."

Barbara blickte auf und sagte leise: „Ich schäme mich so. Sie sind so gut zu mir. Oh, ich schäme mich."

Der Maler lächelte listig und sagte: „Wenn du wieder dort sein wirst, komme ich dann vielleicht wirklich mit meinen Bildern, um dich und den Galeriedirektor zu besuchen."

„Wirklich?" fragte Barbara rasch. Plötzlich errötete sie. „Ich kann mir gar nicht vorstellen, wie es wäre, wenn ich wieder dort sein könnte. Ach! Nichts wird vergessen sein. Man hat ja Barja auch nie vergessen, was sie getan hat. So viel Zeit war vergangen, und man hat ihr doch nicht verziehen."

„Hm. Nun ja, ein wenig anders liegt der Fall doch wohl. Und glaubst du nicht, wenn Barja zurückgekehrt wäre, nach ein oder zwei Jahren, daß man sich nicht schnell beruhigt hätte? Ein wenig Mut gehört vielleicht dazu. Und so leicht, wie man es dir macht, hat man es Barja wohl nicht gemacht."

„Ja, das ist wahr", gab Barbara zu. „Wissen Sie, was merkwürdig ist? Doris hat anscheinend kein Wort von Piero erzählt. Julius schreibt nur von Mama Teresa. Wenn er von Piero wüßte, würde er vielleicht nicht schreiben, daß ich kommen soll."

„Mir scheint, deine Doris ist ein kluges Mädchen. Übrigens, Barbara, ehe du gehst, würde ich dich gern malen."

„Mich?"

„Ja."

„Aber ich gehe ja nicht."

„Nun, lassen wir diese Frage auf sich beruhen, genau wie meine Ausstellung bei euch. Die Zeit wird's lehren. Aber malen möchte ich dich auf jeden Fall."

„Warum?" Sie schaute mit großen, fragenden Augen zu ihm auf, ein wenig geschmeichelt durch den Antrag.

„Nun, ich hatte es schon lange vor. Gerade weil ich Barja so viel gemalt habe. Du siehst ihr zwar ähnlich, und doch bist du anders. Es sind nur Kleinigkeiten, aber im Grunde ergeben sie ein ganz anderes Gesamtbild. Ich möchte wissen, ob ich das richtig ausdrücken kann."

„Wenn Sie gern wollen."

„Ich bitte dich darum."

So ging also Barbara in Zukunft regelmäßig zu den Sitzungen bei Paul Günther. Er arbeitete rasch, war aber nicht leicht mit sich selbst zufrieden. Es entstanden in rascher Folge einige Skizzen, dann begann er ein größeres Bild, unterbrach die Arbeit daran, um ein anderes anzufangen. Das währte fast den ganzen Oktober. Barbara hatte jetzt Zeit genug. Es waren kaum mehr Fremde da. Und im kommenden Monat würde man dann ganz unter sich sein.

Noch immer war der Himmel strahlendblau, doch die Nächte waren schon empfindlich kühl. Nur selten fand sich noch ein Mutiger zu einem Bad im Meer bereit. Barbara schwamm nach wie vor jeden Tag. Sie war es von Barja her so gewohnt. Und genau wie früher betrachteten die Einheimischen kopfschüttelnd dieses unbegreifliche Tun.

„Du wirst dir den Tod holen", warnte Mama Teresa, und Piero verstieg sich eines Tages zu der Behauptung: „Du wirst schon sehen, was du damit anrichtest. Für eine Frau ist das sehr gefährlich. Du wirst keine Kinder bekommen."

Barbara lachte darauf, doch er fuhr zornig fort: „Lach nicht. Ich will aber Kinder haben. Mehrere."

Barbara lachte nicht mehr. Stumm vor Staunen blickte sie ihn an. Er wollte mehrere Kinder haben und offensichtlich von ihr. Die Vorstellung erschien ihr so abwegig, daß sie keine Antwort darauf fand. Sie merkte jedoch, wie weit entfernt ihr der Gedanke war, hier für immer zu leben, Piero zu heiraten und seine Kinder großzuziehen. Eine von diesen lauten, früh alternden und immer ein wenig schlampigen Frauen zu werden. Es war nicht vorstellbar.

Und warum bin ich dann hier? dachte sie. Warum bin ich bei Piero und dulde seine Liebe, mache ihn glauben, daß auch ich ihn liebe? Auf diese Frage fand sie erst recht keine Antwort.

Piero betrachtete ihre ratlose Miene mit gerunzelten Brauen. „Was machst du für ein Gesicht?" fragte er unmutig.

„Ich mache kein Gesicht", wehrte sie ihn kühl ab und ließ ihn stehen.

Offenbar war aber Piero nicht geneigt, diese unklare Situation weiter hinzunehmen. Wenige Tage später nahm er das Thema wieder auf.

Barbara hatte ihn nach Genova begleitet, um einige Einkäufe zu machen. Gegen Abend waren sie auf der Rückfahrt. In einem Höllentempo fegte Piero die Küstenstraße entlang.

„Fahr nicht so schnell", sagte Barbara nervös, nachdem sie wieder einmal um Millimeterbreite an einem anderen Wagen vorbeigewischt waren.

„Hast du Angst?" fragte er lachend und wandte ihr sein Gesicht zu, ohne das Tempo zu verringern.

„Ja", sagte sie laut. „Ich habe Angst."

Es fiel ihm ein, was mit ihrer Mutter geschehen war. Er lockerte den Fuß auf dem Gaspedal und sagte: „Du brauchst keine Angst zu haben, wenn ich fahre. Bei mir passiert dir nichts. Und ich würde sowieso nie dulden, daß du fährst."

Barbara sagte dazu nichts. Schweigend fuhren sie weiter. Kurz ehe sie nach Roano kamen, sagte er plötzlich: „Barbara, wie ist es nun mit uns beiden? Wann wollen wir heiraten?"

„Heiraten?" fragte sie unsicher zurück.

„Ja. Heiraten", erwiderte er betont. „Schließlich bist du deswegen doch zurückgekommen. Wir hatten es immer vor. Und ich finde, es wird Zeit. Die anderen Männer in meinem Alter sind schon längst verheiratet, haben schon zwei oder drei Kinder. Ich habe auf dich gewartet. Worauf warten wir jetzt noch?"

„Ich will nicht soviel Kinder haben", sagte sie abweisend.

Er lachte selbstsicher. „Das findet sich. Es wird dir schon Freude machen, wenn du sie hast. Für eine Frau sind Kinder das Wichtigste im Leben."

Im Augenblick empfand Barbara tiefe Abneigung gegen ihn. Sie kannte die Einstellung der Leute hier, die Einstellung der Männer zu den Frauen. Sie war aber keine Frau von hier, und sie würde sich niemals damit zufriedengeben, in diesem engen, gleichförmigen Leben, in der Arbeit für Mann und Kinder ihren Lebensinhalt zu sehen.

Sie war eine Tallien, sie war Barjas Tochter. Piero konnte ihr Liebhaber sein, aber sie wollte ihn nicht heiraten, wollte von ihm keine Kinder haben. Alles in ihr empörte sich gegen diese Vorstellung.

„Nun?" fragte er. „Wie ist es also?"

„Aber Piero", meinte sie unsicher. „So eilt es doch nicht."

Er schüttelte den Kopf. „Du bist ein merkwürdiges Mädchen. Alle Frauen wollen heiraten und möglichst schnell. Wir kennen uns doch nun lange genug. Weißt du nicht, daß die Leute über uns reden? Pater Renato hat mich übrigens neulich deswegen zur Rede gestellt. Und mit Mama hat er auch schon darüber gesprochen."

„So. Der", sagte Barbara hochmütig. „Was geht den das an?"

„Es ist seine Aufgabe, sich darum zu kümmern", sagte Piero sachlich.

„Das finde ich nicht. Das geht niemand etwas an."

„Man denkt hier eben anders darüber", meinte Piero ruhig. „Und du weißt das selbst gut genug."

„Der kann mich nicht leiden."

„Warum soll er dich nicht leiden können? Du bist noch nie bei ihm gewesen. Er braucht nicht zu dir zu kommen, du mußt zu ihm gehen."

„Ich muß gar nichts", sagte Barbara gereizt. „Euer Pfarrer geht mich nichts an."

Piero ließ eine kleine Weile verstreichen, dann sagte er ernst und bedeutungsvoll: „Du weißt wohl, Barbara, daß du zu unserer Kirche übertreten mußt, ehe wir heiraten."

Barbara blickte starr geradeaus auf die Landstraße. Die ersten Häuser von Roano waren zu sehen. Jetzt hatte Piero also ausgesprochen, was ihm wohl schon lange auf der Zunge lag. Sie war sicher, er und Mama Teresa hatten oft darüber gesprochen. Und der Pfarrer hatte sich also auch dazu geäußert. Dieser fremde, hagere Pfarrer mit dem finsteren, unfreundlichen Gesicht, der durch sie hindurchblickte, als sei sie Luft. Er wartete also, daß sie zu ihm käme. Da kann er lange warten, dachte Barbara zornig.

Es war eine große Enttäuschung für sie gewesen, daß sie Pater Lorenzo in Roano nicht mehr vorgefunden hatte. Schon vor einem Jahr war er versetzt worden, weit hinunter in den Süden. Und so gleichgültig waren die Leute von Roano, daß sie nicht einmal den Namen des Ortes wußten, wo ihr guter alter Pfarrer geblieben war, der sie so viele Jahre betreut hatte. Sie haben kein Herz, dachte Barbara manchmal, sie haben nur die vielen lauten Worte im Mund.

Als er keine Antwort bekam, sagte Piero nach einer Weile, es klang fast wie eine Entschuldigung: „Du weißt, mir ist es nicht so wichtig. Ich habe nie danach gefragt. Aber es muß nun mal sein. Gerade wegen der Kinder."

„Hör endlich auf mit deinen Kindern!" rief Barbara laut und böse. „Es geht hier erst mal um mich und nicht um deine ungeborenen Kinder. Und es kommt gar nicht in Frage, daß ich zu eurer Kirche übertrete. Die Talliens sind Hugenotten. Falls du weißt, was das ist."

Er bremste so plötzlich, daß sie vornüberflog. Dann wandte er ihr sein schönes dunkles Gesicht zu, das ganz ernst jetzt war, kein Lachen in den schwarzen Augen.

„Ich weiß nicht, was es ist", sagte er. „Ich brauche es auch nicht zu wissen. Ich weiß nur das eine, daß ich dich nicht heiraten kann, wenn du nicht in unserer Kirche bist."

Barbara erwiderte seinen Blick, ohne mit der Wimper zu zucken. „Dann läßt du es eben bleiben", sagte sie kühl. „Wenn die Kirche darüber zu entscheiden hat und nicht du, dann läßt du dir am besten eine Frau von Pater Renato aussuchen. Vielleicht Luisas dicke Tochter. Die ist ja ganz wild auf dich und rennt schon jeden Morgen um sechs zur Messe. Ich bin sicher, sie wird mit Begeisterung ein Dutzend Kinder bekommen."

Barbara hielt inne, selbst erschrocken über das, was sie sagte. Bestürzt dachte sie: Ich fange genau schon an zu keifen wie die Frauen hier. Warum spreche ich so mit ihm? Er kennt es ja nicht anders. Und ich kenne die Verhältnisse hier doch gut genug, um ihn zu verstehen.

Aber sie vermochte nicht, ihrer Empörung, ihrer Auflehnung, ihres rebellischen Widerspruchs Herr zu werden.

Piero betrachtete sie finster. „Marcellina ist ein gutes Mädchen", sagte er. „Fleißig und brav. Sie wird ihrem Mann einmal eine gehorsame Frau sein. Und sie ist nicht dick. Sie hat eine gute Figur."

Barbara war nahe daran, den Streit fortzusetzen. Sie hätte sagen mögen: Wenn du findest, daß Marcellina eine gute Figur hat, was gefällt dir dann an meiner? Denn Marcellina hatte breite Hüften und einen vollen, üppigen Busen. Nach dem zweiten Kind würde sie doppelt so breit sein, soviel war gewiß.

Barbara bezwang ihren Ärger. Sie sagte: „Gut. Dann heiratest du am besten Marcellina. Dann ist uns allen geholfen. Und nun fahr weiter. Wir können nicht hier stehenbleiben."

Er fuhr wirklich weiter. Sie betrachtete ihn aus den Augenwinkeln. Ihr lachender, fröhlicher Piero, der sie so stürmisch in die Arme nehmen konnte. Da saß er mit zusammengepreßten Lippen und bösem Gesicht. Er wollte partout ein Familienvater werden. Und in zehn oder zwanzig Jahren würde auch er fett sein, mürrisch und seine eigenen Wege gehen. Sie aber sollte zu Hause bleiben und seine Kinder großziehen. Es war zum Lachen.

Und Barbara dachte: Das hätte Barja hören sollen. Oh, wie dumm bin ich. Wie dumm. Ich gehe lauter falsche Wege. Daß ich hierher zurückgekommen bin, das war der verkehrteste Weg, den ich wählen konnte.

Die Verstimmung zwischen ihr und Piero hielt an. Er sprach den ganzen Abend lang kein Wort mit ihr. Mama Teresas Augen gingen öfter fragend zwischen Barbara und ihrem Sohn hin und her. Als Piero später zu seinem üblichen Abendtrunk bei Giacomo fortging, forderte er Barbara zum erstenmal nicht auf, mitzukommen.

Als er gegangen war, fragte Mama Teresa neugierig: „Habt ihr euch gestritten?"

„Ja", antwortete Barbara knapp, mit abweisender Miene, die weiteres Fragen schwer machte. Mama Teresa fragte doch, und Barbara erwiderte darauf: „Ich bin sicher, er wird es dir erzählen." Dann sagte sie gute Nacht und ging in ihr Zimmer.

Zunächst war sie wütend auf Piero. Was bildete er sich eigentlich ein? Nun, er konnte warten, bis sie ihn abends noch einmal begleiten würde. Wie es schien, wollte er sie darüber belehren, daß er der Mann sei und sie ihm Gehorsam schuldig. Das konnte er vielleicht mit der dicken Marcellina durchexerzieren, nicht mit ihr.

Aber im Laufe des Abends verging ihr Zorn. Sie mußte sich eingestehen, daß er im Recht war, sie im Unrecht. Was sie heute erfahren hatte, war ihr nicht neu. Wenn man mit einem Mann zusammen leben wollte, dann mußte man sich seiner Welt anpassen.

Es ist meine Schuld, dachte Barbara. Genau wie bei Heinz. Ein bißchen Liebe, dazu bin ich bereit. Aber nicht dazu, dem Mann auf seinem Weg und in seine Welt zu folgen. Ich bin störrisch und voller Widerspruch. Ich stelle mich hin und sage: Ich bin eine Tallien. Ich kann dies nicht und ich will das nicht. Das ist kindisch und lächerlich. Ja, Günther hat recht, ich bin anders als Barja. Sie ist mitgegangen, sie hat jeden Mann glücklich gemacht. Ich wehre mich. Barja hat aber auch jeden dieser Männer geliebt, voll und ganz und mit Einsatz ihrer Person und ihres Lebens. Ich liebe im Grunde keinen wirklich, und darum setze ich nichts ein. Wenn ich einmal wirklich lieben werde, dann wird es anders sein.

Wenn sie einmal wirklich lieben würde. Sie hatte noch nicht geliebt. Es war nur Spiel gewesen, und sie wich zurück, wenn Ernst daraus werden sollte.

Nein, Piero traf keine Schuld.

Wie zu erwarten gewesen war, erzählte er seiner Mutter vom Grund ihres Streites. Mama Teresa ließ zwar Barbara gegenüber kein Wort verlauten, aber sie wurde merklich kühler. Sie schien gekränkt, von ihrem Standpunkt aus zu Recht. Sie war wohl der Meinung, dieses fremde Mädchen könne froh und dankbar sein, die Frau ihres Sohnes werden zu dürfen. Sicher hätte sie es von vornherein lieber gesehen, wenn ihr Sohn sich ein Mädchen seines Lebenskreises gewählt hätte. Wenn er nun schon diese Fremde liebte und sie sogar heiraten wollte, dann war es höchst unverständlich und ungehörig, ihm in solch wichtigen Fragen Schwierigkeiten zu machen.

Die Stimmung in der Villa Teresa war etwas frostig. Barbara erwog, doch wieder das kleine Häuschen in der Gärtnerei zu beziehen, das nun wieder leerstand. Vor allem aber mußte sie sich nach einer Arbeit umsehen, die ihr wenigstens ein bescheidenes Einkommen verschaffte. In der Villa Teresa gab es kaum mehr etwas für sie zu tun, und sie mochte nicht ständig auf Pieros Kosten leben, das machte ihre Abhängigkeit nur noch größer.

Allerdings hielt Pieros Verstimmung nicht lange vor. Er war ja im Grunde ein heiterer und unkomplizierter Mensch, und außerdem liebte er Barbara. So unverständlich sie sich auch manchmal betragen mochte, so sonderlich sie war, gemessen an den einheimischen Frauen, er liebte sie. Liebte sie nicht zuletzt gerade deswegen, weil sie anders war. War es nicht immer so gewesen? Schon nach wenigen Tagen schien zwischen ihnen wieder alles beim alten zu sein. Sie gingen abends zusammen weg, er küßte sie, hielt sie fest im Arm, und alles war wie zuvor. Barbara erwiderte seine Zärtlichkeit, sie hatte das Gefühl, etwas gutmachen zu müssen. Und dann – wen hatte sie denn schon auf der Welt außer ihn?

Das Heiratsthema wurde zunächst wieder beseite gelegt. Nur einmal sagte er: „Du wirst es dir überlegen."

Und Barbara versprach, weich und nachgiebig wieder: „Ja, ich werde es mir überlegen."

Ihre schönsten Stunden verbrachte sie bei Paul Günther. Sie saß geduldig, wenn er sie malte. Manchmal unterhielten sie sich, oft aber sprachen sie auch lange kein Wort, und sie konnte ihre Gedanken wandern lassen. Meist waren ihre Gedanken dann im Hause der Talliens, bei Julius, ihrer Tätigkeit in der Druckerei, bei Doris, bei Ludwig. Und bei Perdita. Was mochte Perdita tun? Wer mochte sie reiten? Ob sie sich noch an Barbara erinnerte, oder ob sie ihre zärtliche Freundschaft vergessen hatte?

„Woran denkst du?" unterbrach Günther ihre Träume. „Du hattest eben so einen sehnsüchtigen, weichen Ausdruck in den Augen."

Barbara lachte. „Ich dachte an Perdita."

„Perdita? Wer ist das?" Dann fiel es ihm ein. „Ach ja, das Pferd, du hast mir davon erzählt."

„Sie ist so schön", sagte Barbara. „Perdita müßten Sie einmal malen. Wenn sie den Kopf wendet und einem entgegensieht, so ein bißchen kokett und immer sehr gespannt, mit gespitzten Ohren und geblähten Nüstern. Ihre Mähne ist ganz lang und richtig goldfarben. Die Beine hebt sie wie eine Tänzerin. Und sie versteht jedes Wort."

Der Maler lächelte. „Du bist ja ganz verliebt in die schöne Dame."

„Ja", sagte Barbara. „Sie und Dino habe ich am allerliebsten. Und Julius natürlich auch. Und Doris. Und . . ."

„Und wen noch?"

„Ach nichts. Sonst niemand." Dann kam ihr das unhöflich vor, und sie fügte hinzu: „Und Sie, Herr Günther. Wirklich, ich habe Sie sehr gern."

„Oh, danke, danke. Das ist zuviel der Ehre."

Sie errötete. „Es ist wahr. Ich weiß nicht, was ich hier täte ohne Sie."

„So." Der Maler legte seine Palette nieder, kam zu ihr und blieb vor ihr stehen. „Weißt du, wen ich vermißt habe in deiner Aufzählung? Piero. Von ihm war nicht die Rede."

„Ach ja." Barbara blickte erstaunt zu ihm auf. Das war ihr noch nicht aufgefallen. „Das ist sehr häßlich von mir", sagte sie reuevoll.

„Und sehr aufschlußreich", meinte der Maler bedeutungsvoll. „Du solltest gelegentlich einmal darüber nachdenken."

Barbara senkte den Blick. Das Gespräch war ihr peinlich.

Der Maler ließ den forschenden Blick nicht von ihr. Er sagte langsam: „Nur wird dir das Nachdenken nicht viel nützen, fürchte ich. Vom Nachdenken allein wird man nämlich nicht erwachsen, und das ist deine ganze Schwierigkeit, Barbara. Im Grunde bist du noch ein Kind, trotz allem, was du nun erlebt hast. Ein verwirrtes, ein wenig trotziges, unentschlossenes Kind." Er lächelte. „Ein bezauberndes Kind, zugegeben. Es müßte schön sein, mitzuerleben und mitzuhelfen, wie aus diesem Kind eine Frau wird. Der Mann ist zu beneiden, dem es einmal zuteil werden wird."

Barbara blickte unsicher auf.

Er nickte. „Ja, so ist das. Und es ist eigentlich sehr gut zu begreifen. Es ist das Erbteil deiner Jugend. Barjas Schatten liegt noch immer über dir. Dir haben immer die normal geordneten Verhältnisse gefehlt, von Kind an. Du bist zu labil, darum hat es dir und deiner Entwicklung geschadet. Barja war anders, ich sage es ja die ganze Zeit, und du wirst es sehen, wenn du dein Bild mit einem der ihren vergleichst. Sie war stark und zupackend, wahrscheinlich früh fertig und durchaus geeignet, ihr Leben selbst zu lenken. Du zauderst, du suchst Hilfe und Anlehnung. Du wärst niemals imstande, so zu leben wie sie. Du würdest daran zerbrechen. Du bist nicht nur Barjas Tochter, sondern auch deines Vaters Tochter. Was dir fehlt, ist eine starke Hand. Die hat dir immer gefehlt. Und die suchst du, unbewußt vielleicht, und darum kannst du mit keinem dieser Männer glücklich sein. Und wie ein Kind sitzt du hier vor mir und sagst: Perdita und Dino, das Pferd und den Hund, sie liebe ich am meisten. Und nebenbei gehst du, ohne dir viel dabei zu denken, von dem einen Mann in die Arme eines anderen. Du denkst, das muß so sein, weil Barja es tat. Aber es ist ein Unterschied zwischen dir und Barja. Du kannst nicht tun, was sie getan hat, du kannst nicht leben, wie sie lebte. Sie zog die Männer an, verschenkte sich mit vollen Händen und verlor doch nichts dabei. Deine Hände sind leer, Barbara. Noch sind sie leer. Und dein Herz ist es auch. Und darum fürchtest du dich, möchtest immer wieder weglaufen und weißt nicht wohin. Und nun sitzt du hier mit großen Augen und sagst zu mir: Das Pferd und den Hund liebe ich am meisten. Es ist ein bißchen rührend und ein bißchen traurig. Und ein bißchen hoffnungsvoll ist es auch. Denn jetzt bist du ein Kind, aber einmal wirst du eine Frau sein, dann wirst du deinen Dino und deine goldene Stute auch noch lieben, aber an erster Stelle wirst du einen Mann lieben. Und bei ihm wirst du bleiben, und mit ihm wirst du glücklich sein und nicht wie Barja immer ruhelos nach einem neuen Glück suchen. Ja, so ist das. Und nun weiß ich ganz genau, wie ich dich malen werde."

Barbara hatte mit großen Augen zugehört. Jetzt hob sie ratlos die Schultern. „Das klingt seltsam. Was soll ich tun?"

„Gar nichts. Jetzt gar nichts. Eines Tages wirst du nicht fragen, dann wirst du es ganz von selbst wissen. Ganz genau und bestimmt wirst du es wissen."

Sie sagte leise: „So hat noch niemand zu mir gesprochen wie Sie."

Das Lächeln des Malers war ein wenig traurig. „Ja, ich weiß es. Vielleicht hilft es dir ein wenig. Mehr kann ich nicht tun für dich. Ich wünschte, ich könnte es. Aber ich ..." Plötzlich änderte er den Ton, sagte leichter, um die ernste Stimmung zu vertreiben: „Denk nicht zuviel darüber nach. Das nützt nichts. Es kommt alles von selbst. Wir trinken jetzt ein Glas Wein zusammen, ich habe einen guten Tropfen da. Und dann wirst du mit mir Brüderschaft trinken. Denn so ein Kind bist du nun auch nicht mehr, daß ich dich duze, und du sagst Sie zu mir. Willst du?"

„Ja, gern."

Als sie das erste Glas getrunken hatten, nahm er ihr Gesicht in seine Hände und küßte sie zart auf die Stirn.

„Ich wünsche dir, daß du glücklich wirst, kleine Barbara. Morgen fange ich ein neues Bild an von dir. Zusammen mit deinem Dino, was meinst du? Und vielleicht komme ich einmal und male dich mit der schönen Perdita."

„Aber ich ..."

„Pst", machte er. „Wir werden sehen. Vielleicht tun wir es nur, um diesem Herrn Cornelius eine Freude zu machen. Und deinem Onkel Julius, nicht? Wenn er die beiden Bilder vergleicht, das, was er jetzt schon dort hat, und das, was er dann bekommt, dann wird er alles wissen."

Es kam ein Brief von Lena, ein freundschaftlich-schwesterlicher Brief mit Anfragen und einigen handfesten Vorwürfen. „Was um Himmels willen tust Du da unten, und was soll eigentlich aus Dir werden? Gretl hat mir alles erzählt, aber schlau bin ich nicht daraus geworden!“ Richard hatte einen Gruß daruntergeschrieben.

Es kam ein Brief von Peter Mangold, ebenfalls mit Vorwürfen und der dringenden Bitte um Aufklärung, was sie denn nun vorhabe. Sie hatte ihm inzwischen geschrieben, was geschehen war, vage und ungenau allerdings nur, und daß sie jetzt wieder in Roano sei.

Und es kam auch wieder einmal ein Brief von Doris, mit Schilderungen aus dem Hause Tallien und aus der Firma Eberhard & Co. und der Mitteilung, daß Marianne ein Baby erwarte. „Das ist amerikanisches Tempo“, schrieb Doris, „der amerikanische Zweig schlägt uns auf der ganzen Linie, da kommen wir nicht mehr mit.“ Am Schluß hieß es: „Perdita läßt dich grüßen und fragen, wann du kommst.“

Gewissenhaft beantwortete Barbara alle diese Briefe, obwohl sie nie recht wußte, was sie schreiben sollte. Ihr derzeitiges Leben zu schildern, hatte wenig Zweck. Es ließ sich nicht viel dazu sagen. Nichts, was einen Sinn ergab. Sie lebte von heute auf morgen, es stand kein Plan dahinter. Lena war bestimmt damit nicht zufriedenzustellen. Und Doris noch weniger. Daß Paul Günther ein Bild von ihr malte, das beste Bild, das er je gemalt hatte, wie er sagte, würde weder Lena noch Doris von der Notwendigkeit ihres Aufenthaltes in Roano überzeugen.

Dann kam noch ein Brief. Es war mittlerweile auch hier Herbst geworden, einige Tage hatte es geregnet, es war kühl, das Meer kalt und stürmisch, das Weinlaub an den Bergen färbte sich. Die Fremden waren endgültig fort. Die Leute von Roano lebten unter sich.

Doch es regnete nie lange hier an der Küste. Eines Morgens schien die Sonne wieder, der Wind wehte kühl und frisch vom Meer herauf. Man mußte eine Jacke anziehen, wenn man einkaufen ging. Vor allem aber war es kalt im Haus. An Heizen dachte kein Mensch. Vielleicht im Winter mal einige Wochen.

Doch solange es ging, nahm man von Herbst und Winter keine Notiz.

Barbara war schon am Vormittag zu Günther gegangen und blieb bis zum Nachmittag. Um diese Jahreszeit machte ihm sein Gesundheitszustand immer zu schaffen. Sie hatte ihm Mittagessen gekocht, dann versuchte er, ein wenig zu arbeiten, später saßen sie zusammen und plauderten.

Als Barbara in die Villa Teresa zurückkam, sagte Mama Teresa, wie immer in letzter Zeit ein wenig kurz angebunden: „Da ist ein Brief für dich gekommen."

Der Brief lag im kleinen Wohnzimmer neben der Küche. Piero saß da mit zwei Freunden. Man begrüßte sie, Piero blickte verdrießlich drein. Er liebte ihre langen Besuche bei dem Maler nicht.

Barbara nahm den Brief, betrachtete verwundert die fremde Schrift, drehte ihn um. Ihr Herz begann zu klopfen, das Blut schoß ihr in die Wangen. E. L. Thormann stand auf dem Absender.

Ludwig? Er hatte ihr noch nie geschrieben.

Man fragte sie etwas, sie gab abwesend Antwort, steckte den Brief in die Tasche ihrer Jacke, drehte sich auf dem Absatz um, verließ das Zimmer und das Haus.

Dino war noch im Vorgarten und trabte neben ihr her.

Rasch durchschritt sie die Gassen, bis sie zur Lungomare kam, setzte sich auf eine Bank und riß mit ungeduldigen Fingern das Kuvert auf. Als sie gelesen hatte, blickte sie verloren auf.

Der Wind hatte sich gegen Abend gelegt. Die Sonne stand schräg und wärmte immer noch ein wenig. Es war Betrieb hier um diese Stunde. In den Vorgärten der Espresso und Weinschenken saßen die Männer, die Frauen standen vor den Türen und schwatzten.

Barbara stand auf und lief mit langen stürmischen Schritten die Lungomare hinunter, aus der Stadt hinaus, ein Stück über den Strand, bis sie zu ihrem Felsen kam. Sie überkletterte ihn und landete endlich auf ihrem Platz. Eine Weile saß sie regungslos, den Blick aufs Meer geheftet. Dann las sie den Brief noch einmal.

Ludwig schrieb: „Ich habe immer gehofft, von Dir einmal direkt etwas zu hören, aber ich bekomme immer nur Nachrichten aus zweiter Hand. Vorhin war Doris da, und wir haben lange über Dich gesprochen. Sie meinte, es sei nun genug mit dem Unsinn, und es sei Zeit, daß Du heimkommst. Das meine ich auch. Doris kommt übrigens jetzt selten. Sie hat viel Arbeit, sie studiert, und sie arbeitet bei Julius im Geschäft. Darum hat sie auch keine Zeit, Dir ausführlich zu schreiben, und sie meinte, wenn ich sowieso an Dich schreibe, könnte ich Dir das Notwendige berichten. Da soll ich Dir zunächst einmal mitteilen, daß Deine Arbeitskraft im Betrieb dringend gebraucht wird. Eine gewisse Frau Hartmann, ich glaube, es ist die Sekretärin, bekommt ein Baby, und Doris sagt, das wäre für das Geschäft eine Katastrophe. Ich kann es nicht beurteilen, doch wenn Doris es sagt, wird es schon stimmen. Man braucht Dich, damit Du wenigstens für einige Monate die zukünftige Mama ersetzen kannst. Das wäre Punkt eins. Punkt zwei ist, daß Dein Onkel Julius ganz entschieden wünscht, Dich wieder hier zu haben. Meine liebe Barbara, ich denke, Du solltest Dich diesem Wunsch nicht verschließen. Du bist nun genug Umwege gegangen. Anscheinend muß jede Frau einmal den Spaziergang am Abgrund entlang versuchen. Aber sie muß auch wissen, wann es wieder Zeit ist, umzukehren. Nach allem, was ich von Doris gehört habe, gibt es dort, wo Du jetzt bist, nichts, das Dir den Abschied schwer machen würde. Und Du selbst solltest Dir die Heimfahrt auch nicht schwer machen. Glaube mir, es ist gar kein Problem dabei. Niemand wird Dir hier ein böses Wort sagen, niemand von Vergangenem und Vergessenem reden. Dagegen gibt es eine ganze Menge Leute, die sich ehrlich freuen werden, Dich wiederzusehen. Zum Beispiel erkundigt sich Herr Krüger vom Tattersall immer sehr interessiert nach Dir. Und Deine reizende Perdita erwartet Dich ebenfalls. Übrigens habe ich mein Versprechen wahr gemacht und reite jetzt auch wieder regelmäßig. Wir können also in Zukunft zusammen ausreiten, und ich stelle mir das sehr nett vor. Deine geliebte Perdita habe ich auch schon einige Male geritten, sie ist allerdings der Meinung, mit Dir wäre sie besser dran, ich sei ein wenig zu schwer für sie. Nun ja, sie ist ja ein recht zierliches, schlankbeiniges Mädchen. Auch vor Elisa solltest Du keine Angst haben. Sie ist mit dem Schicksal ihrer Tochter Marianne höchst zufrieden und hat darum keinerlei Ressentiments gegen Dich. Oder sagen wir mal: auch nicht viel mehr als früher.

Ja, Barbara, da mache ich nun viele Worte, aber das Wesentliche habe ich noch immer nicht gesagt. Ich habe lange keinen solchen Brief mehr geschrieben oder eigentlich, genau gesagt, noch nie. Alles, was ich bis jetzt geschrieben habe, ist ganz unwichtig. Was ich wirklich meine, kann ich mit drei Worten ausdrücken: Komm zu mir. Kümmere dich nicht um Elisa, nicht um Julius und um Doris, nicht um den Betrieb und das Baby von Frau Hartmann, sondern komm zu mir. Dann kann ich Dir alles sagen, was ich Dir zu sagen habe, und das ist eine ganze Menge. Vielleicht aber weißt Du es schon. Um so besser. Du brauchst weiter nichts als ein Telegramm aufzugeben mit dem einzigen Wort: Ja. Dann nehme ich mir ein paar Tage frei, setze mich in meinen Wagen und komme Dich holen. Damit Du endlich da bist, wohin Du gehörst: bei mir."

Barbara blickte auf. Die Sonne stand schon tief. Nur eine schimmernde rotgoldene Straße zog sie noch über das dunkelnde Meer. Eine Märchenstraße, die geradewegs in den Himmel und in die Sonne hineinführte.

Sie saß lange regungslos. Die Sonnenstraße versank im Meer, schwarzgrau war es, endlos, unter einem opalenen Himmel, der immer mehr verblaßte; spiegelglatt und still war das Meer. Mit einem leisen, monotonen Rauschen schlugen unten die müden Wellen an den Strand.

Barbara bückte sich zu Dino, der neben ihr lag. „Wir fahren nach Hause, Dino", sagte sie. „Wir fahren heim. Diesmal kommen wir nicht zurück. Diesmal bleiben wir für immer dort. Für immer, Dino."

Dino blickte mit seinen schönen treuen Augen zu ihr auf, Liebe und Vertrauen standen darin, ohne Einschränkung, ohne Bedingung. Seine Heimat war dort, wo sie war.

Sie legte ihre Hand auf seinen Kopf und fuhr mit weichen Fingern über sein Fell. „Nach Hause, Dino. Weißt du, was das heißt?"

Barbara stand auf. Sie reckte ihre Arme weit über den Kopf, breitete sie aus, als solle die ganze Welt darin Platz finden. So groß wie der Himmel, so weit wie das Meer, so groß und weit war ihr Herz. Es war nicht mehr leer. Es hatte seine Heimat gefunden, und Liebe würde darin wohnen. Beides war eins. Und beides hatte ihr gefehlt.

Sie kehrte zurück. Sie war nicht für immer gegangen wie Barja. Vielleicht wäre Barja auch gern zurückgekehrt, vielleicht war sie all die wilden Wege nur gegangen, weil es keinen Heimweg mehr für sie gab. Barbara aber fand diesen Weg. Ihr streckte sich eine Hand entgegen, eine feste, starke Hand, die sie halten würde. Nichts blieb ihr weiter zu tun, als sich dieser Hand anzuvertrauen. Für alle Zeit ihres Lebens.

Sie kletterte über den Felsen und blickte hinunter auf Roano, das bereits seine Lichter angezündet hatte und sein bewegtes Abendleben begann. Wein, Lärm und Musik, das Schwatzen und Lachen vor den Türen, die Liebespaare in den dunklen Gassen und unter den Palmen der Lungomare. Sie gehörte nicht mehr dazu.

„Komm, Dino", sagte sie. „Wir müssen noch ein Telegramm aufgeben." Noch einmal zögerte sie, ehe sie hinabstieg. Die Wehmut des Abschieds rührte sie an, eine plötzliche Traurigkeit verdunkelte ihre Augen. „Und dann müssen wir es Piero sagen."